KUWEI
酷威文化
图书 影视

青要管理处

醉饮长歌 著

江苏凤凰文艺出版社
JIANGSU PHOENIX LITERATURE AND ART PUBLISHING

青要管理处

contents

目录

第一章
入职

六月的天亮得很早。

晨曦蒙蒙的时候，地处 A 市郊区的青要村里开进来一辆小货车，哼哧哼哧地停在了一家小户院门前边。

这家小户房子建得很漂亮，院子里种着一盆盆绿植，被打理得很好，欣欣向荣。

这院子没有大围墙，只是象征性地竖了一排竹栅栏，大约刚到成年人腰际，翠绿翠绿的藤蔓在竹栅栏上爬着，整个院子都透着一股蓬勃的生机。

货车司机是个中年男人，头发有些白了，脸上满是风霜的褶皱。

他下了车，看了一眼那藤蔓上开出了不少花的漂亮栅栏，却离得远远的，一点凑过去的兴趣都没有。

他很清楚，这竹栅栏看着无害又漂亮，实际上藤蔓底下藏着的全是磨得十分尖锐的铁钉和竹尖刺，谁要想不经主人同意就翻进去，从手到胯全都要被刮下一大层肉来。

院子里也装着不知道多少个监控，整个院子一处死角都没有，一点儿也不怕有贼。

司机走到门口，规规矩矩地按了门铃。

林木听到门铃声，打开窗户应了一声，匆忙擦掉手上的油渍，冲下了楼。

林木下楼开门，脸上的笑容跟这院子里的植物一样朝气蓬勃，嘴角还有两个可爱的小梨涡："德叔，早上好啊！"

"小林早！"德叔点了点头，走进了院子里。

"早饭在锅里热着，大肉包，您先去吃点儿。"林木说着，拿了块砖头把栅栏门脚挡着，转头去搬院里的花盆。

德叔进了厨房，掀开灶台上的蒸笼盖，看到里边躺着六个白白胖胖的大肉包子，每个都有巴掌大，旁边还温着两碗豆花。

老规矩，六个里四个是德叔的，两个是林木的，他食量小。

德叔拿碗装了包子，端着豆花往门槛上一坐，边吃边瞅着正在院子里搬花盆的林木。

林木很会照顾花草，他院里这些种得规规矩矩极好看的盆景，全都是照料好了准备供应给 A 市一些大酒店和机关的。

德叔则是负责帮忙运输的那个，他跟林木断断续续地合作也有几年了。

他总可惜林木是个体户，产出量和价格再怎么弄也高不上去。

老实巴交的德叔觉得，有这个机会挣钱，带着全村一起不是也挺好的，产量和价钱都能提一提。

但这种想法总是一闪即逝，摸摸头就过了。

别看林木长得温温和和、一副文雅读书人的样子，笑起来还能迷倒一片小姑娘，但实际上，他是青要村里出了名的恶霸——要说恶霸也不准确，但的确没人敢惹他。

林木跟他早逝的妈妈是从外边搬来的。

农村嘛，多少有些排外，再加上他们孤儿寡母的，谁都能欺负一下。

刚来的时候，林木还是个奶娃娃，他妈妈性格温柔和善，在这种人善被人欺的地方吃了不少亏。

过了几年，林木念书了，懂事了，本来随着妈妈，性格温柔和善甚至有点儿怯懦的小娃娃，突然不知道从哪儿学来一套骂街的架势，挥着扫帚和砖头，嘴上骂骂咧咧地把上他家来打秋风的一个老赖子给撵了出去，还险些把人脑壳给开了瓢。

三十多的大男人，没能打过八岁的小娃娃，说出去都没人信。

过了没多久，村里人就发现林木还真是天生神力。

小娃娃记仇得很，打跑了一个有信心了，就接二连三地把以前欺负过他妈妈的人撵得满村跑，不论男女全狠狠地揍了一顿。之后就再没人欺负他们娘俩了，倒是有几个明事理的对他们还挺好。

德叔就是其中之一。

但可惜，林木的妈妈身体不好，似乎是生林木的时候落下了什么病根，在他十八岁那年拿到大学录取通知书的时候撒手人寰了。

走前，她告诉林木，让他外公来收尸。

林木这才知道他的外公是 A 市挺出名的一家企业的董事长。

林木寻思着，他妈多温和一个人啊，这么多年都没上家里去求助一下，多半有鬼，于是自己也没去，一个人默默办好了一切后事。

但青要村才多大一块地啊，这事可不瞬间就传开了，还被无聊的人曝光到网上，招来了他外公。

他外公嘴毒，看不起林木，但觉得好歹是个男孩儿，于是摆出一副施舍的态度让林木跟他回去，反被林木讽刺了几句，就怒气冲冲地走了。

林木是个记仇的人，当时对谁都恨得要死，当天就给院子栅栏里全打上了铁钉，又扔了一堆堆碎玻璃和木头渣子在院子里，让那些试图翻墙的记者和凑热闹的村民齐刷刷地躺进了医院。

当时闹成那样，现在有了挣钱的路子，他当然一点儿都不想跟别人分享。

德叔是打心眼儿里喜欢林木这小娃娃的，他老觉得跟林木在一块儿待久了，整个人都会平和下来，什么烦恼都忘了。

可能是因为林木笑起来的确挺好看，嘴一咧，那俩小梨涡就冒出来了，甜滋滋的。

德叔咬着包子，看着抱着个大花盆一点儿不费劲的年轻人，想起前段时间闲聊的事，问道："小林啊，你之前说要考那个青要管理处？"

"嗯，考上了。"林木把手里的盆栽装上车，笑着说道，"我今天就去报到，单位离咱们这儿也不算特别远，地铁能来回。"

"哦哦。"

最近离村口四里地的地方新修好了个地铁口，这事德叔是知道的。

"机关单位跟咱们村不一样，你别跟在村里似的，一言不合就动手。"德叔说完看了一眼竹栅栏，"给办公室里装那玩意儿也不行。"

林木有些哭笑不得："哪能动手啊？也不是什么机关单位，就是个管理处。"

德叔叮嘱："那也是正经单位，铁饭碗呢，你可别得罪人了。"

林木说了一迭声的好，把今天该搬的盆栽搬完，拍了拍手上的灰尘："行了，您路上注意安全啊，别磕了碰了。"

德叔三两口把剩下的早饭吃完，说道："我走路上都是别人怕我。"

"行。"林木点了点头，目送着德叔离开，转头进屋吃早饭。

林木刚毕业一年，顺顺利利地拿到了报到证，现在快到期了，林木准备去单位报到入职。

林木没什么大的理想抱负，对外公的家产毫无兴趣，就想能混个日子多攒点钱，然后完成妈妈留下的遗愿，开个花店，也不试图去找他爹，只想平平淡淡地过自己的日子。

林木的妈妈没有什么特别的爱好，就是喜欢研究植物、侍弄花草。

家里上有哥下有弟，他妈妈在家是个不怎么讨喜的角色，外婆病逝得早，没人跟她说体己话，她又总不听亲爹的话乖乖去学金融、相亲，大学报的是植物学专业不说，还经常放相亲对象的鸽子，跟着团队去野外琢磨花花草草。

这也就算了，有次跑出去半年，回来的时候就怀上了，还咬死了不说孩子他爹是谁，也不打掉孩子，最后被深感丢脸的外公撵出了家门。

所以出于私心，林木开花店也想在A市金融大厦对面开，让看不起他的外公和舅舅们天天上下班都要看到他，在他们眼皮子底下刷存在感。

看他不顺眼又弄不死他，天天怄气还要担心他找媒体曝光、争家产，那不是美滋滋！

林木洗好碗上了楼，从抽屉里把密封的档案袋和报到证拿了出来，确认了家里所有的监控头都正常工作，这才下楼锁好门，骑着他的电动车离开了家。

A市中原区青要路404号青要管理处办公室，这是林木要入职的地方。

位置很偏，偏到行人都少得可怜。

林木顺着导航找了好久，才终于在一扇门前站定了。

他拿着手机，确认了一下门牌号，又低头看了看邮件里提到的地址，最终满脸不敢置信地看向了眼前这栋破破烂烂的旧房子。

这房子有多破呢？

普通平房，外墙皮剥落了，露出了里边红色的砖，窗户上有破洞，拿报纸糊上的。

门是那种比较古早的绿色木门，单人进的那种，外边一个铁栅栏门，也是单人进的。铁门上的锁扣已经坏了不知道多久了，都锈得不成样子了。连“青要管理处”这几个字都不是什么牌匾之类的东西，而是用粉笔写在门上的，经过风吹雨打，只能模模糊糊地看明白“青要”和“理”。

唯一能证明林木的的确确没找错地方的，有且仅有左边那栋贴着403牌子的危楼以及右边那个挂着405牌子的脏兮兮的还没开门的小餐馆。

左边403右边405，中间404，这必然没错了。

但是好破啊。怎么能这么破？怎么能破成这样？！

林木感到费解。

他沉默了好一会儿，还是拉开了生锈的铁门，抬手敲了敲门。

这一敲，那扇看起来饱经风霜绿漆都已经斑驳的门便应声而倒。

林木浑身一震：干吗啊！怎么回事啊？！

林木站在门口愣了好一会儿，探头看了一眼里边，发现里边倒是敞亮又整洁的，规规矩矩地摆放着几张办公桌，桌上还摆放着一些工作用具，就是没有人。

办公室里边的状况让林木多少松了口气，他看了一眼时间，发现才八点半。

朝九晚五，离上班还有半个小时，没人倒也正常。

林木在门口思考了五分钟，觉得让门在这儿躺着也不是个事，干脆进了门，凭借自己的力气，把门重新扣进了门框，假装它还是完好无损的。

林木装完后退了好几步，观摩了一下自己的劳动成果，觉得很可以很棒，非常完美。

就在林木准备找个凳子坐下乖乖等人来上班的时候，他刚扣进门框的门就被人一脚踹开，来人一边走一边低着头解衬衫扣子脱衣服，嘴上还絮絮叨叨："老乌龟，这都大半年了，我要找的人你找到没有啊？！这都多久了，我很急的好不好！"

林木震惊地看着这个进门就脱衣服的人，完全不知道应该说点什么。

那人没得到什么答复，解扣子解得有点不耐烦，干脆一甩手，十分暴躁："人类这衣服穿着真难受！"

林木瞪圆了眼，看着眼前那个活生生的大男人在骂完之后，变成了一条黑色的大狼狗。

林木一个哆嗦，脸上带着五分惊恐四分震撼一分茫然，张了张嘴，打了个嗝。

大狼狗完全没正眼看办公室里的人，他正在疯狂地甩着脑袋和屁股，试图从困住他的人类衣服里解脱出来。

他挣扎了好一段时间，最后干脆一伸爪子撕裂了那件紧绷的衬衫，气呼呼地一抬头，就跟沉默地注视着他的林木对上了视线。

一人一狗齐齐一愣。

干吗啊！怎么回事啊？！

林木看着眼前威风凛凛、油光水滑的大狼狗，慌张地握紧档案袋，脑子里全都是：完了完了，听说非人类要吃人的。

大狼狗闻到了一股属于人类的气味，惊慌地夹着尾巴，脑子里全都是：完了完了，人类见了非人类都是要杀的。

一人一狗面面相觑。浑身僵硬，谁都不敢先动，谁都不敢先出声。

他们都警觉地看着对方，生怕对方下一秒就扑上来灭了自己。

对峙了许久，直到外边日头烈了，墙面上的钟发出了整点报时的声音。

"现在是北京时间九点整。"

大狼狗被吓了个哆嗦，"嗷呜"一声猛地蹿到了一旁的办公桌底下，整条狗团成了一个球，瑟瑟发抖。

林木被他这动静吓得大退了三步，紧张地看着办公桌底下那坨巨大的毛球，连呼吸都轻得几不可闻。

他盯着桌底下那一团，试图抬脚离开这里，脚刚抬起来，就看到桌底下那条大狼狗猛地一抖，发出了一声细小的呜咽。

这玩意儿怎么好像……

林木试探着落下了脚。

那坨毛球便抖成了一个筛子。

林木看着那条大狼狗，觉得看起来大狼狗好像更害怕他。

抱着这样的想法，林木干脆抬脚，火速冲到门口，一看外边有几个行人，胆子终于大了一些。

他站在门口深吸一口气，转头大声问道："请问……这里是青要管理处吧？"

大狼狗的哆嗦顿时一停，从桌子底下探出个狗头来，弱唧唧地应道："对。"

林木张了张嘴，嘴先于脑子说道："我是今天要来入职的林木。"

大狼狗也是一愣，一骨碌爬起来，跳上桌子盯了林木好一会儿，才大大地松了口气："吓死我了！我还以为我要被宰了。"

林木脑子嗡嗡响。

讲话了！

狗讲话了！

狗真的讲话了！

狗还会松一口气！

大狼狗蹲在桌子上大喘气："真的吓死我了，你身上这股人味儿，我还以为你是人类！"

林木脑子空白了半晌，在"狗讲话了吗""狗真的比较怕我吧"和"他说了什么我好像没明白"等问题中间磕磕绊绊地揪住了一个，带着点颤抖地问道："我、我不是人类吗？"

大狼狗抖了抖毛："一半是，你好啊，我叫大黑。"

林木浑身一震："什么意思啊？什么叫一半是啊？"

我活了二十多年怎么不知道我还不是人了啊！

"啊？"大黑被他问得有点茫然，想了想，觉得林木可能是怕被欺负，于是安慰道，"虽然我不知道你非人类的那一半到底是什么，但你是不是非人类我还是闻得出来的。"

林木默然，林木震惊！

不是！

干吗啊！！怎么回事啊！

我怎么就这么突然被开除人类籍了？！

"也是，正儿八经的人类也不会被分配到咱们这儿来。"大黑说完，咂巴咂巴嘴，变回人形，光着屁股从办公桌下边的柜子里随便拿了件长外套裹上。

目睹了一切的林木觉得自己要瞎了。

大黑觉得自己之前屃了吧唧的样子挺傻的，决定稍微挽回一下自己的形象，他裹着长外套，转头对林木说道："你是要办入职吗？老乌龟到点还没来，今天应该是不会来了，我给你办。"

林木低头看了看自己的档案，想了想，觉得这职还是不入了吧。

他要是早知道考青要管理处的公职会把自己考出人类籍，打死他都不会去考。怪不得他妈不让他去找他爸，敢情是他爸是个非人类物种。

林木垂着眼看着自己的手，感觉终于找到了自己天生神力的原因。

他又抬手摸了摸自己的脸。

怪不得他长得特别显嫩，受点什么小伤好得飞快还不留疤，而且打小就聪明早慧，什么都学得很快。

原来他是非人类。

虽然是一半的那种。

不行！他根本接受不了！

林木收好档案，站在门外，木着一张脸说："能不入了吗？"

大黑愣了愣："一般来讲不行，你有什么正当理由吗？"

"什么样的理由算正当理由？"

"伤残病死，都要出示证明才行，咱们一直缺人手，所以比较严，你乱搞是会扣你档案的。不过伤残等级是按照人类那边来算的，如果没有证明的话，我打你一顿，你去现开一个也行，反正咱们恢复得快，你挑个伤残等级？"

林木：我挑狗肉火锅行不行！

这单位也太绝了，怎么不想入职了还要挨顿毒打呢？！

大黑看着眉头皱起来的林木，有些纳闷。

"你为什么不想入职了啊？我们待遇还挺好的，又轻松……"他顿了顿，改口道，"哦不对，最近出了点事，可能会稍微有点忙了。"

林木听到"待遇"两个字，眼皮动了动："待遇？不是普通职员待遇吗？"

"那是人类啊，虽然是一起统考，但是非人类待遇不一样。"大黑紧了紧自己身上的长外套，又重复说道，"缺人手嘛，很少有非人类会跑来干这个，要看书要面试还要政审，都是人类的条条框框，都嫌磨叽。"

林木顿了顿，问："什么待遇？"

大黑嘴皮子无比利索："工资两千奖金两万，随资历涨，十六薪带奖金，六险二金，吃住交通补贴报销，上下班不打卡周末双休，没有职工竞争制度，逢年过节发米油面福利，年假有专门的旅游基金报销。"

林木摸了摸自己的小心脏。

糟了，是心动的感觉。

林木深吸一口气压抑住心头的小鹿，谨慎地问道："工作内容呢？"

"流动非人类入户人口普查、计生调查、城市安全维护、调解人与非人类之间的矛盾……"大黑说得一套一套的，"就是打杂，基本上遇到不听话的非人类上去打一顿就完事了，简单得很。"

"成。"

林木抬脚重新走进门，利落地松开了拿着档案和报到证的手。

打架他可太熟练了。

"好嘞！你就坐我旁边的位置吧。"大黑接过了他手里的东西，转头开了电脑。

他一边麻利地录入一边问道："你是什么类型的非人类啊？我见的非人类也不算多，认不出来。"

林木拉了椅子坐下，靠着椅背，干巴巴地说道："我也不知道。"

"啊？"大黑一愣，扫了一眼林木的资料，父母那两栏里都是空的。

空的，就是没有，或者曾经有，反正现在是没了。

"哎。"

大黑挠了挠头，意识到这个情况意味着林木可能并不清楚自己到底是个啥，难怪之前那么震惊。

大黑嘟哝了两声，体贴地没去提父母这一茬，转而问道："那你有没有发现自己有什么特别的地方？"

林木沉思了一下，说道："力气大。"

大黑点了点头："嗯嗯，非人类力气都不小。"

"学东西快。"

"非人类成长期短，这正常。"

"伤好得快不留疤。"

"嗯嗯，非人类自愈能力普遍都强。"

"嗯……"林木仔细思考了一会儿，迟疑着说道，"我……长得好看？"

大黑沉默了两秒，转头仔细端详了林木一番，十分严肃地点了点头，道："是挺好看的，我听说混血宝宝大概率长得好，非人类跟人类的后代也是混血嘛。"

林木其实就那么随口一说，被肯定了反而有点不大好意思。

他对着大黑笑了笑，露出了嘴角两个小梨涡。

真挺好看的。

大黑咂咂嘴，噼里啪啦地敲着键盘，转头又把林木的入职手续给录好签了字："行了！"

入职时间是从下周开始算的。

林木把手续收好，却没有走人，下意识地想要先做点什么来获得同事的好印象，他转头看了一眼办公室的门，主动问道：“要不要把门修一下？”

大黑办完事情就懒洋洋地赖在了椅子里，听到林木这话，转头问：“你会啊？”

林木点了点头：“会。”

林木会的事情还挺多的。

家里打小就他一个男的，他力气大也不怕受伤，有什么重活脏活累活都是他撩起袖子上去做。开锁、修水管、换灯泡、做木工，一些家务杂活他虽然谈不上精通，但也都会那么一点儿。

大黑点了点头：“行啊，修一修也行。”

林木站起了身：“这附近有什么五金店吗？”

大黑也跟着站起来：“有，不过有点距离，我带你去。”

林木扫了一眼大黑行走间若隐若现的身体，沉默了两秒，再开口时声音有点虚弱。

“你先把衣服穿好。”

第二章
大黑的故人

青要管理处在 A 市老城区里，偏郊外，距离青要村也就三站地铁加上四里地的距离。

这里都是一些老居民区，看起来偏僻破旧，但住户并不算少。

A 市怎么也算个一线城市，多的是在相对便宜的郊外租房子、在市中心上班的年轻人。所以工作日的白天里，也就显得十分冷清了。

大黑和林木买了新锁芯和工具，从五金店里出来，其间大黑一直稍显焦躁地拽着身上的衬衫和紧身牛仔裤。

林木拎着袋子，转头看他："你难受？"

大黑啧了一声："紧就难受。"

"那为什么不穿宽松点的运动装？"林木问。

大黑动作顿了顿，说道："因为这么穿显乖。"

林木不说话了。

他寻思着一条大狼狗能乖给谁看呢？难不成是哪条小母狗？结果转头就看到大黑大步走向了一家小超市，买了几盒龙须酥和几个苹果，又回来跟着走了几步，然后停下了。

他们停在了一家养老院门口。

林木知道这家敬老院，算是附近还不错的一家，环境不错，娱乐设施挺多，工作人员也很专业，是条件比较好的人家才住得起的。

林木顺着大黑的目光看过去，发现他正看着一位在院子的凉棚底下躲阴凉的老太太。

老太太坐在轮椅上，鼻梁上架着一副老花镜，头发花白，在动作缓慢而细致地拿着针线缝补一件老旧的小衬衫，小衬衫下边隐隐约约能看出连着几块牛仔布料。

那件小衬衫看着有些年头了，两只袖子很细很短，看起来并不像人穿的。

林木看了好一会儿，恍然："宠物装？"

"嗯。"大黑点了点头，低头瞅瞅手里的龙须酥，转头跟林木说道，"耽误一点点时间啊，你要不想等，先回去也行。"

林木觉得等不等没什么所谓，他看着大黑上门卫那里登记，然后被工作人员领了进去。

外头热，林木就在门卫室里坐着等。

他隔着窗户看了一眼老太太放在旁边的针线和衬衫牛仔宠物装，又瞅了瞅在院子里跟老太太说话的大黑身上穿的衬衫牛仔裤，意识到了一个可能性。他收回视线，抬头对给他倒了杯水的门卫道了声谢。

过了半小时，大黑出来了，手里拿着俩洗干净的苹果，剩下的都留在了里边。

林木拎着袋子走出门，顺口问："你认识的人？"

"我主人。"大黑塞了个苹果给林木，"我年幼的时候被人遗弃，差点冻死，是她把我捡回去的。"

"啊。"林木应了一声，之前多少猜到了点儿，也没觉得特别意外，只是说道，"听起来是个好人。"

"嗯，是个很好的人。"大黑说完，啃了一口苹果，含混地道，"不过她快死了。"

林木愣怔了一瞬，回头看了那间养老院一眼，声音放轻了："老太太多大年纪了？"

"九十三了。"大黑咬着苹果，跟着林木慢吞吞地往回走。

林木偏头看了看大黑，对方咔嚓咔嚓地啃着苹果，垂着眼看着路面，神情似乎十分平淡，大概是一早就接受这个现实了。

林木斟酌着说道："的确到年纪了。"

"是啊。"大黑点了点头，"儿女成才事业有成，桃李遍天下，这辈子也算喜乐富足……"

大黑说着说着没了声音，林木转头看去，看到他满脸都是落寞和怅惘。

"这挺好的。"林木说道，也不知道应该怎么安慰他，只好又重复了一遍，"挺好的，对于一个人类来说。"

"是啊，我当然知道。"大黑嘟哝着，想到旁边的林木，又想到他资料表上的空白，意识到自己可能掀起了林木的伤疤，不由有些无措起来，"我……"

林木咬着苹果看向了他："嗯？"

大黑刚想说点什么，却突然嗅到了丝缕的香气——一股清冽纯和的草木香气，微甘，带着几丝若隐若现的非人类的气息。

是从林木那边飘过来的。

嗅觉敏锐的狼狗的神情有一瞬间的恍惚，他脚底下没踩稳，踉跄着打了个跌。

林木一愣，赶忙伸手扶住了突然神游的同事："怎么了？"

大黑晃了晃脑袋，傻了吧唧地笑了两声，带着点疑惑："什么怎么了？"

林木看他好像的确没问题的样子，慢慢松开了手，也没再提之前那个令人感到难过的话题，有一搭没一搭地跟大黑聊着天，走回了办公室。

林木把东西放在了距离门口最近的桌子上，拿了工具就开始撬起了门框上的固定片。

大黑回到办公室后的第一件事就是扒掉身上的衣服，重新换上了松松垮垮的长外套，盘腿坐在椅子上看着林木“哐哐哐”地捣鼓那扇坏了不知道多久的门。

林木固定好门框，回头就看到大黑不怎么雅观地坐在那里，眉头微微皱着，时不时地晃一晃脑袋。

“不舒服？”

“没有。”大黑眉头皱着，“总觉得刚刚好像是忘了什么。”

“刚刚？”林木回忆了一下，“差点摔跤的时候？”

“嗯。”大黑沉思许久，也没能想起来自己到底忘了什么，干脆摆摆手，一撩袖子，“算了，会忘记的事肯定不重要，还是做点重要的事吧！”

林木点了点头，把门从地上扶起来，撬掉旧锁芯，一抬头，看到大黑正翘着兰花指，好像捻着个什么东西，小心翼翼、充满虔诚地放进了一个巴掌大的小花盆里，然后霍然起身，站在办公桌前呼啦啦地跳起了大神。

林木满脸茫然地问：“你在做什么？”

大黑冲他做了个噤声的手势，满脸严肃地说道：“我在催生那颗种子。”

干吗啊！怎么回事啊！你们非人类种个盆栽还要跳大神的吗？！

林木满脸震撼。

大黑呼啦啦地跳了好一会儿，然后看着毫无动静的盆栽，慢慢停下了动作，叹了口气：“还是种不出来。”

“什么种不出来？”林木把新买的锁芯拿出来扣在门上，“咔嗒”一下对上了锁扣，把锁固定好，问道，“是什么盆栽？”

“这花叫朝暮，本来是长在奈河边上的。”大黑看着桌上的小花盆，往椅子里一瘫，“奈河你知道吧，叫忘川的那个。”

这个林木知道，是神话传说里总会提到的冥府里的一条河。河里都是遭罪的孤魂野鬼，河上有座奈何桥，过桥要喝孟婆汤。

总归是普通人接触不到的层面。

“要不你来试试？这朝暮不挑生长环境，就挑种下它的人。”大黑转头看向林木，“我拜托老乌龟帮我找能种的人很久了，他到现在都没找到。”

林木想起大黑刚进门的时候嘴里叨叨的话，一边点头，一边问道：“老乌龟是谁？”

“咱们的同事，今天旷工了。”大黑说完拉开抽屉，从里边拿出了一小包种子，小心地分出了一颗来。

那种子黑漆漆的，小而干瘪，看起来就像是一只被拍扁的黑色小飞虫，放在手心里也轻飘飘的毫无质感，就像是经过烧灼之后的黑色灰烬。

“就往花盆里放就好了。”大黑说完，阻止了林木要放进花盆里的动作，“等我走远你再放，要是能种出来，从此你是我爹！”

林木看着说完这句话就变回大狼狗一溜烟冲出去瞬间就没了影的大黑，木愣愣地张了张嘴。

他沉默地瞅着手心里的那点黑色，在“可能拥有一个狗儿子”和“帮帮同事救救狗”之间犹豫了两秒，还是把掌心那点黑色放进了花盆里。

那颗种子晃晃悠悠地飘落到花盆里，从蓬松土壤的缝隙里滑落了下去。

过了没几秒，林木就看到有一小团墨绿色的细嫩枝叶冲破了土层，以肉眼可见的速度舒展了枝条，抽出了一个幼嫩的白色花芽，慢慢地鼓成了一个小小的花苞，然后停止了生长。

它看起来细弱又娇嫩，还一副轻盈至极的模样，连林木凑近去看时轻微的呼吸都能让它摇曳颤动个不停。

林木看着这朵不属于人世的花，试探着伸出手想要碰一碰，那边大黑狗就“嘭”地撞了进来，一眼瞅见了桌上的花，声嘶力竭地喊道：“爹！手下留花！”

林木吓了个哆嗦，手一缩，扭头看着迈着四条腿冲过来的大狼狗，反应过来他之前喊的什么，不由哽了一下：“我没你这个儿子。”

“我认你这个爹不就完事儿了！”

大黑说完直起身，两只前爪搭在办公桌边缘，小心地凑近那花看了好一阵，尾巴摇得像个小风扇。

“长出来了啊。”他嘀嘀咕咕，似乎有点不敢置信，“真长出来了！”

“对，真长出来了。”林木看着大黑这副傻乐的样子，忍不住也跟着笑了笑。

“哎……真长出来了。”大黑围着林木坐着的凳子转悠了好几圈，期期艾艾地看着林木，欲言又止。

林木看了一眼他屁股后边焦躁地扫来扫去的尾巴：“还有事？”

大黑扭扭捏捏地晃着尾巴：“是……是有点事。”

“什么事？”

林木对于帮助别人这事并不排斥。

人跟人之间嘛，最开始先展现善意总是没错的，要遇到个白眼狼或者贪得无厌的，再记仇报复也不迟。

大黑从旁边柜子里叼出了牵引绳："你能牵我去一趟那个养老院吗？带上那盆花。"

林木一怔，伸手接过了牵引绳，问道："你自己不也能去？"

"城里不拴绳的狗都要被打死的，特别是养老院、学校这类地方。"大黑配合地穿好了牵引绳，"老乌龟从来都不愿意陪我去。"

林木手上一停："为什么？"

"因为非人类大都不愿意跟人类接触。"大黑说道，"像你这样的混血的数量其实是很少的，因为人类的寿命太短了，对非人类来说不公平。人类不是有句话吗，说是受煎熬的永远是留下来的人……"

林木呆怔地沉默了两秒，然后点了点头："是这个道理。"

大黑突然意识到自己又说错话了。他扭头看了一眼沉默地给他扣上最后一个背扣的林木，讪讪地不说话了。

林木跟着大黑重新来到了那个养老院院门外边。

那位老太太依旧坐在那里，神情平和而安详，她正看着旁边桌上放着的一台电脑，屏幕里是她的女儿一家，正在跟她视频通话。

林木抱着花盆，牵着大黑，隔着铁栅栏的院墙看着老太太。

大黑蹲坐在林木脚边，看着老太太手里有一下没一下地摸着那件老旧的宠物装，笑容满面地跟女儿聊着天，她身边却空无一人。

他看了半晌，仰着头轻轻呜咽了一声。

老太太似乎察觉到了动静，循声看过来，她的目光扫过院墙外边的年轻人、他怀中抱着的花盆，还有手里牵着的黑色大狼狗。

太阳很烈，晒得人几乎睁不开眼来。

老人家恍惚了一瞬，再向那里看去时，哪还有什么年轻人和黑色大狼狗，院墙外边只剩下了一株孤零零生长着的花，在巴掌大小的小花盆里，于烈日下安静地摇曳着。

老太太怔怔地看了那花盆好一阵，在女儿一家一迭声的呼唤中，倏地就落下了泪来。

"儿啊，回来见妈最后一面吧。"老太太揪紧了手中的布料，叹声说道，"大黑来接我了。"

躲在院墙一边的大黑狗听着风带来的声音，"嘿"了一声："她还记得我。"

林木偏头看看他，点了点头："嗯。"

"她还记着呢。"大黑又这么说道，咂咂嘴，"她真的是个挺好的人。"

老太太是个很善良的人。

大黑还是只奶狗的时候，冬日被人遗弃在小区的围墙外边，就用一个纸盒装着，跟他同窝的奶狗都已经冻死了，他自己也奄奄一息。

幸运的是，他被一个路过的姑娘捡走了，姑娘对他救治一番又细心照料，让他顺顺利利地长大，还走大运开了灵智。

那段时间是大黑有记忆以来最无忧的日子。

捡走他的姑娘从学生变成了一名教师，成了家又有了孩子，大黑也懵懵懂懂地到了犬类的高龄。

他并没有意识到自己开了灵智，也没有意识到自己的特殊性。

像他一样开了灵智却并没有意识到的生灵其实很多，大部分都随着挫折与天命死去了。

大黑也没有意识到，他当时就想着，多陪陪她，再多陪陪她，一直一直熬着日子，怎么也舍不得离开。

后来他的主人遭了险，躺进了医院，危在旦夕，大黑念着报答救命之恩，一个激灵骤然清醒过来，凭着自己的天赋，硬是把她给救了回来，自己却不得不替她赎罪。

大黑"刑满释放"跑回来的时候，老太太已经头发花白、儿孙绕膝了。

老太太的儿女都成了才，事业有成，最终决定留在国外成家立业，老太太也没有意见，只是不愿意跟着去。

"你知道吗？她一直留着当年给我做的那件小衣服，还正儿八经地给我立了牌位，把她从医院里醒过来的那天当成了我的忌日，每年到了日子都会给我的牌位前边放一大碗肉。"大黑说完顿了顿，"以前我偷吃，她都会骂我，还要打我的。"

林木看了脚旁边的大黑狗一眼，没说话。

"后来有人问她，干吗给狗立牌位，"大黑咂咂嘴，"她就说'当年是大黑给我挡了灾，我活了，大黑却死了'。"

老太太偶尔还会跟人说起鬼门关、黄泉路，还有忘川上的奈何桥。

她说桥边长着许许多多的小白花，一到子时，那些花就"呼"地一下烧起来，烧那些有罪的孤魂野鬼，在忘川上连成一片幽绿幽绿的火海，燎得暗沉沉的黄泉路都亮如白昼。过了子时，这些花烧完了，灰烬落回岸上，又重新生长起来。

这话没人当真，但偷偷关注着老太太的大黑高兴极了。

老太太还记得他，到现在还一直记得。

"她还记得我，记得走的那一遭。"

大黑偏头看了一眼他们刚刚站着的地方，那盆朝暮已经被拿进了院子里。

“她大限将至，我觉得她应该在她的家人和学生的欢送下走得热热闹闹的，对不对？”

林木点了点头，说道：“你这表达得挺委婉的。”

“能委婉当然要委婉。”大黑嘟哝，“我要是当面说你要死了，赶紧把你儿女叫回来，不把她气出毛病才怪。”

“其实还有很多别的方法。”林木说道。

“可这是只有我跟她知道的秘密啊。”大黑问道，“你不觉得这很浪漫吗？”

林木：行吧，不是很懂你们非人类。

大黑也没想着让别人懂，他只是沉默了好一会儿，又说道：“她就要忘记我了。”

“等她死了，她就不记得我了。”大黑絮絮叨叨地说着，“哎，你说人类的命怎么就这么短……”

大黑话说到这里又止住了，抬头看了一眼林木，林木也低头看着他。

大黑张了张嘴，发觉自己又说错话了。

“哎……”他发出了短促的音节，然后默默地叼起了自己的牵引绳，递到了林木手里。

林木接过牵引绳，跟着大黑往办公室走。

他其实并不介意大黑说的那些话，因为事实的确如此，妈妈的死已经过去这么多年了，也不是什么不可触碰的疮疤。只是今天听了这么多，让林木多少对他那个听都没听他妈提过的爹产生了几分好奇。

既然非人类都不怎么喜欢跟人类相处，那他爸跟他妈到底是出于什么心态在一起的？哦，当然了，也有可能是一夜中标，他亲爱的妈妈坑了他那个不知名的爸或者是不知名的爸祸害了他亲爱的妈妈。

但出于最基本的对血亲的尊敬，林木还是默认自己的爸妈是两情相悦并孕育了他的。

林木轻轻拉了拉手里的牵引绳，问道：“大黑，非人类有什么能查血缘的方法吗？”

“啊？”大黑扭头看过来，低声说道，“有的，但都是很古老的资料里才有，像我们这种是不知道的。”

林木有些失望地点了点头。

大黑听出了他话里的意思，大概是想要得知自己到底是个什么品种的非人类。

可大黑也没办法，只能絮絮叨叨地安慰着林木，并在林木准备回去的时候，把一整包朝暮的种子都送给了他。

“反正我知道的非人类和人类里就你能种出来，你可是天选之人。”大黑把种子塞给了林木，告诉他，“你在家里周围种一圈，只要干过坏事的妖魔鬼怪敢靠近，都会被朝暮烧得一干二净，每天子时妖魔鬼怪力量最强的时候，它的效果最好。”

林木本来想要拒绝，听大黑这么一说，又干脆收下了。

以前不知道有非人类存在，那些对付人的小东西自然够用，现在知道有非人类存在了，那些小玩意儿就不够了。出于安全考虑，相关的东西林木自然是要备上的。

林木在外面吃了顿午饭，揣着一包朝暮种子回了家。

一回家，他就把那一包朝暮的种子均匀地洒在了自家的竹栅栏下，没多久就生出了星星点点细嫩娇弱的小白花，藏在藤蔓里，偶尔随风娇羞地探出头来。

林木顶着烈日把几盆该搬回室内躲阴的盆景搬回通风的屋里，看着空荡荡的房子发了会儿呆之后，转头上了阁楼。

阁楼是以前他妈妈堆放杂物的地方，后来林木也用来堆放杂物。

现在要整理起来麻烦不少。

尤其是给妈妈处理后事的时候，林木难受得要命，家里几乎什么都没有挪动过，到现在他还保持着原样，二楼属于妈妈的房间和工作室也经常打扫，一点儿没动。只是一些纸质的东西总是难以保存，渐渐地发黄褪色了。

林木花了一整个下午把阁楼整理了一遍，在阁楼的杂物里找到了可能会有用的三本笔记和一个资料夹。

他把这几本书册沾着的灰尘擦干净，站在二楼的走廊沉默了一会儿，终于还是转头走进了属于他妈妈的工作室。

工作室里的采光很好，窗明几净。

夕阳落在房间里，打出了一道光柱，撩起的点点光尘缓慢而安逸地漂浮着，青天白日里却显出一股昏暗的寂静。桌面上放着一个笔盒，几叠资料，旁边的书柜里满满当当的全都是书，墙面上还贴着一幅世界地图，上边订着不少便签和洗出来的照片。

林木打开了灯，一眼就看到了压在书桌玻璃底下的一张照片。那是他妈妈正在拿着水管试图给一只在尘土里滚得灰不溜秋的萨摩耶洗澡。

这只萨摩耶是妈妈的导师养的，叫奶糖，去年寿终正寝了。

那位导师一直很照顾林木的生意，是个老主顾了，也有不少客人是那位老师介绍过来的。

林木看了那张照片好一会儿，突然觉得一个人住着两层还带大院子阁楼的房子怪寂寞的。他的目光在笑得老开心的妈妈身上扫过，决定过几天就去宠物店里看看有没有合眼缘的狗崽子。

最好是萨摩耶。

林木这么想着，刚坐下打开了新收获的笔记本，放在旁边的手机就推送了一条今晚橙色暴雨预警的消息。

林木一顿，打开窗户，后知后觉地感受到昏暗的天幕底下扑面而来的湿润土腥味，天际翻滚着无比厚重的铅色云层，隐隐约约有几丝电光闪烁。

眼看着暴雨就要来了。

林木低头看了看院子里那些被伺候得很好的盆栽，赶紧塞好了手机，跑下楼去，急急忙忙地把不耐水的盆栽往屋里搬，又从屋里抱了几根木杆和厚重的雨布，在院子里搭起雨棚来。

但林木的动作还是慢了些，雨幕毫无预兆地倾泻下来，豆大的雨点打在人身上噼啪作响。

林木回屋去套了件雨衣出来，顶着几乎要将人压得抬不起头来的雨幕，坚强地给院子里的盆栽们搭起了一个雨棚。

但还差一个。

雨衣顶不住厚重的雨幕，里边早就湿透了，他满身满脸都是雨。

林木深吸一口气，还是回屋去抱了另外几根木杆出来，刚插上两根缠上雨布，种在院子外边的那一圈细弱白花便齐齐发出一声火焰被擦亮的“呼”声，紧接着就不顾雨幕熊熊燃烧起来。

林木吓了一大跳，在看什么都有些模糊不清的雨幕里隐约捕捉到了外边那一圈绿色的火焰，匆忙往后退了两步，脚边上突然踢到了一个软乎乎的东西。

他低下头来，跟一只躺在地上浑身血迹狼狈不堪的狗对上了视线。

一人一狗面面相觑。

林木懵了。他看了一眼那边烧起来的火，又看了一眼身上带着一道道伤痕的狗，一时间竟然不知道如何是好。

火并没有蔓延到院子里来。

雨幕与雷鸣之中，外边有几声惨叫刺破了厚重的雨幕钻入耳中，一阵刺骨的凉意从冷冰冰的风和雨珠里穿透而来，令人脊背发寒。

林木缩了缩脖子，站在雨幕里发了会儿愣，恍惚间意识到大黑说过的“防妖防魔防恶灵”，不由被惊了个哆嗦，也不敢多仔细地去看那边正燃烧着的火，只好把视线转向了脚下这只并没有被那绿色火焰烧灼的狗。

没有被火焰烧灼，也就是说它并不是什么邪魔外道之类的东西，这多少让林木松了口气。

也不知道是不是皮毛被淋湿所以缩水了的关系，它看着没有成年犬体型大，雨点落在它身上，混着血流下来，毛纠结在一起，看起来非常凄惨。但奇异的是，它并没有丁点儿乞求或者示弱的表现。

狗只是冷冷淡淡地挪开了视线，在林木的注视下尝试着挣动了两下，却始终站不起来。

林木扫了一眼，发觉它的前腿肿得厉害，大约是使不了力了。

林木看着这只狼狈的狗，微微俯下身，刚一伸出手，它就迅速抬起头，在雨幕中微微眯起眼来，仰头看着他。

林木动作一顿，在它的注视下慢慢蹲下，伸出两只手来摊开，表示自己手里什么都没有。

“让我帮帮你？”声音在出口的瞬间就被雨幕打得破碎不堪，他不由有些苦恼的皱起了眉。

现在外边下着雨，烧着火，林木不敢出去——谁知道出去会遇到什么，而这狗大约也是没法出去的。

林木尝试着慢慢靠近了些，发现自己一靠近，这狗就异常戒备，一副要咬人的样子，干脆放弃了这个想法，转头从屋里拿了把伞出来，撑开给它挡了雨，然后就继续去捣鼓自己的雨棚了。

反正外边的进不来，里边的也不敢出去，还不如再拯救一下他这些被暴雨砸得乱七八糟的盆栽。虽然不全是下了单子定制的，但种好了也能卖点儿钱。

得亏还留在外边的盆栽都是耐涝的，林木撑好了雨棚，转头看了一眼那边雨伞底下的狗，发觉它正安静地舔着身上的伤口。

林木想了想，再一次走了过去。

狗停住了动作，抬眼看向他。

林木再一次在它面前摊开了双手，问道：“进屋去？”

狗上下打量了他一番，就仿佛听懂了他的话一样，不再排斥他的靠近。

林木微微松了口气，小心地避开了它身上的伤口，把它抱进了屋里。

他随手扒掉雨衣扔到了一边，摸出手机来搜索应该怎么办。

狗伤得不轻，右前腿肿得厉害，左边爪子也血肉模糊的，后腿和身体侧边都带着一道一道的伤口。

林木瞅了瞅那些划伤的痕迹，总觉得怎么看怎么像是被他家那一圈竹栅栏刮出来的。

可能是慌不择路地跑进来的时候被刮到的。

林木看着这吓人的伤痕，轻轻咋舌，转头看了一眼依旧染着一层层绿色火光的雨幕和隐约不间断传来的咒骂及惨叫声，打消了现在把狗送去宠物医院的想法。他看着手机上搜索出来的宠物犬受伤处理步骤，摸出了自家的医疗箱。

垫上一块干净无菌的浴巾，用盐水清洁伤口，上药之前要剃个毛，然后用……

“红霉素软膏……”林木嘀嘀咕咕地翻着医疗箱，好不容易翻出了一管软膏，又摸出了纱布和绷带贴，磕磕绊绊地好不容易处理好了一个伤口。

林木看着这个处理好的大口子，松了口气，继续转头折腾下一个。

他微微垂着头，头发还在往下滴水也没去在意，只是十分认真地给狗剪掉伤口边缘的毛，并上药。

狗在他靠过来的时候就停下了所有的动作，上下打量着他。

晏玄景是只狐狸，九尾狐，生下来就生活在那个被称作大荒的非人类世界里。

不过最近大荒里出了点问题，他在追击敌人的时候受了伤，马上就被他亲爹给扔到了后方，让他来镇守大荒和中原之间的通道。

中原——他们是这么叫人类所生活的世界的。

晏玄景身无分文，对中原的了解也有限，到了地方，刚藏好了自己过于明显的九条尾巴，就被一群寻着九尾狐血气而来的非人类盯上了。

对于他们，晏玄景倒是没觉得有什么所谓，动动手指就能全部摁死，只是养伤到底还是需要一个安定和平的住所。

所以晏玄景就遛着跟在自己屁股后面的一大串小尾巴，四处寻找着合适的地方，找着找着，他就闻到了一点儿不属于尘世的气味，接着就看到了那个被朝暮围护起来的小院落。

晏玄景当然知道朝暮是什么，所以他十分惊讶。

能够在中原看到朝暮，那肯定是人为种出来的。而能在尘世间种活朝暮的，都是天地钦点的纯粹灵魄。

天地钦点的纯粹灵魄是什么？基本就是个满心纯善不带丁点儿黑汁的大善人，阳寿尽了脱离躯壳就能羽化登仙的那种！

那院落远远看着就朝气蓬勃的，生命力格外旺盛，一看就是个养伤的好去处，院落的主人必然是个良善可亲的大善人。

晏玄景干脆就直接奔着这小院子来了，准备跟这个注定了会位列仙班的人结个善缘。

而他来了，他屁股后边的一大串小尾巴自然也跟着过来了。

趁着乌云蔽天阴气浓重的时候出来作乱的邪魔外道不少，朝暮在外边烧了个痛快，而并没有被烧的晏玄景正打算跳上人家的墙头，礼貌地敲个门或者打声招呼什么的，就被栅栏上磨得尖利的铁钉扎得一蹦，一骨碌滚进了人家院子，躺在了院落主人的脚底下。

在自家栅栏里藏铁钉到底是什么心态？！就算不会伤到人，伤到无辜的小动物也不好啊！

无辜小动物晏玄景简直百思不得其解。

但尊贵的九尾狐还是坚强地稳住了自己骄矜的形象，并十分矜持地应院主人再三邀请，才同意入住这间院落。

只不过，这院落主人的气味实在有些不对。

晏玄景迟疑地嗅了嗅眼前正细心给他冲洗伤口的人的气味。

虽然已经被雨水冲刷得无比寡淡，但除了属于人类的气息之外，的确还有一股浅淡的气息，是一股清冽纯和的草木气味，微甘，让他闻了就有点把持不住地想要露出肚皮哼哼唧唧。

这不是纯粹的人类，也不是意外沾上的非人类的气息。

这是个混血。

晏玄景意识到这一点，眉头骤然拧紧，却又被那股轻飘飘的微甘气息一点点的抚平，连身上的伤口似乎都不再疼痛。

没有了疼痛之后，困顿和疲累就汹涌而上，铺天盖地席卷而来，精神被安抚着，似乎可以将烦恼与忧愁干脆地抛之脑后。浑身就像是泡在热水里一样，通体舒畅。

林木看着被他处理伤口的狗慢腾腾地合上了眼，又骤然瞪大了，挣扎着想要保持清醒，复又控制不住地慢慢闭上。

他停下了手里的动作，看着狗挣扎了几番，最后脑袋一点，磕在桌面上发出“咚”的一声闷响，脸埋在柔软的毛巾里，一秒睡了过去。

林木忍不住笑出了声。

他的动作从生疏到熟练只经历了四个伤口，他学东西向来很快，熟练之后飞快地把狗身上那些他可以处理的伤口给处理了，剩下的几个他没法处理，恐怕还是得去找兽医。

林木看着狗两只惨兮兮的前爪，叹了口气，拿吹风机把它身上湿答答的毛吹干了，蓬蓬松松的，仔细一看似乎还是只他一直想养的萨摩耶。

狗这会儿躺在已经湿透了的毛巾上睡了过去，身上的毛被林木剪得坑坑洼洼的，但该处理的地方都总归被处理好了，粗粗看去不再像之前一样狼狈可怕。

林木对于这个结果还算满意，他看着睡得打起了小呼噜的狗，觉得它要是愿意留下来的话，“奶糖”的名字就可以被继承下来了。

“你要是愿意留下来的话……”林木收拾着医疗箱自言自语，在自己的辈分上思来想去地纠结了很久，终于做出了选择，“那我就是你爸爸啦！”

第三章
九尾狐

外边的火和雨是同时停下来的。

这场雨持续的时间不算短，停下来的时候天色已经完全黑了下来。

林木看了一眼在几层旧绒毯上睡得十分香甜的狗，拉开了大门，准备先看看外面是什么情况。

云消雾散，夜幕中间铺着一条璀璨的星河，整片天空都被冲刷得异常清晰。

那些燃烧了许久的朝暮都化为灰烬，落在院落里里外外，又重新生长出来，星星点点的白色小花盛开在夜色下，反射出冷白色的荧光。

林木打开了院子里的灯，走到院子外围，小心地探头看了一圈。

普通的花花草草一点儿都没有被烧到的迹象，而在朝暮生长密集的地方却多出了不少黑色的灰烬，被风一吹就飘飘扬扬地飞了起来。

这些灰烬大概就是大黑口中那种干过坏事的坏东西。

留下来的灰烬还颇有些分量，林木有点不敢去想到底烧了多少，也不明白为什么会有这么多坏东西突然出现。

他这辈子前二十多年明明过得十分平和安逸，什么稀奇古怪的事情都没遇到过。

林木看着轻飘飘地飞到他眼前来的灰烬，下意识觉得有些眼熟，仔细一看，才发觉好像大黑之前给他的那一包种子就是这模样。

所以……就是我揣着一包骨灰走了一路，还埋在自家院子里了的意思呗。

林木轻“嘶”一声，瞪着屋外这堆灰烬，思来想去，还是觉得不能浪费。

眼看着时间还早，林木干脆回屋里去拿了个小刷子和手持的垃圾铲，回到院子外围，撩起袖子扫起了灰烬。林木没准备收藏这些灰烬，他绕着自己的院子扫了一整圈，端着堆积起灰烬的垃圾铲，绕着院子转了一圈，给自家圆形的院子外边画了一圈歪歪扭扭的边缘，勉勉强强画成了一个太阳。

画完了太阳，看着新长出来的小白花，林木心满意足地回了屋，然后小心地抱起睡得香甜的狗：“走！带你去医院！”

晏玄景骤然惊醒，反手一爪子就按在了林木脸上，意识到这个人并没有表现出恶意后，赶紧收回了伸出去的利爪，拿脚心的肉垫按了上去挣扎起来。

林木对于自己刚刚险些被毁容一事毫无所觉，被按住了脸之后慌里慌张地把脑袋往后仰。他放下了挣扎的狗，看了一眼它的前爪之后，轻“咦”一声。

之前肿起来的右前爪已经消肿了，因为肿起来而红中透紫的可怖颜色也消退了下去。左爪也不像之前那样血肉模糊，在被他小心清洗过之后也已经结了痂，状况看起来似乎好多了。

看到这样的情况，林木微微松了口气。没因为他乱动造成二次伤害就好。

“但还是要去医院。”林木说道。

他处理得再好也不会有医生好，何况还得给狗做全套检查、内外驱虫、打疫苗之类的。虽然说农村养狗没那么多讲究，但他捡来的这条狗怎么看都不像是可以糙着养的土狗。

这样子像是只半大的萨摩耶，耳朵稍尖，眼睛黑溜溜的颇具灵性，就算毛被林木剪得坑坑洼洼的，也依旧挡不住它的好看，一看就是品相挺好的品种狗。这种狗一般都娇贵得很，不像大黑那种类型的大狼狗一样耐摔耐打，还能看家护院。

像这种温顺的宠物犬，林木还看到过“小偷入室行窃，屋主宠物犬叼拖鞋迎接”一类的新闻，看家护院基本上是指望不上了，只能当狗儿子宠着养着，勉强丰富一下生活。

林木凑近，再一次检查了一番狗身上还暴露在外的伤口，重申道：“得去医院。”

晏玄景对中原这边的了解不算很深，但“医院”这个词他是明白的。他抬起爪子，再一次按在了林木脸上，表示了拒绝。

他堂堂九尾狐，这点儿皮外伤一两天就能好，哪里用得着去什么医院。要是碰上一两天好不了的暗伤，那是需要静养的，去人类的医院也没有用。

林木面颊一凉，伸手小心地握住了狗的爪子，对上它的视线，眨了眨眼，试探着问道：“不去？”

晏玄景从林木手里抽出爪子，又按上了他的脸。

林木顿了顿，又问：“去？”

狗收回了爪子。

林木愣了一会儿，觉得这真是邪了门了，他竟然感觉这只狗好像在跟他交流。不对，昨天捡到它的时候它好像就挺有灵性的。

林木眉头一皱，感觉此事并不简单。

他看了这狗半晌，决定先顺着狗的意思，医院就不去了，至于其他的明天先去问问大黑。

“那行吧。”林木直起身来，看了一眼时间，也挺晚了，“今天先睡觉。”

晏玄景目送着林木把大门关上，又转过身来把他连狐带毯子一下抱起来，走路带风地噔噔噔上了楼。

林木直接把狗搬到了他的房间里。

林木的房间不小，多住一只狗绰绰有余。他看着被他搬上来之后就一直在打量周围的狗，想了想，还是解释道："我睡眠很浅的，晚上有什么事情，有动静我就能醒过来。"

不管怎么说，这到底是个伤员，得多照顾一下。横竖这狗也没有被朝暮烧，林木觉得问题还是不大。

他安置好狗，去洗了个澡，吹干了头发躺在床上，冲旁边的狗说了声"晚安"。

说完他愣了半晌，歪着头盯着趴在毯子上的那团毛球看了好一会儿，突然笑出了声，在狗抬头看过来的时候关上了灯。

林木觉得自己的快乐真的很简单，能有个睡前说"晚安"的对象他就很开心了。

妈妈走后，就再没人会在每次睡前都特意跑来跟他说声"晚安"，大学住宿舍，室友们第一个学期就搓着胳膊表示大男人天天晚安晚安的太娘了，林木就闭嘴了。这直接导致现在一个人久了，他看条狗都觉得眉清目秀，跟狗说晚安都使他身心愉悦。

林木往床上一躺，瞥了一眼在黑漆漆的房间里也依旧白得非常明显的狗，美滋滋地闭上了眼，枕着虫鸣和蛙声入了眠。

在林木睡下后不久，同样趴在毯子上阖着眼休憩的晏玄景耳朵一竖，骤然抬起头来，黑溜溜的眼睛在一片昏暗中发出幽绿色的光亮。

林木的床是靠着窗户的，这会儿窗台上边探上来一只肥嘟嘟的小手，几点红色在幽暗的光线下晃来晃去，没一会儿，另一只小手也扒了上来。紧接着一个小脑袋探上了窗台，是个头上顶着一串红彤彤的小果实的小娃娃，脸上带点儿婴儿肥，长得冰雪可爱的，嘴里还叼着一根漂亮的花枝。他这会儿正艰难地扒着窗台的边缘探头探脑，试图看清房间里的情况。

这一探头，就跟屋子里的九尾狐对上了视线。

晏玄景无声而威严地看着这个爬窗的小娃娃，稍微放开了一丝控制得极好的气息。小娃娃顿时被吓得打了个哆嗦，两只小短手没扒稳，直接从二楼窗台上跌了下去，落在林木之前搭的雨棚上又滚落在地，发出一声轻微的闷响。

这个气味晏玄景认识，是人参娃娃的气息。

这里种着朝暮，会有消息灵通的非人类跑过来寻求庇护实在是再正常不过的事。毕竟那些弱小的非人类基本上没有什么能力作恶，又经常被一些行事凶戾的非人类当成滋补美餐，跑到朝暮的保护圈里对他们来说有百利而无一害。

晏玄景缓缓地收回了落在窗台上的目光，看了一眼林木，这个号称睡眠很浅的混血，在人参娃娃爬上窗口又砸下去这个过程中一动不动，连呼吸都没变一下，睡得无比香甜。

呵……

他收回视线，重新趴了下来。

第二天一早，林木起床后洗漱好，炖了一锅骨头汤，又蒸了包子和米饭，叼着包子去把骨汤泡饭端上楼给了狗，并仔细查看了一番狗的伤口。肿胀的右前腿已经完全看不出异常了，而左爪上的血痂早已经凝结，看着也不那么凄惨了，恢复的速度和程度出乎意料地好。

“好像的确用不着去医院了。”林木嘀咕了一句，收回了检查伤口的手，犹豫了一下，还是说道，“我今天有事要出门去，给你留个小门，你要是想走的话，就从一楼左边尽头那个门出去吧。”

林木说完，看着这只狗，抿了抿唇，补充道：“不过我还是希望你能留下来。”

晏玄景两只前爪交叠着，姿态端庄地看着说完了话就转头去收拾东西的林木，耳朵轻轻抖了抖。

林木路过妈妈的工作室时，看了一眼昨天被他放在桌上就没有再打开的几个本子，顿了顿，安静地拉上了房门，转头下了楼。

今天天气很好，林木打开了大门，推着电动车径直离开了家。

他今天依旧准备到办公室那边去一趟，虽然还没有到正式上班的日期，但林木觉得适当的人情是有必要的。比如帮忙把门窗之类的东西修一修，修不了的就在外墙种上一些植物来掩盖缺陷，至少看起来不要那么破烂。

晏玄景在他离开之后才慢条斯理地吃完了那一碗骨汤泡饭，站起身甩了甩左爪，把左爪上凝结的血痂甩掉之后，同样下了楼，从林木说的那个门走了出去。路过院子正门的时候，他偏过头，看到了被插在正面木门上的花枝以及花枝上放着的几根白嫩饱满的人参须。

这是那棵人参娃娃的投名状，深知非人类规则的九尾狐清楚得很。可惜林木走得匆忙，完全没发现自家门上多了点什么。

晏玄景随意扫了一眼，也当成什么都没看到，转头走了。他还有事。

关于中原和大荒之间的通道。

中原这边也有负责镇守通道的非人类，晏玄景在来到这里之前从他亲爹那里得到了一个地址——A 市中原区青要路 404 号青要管理处办公室。

这是中原这边负责镇守通道的非人类所在的地址。

一人一狐走得头也不回，风掠过空荡荡的庭院，拂过藏在栅栏藤蔓底下的一小串红彤彤的人参子，带走了一声委委屈屈地呜咽。

林木带着家里的一些工具到了办公室。

他到办公室的时候还早，并没有到上班时间，不论是大黑还是那位只闻其名的老乌龟都没在。林木拿出钥匙打开了门，稍微打扫了一下办公室，拿着卷尺拉了条凳子到坏了的窗户前边，踩着凳子量起了窗户的尺寸。

办公室的窗户并不是现在使用广泛的推拉窗，而是稍微有些旧的平开窗，是向外推并带手动锁夹搭扣的那种。

林木不知道怎么更换玻璃，所以他准备直接把整扇窗户换掉，不过在换之前，得先等办公室的另外两位过来商量一下才行。

林木在纸上记好了窗户的尺寸，又出了门，瞅了瞅这破烂房子的外观，琢磨着应该买点什么植物来稍做遮挡比较好。不管怎么说，这好歹也是个办公场所，以后要经常出入的，怎么也要看着舒服。只要大黑和另外一位不介意，林木觉得问题就不大。

他过了条马路，站在马路对面看着这个外表破烂的办公室，又绕了个圈子到另一条道上瞅了一眼办公室的另一面。办公室的另一面也相当破旧，但正对着的是一个正在建的创业园区，估计城市规划很快就要规划到这边来了。

林木瞅了半晌，心里多多少少有了点谱，正在他收回目光准备走人的时候，余光里只有一层的破旧建筑上边隐隐约约地出现了一片巨大的黑影。

林木一愣，猛地转过头去，却又什么都没发现。

林木觉得，打从他推开了新世界的大门起，这短短一天里，生活和眼中所见的世界就极其迅速地变得奇怪起来。

林木纳闷地回了办公室，回来的时候大黑已经到了，这次他没穿显乖的白衬衫和牛仔裤，而是干脆利落地套了一件肥大的运动 T 恤加一条沙滩裤。

听到开门的声音，大黑转过头，似乎没想到林木今天也会过来，问："你怎么来了？不是还没到正式入职的时间吗？"

"反正也是闲着，我看这里窗户坏了，想着给修一修。"林木说完，心里还是很在意刚刚看到的黑影。换了以前，他多半就当成是眼花或者错觉了，但跟这个管理处扯上关系，林木就没那么容易忽视掉。

他思来想去，还是开口对大黑说："我刚刚溜达的时候，看到咱们楼上有好大一片黑影，仔细看又没了。"

"啊？你说咱们二楼吗？"大黑随手指了指办公室南边角落里的一扇门，"二楼是纸质资料室，从那儿上去。”

林木愣了好一会儿：“咱们有二楼？”

“有啊。”大黑点了点头，解释道，“普通人看不到的。”

林木小声嘀咕：“我也看不见。”

“因为你才意识到自己不是纯粹的人类啊。”大黑说着，坐在椅子上转了小半个圈，面对着林木说道，“就跟我以前没意识到自己开了灵智一样，没有‘自己是特殊的’这个认知，很多东西你就看不到。”

“唯心主义。”林木说道。

大黑十分严肃地点了点头：“对，就那什么……我思故我在？就是你认识到你自己原来是个混血了，你就会看到以前把自己当人类的时候看不到的一些东西，你现在知道咱们有二楼了，过几天你就能完全看清咱们二楼的样子了。”

既然能够看到了，那就必然会发生一些接触，接着就会慢慢地完全进入另一个世界。

“哦，好。”林木点了点头，指了指窗户，“这窗户还需要换一换吗？”

“我跟老乌龟对这地方没什么要求，你要是看着难受就换吧。”大黑话音刚落，在室内的两人就听到了敲门声。

林木起身去打开了门，门外站着一对年轻男女和一个小女孩，看着像是一家三口。

林木愣了愣：“你们好？”

“你好。”那个年轻男人点了点头，“我们来办理入户的。”

林木闻言，点了点头，让开了身子。

大黑在那边已经听到了他们的对话，手脚麻利地打开了电脑，喊他们过去。

林木想了想，没先出去买窗户，而是带上门回了办公室，准备瞅瞅这边的办公流程。

这个管理处所针对的服务对象有且仅有非人类，包括混血。工作内容主要是为那些想要在人类世界生活的非人类办理户籍，进行录入管理，防止他们在人类世界里为非作歹。而没有过来录入的，统统算黑户，遇到了就要去提醒一下并带回来录入，反抗的就打一顿逮回来录入，而已经犯了事儿的，直接就地正法。

林木坐在大黑旁边，看着他打开了电脑里的录入软件，对那一家三口问道：“从哪儿来的？”

“大荒西，厌火国。”男人说着递出了一个小本本，林木看到那个小本本上写着“户籍”两个字。

大黑闻言，翻了翻那个小册子，动作一顿：“昆仑虚的赤水边上？赤水边上的居民怎么会跑到中原来？”

男人叹了口气：“最近大荒不太平，大家都往几个大城里挤，我们一家实力弱，被强些的非人类霸占了房子，也不敢去偏远的地方，所以干脆就来中原了。”

大黑眉头皱了皱：“大荒也不太平？”

男人眉宇间都是愁苦：“对，好像是有隐世的大物出世，四处作乱，已经杀退了好几个国度的领头者，又是厮杀又是屠城的，凶悍得很。”

大黑不说话了，拿着户籍本子核对了一下，然后噼里啪啦地敲起了键盘，半晌，他在本子上盖了个戳，把本子还给了那一家三口，说：“行了，你们在青要山范围里找个地方住下，记得拿着户口去找土地神打个招呼，尽量不要外出，最近中原也不太平。”

一家三口拿了本子，松了一大口气，连连点头，千恩万谢地走了。

林木琢磨了一会儿听到的几个陌生的词，大约也能听明白。

中原就是这里，他们生活的地方。而大荒应该是另一个地方甚至另一个世界，听起来在大荒里生活的好像全都是非人类。而厌火国、昆仑虚和赤水，林木对后两者还是很耳熟的，他在不少神话题材的作品里看到过，这三个词语听起来都是大荒里的地名。

他抬眼瞅着眉头皱起来的大黑，问：“怎么了？”

“我就说最近怎么一堆一堆的小非人类过来入户呢。”大黑一咋舌，“以前看他们的地址都是大荒里一些偏僻小角落，我就没问，这次天帝下都的居民——哦，你可能不知道，就是昆仑虚，那是天帝在大荒的都城，赤水的发源地，天帝庇佑的地方，那里的居民都跑出来了，我才问的，原来大荒里也出事了。”

“嗯？”林木愣了愣，回忆了一下，“我记得你昨天好像也说最近出了点事，所以有点忙。”

“是啊。”大黑叹气，声音压低了，“就……前段时间看到了一份文件，说是这几个月死了不少人，往深了一查，发现这些人往上溯源，全都是几百上千年前的修真家族的后代，中原这边相关部门的高层提出了质问。后来各地的非人类管理处陆陆续续往上报了每季度的非人类死亡数量，才发现最近非人类的死亡数量也超标了。”

“听起来有点像报复。”林木说道。

“肯定是，而且死状都很惨，所以我们才会被质问。”大黑说完顿了顿，“可是非人类也被大规模无差别袭击了，还死了好几个土地神，听着跟大荒里到处杀戮屠城的是同一个类型。”

林木在这种事上完全没有发言权，只能问：“这种事情一般是怎么处理的？”

大黑指了指西边："咱们这边的青要山，山里有个巨大的通道，是通往大荒的。因为很大很稳定，所以是唯一一个两边官方都承认的通道，偶尔也会有些小通道突然冒出来，但很随机，危险性也很高。大荒里出了这种事，上面肯定会派人过来跟我们对接，要是大荒里那个作乱的通过这个稳定安全的门跑到中原来了，那大家全都得玩完。"

林木想了想，觉得不对。

"一般来说，不应该是祸水东引，把那个惹事的非人类扔到咱们这边来吗？"

大黑震惊地看向林木，说："林小木，看不出你长得温温柔柔的，心这么黑啊？"

林木摸摸鼻子，觉得自己的逻辑很完美，并没有哪里出了错。

大黑缓缓地收回了视线，说道："也是，你不清楚这中间的利害。"

"中原，人间，是地基，知道吧？"大黑指了指天际一片浓密的卷云，"你知道那是什么吗？"

林木想了想，诚实地答道："云。"

"错了，那是天界的一部分幻象。"

大黑说完，踩了踩脚底下的地板："你知道这是什么吗？"

林木答："地板。"

"错了，这是冥府黑漆漆的苍穹。"

大黑言罢，指了一圈周围："你知道这些是什么吗？"

林木不说话了。

"天空、土地、花草、水流，中原的一切全都是大荒存在的依凭，没了中原，大荒瞬间就会消失得一干二净。"大黑解释道，"所以大荒里的非人类，就算是被屠城了，死光了，甚至抛弃大荒全都到中原里来避难，也绝不能把那个人放过来。"

林木受教地点了点头："所以出了这事，会有大佬过来帮忙顶着。"

"对。"大黑拍了拍林木的肩，"跟咱们这种小人物没什么关系，干好自己的事就行了。"

于是林木乖巧地去家具城挑了合适尺寸的木窗回来。

大概事情的确挺严重的，光是这天上午，从大荒跑过来入户的小非人类就有八个，大黑接待一个就要骂旷工的老乌龟一句。

林木听他骂了一上午，把窗框弄好，跟大黑坐在一起吃外卖。

"对了。"林木想起了家里的狗，"我昨天捡了只狗。"

大黑夹菜的动作一顿，扭头看向林木，说："是我不够好吗？你怎么还去捡别的狗！"

“它自己跑来我家的。”林木说道。

“哦，流浪狗吧，也不容易。”大黑夹了块肉，“你照顾一下呗。”

林木点了点头：“嗯，我是准备养它的。”

晏玄景好不容易找到了地方，刚准备抬手敲门，就听到了有些熟悉的声音。

他轻嗅了一下风中的气息，那股清冽纯和的草木香若隐若现。

门里面，林木还在跟大黑说话：“我看它可聪明了，就是……能跟我交流的感觉，昨天它就表示说不想去医院。”

大黑眉头一皱：“医院？”

“对，因为它受伤了，我看着它身上那些伤可吓人了，好像是我院子外边的栅栏弄的……”

门外的晏玄景愤怒了。

区区铁钉怎么可能伤到他！也就是被尖锐的东西戳了一下的不适感而已。

那些伤都是在大荒里受的，他好歹也是九尾狐，要是能被普普通通的铁钉伤到，那也太丢脸了。

“我觉得我得负责，我本来也想养只狗陪我的。”林木嘀咕，“而且它那么聪明。”

“那就养呗。”大黑扒了口饭，无所谓地说道，“你观察两天，要是受伤了不去医院也能愈合得很快很好，身体倍儿棒特别聪明还通人性，那可能就是开了灵智了。开了灵智的动物其实很多的，只是很难察觉到自己的特殊。”

林木一愣，神情顿时一肃：“这样的吗？”

那看来是不能带去医院绝育了。

“可是我也不确定它会不会留下来。”林木咬着筷子，“我连名字都给它想好了，要是它伤好了还愿意留下来，就把名字给它。”

“叫什么啊？公的母的？”大黑问。

“公的，我想叫它‘奶糖’。”林木想起他妈妈带他去看过的那只萨摩耶，又想到家里的狗，笑出了两个小梨涡，“它超好看的。”

大黑觉得这名字好嗲，但瞅瞅林木高兴的样子，又默默地闭了嘴。

两个人闷头扒了几口饭，就听到门口传来了敲门声。

“我去开。”林木放下碗筷，转头哒哒哒地跑去开门。

他拉开门，一边打着招呼一边抬头看去，而后脑子一蒙。

这是一张初见就令人异常惊艳的脸，鼻梁高挺，生着一对完美的丹凤眼与稍显凌厉的斜眉，一头青丝如瀑，像极了绸缎的色泽，再看得仔细些，用肤若凝脂这种形容词来夸赞这个男人也丝毫不过分。

他穿着一身玄色金绣纹的古服，一只手从广袖里探出来，做敲门状，手指白皙修长，手背上隐约可以看到几丝青紫色的脉络。他仅仅是站在那里，面无表情，便透着一股肃穆的帝王之气，不怒自威，身姿挺拔，像是将矜贵与优雅披在了身上。

林木与他黑色的眼眸对视着，只觉得一切都离自己远去，只余下了如擂鼓一般的心跳。

时间仿佛过去了很久，林木才在男人的注视中缓缓地回过神来，有些愣怔地让开了门，看着这个比他高出了一个脑袋的男人迈开步子走进了这间稍显简陋的办公室。

林木愣愣地抬手摸了摸自己还跳得飞快的心口。

林木从没见过这么好看的人。

好看得对视一眼就浑身软软麻麻的，让人连最简单的动作都变得软弱无力，脑子被搅成了一团糨糊，只觉得什么都凝固住了，只想一动不动地盯着他看一整天。

林木看着这个好看至极的人从他眼前走过去，他身上的服装质地与点缀精致高级，一头长发垂在脑后，发尾处被随意地绑缚收束了一番，在满身的严肃里多出了一丝随性的味道。

他垂着手迈步，停在进门口两三步的地方，抬眼环视了一周，简单的动作都像是被细心雕琢过的优雅。

大黑从那边转过头来，也愣了一下，就迅速晃晃脑袋回过了神，瞅了一眼还在发愣的林木，站起身去拍了拍他的肩膀。林木一惊，跑掉的魂瞬间收了回来，但还有些仓促的愣怔。

大黑看向站在门口的人，问道："你好，请问是有什么手续需要办理吗？"

那个男人轻轻点了点头，说："我来找吴归。"

他的声音有些沉，语气平静无波，显得有些冷淡疏离，但依旧是好听的。若是要用什么合适的措辞来形容，那就是乍听上去如同高山之巅的惨白冷雪，清寒刺骨，冷上了天。

林木听了这声音，收回来的魂又恍恍惚惚地飘走了。

"吴归，吴归他今天还没……"

大黑话音未落，门口就走进来一个鹤发童颜、精神矍铄的老头。

他穿着件宽松的大马褂，两手拢在袖子里，轻飘飘地抬眼看了看办公室里站着的三个，从容地问："堵在门口做什么？"

大黑轻轻推着林木回了座位，在他眼前挥了挥手，见林木还有些迷迷瞪瞪的，无奈地转头看向迈过门槛走进来的老人。

老人看了林木一眼，走到他面前张开手掌，然后猛力一握，看着眼神逐渐清明的林木，啧啧两声："少年人。"

林木过了两三秒才反应过来，有些羞赧地抿了抿唇，嘴角两个小梨涡浅浅的："不好意思。"

大黑告诉林木："这就是我跟你说的老乌龟，名字就叫吴归。"

老人看了一眼大黑，冷哼一声，抬手拍了拍林木的背："倒茶。"

林木给老人打了声招呼，点点头，起身去了饮水机那边，大黑也跟着凑了过来，瞅了瞅林木："回过神来了？"

"嗯。"林木不好意思地点了点头，"这位是……"

"那张脸我在资料里看过，九尾狐。"大黑小声地说道，"大荒那边青丘国的下一任国主，叫晏玄景。"

林木对这个没什么概念，只觉得大概是很厉害的。

"他很好看。"林木也跟着小声地说道。

大黑一咋舌："你意志力怎么这么薄弱，分分钟就被九尾狐的魅惑才给忽悠瘸了。"

林木茫然地看了他一眼："啊？"

"九尾狐嘛，专坑你这种意志薄弱、沉迷美色的家伙。"大黑威胁道，"回头我们不在你身边，你记得见到他就跑，不然你看了那张脸，被他卖了还要给他数钱。"

"哎？"林木愣了愣，这才意识到自己刚刚那样反常的状态有些不对，不由地转头看了看那边正在跟吴归低声说话的男人，想了想，又说道，"可就是很好看啊。"

大黑跟着扭头看了一眼，然后闭嘴不说话了。

那边正在跟吴归说话的晏玄景也微微停滞了一瞬，晏玄景耳聪目明，将那边的对话听得一清二楚。

吴归察觉到了他这一点停顿，看了那边一眼，说道："两个小孩子，别计较。"

晏玄景摇了摇头，接着他们刚刚的话题，慢条斯理地说道："我来帮忙镇守通道，还需要查阅一下这里的典籍记录。"

"可以，二楼就是资料室。"吴归说罢，仔仔细细地打量了一番眼前这个年轻的九尾狐，说道，"最近通道那边我还控制得过来，你用不着太着急，先把伤养好。"

晏玄景并不意外自己受伤的事情会被眼前这个人发现，他轻轻颔首之后，一翻手拿出了几棵饱满鲜嫩的灵药放在桌上，说道："还请您为最近大荒的事情卜上一卦。”

吴归眉头一拧，看了那些灵药一会儿，还是收下了，抬眼看了晏玄景一阵：“我看你跟我们这边这个混血小哥的缘分挺深。”

晏玄景一顿。

吴归观星卜卦摆阵的厉害，在整个非人类世界里都是出名的，哪怕是在大荒里也无人能出其右，他这么说，肯定就是事实。

其实，也的确是事实。

他当初往那个被朝暮圈出来的院落里跑，本身也是抱着想要结个善缘的心思。只不过晏玄景始终分辨不出林木的本体是什么。

吴归看他没反应，不由眉头一挑，道：“怎么？都什么年代了，你们还兴歧视混血那套？”

林木正端着茶水走过来，美滋滋地想着要跟这个长得特别好看的非人类打声招呼，结果一来就听到这么一句，不由愣了愣，沉默地把茶水放好，转头走了。

晏玄景看着林木溜得飞快的背影，卡壳了两秒才反应过来说了句“没有”。但林木没听见，上去追着人家说自己不歧视混血好像也有那么点奇怪。

晏玄景沉默了许久，转回头问吴归：“您知道这个混血的非人类血脉是什么吗？”

吴归两手拢在袖子里，摇头：“不知道，他的星星被挡得严严实实的，丁点儿看不到，八成是什么不得了的家伙的后代吧。”

晏玄景闻言，点了点头，两人又说了几句，就一同起身往二楼去了。

大黑目送着他们的背影消失了，转头看向跑去了窗户边上准备把窗户安上的林木。林木脸上没什么表情，看着跟平时没什么区别，但大黑就是从他的神情里尝出了些许不高兴的滋味。

大黑一蹬腿，坐在椅子上一路滑了过去：“怎么了？”

“那个九尾狐……”

大黑接话：“晏玄景。”

“那个晏玄景，好像不喜欢混血。”林木说道。

大黑不以为意：“大荒里来的大族嘛，还是地位挺高的那种，看不上咱们这种小人物混血什么的多正常。”

“哦，也是。”林木点了点头，闷闷地鼓起了脸，丁零当啷地装好几面坏掉的窗户，把工具都收拾好了，又要了大黑的联系方式，表示自己下周一正式入职的时候再来上班之后，扭头离开了办公室。

林木长得并不矮，但也称不上一句高大，拎着一堆重物哼哧哼哧地往家走，背影看着像一只气鼓鼓的企鹅。

林木到家的时候，天际已经遍布了层层叠叠的火烧云。

他气闷地把工具袋子往桌上一放，低头看了一眼时间，这才想起家里还有只没吃午饭的狗，顿时慌张地跑上楼，探头往自己屋里一看，却扑了个空。

林木看着空荡荡的旧毛毯愣了好一会儿，抿了抿唇，在屋里屋外四处找了一圈，也没看到那团白色的毛球。他只好打开电脑去看了看监控，发现今早他刚离开不久，狗就跟着离开了，看起来走动已经没有问题了，只是左前腿还有些小瑕疵。

林木关掉监控记录，像是被戳破了的气球，整个人都泄了气。他抿着唇滚上了床，把薄薄的小被子一拽，整个人都藏进了被子里，觉得自己好惨。

多好看的非人类啊，林木想。

虽然喜欢看脸这事说来有点肤浅，但林木就是觉得每天跟长得好看的人聊聊天，心情都能愉快一整天。

当个朋友也好嘛。可惜人家长得好还地位高，对混血毫无兴趣。

当然了，这对林木来说只是个小小的打击。毕竟这也就是个普普通通的小插曲，自己以后会不会跟那位大佬打照面还是个未知数呢。

对林木来说，最大的打击还是狗也不要他了。

他的狗跑了。他满怀期待地想着狗留下来就给它取名叫“奶糖”，结果狗跑了。

林木在被子里团成了个球，脑袋埋进枕头里，感觉自己自闭的姿势一定十分标准。

过了好一会儿，他觉得被窝里有点闷，伸手在枕边摸来摸去，摸到了小电风扇的开关，把开关打开，从被窝里伸出个脑袋，叹了口气。

算了，旧的不去新的不来。是时候上宠物店里去挑只新的狗回来了。虽然新的狗不一定聪明机智，但傻狗有傻狗的好处，至少不会跑。

林木想到这里，一个鲤鱼打挺从床上蹦起来，穿上鞋拿上钥匙就噔噔噔冲下了楼。

大门一拉开，夕阳橙红的光线争先恐后的涌进屋子，带着夏日傍晚染上了些许凉意的风拂面而来。

林木跟变回了本体蹲在院子外边准备跳进来的晏玄景对上了视线。

林木愣住了，晏玄景也愣住了。

一人一狐在夕阳底下对视了好一会儿，林木率先反应过来，整个人都变得明亮了几分，乐颠颠地跑出去给失而复得的狗打开了门。

“你回来啦！”林木把狗放进来，第一件事就是蹲下身给它检查了一遍身上受过伤的地方。

一个白天过去，这些伤都已经恢复得差不多，只留下了一些无伤大雅的血痂和伤痕，等到血痂脱落了，应当就痊愈了。

“我还以为你走了。”林木松了口气，然后美滋滋地说道，“既然你又回来了，那我来给你取个名字好不好？‘奶糖’怎么样？”

晏玄景看了林木一眼，没说话。

他倒是也想变成人形，毕竟方便，但是这个混血根本扛不住九尾狐的魅惑术，分分钟就能把灵魄给吐出来，哪怕晏玄景压根儿就没有魅惑他的意思。

作为一个讲文明懂礼貌、脱离了低级趣味、并不需要靠吸食人类或者非人类的灵魄为生的九尾狐，晏玄景很早前就已经极力收敛起自己的天赋了，收不住的部分也基本不会对别的非人类造成什么影响。

谁能想到林木对他人形的抵抗力竟然这么弱——连声音都能把林木带着跑。也就他保持本体的时候，林木能保持正常了。

说实话，晏玄景活了五百多年，头一次见到打了个照面就能被他迷得晕晕乎乎的非人类。在大荒里，同样是混血，也没几个像林木这么菜的，至少晏玄景没见过。

晏玄景跟在林木后边进了屋。

林木嘴上正叨叨着今天发生的事，句句不离今天见到的那个超好看的狐狸。

小色鬼。

晏玄景面无表情地想着，看着林木进了厨房，刚准备找块干净的地方坐下，又像是想起了什么一样，转头回了院子里。

林木蒸上饭转过身，就看到他家奶糖站在厨房门口，嘴里叼着一棵挣扎个不停的人参，见他看过来了，直接把人参往地上一扔。

那人参在地上滚了一圈，滚成了一个白白胖胖的奶娃娃，头上顶着一串红彤彤的人参子，紧张地环视了周围一圈，最终把目光落在正架着锅子的灶台上，愣了三秒，“哇”的一声哭了出来。

就拎着族里顾不上照看的小崽子们来了帝休谷躲懒。

趴在一块岩石上的大九尾狐懒洋洋地摊开肚皮，九条毛绒绒的大尾巴有一下没一下地翘着。身姿妍丽的大美人趴在他的肚皮上，神情惬意。

等到阳光与日华把肚皮照得暖烘烘，狐狸与美人又翻过身来，优雅地抻直了背部，摇晃着尾巴。

今天阳光大好。

大荒的一天比中原要长一些。

林木戴着手套穿着工装，搭烧烤台搭得浑身是泥。

林人参在一旁，抱来了一大筐刚在菜园里摘的蔬菜，在林木身后探头探脑。

“你在做什么呀林木？”

“烧烤台。”林木答道，脱下手套捏了捏人参娃娃的脸，“能不能拜托小人参帮帮忙，洗一下菜？”

小人参脸红扑扑的，蹭了蹭林木的手：“好的呀！”

林木抿着唇笑了笑，重新戴上了手套。

那边，几团圆滚滚的白色毛团子蹦跳着跑了过来，嘴里叼着这样那样的小动物。

“林木林木！”跑得最快的小狐狸将嘴里叼着的兔子放下，黑色的眼睛圆溜溜的，“吃兔子！”

“好。”

后边的几只不甘示弱地挤上来。

“林木林木！有青蛙！”

“我抓到了鱼！”

如今的大荒居民的生态与林木初来时已截然不同。只是登记制度被刻进了骨子里，对上位者的驯服中夹杂了发自内心的虔诚和感激，反而愈演愈烈。

林木正是因此才选择离开青丘国，回到帝休谷中去的。

晏玄景并不知道应该如何改变这些，于是他妥协，选择自己辛苦一下，往来于青丘国和帝休谷之间。

帝休谷的生活很缓慢。

比起大荒这种快速的改变，林木还是更加偏好中原那边相对慢一些的生活，帝休也是同样的想法。

于是完全不同于晏玄景那边大刀阔斧的改革，帝休谷的父子两个慢慢悠悠地生活着。

不想动的时候就化作原型，在阳光又或是月光之下舒展枝条。休息够了就从睡梦中醒来，慢腾腾地搭建房子与花园。

帝休谷里如今已经有了一栋房子和一个小小的花园，是林木和帝休花了好几年，慢吞吞地自己伐木、烧砖一点点搭建起来的，完全复制了林木在中原的家。

林木得知了晏玄景今天会来，早早地从床上爬了起来，像个小陀螺一样搬着砖头，在院子外边搭了个烧烤台。

帝休恢复得很好，苍青色大树拥抱着小小的院落，枝繁叶茂，像条盘亘在珍宝之上的巨龙。

温柔的日华飘飘摇摇宛若细雪，随着风向，落在繁华遍地的山谷之内，落在花草拥簇之下一团团扑腾的白色小毛团上。

那是一群幼年的小九尾狐。

晏归和夫人早早地退了休，这段时间青丘一族忙得团团转，他们

“我扑到了鸟！”

“林木林木……”

林木被一群毛绒绒的小狐狸包围，不得不高高举起手上的泥铲与砖，一边回应着，一边有些苦恼。

晏归在那边掀了掀眼皮，哼唧一声，抱着老婆，团成一个球，连耳朵带头，都压进了自己毛绒绒的大尾巴里。

一旁苍青色的大树探出几根枝条来，动作轻柔地将这群圆滚滚的小家伙拉开，挨个拍了拍他们的脑袋，连林木也没有被放过。

林木晃了晃被枝条轻轻触碰到的脑袋，感觉手上一轻。

帝休接过了他手里的泥铲和砖头，温声道：“我来吧。”

林木眨了眨眼。

“好。”

他脱下手套和围裙，交给了爸爸，然后拿了把刀，随手抱了个小毛团，拎着他们叼来的猎物去了水潭边上。

被林木抱在怀里的小家伙晃着尾巴：“林木，我前段时间抓到了一只犬系的非人类！”

林木拍了拍他的脑袋：“不要欺负人家。”

小家伙委屈的哼唧了一声：“我把他放了！”

林木揉了一把手底下软绵绵的毛：“做得很好。”

小家伙的尾巴顿时晃成了小风车。

跟在林木后边的几只小九尾狐吃味，纷纷追上来，奶声奶气地跟林木说着他们最近威武勇猛的成长事迹。

晏玄景到的时候，天际被火烧云染成了绚烂的彩色。

帝休给烧烤台搭上了最后一块砖，晏归被抓来帮忙，正在往烧烤台里点火。

林木正在串肉串，林人参像条小尾巴，串完一串就伸出肥肥的小手臂，眼巴巴地等着林木的夸奖。

小九尾狐在林木脚边上，大约是玩累了，滚做了一团，呼呼大睡。

林木夸完了小人参，一偏头，就看到了自天际踏空而来的晏玄景。

火卷天烬。

青丘的国主被染上了夕阳的鎏金。

晏玄景缓步而来，落在林木身边，九条尾巴一扫，将睡得香喷喷的毛团子全都扫到了一边。

晏玄景瞥了一眼那群幼崽，抬眼看向了林木。

林木递给他一串葡萄，脸上是被一整天的阳光灼烫出的红晕。

“你今天可真好看。”他说道。

晏玄景想破了头也想不出他作为国主到底哪里受到优待了。这国主的位置，在他们族里是个烫手山芋，没几个想要的。

不过既然林木说了，再想想林木长大的中原的环境，晏玄景觉得他确实是可以在这个位置上努努力。

他最初解决的，就是大荒依托于中原，以至于天灾频发的问题。

因为大荒是中原的投影，所以经常发生中原那边有人摘下了一朵花、踩死了一棵草，而导致大荒这边有某一块地方轰然崩塌的事情。

十数年过去，如今的大荒早已经变了模样。

晏玄景派遣了许多妖怪前往中原，比对了一些中原与大荒相对应的坚固之处，在青丘国内大批量地刻下阵法、建造城镇，并不拒绝任何种族、任何等级、任何实力的生灵前往定居。

这些城镇中有执法队，一开始由青丘国主指定，一切步入正轨后，便逐渐转为本地居民选拔。

自那之后，弱小的、朝不保夕的生灵们再也不需要担忧自己的家园哪一天突然崩毁，虽然偶尔也会有流血冲突，但他们的生存环境比之最初已经好上不知多少了。

随后，青丘国主大兴土木。

与需要漫长的时间与大量的器械完成作业的人类不同，在大荒，想要修一条路、建一座城、推平一座山头，都是非常简单的事情。

那几年，青丘国直接从种族聚居的部落，一跃成了和平混居的国度。

在最初的混乱过后，贸易交流、资源置换与和平安定便紧随而来。

初见成效后，大荒里其他的国度陆陆续续选择了效仿。

番外·大荒

帝休谷距离大荒颇有那么一段距离。但对于晏玄景而言，这算不得什么。

林木不太喜欢待在青丘国，哪怕过去了许多年，林木仍旧没有适应大荒里过于赤裸的丛林法则。心理水土不服的毛病实在是难以扭转，晏玄景没法子，最终选择顺着林木，将他送回了帝休谷。

晏玄景踏空而行，拖曳着毛绒绒的九条尾巴，宛如晴日流星一般向着帝休谷疾驰。

地面上生灵往来频繁，有人抬头窥见了那一点白色，惊呼一声，引来了注目。

于是地面上的生灵喜悦地向天上投掷鲜花与瓜果，口中称颂着“青丘国主万安”。

晏玄景如今已经成了万众景仰的青丘国主，与晏归那个热衷摸鱼不爱过问国事的国主不同，他这个国主当得相当的认真。

——实际上晏玄景并不想这么认真，他觉得哪怕是在帝休谷睡上个一年半载的，也比当这个国主有意思得多。

但林木说，在这个位置上受到优待，就应该承担起相应的责任来。

青要管理处

之

大荒日常

第四章
林人参

“呜哇啊啊啊啊！不、不要吃我！”

奶娃娃光着屁股蛋坐在地上，哭得好大声。

晏玄景被吵得皱了皱眉，爪子一抬，奶娃娃的哭声瞬间收了起来。

人参娃娃觉得自己好委屈，都要被煮了，还不许大声哭。

奶娃娃抽抽搭搭的，在旁边那团白色毛球的注视下一动也不敢动，也不敢哭得太大声，唧唧呜呜地哭两声，停下抽噎两下，小心翼翼地看看林木，又看看堵着门的毛球，又唧唧呜呜地哭起来。

即便已经看过大黑在他眼皮子底下大变活人了，但再看一次一棵人参变成一个冰雪可爱的奶娃娃，感觉依旧十分刺激。

林木一眼就认出了这个奶娃娃头顶上那一串红彤彤的小果实是什么。

他放下手里的菜，走到夙成一团抽抽搭搭的人参娃娃边上：“你……”

人参娃娃看着走过来的林木，呜咽得更凄惨了几分：“呜呜呜，不、不要吃我……”

林木这才意识到厨房这个地方对于一棵人参来说有多不妙。

“我们不吃你。”林木说道。

人参娃娃眼巴巴地看着他，吸了吸鼻子：“真的吗？”

林木点了点头：“真的。”

人参娃娃又转头看向站在门口的毛球，林木一怔，也跟着偏头看向了自家狗。

奶糖在他俩的注视下慢腾腾地趴下，左爪放在右爪上，姿态十分端庄。

“它也不吃。”林木收回目光，问道，“你怎么被它抓住了？”

“我……我是来拜山头的。”人参娃娃抽噎着擦掉了眼泪，肥嘟嘟的脸上写满了委屈，“我本来在青要山里躲着，但是最近青要山来往的非人类越来越多，我没地方躲了，昨天看到这里烧了好多邪物，就想来寻个庇护。”

“这样啊。”林木恍然大悟，意识到人参娃娃说的是朝暮烧起来的那会儿。

“我可以留下来吗？”人参娃娃看着蹲在他面前的林木，小声说道，“我、我不占地方的，院子里……我上院子外边去也可以，我、我还可以帮你打理院子里那些植物，我还会松土养土，我……我很有用的。”人参娃娃说着又唧唧呜呜地抽噎起来，“我真的很有用的。”

“你别哭啊，我又没有要赶你走。”林木没带过小孩儿，被哭得手足无措的，只好转头抽了张纸，给人参娃娃擦掉了眼泪，站起身来并迅速转移了话题，“你有什么喜欢吃的吗？”

“我不用吃东西。”人参娃娃愣愣地答完，才反应过来林木说了什么，小小的一只骨碌一下从地上爬起来，也没见屁股上沾到什么灰尘，垫起小脚“啪叽”一下抱住了林木的大腿，奶声奶气地连声问道，“真的吗？我可以留下来吗？你不赶我走也不吃我吗？”

“对，你可以留下来，我不赶你走，也不吃你。”林木答道。

小人参愣了两秒，破涕为笑，傻呵呵地笑了两声，松开抱着林木大腿的手，高兴得原地蹦了几下，搓了搓手：“那我帮你养花呀！”

林木看了看小人参，决定回头弄几个空盆出来给他慢慢折腾，转头从冰箱里拿出了几个苹果来，打汁滤渣，倒了一杯给这小奶娃娃，顺便说道：“我叫林木。”

小人参似乎愣住了，他小心翼翼地捧着杯子，抬眼看了看林木，眼见着又是一副要哭出来的样子，奶音里又带上了一丝鼻音，瓮声瓮气的：“林木！”

“嗯，嗯。”林木点了点头，对他笑了笑。

“林木！”小人参又喊了一声，使劲吸了吸鼻子，想要说什么却卡住了，有些无措，“可是……我没有名字呀。”

“哎？”林木微怔，没想到这么一层。

说来也是，他所知道的几个非人类，除了“晏玄景”听起来像个正儿八经的名字之外，另外两个的名字都挺随性的。

老乌龟就叫吴归，大黑的名字是那位老太太给他取的。

“那你现取一个？”林木说道。

小人参抱着杯子，喝了口果汁，支支吾吾半晌，问道：“我……我可以跟你姓吗？”

“可以啊。”林木在他支吾的时候转头去洗菜，听他这么一说，当下就点了点头。

“那我就叫林人参吧！”小人参脆生生地说道。

林木一愣，轻咳一声憋住笑意，板着脸严肃地点了点头：“可以，很不错。”

小人参低下头嘿嘿笑了两声，高高兴兴地念了两遍自己的名字，看林木在忙碌，左右看看，一步一挪地试探着往门口凑了过去。

坐在门口的晏玄景轻飘飘地看了他一眼就收回了视线，目光又落在了林木身上。

倒不是有什么别的原因，而是属于林木的那股若有若无的气味，总让他觉得身心舒泰，以至于就这么看着他，似乎也成了一件挺舒心的事情。

晏玄景实在是好奇林木的血脉是什么，但他在离开吴归那里之前稍微跟那个大黑聊了聊，才发现林木自己也不知道，不仅不知道自己的血脉，在此之前，他连自己是个混血都不知道。

晏玄景想到林木房间里的摆设和林木的书桌上那张照片，那大概是他跟他妈妈的合照，在看起来像是山中野地的地方，母亲环抱着少年的脖子，笑得像少女一样明艳而耀眼，而照片中的少年微微噘着嘴，一副不情不愿的样子。

没有父亲。

晏玄景看着林木，知道林木的非人类血脉就来源于那个不知名的父亲。

在得知这个事实的时候，他一时间都有点不知该如何评价那位父亲了。抛弃妻子从来没露过面不说，搞得儿子连自己是个混血都不知道。但说他不负责任吧，要遮住自家孩子的星象，又实在不是一件简单的事情。

晏玄景心里非常清楚，林木这么多年来能安安稳稳地没有被非人类骚扰过，就是多亏了那颗被挡住的星星，遮蔽了他人也遮蔽了林木自己，要不是林木自己考了公职送上门来，他这辈子也就只会作为人类存在了，就像那些没有意识到自己开了灵智的动物一样，作为人类慢慢老去并迎来死亡。

这么想来，倒也不失为一个很好的结果。毕竟混血中途夭折的可能性远高于他们能够安全活过七八十年的概率。

于是，晏玄景更加不知道该如何评价那位不知名的父亲了。

他看着林木，察觉到人参娃娃小心翼翼地凑近了之后，转过了头。

人参娃娃吓了一跳，抱着杯子往后退了一步，小声问道："你……您叫什么呀？"

晏玄景没答，倒是林木听到了这边的动静，随口答道："它叫奶糖。"

小人参愣了好一会儿，才磕磕绊绊地说道："奶、奶糖，挺、挺好的。"

"是吧。"林木笃笃笃切菜，高兴地说道，"我也觉得挺好的，特别适合它，白白的软绵绵的毛茸茸的，又甜又可爱。"

晏玄景抖了抖耳朵，懒得听了。

他站起来去了外边，绕着这间院子逛了几圈，伸出爪子在各个地方留下了自己的气息和标记，把这间小院子圈了下来，用以警告某些心怀不轨的非人类。

小人参看了看走出去的晏玄景，又看了看哼起了歌的林木，安静地抱着杯子一小口一小口喝起了果汁。

饭后，林木给人参娃娃拿了几个空花盆出来，移了几块多肉过去，让小孩儿自己种着玩。接着去修剪了一下快到出货日期的盆景，把它们都搬到室内，挑了几个合适的灯光和角度拍了几张照片作为留存，发给客户，在征得客户同意之后，又往朋友圈里发了一套作为宣传，然后拉了条凳子坐着，拿出自己的小账本开始算账。

林木一直在计划着给小院子再弄个小小的玻璃花房。

他妈妈以前看着别人家的花房总是羡慕，可惜当时家里条件不怎么样，妈妈的经济来源并不算稳定，还要养他，以至于花房一直都建不起来。现在林木一人吃饱全家不饿，攒下了不少积蓄，就琢磨着弄一个。而且有个玻璃房，再照料这些盆栽，他能省下很多力气。

他的院子总共四百六十多平方米，房子在院子正中间，就只占了一百六十平方米，院子挺宽敞，也没铺水泥地，而是盖了草皮，除了圈出来摆放盆栽的一块地方之外，整个院子就只有林木小时候跟他妈妈一起做好的秋千。

距离正式入职还剩下五天的时间，林木看着自己的存款余额，决定趁着这几天去确认一下这方面的成本造价，如果可以的话，赶紧把玻璃房盖起来。结果，林木发现他家的狗竟然比他还要忙碌几分。

每天吃完早饭就跑出去，到天快黑的时候才回来。这也就算了，周末的时候奶糖竟然整整两天都没回来！

林木今天要去上班，起了个大早，洗漱完就发现消失了两天的奶糖又趴在了他给它新买的窝里，软软的，看起来睡得很舒服。

还知道回来！

林木瞪圆了眼，想去把狗摇醒，手伸到一半又缩了缩，瞪了睡得香甜的狗半晌。

狗睡得十分安稳，丝毫没察觉到林木的杀气。

林木瞪了一会儿就泄了气，气哼哼地薅了一把狗的脑袋。

可能这就是养儿子的滋味吧。林木老气横秋地叹了口气，然后噔噔噔地下楼去做了份狗饭。

“小人参？”林木推着电动车出了屋子，喊了一声，“我去上班啦，奶糖的饭我热锅里了，它醒了你帮我喂一下呀？”

听到不知道哪个角落里传来了奶声奶气的应答，林木跟躲在自家院子里的小人参道了别，骑着电动车离开了家，去上班的路上却越想越觉得心里不是滋味。

他决定去找同为狗的大黑，问问奶糖这是个什么操作。

“这你还用问？”大黑有些惊奇，“你被当备胎了呗！”

“什么？”林木浑身一震，“养狗还能把自己养成备胎？”

“人类都知道不能把鸡蛋放在一个篮子里，流浪狗啊，还是可能开了灵智的，它挑几个人一起养它不也很正常？普通狗偶尔也会有这么做的。”大黑说道，“它可能在吃百家饭吧。”

林木闻言，愣了好一会儿，张了张嘴，又闭上，整个人以肉眼可见的速度萎靡了下来。

“那……我要不要干脆再去弄只狗养啊？”林木小声地说道。

“那你的奶糖可能就会跑了。”大黑顿了顿，又补充道，“或者它也可能把你弄来的那只狗咬死。”

林木犹豫不决。

“这样吧。”大黑灵机一动，“今天下午我跟你回去，它要是跑了，你就养新的，它要是要跟我打架，肯定是打不过我的，到时候我跟它谈谈，怎么样？”

林木两眼一亮，觉得可行。

帮自己的新同事解决了心事，大黑心里美滋滋的。

他花了一个上午的时间手把手地教林木把一些基础的工作流程走完，吃完午饭之后搓了搓手，蹭到了林木边上，说：“我下午翘个班啊，有点事。”

林木一愣，点了点头，说：“行啊，我一个人应该忙得过来。”

“好嘞！”大黑咧嘴一笑，从柜子里拿出了一套崭新的白衬衫和牛仔裤。

这身衣服一拿出来，林木就知道大黑翘班是准备去干什么了。

“最近老乌龟的工作好像遇到了点麻烦，一直都是我单独待在这里，麻烦死了。”大黑在那边一边换衣服一边说道。

林木已经不指望这只狗能具备与人类同等的羞耻心了，他转过头去不看，听到大黑这话，问道：“什么麻烦？”

“好像是之前来的那个九尾狐拜托他卜了一卦吧，然后算出了不得了的事情。”大黑答道，“最近一直在因为这件事情奔波，磨磨叽叽的，搞得我都没时间去看看老太太。”

林木听到大黑这么说，微怔：“老太太……”

大黑声音听起来挺平静：“我周末去看她了，大概是回光返照了，这几天她的面色红润精神饱满，有不少亲戚朋友和她以前的学生听闻消息回来看她了，人也高兴，挺好。”

老太太一直都是个温柔娴静的人，再激动也是那么个温温柔柔的样子，这几天突然变得活跃起来，她从国外赶回来的一双儿女心里大约也有一些察觉。

人到了天命之年总有所感，大限将至，回光返照，约莫也就要走了。

“老太太的曾孙女都三岁了。”大黑说完就沉默下来，窸窸窣窣地穿好了衣服，“我下班的时候回来，你先忙着啊。”

林木点头：“好。”

他目送着大黑走出去，见没有人来，就上了二楼资料室。

五天下来，林木已经可以看清楚办公室二楼的影子了。那是一片暗沉沉的黑色的楼阁，之所以用“一片”来形容，是因为它几乎覆盖了这一整个街道的上空。

整体呈现出十分不规则也不科学的扭曲形状，像是不懂事的小孩子随意搭起来的积木一样，一个方块上叠着另一个方块，偶尔还有一部分格外的凸出。建得歪歪扭扭的，一点儿都不符合建筑力学和美学。

更不科学的是，阳光从那些歪扭出来的缝隙里流淌下来，然后不知原理地均匀地铺洒在了整条街道上，以至于头顶分明是遮天蔽日的建筑，但身处街道上一点儿没觉得被挡住了光。

楼阁外边是漆黑的砖墙与暗金色的瓦片，砌得整整齐齐的，檐下挂着与暗沉的建筑颜色截然不同的亮色灯笼，哪怕是大白天也能看清灯笼里边照出来的红光。

整个楼阁没有一扇窗户，所有光线都被遮蔽得严严实实的。

林木还是头一次正儿八经地上二楼。从楼梯上来之后，正面对着一个圆形的空间，中间一个小平台大约可以站五个人，踏上平台抬起头，只能隐隐约约看到小成了一个黑点的穹顶。而周围全都是摆放得密密麻麻的书，看材质、书写，年代不一，旧的甚至有泥板木简之类的。

说是资料室，实际上是个巨大的图书馆，拥有着远超世界上任何一个可知的图书馆的藏书量。

据说像他们这样的单位，国内有足足五个。之所以面积宽阔且藏书量这么大，是由于这里所收藏着的资料是从上古时就一直记录保存下来的，到如今，可考察的资料最早的年份，连负责镇守这里三千多年的老乌龟也说不准。

为了保持历史的完整性，非人类默认所有的争斗都要远离这五个地点，至于人类的争斗则无所谓，反正他们看不见也摸不着这些资料室。

在想要查阅资料的时候，只需要走上平台之后说出关键词，就会被平台送往保存着相关资料的地方。

大黑给林木强调过，这个资料室存在了这么久，早就生出了灵智，曾经有心怀不轨的非人类进来想做小动作，没过多久就变成一具尸体被扔下楼了。所以要上去，一定要心怀善意且诚恳。

林木虽然从大黑那里听来了使用的方法，但真正置身其中的时候还是十分震惊。

他惊叹着拿了几本大荒和中原相关的资料，那些古旧的资料一入手，就变成了林木可以看明白的文字，随手翻阅一下，还贴心地配上了彩色的插图。

林木轻“咦”一声，抬头看了他所处的这个资料室一圈，轻声问道：“请问我可以带下楼去看吗？还有工作的。”

脚底下的平台微微颤动了一下，然后把林木送回了门口。

林木道了声谢，小心地抱着资料下了楼，坐在自己的位置上开始翻阅起来。

大黑跟林木说过，大荒是依托于中原而存在的，林木原本没太明白，书一翻就清楚了。

大荒、天庭、冥府和一些七七八八的神话传说里才有的地方，全都是依赖于中原才能存在的，就像是投影一样。

所有非人类全都生活在这些投影里，他们能够清楚地看到中原的一切，但对于中原上生存的普通生灵而言，他们都是虚幻的泡影，并不存在。除此之外，书里还写了这些特殊地域的主要势力分布范围，内容极其细致，细致到连某些高层领导者的个人兴趣爱好都被记录得清清楚楚、明明白白的。

而按照势力分布，摆在资料最前边的就是大荒东青丘国，现任国主晏归，继承人晏玄景。

林木怀疑这是资料室里的精怪故意的。

他满脸严肃地看着这些资料，前几页青丘国的资料翻过去，人物资料头两页就把晏玄景和他爹的资料列得明明白白，连本体图片都有。

通体雪白的巨大狐狸巍峨如山，两只九尾狐都拿毛茸茸的九条尾巴遮住了本体的大半，让人看不完全。

林木干脆地略过了晏玄景他爹的那一页，扫了一眼晏玄景的资料，发现喜好那一栏里是一些他从没有听说过的名词。林木看了一圈下边的解释，发现这只狐狸喜欢吃鸟类。

林木看了一整个下午的资料，中间有一部分工作，虽然磕磕绊绊但也算完满地解决掉了，到了下班的时间点，大黑回来了。

林木一边收拾桌上的资料一边问道：“老太太怎么样了？”

“也就这两天的事了。”大黑解开了衬衫上边的几颗扣子，“走了，下班吧。”

林木点点头，带着大黑回去，路上顺便去了趟菜市场，买了两只宰好的鸽子，路过村口德叔家的时候，又从他那里买了只活鸡。

大黑看着自己帮林木拎着的两只鸽子和一只鸡：“你买这么多做什么？”

林木也不知道自己为什么突然就买了这个，思来想去，觉得可能是晏玄景爱好上那一大串各种各样的鸟名勾起了他的馋虫。

“就突然想吃。”林木骑着电动车，问坐在后座今天要在他家吃晚饭的大黑，“你不喜欢吃吗？”

大黑摇了摇头：“我都行。”

林木放下了心，看到自家院子的大门了，又说道：“鸽子一只烤一只炖汤，老母鸡的话炒着吃？”

大黑想了想，觉得生吃也不错，他张嘴刚想说话，就嗅到了一丝极具威胁和攻击性的气息，摆明了就是特意留下来的圈地标记。这标记带着浓重的凶煞和血气，满满都是警告的意味，惊得他直接从林木后座上跳了下来，惊疑不定地看着不远处的院子。

林木被他吓了一跳，赶紧按下了刹车，转头看他：“你干吗啊？！”

大黑拎着两只鸽子和一只鸡，十分谨慎：“那座院子是谁家？”

林木顺着他的目光看过去：“我家啊。”

大黑愣了两秒：“你家最近是不是来了什么非人类？”

“呃……”林木看着大黑的反应，干脆地答道，“一棵人参。”

“人参？”

“对，人参。”

大黑犹疑不定地看了看林木，又看了看院子，再一次确认道：“人参？”

林木点了点头：“是啊，挺可爱的小人参。”

大黑皱起了眉：“没伤害你吧？”

林木低头看了看自己：“你看我完完整整的。”

大黑看了看林木，想着怎么也得帮这个懵懵懂懂的混血排除一下威胁，于是把手里的老母鸡往地上一放，先给老乌龟发了条消息以防万一，然后把手里的东西塞给林木，变回了自己比较熟悉且战斗力较强的本体，十分严肃地说道：“我怀疑你家里来了个十分凶狠的非人类。”

林木看着大黑这一副如临大敌的样子，也跟着紧张起来，推着电动车一步一顿地往自己家里走：“也有可能，我家新来的那棵小人参好像挺招非人类的，不过朝暮不是能防着吗？”

大黑闻言觉得也对，多少松了口气，抬眼看了一圈林木家的小院子，愣了愣：“你干吗把朝暮种成一圈荷包蛋？”

林木一顿：“我种的是太阳形状！”

大黑沉默了两秒，干巴巴地道：“哦。”

林木迟疑地看了自家院子一圈：“真的像荷包蛋？”

“没有没有，像太阳。”大黑麻溜地改口，说完就闭上嘴，凝神警戒，小心谨慎地靠近了院子。

一人一狗刚走到院子门口，一团白色的毛茸茸的东西就从侧边的小路里走了出来，嘴里还叼着只不停挣扎的麻雀，正面对上了正准备开门的一人一狗。

大黑听到了翅膀扑棱的声音，警觉地扭过头去，那一团白色便伴随着一丝稍显熟悉的清净之气扑面而来，然后大黑整只狗就陷入了无声的寂静。

林木毫无所觉，把电动车撑脚一放，就哒哒哒地跑过去蹲下，哄着他家奶糖把嘴里的麻雀给放了。

林木真的想不明白，奶糖明明是只狗，不知为何姿态和习性都像只被养得娇贵的猫。

林木老父亲般忧愁地叹了口气：“不要吃这种野生没熟的东西啊，万一沾上什么病了怎么办，你又不想去医院……”

说到这里，林木发现狗的目光完全没在他身上，而是盯着大黑，眼睛一眨不眨，异常专注。而大黑蹲在原地，也瞅着奶糖，一动不动。

“那是大黑。”林木说道。

奶糖的耳朵抖了抖，大黑在他的注视下打了个哆嗦，也不敢移开视线，生怕一个不慎，自己就被眼前这只九尾狐给生撕了。

林木看了看大黑又看了看奶糖，对于狗之间的眼神交流实在摸不着头脑。他迟疑了一瞬，还是说道：“我准备养它。”

奶糖闻言，转头看了一眼林木，然后目光又重新落在了大黑身上，上上下下地打量着对方。

干吗啊！怎么回事啊！

大黑整只狗都要疯了。

来之前你可没说过你家奶糖大名叫晏玄景啊！林木你害我！

第五章
有狗了

大黑怀疑自己今天就要交代在这里了。

谁能想到林木口口声声说的奶糖小可爱竟然是晏玄景呢！反正大黑是没想到，看着林木这副样子，似乎也是一无所知。

大黑觉得这不能怪他没分辨出来。因为晏玄景之前给他留下的印象是一个浑身都充斥着清净与圣洁之气的领袖，一看就是一身正气十分庄严的面相，那气息中一点凶戾的杂质都没有，活脱脱一个出世则天下安平的瑞兽。

谁能想到，这么大一瑞兽，圈起地来气息能这么吓人，简直跟手上沾满了杀戮的凶兽没有任何差别。

不对，这么一想，在与九尾狐相关的有数的记载里，它的确是又凶又吉的。

历史中，每逢君王失道气运倾颓的时候，总有九尾狐在背后搅风弄雨的痕迹，而且在九尾狐的食谱里，排第一的就是人类和生灵的灵魄。可在太平盛世的时候，人类之中的修行者总能窥见九尾狐和其他一些瑞兽结伴而行的虚影，再加上九尾狐通体雪白没有一丝杂色，被视作圣洁祥瑞的象征实在是再正常不过了。

这具体到底是怎么样的，大黑多少也知道一些，其实就是个体差异而已，有的非人类喜欢我行我素不管他人死活，而有的则会用理智约束自己。但在人类看来，都是九尾狐，他们也分不清到底是不是同一只，于是记载里就统称为九尾狐了。

虽然记载不完全真实，但作为参考大致也能判断出九尾狐这类物种的一些习性，比如喜欢搅风弄雨，喜欢到处交际，还喜欢狡猾地藏在背后搞小动作之类的。

这种情况大黑是完全能理解的，但他不能理解为什么晏玄景能藏起浑身血气，表现得一身正气，仿佛整只狐狸都冷清圣洁纤尘不染，闻着也跟血腥之类的事情毫不沾边，连对于凶煞罪孽最敏感的朝暮都被骗了过去。

大黑看着晏玄景，脑子嗡嗡响。他想提醒林木小心一点儿，却又在晏玄景的注视下一动也不敢动。一时间，大黑和晏玄景两人都保持着高度沉默。

林木看看这个又看看那个，更加摸不着头脑了："要不……咱们先回家？"

于是，晏玄景率先收回了视线，似乎并没有把大黑的存在放在心上。

林木推着自己的电动车，想到大黑之前说自家可能来了个很凶的非人类，不由地凝神观察了一下院子。结果他观察了几秒，也只看到了一株红彤彤的人参果从土地里冒出来，绕着院子哼哧哼哧地转圈圈。

据当事参表示，这是在养土，就是让土地沾上灵气。植物系的非人类长期停留和活动的地方，土地会因为沾上了他们的灵气，让草木生长得较之平常的地方茂盛许多。

林木看着勤勤恳恳的人参娃娃，开始考虑要不要在自家院子里种点菜，好给小人参找点正经事做。要是一直像现在这样顶着一串人参子在土里钻来钻去地松土养土，怕是早晚有一天要被路过的村民给拔了炖汤。

怎么看都不像是什么很凶的非人类。谁家凶狠的非人类会跑到别人家里来帮忙种地啊！

林木打开了院门，说："我回来了。"

那串红彤彤的人参子停顿了一瞬，下一秒，那棵白嫩饱满的人参就把自己从土里拔了出来，迈着两条根跑到林木脚边上，转头看了看林木后边一黑一白两个非人类，揪了几根须须下来，蹦跶着要递给林木："林木林木，拿去泡茶！"

林木被他拔自己根须的动作惊了一下，蹲下身来心疼地看着只有一个巴掌大的小人参："疼不疼啊？"

"不疼的。"小人参奶声奶气地说道，把参须塞到林木手里，"你拿去招待客人呀。"

林木想了想，还是收下了这几根参须。

大黑眼观鼻鼻观心地跟在晏玄景后边，一声不吭。他就不明白了，晏玄景堂堂九尾狐，跑到人家小混血家里是想干什么？虽然看着好像没什么恶意，也幸好没有恶意。

大黑垂着眼，简直百思不得其解。

"我今天买了两只鸽子和一只老母鸡。"林木说道。

晏玄景闻言，抬头看了一眼林木手里的塑料袋和活鸡，两眼微亮。

林木看大黑和奶糖并没有打起来的架势，感觉有些高兴。

他十分信任大黑，于是把放在车座上的东西拎起来，转头对两只狗说道："老母鸡收拾起来有点麻烦，我先去弄晚饭，你们先聊着？"

大黑慌了：不是……干吗啊！怎么回事啊！

你竟然还想放我一只狗面对这个九尾狐！林小木你有没有良心？！我看你就是想害我！

我只是一只无辜弱小刚化形的狗，为什么我要经历这些？！

大黑觉得委屈极了，但他不敢说。

他眼睁睁地看着林木拎着今天的晚餐食材跑了，跟着他跑掉的还有极其敏锐地发觉气氛不对的小人参。

白嫩饱满的小人参迈着两条根脉，哼哧哼哧地跟在林木后边。他走进屋里之后就变成了人形，光着屁股迈着小短腿，扯着林木的衣摆，回头看了一眼对峙的两只狗。

“林木，那只狗狗是怎么回事啊？”小人参问，“他也是来投靠你的吗？”

“不是的。”林木把手里的食材放上灶台，洗了手，从冰箱里拿了杯酸奶，插好吸管递给小人参，“他是我同事，过来帮我跟奶糖谈谈的。”

小人参咬着吸管：“谈什么呀？”

“谈奶糖以后好好看家的事。”林木说道，“奶糖不能好好看家的话，我得考虑去养一只新狗狗。”

小人参是野生的非人类，对于别的非人类的种族和外貌也并不能很好地分辨。他听到林木这么说，也没觉得有什么不对，只是吸了口酸奶，小声说道：“我也可以看家呀。”

林木闻言笑了笑，哄他：“嗯嗯，小人参很厉害。”

但林木怎么可能放小家伙一个人看家呢？毕竟小人参看起来就是那种一不小心就要被人揪走炖汤的非人类，杀伤力甚至不如奶猫的小爪子。

小娃娃不好意思地抿着唇笑了笑，扒着灶台，问道：“我可以帮忙吗？”

林木点了点头：“可以，来帮忙洗菜。”

与厨房里和睦而温馨的画面截然相反的，是院里的两只狗……不对，是一狗一狐之间稍显紧张的气氛。

晏玄景在等大黑开口说话，而大黑觉得自己要死了。

过了半晌也没等到大黑的第一句话，晏玄景终于主动开口了：“你有事找我？”

大黑张了张嘴，条件反射地猛摇头：“没有没有。”说完又反应过来不对，又点了点头，“有有有！”

晏玄景掀掀眼皮：“说。”

“是林木的事。”大黑小心地问道，“您为什么待在林木家里？”

“因为舒服。”晏玄景并没有把自己待在这里养伤的理由告诉大黑。

把自己受了伤需要休养的消息往外说，那简直就是傻子行为。

晏玄景想了想，以为大黑这是来帮林木确认安全性的，于是说道：“我不会伤害他。”

大黑听到这话，松了口气。

知道奶糖就是晏玄景之后，大黑马上就明白过来为什么奶糖会天天往外跑了。

老乌龟最近很忙，所以晏玄景需要暂时帮忙看管一下青要山里的通道，防止有什么非人类不登记就偷渡过去。

偷渡的危害挺大的，比如这次在大荒里闹出一阵腥风血雨的非人类，就是个没有登记的黑户，导致他们到现在都不知道那个非人类的本体是什么，极难做出针对性的处理。

人家奶糖出去可是做正事去了。

大黑斟酌了一下语言，说道："林木觉得您留在家里的时间太少了，所以希望您能够多在家里待着。"

这话一起头，后面的就顺畅许多了。

"林木是作为人类长大的，他并不知道您的身份，只是把您当成普通的……宠物。人类会希望得到宠物全心全意的陪伴，而且林木如今是孤身一人，所以对于这方面会更在意一些……"

大黑絮絮叨叨地说着，觉得林木没爹没妈一个人过日子还不知道自己的本体是啥真的好可怜，如果可以的话，非常希望有人能够陪伴照顾一下这个弱小可怜又无助的小混血。

"您要是一直都十分忙碌的话，他想要另外去买一只宠物犬回来——如果您不介意。"

要是晏玄景介意的话，普通的宠物犬根本无法在他身边待着，九尾狐一个眼神都能把普通宠物犬吓死——实质意义上的吓死。

"这是他的家，他说了算。"

晏玄景并没有意见，只是有些惊讶于林木看着挺乐观开朗的，小心思竟然还挺敏感孤独。

林木每天都忙忙碌碌停不下来的样子，乍一看去就是个能够从忙碌的工作之中收获快乐和满足的人。而自己待在他身边的时候，也总是觉得十分轻松愉快。

晏玄景想了想，说道："不过我最近不会很忙了。"

吴归要回来了，晏玄景可以安心养一段时间的伤，然后等着被吴归动员起来的非人类们查到了他们想要的资料之后再有所动作。

大黑明白了这话的言下之意：可以暂时不用考虑买宠物犬了。

毕竟普通的犬类跟非人类待在一起是真的很容易出意外，尤其是这种一个眼神就可以杀掉一大群普通生灵的非人类。

大黑点了点头，表示明白，接着迟疑了两秒，还是问道："您为什么以本体……呃，我是说，为什么不告知林木您的身份？"

晏玄景选择实话实说："他不懂得抵御九尾狐的魅惑术，连声音都不行。"

“那要不要告诉他？”大黑又问。

“不用了。”晏玄景站起身来，“我也不会留太久，没有必要。”

大黑吃晚饭的时候看着得到了好消息高高兴兴地给奶糖投喂了一大堆的林木，欲言又止，最后沉默地把话憋到了肚子里。

他离开的时候天都已经黑了，走到半道上，兜里的手机振了振，摸出来看了一眼，发现是老乌龟回了消息。

消息就一句话：人家两个有缘人的事你瞎掺和什么？

大黑看完这条消息，愣了许久，浑身一震，扭头看向远远的亮着灯的林木家的院子。

林木才二十三，晏玄景都五百多岁了！

大黑震惊了老半晌，只觉得别看那只九尾狐一身正气的样子，果然本质还是禽兽没有错。

而被评价为禽兽的晏玄景，在林木准备熄灯睡下的时候，蹲在了床边上，想到大黑饭前絮絮叨叨地说着这个小混血孤身一人内心十分孤寂还缺乏安全感之类的话，略一思索，干脆跳上了床。

林木吓了一跳：“奶糖？”

晏玄景看了他一眼，在林木边上趴了下来。

林木愣了好一会儿，才反应过来他家狗这是想跟他一起睡觉，不由露出个笑容，张开双臂给了奶糖一个熊抱。

奶糖的体型比成年萨摩耶稍小，作为一个抱枕却非常合格。皮毛顺滑，软绵绵的，暖烘烘的，还香香的。

林木也刚洗完澡，浑身都散发着一股牛奶沐浴露的奶香气，掺杂着一丝细微的草木香，令晏玄景忍不住放松下来，精神十分平和舒适，甚至想要翻身露出肚皮。

林木靠着他家突然主动对他亲近起来的奶糖蹭了蹭，伸手关上了灯，美滋滋地说了声“晚安”。

晏玄景抖了抖耳朵，在林木睡着之后看了他好一阵，毛茸茸的尾巴一甩，把蜷缩着的林木整个儿圈住了，正要合上眼也进入睡眠，就被他突如其来的一脚给踹下了床。

晏玄景愣了两秒，看了一眼跟他一起被踢下来的空调被，隐隐约约听到床上的林木嘀咕了几声热。

臭小鬼！

晏玄景把被子给他叼了回去，而林木睡得无比香甜。

我看这小崽子一点儿都不需要陪伴。

九尾狐想道，冷酷地用空调被把林木卷成了一个卷，无情地睡回了林木给他买的狗窝。

林木早上醒来，发现自己卷着被子睡成了一个春卷。怪不得昨天晚上梦见自己被关小黑屋，叫天天不应，叫地地不灵。

林木躺在床上愣了好一会儿，等到闹钟响起来了，才慢腾腾地打了个滚，把自己从春卷里滚出来，翻身下床。换好衣服叠好小被子，林木这才想起昨天晚上跑过来陪他睡觉的狗没在床上。

他转头看了一眼狗窝，发现狗窝也是空的。

林木愣了愣，把床收拾好了下楼去，就看到狗趴在敞开的大门口，而厨房里飘出来了一股清甜的香气。

林木深吸一口气，只觉得睡得有些迷糊的脑子瞬间清醒了不少，探头往厨房里看了一眼，发现电饭煲正开着保温模式，打开看一眼，是一锅小米粥，粥里边还放着两根细细的参须。

这小米是林木在商场里买的，做过几次粥，但远没有今天的这么香，看来香的应该是里边的参须。

林木把锅盖盖上，转头出了厨房，走到家门口，就看到人参娃娃挥着小铲子在嘿咻嘿咻地翻土。

“早上好。”林木给奶糖和小人参打了声招呼。

小人参发觉他来了，抬起头露出个甜甜的笑来，奶声奶气地打招呼：“林木早上好呀！”

而奶糖只是抖了抖耳朵，看也不看他。

林木瞅瞅奶糖，蹲下身摸了摸它的脑袋。

奶糖依旧爱理不理，甚至晃了晃脑袋，把他的手给晃了下去。

林木终于察觉到不对了，他家奶糖好像在跟他闹脾气。可昨天晚上还睡一块儿呢！

林木收回手，神情凝重地看着趴在边上的奶糖，开始认真思考自己到底做错了什么。

应该不是带大黑回来这件事，林木想，毕竟大黑走了之后奶糖就突然跟他亲近起来了，大黑也说奶糖愿意当他一个人的狗了——虽然原话不是这个，不过大致意思就是这样了。

昨天做的鸽子和老母鸡，奶糖也吃得很香啊，那到底是哪里不对？

林木微微皱着眉，想了半天也没想出个名堂来，总不能是他睡相不好半夜把奶糖踹下床了吧？

林木：哦……

林木想到昨天奶糖吃得香喷喷的鸽子和老母鸡，决定今天再弄一只回来给它当加餐。

他转头看向勤恳的小人参，问道：“锅里的粥是你煮的吗？”

“是呀，我之前看你用过。”小人参点了点头，声音软糯糯地带着些甜，“这样你就能多睡一段时间啦？”

林木一怔，心上像是被什么细小的东西温柔地刺了一下，暖洋洋的情绪流淌而出，甜腻而酥麻，爬满了全身。他缓缓回过神来，揉了两把自己不自觉露出笑容的脸，点了点头：“好，我去吃早餐。”

加了参须的小米粥格外清甜，一整碗喝完，只觉得全身上下没有哪个地方不舒服，就像是泡澡搓澡按摩一条龙下来之后又睡了个饱，精力充沛，连眼前的视野都变得清晰了几分。

林木就算没吃过普通的人参，也知道普通人参肯定没这个效果。只是参须就这么厉害，真把整棵参给炖了，估计真能包治百病重回青春延年益寿，也怪不得人参娃娃要到处躲藏了。

林木把剩下的粥装给了狗，眼看着时间还早，就拿了锄头上院子里，跟人参娃娃一起翻土。

他昨天跟小人参说准备在院子里种点菜，得到了非常积极的响应，人参娃娃对于自己有事情做这件事感到非常开心。

林木挥起锄头，一锄头下去，薄薄的土层就像是沙土一样被轻易翻了起来。他一挑眉，转头看向小人参，问：“你松过土了？”

“是呀，我可擅长松土了，以前在山里，都是我帮那些草木伯伯松土的。”小人参说完，扭扭捏捏地揪了揪自己的小肚兜，小声问道，“林木，我可不可以在你这里种点灵药呀？”

“灵药？”林木疑惑地问道，“什么灵药？”

“最近山里外来的非人类好多，总是起冲突，我认识的好几颗老树都受伤了，我想给他们弄点药去……”人参娃娃说着，不知道从哪里掏出来几个小袋子，鼓鼓囊囊的，“我这几百年收集了好多种子。”

林木看了看那些种子，干脆不种菜了，跟小人参一起把那些种子种下，埋上了土。

狗吃完了今天的早餐，看着在院子里忙得热火朝天的一大一小，想了想，自己把盆叼回了厨房，扔进了洗碗池里。

林木早上上班险些迟到，进办公室的时候大黑正瘫在椅子里出神。

听到林木进门的动静，大黑转头看了他一眼，哼唧了一声算打了招呼，然后又收回视线，接着发呆。

林木在自己的座位上坐下，看了看明显不在状态的大黑，犹豫了一下，还是问道："发生什么事了吗？看你好像不怎么高兴。"

"嗯。"大黑点了点头，"老太太昨天晚上走了。"

林木闻言脑子一懵，讷讷地说道："抱歉。"

"道什么歉？"大黑有些疑惑。

"昨天晚上，你不是在我家……"

"没有，从你那里出来之后我去看了她，在她被冥差带走之前见了一面。"大黑说着，无意识地搓了搓手，"她走得很安详。"

大黑是用本体去的。

去的时候，老太太的灵魄平和地坐在沙发上，身体在床上合着双眼，神情无悲无喜，显然是在睡梦中安然地停止了呼吸。

房间里没有别人，深夜大家都睡了，老太太就在房间里的沙发上，安静地等待。

这一等，就等来了翻窗进来的大黑，两人面面相觑地看了好一会儿，大黑挠了挠头，变回了原形。

最后的这段日子，老太太心情平和而宁静，看到眼前的景象，也只是微微惊讶了一瞬，而后慈爱地笑着，对大黑招了招手。

"她说……当初见到我人形的时候就觉得亲切，就跟养老院的人说，如果是我去了就让进。"大黑说着傻笑了两声，"不然我哪能一直去。"

大黑絮絮叨叨地说了一阵，蒙在心上的难过不知何时消失干净，一想起走掉的老太太，满心都是那些美好又温柔的记忆。

"哎，跟你聊聊真高兴。"大黑脸上那点呆怔的阴郁消失得一干二净，又恢复了那副活力四射的模样，抱怨道，"如果跟老乌龟说的话，他肯定又要念叨一堆大道理。"

完全没有打扰大黑絮叨的林木看着大黑恢复了状态，才说道："老人家讲的大道理也该听听。"

"是是是，道理我都懂。"大黑嘀咕，"从今天起，我就是正儿八经地跟人类再没有什么纠葛的非人类了，老乌龟以后念不着我了。"

他话音刚落，就听到有人敲了敲门。

林木去把门打开，发现门口是个妇人，长得十分娇妍妩媚，见到他的时候愣了愣，然后露出个笑容来，连声音也带着腻人的甜味："小伙子是新来的呀？"

"对，您好。"林木说完迟疑了一下，总觉得对方身上有股让他感到略微不适的气息。

他也不知道应该怎么分辨非人类和人类，更加不知道应该怎么把握那种气息，只觉得这个妇人知道他是新来的，大约也是个非人类。

他把门让开："您进来吧。"

"我就不进去了，你们办公室那个主任不大喜欢人类。"妇人说完，看向了办公室里的大黑，说道，"我来取信。"

林木摸不着头脑，只好转头看向大黑。

大黑这会儿已经看了过来，见到门口的妇人之后，脸上的笑容微微一顿，拉长了脸，从抽屉里拿出了一个盒子，交给了妇人。

妇人也不介意，娇娇地一笑，接过盒子，转头走了。

林木目送着她走远了，转头问大黑："那是个人类？"

"嗯。"大黑点了点头，"她每个月都要来一趟的，回头她来了你要是在，就把这个抽屉里的盒子给她。"

林木看了看那个漆木盒子，问："这是什么？"

"䔄草的果实，吃了之后人在一段时间内会变得妩媚多娇，勾人一勾一个准。"大黑说着，翻了个白眼，"那女人跟一个非人类在一起了，知道有这么个东西之后就闹着要，但䔄草天底下就一株，果实更是天价，普通非人类哪里弄得到。"

"那这些果实……"林木看了看那些盒子。

"哦，那个非人类已经死了，这些果实是他拿命换来的，拜托我们交给那个女人。"大黑说完轻哼了一声，摆明对这事不高兴很久了，"非人类跟人类谈恋爱就是这样的，非人类寿命长，对时间的感知跟人类完全不一样，人类的一辈子对于非人类来说也就是个热恋期，热恋期的时候对象就死了，大多数非人类都会记上数百年甚至是一生。可人类呢？过得多美滋滋。

"要我说啊，大着胆子跟人类接触，还深入交往甚至是谈恋爱的非人类，都是猛士。"大黑这么总结道，对于自己没有跟人类谈恋爱这事感到十分庆幸。

林木只是稍显愣怔地听着，忍不住琢磨起自己的亲生父母来。

他其实很少去探究自己的身世，连想都不太想。因为有没有爸对他来说都是一个样子，反正养大他的妈妈已经走了，他一个人也活得下去，还过得挺好。只是听到大黑提起人类和非人类谈恋爱，总是会不可避免地想到一些。

林木恍惚了一整天，回去的时候干脆上超市里买了一只成品烤鸡，到家就直接塞给了奶糖和小人参，在一参一狗的注视下神思不属地上楼走进了那间属于他妈妈的工作室。

林木之前从阁楼里找出来之后就没有再翻阅的笔记本和资料夹正安安静静地躺在书桌上。

林木翻开了资料夹，里边都是妈妈去野外翻滚发掘时的资料，有一些稀有植物的照片和资料、手绘的参考图，还有妈妈在野外浑身泥土脏兮兮的照片。

林木粗略地翻阅着，然后停在了其中一张照片上。

那张照片大概是在深山里拍的，他的妈妈正抱着一棵根系庞大的巨大树木，身上脸上全是泥，背上背着的装备也全都覆着一层土色，她抱着树笑得异常开心，还露出了整齐的八颗牙，两眼亮晶晶的，肉眼可见的兴奋。

林木扫了一眼这棵树，因为没有拍全，林木也看不出来那到底是什么树。但吸引林木的并不是那棵树，而是坐在另一边的一道虚影。

那道虚影坐在一根暴露出来的树枝上，一条腿曲起，另一条腿随性地垂着，他穿着一身墨绿绣着几点金色树叶的长袍，一头黑发用黑色的发带高高绑着，手里拿着一个黑色圆形的东西，似乎正偏头打量着旁边浑身是泥的女性。

林木看着他手里拿着的东西，总觉得十分眼熟。

影子太淡，有些看不清，林木皱着眉试图仔细去看，看着看着，那道虚影就渐渐地凝实起来。林木才意识到被相机记录下来的这个人并不是人类。

他看了一眼那个疑似非人类的男性手里拿着的半个巴掌大小的黑色玩意儿，猛地抬起头来，看向了书柜里被小心地保存在盒子里的一个果实。

这个果实林木不认识，但一直都被他妈妈保存得很好，以至于林木以为这是个什么果实形状的摆件。

林木愣了好一会儿，转头看向了照片里的那张脸，总觉得十分熟悉。他从抽屉里拿出镜子来，瞅了瞅镜子里的脸。

真像。

林木盖上镜子，转头去翻他妈妈之前留下的相册。

已经被林木翻阅了无数遍的相册里，在他妈妈的许多张单人照中，都突兀地多出了另一个男性的身影。

第六章
无忧树

林木再一次仔仔细细地翻了一遍手里的相册，呆怔了许久，长长地出了口气。

他就说为什么以前妈妈翻相册的时候总是露出那种甜蜜又有些哀愁的神情，明明就是普普通通的单人照。

林木愣了好一会儿神，目光落回那张照片上。

这就是他爸爸啊……长得真好看。

林木摸了摸自己的脸，看着铺开的相册，里边非常难得的有一张在城市里的照片。

身穿长袍的男性在钢筋与水泥的城市里显得格格不入，但他没有丝毫拘谨，只是安静地凝视着在他身边的女性。

那个时候的相机不像现在的手机一样方便，照片的像素和质感也远不如现在，哪怕保存得很好，也留下了一些时间流淌的痕迹。但不管怎么说，看到自己的亲生父母的确是相爱的，光是这件事就足够让林木感到高兴了。

他仔仔细细地翻了一遍资料夹，一直到天黑了，也没有在资料夹里看到丁点儿特殊的内容。

林木猜测大概是妈妈并不想被别人发现。

他小心地合上了资料夹和相册，并没有把里边的照片拿出来的打算。妈妈这么多年都没有跟别人提过任何一句跟爸爸相关的事情，也不曾把相册拿给别人看，肯定是有原因的。

林木并不准备擅自破坏掉妈妈的坚持。能把保密的事情做将近二十年，这中间的利害关系肯定是如今一无所知的他无法想象的。

林木把资料夹和相册重新放回书柜里，又把那个他一直认为是个普通摆件的盒子拿了下来。红漆木盒子里装着一颗半个拳头大小的黑色果实，上边还带着叶片，林木瞅了叶片好一会儿，发觉这树叶看着有点像杨树叶。果实倒是从来没见过，打开盒子之后也一点儿气味都没有。

林木把果实的样子仔仔细细地记了下来，准备明天上班的时候去二楼的资料室问问这是什么东西。

林木把盒子重新扣好，小心地放回了书柜里，摸了摸自己空空的肚子，准备下楼去弄点吃的。

“林木林木！”小人参从厨房里探头出来，看到林木下楼了，端着一碗粥和两只大鸡腿出来，踮着脚放上了餐桌，“奶糖给你留鸡腿啦！”

林木一愣，转头看向趴在一边的狗，又瞅了瞅那两只大鸡腿。

两只大鸡腿都相当于整只鸡的一半肉了。

“我吃不了这么多的。”林木食量实在是小得很。

他把鸡腿拆得只剩下根部，给自己留下了一块，问过小人参之后，把剩下的都给了奶糖。

小人参拿着一盒纯牛奶，看了一眼奶糖，在对方的示意下开口问道：“林木，你今天心情不好呀？”

“嗯？”林木转头看着这个小娃娃，露出个笑来，“挺好的呀。”

小人参又扭头看了一眼奶糖：“可是你刚回来的时候好像不好。”

林木不开心这事，小人参还真没发觉，因为林木面对自己的时候总是很温柔的，实在难以察觉到他心情是不是不好。

但晏玄景几乎是打了个照面就发现了。

情绪低落，神情恍惚，摆明了是有什么心事。

九尾狐多精明，狡猾的狐狸要是连看别人脸色的情商都没有，那基本上用不着混了。

本来还在介意自己半夜被林木踹下床这事，但看着林木那副恍恍惚惚的样子，晏玄景也就懒得计较了，支使着小人参去做饭，顺便问问是怎么回事。

他可不像林木一样，真把人参娃娃当小孩子。

谁家小孩子几百岁的？！就是非人类也都已经成年了，也就人参娃娃占着种族的便宜到现在看着还是个宝宝。

小人参小声说道：“你现在心情好了吗？”

“挺好的。”林木捏了一把小人参的脸，“我过几天可能会联系一个施工队——就是一群人类过来建个玻璃花房，到时候我不在家，你要躲好。”

“哎？”小人参愣了愣，有点紧张地揪了揪自己的小肚兜，“可是……人类随意进出的话会破坏土地的灵气呀，我们刚刚种下的灵药……”

林木倒是没想过这个，也愣住了，眉头微微拧了起来。

“那……能不能找非人类呀？”小人参小心地打量着林木的神情，“我有几个认识的非人类，也会建房子。”

林木叼着鸡腿，停顿了一瞬。

“他们应该都可以通过朝暮的！不是坏人！”小人参的声音微微提高了一些。

“嗯……”林木对朝暮也挺有信心，他放下了鸡腿，说道，“我倒是不介意，只不过报酬应该怎么付？”

“就……就收留他们一小段时间就好。”小人参一边说着，一边小心地关注着林木的神情，“最近山里乱，连土地神都管不过来了，大家也不太敢跟人类接触……”

“有几个？”林木问道。

人参娃娃两眼一亮，说：“三个！我们都不占地方的！自己钻进土里就行了！”

“好。”林木答应了下来。

“那今天晚上我就出去找他们，可不可以呀？”小人参奶声奶气地问。

林木对于什么时间倒无所谓，只是问：“你能保证自己的安全吗？”

小人参瞅了瞅旁边嘎嘣嘎嘣嚼碎了鸡骨头的狗，试探着说道：“奶糖可以保护我……”

晏玄景掀了掀眼皮，无所谓地继续低头吃鸡。

小人参一下子露出笑容：“奶糖可以保护我！我们最多三四天就回来啦！”

林木站在二楼，看着屁颠屁颠地带着狗站在院子门口冲他挥手的人参娃娃，听到他喊道：“林木明天记得早起呀！上班别迟到了！”

林木应了一声，看着一参一狗走远，拉上了窗帘，坐在床上，拿起了自己放在床头柜上的相框。

相框里是他和妈妈的合照，并没有另一道身影。

林木仔细看了这张照片许久，也没能从照片里看到他希望看到的那个人影出现。同样，他和妈妈的任何合照里，都没有他爸爸的身影。在他出生的时候，他爸爸好像就已经不在妈妈身边了，甚至可能更早一些，不然他肯定不会放任妈妈被外公那边这么欺负。

林木把手里的相框放下，妥帖地收好自己被照片勾起来的好奇心，起身去洗澡。

妈妈很爱他，如果爸爸陪在他们身边的话，一定也会很爱他。这就很好了。

林木躺在床上，看着天花板，忍不住就藏在被子里笑了出来。

林木夜里做了个梦。

他梦见山谷之中有一片由花与草铺就的地毯，一棵苍青色的大树扎根于此，枝干粗壮，虬结的根脉牢牢地抓着土地，枝叶繁茂，一团一团地向着五个方向横向延伸，郁郁葱葱，遮天蔽日。青翠的树叶被风轻蹭而过，发出沙沙的温柔声响，露出其中零星几朵黄色的花，还有数朵光团从花中飘落下来，被风卷着向山谷外飘去。

山谷之外，狼与羊和谐共处，虎与兔和睦地依靠着彼此，平和安宁地眯着眼打起了盹。还有许多生灵向着谷中虔诚跪拜，听着被风从谷中带出去的沙沙的声响，被光团触及，露出了安逸而满足的神情。

整片山谷都被这样温柔的气氛笼罩着，直到风停了，这些谷外的生灵才渐渐散去，又开始了厮杀和轮回。

林木站在过度繁茂的花草构成的地毯之中，回头看向那棵苍青色的大树，微他微扬起头来，就与坐在树枝上的男人对上了视线。

那个男人身着墨绿色的长袍，金线绣成的叶片在和煦的阳光底下闪闪发亮。他一笑，整个山谷之中的草木都欢呼起来。

林木猛地睁开了眼，听着笃笃笃敲窗户的声音，神情呆滞地看向这个把他闹醒的罪魁祸首。

窗外停着一只喜鹊，嘴里叼着一枝怒放的海棠花，见林木看向它了，它便小心地把花枝放在了窗台上，一张嘴就是："林人参叫林木起床！林人参叫林木起床！"

说完之后就转头飞走了。

林木微微震惊地瞪大了眼：不是，干吗啊！怎么回事啊！还有叫起床服务，这么厉害的吗？！

林木坐在床上震惊了好一会儿，然后晃了晃脑袋，满脑子都是那个笑起来连阳光都明媚几分的男人。

他认出来了，那是他爸爸——那个照片里都极少露出笑意的男人，只有少数的几张照片里能看到他专注地看着妈妈，嘴角噙着一丝细微的笑意，露出两个极浅的梨涡。

林木呆滞了好久，直到定好的闹钟响起来，他才长长地出了一口气，打开了窗户，把窗台上那枝海棠拿了进来。

现在不是海棠的花期，不过无所谓了，不能拿人类的常识去套非人类的事情。

林木把花枝插进了小细颈花瓶里，收拾了一下，草草地吃过了早饭，急匆匆地去上班了。林木挂念着书柜里那个果子，所以到得很早，办公室里另外两个人都没来。

他把门带上锁好，上了二楼，走上了平台。

"我要找一个……黑色的果实，树叶有点像杨树。"林木说完顿了顿，想到昨晚的梦，迟疑地补充道，"很大的树，有黄色的花。"

他话音刚落，脚底下的平台便微微一震，左手边的书架次第打开，载着他到了一个书架前。一本书从里边飘了出来，哗啦啦地翻了几页，然后停在了他面前。

帝休木，无忧树。

叶状如杨，其枝五衢，黄华黑实，服者不怒。

林木把帝休的一些资料拿出来，看了看时间，也不急着下去，直接站在平台上翻看起来。

他一翻阅，就看到了一幅有些熟悉的画面。

那是一张绘卷，绘卷上画着一株苍青色的大树，葱葱郁郁遮天蔽日。虬结的根脉与一团团横向生长的枝条像极了黑松，茂盛的鲜花与绿草绵延的山谷里或蹲或躺着一些奇形怪状的异兽，睡得四仰八叉的。林木大都不认识。

山谷里流淌着清凌凌的山泉，从后方的山峰中蜿蜒而下，与还残留在他记忆中的模糊梦境极其相似，林木甚至能够听到山泉叮咚流淌，鸟雀轻啼的声响，比梦中所见的要更加清晰几分。

帝休的资料很少，少到每本册子里都只提及了那么一两句，大多都是在谈及某个事件或者某个非人类的时候被提上一句，而被提及的内容通常是果实。

帝休比较通俗的叫法是无忧树。叶片有些像杨树叶，枝叶向五个方向恣意伸展，花是嫩黄色的，而结出来的果实却是沉甸甸的漆黑色，吃了之后能使人忘却忧愁，在非人类之中有市无价。

果实的数量极少，而且都被几方势力给垄断了，以至于普通的非人类和生灵只能蹲在山谷外边，虔诚而卑微地乞求着里边的帝休能够仁慈地赐予他们些许福音。

众生皆苦，都盼着能够忘却忧愁。哪怕不能得到果实，只是被帝休的力量照拂一二，能够短暂地抛弃烦恼，安然地快乐上一段时间，也是极难求到的缘分。

何况帝休果的效用远不止使人忘忧这么简单。

对于非人类而言，被惑乱心神、走火入魔、杀戮太重等一系列可能会造成重大后果的毛病，都可以用帝休果来解决。

林木翻了老半天也没翻到关于帝休化形的相关内容，只翻到了关于一直监视掌控着那座山谷的几方势力的内容。

山谷在大荒中部一片叫苦山的山脉里，被几个势力十分严格地控制着，防止别的非人类进入。只是偶尔也会有能力强大的非人类到山谷里去待上一段时间，因为有着安抚作用的不只有帝休果，还有这棵树木本身。

有帝休在的地方，草木旺盛，毫无争斗，连最珍贵的灵药都能放肆生长。

林木翻看着关于那个山谷的记载，意思大致如下：帝休在几方大族的照拂之下生长得极好，并未如同其他上古奇木一般遭到破坏和炼化。直到三十年前，帝休整棵树神秘消失，那几个经常出入山谷的非人类却并没有震怒，而是干脆利落地封锁了消息，全当无事发生。再之后，就再也没有帝休的消息了。

林木翻来翻去，始终没翻到帝休化形的内容，更别说帝休化形之后的长相了。要不是在最初那张照片里看到了帝休本树，家里还有那颗在记载里被疯抢的果实，林木甚至都有点不敢确认他爸爸就是帝休了。

林木把剩下的一些资料翻完，发现的确没有其他相关内容了。

不过林木倒是能猜到，三十年前，帝休从大荒里消失之后，大约就是到了中原，在那座深山里跟他妈妈相遇了。至于他到底是怎么来的，又是什么时候化形的，林木一无所知。

也许经常出入山谷的一些大非人类会知道，可那些非人类，林木一个都不认识。稍微称得上眼熟的也只有一个——晏玄景。他的父亲是九尾狐晏归，青丘国当代国主。

可惜的是，林木从那一次惊鸿一瞥之后，就再也没见过那个超好看的狐狸。

这次查阅的收获还是很大的。

林木翻开最开始那幅绘卷，看着上边葱郁的树木，又低头看了看自己。

好歹是明白自己到底是个什么东西了。这么看着，他另一半血脉的来头不小。

林木想，怪不得妈妈一句话都没有提过他爸爸。就从他爸爸要被几个大族联手遮盖着才能护住这一点上来看，对自己的血脉闭紧嘴巴是最妥当的做法。

至于那颗留下的果实，林木有个不太好的猜想。

果实是用来使人忘记忧愁的。爸爸把果实给了妈妈，应当是知道妈妈有着难以忘却的愁绪，同时他又无法陪伴在妈妈身边照拂她，才会给妈妈这颗极容易引起争夺的果实，希望她能够吃掉它，忘记忧愁。

妈妈能有什么难以忘却的忧愁？她不在意打压她的外公，也不在意钱财，种个盆栽天天都能傻乐上好久。林木所能想到的妈妈的哀愁，就是每次她打开相册时微红的双眼。

林木沉默了好一会儿，不愿再想下去，他合上资料，给资料室里的精怪道了谢，把资料放回了书架，一边下楼，一边摸出手机，给妈妈的老师发了条消息过去。

他想要拿到他妈妈在回来之前参加的一些项目的资料，有机会的话，也许可以找过去看看。以后的事情，谁说得准呢？

林木把消息发过去，收好手机，打开了楼梯间的门。

楼下，大黑已经来了，这会儿已经变回原形躺在地上团成了一个球，一动不动。

林木走到他旁边，蹲下问："你在做什么？"

"在自闭。"大黑闷声闷气地说道。

林木看着团成团的狗："自闭什么啊？"

"老太太的家人开始发讣告，准备葬礼的请柬了，没我的份儿。"大黑说着有点委屈，他抬头看向林木，然后卡了两秒，探过脑袋来嗅了嗅，"你怎么回事啊？气息突然浓郁起来了，还挺好闻。"

"啊？"林木低头瞅瞅自己的双手，又嗅了嗅，"我感觉不出来。"

"你刚接触这边当然感觉不出来。"大黑说完，忍不住更加凑近了几分，使劲嗅了嗅，然后脑子一蒙，软绵绵地瘫了下来。

那是一种令人极度舒适的滋味，就像是在柔软绒毯的包裹下慵懒地躺在了温暖的阳光中。

有青草与花的香气，有风掠过树梢的沙沙声，远处似有环佩叮咚，有流水清凌凌地淌过，还有隐隐约约的丝竹乐声，合着美妙的吟唱遥遥地随着风传过来。这滋味舒服美妙得令大黑忍不住想要翻出肚皮，用最柔软脆弱的地方拥抱这个美好的世界。

这份感觉来得过于突兀凶猛，大黑距离林木很近，这股气息劈头盖脸地蒙下来，让大黑软绵绵地倒在地上，微微眯起眼，浑身上下每一根毛都写着爽字，甚至翻出了肚皮，活像一只嗑猫薄荷嗑嗨了的猫，一副爽到升天的样子。

这样子有点眼熟，就好像在林木看的那幅画卷里，四仰八叉地躺在帝休树荫底下的异兽。

大黑躺在地上，只觉得神清气爽的，什么自闭什么苦恼什么忧愁全都消失得一干二净，心情明朗，世界一片美好。

但他的理智依然在，懒洋洋地问道："你是不是遇到什么事了？"

"嗯，弄清楚自己的血脉了。"林木说道。

大黑来了兴趣："哦？是什么？"

林木摇了摇头。

大黑懂了，估计是什么不适合说出来的血脉。

需要保密的血脉很多，就像是人参娃娃总是需要躲躲藏藏一样，很多非人类的存在本身就会引来掠夺和杀戮，保密很正常。大黑也不介意，在林木那股清冽气息的影响下舒舒服服地打了个哈欠。眼看着要到正式上班的时间了，他刚准备变回人形，就被门口传来的敲门声打断了。

大黑抬头轻嗅:“人类的气味。”

林木点了点头，转头去开了门。

门外是个生出了些许白发的中年男人，穿着一身黑色的西服，头发打理得很正气，十分温和儒雅。他对林木微笑了一下，问道:“您好，请问大黑先生在吗？”

有了昨天那个妇人的前车之鉴，林木也意识到有些人类很清楚非人类的存在。

他点了点头，让开了门:“在的。”

中年男人抬脚走进这间办公室，看了一圈也没看到自己要找的人，最终目光跟趴在地上的大黑狗对上了视线。

他脸上的笑容一滞，显出了几分惊愕的神情，连声音都提高了，有些变形：“大黑？！”

大黑狗“汪”了一声，没有开口说话。

中年男人愣了许久，长长的呼出一口气来，转头看向了林木，迟疑着说道:“我母亲前天去世，昨晚来了我的梦里，告诉我要来这里找大黑，好好感谢……它。”

林木眨了眨眼，意识到眼前这人恐怕是救下了大黑的那位老太太的儿子，怪不得大黑不说话了。

“我们这里的话，就这一个大黑。”林木说道。

中年男人沉默了好一会儿，又看了一眼大黑，半晌，他有些恍惚地叹了口气，说道:“今日下午家母出殡。”

林木看了看大黑。

大黑冲他叫了一声，转头从柜子里叼出了牵引绳，冲着他把尾巴摇得像个电风扇。

林木把门带上，带着翘班的罪恶感，牵着狗，跟着中年男人前往他们家里。

来送老太太最后一程的人不少，气氛有些沉闷。

林木站在门口，把牵引绳交给了老太太的儿子，自己则站在门外，并不进去。他始终不太喜欢这种生离死别的场面，总会让他想起走时孤零零的妈妈。

林木在外边找了个花坛坐下，发了一会儿呆之后，就听到有人叫他。他回过头来，看到一位头发花白的老人向他走过来，正是他刚刚发消息过去询问妈妈参与项目的那位导师，也是时常照顾他生意的一位老人，人很好。

“谭老师？”林木站起身来，“您怎么在这儿？”

“走的这老太太是我同学。”老人说道，拉着林木的手往旁边走，“正好我有点事要找你。”

“什么事啊？”林木问道。

“你不是挺会侍弄花花草草的吗？”老人拍了拍林木的头，“给你介绍个大客户。”

一老一少说话间走到了房子门口，那里站着一个西装革履的男人，生得很高，一手插在兜里，叼着烟，微微垂着眼似乎在发呆。

老人带着林木大步流星地走过去，说道：“小屋啊，这就是我跟你说的那个林木。”

林木被老人轻轻拍了拍背，忍不住使劲挺直了背脊。

被喊的男人微微偏头看过来，神情冷凝，带着毫不掩饰的杀气与凶戾。

林木浑身一僵，几乎马上就察觉到了这个男人气息的异常，警觉地微微后撤了一步，随时准备逃跑。

男人在看到林木的瞬间便眯起了眼，仔仔细细地打量了他一番之后，掐灭了手里的烟。

老人给林木介绍这个男人：“这是帝屋，我上里边去一趟，你们慢慢聊。”

男人点了点头，等到老人走远了，才说道：“混血？”

这声音冷冰冰的，跟晏玄景那种清冷截然不同，这声音就像是沾满了血的刀尖，带着几分刺骨的寒意扎进了听的人的脑子里，让林木禁不住打了个哆嗦。

男人微微凑近了些许，抬手扣住了想跑的林木的肩膀，轻嗅了一下，眉头一挑：“帝休？”

第七章
帝屋

林木被帝屋像拎小鸡一样拎走了。

帝屋提溜着林木走到外边的一辆 SUV 旁边，拉开后座门，把林木撵进去，然后自己也坐进了后座。

林木安静地坐在座位上，盯着旁边这个男人，一动也不敢动。

帝屋坐在林木旁边，从烟盒里拿出一支烟来，刚准备点上，偏头看了林木一眼，又把烟扔了。他也不说话，就靠着座椅闭目养神。

林木僵了好久，盯着合着眼仿佛睡过去的男人，手背在背后，小心翼翼地摸上了车门把手。

帝屋眼都没睁，懒洋洋地说道：“待着。”

林木默默缩回了手，试探着伸手去拿手机。

这次帝屋没说话了，林木掏出手机来翻了一圈通讯录，悲伤地发现手机里一个能够帮忙的人都没有。

普通人类就不说了，通讯录里唯一的非人类现在在那栋房子里，还没带手机，眼看着一时半会儿是不会出来的，更别说下午还要出殡，大黑八成是要一路送到殡仪馆的。

林木无奈地给大黑留了个信，觉得自己恐怕只能听天由命。

他之前说什么来着？妈妈死命捂着爸爸的存在肯定是有道理的。这可不就是吗？！

他才刚刚意识到自己的血脉是什么，就马上被人认出来了。早知如此就该听妈妈的话，不去追究爸爸到底是谁。不去追究爸爸是谁就不会知道爸爸是帝休，不知道爸爸是帝休就不会明白自己的血脉，不明白自己的血脉就不会像现在一样气息四溢。不像现在这样气息四溢，就不会被发现。

林木握着手机，一边后悔，一边琢磨打电话报警说自己被非人类绑架了会不会被认为是虚假警情。

要不试一试吧，被发现了就大喊一声“救命”，不知道有没有用？

林木死马当活马医，点开了拨号界面，刚按完数字，手机就被旁边闭目养神的男人抽走了。

帝屋看了看林木手机上那三个数字，嗤笑一声："报警？"

林木看了看自己的手机，又看了看帝屋，想起之前小人参被奶糖叼进屋里的时候说的话，不禁哽了两秒，小声问道："你是要吃了我吗？"

帝屋转头，惊奇地看向林木："帝休就这么教你的？"

林木闻言一愣，下意识地仔细看了看坐在旁边车座上的非人类，这才发现对方身上那股让他头皮发麻的感觉不知什么时候已经悄悄消弭了。

林木犹豫了一下，还是没有说话。他也不知道应该说什么，这个非人类听起来好像是认识他爸爸的。

但是他能说什么？林木想，自己又没见过爸爸，能说什么？于是林木闭紧了嘴。

帝屋见林木不说话，眉头皱了皱："怎么不说话？"他说完顿了顿，看着林木补充道，"我不吃你。"

林木松了口气，张嘴卡壳了半晌，在帝屋的注视下下意识地问道："你认识我爸爸？"

帝屋点了点头："认识啊，倒是你爸爸，他没跟你提过我？"

林木愣愣地看了帝屋两秒，摇了摇头："我爸爸他……我没见过我爸爸。"

懒洋洋地靠着椅背的帝屋一下子坐直了，眉头微微皱起来："什么意思？"

"我没见过我爸爸。"林木重复说道。

"帝屋"这个名字，听起来跟帝休就像本家的兄弟一样，但是林木也知道非人类的名字不是这么算的，因为准确来讲，帝休是他爸爸的种族的名字，只不过这个种族只有他爸爸那一棵树就是了。

帝屋的眉头皱得越来越紧："没见过你爸爸，那你是从哪儿来的？"

"我是我妈生出来的。"林木觉得这问题怎么这么傻，"我出生之后就没有见过我爸爸。"

帝屋看着林木，沉默了好一会儿，还是从口袋里摸出了一支烟，打开窗户，点燃烟深吸一口，往车窗外呼出了一口白雾，轻嗤一声："那八成是死了，就他那样子，不死不会不管你。"

林木听到这话就是一怔，百种思绪爬上脑海，仿佛有什么声音在他耳边嗡嗡嗡地响，响得脑子里乱七八糟的画面被撕得粉碎，最终只剩下一些酸涩空虚的情绪，一时间不知道应该高兴还是难过。

林木看着帝屋："你是我爸爸的朋友吗？"

"我算是你爸的前辈，我化形的时候他还是棵小树苗呢。"帝屋叼着烟，轻啧一声，"按照辈分，你该喊我一声'伯伯'。"

林木看着对方最多三十的面相，“伯伯”两个字怎么都喊不出来。就凭那张脸，林木最多喊个“哥”。

这非人类也没必要骗他。对方比他强大太多了，想要什么直接抢夺就是了，哪怕是他的性命，想要取走恐怕也轻而易举，哪里还有骗他的必要。

“我倒是挺想知道他怎么会跟一个人类在一起。”帝屋含混着说道，“他应该在大荒里，被那些大族看护得好好的，规规矩矩地供奉着，没有任何生灵能够伤害到他。”

林木想到刚刚查到的资料，心里更加相信了几分，摇了摇头：“我也不知道。”

帝屋眉头又拧了起来：“你怎么什么都不知道，你妈呢？”

“不在了。”林木抿了抿唇，“她生前什么都没跟我说过。”

帝屋一顿，随即又意识到这情况实属正常。

帝休出世，并且孕育了后代，这个消息要是被非人类或者人类任何一方知道了，这小子八成不会有什么好下场。不能变回原形，不能结出果实，但属于帝休的力量和天赋还是存在的。把这小鬼抓起来关着，时不时从他身上扒点东西下来，血肉也好骨头也罢，都是上好的材料，反正混血的伤口愈合速度很快，如果长时间受到创伤，身体本能驱使还能恢复得更快一些。要再贪心一点儿，把这小鬼的灵体扯出来，肉体跟灵体那么一炼，说是仙丹都不为过。

就像对待当初的他一样。

帝屋冷哼一声，几口把烟抽完，碾碎了烟头：“你叫什么？”

“林木。”林木说完补充一句，“随母姓。”

帝屋拿林木的手机输入了自己的号码，备注了“帝屋伯伯”，然后皱着眉看了最后两个字半晌，又把那俩字删了，保存好之后拨通号码，拿自己的手机记下了林木的电话。随后，他转头对林木说道：“给我点儿血。”

林木瞬间警觉起来。

“我灵体不全，拿你点儿血保持清醒。”帝屋不知道从哪儿翻出一个白玉瓶和一根尖锐的玉石，说话变得随意了许多，“就一瓶，别磨叽。”

“哪有人初次见面就要人家血的！”林木往后缩了一大截。

“你骂谁是人呢？”帝屋没好气地说道，“不拿你血我隔三岔五得杀人，要么你得跟刚刚一样被我随身揣着，用帝休的力量安抚我，你要乐意我也无所谓。”

林木一愣：“你杀人？杀了多少？”

帝屋漫不经心地说道：“不知道，忘了，都是些早就该死的人。”

林木眉头皱起来，终于还是伸出了右手，看着帝屋拿着那根尖锐的玉石在他手腕上轻轻一印，一道血痕就浮了出来，汇聚成一小段血迹，流入了帝屋手里的玉瓶里。

手腕有些凉，麻麻的，但一点儿都不疼。

“杀人不对。”林木小声嘀咕了一句。

“哦，你心疼人类啊？”帝屋说完敷衍地点了点头，“也是，你是混血。”

林木看了看逐渐满上的玉瓶，说道：“有了我的血，你就用不着去杀人了吧？”

“这你就别管了。”帝屋摆了摆手，轻轻拂过林木的手腕，那道伤口马上就愈合得连一丝受伤的痕迹都没有了。

帝屋收好了手里的瓶子，告诫道：“你自己注意点，血不能随便给别人，头发丝儿都不行，头皮屑也不行，你身上任何东西，包括你经常穿的衣服，也不能随便给别人。”

林木看着帝屋，点了点头。

“有什么事就给我打电话。”帝屋顿了顿，又问道，“你多大了？”

“二十三。”林木乖乖回答。

“真小。”帝屋说完，越过前面的座椅，给林木塞了张信用卡，“拿去花。”

林木一愣，赶紧推回去：“我不要！”

“不，你要。”帝屋拉开林木的衣领，把卡往林木衣领里一扔，然后打开车门，把他一脚踹了出去，“记得花，不花我半夜爬去找你。”

这话说完，帝屋“嘭”地一下关上了车门，启动车子扬长而去。

林木揪着自己的衣领，把衣服下摆从裤子里扯出来，看着滑落到地上的那张卡，弯腰捡了起来。

大黑在屋里闻着了一丝浓郁而香甜的血气，浑身一震，汪汪地叫着冲了出来。

林木愣愣地转头看了他一眼，说道：“没事……就是，我有个长辈找过来了。”

大黑不听，他围着林木嗅了半晌，的确是闻到了血腥气，但林木浑身上下又没有伤口。

“真的没事。”林木把卡收好，牵着大黑往里走。

等到老太太的事情处理好，下午已经过了一大半。林木牵着大黑往回走，给等了大半天的非人类们处理了一下事情，剩下的扔给了神采奕奕的大黑，自己上了资料室。

这一次，他查的是帝屋。

帝屋跟帝休一样是树，高高地直冲云霄，叶片的形状像椒，生着倒刺，可以用来抵御凶灾，是非常厉害的祥瑞之树。

帝屋的资料远比帝休多得多，因为帝屋化形得早，且在数千年前是大荒里颇为出名的一个独行者。

因为自身特性的关系，帝屋跟那些有恶果的非人类相冲突，交际关系始终不怎么样，甚至经常在两方非人类冲突的时候路过，仗着御凶的特性一个打一群，打完拍拍屁股走人，招了一身的仇恨。后来帝屋没事跑到中原来溜达，被大荒和中原两边勾结暗害，阴沟里翻了船。

帝屋是多好的材料啊！本体分割开来可以供给无数无法抵御邪物的人类做山门、武器又或者当成什么别的材料。灵体镇在哪儿，哪儿就能阴阳分明，海清河晏。把帝屋的力量单独炼出来，更是能保证一大片辽阔的地域上的灵木花药放肆生长，还不怕被邪气污染。

于是在帝屋翻车之后，人类要走了他的本体和灵体，非人类要走了他的力量，把他一分为无数份，分别镇在了中原和大荒各处。

得了帝屋的好处之后，那些贪心不足的人又把目光投向了上古时留存下来的其他奇花异草和神木，帝休就因此而被死死护住了。

林木看完这些，深吸一口气，意识到自己的爸爸就是因此才连化形的消息都被护得密不透风。他沉默地合上资料，安静地下了楼。

林木推开楼梯间的门，一抬眼就看到了那个好看得要命的狐狸正背脊挺直地端坐在凳子上，他微微皱着眉，正听着不知什么时候回来的吴归说话。

“是帝屋。”吴归对晏玄景说道，“他破开镇压他的那些印法，出来复仇了。”

吴归说道：“最近半年里，中原这边人类和非人类的死亡数量也高得不正常，大半是帝屋做的。”

“哦。”晏玄景点了点头，声音十分平静，“是他啊，那不奇怪。”

林木感觉自己被这声音一勾就要跑没了魂，赶紧把门一拉，杜绝了视线之后才感觉好了不少。

晏玄景察觉到一股熟悉的气息，转头看了一眼那扇只留了一条小缝的门，刚要收回视线，就嗅到了一股浅淡的血腥气。

九尾狐霍然站了起来，更加细致地收敛起自己的气息，眉头微微皱着，一把拉开了那扇门，跟林木正对着打了个照面。

林木跟晏玄景对视了两秒，不知道是不是因为自己的力量变得强大了些，这次他只觉得有点飘飘然，不再像之前那样瞬间就不知道自己是谁了。

林木忍不住盯着晏玄景看了好一会儿，再一次确定了这狐狸真的长得超好看，连皱眉都好看，就是板着一张脸，气势有一点点吓人。

“你受伤了。”晏玄景说道，声音冷冷淡淡的，伸手直接握住了林木的手腕。

这里的血腥气最重，却没有伤痕。

但晏玄景跟大黑不一样，大黑化形才几年，很多东西都不清楚，晏玄景却是明明白白的。

林木的手被伤过，然后有人以特殊的手法使之愈合了。从血气上来看，他绝对是被人取走了为数不少的血。

晏玄景眉头皱得死紧，沉声道："谁拿走了你的血？"

"没有啊……"林木说完，在晏玄景的注视下忍不住缩了缩脖子，把手抽了回来，想了想，说道，"无偿献血去了。"

晏玄景沉默地注视着林木，摆明知道他在说谎。

林木抿着唇，眼一瞥，发现吴归和晏玄景面前的杯子都已经空了，赶紧说道："你们聊，我给你们加点水啊。"

晏玄景看着溜走的林木，拧着眉头半晌，看着林木拎着水壶过来了，才缓缓地从他身上收回了视线。

不说就算了，谁都有秘密。

九尾狐重新坐回了椅子上。

林木把另一杯茶交给吴归，收获了对方的道谢之后也坐回自己的工位，竖着耳朵听那边的讨论。

吴归抿了口茶，说道："帝屋被埋的时候我还没化形，现在也只能靠记载和星象得知一些情况，他到底是怎么一回事，你应该比我知道得多。"

晏玄景也不介意被办公室里另外两个非人类听到，点了点头，又摇了摇头："大荒里那个应该不单纯是他，气息不对。"

吴归微微皱起眉来："怎么说？"

晏玄景说道："大荒里只有他的力量。"

力量是不可能自己动起来的。

"而且，如果单纯是他的力量的话，应当不会伤我才是。"

当初帝屋翻船的时候，跟他一些关系好的非人类不是没跟那些玩阴招的非人类厮杀过。但是能从帝屋的力量里分得一杯羹这个诱惑实在是大，过了没多久就倒戈了大半，最后以帝屋那些真心朋友溃败收尾。他们只能转而去护住别的跟帝屋关系不错，却也被那些家伙盯上的已经化形或者即将化形的奇花异草和神木，以免他们步帝屋后尘。

晏玄景的父亲晏归就是这些朋友中的一个。帝屋打天打地杀遍天下也绝对不会打的物种之一，就是九尾狐。

晏玄景十分冷静："还请您再仔细卜上一卦。"

"那帝屋的事？"吴归微微皱着眉问。

"冤有头债有主。"九尾狐的声音冷冷清清的，"谁作的恶，谁得了利，因果轮回本该如此。”

吴归身为一个专窥天机的卜卦师，自然也是明白这个道理的。他摇了摇头，并没有强行要求晏玄景插手这事的意思，只是说道：“中原处理公事的非人类都是清白不沾恶果的，我们倒是不怕，只是他这么杀，容易杀出事来。”

晏玄景顿了顿，大概猜得到吴归说的是什么事。

距离帝屋被分继而封印已经过去数千年了，做下这种恶行的人自然无法成仙，更会因为犯下的恶行而前路坎坷，多半早已尸骨无存。

留下来的都是他们的后代，这其中也许有知道当年的事的，但过了数千年，非人类先不说，人类已经传下不知多少代了。如今的人类之中，就连知道非人类这类事情的都已经彻底销声匿迹，更别说当年的事情了。

搁大荒里，这种血海深仇，就算当事者死了，仇家掘地三尺挖了他的坟，把他那一支连拽带扯上至老祖下至呱呱坠地的小崽子全宰了，那也是活该。但在中原这边不一样，人类的寿命短得很，非人类记在心上数千年的仇，人类几代过去之后，就压根儿没有人知道这回事了。

吴归说的会杀出的问题，就出在这里。

在大荒里，非人类的数千年可能也就两三代，基本上个个都知道上两辈的仇怨，以方便自家小崽子在遇上仇家的时候赶紧跑路。在明知道是罪孽的情况下还从中取得利益，死了才是正儿八经的因果两清。

但人类不同。

人类这儿少说几十代过去了，谁手里拿个祖传据说很灵验的护身符揣身上，那都是得利者。再往大了说，帝屋当初被埋的那些地方，在那些地方生活过的所有人，都是得利者。帝屋要把所有沾上因果的人都杀了，那这世上的人至少要减个半数。但那些人并不知情，而且因果实在太分散了。

当初干这事的那批人，估计打得就是这种分散因果的恶毒主意，让那些一无所知的人也背上他们本不该有的恶果。而这些人在死去进入冥府接受审判的时候，这份因果是会算进刑罚里去的。每一份刑罚判下去，因果就会减一分，再过个数千年，哪怕帝屋出来了，也已经找不到能复仇的对象了，那么那些人和非人类的后代，也就彻底安全了。

以前没有细究过这种恩怨情仇，还不觉得有多骇人，查阅一番再细细一想，哪怕是身为骨子里就有着斗争性的非人类，也只觉得一阵毛骨悚然。可不管怎么说，如今那些毫不知情的人类和非人类，真的是无辜的。

吴归说道：“不知者不罪，哪怕他们得了利也当如此，冥府在审判他们的时候会有恶果的惩罚。”

晏玄景面无表情地说：“罪恶理当随着血脉流传，冥府如何审判跟帝屋决定亲手裁断因果有什么关系？”

这种时候，在大荒长大的非人类和在中原长大的非人类的思维差距就体现得淋漓尽致。

吴归重重地叹了口气，实事求是：“哪怕他杀的都是当初那些人类和非人类的后代，因果也远远抵消不了他的杀孽呀！他的灵体被拆散过，本来就不稳，在杀完之前自己就会灰飞烟灭，这不值。”

晏玄景眉头微皱，对于吴归的话无法赞同：“报仇有什么值不值的。”

吴归想：也是。

说到这份上，晏玄景也完全没有准备插手的意思，老乌龟也不再说了，毕竟晏玄景本来就只是来帮着盯那个通道的，他没道理让人家帮忙处理中原这边的事务。讲白了，帝屋如今在中原里只有个半稳不稳的灵体，他们都拦不住、找不到人家，那是他们中原的非人类太过于无能，说出来都嫌丢脸的那种。

只不过这种情况，实在不太好给上边交差。几千年前那帮家伙自作孽就算了，现在竟然还要别人来帮忙擦屁股。

老乌龟叹了口气，想到自己和同僚们压根儿查不到帝屋到底被分别镇在了哪些地方，对如何处理也毫无头绪，不禁开始感到头疼。

林木坐在座位上听了个囫囵，呆怔了好一会儿，突然打了个哆嗦。

他脑子不笨。

帝屋被这样镇压了数千年，那身为帝休的爸爸呢？他爸爸现在在哪里？是真的死了，还是像帝屋一样，被神不知鬼不觉地分成了那么多份，连灵体都拆散了被镇压在不知名的地方？

林木手脚冰凉，脑子一片空白，一直到大黑过来打开门提醒他下班了，才缓缓地回过神来。

大黑感觉从老太太那边回来起，林木就不大正常，他在林木眼前挥了挥手，问：“你怎么了？”

晏玄景不知道什么时候已经走了，走前在林木的桌上放了个白色的编织手绳。

吴归在那边抬眼看了看林木，提醒道：“那个手绳戴上，九尾狐的毛编的，别走路上被别的非人类叼走了。”

林木只觉得自己的手脚僵硬得可怕，听什么都觉得像隔着一层薄膜，勉强听清他们说了什么也一时反应不过来，木愣愣地被大黑戴上了手绳，迈着僵硬的步子，浑浑噩噩地回了家。

手机上有谭老师发过来的之前他妈妈参与的项目记录，在有他之前，妈妈参与的项目有很多。林木坐在院子里跟妈妈一起做的秋千上，吸了吸鼻子，翻看着那些记录，感觉自己一时半会儿恐怕根本没有时间过去。

工作是一方面，他对野外生存探索这些事一点儿也不了解是另一方面，最重要的是，他现在并不适合单独去深山老林里。

深山老林里有什么？非人类，一群一群的非人类。

今天他能被帝屋一眼认出来，去了那些人迹罕至的地方，十有八九也是能被认出来的。哪怕如今非人类的户籍制度相对来说已经比较完备了，但谁都不知道当初没有记录的时候，有多少大佬隐进深山里闭关，闭到现在还没出来。

林木还是很有自知之明的，别的不说，就说帝屋，身负重伤还能轻易抓住他，更别说一点儿伤都没有，甚至刚闭关出来可能还有突破的大佬了。他要是不小心遇到了这种大佬，人家挥挥手他就完犊子了。

林木意识到自己的弱小之后，更加难过了几分，他摸了摸被大黑戴在他手腕上的手绳，也不知道这个到底顶多少用。

他手里拿着手机茫然地待了半晌，翻了翻通讯录，下意识地把电话拨给了帝屋。

帝屋那头很快接了电话。

电话那头风声很大，想到帝屋今天上午是开着车走的，林木觉得帝屋可能是在飙车。

林木讷讷地开口：“帝屋……”

“啊？”帝屋那边应了一声，在半空中一脚踢爆了一只鸟的脑袋，带着呼呼的风声稳稳地落在了地上，满脸嫌恶地甩掉了脚上沾着的血肉，问，“怎么了？”

林木张口想说自己爸爸的事，开口又闭上了嘴，转而说道：“我听说……你再杀人会灰飞烟灭的。”

帝屋听到这话，单独走在血流成河的大宅院里，一边翻找着东西一边敷衍地轻哼了一声：“哦，然后呢？”

林木缩在秋千上，半晌也说不出个然后来。

他想说的事情太多了。他想告诉帝屋不要再杀生了，因为跟他爸爸称得上是亲朋还对他亲近的，人类也好非人类也好，就帝屋这么一个，林木实在不希望哪天突然得知帝屋因为杀孽太重灰飞烟灭。

他还想拜托帝屋去他爸爸可能存在过的地方看看，但林木刚想说，就发现前者而言自己没有合适的立场，后者来说会让帝屋置于险境。

那些藏起来的能力强大的非人类打一个重伤的帝屋恐怕问题并不大。

林木沉默半晌，吸了吸鼻子：“我不想你死。”

帝屋翻找东西的动作一顿，稍显诧异地睁大了眼，过了好一会儿，不大自在地轻咳一声，继续翻找起来，嘴上说道：“我哪儿那么容易死。”

林木小声说道：“那我给你血，你……”

“谁要你的血？”帝屋说道。

林木张了张嘴很想说：不是你要吗？

“行了。”帝屋从房间暗格里抽出一张布制卷轴，打开扫了一眼，“你吃好喝好，小孩子别管那么多。”

帝屋说完就干脆利落地挂了电话，微微眯起眼看着手里的卷轴。

这是一幅画着一株苍青色巨树的画卷。这树帝屋再眼熟不过，可不就是他自己亲眼看着长大的那棵小树苗。

帝屋摸了摸自己挂在腰间装满了林木鲜血的白玉瓶，这会儿瓶子漂浮起来，闪烁着浅淡的微光，轻轻拉扯着帝屋往宅院更深处走去。

这血可不仅仅是用来稳定神魂的。

林木会想到的事情，帝屋自然不会想不到，说帝休死了，只不过是为了让一无所知的林木先入为主，反正这么多年了，林木早就默认自己的爹挂了，也免得小鬼跑去调查帝休到底在哪里，然后把自己给折进去。

帝屋再清楚不过了，像他们这种上古时的神木，只要不是自裁，就很难死彻底。谁没事傻不愣登地会去自杀呢？所以谁失踪没有消息了，十之八九是被阴了。扒皮拆骨被分食只是毛毛雨而已，多半是不会让他们死绝的，那帮贪心的东西可还指望着能够长长久久地得到庇荫呢！

帝屋冷哼一声，跟着玉瓶的指引在这个占地颇大的宅院里翻箱倒柜地找了一圈，最后脸色阴沉沉地拎着几个卷轴和几本古籍走出了门。

门外整整齐齐地站着三排西装男，看到帝屋从院子里出来了，对院子里冲天的血气视而不见，只有其中一个走上来对帝屋喊了一声“老大”。他背后两人正扣着一个被打得鼻青脸肿的男人。

“去查查这几个城里的家族。”帝屋把手里的卷轴扔给了走上来的男人，甩掉手上的血迹，转头看了那个被打得奄奄一息的人一眼，在他面前蹲下来，慢腾腾地摘掉了对方挂在脖子上的一个小锦囊。

“拿我的本体来防帝休的怨气，想得倒挺好。”帝屋咧着嘴嬉笑了一声，把那个小锦囊拿在了手里，看着一直在周围徘徊的几个恶灵瞬间扑上来啃噬撕咬着眼前这人，他嫌弃地收回视线，转头上了车。

车子很快开走了，帝屋对身后的惨叫声充耳不闻，只是低头看着手里一块巴掌大小的生着难看的瑕疵的苍青色玉石。

玉石正闪烁着，那些灰黑色的瑕疵不停地鼓动，仿佛活物。

“安静一点儿，等你怨气没了，我再给我俩多凑点灵体，收回一点儿本体和力量，就带你去见你那个娇弱的崽。”帝屋“啪”地给了那颗玉石一脑崩，弹得玉石滚了个囫囵，然后才懒洋洋地说道，“不用担心，你崽身上有九尾狐的气息。”

那颗苍青色的玉石瞬间安静了下来。

第八章
变强的方法

林木被挂断了电话，失落地蹬了蹬脚。老旧的秋千发出“吱呀”一声，慢悠悠地轻晃了两下。

林木把手机收好，重重地叹了口气。

他实在没有什么能够求助的对象，两个同事都不用指望，他自己也不认识什么非人类，更别说能够在未知的世界里肆无忌惮地横行的大物了。

帝屋现在自身都难保了，林木不管从哪方面考虑，都不可能去求助唯一有能力帮到他也愿意帮助他的帝屋。自己也是弱了吧唧的，血脉还被人觊觎，待在家里有朝暮护着还比较安全，办公室里因为资料室的特殊地位也并不担心被袭击，但要往外跑，就说不定了。

弱小是原罪。

林木靠着秋千椅的椅背，想到他极有可能遭了黑手的爸爸，感觉一阵难过。

这种孤立无援的滋味不是第一次了。当初有人欺负他们孤儿寡母的时候，妈妈病重走了之后那段时间，都是如此。跟妈妈相依为命的时候，日子虽然有些艰苦，但林木并不觉得多难挨。让他觉得难挨的，是那种因为无力弱小而无法保护自己想要保护的东西和人的滋味。

还是得自己努力才行，林木想。就像之前一样，被欺负了就打回去。只要自己足够强，哪怕孤身一人也无所畏惧。就是可能要让爸爸多等一段时间了——如果他真的被抓走了的话。

非人类应该怎么变强，林木一点儿头绪都没有，只能求助于大黑。

林木使劲揉了一把自己的脸，摸出手机来，准备给大黑打电话询问一下关于非人类修炼的问题。结果手机刚拿出来，就听到院子外边突突突地停了辆三轮摩托。

林木转头看过去，发现是快递。

想到自己最近买的东西，林木赶紧收好了手机，跳下秋千去打开了院门。

快递小哥从车后边卸下来一大堆东西，看着出门来的林木，喘了口气，道：“你这买的什么啊又多又重。”

“一些养狗养花用的东西。”林木看着小哥喘气的样子，撩起了袖子，“我来搬吧。”

“啊？”快递小哥看了看林木细胳膊细腿的样子，刚准备出声，就看到这个细瘦的青年人一下搬起了三十多公斤的铁艺架，轻轻松松地扛进了院子里，转头出来又拎起了两个十公斤的培育土，丝毫不见停滞地步履如风。

快递小哥闭上了嘴，觉得能者多劳挺好。

他靠着车，看着林木一趟一趟地把东西搬进去，一部分放在院子里，另一部分则扛进了屋子里。

林木从屋里拿出了一把美工刀，走到放在院门口的包裹边上，说：“麻烦稍等一下，我拆包裹看一眼。”

“行，你验吧。”快递小哥说着，打量起了林木的小院子。

这间院落并不复杂，一眼就能看到底。

自建房两层带了个小阁楼，从外边看着这房子有段年月了，有爬山虎悄悄蔓延在外墙上，一楼和二楼有几个窗口架着花架，种着一些垂吊型的绿植，生长得十分茂盛。其中几株正值花期，开得分外烂漫。

房子旁边的水泥路上规规整整地摆着一些盆栽，透过一楼的一些窗户，还能看到室内也有一些，水泥路外边翻了一部分地，看起来是准备种什么，但还没发出来的。除此之外就是一片翠绿的草地，草毯上一架木制的秋千安静地随风晃着。

院墙外边的栅栏上盘着藤蔓开着花，小小的，色彩斑斓。整个院子绿意盎然，风吹过院落带来一阵清冽的香气，直让人全然忘却了苦恼与烦忧，安逸而困倦地打起了哈欠。

林木把需要查验的包裹都查了一遍，抬起头来的时候发现快递小哥靠着车已经打起了盹。他似乎还做了个什么好梦，睡过去了脸上还带着细微的笑意。

林木上前轻轻拍了拍对方：“我验完了。”

“啊？哦。”快递小哥晃了晃脑袋，“那行，我走了啊！”

“你等一下。”林木喊住了他，转头去屋里拿了管薄荷油，交给他，“提神的，路上小心点儿。”

快递小哥愣了两秒，不大好意思地冲他笑了笑，坦然地收下这管薄荷油：“好，谢谢，你家院子真好看。”

林木闻言，也冲他笑了笑，弯起了眉眼，露出嘴角两个小梨涡。

等到三轮摩托走远了，林木收回视线，看了一眼院子外边种着的朝暮，发现本该被压扁的花正毫发无损地绽放在原地，随着风轻颤摇曳。

看来普通人是看不见也摸不着的。

林木收回了视线，把那些开箱验货的包裹都重新盖上，一件一件搬回屋子里。

搬到最后几件的时候，林木刚一走出屋子，就看到远门外边站着一道身影。

晏玄景笔直地站在院子外边，身上还是那件并不怎么适合出现在中原的古服，长发垂在身后，正安静地注视着院子里的林木。

林木看着那张脸，微微瞪大了眼，愣了好一会儿才十分艰难地回过神，赶紧走到院门口打开了门：“晏……呃，先生？”

晏玄景扫过林木手腕上戴着的白色手绳，神情间放松了许多，向他轻轻颔首：“叫我晏玄景就好。”

林木觉得晏玄景的声音可真是太好听了。

“您怎么来这里了？”

“我来……”晏玄景话说到这里凝滞了一瞬。

他也说不上自己来干吗来了。

他本来是在跟着人参娃娃一起找非人类的，结果跟着人参娃娃翻了几个山头，人参娃娃的朋友没找到，倒是整个青要山的非人类都知道附近来了个疑似九尾狐的大人物。

这些非人类顿时架也不敢打了，地盘也不敢争了，闹也不敢闹了，全都安安静静地蹲在昏暗的角落里，生怕自己一个不小心就被九尾狐给勾走灵魄吃掉。

众所周知，九尾狐要吃灵魄压根儿都不用动手，眼神一勾魂就没了。一时间，非人类们全都偃旗息鼓，脑袋和眼睛全都藏起来，甚至不敢多往外看几眼。

人参娃娃的那几个朋友估计正是其中之一，还挺会躲，几个山头翻遍了也找不着踪影。

晏玄景恰巧收到了吴归回来的消息，于是揪了两根毛给人参娃娃当护身符，转头就去了管理处。他知道在办公室里能够看到林木，但他没想到这才一天一夜没见面，林木身上气息的浓度就突然暴涨了好几个层次。

刚见到林木的时候，不仔细看还不能发现他是混血，现在却是一眼就能看出来。大概也是力量暴涨的缘故，晏玄景极力收敛的魅惑天赋给他造成的影响也不再像之前那么大了。这是好事。

但晏玄景怎么都没想到林木身上会带着血气，摆明是受伤了，被别人取走了血。

晏玄景急匆匆地去青要山的通道边上给在大荒里的亲爹传了信，告知大荒里的事可能跟帝屋有关之后，他马上就回了林木的家里，想确认一下林木的安全。怎么说都是收留了他，给他提供了一个很好的养伤地点的人。但在确认了之后，他又不知道应该说些什么了。

晏玄景卡壳了半晌，脸上始终是平静而冷淡的，静静地注视了林木半晌之后，才不疾不徐地说道：“我来看看你。”

林木惊愕地睁大了眼，开口时有点磕绊：“来、来看我？”

“你受伤了。”晏玄景指了指林木的手腕。

林木没想到他竟然这么关注这个细节，他呆怔了一瞬，顿时警觉起来。

晏玄景被这突如其来的戒备搞得摸不着头脑。

林木十分戒备。讲实在话，他跟晏玄景又不熟。上一次见面还没太拿正眼看他呢，这次发现他流过血之后就跟得这么紧，一定有问题。不然堂堂九尾狐这么关注他做什么？

林木顿了顿，想到了自己查到的资料。

对了，晏玄景的父亲晏归是之前保护帝休的非人类之一。但在帝休失踪之后，整整三十年的时间，他们没有一点儿动作。

林木下意识地摸了摸手腕上据说是九尾狐毛毛编的手绳，小心地瞅了瞅明明面无表情但隐约能看出一点茫然的非人类，有点拿不准对方到底是敌是友。

林木视线往下一滑，扫过晏玄景站的位置，发现他恰巧就站在朝暮之外。林木收回了视线，微微抬头看向晏玄景，笑出了两个腼腆的小梨涡，轻声问道：“来都来了，您要不要进来喝杯茶？”

背负着罪孽的非人类要是被朝暮灼烧的。林木琢磨着先把这只九尾狐忽悠进来看看，烧死了他不亏，没烧起来他血赚。

晏玄景本能地感觉到有一股凉意从背后蹿了上来，他霍然抬头看了一圈周围，没有察觉到任何异常之后轻轻皱起了眉。修炼到他这个程度，通常感觉是不会出错的——有人在算计他。

林木看着正打量着周围的晏玄景，试探着喊道：“晏先生？晏玄景？”

晏玄景缓缓收回视线，点了点头，抬脚直接走进了院子里。朝暮被他的衣摆轻轻擦过，颤动着弯下了枝条，在他走过之后，又重新抖擞着挺直了摇曳起来。

林木看着他安然地走进了院子，大大地松了口气。

晏玄景感觉刚刚那股寒意与危机感又骤然消失了，不禁停下了脚步，垂着眼思考自己最近到底有没有得罪谁。然后发现得罪的实在太多，好像谁都有可能害他……

算了，九尾狐选择放弃。

林木关上院门，发觉晏玄景正低头瞅着一个开了箱的包裹，赶紧走上前去，弯腰把包裹抱起来。

“抱歉抱歉，没收拾好。”林木有些紧张，抱着包裹连声说道，“您先进屋坐会儿吧。”

晏玄景矜持地点了点头，熟门熟路地在客厅里挑了个凳子坐下，姿态端庄，背脊笔挺。

林木拿之前小人参揪下来的参须泡了茶给他。晏玄景端着杯子，把搪瓷杯硬生生地端出了珍品茶杯的格调。

九尾狐转头看向林木，打量了他两眼，说：“你的力量增强了很多。”

“啊，是的。”林木在面对这个过于好看的非人类时多少有些拘谨，但在对方安然跨过朝暮之后，他的心态放松了不少，说道，“因为知道自己的血脉了。”

晏玄景喝茶的动作微顿，等了三秒没等到林木接下来的话，就意识到林木的血脉并不是能够随意说出来的类型。他喝了口参茶，看着林木欲言又止的样子，慢吞吞地问道：“你有事？”

林木迟疑许久，还是点了点头：“有。”

晏玄景放下了手里的茶杯。

“非人类……应该怎么变强？”林木问。

比起大黑，眼前这个非人类显然要懂得更多，林木觉得自己没必要舍近求远。

他看着晏玄景，认真地道：“我想变强，但我不知道该怎么做。”

九尾狐微怔，回忆了一下自己年幼时的经历，过了许久，不太确定地答道：“挨打？”

林木觉得晏玄景应该是想害他。

他沉默了一会儿，迟疑地问道：“真的？”

晏玄景其实也有点不太确定。在大荒里能活下来还能拥有一定地位的非人类，大都是靠实力打出来的，只有极小部分非人类能靠脑子和特殊的天赋走得长远。像晏玄景这种从小就被他爹打到大，打腻了还把他往非人类堆里一扔，活像养蛊一样养大的，占了绝大多数。

他就是挨打厮杀出来的，打架过程中自然而然地就变强了，不像人类还能正儿八经地慢慢修炼。要说怎么变强，晏玄景能想到的也就是打架了，而一开始的时候，全在挨打。

亲爹打完亲妈打，亲妈打完别的来串门的打，他们打腻了，就把他扔到大荒里最混乱的地区，然后自己拍拍屁股走了。等到晏玄景能自己从那里爬出来的时候，就已经能在大荒绝大部分地域里横行霸道了。

晏玄景就是这么长大的，要问他有什么温和一点儿、中规中矩的变强方法，他还真想不起来。当然，大荒里也的确是有着许许多多弱小的非人类的，但他们的生存方式和修炼方式是怎么样的，天生就属于上位者的晏玄景并不了解。

他还年轻呢，才五百来岁。不像他那个正值壮年的爹，好像整个大荒在他爹眼里就没有秘密一样。

九尾狐说道："不同的非人类大约有不同的方法。"

反正身为九尾狐来说，他就是打出来的，跟动物打架争夺领地捕猎什么的区别并不大。而非人类中，自己开启灵智的都是跟着本能成长的，生下来就是非人类的，几乎也都有长辈引导。至于那些流落在外的，活下来的屈指可数。哪怕中原的生存环境比大荒好多了，像林木这样的情况恐怕也不多。

晏玄景思索了一会儿，说道："按照你非人类的血脉来思考，你的父亲怎么做会变得更大更强，你就怎么修炼。"

林木张了张嘴，没说出话来。

他爸怎么做会变得更大更强？大概是多喝水多晒太阳吧，还有呼吸作用、光合作用、蒸腾作用。

林木顺着思路低头看了看自己的脚——没有根须，又看了看自己的双手——没有叶绿体。

林木想了想，觉得恐怕不行。

晏玄景看着林木这副为难的样子，微微停顿了一瞬，说道："实在想不到，就先打架吧。"

林木闻言抬起头来，看向了晏玄景，带着点小心翼翼地试探："我没有……可以练习的对象。"

领会了精神的九尾狐站起了身，于是林木挨了一顿毒打。

哪怕晏玄景觉得自己已经放水放到开闸泄洪的程度了，林木依旧毫无还手之力。等到林木完全没力气的时候，天都已经黑了下来。

到了月中，圆月高悬。院子里没有开灯，月亮的银辉流淌在地面上，将院落里的昏暗驱散，留下了足以视物的光明。

晏玄景看着趴在地上浑身没剩下几个好地方宛如尸体的林木，鼻尖萦绕着过于浓烈的血气。

这血气不像普通人类那样满是铁锈的腥味，而是与他的气息如出一辙的清冽纯和，像是被温热的春风轻轻拂过的草木，轻飘飘地擦过心尖尖，留下一片软和的松快。

晏玄景从自己的储物环里摸出了自己基本用不上的外伤药，对身上满布伤痕的林木感觉有点无从下手。

也太弱了。晏玄景面无表情地在心里嘀咕。

他因为受伤都没动用力量，纯粹依靠技巧都能把林木打成这样。

也太弱了。晏玄景再一次想道，瞅着林木的惨状，又隐约有点怀疑自己。

好像下手太重了。不过问题不大，混血很快就可以恢复。九尾狐一边这么想着，一边扯掉了林木的衣服，给他上药。

林木被晏玄景没轻没重的动作弄得哆嗦了一下，发出几声细弱的哼唧："疼……疼。"

从没伺候过别人的九尾狐停顿了两秒，小心地放轻了动作。

林木又哼唧了一声："疼。"

倒是稀奇。晏玄景想道。

之前打的时候都没听林木喊疼，这个时候倒是知道疼了。

林木趴在地上，侧着头，目光穿过绿色的草地，朦朦胧胧、恍恍惚惚地看到了星星点点的白色小花，让他开始怀疑自己是不是看到了黄泉路。

身上的伤口很疼，渐渐地变得有点痒。

林木轻轻蹭了蹭面颊下的草地，有些难受地哼唧了几声，想着要是伤口能赶紧好就好了，接着困顿疲累地合上了眼。

晏玄景慢腾腾地给林木糊完了胸腹上的药，又给他清理了一下血迹斑斑的背部，看着林木恢复如初的光洁背部，发现林木的皮肤白得透亮，在月光下甚至反射出些许荧光。晏玄景停下来看了一眼，然后毫无波动地伸手，准备扒掉林木的裤子，继续给他上药。

正在这个时候，银色的月光之中落下了一个又一个柔和的光团，被夜风一吹，颤动了两下，哆哆嗦嗦地顶着风执着地飘向林木，在他的背上活泼地滚了几圈，然后轻轻跳起来，闷头撞进了林木的身体里。

晏玄景微怔，看着月华的光团越来越多，眉头轻挑，有些惊讶于这些光团的数量。

晏玄景一眼就看出这些光团是什么了。通俗来讲，这些光团就是日月精华之中的月华，也是非人类们偶尔能够捕捉到的宝物之一，但数量极其稀少，通常只有拥有大功德或者运气极好的非人类才能得到些许。月华的作用非常宽泛，几乎所有身体的问题都能利用它来解决。

晏玄景见过不少也用过不少，但一次看到这么多月华还是头一回。

这几乎都不能称之为月华了，无数柔和的莹白色光团彼此簇拥着汇成一道光流，如同温柔的薄纱，轻轻盖在趴在地上的林木身上，这座院子都因此蒙上了一层浅淡的荧光。

少数几团被挤出了队伍，在光流外无措地转悠了几圈，然后晃晃悠悠地飞到晏玄景面前，轻飘飘地落在了他的头上与眼睫上，像是一颗颗发着微光的绒球，挂在了他的身上。

晏玄景看着这个被某种令人感到身心安宁、放松舒适的气息所笼罩起来的院子，微微皱起眉来，总觉得这个画面在哪里见过。

他看着越来越多的小光团被挤出队伍，在夜风中拐着弯奔向他，然后一窝蜂地钻进了他的身体。就像是高山水流冲破冰封的瞬间，嫩芽拱破了土壤，巨鲸破水而出，暗伤像是被什么温暖的东西冲刷了一遍又一遍，微酸微胀，却以缓慢但明显的速度一点点修补着他缺失的东西。

晏玄景站起身来，看着被他起身的风带着扑过来的光团，又看了看林木，收回了手中的伤药。

他应当是见过这个画面的。但五百年的记忆实在太长，让他记不清到底在哪里见过。

只是光看着，心里就平和温暖起来。

晏玄景抬起手，看着粘在他手上和衣服上的光团，轻轻抖了抖，被抖落的光团落在他们身边的地面上，那里的青草就抖擞起精神来，接连生出了许多娇嫩的花苞。还有一部分被夜风带着落远了，跌进新开垦出来的灵药田里，光团刚一融入进去，那些本该十余年才发芽的灵药便倏然破土而出，生出了翠绿翠绿的尖芽。

晏玄景看了那片灵药田许久，转回头来，发现趴在地上的林木不知道什么时候已经变成了侧躺，这会儿正微微蜷缩着身体，身上的血迹与伤口消失得一干二净，连之前被他扯掉的衣服也由月华的细线一点一点缝补起来。身为九尾狐的晏玄景从来没有过这种待遇。

他幼年时在大荒里要死要活的时候都没见过这种阵仗，堂堂九尾狐，几次濒死，日月也就抠抠搜搜地落下了几点光华下来，还被蹲守的别的非人类抢走了。

酸！很酸！

晏玄景沉默地站在林木边上蹭着月华的光流，一直到光流渐渐淡去，灵药田里的灵药已经放肆地展开了枝叶，连外边的草地都开了一地的花。

晏玄景弯腰，伸手推了推在花草地上睡得香喷喷的林木。这一靠近，就发现林木一头碎发的头顶上不知何时生出了一株小小的嫩芽。

林木被他推醒，睡眼惺忪地瞅了他好一会儿，才一个激灵一翻身滚了起来。他低头检查着自己的身体，又扭头看了一圈周围，愣了两秒，磕磕巴巴地说道：

“我、我是被打死了吗？！”

晏玄景的目光落在林木头顶晃晃悠悠的小嫩芽上，他慢吞吞地答道：“没死。”

林木闻言，爬起来去把院子的灯打开，又扭头仔仔细细地看了一圈。不止草地上开满了花，就连盆栽都开花的开花，结果的结果，不能开花和结果的，也显得格外精神。

“是发生了什么吗？”林木恍惚地问道。

“嗯。”晏玄景点了点头，“有月华落下来了。”

林木不知道月华是什么，听着晏玄景用清冷的声音毫无波动地解释，觉得这份眷顾八成来源于帝休。他正要询问晏玄景月华能不能用来修炼，就发现晏玄景的目光若有若无地在往他头顶飘。

林木觉得晏玄景表面绷着脸，说起话来也冷冷清清的，实际上好懂得很，一点儿都没有传说中的狐狸的狡黠。

他一边这么想着，一边抬手摸了摸自己的头顶。这一摸，就摸到了几片嫩嫩的叶子，同时感觉自己的头皮被扯了一下。

林木两手摸着自己的头顶，瞪圆了眼：“有……什么？”

晏玄景答道：“树苗的嫩芽。”

林木浑身一震。

“我头上怎么会……”他话说到一半，顿了顿，捂着自己的脑袋，揪了片叶子下来，感觉头皮一痛，龇牙咧嘴地看了看那片叶子。

是帝休的叶片。

林木：成了，我现在也是有叶绿体的人了！

林木捂着头，问晏玄景：“您知道……有什么把这个弄掉的办法吗？”

晏玄景从下边抬头看上来，听到这个问题微微一怔，答道：“按回去。”

你们非人类都这么随便的吗？！

林木迟疑了一下，听话地往下压了压那棵小苗苗，一使劲，那棵苗苗就像是含羞草一样，瞬间合上叶片，缩了回去。

林木大大地松了口气。

这下，晏玄景也知道林木的血脉是某种树木了。不过他什么都没说，看到林木没事了之后，提出了告辞。他还得去通道门口等着他父亲传信过来，除此之外，人参娃娃还在山里找朋友呢。他没待在小人参身边，只给他留了两根毛，那些机警的小非人类怎么也该找到一两个了。

林木把晏玄景送到了院子门口，犹豫了好一会儿，还是问道：“如果您不忙的话……有空的时候可以再来吗？”

晏玄景听明白了，这意思是还想再打。

他问道："不怕疼？"

"怕，但也得努力。"林木说着，看着神情冷淡的晏玄景，咧嘴露出两个小梨涡，"总不会一直都是我疼。"

晏玄景一怔，颇有些不可思议地打量了一遍林木。

还挑衅起他来了，真是胆大包天。

"可以。"就当是蹭月华的回礼。

晏玄景点了点头，下一瞬，就从林木面前消失了。

两天之后，晏玄景到通道口走了一圈，从负责登记的守门非人类那里收到了他父亲的回信。狂草的字体恣意狂放，上边丝毫没关心他这个儿子，对大荒的情况也只字不提，信里只有一句话。

——你从哪里沾到了帝休的气息？

晏玄景带着人参娃娃和他的朋友们回来的时候，林木在做早饭。

狐狸脖子上挂着个小布袋子，布袋子里装着一棵人参、两棵含羞草和一颗圆滚滚的土豆。

在进入院子里的时候，布袋子就被无情地扔到了一边，两棵含羞草和土豆眨眼钻进了地里，人参娃娃打了个滚，迈着两条根脉刚想跑进屋里，就被院子里旺盛的灵药田震惊得失去了言语。他愣了好一会儿，变回人形扭头哒哒哒地冲进了厨房。

小人参伸开小短手抱住了林木的腿："林木林木，我回来啦！"

林木最近力量暴涨，耳聪目明，早听到了小人参的动静，被抱住大腿之后也没多惊讶，转头塞了个苹果给他："回来啦。"

"对，我带了小土豆和含羞草回来。"小人参捧着苹果仰起了头，却发现林木脑袋上顶着一株小嫩芽，愣了两秒，扯了扯林木衣摆，小声道，"林木，你也发芽啦？"

林木一愣，抬手摸了摸头顶，这才发觉小嫩芽竟然又跑出来了。

他看了看厨房窗外大好的阳光，叹了口气："大概是阳光太好吧。"

小人参听了，学着林木的样子叹了口气，抬手摸了摸自己脑袋上的人参子，使劲按回去，奶声奶气地叹息道："我的小果果也不听话，总是太阳一好就跑出来。"

林木：敢情这还是植物系非人类的共性。

“林木林木。”小人参重新抱住了林木的大腿，“外边的灵药田是怎么回事啊？怎么就发芽了？而且外面的土地灵气好浓啊……”

小人参说着就惊慌起来，嘴一瘪，委屈地说道：“你是不是有别的小非人类了？”

“没有，就是最近落了不少月华。”林木说道。

晏玄景并没有跟他说月华到底有多珍贵，这两天晚上林木看着如水流一样的月华，心里根本没有一点儿数。

“月华落在地里，草木就都长得很好。”林木说完，摸了摸自己头顶的小嫩芽。

嗯，小嫩芽也长得很好。

小人参懵懵懂懂的，活了这么多年的运气全都用在逃命上了，也不知道月华是什么，听到林木说他没有别的非人类，嘿嘿笑了两声，小脑袋蹭了蹭林木。

林木转头拿了另外几个苹果，问小人参：“你的朋友们呢？”

“他们比较害羞。”小人参从他手里接过了那几个苹果，“我去把苹果给他们。”

“好。”林木笑着摸了摸小人参的脑袋。

小人参抱着四个苹果哒哒哒地跑出去了。

奶糖姗姗来迟，在小人参跑出去之后，才慢腾腾地走了过来，跟以前一样端坐在厨房门口，目不转睛地盯着林木。

晏玄景在收到自家亲爹的信时，终于想起来他到底是在哪里见过足以汇聚成流光的月华了。

那是在他刚回到青丘国没多久的时候。

年幼的晏玄景好不容易从混乱之中爬出来，沾了一身因果，没过多久就在一次地盘斗争里打出了岔子，出气多进气少，被他爹紧急送到了一个被防护得死死的山谷里。

那个山谷灵药丛生，外边极少见到的各种灵草在这里繁多得像是不值钱的杂草，山谷安宁寂静，除了风声就只有潺潺的水流声。

大荒里普通的动物并不算少，但那个山谷的上空飞鸟绝迹，地上也没有什么走兽，溪流中更是没有鱼，只有晏玄景眼熟的几个跟他爹交好的非人类和神兽，他们都在这个山谷中最显眼的那棵树底下睡得四仰八叉，就连他爹都毫无形象地躺成了一摊，看着极其安逸舒适。

晏玄景对那个山谷的印象并不深，只隐隐记得几个画面，还有从天而降的澎湃磅礴的日月精华。

那些明亮充盈的光团落在那颗树上，那棵树也落下了几个软乎乎的光团，混在日华和月华里，悄悄地钻进了在场的非人类的身体。

那是晏玄景疗伤疗得最舒服的一次。帝休的力量让他忘却了疼痛，精神也非常和缓安宁，日华和月华迅速将他重伤的身体修补好。等到他意识完全清醒的时候，他那个睡成一摊的爹就蹦起来把他叼出了山谷。

那段记忆始终有点模糊，现在一琢磨，晏玄景用脚想都知道是他爹刻意使他遗忘的。

帝屋的事情想必给帝屋的朋友们敲了一记警钟，他们运用了读取记忆的手段，在足够强大之前，哪怕是亲儿子也不许记住山谷的进出方式和具体情况。现在晏玄景都已经被他爹承认是下一任国主了，却还记不起这段记忆，晏玄景掐脚一算，八成是他爹完全忘记还有这么一回事了。

于是晏玄景给他爹去了信，告知他帝休死了，然后带着人参娃娃回来了。

现在，他终于明白林木为什么会那么吸引他了，也明白林木为什么能种出朝暮了，更明白林木的星星为什么会被遮住了。

因为林木是帝休的血脉。

光是凭着他的血脉，就足够掀起一阵动荡了。而林木才刚刚觉醒，是个弱鸡中的弱鸡。

晏玄景对帝休的事情并不清楚，但他是知道帝屋的事的。

当初帝屋的事情在大荒里闹得实在不小，再加上帝屋是他爹的朋友，所以晏玄景不仅知道当年的事情，还知道得十分详细，自然也清楚林木这种特殊的血脉会引来什么。就连帝屋那种水准的非人类都能阴沟里翻船，林木这种就更别说了。

晏玄景趴在地上，两只前爪交叠着，眉头微蹙，神情有些凝重。

帝休曾经救了他的命，他觉得自己非常有必要护住帝休的儿子。

可林木实在太弱了，弱到晏玄景都感到难以置信。

混血本来就天生瘸腿，而林木更是瘸腿中的瘸腿。没有长辈，不知道怎么变强，还只有二十三岁。

二十三岁，就他们这些非人类打个盹都十几年。

“奶糖？”林木伸手在自家狗面前晃了晃，看了看自己弄好的水煮鸡胸肉，又看向盯着他不放的狗，说道，“吃饭呀？”

晏玄景慢吞吞地收回视线，起身吃饭。

林木自己吃完了一碗面条，看着时间还早，搬了个箱子出来，放在奶糖身边，一样一样拿出来：“我给你买了好多东西，看，狗咬胶、罐头，新狗窝给你在客厅和书房各摆了一个，还有一些给你玩的小玩具。”

林木说着，拿出了一只小鸡公仔，捏了捏，公仔发出了“唧唧”的声音。

晏玄景就听着耳朵边上一直响个不停的动静吃完了饭，一抬头就看到林木盘腿坐在地上，低头看着手里的鸡仔玩偶，捏个不停，爱不释手的样子。

发现他吃完了，林木捏着公仔偏过头来：“你看，很好玩的。”

晏玄景：我看你自己玩得挺高兴的。

林木发现他家狗兴致缺缺的样子，又从箱子里拿出了另一个公仔：“不喜欢小鸡，还有小恐龙。”

捏一下吼一声。

“除了小恐龙，还有猫咪。”

捏一下喵一声。

“除了猫咪，还有鸭鸭。”

捏一下嘎一声。

“不喜欢的话还有狗狗的。”

还是两种声音，分别是“汪”和“嗷呜”。

林木捏了几下那个狗狗玩偶，突然抬眼看向奶糖，后知后觉地说道：“奶糖，你好像都没有叫过，也不摇尾巴。”

正在思考怎么让林木变强的晏玄景被那几个玩偶吵得脑壳有点疼。

听到林木这么一说，晏玄景沉思了两秒，探头从他手里叼起那个狗狗玩偶，咬一下，玩偶“汪”了一声。

林木无话可说了。

晏玄景看着沉默的林木，以为他不满意，于是咬着玩偶发出了宛如卡碟一般的“汪汪”和“嗷呜”声。

“奶糖。”林木比了个暂停的手势，看到手腕上九尾狐毛的编织手绳，嘀咕，“你认真的样子好像晏玄景。”

当事狐晏玄景先生一顿，抬头看向了林木。

“不过你没有晏玄景好看。”林木撸了撸狗的毛，说道，“等你化形了，人形要好看一点，有晏玄景一半好看的话就太好了，没有一半，四分之一也行。”

晏玄景保持沉默。

“性格别学他。”林木小声说，“正经死板，不知道变通，一点儿水都不放。”

胡说八道！水都放决堤了！

当事狐看着林木，咬了一口玩偶，发出了“汪”的一声以示反驳。

晏玄景想，要不要干脆变成人形算了。反正这个臭小鬼已经能扛住他的魅惑了，他也做好了长期蹲守护佑这棵小帝休的准备。

“不过他长得好看。”林木毫无所觉，抿了抿唇，说道，“长得好看就无所谓了。”

晏玄景沉默地看着林木，打消了变成人形的想法。要是让林木知道他把这些话听了个囫囵，怕是要表演一个当场自闭。

找个不那么尴尬的时候吧，晏玄景想着，把玩偶扔到一边，趴了下来。

“就是不知道他什么时候再来。”林木摸着自家狗，有些苦恼，“这两天好多小非人类来拜山头，送了一堆我也不太认识的东西，得交给他。”

晏玄景抖了抖耳朵，转头看向拎着好几株灵药跑进来的人参娃娃。

人参娃娃拎着灵药，刚巧听了一耳朵刚刚林木的话，啪嗒啪嗒地跑过来着急地问道：“什么小非人类？林木你不是说没有小非人类吗！”

林木摸了摸他的脑袋，解释道：“是有小非人类过来拜山头，说看到九尾狐在我这里待过，再加上朝暮，就当九尾狐在我这里了。”

短短两天时间，在青要山方圆几百里地生存的非人类们几乎都知道了青要山附近来了只九尾狐，在山里徘徊了好几天，一副想要圈地的样子。

要知道九尾狐轻易就能勾你人的灵魄去，关键只在于他想不想，而没有能不能的说法。

惊慌的非人类们要么急匆匆地离开了青要山，不想离开的就心惊胆战地探查了一番，刚巧就有鸟雀远远地看到晏玄景和林木打架，还引来了一大片月华的事迹。

九尾狐对于中原的非人类而言是遥不可及的传说，九尾狐引来月华，在他们看来是完全没问题的事。

接下来两个晚上依旧有如流水般的月华笼罩着那个小院。

于是非人类们坐不住了，纷纷拿上自己最珍贵的宝贝，小心翼翼地放在了朝暮圈外边，希望能够得到靠近甚至是进入的允许，得到一些月华——哪怕是一两团，对于他们而言也已经是救命的东西了。

林木对这些东西并不清楚，好不容易抓住了一个没有逃走的小非人类，问过之后才知道他们送来的这些东西是上贡给九尾狐的。他总不能收着小非人类上贡给九尾狐的东西，肯定是要转交的，就是不知道晏玄景什么时候再过来。

“那你要跟那些小非人类说清楚。”人参娃娃抱着灵药，钻进林木怀里蹭了蹭，抱着他的脖子，说，“不是来投奔你的，不好，不识相，我们不要。”

林木好笑地拍了拍怀里小人参的背：“嗯嗯。”

小人参说道：“你跟那个九尾狐是什么关系呀？”

“嗯……”林木想了想，“暂时的师生关系。”

小人参奶声奶气地问：“怎么是暂时的？”

“因为他长得很好看。”林木十分实诚地说道，“我想跟他做朋友。”

晏玄景偏头看了林木一眼，毛茸茸的大尾巴一甩，干脆把自己团成了个球。

哼！

第九章
因果

林木捂着脑袋，翻箱倒柜地找着帽子。

不知道是不是因为小人参回家了，头顶上的小苗苗总是按下去过不了多久又悄悄地探出头，林木放弃了把它按回去的打算，干脆准备找个帽子把它压下去。

晏玄景叼着林木新给他买的大狗窝，拖到院子里太阳底下，看着从日光中隐隐约约落下来的极为浅淡的日华，跳进阳光下的狗窝里趴着，懒洋洋地侧躺着。浅金色的日华像蒲公英的种子一样随风飘过来，晃晃悠悠地落了九尾狐一身，来不及落入他的身体，就沿着顺滑的毛发滑到了狗窝里，洋洋洒洒地堆了一窝。

小人参头一次见到这种东西，蹲在狗窝边上好奇地伸出手轻轻戳了一小团，那团细小的光亮瞬间钻进他的手里，消失不见了。

小人参恍恍惚惚地看着自己的手，半晌，打了个饱嗝，头顶上被太阳勾出来的人参子越发鲜亮红艳了。

他两眼亮亮地咂咂嘴，又想伸手去抓那些小小的光团，被躺在狗窝里的奶糖拿尾巴狠狠抽了一下，疼得一哆嗦，收回了手。小人参呼呼地吹着自己的小肉手，对上奶糖威严的视线，委委屈屈地瘪嘴："好嘛，不抓了。"

晏玄景收回目光，懒洋洋地享受了好一会儿日华，看了一圈这个院子。

日月精华是最能养育一方水土的甘霖。

院子里的灵药生得很好，花草旺盛绚烂，要是有能力强大一些的非人类前来，甚至能捕捉到一丝凝成浅淡雾气的灵气。

这种情况，哪怕在大荒也是很少见的。

晏玄景微微眯了眯眼，想到林木之前说已经有不少小非人类找上门来了，略一思索，尾巴尖轻轻一勾，运起力量将这个院子在非人类的感知之中掩藏起来。让所有不认识的非人类都没法再看到这里的情况，而试图靠近的就让他们感受一把什么叫"鬼打墙"。

迷惑心神这种事情，九尾狐再擅长不过。至于有能力穿过"鬼打墙"的非人类，那就不会是什么简单角色了。不过没关系，门外还有一圈朝暮拦着路，问题不大。

晏玄景满意地看着自己的成果，在清晨的阳光之中打了个哈欠，尾巴一甩裹住自己，在窝里团成了一个球。

林木好不容易找到了一顶鸭舌帽戴在头上，摸了摸被压弯之后还是坚强地把叶片尖尖探出帽子边缘的小嫩苗，也不再管它，拿上手机和钥匙就准备出门上班。

小人参迈着短腿跑过来，对林木说道："林木，我们要做什么样的房子呀？"

林木这才想起小人参带回来的几个小伙伴是会建房子的，他想了想，回屋去打印了一堆之前整理好的玻璃房案例，交给了小人参。

"这些我都挺满意的，你们看哪个比较方便一点儿就建哪个，定好了告诉我，明天是周末，我们去买材料。"

小人参缩了缩脖子："我……我们不去人类多的地方。"

林木安抚地拍了拍他的脑袋："也行，我自己去。"

小人参冲林木甜蜜蜜地笑起来，卷着手里的纸，蹦跶着跑了出去。

林木看着他跑到了院子的小角落里，那里挤着两个小女孩和一个少年，小心翼翼地看着林木。

林木冲他们笑了笑，推着电动车出了院门，决定今天拎个大西瓜回来榨汁。

植物嘛，应该都喜欢喝水才对，换着法给几个小鬼头弄点饮料应该不错。

"我去上班啦！"林木照旧喊了一声，"锅里有奶糖的午饭，小人参你记得喂一下！"

小人参跑到栅栏边上，晃着小脑袋："好！林木路上小心！"

晏玄景懒洋洋地抖了抖耳朵，翻了个面继续晒太阳。

林木刚到办公室，还没推门，大黑就从里边走了出来。见到林木，他手一伸，直接把林木揪走了。

林木扫了一眼办公室里，发现吴归正跟另一个同样白发苍苍的老人坐在一起说着话。

一直都仿佛在神游的吴归的神情突然真实起来，另一个老人却一点儿不像他一样精神矍铄，而是一副行将就木的样子。

林木跟着大黑往外走，疑惑地问道："怎么了？"

"避嫌，老乌龟的儿子来了。"大黑说着，掏出了两个文件夹，"顺便出个外勤。"

"儿子？"林木一愣，"那个老人？"

"对啊，那是老乌龟的儿子，跟你一样，是个混血。"大黑说道，"他年轻的时候受了伤，伤到了根本，搞得才一千多岁就这副半死不活的样子。"

"啊。"林木张了张嘴，"吴归不是不喜欢人类吗？"

"对啊，他媳妇都死了一千多年了，唯一的挂念就是儿子，结果儿子这副样子就是人类搞的。"大黑叹了口气，告诫林木，"咱们这个管理处多少是要跟人类接触的，接触多了就总会产生点感情，你还小，要多多注意。"

林木不知道大黑这是要他注意什么，但听到他这么说，还是点了点头。

“老乌龟也是个倒霉的，当年因为处理了一个在中原四处作乱的非人类而被报复，媳妇被牵连，死了，儿子要报仇，寻仇的时候被几个人类遇上，差点没了命。”

大黑说着咂咂嘴，重重地叹了口气：“据说是快八百年了吧，老乌龟一直试图找到能治好他儿子的灵药。”

林木想到第一次见到晏玄景的时候，他就给了吴归几棵饱满鲜嫩的灵药。

“这样啊。”林木点了点头，想到自家小院子里的灵药田，问道，“是需要什么样的灵药？”

“不太清楚。”大黑挠了挠头，说，“我哪能知道啊？我一只刚化形没多久的狗，连灵药长什么样都没数呢。”

林木想了想，没说自家有一堆灵药这种话。他抬手扶了扶有些滑落的帽子，感觉小苗苗被压得有点难受。

大黑轻咦一声，这才发觉林木的变化，问：“你怎么戴帽子了？”

“啊。”林木咂咂嘴，“因为我发芽了。”

大黑愣了两秒：“发芽？”

林木微微抬起了帽子，被帽子压着的小苗苗从缝隙里挤出了一点儿绿色，又被林木无情地塞了回去：“发芽。”

大黑斟酌了半天，干巴巴地说道：“挺可爱的。”

林木也觉得苗苗挺可爱的，但可爱有什么用，头上顶着一株小绿植他都没法出门。

林木又扶了扶帽子，跟着大黑走进了一个居民区，然后被大黑塞了一个文件夹和一支笔：“你记普通人类，我记非人类。”

林木拿着笔，低头翻开了手里的资料夹，里边夹着一叠表格，第一面大字写着“青要管理处流动人口登记表”。

“我们主要是核对一下外来的流动人口，看看有没有外来的非人类跟着人类租户混进来。”大黑稍微解释了一下这个工作，“现在有不少猫猫狗狗什么的非人类变成原形，假装自己是只宠物，跟着好心善良的人类混吃混喝，混爽了就拍拍屁股跑路，给那些善良的人造成了深重的心理阴影和精神打击，非常坏。”

的确挺坏的。

“那这种一般怎么处理啊？”

“不处理。”

林木：“啊？”

“我们只负责登记。”大黑晃了晃手里的文件夹，“不负责拯救倒霉蛋。”

林木："啊……"

"不过也有不少真心想陪着人类的非人类。"大黑说着"汪"了一声，"狗嘛，你懂的。"

林木跟着大黑走了三个小区，从最后一个小区里走出来的时候天际已经擦上了黑色。

林木甩了甩写了一整天的手，往资料夹后边翻了一页，说："还有一处……怎么在这么远的地方？"

"因为那个地方比较特殊。"大黑合上资料夹，"那是个隐藏起来的还算挺大的世家，祖上是专除邪祟的，跟咱们合作过几次，虽然最近这些年没几个出色的后代，但每次出外勤的时候肯定是要去他们那里记录一下的。"

林木闻言，有些惊讶："还真有世家这种东西啊？"

"当然有了，这个世家里还有不少可以驱策的非人类呢，不然我们干吗总要去记录。"

大黑带着林木慢腾腾地往前溜达："这次的情况很好了，以前来出外勤总能遇到几个找打的非人类，晏玄景来了之后，这附近到处都在传九尾狐要占领这里，那些不安分的非人类都不敢出来了。"

说到了晏玄景，林木就想起来了，转头问大黑："你知道怎么联系上晏玄景吗？"

大黑一张嘴，又硬生生地把"晏玄景不就在你家"这话咽了回去，摇了摇头："不知道，吴归应该知道。"

林木点了点头，想着如果再见不到晏玄景的话，就找吴归要一下联系方式。他家里堆了一堆东西，实在不知道怎么处理。

大黑揣着奶糖就是晏玄景这个秘密，看着一无所知的林木，抓耳挠腮地试探着问："你家奶糖还好吧？"

"挺好的，早上出门之前还看到它在晒太阳呢。"林木说着，带上了几分苦恼的神情，"只不过它从来没叫过，也不冲我摇尾巴。"

大黑目视前方，不敢讲话。

"不对，奶糖好像根本就没有发出过什么声音。"林木意识到这一点，眉头渐渐皱了起来，"也不像是病了，难不成是有什么残缺？"

大黑一惊，赶紧说道："没有，它就是比较内向吧。"

"哦。"林木点点头，笑了笑，"没关系，就算真有什么残缺我也不嫌弃它。"

大黑哽了一下，配合着林木干巴巴地笑了两声，然后戛然而止。

带着些许凉意的夜风中传来一丝极轻微的血腥气与腐烂的臭味，嗅觉灵敏的犬类面色一沉。

“小心点。”他说道，“有点不对。”

林木顺着大黑的目光看过去，远远的只能窥见半山腰上隐藏在丛生的树木之间的黑漆漆的屋顶。

天已经黑了下来，那一片黑漆漆的屋檐下也没有点亮灯光。

大黑带着林木走到了山脚下，脸色越来越难看。

山风从山顶吹下来，蒸腾的血气与腐臭味冲着山脚下的两个人劈头盖脸地笼罩下来。林木大退几步，扭头撑着旁边的树，差点吐出来。

大黑摸出手机，给吴归打了个电话过去，挂掉电话一转头，就看到林木捂着口鼻蹲得远远的，一点儿也不想靠近的样子。

“发生了什么？”林木忍着胃部的翻腾问道。

“有人死了，还不少。”大黑眉头皱着，也有点受不了这个气味，“先等等吧，往外退。”

林木点点头，跟着大黑往林子外边走，结果走到半路上，就撞上了跟吴归一起前来的晏玄景。

晏玄景本来躺在家里睡得十分安逸。他是被林木的那串手绳接触到的死气惊醒的，一起身就直奔这个方向来了，正巧遇上了往这边赶的吴归。

晏玄景目光略过大黑，落在林木身上，见他脸色苍白，明显是受到了惊吓。于是他垂下眼摸了摸衣袖，捧出一大堆浅金色的光团，抬脚走到林木身边，呼啦一下扔了林木满头满脸。

林木仰头跟晏玄景对视着，发觉对方眉心紧拧之后，乖巧地没有动，也没有说话。

吴归看了一眼林木和晏玄景，紧皱着眉，仰头看着半山腰上的大宅院。

“不用看了。”晏玄景把还飘在外边的日华全都拍进林木的身体，看着林木脸色恢复了红润，抬眼看了看上边的大宅院，说，“死光了。”

吴归闻言，重重地叹了口气，摸出了几个龟甲。

“是帝屋做的。”晏玄景打断了他准备卜算的动作，“你趁着他的气息还没散，还来得及算算他在哪里。”

晏玄景话音刚落，就看到脸色刚恢复正常的林木又“唰”的一下白了脸。

“月亮太亮了。”吴归抬头看向夜幕，月明星稀，星光极暗，他皱了皱眉，“不走运。”

林木不明白这话是什么意思，他看了一眼同样茫然的大黑，转头看向晏玄景，小声问道：“是算不到吗？”

晏玄景看着脸色苍白的林木，点了点头。

像帝屋这种层次的非人类，想要通过天机窥见他们的行踪，只靠龟甲卜算是不够的。

“先联系人类那边吧。”吴归对大黑说道。

大黑联系上了人类那边负责这边事务的人，不多时就到了。林木跟在面无表情没人敢靠近的晏玄景身边，看着那边的吴归还在卜算，手指紧张地抠着树皮。

“死亡人数？”

“二十六个。”

“非人类呢？”

“六十五。”

“时间？”

“四天前酉时，最后一个是戌时前一刻死的。”

酉时是下午五点到七点。

四天前下午五点到七点的时候，他正在给帝屋打电话。

林木愈加紧张起来，焦虑地抠着旁边的树皮，“咔吧”一下掰下了一小块。

晏玄景转头看他。林木把手里的树皮扔了，抿着唇笑了笑。

吴归看着卦象，眉头微微皱着，偏头看向记录的人，说道：“卦象有邪气。”

那个人记录的动作顿了顿，深吸一口气，又被熏得皱起了眉：“上去看看。”

“嗯。”吴归收起了那几个龟甲，抬头看了一眼星星，遗憾地叹了口气，“走吧。”

一行人准备上山去了。晏玄景落在最后，偏头看着林木，眼睛一眨不眨。

林木被看得十分拘谨，以为晏玄景看出了什么端倪——他跟帝屋直接接触过，身上要是有帝屋的气息也并不奇怪。但晏玄景只是沉默地盯了他好一会儿，最后抬手拍了拍他戴着帽子的脑袋，用他清冷的声音开口说道：“怕的话就回去。”

林木一怔，先是微微松了口气，然后摇了摇头：“没事，我……还是想上去看看。”

晏玄景没意见。这种场面对于大荒里长大的非人类来说都是毛毛雨，不存在什么怕不怕的问题，只不过林木显然是没见过这架势的。

林木说是什么就是什么，他本来也就是冲着林木来的。

“走了。”晏玄景转身，往山上走去。

林木跟在他背后，有点跑神。

林木怀疑自己被骗了。帝屋拿走了他的血，说是因为灵体不全所以需要，但拿走了他的血之后，依旧把这个宅院里的人杀掉了。

林木对于非人类的世界里恩怨应该怎么处理并不了解，只是感觉帝屋取走了他的血之后又杀了二十多个人和六十多个非人类这事，让他有些不能理解。可仔细一想，人家从头到尾都没答应他说拿了血之后就不再对别人动手了。

应该是有什么原因的吧。

林木摇摆不定，神情显得有些怅惘。

晏玄景停下脚步，伸手扶住直直撞上来的林木，看着恍恍惚惚地瞅着他的林木，他想了想，干脆一把将林木抱起来，然后扛在了肩上。

林木愣了两秒，撑着他的肩支起了身体："你做什么？！"

晏玄景抬脚稳步往前，冷冷淡淡地说道："防摔。"

林木满脸震惊地想这个狐狸是不是哪里有问题？！

晏玄景顿了顿，说道："你可以继续想事情了。"

林木：这只狐狸一定是哪里有问题！

晏玄景扛着林木，边走边想，虽然他是第一次正儿八经地照顾别人，但他觉得自己真的很体贴。山路不好走，林木弱了吧唧的，要是跌个跤摔断了脖子怎么办？

九尾狐正这么想着，被他扛着的林木就痛哼一声，捂着脑袋微微弯下了腰。

晏玄景仰头看向被他扛着的林木，林木低头看着扛着他的晏玄景。两人头顶上，刚刚被林木直直撞上的粗树枝还在轻轻晃荡。

晏玄景沉默地把揉着脑袋的林木放了下来。

林木轻嘶一声，揉着自己撞上树枝的脑袋，看着晏玄景一抬手，把足有成年男人手臂粗细的树枝"咔"的一下折了下来。

林木没看明白他这个操作。

晏玄景把手里的树枝扔到一边，转头对林木说道："报仇了。"

林木满脸茫然，反应过来后，浑身一震。

他沉默了两秒，想了想，对晏玄景露出个笑容，点了点头。

晏玄景满意了，这次没再把林木扛起来，而是握住他的手腕，带着他往前走。

林木面无表情地跟在后面。他看着晏玄景几乎与黑夜融为一体的挺拔背影，觉得这狐狸要不是长得好看又很强，估计早就被打死了。也多亏晏玄景打了个岔，林木觉得自己之前乱七八糟的想法都消失得一干二净了，此刻满脑子都是晏玄景这个惊人的脑回路。

大黑发现林木和晏玄景掉队了。他想了想，还是放慢了脚步，等着后边掉队的两个跟上来。

两人终于上来了，准确来讲，是晏玄景拉着林木上来了。

大黑惊愕地睁大了眼，木愣愣地看着晏玄景和林木走近，等到林木喊了他一声，才磕磕绊绊地说道："你……你们关系挺好啊。"

林木一愣，顺着大黑的目光低头看了一眼晏玄景握着他手腕的手，这才后知后觉地反应过来，在抽回手和继续保持之间犹豫了一瞬，然后选择了后者。

这时候抽回手多尴尬。林木理直气壮地想。

晏玄景没回应大黑。

林木想了想，对大黑说道："不走吗？"

大黑回过神，看了看林木，又看了看晏玄景，抹了把脸："走！"

越接近宅院，那股气味就越发浓重。

林木的眉头越皱越紧，晏玄景偏头看了他一眼，轻轻一弹指，林木就发觉那股难闻的气味消失得一干二净了。

林木抿了抿唇，对晏玄景翘起嘴角："谢谢。"

晏玄景微微颔首，转头看向近在眼前的宅院，停下了脚步。

完全没有被照顾到的大黑酸不溜秋的，发觉晏玄景在接近宅院的时候就停下步子，于是抬头看了一眼。

"邪气。"晏玄景不疾不徐地看了周围一圈，淡淡地道，"数量不少。"

大黑闻言，面色一肃，也凝神看了一圈。那边站在宅院门口的几个人和吴归也是脸色阴沉沉的，见晏玄景他们上来了，高声道："一群被恶灵咬死的！"

晏玄景并不意外，只不过那些人估计死状都不太好，他犹豫了一下，还是拦住了这棵小帝休，没让他过去。

被拦住的林木却比较在意，他转头看向大黑，问："被恶灵咬死是怎么回事？"

"多半是报复，恶灵不是对谁都动手的。"大黑看了一眼正四处打量仿佛在寻觅什么的晏玄景，向林木解释道，"要么是找仇人，要么是找把让它变成恶灵的东西拿走或者毁坏的人，或者是侵入了它重视的地方的人……总之是要跟它扯上关系了，才会被袭击。"

大黑说完，又听那边喊道："还有被杀的非人类，宅院里被翻得乱七八糟的，不知道丢了什么。"

有人问："这一家人没有留在外边的吗？"

"他们家二十年前发了召回令，知道些事情的全都回这里来了。"吴归看着院子里到处四溅的血迹和死状扭曲的尸体，皱着眉头说，"被一锅端了。"

旁边负责记录的人的眉头也皱得死紧，对于会被不止一个恶灵报复的这一大家子毫无好感。

"多行不义。"

“他家这二十年挺顺遂的。”吴归说完，跟身边的人对视了一眼，都意识到了什么。

这家人祖上虽然干的绝大部分是积攒功德的善事，但杀孽是实打实的，偶尔会牵连无辜也是实打实的。所以他们家后来人丁不兴，也没有子孙成材，更是没少被报复追杀。

二十年前发了召回令，给吴归这边的解释是把子孙都召集起来，免得被分散了各个击破，一群人聚集在一起的力量还是比较可观的，所以日子过得顺遂昌隆，吴归也没觉得有什么不对。但现在被帝屋一锅端，联系一下帝屋会报复的对象是什么样的，就不得不让人多想了。

而且这个宅院已经被搜过了——帝屋这种力量的非人类，中原里有什么东西是能让他做出把整个宅院杀个精光然后夺宝这种行为的？

没有。除非是他自己的灵体，或者本体的残骸。

吴归一咂嘴，揪了揪自己的胡须：“这都什么事。”

林木也想明白了，轻轻勾了勾晏玄景的衣袖，在狐狸看过来的时候问道：“那……不是帝屋干的？”

晏玄景摇了摇头：“一部分是。”

狐狸说完，余光瞥见一点儿光亮，便走到宅院侧边去，抬手接住了几朵乘着风打着转，迟迟不愿意落到宅院附近的月华。

月华对于人类的作用不如非人类那么大，但光是蕴养土地这一点，就足够人类收益好几代了。但帝屋那个御凶的天赋是招不来月华的，如今变成了凶煞之地的这个宅院也招不来月华。这应当是之前留下来的。

晏玄景转头看了一眼能招来月华的小帝休，在林木偏头看过来的时候，下意识地把那几朵月华往袖子里一藏。

这座宅院里之前应该有能够招来月华的东西，比如帝休。

晏玄景想到林木那个没有见过面且被默认死亡的亲爹，又想到几乎被拆成碎末的帝屋，觉得事情要变糟。

晏玄景揣着手，感觉不大好。

这两棵神木应该不至于倒霉成这样吧？一个翻车了不够，还买一赠一。

晏玄景藏好了那几朵月华，觉得还是得去问问他爹才行。到底发生了什么事情，他爹应该才是最清楚明白的。只不过如果帝休真的步了帝屋的后尘，他爹气炸的可能性比较大。但气炸就气炸，跟他这只可怜又无辜的小动物有什么关系呢？

晏玄景看了一眼那边的宅院，转头往留在原地的林木那边走。

大黑已经被喊过去了，林木站在原地，垂眼看着宅院墙面上飞溅到的血迹，还有泥土地上没有消失的车痕，他拿出手机来，在通讯录里翻到了帝屋，编辑了一下资料，把帝屋的名字改成了数字“1”。

晏玄景回到林木身边，看着他收好手机，问道：“进去看看？”

林木扫了一眼外墙上惨烈的血迹，迟疑一瞬，摇了摇头，问道：“这么多人死去了，帝屋不会遭报应吗？”

晏玄景说道：“如果是除恶，不会。”

至于杀孽这种事，大荒里的非人类谁没有背一身杀孽？大家几乎不会当一回事，只不过帝屋那种灵体不稳的情况比较特殊。

哦，现在可能还得加一个帝休。

不过也不一定，万一是别的能引月华的东西呢？

晏玄景没把自己的猜测说给林木听，以林木如今的实力来讲，知道了也没好处。弱小的非人类只要变强就好了，用不着考虑那么多。

晏玄景看着林木，既然他并没有进去看看的意思，那这个点也到了他该回家的时候了。

“回去？”他问。

林木应了一声，刚转身往山下迈出一步，就被晏玄景背了起来，而后腾空而起。林木吓得浑身都绷紧了，死死地揪住了晏玄景肩上的衣料，瞪大了眼看着地面越来越远。

晏玄景问林木：“不喜欢飞？”

林木僵了好一会儿，被高空的风一吹，醒过了神。他俯视着脚下的大地，又仰头看了看头顶的月亮，半晌，眨了眨眼：“挺好的。”

晏玄景十分严谨地说道：“这次不会撞到头了。”

林木：“嗯。”

晏玄景感受到了林木的好奇心，又问：“想学？”

林木两眼一亮：“可以学？”

“可以。”晏玄景答道，带着林木如同一道流星一般倏然飞远。

在宅院里的大黑勤勤恳恳地办公，感觉头顶有影子一闪而过，一抬头，就看到了背着林木迅速飞远的晏玄景。

吴归也跟着他抬头看了一眼，然后拍了拍大黑的脑袋：“你看什么看？专心干活儿。”

大黑委屈唧唧地呜咽了一声，继续埋头勤勤恳恳地工作。

晏玄景带着林木一路飞了回来。

林木头一次从上空俯视自家的小院子，这一看才发现，种的那两圈朝暮还真的挺像荷包蛋的。林木沉默了两秒，默默收回了视线，被晏玄景带着落在了院子里。

小人参从土里跑出来，伸手抱住林木的大腿，小心翼翼地探头看了一眼晏玄景。

晏玄景把气息收敛得分毫不露，小人参也没认出他来，只紧紧地抱着林木的大腿，紧张又戒备地仰头盯着这个非人类。

林木揉了揉小人参的脑袋，抬头对晏玄景说道："多谢。"

晏玄景摇头，扫了一眼人参娃娃，把他吓得打了个哆嗦，又往林木背后缩了缩。

"我这里有一些小非人类要转交给你的东西。"林木解释了一下最近小非人类拜山头的事情。

晏玄景已经知道这事了，跟着林木进了屋，看着林木搬了个大箱子出来，扫了一眼，手轻轻拂过那些小玩意儿，然后目送着它们全都飞出了屋子，往各个方向去了。

林木一愣："哎？"

"不要。"晏玄景说道。

他又没准备在这里停留多久，倒是等事情明了了，也许可以考虑把林木带到大荒里去。

帝休不适合待在中原，招人眼热没人护持，还天生能力弱，不安全。

林木也没觉得有什么。这毕竟是给晏玄景的东西，他自己想怎么处理就怎么处理。

林木把空箱子往旁边一放，瞅瞅晏玄景，清了清嗓子，说道："我……我想要你的联系方式。"

晏玄景一顿："联系方式？"

林木点点头："对，电话或者别的什么。"

晏玄景这次出来还真没带上什么联络用的东西，因为他需要联系的只有老乌龟，而不管他在哪儿，老乌龟都能找到他。

狐狸摇了摇头："没有。"

"是……没有手机？"林木问。

晏玄景点了点头。

林木松了口气，不是不愿意给他联系方式就好。

"可以买一台呀！"林木说道，"联系很方便。"

晏玄景冷冷清清十分耿直地道：“没钱。”

大荒里的货币显然不能在中原用。

晏玄景本身也没有什么花用，甚至进食都不是必须，没钱也完全不是问题。

林木倒是完全没想到这一点，他被晏玄景没钱两个字说得愣了好一会儿，问道：“那我给你买一台？”

就当是交学费。

晏玄景不觉得收林木送他的东西有什么不对，林木这么说了，他就干脆地点了点头。

以为会被拒绝的林木有些高兴，微微抿起唇来露出了两个小梨涡：“那你明天晚上再来一趟？”

“可以。”晏玄景点了点头，站起身来，跟林木告了辞。

林木把他送出门，眼看着对方的身影消失，抬手使劲揉了揉脸，摸出手机来拨通了帝屋的电话。

第十章
通风报信

手机响之前，帝屋正跟装着帝休灵体碎片的玉石对视——虽然他也分不清这块玉石的眼睛到底在哪里。

帝屋看着自己桌上被帝休毫不留情全部压扁碾碎的烟，轻嘶一声："哎，我都说了你身上这些是怨气，不是我抽烟熏出来，怨气不消不能带你去见你儿子，影响到他了怎么办？小崽子很弱的。"

桌上的玉石一动不动。

帝屋叹气："你这脑袋不是脑袋屁股不是屁股的，生什么闷气呢？"

他从衣兜里又摸出了一包烟，还没来得及点燃，桌上的玉石就跳起来把他手里的烟砸掉，在烟盒上蹦了两蹦，把烟砸扁，又碾碎了。

帝屋无奈，从抽屉里拿了根草莓味的棒棒糖出来叼着，刚往嘴里一塞，手机就响了起来。

他偏过头，刚一转头就看到桌上的玉石蹦起来，"咚"的一下砸在了他手机屏幕上，屏幕瞬间裂成了雪花屏。

帝屋看着在手机上滴溜溜转圈圈的玉石，伸手把他拿起来放到一边，看了一眼来电显示，算是明白为什么帝休这么激动了。

来电话的是林木。

帝屋接通了电话，伸出一根手指按住了试图跳上来砸他脸的玉石，按下了免提，懒洋洋地打了声招呼。

"帝屋……"林木喊了一声。

"嗯，在呢。"察觉到手底下的石头安静了下来，帝屋松开了手，"什么事？"

林木捧着手机，坐在客厅里，舔了舔唇："A 市那个……死了好多人和非人类的世家，是不是你做的？"

"是啊，不然我去 A 市干吗？"帝屋一点遮掩的意思都没有，大大咧咧地说道，"我把自己的东西取回来，有什么问题？你要为那些家伙主持公道？"

帝屋这么大大方方地承认了，林木一时不知道应该说什么。他沉默了好一会儿，小声问道："那你还好吗？"

帝屋一愣，嘴里的棒棒糖从左边挪到了右边，又从右边挪到了嘴边，他鼓着小半边脸笑出了声："你是来关心我的啊？"

林木小声嘟哝："不然呢？"

"还以为你是来骂我的。"帝屋叼着糖撑着脸，笑眯眯地看着滴溜溜打转的玉石，"放心，我好得很，而且会一直好下去。"

林木松了口气，坐在凳子上，紧张地抠了抠自己的裤子，暗示道："那，血我还可以给你，你还是小心点，这边有人要找你了。"

这暗示帝屋听懂了，结果还是来劝他少造杀孽。帝屋嗤笑一声，觉得这父子俩不管是大的还是小的都过于良善天真了。

他还没来得及说什么，他手边上的玉石听了这话跳起来对着帝屋的脑袋就是一下，落在地上还狠狠地砸了一下他的脚趾。帝屋倒吸一口凉气，敷衍地应答了林木几句，挂断了电话。

林木拿着电话，微微松了口气，看了一眼从侧门里溜进来，还叼着只喜鹊的奶糖，愣了两秒，冲上去把那只喜鹊拯救了下来。

这只喜鹊林木认识，是前两天帮小人参过来叫他起床的那只。

"半夜出去叼喜鹊？"林木用力揉了一把奶糖的脑袋，捧着瑟瑟发抖的喜鹊出了门，把它交给了小人参。

晏玄景看了看心事重重的林木，在林木准备睡觉的时候再一次跳上了他的床。

"又来呀？"林木埋头吸了好一会儿狗，高兴地关上了灯。

这一次晏玄景警觉起来了，在林木睡着之后先发制人，把他裹成了个卷卷，然后自己安然地趴在了他边上，沐浴着从窗外飘进来的月华，抱着自己的尾巴，安然地睡了过去。

第二天是周末，林木带着小人参交给他的材料清单，去了趟建材市场订货，又去挑了台极简风格的商务手机，还办了张新电话卡，揣着大出血的钱包趁着天还没黑回了家。

回来的时候晏玄景已经等在了外边。他今天也出了门，去通道那边看了一眼，然后给他爹递了封信过去。

通道很长，哪怕是以速度见长的非人类，也需要两天才能通过。

林木看着安静地站在院落外边的晏玄景，他的影子被夕阳拉得很长，背脊笔直地注视着院落，在夕阳下像是被打下了一层阴影，显得格外虚弱单薄。

晏玄景察觉到了林木的视线，偏头看过来："回来了？"

林木听到这话，晃了晃神。

"抱歉，回来晚了。"林木几步小跑过去，赶紧打开了门，把晏玄景带了进去。

他今天拎回来了一堆大包小包，稍微翻了翻，把新手机交给了晏玄景。

狐狸拿着手机，不会用。于是林木手把手教会了他基本的操作，晏玄景举一反三，很快上了手。

晏玄景看到林木收好了手机，自己也放下了，问林木："想打架还是学飞？"

林木没想到还能选择，当下毫不犹豫地选择了后者："学飞！"

晏玄景点了点头，把林木拎上了屋顶，指了指下边："跳下去。"

林木看了看下边的水泥地。

你是不是想害我？！

林木往后退了两步，觉得跳楼不行。

晏玄景看看他，低头看了一眼地面，恍然："不够高。"

林木一愣，在晏玄景准备带他起飞之前躲到了一边："我不跳！"

狐狸看着林木这副紧张的样子，想了想，也无所谓，放下刚刚伸出去的手，说道："那就先不学飞了？"

林木觉得比起摔断脖子，只是被吊打一顿已经是非常不错的选择了。他点了点头，被晏玄景拎着跳下了楼。

因为晏玄景的出现而藏在角落里的四个小非人类挤在一起，夜色下昏暗的小院子并没有开灯，但这四个非人类并不需要灯光也能就着月光看清楚院子里发生的一切。

林木除外。

月光被房子和树枝切割成一片一片的，院子里十分昏暗，晏玄景更是一身玄色，几乎跟夜色融为一体，他的动作又快，林木只能凭借模糊的影子和极细微的风声来分辨攻击到底是从哪个方向来的，然后一点儿不意外地再一次被吊打一顿。

四个小非人类躲在角落里瑟瑟发抖。

林木躺在地上翻了个身，看着头顶夜幕上点缀的点点星河，疼得龇牙咧嘴。

"有进步。"晏玄景说道。

都会驱使自身力量挡住攻击了。

晏玄景对于这点倒不怎么意外，力量这个东西又不能说出什么具体的实质模样来，只不过是每个非人类本能就会使用的一种"气"。科学一点讲，就跟人类面对袭击会条件反射性地绷紧被袭击的部位的肌肉一样，是一种本能的防御机制。挨打挨多了，发现光靠身体抵挡不了，在直面危险的时候自然而然地就会使用力量了。

晏玄景觉得自己的教学方式真的非常严谨科学，简直完美复制了绝大部分大荒非人类的童年。大家都是这么过来的，也稳稳妥妥，毕竟不稳妥的都死了。

林木看着自己身上被揍出来的伤，一点都不觉得自己有什么进步。

他撇撇嘴：“难道不是因为你放水了？”

“我上次也放了水。”晏玄景说道。

林木是大字形躺在地上，面无表情地看着星空。

“你还能意识清醒地跟我说话，很不错。”晏玄景实事求是地道，“上次你直接昏睡过去了。”

要不是月华落下来，八成能直接昏到第二天早上。

林木回想了一下，的确如此。他不仅仅是昏睡了，甚至觉得自己已经走上了黄泉路。

“这么说好像也是。”

林木有些高兴，看着月色底下又虚虚地凝结了一朵又一朵的银白色柔软光团，随着夜风晃晃悠悠地飘进院子，直奔他而来。

晏玄景看着很快被月华包裹的林木，仰头看了一眼天色。

今天星河绚烂，十分适合观星卜卦。吴归那边应该能有线索了。

晏玄景看了一会儿，发现林木从地上爬起来，甩了甩手，活力四射地说道：“再来！”

躲在角落里的四个小非人类挤在一起，捂着眼不忍心看一直被吊着打的林木。

人参娃娃透过指缝看到了飘落的月华，拿手肘戳了戳身边的小伙伴们，小声说道：“这个是好东西，你们都拿一个，就一个，拿多了会虚不受补死掉的。”

另外三个小非人类点了点头，小心翼翼地探出手各自取了一团光晕。

晏玄景那边动作一顿，偏头看了他们一眼，几个小非人类齐齐一哆嗦，拿着月华缩回了手，瑟缩在一起，不敢跟他对上视线。

晏玄景见他们都很有节制地只收了一团，于是收回视线，轻飘飘一抬手，挡住了林木踢上来的膝盖。

帝休还是缺少了一些攻击手段。

晏玄景握住林木的手腕，掐着他的肩反手一拧，直接把他掀翻在地，面无表情地对准林木柔软的腹部一抬脚，看着林木一扭身滚出去，也不追，只是自顾自地琢磨着能有什么合适帝休的攻击手段。结果思来想去，发现帝休真的是少有的那种纯辅助类型的非人类。

晏玄景看着爬起来又冲过来的林木，放弃了琢磨帝休到底有什么攻击手段这个问题。

既然天生没有利爪和尖牙，也没有一些植物生灵致幻或者带毒的天赋，那就先多挨点打，把皮练厚点，把脚程练快点，总是没错的。打不过就扛，扛不住就跑。说什么也不能打个照面就毫无反抗之力地被别的非人类拎走了。

晏玄景思及此，下手的力度顿时重了几分。

林木从晚上一直被打到第二天上午。

狐狸毫无人性，看着月华把林木的伤治好了，紧接着就是一顿毒打。林木也倔，一两天不睡觉对他而言问题不大，晏玄景好不容易有空过来，人家没喊，停他也不想喊停，尤其是眼看着自己渐渐地从毫无反抗之力变得能够稍微坚持一段时间，这么明显的进步，林木是傻了才主动喊停。

最终率先停下来的是晏玄景。

院子里落下来的光晕从月华变成了浅金色的日华。有帝休栖息的地方未免也太过奢侈了。

晏玄景看了一眼林木头顶上抖擞着精神格外青翠的小苗苗，又扫了一眼精神奕奕满面红光甚至带着笑的林木。

小帝休被月华冲刷了一晚上，整个人精神状态好得不行，身体更是比昨晚上好了好几个档次。晏玄景微微咋舌，想起自己当初的经历，只觉得真的不能比。

“这次就到这里。”晏玄景说道。

林木两眼亮晶晶的，低头看看自己的双手，握了握拳：“好！要吃个饭再走吗？”

晏玄景摇了摇头，摸出一个小小的纱布袋，兜了一大堆日华进去，封好口交给林木，说道：“去上班的时候带上。”

林木收好袋子，点了点头。看着晏玄景走了，他活动了一下身体，转头看到了院子角落里凑在一起打盹的小非人类，突然想起自己还有只狗。

林木转头进了屋，四下找了一圈也没瞅见奶糖，推开了房间的窗户喊了一声小人参，问道：“你看见奶糖了吗？”

小人参揉了揉惺忪的睡眼，软软地应道：“奶糖在那个强大的非人类来之前就跑啦！”

“哎？”林木一愣，想起大黑说普通的动物和有些弱小的非人类甚至顶不住力量强大的非人类的一个眼神。奶糖估计是察觉到了厉害的非人类靠近，出门避难去了。

林木叹了口气，去洗了个澡，又热了汤做了饭。给奶糖温上一碗骨汤拌饭，自己随便炒了个小炒肉吃过饭，把昨天下午买的大西瓜抱了出来，劈开，榨汁。

林木端着四杯西瓜汁出去，看着瑟缩胆怯的小非人类，也不靠近，隔着老远喊小人参过来，把手里的托盘交给了他："给你们的。"

"好！谢谢林木！"小人参踮着脚揪了揪林木的衣摆，在他俯下身来的时候在他脸上亲了一口，接过托盘迈着小短腿哒哒哒地去给小伙伴分了。

三个小不点一个小少年坐成一排，在阳光底下捧着杯子，一小口一小口地喝着果汁，看着林木趁着周末忙里忙外地收拾东西又搞大扫除，犹豫了一下，凑在一起嘀咕了好一会儿，纷纷站起身来。

小人参半拖半拽地揪着自己的几个小伙伴跑到了林木面前："我们也来帮忙！"

林木一怔，然后笑眯眯地说道："好啊。"

林木干脆把除了二楼几个房间的清理工作都交给几个小非人类，自己把卧室、书房以及妈妈的卧室、工作室打扫了一遍。

林木拆掉了窗帘，阳光毫无遮挡地落进来，照在书柜上，落在了那个装着帝休果的红漆木盒子上。有几团日华安静地落到了盒面上。

林木放下抱着的窗帘，对妈妈的照片和那颗果实举起了手臂，拍了拍自己微微鼓起来的肱二头肌，说道："我在努力变强啦，再等等吧。"

照片和果实毫无动静。停在盒面上的日华飘落下来，晃晃悠悠地蹭过林木的脸，落进了他的肩窝里。林木抿着唇笑了笑，重新抱起窗帘，走了出去。

晏玄景说上班要带上装着日华的小纱袋，周一上班的时候林木就戴着帽子揣着袋子去了。

难得吴归和大黑都在办公室，只不过林木刚进来，就被告知他们要离开一段时间，这段时间里办公室的文书工作都要交给林木。

林木一愣："你们是要去哪儿？"

"去追查帝屋，这两天晚上星星很清楚，好不容易算到位置了。"

大黑答道，看向那边正眉头紧皱着犹豫不决地挑选着灵药的吴归，重重地叹了口气，小声说道："也不知道能不能回来。"

林木心里一紧，问："什么意思啊？"

"这种事很危险的嘛。"大黑舔了舔唇，也有些紧张，"每次去追查这种事情，死亡率都挺高的，不然老乌龟怎么会动这些给他儿子准备的灵药。"

林木张了张嘴，有些无措。

“不过也不一定，你看老乌龟活了三千年，这种类似的事少说也见过十来次了，也还活得好好的。”

虽然他每次都是抱着要死的心去的，大黑想到。他叹了口气：“老乌龟实在不容易，亲人都是干这一行的，现在只剩下一个不知道天命何时的儿子了，如今他又要去涉险，如果这次运气不好，估计他儿子也很快能下去跟他团聚了。”

“不能不去吗？”林木小声说，“帝屋放着不管也不会影响到我们啊。”

大黑摇了摇头：“怎么能不去啊？我们对帝屋到底是个什么情况一无所知，万一他疯得很厉害，真的决定斩杀一切沾了因果的生灵，那天下要大乱的。”

林木看了看吴归那边，问：“我不能去吗？”

“你还小。”吴归头也不抬，说话时慢吞吞的，“危险的事交给大人，你在这里好好守着就是。”

林木抿着唇不说话。

“对了，这个。”吴归从抽屉里拿出了几本书册，向林木扔了过来。

林木一愣，赶紧伸手接住了那几本书册。

吴归垂下眼继续挑拣灵药，嘴上念叨：“听大黑说你不知道应该怎么修炼，我们资料室里也不记录什么人类的功法，这里是我找出来的几本木系非人类的自传，是有透露一些木系生灵的修炼方式的，你有空就翻翻看。”

林木低头看了一眼手里的书册，愣怔了好一会儿，瞥见自己揣着的小纱袋，犹豫许久，还是把小纱袋拿出来，交给了吴归。

吴归掀了掀眼皮，问：“什么？”

林木略一思索，含糊地说道：“晏玄景让我带来的。”

吴归闻言，拉开袋子看了一眼，然后猛地系上。他之前是看到晏玄景摸出一堆日华十分奢侈地给林木压惊，但这种东西实在是太过于珍贵，哪怕他相当眼热，也没有开口去试探晏玄景能不能给他一些。

但晏玄景现在竟然给了他一袋子——这些量已经足够让他儿子恢复一些根基了，之后再用灵药养一养，虽然还是会有些虚弱，但至少性命无虞。

吴归深吸一口气：“替我谢谢他。”

“嗯！”林木点点头，露出两个小梨涡。

吴归和大黑赶时间，收拾好东西之后就急匆匆地出了门。

林木目送着他们走远，给帝屋发了条短信过去，这一次，他直言不讳地说明了情况。

帝屋那边过了很久才回了消息过来。

林木拿出手机一看，只有一个句号。于是林木发了个问号过去。

被帝屋带回的玉石立在桌上，无比艰难地亲身蹭了个句号出来，回复了自家崽的短信之后，面对林木最新发过来的问号，陷入更高质量的沉默。

帝屋撑着脸，看着这个场景，忍不住笑出了声。

“行了行了。”帝屋把玉石轻轻推到一边，拿起手机看了看林木刚刚发过来的消息，并没有多意外的神情。

他给林木回了一句“知道了”，轻哼一声：“通风报信的臭小鬼。”

林木在那边翻着老乌龟给他留的书册，看着帝屋回过来的短信，突然意识到帝屋也是正儿八经的树精。

他看了一眼书册上的内容，拿起手机又给帝屋发了条短信过去，问他应该怎么变强。

帝屋收到短信，一时间竟然被问住了。

要问帝休和帝屋怎么变强这个事情，他们还真没什么数。毕竟是天生地养日月哺育长大的神木，一开灵智就很强，他们的强横是天生的。

帝屋想了想，仔细回忆了一下一群老朋友是怎么养孩子的，干脆地回复道：先挨打。

说完觉得不大妥当，于是又追着回复了一句：你还小，才觉醒，用不着那么着急。

如果是正常情况，林木打一开始就知道自己是混血，现在他应该还是个奶娃娃，多的是时间让他慢慢来。

哪怕混血的生长期比正常非人类短上无数倍，但也不会像人类一样长得这么快，尤其是帝休这种生长速度出了名的慢的神木。

帝屋弹了帝休一脑崩，倒也能理解帝休的这种做法。

自己的存在被人发现了，来不及搬救兵，第一反应当然是赶紧把媳妇儿跟崽的存在瞒住。

花大力气瞒天过海，遮住了家人的存在，自己估计也元气大伤，翻车实属正常。

既然自己没办法护住妻儿了，那还不如让继承了自己血脉的孩子一辈子懵懵懂懂一无所知，作为一个人类生老病死，总比步自己的后尘要好。

只不过世事无常，谁都不会想到林木本该只有短短百余年的人生突然劈了个岔，直奔着意外的道路去了。

帝屋伸手把装着帝休残灵的玉石拿起来揣兜里，拍了拍：“有狐狸在呢，不过气息不太对，可能是狐狸的崽，反正你用不着担心。”

这么一想，就觉得幸好幸好。

玉石在他兜里转了两转。

帝屋打了个电话给向自己投诚的非人类，然后将自己留下的痕迹清理得一干二净。

收拾完这些东西，帝屋又在这房间的几个角落里留下了印符，收工之后看着这个变成一个牢笼的房间，咧咧嘴："哼，想抓我。"

"走了。"他拍了拍安静地待在他衣服口袋里的玉石，翻了翻手机里存着的几份资料，伸了个懒腰，披上外套，慢腾腾地走出了房间。

这是个豪华度假村，帝屋自顾自地走出了大门，抬起大长腿上了等在门口的车，乘着车绝尘而去。

帝屋坐在车上懒洋洋地翻着手机，那块玉石从他口袋里滑出来，滚了几圈，又慢腾腾地挪回来，蹭在他身边，不动了。

帝屋御凶，随身揣着帝休可以尽快地驱散掉他的怨气，现在那颗玉石上丑陋的斑驳已经消失了许多。

帝屋轻轻戳了戳他，低声说道："还是没找到能种灵药的……"

他当初找那个谭姓的人套近乎，也是想试试能不能抓个有这方面天赋的人，或者是隐藏在人类里的非人类。谁能想到那个人给他介绍的第一个人，就是帝休的儿子，还扯出了帝休这个倒霉蛋。

帝屋使劲搓揉了那颗玉石两把："如果实在找不到的话，咱们就得考虑一下就近了。"

这个就近，指的是去找林木。

帝休在帝屋手里转了几个圈，并不乐意。

大荒里的非人类个体之间相对独立，就像晏玄景会被他亲爹亲妈毫不留情地扔到大荒里最混乱的地方历练，但是真要死了，肯定会被救回来。而上一辈的需要自己处理的事情，通常不会拜托给下一辈。这是身为长辈最基本的自尊。

帝休不乐意，但帝屋经历了这么些年这么多破事，倒是觉得完全无所谓。

没有直接去找林木，是因为凑巧知道了帝休的事情，又凑巧在捞自己的本体和残灵的时候捞到了帝休。

他是顾及帝休的面子才舍近求远的，不然他哪里还会四处寻找会种植灵药的非人类。

除了少部分天生为灵药而生的非人类和人类之外，真没有谁比得过帝休对一方水土的良性影响了。

"就这么决定了。"帝屋单方面做了决定，"趁着现在多给你收回一点儿残灵，你也好早点去。"

帝休听了这话，干脆不动了。

林木这一周把自己的办公桌搬到了办公室东头的窗户边上，没有人来办理业务的时候，就瘫在椅子上懒洋洋地晒太阳。

因为老乌龟给他的书上是这么写的：

得日月之华，取深净之水，时日既久，开灵智以修人形，得九窍，再三千年，自成。

翻译过来就是多喝水，多晒太阳，过个三千年，就是个能力强大的非人类了。

林木刚看到的时候甚至觉得自己被耍了，结果问过帝屋之后，帝屋又说的确是这样。不管怎么说，总比先挨打这个答复靠谱得多。

想到晏玄景之前也说过不同的非人类有不同的修炼方法，得到了帝屋肯定的林木将信将疑地搬了办公桌，在一整天都能晒到太阳的窗户边上落了脚。

成了非人类，有了力量，还接触了一堆奇奇怪怪的事情之后，林木发觉自己不仅耳聪目明，身体更为有力，好像连夏日逐渐暴烈起来的太阳也不觉得晒了。这大概就是书上说的寒暑不侵。

林木面对着夕阳，帽子被他放在桌上，就着夕阳的光亮翻阅着手中的书册。

他头顶上的小苗苗在夕阳底下肆意地伸展着五片叶子，零零星星的光尘从五片叶子里飘出来，像极了林木梦中看到的大树之中落下的光团。

林木慢腾腾地翻完手里的几本书，除了两天前得知的身为植物应该好好晒太阳之外完全没有别的收获。他叹了口气，合上书册，看了一眼时间，起身下班。

办公室里的工作实在称不上忙碌。

因为他们这种工作的办公室，国内有不少，很多从大荒里来的非人类会选择自己能够适应气候环境的地方来落户，分流之下，林木这边要接手的业务其实并不算多。何况他最近力量大涨，进入办公室里来办理业务的，基本上都在帝休力量的安抚下十分平和温柔，连讲话都细声细气的。

林木戴上帽子，去附近商场的超市里买了只烤鸡和哈密瓜，骑着电动车乘着夕阳回了家。

晏玄景又一次等在了院子门口。

他最近来得很频繁，搞得奶糖神出鬼没的。不过林木并不怎么介意——可能是非人类的到来弄得奶糖没什么安全感，所以它最近每天晚上都要蹭上床来跟他一起睡。

被自家性格跟猫似的狗这么亲近，林木高兴还来不及，每天抱着狗睡觉，摸着毛茸茸简直再美不过了。

“我买了烤鸡！”林木对晏玄景说道。

哈密瓜是拿来榨汁给几个小非人类喝的。

小院子被挖空了百来平方米的地面，做玻璃房的地基，几个小非人类天天在这里忙忙碌碌的，得亏村子人少，隔着百来米才会有一户人家，不然怕是早就被人发觉不对了。

这几个小非人类很喜欢喝果汁，对食物稍微有些排斥，林木这一周天天买不同的蔬果回来给他们榨汁喝。

晏玄景看了一眼林木拎着的烤鸡，矜持地点了点头。

几个小非人类看到林木和晏玄景两个人一同走进来，停下了靠近的脚步。他们很亲近林木，只是晏玄景面无表情的样子实在吓人。

林木拎着烤鸡进了厨房，把烤鸡片好端给了晏玄景，又榨了四杯果汁端出去，结果发现少了个小不点。

林木看着三个凑上来的小非人类，揉了一把小含羞草的脑袋，问道：“小人参呢？”

小含羞草涨红了脸，声如蚊呐：“人参哥哥拔了几棵灵药去山里帮树伯伯疗伤了。”

林木一怔：“单独去的？”

大一点的含羞草点了点头：“嗯。”

林木看了看大草红着脸眼巴巴地看着他，抬起手各撸了一把三个小非人类的脑袋，雨露均沾。

他回到屋里，看着坐得端正笔直，神情认真专心致志地吃着盘子里的烤鸡的晏玄景，说道：“小人参一个人去山里了，我……”

“不用担心。”晏玄景放下了手里的筷子，“山里没什么危险。”

打从他把那些小非人类上贡过来的东西全都扔回去之后，本来对九尾狐的存在还将信将疑的非人类一下子全都不敢冒头了。原本被非人类之间的冲突搞得焦头烂额的青要山山神现在闲坏了，天天躺在山上摸鱼晒太阳，晏玄景前两天去看有没有大荒那边的回信的时候，还被他拉着打了一下午斗地主。

林木听晏玄景这么说，也干脆放下心来。毕竟晏玄景的脑回路基本是不会拐弯的，基本上不会说什么夸张的话，他说安全就是安全的。

林木干脆系上了围裙，给自己做晚饭。

晏玄景吃完了烤鸡，看着林木忙忙碌碌的背影，只觉得这棵小帝休的生活真的很单调。

吃饭的时候，林木嘀咕道："我还是想学飞。"

晏玄景点了点头。林木说是什么就是什么。

林木做足了心理准备，饭后消完了食，准备爬上屋顶在美丽的月色下跳个楼，结果刚踏上楼梯，就被晏玄景拎小鸡一样拎着一路冲上了天。

狐狸低头看了看地面上那个小小的荷包蛋形状的院子，斟酌了一下，觉得这个高度差不多。

林木紧紧地扒着晏玄景，木愣愣地看着伸手可及的云层，半晌也没敢伸手去摸摸云。他揪紧了手底下的衣料，戒备地问道："你想做什么？"

"扔你下去。"晏玄景说道。

林木闻言，低头看了一眼脚底下的小院子，深吸一口气："好吧。"

从哪儿跳不是跳，就当是蹦极好了。

晏玄景看着林木缓缓地松开他，手一松，直接把林木从高空抛了下去。

林木双眼紧闭，失重的感觉非常糟糕，风像刀子一样刮在身上，身体甚至毫无知觉，满脑子都是自己这次死定了。

晏玄景面无表情，紧紧地跟在林木边上俯冲而下，看着连眼睛都不敢睁开的尿了吧唧的林木，最后伸手接住了他。

林木一惊，缓缓睁开眼，看了一眼还隔着一段距离的地面，愣了好一会儿才反应过来："失败了？"

"嗯。"晏玄景看着面色苍白的林木，抱着他缓缓地往下落，沉吟一阵，说道："你大概不适合这种。"

思来想去，他觉得林木大约还是经历得太少，所以在遇到这种危急情况的时候几乎没有思维能力，打架倒是学得飞快。

晏玄景抱着林木稳稳地落在了院子里，从自己的记忆里搜索着有没有什么别的学飞方式，一抬眼，就看到小人参蹦蹦跳跳地从外边走了进来，背后还跟着一只跟奶糖长得一模一样的白色毛球。

小人参踮着脚打开了院门，把那只狗放进来，高兴地说道："林木林木，我带着奶糖回来啦！"

晏玄景面无表情地盯着那只毛球，浑身上下都流露出一股拒人于千里之外的冷酷。

那只毛球毫无所觉，饶有兴致地看了一圈这个小院子，最终把目光落在了晏玄景身上，抬步走到他面前，蹲坐下来，仰头看着他。

——奶糖，爸爸来了。

——滚回去！

第十一章
是奶糖……吗

晏玄景一直都知道他爹过得很随性，哪怕是身负着青丘国国主这么沉重的责任，也仿佛没事人一样，想干吗拍拍屁股就走。

对晏玄景而言，他爹在他眼中唯一一次威严的印象，有且仅有他小时候有一次在自己宫殿里被下了黑手，他爹大发雷霆，直接下手彻彻底底地清理了一遍整个王宫里的非人类。

那段时间里，青丘国的国都四处弥漫着浓重的血腥气，都城里的居民绷紧了皮，人人自危。

除了那一次之外，晏玄景几乎就只记得晏归天天躺在太阳底下当咸鱼的样子。因为像他们这种等级的非人类，打起来影响极大，而且养伤也麻烦，还有很大可能被别的非人类在养伤的时候乘虚而入，搞出些事情来。

可哪怕能够理解，晏玄景也觉得他爹实在是太闲了一点儿。天天闲得要死，除了摸鱼睡觉就是欺负儿子，偏偏晏玄景还打不过他。

这次波及整个大荒的事情实在不小，都已经直逼昆仑虚了，那可是大荒里最为繁华的城池之一。这么大一件事，他爹竟然都做得出甩下烂摊子跑出来这种事！

晏玄景跟蹲在他面前的晏归对视了好一会儿，眯了眯眼，偏头看向林木："你家的狗？"

"对，就是我一直跟你说的奶糖，应该是因为害怕你所以一直躲出去，不知道为什么今天突然回来了。"林木也懒得去想，蹲下身伸手抱住那一大团毛球，蹭了蹭，"很好看吧！"

狗被蹭了两下，两眼舒适地眯起，回蹭着拱了拱林木，尾巴一甩，把林木圈了起来。

林木受宠若惊，晏玄景面无表情。

奶糖反常的撒娇让林木有些疑惑，他薅了薅狗的脑袋，把奶糖翻倒在地，在它身上四处按按，有点担心："是不是哪里不舒服啊？"

晏玄景看着一推就倒毫无节操地翻出肚皮来的晏归，神情十分冷酷。

"可能是饿了。"晏玄景说道。

林木恍然地点点头。奶糖毕竟没吃晚饭。不过问题不大，煮个鸡胸肉也就分分钟的事情。

“那我先去给奶糖准备一下晚饭。”林木说着站起身，对于晏玄景相当放心，不管怎么说，一个非人类也不至于欺负一只宠物狗。

晏玄景可有可无地点了点头，目送林木进了屋。

小人参感觉院子里的气氛不大对，小心翼翼地看了一眼晏玄景，又看了一眼奶糖，鼓起勇气，奶声奶气地带着点瑟缩的鼻音：“你……你们别打架啊，要打去外边打！”

两只九尾狐齐齐转头看向他，吓得小人参打了个嗝。

小人参委屈唧唧地看了一眼院子里的灵药田，带着自己的三个小伙伴哒哒哒地冲进了屋子，还十分体贴地给外边两个带上了门。

晏玄景垂眼看着瘫在原地压根儿不想爬起来的晏归。

晏归尾巴一甩一甩，懒洋洋地圈着几个浅淡的月华，对上自家儿子的视线，“哎”了一声：“干吗啊？”

晏玄景十分无情：“你过来做什么？”

“这不是听你说帝休步了帝屋后尘，所以过来看看。”晏归说话懒洋洋的，话尾带着点鼻音，微微上翘，撩拨着自家儿子，“不来怎么知道你这么可爱呢？对不对啊奶糖。”

晏玄景脸色一黑，抬腿就是一脚。

晏归一轱辘滚了一整圈，依旧懒得起来，掀掀眼皮看了看小院子，最终视线落在晏玄景身上，语气微微低沉了一些：“你可没跟我说帝休有儿子的事。”

晏玄景不吃他这一套：“你也没跟我说过帝休的事。”

“哦，我没说过吗？”晏归仔细回忆了一下，并不记得自己到底说没说过，但他向来是不背锅的，反口指责道，“你已经是个成熟的少国主了，不知道的事情为什么不自己去查?！”

晏玄景深吸一口气，觉得自己不能在林木家跟自家爹计较太多：“大荒那边你不管了？”

“养了那么多幕僚还事事都要我亲力亲为，那要那帮家伙干吗？”晏归慢腾腾地爬了起来，“行了，讲讲到底怎么回事。”

晏玄景简单地陈述了一下在这边查到的信息。晏归一咋舌，神情有些凝重。

“帝休是自己跑出来的。”晏归说道。

在帝屋出事之后，大荒里的非人类为了争夺帝屋遗留下来的东西，进行了一场长达百余年的斗争，不少势力重新洗了牌。而同样参与了争夺的青丘国与其他几个同帝屋关系颇佳的势力联手，夺回了不少帝屋的力量。

结果，就在他们平定了大荒那边，准备前往中原抢夺属于帝屋的灵体和身体的时候，被几个朋友背地里捅了刀。被友人背叛的结果就是帝屋的东西一点儿都没留下来不说，自己还元气大伤，甚至于势力面积都被蚕食了不少。

晏归他们很无奈，在收到消息说那群尝到了甜头的非人类已经开始对跟帝屋同等属性的神木下手的时候，火急火燎无比艰难地护住了几个。

这一护就是数千年。

数千年里，晏归他们自然是要有仇报仇的，但帝屋留下来的东西，他们却一点儿影子都没见到，他们也来中原找过，照样是无功而返。

“就连很擅长卜算的非人类也没能搜索到，也不知道当年到底是拿什么东西镇住帝屋的。”晏归说完顿了顿，“帝休化形是在四千多年之前，他这几千年都被限制在山谷里，没有出去。一直到三十年前。”

正常来讲，有自主思维的生灵通常对于这种事情是难以接受的，但帝休接受了。

他知道护着他的非人类是为他好，在山谷里几千年，极少会提及山谷外边的事情，只不过对于他们带进来的书册和一些小吃食，他总是十分期待和珍惜。

对于晏归他们来讲，帝休是个特别听话、听话得让他们忍不住心生愧疚的弟弟。所以在帝休提出想要自己亲眼看看外边的世界时，知道如今中原里人类个人的力量渐弱甚至于消失的几个人一合计，跟帝休做好了每三十年回来一趟的约定，就干脆地把他放走了。

接下来封锁消息，将事情按下不提。

“一开始的时候，他还会经常给我们递信回来，还附送点小特产，后来时间间隔越来越长，我们也没往心里去，小孩子玩疯了多正常。”

晏归说着，算了算年份，发觉再过上三四个月，就是他们约好了要回去的时候了。三十年的时间对于非人类们来说实在不长，如果到了时间帝休没回来，他们肯定也能知道帝休是出事了，结果没想到提前小半年察觉到了端倪。

晏归想到自家儿子提到帝屋的事，联系了一下他之前在那个宅院里看到了月华的说法，略一思索：“先找帝屋。”

晏玄景闻言，想到了老乌龟给他的帝屋的位置。他十分干脆地报了个地址，让他爹赶紧滚的嫌弃之情溢于言表。

“哎呀，急什么嘛奶糖。”晏归重新躺了回去，尾巴尖悠闲地一翘一翘，“这么明显的线索肯定有诈，帝屋又不是傻子，跟着这个去肯定找不到的。”

晏玄景看着他爹，眉头一皱：“你要留下？”

“先在这里待几天看看情况。”晏归看着晏玄景，捕捉到开门的声音，耳朵抖了抖，“顺便照看一下我贤侄啊！”

你胡说！我看你就是来蹭日月精华的！

晏玄景看着翻身起来迈着轻快的脚步跑进了屋的晏归，想了想，也跟着走了进去。

晏玄景进去的时候林木在拆包裹。

林木知道他家奶糖不比成年体型的萨摩耶，应该是还在成长的。

为了给狗一个完美的童年，发觉奶糖并不喜欢那几个会发出声音的玩偶之后，林木又买了一堆新的东西。球啦，激光灯啦，飞盘啦，小套圈啦，甚至还买了一套人类小孩儿喜欢玩的那种可以爬上爬下的小滑梯。

奶糖不玩就给小人参他们玩。

林木心里的小算盘打得噼啪响，拆掉一堆玩具之后，拿了个橄榄球外观的磨牙玩具，转头看向了自家奶糖。奶糖已经吃完了那一大盆鸡胸肉，此刻正毫无形象地躺在一边，浑身上下都透出一股子懒洋洋的气息。

林木微怔，总觉得有点不大对。

他家狗不是这样的，奶糖很安静，也很爱干净，只要想躺下，基本上都会叼着狗窝然后自己找地方放狗窝再躺进去。其他时候不是趴着就是坐着，姿态还十分严谨端庄，偶像包袱极重，很少有这种随地侧躺的时候。

林木犹豫了一下，拿着手里的玩具冲奶糖晃了晃。

狗懒洋洋地看了他一眼，毫无兴趣。

对玩具不感兴趣这一点倒是挺像奶糖的。

“饭后要消食啊奶糖。”林木十分严肃的教育狗，拿起飞盘，抱起瘫在地上的狗去了院子，“来玩。”

晏归被抱起来的时候愣了好一会儿才反应过来，扭头看向站在门边的儿子，满脸震惊。

经常被林木抱来抱去，有的时候连窝带狐一起被抱的晏玄景面无表情，甚至露出了几分嘲讽的神情。

晏归：行吧。

“学学叼飞盘吗？”林木嘀咕道。

他家奶糖握手倒是学得挺快的。

晏玄景靠在门边，看着他亲爹陷入狗玩具的地狱，毫无阻止的想法，甚至有点想笑。

林木跟自家狗玩了个爽，内心十分满足。

晏玄景站在院子里看着他那一想当咸鱼就被揪起来叼飞盘玩玩具的亲爹，内心十分满足。

他吹了吹手里冒着热气的参茶，慢条斯理地喝了一口。

“晏玄景！”林木收好玩具，见晏玄景还在，不太确定地问道，“你今天是不走了吗？”

“嗯。”晏玄景矜持地点了点头，“你这里有月华。”

林木微怔，这还是晏玄景头一次说要留宿。林木并没有问过晏玄景的住所这个问题，他觉得非人类总归是不会缺一个住的地方，所以也并没有考虑过留宿这个问题。

留宿嘛，有一就有二。

林木觉得自己向“每天早上醒来就能跟长得超好看的美人打照面”这个人生理想迈进了一大步。

他收拾了一下客房，洗完澡香喷喷地抱着狗上了楼，准备休息。

众所周知，距离帝休越近，能蹭到的日月精华就越多。被贤侄折腾了一晚上的晏归非常干脆地跳上了床。

林木并不喜欢开空调，比起开空调，他更喜欢打开门窗通风，然后开上一个小风扇。

晏玄景路过林木的房间，偏头看了一眼睡得四仰八叉露出小肚皮的林木，跟他爹对上视线时，再一次露出了几分嘲讽。

晏归察觉出不对，他回头看了一眼早就睡过去的林木，又看向自家儿子，刚想开口，屁股就猝不及防地被狠狠地踹了一脚，直接摔下了床。

晏玄景站在林木房间门口，看着滚到地上的毛球，扯了扯嘴角，冷笑一声。

冒充我？呵。没想到吧！

晏归想象过很多种他儿子在中原过日子的情形。

他觉得以他儿子那脸、那身段、那实力，怎么混都不会多惨。毕竟是他亲生的崽，到底是个怎么样的水平他心里还是有数的。尤其是上次递回来的信上还带着一丝帝休的气息，怎么想运气和机遇都应当十分不错。

晏归想起自己紧赶慢赶地从通道过来，一出来循着自家儿子的气味找过去，儿子没找到，却找到了一个人参娃娃。人参娃娃身上揣着他儿子的几根毛，转头一看到他，张口就喊奶糖。

晏归摸着自己的良心，觉得这棵人参到了青丘国，肯定连国都都进不去。但他手里竟然有他崽的毛，还一副很熟的样子屁颠屁颠地跑过来，一过来就是个熊抱。

从来没被区区一爪子就能撕掉的小非人类这么熊抱过的青丘国国主陷入了沉默。

他闻到这小非人类身上除了他崽的气味之外，还有帝休的气味，而且拿出手的灵药质量都相当不错。

晏归看着小人参极其奢侈地拿着那些品相上佳的灵药小心地修补着一些开了灵智的老树，还叽叽咕咕地说着悄悄话，每次要走的时候都要喊一句“奶糖跟上”。

晏归沉思许久，觉得这小非人类嘴里的奶糖指不定就是他儿子。

最后，晏归跟着蹦蹦跳跳的小人参一起回了家。一回家，迎面就跟自家儿子对上了视线。

再说一次！

晏归觉得以他儿子那脸、那身段、那实力，怎么混都不会多惨。

但他是真的没想到自家的崽会被当成普通的宠物狗，天天陪着玩玩具不说，甚至要叼飞盘，还被小帝休揣着满院子跑，还被取了个“奶糖”这么嗲里嗲气的名字。

不过这都是小问题，小帝休怎么皮都是没问题的，但连在他旁边睡觉都要被一脚踹下床也太惨痛了一点。

当年他们在帝休树上爬上爬下睡得四仰八叉奇形怪状的时候，帝休也没抖抖枝条把他们甩下去，而且看晏玄景这架势，摆明是被踹过。

他的崽到底过的什么日子！

晏归瘫在地上，对此十分唏嘘。

晏玄景看着躺在地板上一动不动的晏归，慢吞吞地整了整衣服，完全没有给他爹拿个狗窝的意思。

那些软绵绵还香香的狗窝是他的，跟晏归有什么关系？难道身为父亲的晏归还做得出跟弱小可怜无助的小狐狸抢窝的事吗？

晏归还真做得出来！

晏玄景面无表情地看着跑去一楼客厅里叼了个狗窝上来的晏归，觉得自己当真是低估了他爹的脸皮。

晏归这次不上床了，他把狗窝放到了林木床边上，看了一眼睡得打起了小呼噜的林木，扯着被子给他把露出来的小肚皮盖上了。

虽然混血应该不至于脆弱到受凉，但毕竟这棵小帝休才刚觉醒，多注意一点儿总没错。

晏归十分体贴地给林木盖好被子，往狗窝里一躺，看到还站在门口的儿子，懒洋洋地拍了拍狗窝边上的地板。

要不要一起来睡？

晏玄景无情地转了身。

林木一早醒过来，就看到奶糖躺在床旁边的窝里团成个球，睡得正香。

林木翻身下床，轻手轻脚地趿拉着拖鞋，洗漱完发现奶糖竟然还在睡，感觉有些费解。

以前奶糖都是早早起来上院子里去晒太阳，早饭几乎都是一起吃，哪有赖床的时候。

林木微微皱了皱眉，走进房里去抱着狗一顿疯狂搓揉："快醒啦！不醒要错过早饭啦！"

晏归被搓得毫无防备甚至有点懵，睁开眼木愣愣地看着林木。

林木对上奶糖乌溜溜的眼睛，美滋滋地抱了抱狗，小声说道："看到那个晏玄景没有？"

林木十分严肃地说："奶糖，你化形的时候能不能长成他那样呀？"

晏归一听这话，觉得其中有料，顿时就精神了。

"不能变得那么好看，有他的四分之一也行。"林木絮絮叨叨，说完顿了顿，"不过丑也没关系，你丑爸爸也爱你。"

"？！"晏归浑身一震。

"不过也不要太丑啊，有大黑那个水平也不错。"林木又嘀嘀咕咕地说了几句，又使劲儿搓了一把狗嘴，"快起来吃早饭了！我去叫晏玄景！"

晏归看着林木兴冲冲的背影，对自家儿子在这里到底过的是什么日子感到了深切的疑惑。

林木兴冲冲地跑去了客房外边，满怀期待地敲了敲门。等了一会儿，没人开门。

林木一顿，又敲了敲。这下有人应声了，但并不是从房间里，而是从楼梯口。

晏玄景站在楼梯口，看着站在客房门口的林木，问："有事？"

"啊。"林木短促地应了一声，看了晏玄景的脸好一会儿，然后心满意足地露出个笑容来，"早上好！"

晏玄景看着林木这副高兴的模样，有点摸不着头脑，点头致意。

"我来叫你吃早餐。"林木说道。

晏玄景颔首，想到刚刚路过厨房的时候看到的忙忙碌碌的小非人类，说道："林人参做好了。"

林木并不意外。人参娃娃最近学会了不少新技能，甚至学会了玩电脑。

他以前在山里压根儿不敢接触人类，更别说人类的一些科技产品什么的，住进林木家里之后，天天除了松土养土照顾灵药之外就是捣鼓这些东西。

“那我先下去啦！”

早上起来就能够跟长得好看的人聊聊天果然心情十分舒畅！

林木穿着睡衣，高高兴兴一步三蹦地从楼梯上跑下去，帮着小人参端早餐出来。

晏玄景目送着林木下了楼，目光落在已经醒了但并没有动弹，仿佛正在沉思的晏归身上。

沉思多半是假象，这老狐狸肯定在走神。

晏玄景抬脚走进去，无情地俯下身，直接一把掀了狗窝。

晏归滚下来，转头看向自家儿子，说道：“奶糖，你化形的时候，能不能长成晏玄景那样啊？”

晏玄景面无表情地沉默着。

晏归翘了翘尾巴尖。

晏玄景十分冷静，连窝带爹一把揪起来，直接扔下了楼。

林木对那边父子两个的斗争一无所知。

他走进厨房里，探头看了一眼今天的早餐。

“林木你起来啦！你看，我今天试着做了肠粉！”

小人参指着放在厨房料理台上的平板电脑，屏幕上边显示着红米肠粉的教程视频。他把自己的作品端出来，嘴角还沾着一点儿碎屑：“我觉得好吃！”

“厉害！”林木夸赞了他一句，拍拍小人参的脑袋，给他擦掉嘴角的碎屑，把鱼片粥端了出去。

小人参端着自己的新作品，像条小尾巴一样跟在林木后边，一张小脸红扑扑的，十分骄傲：“我还给那个非人类做了脆皮鸡排！”

“那个非人类叫晏玄景。”林木说道，看了一眼炸得金黄的鸡排，有种自己输了的感觉。

实话实说，他自己炸鸡排的时候从来没炸出过这么好看的颜色来。

小人参把餐桌边上的凳子拉出来，爬上去，摇头晃脑地十分得意：“我最近还在学做红烧肉。”

“嗯？”林木看了一眼从楼上下来的晏玄景，多抽了一条凳子出来，“你没问我要食材啊？”

“是奶糖去山里抓的！”小人参说着，头顶上的人参子随着他的动作轻轻晃荡，“奶糖可厉害啦，抓野猪，逮野兔，扑山鸡，什么都会！”

林木配合地“哇”了一声。

流浪狗真是不容易，林木有些心疼地想，这些技能大概都是在流浪的时候学会的吧。

小人参奶声奶气地邀功：“食材我都没浪费的，都给奶糖吃了！”

林木恍然：“我说昨天抱奶糖的时候怎么感觉胖了一圈呢。”

刚坐下的晏玄景面无表情地扭头看了他一眼。

晏归叼着狗窝从院子里进来，听到这句话，低头看了看自己完美的流线型身躯，觉得贤侄又在说胡话了。他这种身材哪里胖了？流线体型，完美比例，浑身腱子肉，爆发力极强，一蹬腿就能踹翻一栋楼，一挥爪子就能削平一座山头。

哪里胖了？一点都不胖，十分完美！完美到根本找不出第二只跟他一样完美的九尾狐！

除了他老婆。

晏归放下狗窝，毫不介意地跑到了餐桌边给他准备的食盆旁。

“不过奶糖有点奇怪啊。”林木舀了一勺鱼片粥，看着旁边啃鸡排舔粥的狗，说道，“它以前不这么懒的，虽然也总是趴着晒太阳，但以前不是这样。”

小人参看到晏玄景也上桌了，声音一下子变小了不少，软糯糯地说道：“可能是因为懒所以才胖了吧？”

好像有道理。天天懒洋洋地晒太阳，又吃得多，可不就会长胖吗？

林木看着奶糖，咬着勺子，在放任狗长胖和让它减肥之间犹豫了足足三秒钟，然后非常干脆地选择了后者。

毕竟他们奶糖以后是要化形的！万一本体的体型会影响化形时的体型怎么办？要是长得不好看，奶糖怎么找漂亮的女孩子？找不到漂亮的女孩子，奶糖一定会恨爸爸的。

林木眉头皱起来，觉得这不行。

小人参看了看林木，又看了看狗，出主意：“我今天可以带他去山里抓野猪呀，多运动一下就好了吧，我看人类都说运动能减肥。”

晏归抖了抖耳朵，警觉地看向了林木。

“好。”

成了。林木觉得这个主意很好，运动减肥，非常科学。

晏玄景坐在旁边，吃着鸡排，听着自家亲爹被安排得明明白白，慢腾腾地喝了口粥，只觉得这口粥让他从胃一直爽到了心里。

晏归经历了一周高强度的锻炼之后，开始怀疑自己是不是下凡历练渡劫来了。

反观他儿子，天天大餐吃着，屁股后面有小帝休跟着，只需要偶尔给林木帮忙搭把手，折腾一下那个在建的玻璃屋就能过得美滋滋的。

晏归叼着狗窝，站在林木房门口，怎么想怎么觉得自己惨。

林木看了看门后挂历上用红笔画上标注的日子，撩起了袖子。

今天晏玄景没有来，林木到院子外边把明天要交出去的货都搬出来整理好，上楼打印了几十个标签出来，过了塑，小心地绑在了那些盆栽上，挨个拍照。

这一次的收货方是个老客户了，也是从谭老师那里介绍来的，搞高端酒店的，在 A 市有个单独的顶级度假村。因为盆景绿植的需求量并不大，更新速度也不算快，所以他非常喜欢从林木这里订货。

供货量刚刚好且便宜是一方面，林木养出来的盆景的品相总是很好也是一方面。最重要的还是从林木这里买过去的盆景，不需要经常打理也能生长得很好。要不是林木一开始就十分坚定地要考去那个管理处，那位养什么什么死的老板还挺想雇用林木去当他的私人园丁的。

有钱人的院子老大了，每年搞搞绿化维护都要花上不少钱。

林木念大学的时候缺生活费，偶尔就会接上几个熟客大老板的私人小单，去他们的豪宅里帮忙搞搞新的绿化。

这种绿化的铺设，负责人并不是林木，只是一些熟客知道林木的情况，会顺手给他行个方便。现在他毕业了，也有了正儿八经的工作，所以已经很久没有接这种小单了。

他把那些标签页拍全，发给大老板那边的采购，得到了核实录入的答复之后，又回阴凉的屋子里拍了一张单独的盆景，发给了大老板。

那是大老板半年之前找他订的杜鹃，在有意的控制下到现在才打了苞，不出意外从打苞到花期结束能有一个半月到两个月的时间，明天周末，正好可以给老板送过去。

老板事多人忙，林木一时没收到回复，于是收好了手机，转头去帮着几个小非人类搭建玻璃房。

非人类的动手能力向来很强，体力也远比人类好得多，再加上建材齐全，两周下来，地基和框架已经弄好了。要不是顾忌到林木还是正常地按照人类的作息在过日子，这帮小非人类晚上也能勤勤恳恳地继续干活。

林木走近的时候，看到人参娃娃正撅着屁股给地上的一块木板刷涂层。

旁边一块地砖上放着平板电脑，上边放着他们拿来学习的建筑图片。

人参娃娃背对着林木，对自己的小伙伴们奶声奶气地说道：“等玻璃房建好了，咱们冬天都来这里越冬。”

林木一愣："越冬？"

小人参闻声扭头看过来："林木，你来啦！"

林木点了点头，搬来另外一块木板，也蹲下身拿了个刷子，帮忙刷涂料，一边刷一边说道："怎么还要来玻璃房越冬呢？"

小人参答道："两棵含羞草刚化形没多久，年年冬天都不好过，玻璃房冬天暖和呀。"

林木恍然，点了点头，跟小人参有一搭没一搭地聊着天，等到天色完全暗下来才收了工，摸出手机来看了一眼，发现老板回复消息了，说是明天有空，正巧在家，可以去送花。

这种大老板，林木向来是亲自去送的，厚着脸皮在人家面前刷个脸熟怎么也不会亏。

他回复了一个微笑的表情，刚走上楼，就看到狗窝横在走道中央，奶糖整个横躺在上边睁着眼发呆。

林木蹲下来，戳了戳狗的肚皮。晏归有气无力地翘了翘尾巴尖，目光都懒得转过来。

他觉得他可能真的是下凡来历劫的，不然怎么会遭遇这些？偏偏这一切的始作俑者还是他儿子和他贤侄。

前者天天对他嘲讽完就溜之大吉，后者他根本舍不得打也舍不得骂。想到帝休，他简直是宠林木还来不及，哪里舍得打骂他，倒是以前天天被他欺负的儿子膨胀得飞快。

不过没关系，这个问题不大。君子报仇十年不晚，何况他还有千千万万年。

晏归想到这两个小辈，不由重重地叹了口气。

造孽，一定是命中注定有此一劫！

林木见狗毫无动静，干脆一把把狗抱了起来，感受了一下手底下的重量："怎么感觉没什么变化？"

晏归：这不是废话！

林木看着有气无力的狗，把它重新放回了狗窝里，轻轻揉了揉狗的脑袋，给它鼓劲："要努力啊奶糖，你看我也在努力学飞。"

晏归闻言，终于掀了掀眼皮，颇有些震惊地看向林木。

敢情你这几天天天晚上爬屋顶跳楼是在学飞？！

林木的确是在学飞，打从他发现自己从房顶上跳下来并不会摔断脖子，而是能够稳定落地之后，这一个星期里，他一到天黑就借着村里没什么路灯晚上也没什么人出门的便利，爬上屋顶往下跳。

晏归十分震惊。除了一部分鸟族，谁家孩子学飞是从跳楼开始的？可当他想起在教林木使用力量的是他的崽之后，忍不住揣着自己少有的良心十分仔细地回忆了一下当年，然后发现这竟然是他造的孽。

想想他儿子，当初学飞好像的确是有这么个经历的。

可那次是意外！谁能想到他背着自家儿子准备去隔壁串门的时候，儿子在他背上小小地打了个盹，结果一不小心就从他背上滚下去了呢？

谁都想不到，晏玄景和晏归也都没想到。但晏玄景骨骼清奇，不仅毫发无伤，还十分机敏地学会了飞。

可帝休跟九尾狐是不一样的。

九尾狐本质上到底是动物，想要快速地成长起来，基本上就是在家里打好基础然后扔出去自己混。利用魅惑术也好，利用自己的尖牙利爪也好，利用头脑来周旋得利也好，什么样的手段都无所谓，能依靠其中之一成长起来就足够了。

绝大部分大荒里的非人类都是如此，九尾狐更是世世代代都这么干。

成功活下去并找回族里来的，多半都能变成牛哄哄的大佬，而活不下去的，基本上就死在外边了。生死有命，自己不争气死了怨谁。

但帝休这种是不一样的。

别的不说，除了帝屋那种类型的，谁家植物系的非人类会喜欢打打杀杀？

青丘国里那些植物系的非人类，一个个不是沉迷种田就是沉迷晒太阳结果子，种出来的粮食结出来的果子还能卖钱，攒够了钱就买一块灵气旺盛的地，继续种田晒太阳结果子，一个个非常与世无争。

虽然也有很多例外，但整体来说，植物系的生存方式是非常平和的。因为他们不需要厮杀，也能够随着时间的推移慢慢成长。

只不过因为本身很容易引来别的非人类的觊觎，他们基本都需要找个强盛的势力投靠，才能安安心心地生活。各方势力对于植物系都是敞开大门欢迎的，毕竟非人类的数量那么多，大家都要吃饭的嘛。

别的非人类又不喜欢种田。

林木这种方式显然跟他们的天性背道而驰，但竟然还适应得挺好。

说到底，实力才是握在手里最有用的利刃，只不过帝休肯定不会用这种方式来教育儿子。

晏归潜意识里挺赞同这种教育方式的，但他想着帝休，摸着自己隐隐作痛的良心，开始有点慌了。要是让帝休知道因为这种历史遗留问题导致林木沉迷跳楼，他怕是要被踢出山谷并拉进黑名单。可帝休自己现在是个什么状态还没准呢，让林木先有点自保能力这个思路是完全没毛病的啊！

老狐狸在“被踢出山谷并拉进黑名单”和“小帝休先这么学着也没问题”之间沉思许久，看着林木撸爽了狗上屋顶天台去的背影，一轱辘爬起来，决定现在就走，马上就走，不能再等了。到时候帝休如果有意见，让他去骂晏玄景就好了！

晏归毫无心理负担地给自家儿子迎头盖上了一口大锅。反正儿子跟小帝休关系好，问题也不大。但身为他老子，以后总不能天天蹭着贤侄，丢不起那狐。

晏归把狗窝叼进林木卧室里放好，从侧门蹿出去，一溜烟跑没了影。

晏玄景在跟青要山的山神打牌。

山神是个不爱说话的，晏玄景也是个没事不开口的，两个非人类仗着自己在晚上看得清清楚楚，找了块平坦的岩石，沉默地面对面坐着。因为抓不到第三个非人类凑场斗地主，他跟山神两个玩起了排火车。

晏归开溜的时候晏玄景转头看了一眼，只觉得隐约有股凉意。他眉头微皱，还没来得细品，就发觉他爹一溜烟往东边去了。晏玄景反应过来，略一沉思，想起东边是吴归他们所在的方向。

看来是终于受不了天天被揪出来满山遍野地跑，准备去干正事了。

晏玄景慢腾腾地收回视线。

前两天林木还在跟他说吴归那边一点儿消息都没传回来，好的坏的都没有。不过在晏玄景看来，没有消息就是好消息。毕竟谁都不知道帝屋现在到底是个什么情况，没传回死讯就是好事。

晏玄景想着，慢条斯理地从自己的牌堆里抽出了一张，把前面的牌全收了个精光，然后看着山神空荡荡的双手，十分矜傲地扬了扬下巴。

本少国主没有死角，哪怕是打牌也没有！

林木跳完了今天份的楼，洗漱好准备上床的时候，发现奶糖已经十分自觉地跳上了床。

“又回来啦？”林木揉了揉狗头，“之前不是都不愿意跟我睡了吗？”

宁愿在床边放个狗窝也不乐意上床的样子。

晏玄景偏头看了看林木，十分端正地坐着，两只前爪交叠，抖了抖耳朵。

林木看着他这个熟悉的姿态，突然就感到了一阵安心。奶糖果然还是他熟悉的那个奶糖。

林木关上了灯，钻进被窝里，小声地跟自家狗说了声“晚安”。

晏玄景尾巴一甩，搭在了林木身上。

眼看着林木渐渐睡过去，在月华逐渐浓郁之时，晏玄景动作快狠准稳，在林木毫无所觉的时候把他用被子卷成了一个卷儿。

晏玄景把“林木卷卷”露出来的边缘妥妥帖帖地压好，看了一眼他爹走前放在床边上的狗窝，一张毛茸茸的狐狸脸上露出了嘲讽的神情。

呵，傻了吧。我就能睡床，本少国主没有死角！

第十二章
亲缘

林木大清早把几个小非人类都赶进屋子里，等到德叔来了，把该搬上去的货都搬上去了。

德叔进了屋，掀开了锅，发现锅里有一大碗红烧肉，还有两大碗小米粥。

德叔有些惊讶，拿了个碗分出了一半肉，跟粥一起端到门口台阶上坐着吃。他看着忙忙碌碌的林木，说道："大清早的搞红烧肉啊？"

"嗯？"林木一顿，意识到小人参今天做的早餐是红烧肉，"是啊，吃饱了才有力气干活儿。"

德叔吃了一口，夸道："好吃啊！"

林木转头看了一眼，发现在二楼小阳台上蹲着的人参娃娃的脸颊红扑扑的，肉眼可见的高兴。

小人参并不懂什么人类的饮食讲究，德叔也不介意那是一大碗闪着油光的红烧肉，直接吃了个精光，连汤汁都就着半斤小米粥喝了个干净。

德叔进去洗好碗出来，林木在进行最后一遍核对。

他看了一眼林木院子里搭好框架的玻璃屋，问道："你这是在搞什么房子啊？"

"玻璃房啊，种菜养花，就是个好看点的大棚。"林木一边核对一边答道，"有些花娇贵的，想养还是得搞个这东西。"

德叔恍然地点点头，等到林木把东西核对完了，他拉开车门，停顿了一下，像是想到了什么，转头看向林木："对了，咱们村听说是要拆迁了，你知道吗？"

林木一愣，回头看了一眼这个他住了二十多年的小院子，张了张嘴："什么时候啊？"

德叔上了车，听林木这么问，从车窗里探出头来："不知道，就是听说。"

林木点了点头，目送着德叔的货车离开，深吸一口气，有些无措地看了这院子一圈。

"林木林木！"小人参从屋里跑出来，背后跟着奶糖，他张开双臂抱住了林木的大腿，"那个人类夸红烧肉做得好呢！"

林木收回视线，深吸一口气，摸了摸小人参的脑袋："是啊，我也要试试。"

小人参拉着林木的手，一步一蹦跶地往屋里走。小人参在林木吃饭的时候爬上他旁边的凳子，抱着平板电脑，一张小脸上满是严肃的神情。

林木叼着肉喝了口粥，探头看了一眼屏幕，含糊地道：“糖醋排骨啊？”

“对呀！”小人参把电脑举起来，“上面说苦夏要吃点儿酸酸的东西开胃！”

林木看了看外边短短半小时就变得过于炽烈的阳光，抬手摸了摸自己的头顶。

六月底的天气越来越热，连偶尔掠过的风都带着一股热浪，撩一下就要浑身冒出汗来，家里几个小非人类，包括他自己在内，头上的小苗苗都不愿意冒出头来了。

天气热起来，家里一楼的几个通风房也得做降温处理才行。林木想到这里，就觉得周末的时间有点不大够用了。

他赶紧吃完了早餐，拍了拍小人参的脑袋，又使劲儿薅了一把狗：“我今天有事，你们在家里自己注意安全，要是有人来了记得躲起来。”

小人参软软地答了句“好”。

奶糖微微歪过头，抖了抖耳朵表示自己知道了。

林木看着奶糖，忍不住又抱着狗吸了一口，在它脑门上狠狠亲了一下，然后搬着那一盆杜鹃，推着电动车离开了家。

直到有一股暖风从大开的门扉间吹进来，晏玄景才回过神来。

小帝休身上香香的，是牛奶沐浴露和帝休本身的清冽草木香。晏玄景的尾巴尖微微翘了翘，被风擦过的耳尖绒毛带来一股细微的痒意，让他忍不住压下了耳朵。

狐狸放下了爪子，沉默了好一会儿，开始思考这一周里老狐狸有没有享受过这样的待遇。如果享受过的话，就找个老狐狸睡觉的时候，把他的毛剃光好了。

晏玄景最近途经人类的城镇时没少看到被剃了毛的狗。

极丑，非常适合那只为老不尊的狐狸。

远在外地的老狐狸感觉背脊一凉，浑身的毛都炸了起来。

哪个垃圾想暗算老子！

晏归警觉地抬起头四顾，却一个人都没有发现。

他眉头一皱，把这事暂时放到一边，一跃翻过了度假村的电网，循着隐隐约约的帝屋的气息，绕开来来往往的人类，找了过去。

林木到了小区门口，跟保安打了声招呼，登记好名字，骑着电动车熟门熟路地找到了大老板的房子。

这是 A 市一个出了名的别墅小区，地段好，占地大，价格也非常美丽。据说在这个小区里住着的人非富即贵。

林木对这些并不怎么太懂，他只知道这里房子，他努力好几年都买不上一个阁楼。

他停在一个院子外边，按响了门铃。院门应声打开，林木找了个不会挡路的角落把电动车锁好，抱着杜鹃进了院子。

来开门的是个穿着睡袍吊儿郎当的男人。这是林木的熟客之一，姓赵，今年四十出头，接手家业，做得红红火火的，相当厉害。他的兴趣爱好不多，折腾花草算是其中之一，只不过因为工作忙又在养花这件事上笨手笨脚，导致养啥啥死，最后干脆隔三岔五地让林木帮他养他最新看上的花，养到打苞了就给他送过去。

“赵叔，我来给您送杜鹃。”林木说道。

“好好好。”赵叔看着林木抱着的杜鹃，十分欣喜，想要接过来，又怕自己笨手笨脚给弄坏了。

“我给您放到景观房里去吧。”林木说道。

赵叔搓搓手：“好！”

林木抱着花盆放到了大老板的景观房里。

有钱人的景观房跟林木简单的玻璃房不大一样，景观房里配合着不同的需求隔出了好几个房间，每个房间都是恒温的，哪怕不是合适的季节，景观房里也依旧开着不少花。

林木把杜鹃放在了合适的恒温房里，在这里还看到了他之前给大老板送来的几盆兰花和几株十分熟悉的牡丹。

那是他养的首案红，也是这位大老板指名要的，是出了名的好养，前些时候才送过来，现在眼看着花期刚过就打蔫儿了，他不由心里一痛。赵叔跟在他后边，顺着他的目光看过去，干巴巴地“啊”了一声。

林木凑近去看了看，觉得还能救一救。

按照惯例，林木每次来送花都会免费帮大老板照顾一下花，这一次也并不例外。林木在景观房里一个一个慢慢捣鼓过去，赵叔跟在他后边正儿八经地学着弄。

这种场面并不陌生，但林木并不觉得这有什么用。反正大老板去出个差回来再进景观房，八成就又把怎么照顾这些花花草草给忘了。

林木剪下了最后一个花枝，刚把工具放下，就捕捉到大门口传来的动静，说道：“赵叔，我好像听到门铃声了。”

景观房距离屋子和大门都远，赵叔什么都没听到。

“那我去看看。”赵叔觉得自己这次一定是记住怎么照顾这些花花草草了，于是推开了景观房的门，直奔着大门而去。林木也跟在他后边，顺便离开。

赵叔打开了门，一道人影如风般刮了进来，火急火燎的样子，嘴上叭叭地说：

“老赵老赵，赶紧帮我把我的画转移了，老头子要过来收缴了！”

赵叔愣了两秒，却并没有对冲进来的人做出回应，而是扭头看了一眼林木，然后收回视线，对冲进来的人使了使眼色。

那人顺着他的目光看向林木，一下子怔住了。

林木也怔住了，他看了那个人半晌，又看了一眼赵叔，向两人点了点头，平静地说道：“那我先走了。”

林木在两人沉默地注视下走出了院子，骑着电动车离开了。

在他离开之后，院子里的两个中年男人面面相觑，然后齐刷刷地露出了头疼的神情。

“不是，小木在这里你怎么就不跟我说呢？”林宏盛率先出声。

并不背锅的赵叔冷哼一声：“哦，现在知道叫小木了，这么多年也没见你自个儿照顾他一下。”

林宏盛一下卡了壳，摸出根烟来点上，小声嘀咕：“我哪能啊？这不老头子退休之后天天盯着吗？”

“哼，孬货！”赵叔骂道，“兄弟两个还没一个小姑娘胆子大，没出息！”

林宏盛猛吸了一口烟，也没反驳。

林家三个，的确是排行老二的林雪霁胆子最大。

林老爷子掌控欲极强。大哥林宏阔当年体能极好，被国家队选中了想去搞运动，直接被老爷子打断了腿扣了下来，摁着脑袋去学了商科。

三弟林宏盛从小跟着姐姐，喜欢画画，哥哥姐姐拿着打工挣来的钱悄悄地供弟弟去学画画，被老爷子发现，三个小孩儿全被打了一顿跪了一晚上，然后林宏盛被摁着脑袋从政去了。

反抗到底的只有二姐林雪霁，喜欢捣鼓花花草草的爱好被打压一次就要跟林老爷子打一次架。

林家小孩儿是从来没有零花钱的，不过林宏阔脑子灵活，跟同学借了点钱捣鼓了一些小生意，自己攒零花钱支持妹妹和弟弟的爱好。大哥觉得自己是没戏了，但是弟弟妹妹可以争取一下。结果林雪霁在高中的时候被亲爹带出去出入了几次社交场合就要被拍板订婚，气得直接改掉了老爷子示意填上的商科志愿，直奔植物学。

大学念完，她压根儿没准备再考个商科的研究生，天天跟着导师跑野外，相亲安排几次溜几次，跑着跑着就跑出了个孩子回来。

然后就没有然后了。

林家两个兄弟连自己姐妹的最后一面都没见着，葬礼更用不着说。兄弟俩每次想去看看外甥还得偷偷的。

“你们这日子过着有什么意思？”赵叔问。

“是没什么意思，等老头子走了就好了。”林宏盛抽着烟，叹了口气，“行了，也别说这些了，你要是有这么个爹，你也比我好不到哪里去。”

赵叔不说话了，转头帮着林宏盛把他屋子里收藏的画全都搬到了自己家。

林木出了小区，停在路边上愣了好一会儿，摸出手机来给谭老师发了个信息，问赵叔这个客户是不是他介绍来的。

那边的答复难得来得很快，说并不认识。可赵叔当初找上他的时候说是谭老师介绍来的。

林木深吸一口气，紧抿着唇，心情颇有些复杂。

那个看着跟赵叔关系颇好的人，按照亲缘关系，是他的小舅舅林宏盛。

林木想起赵叔的反应，又看了看手机里谭老师的回复。

他不傻，到了这份上，他自然不会不明白一直以来都很照顾他生意的赵叔到底是谁介绍，甚至于说在谁的拜托下对他多加照顾的。

林木想不明白。当初妈妈走的时候，家人里除了外公，两个舅舅连出现都吝惜，现在又在这里当什么好人？

好烦。

林木把手机重新揣进兜里，不再去想这件事，闷头骑着电动车回了家。

林木心情不好。院子里的几个小非人类和奶糖蹲在一起，看着林木十分平静地跟他们打过招呼之后，面无表情地上了楼，相互看看，最后推推搡搡地把奶糖推到了最前边。

人参娃娃奶声奶气地给他鼓劲：“上吧奶糖，养你千日，用你一时！”

外表是少年的土豆精十分严谨：“我之前看视频，人类都说毛茸茸的东西是治愈情绪的良药。”

“对呀对呀！”

“林木也有一半是人类。”

两棵含羞草一唱一和。

晏玄景扭头看了四个小非人类一眼，在他们殷殷期盼的目光之中走上了楼，然后被林木无情地关在了他妈妈的工作室门外。

奶糖看着险些拍到他鼻子的门，沉默了两秒，转头走下了楼。

看来奶糖怕是没用，得喊晏玄景过来救场才行。

林木窝在工作室的椅子上，看着桌上摊开的相册发呆。

妈妈留在家里的相册和记录里根本没有她的家人相关的信息，一点点相关的讯息都没给他留下。林木一直都觉得妈妈之所以一点儿信息都不留下，是因为跟家里撕破了脸，并没有跟家里人再多联系的必要。

这么十几年来，母子两个虽然过得并不富裕，很多东西都需要合计一下再买，但至少也吃得饱穿得暖。生活要求没那么高的话，也的确是没有什么跟外公那边联系的必要。

妈妈连在野外打滚都承受得住，自然也承受得住这种普通的生活，这么多年下来，苦也好累也好，都过得开开心心的，也的确没有什么遇到过非得联系外公不可的困难，所以林木一直也就当自己没有别的亲人存在了。

反正也影响不到他什么。

林木发着呆，放在桌面上的手机微微振动了一下。他偏过视线看了一眼手机屏幕，发现是大老板发来的消息。

林木拿起手机解了锁，发现大老板又跟他下了三盆仙客来的单。

林木顿了顿，指尖在屏幕上轻敲了好几下，卡壳了两秒，又把敲好的一大串字删掉，然后回了个“好”字过去。还没来得及放下手机，大老板那边又发来了消息。

他问林木：没什么想问的吗？

林木的指尖在屏幕上轻晃了一会儿，有些不知道应该怎么回答。

他想问的可多了去了，但自己想想，其实也就反应过来了。

人家赵叔这么有钱的人，为啥总是隔着大半年就跟他下单要盆栽？先不谈那些花花草草好不好养这种问题，哪怕是再难养的花，每年到了花期，花鸟市场和各种花卉展哪里不是什么类型的花都能买到？就是林木自己也会抱着养得比较好的花花草草去凑个热闹，还在花卉展里得过奖，拿到过一笔奖金，更别说因此而认识的一些想要买花的老板了。

但这种老板是根本不会提前一年半载找他订花的，还一个月要个两三盆的。

林木叫赵叔叫大老板，就是因为他提供的生意实在是太多了。多到什么程度？一年里林木卖出去的花，除了一些高端场所的小额订单之外，有近乎四分之一是交出去给赵叔的。

说是帮朋友订的，自己要的，送长辈的……各种各样的名头。

现在一想，简直就像是在特意给他送钱。

林木犹疑不定，手指在屏幕上顿了顿，打了一串字，犹豫了一下，把“林宏盛”三个字删掉，改成了“小舅舅”。过了一会儿，又把“小舅舅”删了，改成了一个代称“他”。

林木问大老板：您找我买花是他的意思吗？

手机那头的林宏盛看着这个回复，苦着一张脸，转头看向美滋滋地看着林木送过来的那盆杜鹃，一副爱不释手的模样的朋友。

“这个我怎么回复啊？”

赵叔探头看了一眼，把手机拿过来，十分严肃地回道：我确实喜欢花，虽然是他介绍的，但除了你的花之外，没谁种的花能在我手下走过三个回合。

林木看着这条回复，愣了两秒，想到他第一次去大老板家里的景观房时看到的惨状，忍不住抿着唇笑了笑。

他曾经建议这位大老板去请个专门的园丁负责照顾，但大老板很倔，始终觉得自己可以。结果最后还是靠他一两个月去一次，稍微帮着照顾一下。

林木看着手机，托着腮思考了好一会儿，想着应该怎么回复，那边就接二连三地发来了大段大段的消息，说了一些妈妈那边的家事。

林木慢吞吞地翻完，内心对于他的两个舅舅并没有什么触动，就是两个普普通通的人而已。

不愿意接受完全挣脱家庭所带来的风险和损失，却又试图在享受资源的同时追求自己的人生。

一些父母会选择放纵自己的孩子，给他们一片天，然后让他们自由成长，而另外一些父母则会严格地掌控孩子，视他们为自己的所有物，不允许他们往自己定下的道路外迈出一步。

外公显然是后者，而对于两个想要飞翔却没有勇气挣脱桎梏的舅舅来说，不过是世事不从他们所愿罢了。

大舅舅是个胆小鬼，自己失败之后就寄希望于弟弟妹妹。小舅舅被兄姐宠着保护着的，显然对直面父亲这事怂得厉害。

两个舅舅一个四十五，一个五十多了，还活在外公的阴影下，连参加姐妹的葬礼、照看一下流落在外的外甥这种小事都要偷偷摸摸的，看别人脸色，俩人也没成功到哪里去。

妈妈干脆地脱离了，看着反而是过得最自在的。

林木看着被他拉到底的聊天记录，内心毫无波动。

人活在这世上，谁还没几个故事。不过一码归一码。虽然对他们的事情没有什么触动，但人家给自己行的方便怎么也该回报一下。

林木敲着手机屏幕，回了个“谢谢”过去，琢磨着应该怎么回报这些年来他压根儿没能发现的两个舅舅的善意。

他终于知道自己记仇这性子到底是随着谁的了。

他就说嘛，梦里的爸爸看起来温温柔柔文文静静的，怎么都不像是会记仇的性格。原来是遗传了妈妈的。

现在想想，妈妈让他叫外公来收尸，除了那么点故意的成分之外，可能还是希望两个兄弟能来这里走一趟，以后照看一下他。妈妈住在 A 市边上这么多年，却没见过几个亲人，大概就是因为外公在中间有什么动作。毕竟 A 市说大也不大，他们就在郊区住了这么多年，还买了这里的房，外公怎么可能不知道这件事。

可这么多年来，林木根本没有见过哪个妈妈那边的亲人——别说有亲人拜访了，连电话都只有妈妈的几个朋友和导师会打过来。

只不过记忆中的妈妈总是十分温柔的样子，实在看不出骨子里叛逆得这么厉害。

林木放下手机合上相册，偏头看了一眼窗户外边，二楼恰巧能看到正在搭建中的玻璃房尖尖。几个小非人类正小心地把玻璃放上去，涂上防水胶和保护涂层，还时不时扭头看一眼房间里。

悄悄往房间里瞄的小含羞草跟林木对上了视线，愣了两秒，冲林木露出个羞怯的笑容，高兴地挥了挥手里的刷子。

这一挥，刷子上沾着的胶就被甩出去，黏了旁边的小土豆满头满脸。

林木和几个小非人类一惊，他也顾不上自己难过还是别的什么了，从椅子上一蹦而起，急匆匆地冲出了房间。

小土豆委屈地变回了原形，让林木帮他擦掉身上沾着的胶。

做错了事的小含羞草在一边连声道歉，急得两眼红彤彤的，一副下一秒就要哭出来的样子。大含羞草在安慰两个小伙伴，眼看着安慰好像并没有用的样子，自己也吸了吸鼻子，眼泪吧嗒落了下来。

人参娃娃急急忙忙地从屋里端出了几碗双皮奶，每人一碗，然后细声细气地安慰着几个小伙伴。但小伙伴怎么都哄不好，小人参也跟着急红了眼，吸着鼻子端着碗，眼巴巴地看着林木。

林木沉思了好一会儿，才问道："你们还没有名字吧？要不要给自己起个名字？"

几个小非人类一听，齐齐停下了抽抽搭搭的动作。

晏玄景在外边打了个转，拎着一笼子咕咕叫着的鸽子回来的时候，就看到日华萦绕的院子里，林木蹲在院门口的水井旁边，正拿着颗土豆清洗。

旁边围着三个小不点，两棵含羞草正一勺一勺地挖着双皮奶，而林木腾不出手，人参娃娃就两眼亮晶晶地一勺一勺喂他。

看小人参小脸红扑扑的样子，仿佛十分陶醉于喂林木吃东西这件事。

晏玄景打量了一下林木的神情，觉得林木这个状态好像并不需要安慰了。

他走过去，扫了一眼这几个小家伙，说道：“今天吃土豆？我带了鸽子回来。”

三个小非人类连着林木齐齐一顿，转头看向拎着鸽子的晏玄景。

人参娃娃端着双皮奶的动作都有点哆嗦，操着一口奶音磕磕绊绊地说道：“你你你……您别吃林土豆啊，他刚化形不久，不、不好吃的。”

林土豆？晏玄景有那么一瞬间的茫然。

“他们刚取的名字。”林木解释道，挨个指给晏玄景看，“林人参，林土豆，林大羞，林小羞。”

看得出是没读过书才取得出的名字……

晏玄景看了一眼林木手里的土豆，这才发觉这不是普通土豆，是那个小非人类。

没办法，林木喜欢吃土豆，这会儿又到饭点了，看他这么认认真真正儿八经地清洗土豆，一时没注意。

“不吃他。”晏玄景说道，把手里的鸽子放到了旁边。

林木看了一眼鸽子：“想吃啊？”

晏玄景点了点头。

林木说了声好，把小土豆身上最后一点点胶水擦掉，刚一放手，小土豆就一轱辘滚进了土里，躲着不愿意出来了。小人参收好了碗，拉着两棵含羞草，也蹲到了一边，探头探脑地观察着刚刚说出可怕发言的晏玄景。

林木进屋去烧水，晏玄景看了一会儿他的背影，俯身从笼子里抓了只鸽子出来，“咔”的一下拧断了鸽子的脖子，下手快狠准，力求让鸽子以最短的时间断气，然后割开这只鸟禽的脖子，放血。

旁边几个暗中观察的小非人类齐齐呜咽了一声。

他们其实没少见到晏玄景跟林木打架时那凶狠利落的身手，但林木到底还是能很快就活蹦乱跳的。要说晏玄景宰杀动物，他们还真没见过。

“好、好凶。”小含羞草吸了吸鼻子。

“呜呜嗯嗯。”小人参点了点头。

小土豆凑过来嘀咕：“林木杀的时候怎么没见你们说凶。”

小人参一愣，立马上演了一出“双标”现场：“那能一样吗？！”

另外三个小非人类听他这么一说，略一思考，竟然齐刷刷地摇了摇头。

不一样，的确不一样。

林木温温柔柔漂漂亮亮的，哪儿跟这只九尾狐一样吓人！

晏玄景把角落里窸窸窣窣的小动静听得清清楚楚，懒得去管，只是转头看向了从屋里出来的林木。

林木冲他挥了挥手机，高兴地说道：“是大黑打过来的！”

晏玄景点点头，并不意外。

林木跑过来，按了免提。大黑是来给林木报平安顺便说一下任务进度的。

这种任务还是得有第三人知道，不然如果他们死光了，任务记录就会消失得一干二净。

大黑说，他们这次出动了四个非人类和三个人，结果刚到地方就被帝屋布下的法阵给困住了。

“我们被一个新来的非人类捞出来了，不过帝屋没有要杀我们的意思。”大黑看着这栋度假村内的别墅，说道，“冰箱里留下来的食材和成品食物、饮用水、水果，都够那几个人吃上一个月了。”

原来如此。

林木这下明白他之前给帝屋打电话的时候，对方说不用在意到底是什么意思了。

大黑嘀咕道：“我看帝屋好像并没有要动我们的意思，就是想拖住我们。”

“那挺好的啊，你们身上本来就没有因果的嘛！”林木有些高兴地说道。

“嗯，这的确是好消息，但出来之后我们收到了两个坏消息。”大黑想到刚刚收到的消息，觉得有点头疼，“帝屋又端了个道观，照旧掘地三尺，杀得片甲不留，连池塘里养着的鱼都没放过，这是其一。”

林木张了张嘴，问：“那其二呢？”

“那个道观里除了帝屋的气息之外，还有帝休的气息。”大黑说，“帝休你知道吗？上古神木之一，跟帝屋同级的，相传他俩关系挺好，具体我不大清楚……”

大黑还在那边絮絮叨叨地说着，林木却整个人都愣在了当场。

晏玄景后知后觉地看向林木，却发现林木两眼通红，有星点眼泪涌了出来。

狐狸微怔，有些无措地看着马上要哭出来的林木，半晌，学着林木以前安慰小人参的样子，拍了拍他的头。

“你没洗手。”林木开口时带着点哭腔。

晏玄景低头看了看自己还沾着点鸽子血的手，竟无话可说。

林木想到晏玄景九尾狐的身份，又想到晏玄景的父亲曾经是守护帝休山谷的非人类之一，吸了吸鼻子：“你早就知道了是不是？帝休……我爸爸的事情。”

晏玄景卡壳了两秒，迟疑一下，点了点头。林木红着眼瞪着承认了的晏玄景，一时间竟然说不出话来。

晏玄景看着林木这副恼怒又难过的样子，微微抿唇沉思，与林木对视半晌，他在林木的瞪视下走近了两步，微微俯身摸了摸林木的发顶。

他开口，声音微微放软了些许，像是高山冷雪在阳光下化成了流淌的叮咚清泉。

“不哭了。”他说道。

第十三章
爸爸

晏玄景这还是跟林木学的。

林木今早走之前摸了摸他的脑门，晏玄景记着那种滋味，觉得非常温暖舒服。他觉得也许林木心情不好的时候，被摸摸头也会舒服一些——毕竟他也想不到什么别的安慰方式了。

大荒之大，有几个能让他晏玄景安慰的非人类？

长辈根本不会在他们面前展现脆弱，同辈之间哪怕是朋友也多以竞争为主，小辈更用不着说了，还没有能跑到他面前来嘤嘤哭着撒娇的小辈呢。

在晏玄景的概念里，以往很少有遇到事情会哭泣的非人类，准确来讲，应该说是没有不带目的性的哭泣的非人类。

在大荒里生存，很多时候，非人类的一颦一笑、一举一动，都是抱着目的性的。

为了魅惑别的非人类，为了生存，为了表示自己的不满或者挑衅，等等，反而是纯粹因为情绪宣泄而哭泣的非人类，晏玄景见得极少。

很多长辈都告诉他，那是弱者的表现。

但晏玄景从不否认弱者的存在价值。哪怕是九尾狐，也有不少天生带短板，力量不强的，但他们依旧可以利用别的方法走到顶端去搅弄风云。

只不过不否认弱者的存在价值，晏玄景也不怎么认同他们。因为哭泣无济于事，最重要的还是直面问题，并想办法解决掉。

但林木这个情况好像又有点不一样。

把大黑他们救出来的那个非人类八成是晏归，而大黑给过来的消息，也恰恰证实了晏玄景和晏归之前的猜测。

帝休步了帝屋的后尘，而与他关系颇佳的那群非人类不仅毫无所觉，甚至找寻不到帮助他们的方式。

几千年下来，不论是大荒还是中原，往上冲进天庭，往下踏入冥地，他们都没能找到镇压帝屋的地方。哪怕是从那些摆明了受到帝屋的力量浸润变得百邪不侵的地方，也没能找到，还引来了一屁股追杀。

这次如果不是帝屋自己出来了，还找到帝休了，谁知道会怎么样。

晏玄景看着愣怔的林木，解释道："我之前也是猜测。"

林木听他这么说，红着眼睛瞪着他，只是十分冷漠地“哦”了一声，转身进了屋子，在晏玄景面前关上了门。一天里吃了两次闭门羹的晏玄景甚至听到了门里架上门闩的声音……

晏玄景站在门外沉默了许久，想到林木进屋前的样子，感觉不大好。

小帝休的情绪实在是令人担忧。

晏玄景想了想，决定让奶糖再去试试，但他还没来得及化形，先察觉到了四股凉飕飕的视线。

狐狸偏头看过去，就看到墙角四个小萝卜头在墙角一个叠一个地探头，见他看过去了，头一次没有缩脖子躲起来，而是气鼓鼓地瞪着他。

“坏蛋！”

“坏非人类！”

“占林木便宜！”

“弄哭林木！坏！”

晏玄景眼神一厉，几个小非人类瞬间往地里一钻，哧溜一下不见了影子。

狐狸不跟这些小非人类计较，他又看了一眼被反锁上的门，转头走出了小院子，决定去找山神要点能平心静气的小玩意儿来。

这种小玩意儿，像晏玄景这种本身就十分冷静的非人类是根本就不需要的，所以他也没有随身带着，但林木显然需要。

像帝休这种神木就这点非常不好，力量向来只能作用于别人，自己也想要忘却烦恼拔除愁绪，只能吃果实。

这大概就是所谓的医者不自医。

晏玄景走了，几个小非人类从土里跑出来，相互看看，最后还是小人参踮着脚打开了侧门，从侧门里走进去，轻手轻脚地，发现林木躲进了房间里，也不敢去打扰，在门口转悠了几圈，就气哼哼地撩起袖子，转头回了院子，去处理晏玄景留下的那几只鸽子。

林木把房间的门窗关得死紧，遮光窗帘也拉上，拉着被子往床上一躺，看了一眼手机，发现通话早已经结束了。

他顿了顿，看了一眼通话时间，也不知道大黑那边听到了没有。

大黑的确听到了，但这并不是他挂电话的原因。

新被帝屋端掉的那个道观里，除了帝屋的气息之外，也有帝休的气息，而且停留时间不算短。哪怕帝屋用那些人的血煞试图把气息遮住，也依旧被察觉到了。

这边一得到消息，那个把他们捞出来之后本身心情还不错的非人类瞬间就气炸了。

大黑这个电话打得不太合时宜，站在一边无声地散发着怒火的非人类警觉地捕捉到了他话里的几个关键词，并在大黑无声地听完了那边的话后，悄然走到他身边，伸手按掉了他的手机。

大黑对上晏归黑漆漆的双眼，只觉得骤然间如坠入了深渊一般，他在深渊里漂浮着，听到四面八方传来“你不知道林木的身世”的声音。

然后他点了点头，说道：“我不知道。”

于是晏归收回视线，气冲冲地去找这次行动的负责人要地址了。

他跟这群没用的非人类和人不一样，他现在赶到那边去，说不定还能循着气味直接找到帝屋。

林木躺在床上，看着吱呀吱呀转着的小风扇，半晌，摸出手机，拨通了帝屋的电话。

帝屋对林木打来的电话总是接得飞快。

他这会儿正十分严肃地看着躺在桌上的玉石和拼凑着勉勉强强有了两个巴掌大的帝休木的残骸。

帝休的残灵又被捞回来了一部分，刚融合好，刚找回来的那一部分因为一直在道观里，怨气并不深重。

而现在，帝屋和帝休正试图把残灵转移进那块两个巴掌大的本体残骸里。

有了本体的残骸，哪怕捞不回全部的本体和灵体，帝休找个灵气充裕的地方扎进土里养个几千上万年，也能慢慢养回来——虽然帝屋摆明了没准备在这件事上善罢甘休。

帝屋就比较惨了，时间过去太久，还一直都被压榨，他甚至都不能回大荒取回曾经属于自己的力量，因为现在脆弱的他根本承受不住那份力量，哪怕那曾经是属于他的。

不过他在如今的中原倒是可以肆意横行。

帝屋看了一眼亮起来的手机屏幕，接通了按下了免提。

“喂？”

林木那边的声音听起来很委屈，还带上了一点儿鼻音。不是感冒了就是哭了，但混血体质再怎么差也不至于随随便便就得感冒这种小毛病。

帝屋看了一眼玉石和小木块之间波动起来的浅淡光辉，轻轻拨弄了那些光辉一下，示意他少安毋躁：“发生什么事了？”

林木一只手揉着被角，想到大黑刚刚透露的信息，紧抿着唇，小声讷讷地问道：“帝屋，我……我爸爸呢？”

林木说这两个字的时候舌头有点僵硬，大约是因为少有能够说出口的时候，又或者说他太紧张了。

帝屋眉头一皱。

“我知道了，我爸爸跟你一样了是不是？”林木吸着鼻子问道。

“你是不是已经找到他了？他怎么样？还好吗？有没有我能帮忙的地方？”林木越说声音里的鼻音越重，到了最后，电话两端相对沉默了许久，林木才小心地问道，“我……我能见见他吗？”

帝屋看了一眼桌上流转速度越来越快的光辉，过了半分钟光辉就全都从玉石里转移到了木块身上。

木块渐渐地变化拉长，拼凑成了一个歪歪扭扭的人形。

他坐了起来，没有脸，没有身体细节，看着就是个劣质的木质人偶，身上也坑坑洼洼的，大小连成年男人的手掌都比不上。

林木对那边的沉默感到十分难挨，他抿了抿唇，小声说道：“视频就……不，照片就好。”

那个歪曲的人形侧耳听到林木的话，爬起来跌跌撞撞地找到了桌面上的镜子，费力地端起镜子看了看自己现在的模样，懵了好一会儿，转过身来冲帝屋疯狂摇头。

“不行。”帝屋这才回应了林木，有些烦躁地轻啧一声，“出了点小意外，等他情况好点了再带他去见你。”

林木揪紧了被子：“我能帮上什么忙吗？”

帝屋撑着脸，看着凑在镜子边上试图在木块上搓出一张脸来的帝休，说道：“小孩子家家的，好好过日子，别添乱就行。”

林木闷闷地“哦”了一声。

帝屋哼笑：“现在还劝不劝我了？”

“劝。”林木缩在被子里，说，“造杀孽你会灰飞烟灭，我不想你灰飞烟灭，我也不想爸爸灰飞烟灭，妈妈肯定也不想。”

帝休疯狂搓脸的动作一滞，转头磕磕绊绊地走到手机边上，坐了下来，然后对帝屋十分赞同地点了点头。

帝屋看着这个一回归本体就浑身透出了一股子柔和气息的小木人，翻了个白眼。

这对父子真是亲生的，绝对没错了。

“爸爸能听到电话吗？”林木问。

帝屋往椅子里一倒，说：“能。”

“爸爸，妈妈死了，走了五年了。”林木说完之后就陷入了沉默，有些茫然地不知道应该说点什么，过了好半晌，才又说，“你留下的那个果实，妈妈没有吃，但我们依旧过得很开心。”

林木对他爹妈的事情知道得实在太少太少，说完这个，他又不知道说什么了。

帝屋看着坐在手机边上一动不动的小木人，抽出支烟来，点燃了。

“我见过相册里的你了。”林木想起总是翻阅相册的妈妈，问道，“妈妈能看到你吗？”

帝休想了想，举起自己两只细细的手臂，啪嗒啪嗒互相撞击了两下。

林木一怔，却出乎意料地领会了意思：“能？”

帝休又啪嗒啪嗒地敲了敲自己的手臂。

“那太好了。”林木嘟哝了一句，吸了吸鼻子，又一下子笑出来，捡了个新的话题，“我什么时候能见到你呀？”

这个问题有点复杂。

帝屋吸了口烟，说：“等着吧。”

“我收留了几个小非人类，一个人参娃娃、两棵含羞草，还有一颗小土豆。”林木慢吞吞地说道。

帝休啪嗒啪嗒地给自家崽鼓掌，以示夸赞。

几个小非人类而已，骄傲什么？没出息。

帝屋再次翻了个白眼。

林木想了想，试探着道：“人参娃娃给了我一些种子，我在家里的小院子里种了好多灵药，都已经成熟了，再不摘要坏掉了，不知道能不能帮到你们。”

帝屋和帝休一顿。

帝屋一把捻灭了手里的烟，把猝不及防的小木人往口袋里一塞，冲电话那边喊：“大侄子你等着，我这就带你爹来了！”

帝屋问到了林木的地址，刚挂掉电话，就感觉腰上被戳了几下。

帝休从他裤子口袋里探出头来，没能塑出手的形状的两只木手臂使劲捶着帝屋的腰，见他低下头来了，仰头看着他，又打了他几下。

帝屋把他从口袋里拎出来，两只手从小木人双臂底下穿过，把他举起来：“干吗？”

帝休抬起一脚踹在了帝屋笔挺的鼻梁上。

帝屋轻嘶一声，往后仰了仰头躲过帝休接下来的袭击，干脆把他放在了桌面上，嘀咕：“有什么好生气的？反正你现在怨气很淡薄了，又不是不能见。”

小木人抬起手来，拍了拍自己的脸。

“你就是个球你儿子都不会嫌弃你。”帝屋说道，“而且他不是说了家里有你的果实吗，回头你把那个果实吞了，估计能好不少。”

帝休顿了顿，摇了摇头。

帝屋想到那颗果实是帝休留给媳妇儿的，想了想，也没再多嘴，只是说道：“咱们这情况还是有灵药的好，要不是回不去大荒，也用不着像现在这样。”

帝屋如今的情况，回了大荒基本跟给别的非人类送菜没什么区别，虽然不是不能去找那些友人，但找到之前的每一分钟都充满了危险。已经因为大意而翻过一次车的帝屋一点儿都不想去冒这个风险。

他选择先把中原这边的事情了解了，然后养个千八百年，再回大荒去取回力量。

大荒那边的仇，他大可以慢慢报。

现在回大荒一点儿意义都没有，帝屋暂时不知道能上哪儿去寻找自己的力量，哪怕知道了，以他现在身娇体弱神魂不稳还一身血煞凶气的情况也压根儿取不回来。说不定不用别的非人类动手，他自己就能被自己剥离出去的力量给搞死。

要真发生了自己被自己的力量弄死这种乌龙，那他帝屋的名声绝对能流传千古，被大荒当成教育自家幼崽的典型反面例子。

那太傻了。一点儿都不符合他一直以来英明神武的形象。

要是有灵药的话，过得就会舒服不少了。

刚出来半年多，他收拢了一些能力还不错的非人类，但中原毕竟是人类的天下。

人类的天下，就意味着非人类并不是主流，而是需要藏起来的灰暗面，随着人类逐渐放弃修炼，转而钻研科技外物，得不到反哺的大地灵气自然而然地就衰退了。

中原灵气枯竭，灵药自然也难以生长。这也是帝屋手底下的那些非人类手里压根儿没有什么灵药存货，甚至于一点忙都帮不上的原因。

帝休低头看了看自己，也不说话了。因为他现在的情况对灵药种植这方面也帮不上忙。

他还是一棵完整的树的时候，招引日月精华的光流滋养一方水土是非常简单的事情，被拆开之后就没有那样强大的效力了。

拼尽全力一天顶天能有一两朵下来，就这一两朵，还会因为他身上没有驱散干净的怨气而不愿意落进他怀里来。

现实情况就是，他现在也需要灵药，非常需要。

大约都是出身植物系的缘故，灵药这种东西放在他们这种非人类身上，远比放在那些动物化形或者天地蕴养生出灵智的特殊非人类身上有用得多。除了药效之外，对他们更有用的是灵药之中的灵气。这些灵气，别的非人类都没法直接消化，但他们就可以。

一棵新鲜的灵药对他们的效用远比炼成丹药之后的效用要大得多。而他们现在需要的，正是灵药里那些滋补的灵气，用来稳定神魂并将之壮大。

“我上次见到林木的时候，他那点力量连个刚化形的小非人类都比不上。”帝屋说完，打开了一个箱子翻找着，“距离上次见面才个把月呢，就说已经成熟了一批灵药，我看八成是已经招引来日月的光流了，不然灵药熟不了这么快。”

帝休闻言点了点头，从桌面上爬起来，重新跑到镜子前边，继续试图搓张脸出来。

帝屋回头看看他，重重地叹息一声，摇了摇头。

怎么可能搓得出来啊？这么傻的，没救了。

他收回视线，继续翻找：“能招来日月光流还安然无恙，看来蹲在他身边的那只狐狸还挺靠谱的。”

帝休觉得是这个道理。

他对九尾狐的印象一直不错，他化形这么多年来，最喜欢往山谷里跑，给他带些闲书和吃食的就是那几只九尾狐。他之所以对外边的世界有所了解和憧憬，也的确是因为晏归给他描述的那些喜怒哀乐和热闹市井。

“行了，找全了。”帝屋拿着几个小袋子，往兜里一塞，鼓鼓囊囊的。

他拍了拍：“抄家抄来的灵药种子。”

帝休回头看了他一眼，又看着镜子里的自己，十分苦恼。这么去见儿子，一点儿重逢的激情和喜悦都没有。

儿子应该会很担心吧。

帝休长长地叹了一口气。

帝屋看着做出了叹气的动作却并没有叹气的声音的帝休，把他拎起来往另外一边的口袋里一塞，看着他从口袋里探出个头来，拿手指戳了戳他：“行了，我们走！”

帝休抬起手来，跟他的手指轻轻碰了一下，表示准备好了。

林木挂断了电话，一个鲤鱼打挺从床上蹦起来，觉得今天这一天过得真是惊心动魄，宛如坐云霄飞车。

他慌慌张张地放下手机，坐在床边上，想要准备点什么，却又不知道能够准备什么。

他要见到爸爸了。不对，他有爸爸了。

林木在屋子里原地转悠了几圈，对于这个事实没什么实感，只觉得气血上涌，心跳咚咚咚地如同滚风擂鼓，连呼吸都有些杂乱无章。

奶糖叼着一棵草回来了，他刚从侧门进屋，就被小人参挡住了。

小人参看着他叼着的草，凑近闻了闻："是山神伯伯养的薄荷灵草呀？"

奶糖坐在原地，看着他，有些疑惑。

"奶糖，刚刚那个非人类……那个叫晏玄景的，把林木弄哭了。"小人参告状——他是知道奶糖是个深藏不露的非人类的。具体是什么他不清楚，不过无所谓，反正奶糖对林木很好。

小人参奶声奶气地说："林木现在心情肯定不好，你安慰安慰他呀，我去给林木做点冰冰凉凉的好吃的，你陪陪他好不好？"

奶糖点了点头，看着小人参伸手揪掉了两片他叼着的灵草的叶片，绕开了蹦跶进厨房的小非人类，上了二楼。

他看着林木紧闭的房门，抬起前爪挠了挠门。

林木听到声音，上前去打开了门。一股沁凉的气息扑面而来，带着些微的刺激和使人神清气爽的冰凉。

是薄荷的气味。

林木蹲下身来，把奶糖叼着的草拿了下来，翻看了一下，发现果然是薄荷。不过普通的薄荷没这么大的气味。

林木晃了晃手里的草，问："给我的？"

奶糖看着他，抖了抖耳朵。

林木看了一眼奶糖前胸的毛，发现上边沾着点灰。

他伸出手来，摊开："右手。"

奶糖把右爪搭在他手心里。

林木看到奶糖爪子上沾上了一些泥土的碎屑，还挺新鲜。林木又看了看手里的草，应该是刚从山里给他挖过来的，连根须都很完整。林木忍不住用力抱住了他家狗，跟他额头贴额头使劲儿蹭了一番。

狐狸微微眯起眼，两只耳朵耷拉下来，也轻轻回蹭了几下。

蹭到一半，就听到林木说道："还是奶糖好。"

狐狸一顿。

"你化形的时候还是别跟晏玄景学了，现在就挺好的。"林木说道，"晏玄景坏。"

晏玄景很不满：怎么就坏了？

林木抱着狗蹭着，嘀嘀咕咕：“他怎么能瞒着我这么重要的事呢？瞒着就算了，还不知悔改。”林木发出了谴责。

“算了。”林木嘟哝着，“他其实还是个好狐狸的，我猜之前是在保护我。”

不然堂堂青丘国少国主，干吗有事没事往他这个小院子里跑，还教他怎么使用力量？

晏玄景有那么闲吗？必然没有。总不可能是看上了他家的日月精华和灵药吧！开玩笑，青丘国少国主会缺这些东西吗？

林木觉得肯定是不缺的。他都能弄到的东西，人位高权重的大佬说不定已经腻歪到看都懒得看一眼了。

除了是认出了他的身份在保护他这一点之外，林木实在是想不到别的理由了。

“是个好狐狸。”林木嘀嘀咕咕，“不过我还是很生气。”

晏玄景帮他，林木当然是感激的。但他瞒着他这么重要的事，林木也生气。

生气跟感激并不冲突。

林木薅着奶糖的毛，眯了眯眼。

晏玄景之后再来，就让他吃一周的土豆好了。

被小帝休抚摸得十分舒服甚至打起了盹的狐狸感觉背脊一凉，瞬间睁开眼坐正了，警觉他左右探看着。

林木把奶糖给他的这株薄荷收拾了一下，拿下楼找了个空花盆种好，转头就被凑到他脸边上的杯子给冰了一下。

小人参端着杯饮料哒哒哒地走到他面前来：“锵锵锵！柠檬薄荷茶！”

林木看着泡在杯子里的两片薄荷叶，洗干净手，接过小人参手里的饮料，使劲儿揉了揉小人参的脑袋。

小人参被揉得轻晃着脑袋，看着林木笑眯眯的样子，大大地松了一口气。他皱了皱鼻子，揪着林木的衣袖小声说道：“林木不生气了，我们以后不理晏玄景就是了。”

晏玄景趴在一边，看了看细声细气安慰林木的小人参，眯了眯眼。

拖后腿的小坏蛋。

林木揉了一把小人参的脑袋，说道：“那还是不行的。”

小人参鼓了鼓脸，闷闷地“哦”了一声：“林木不难过就好。”

晏玄景闻言，尾巴一甩，圈住了林木的脚踝。

林木看了看脚旁边的奶糖，深吸一口气，站起身来，说：“先吃饭，然后收拾屋子。这两天会有客人来。”

小人参亦步亦趋地跟在林木后边当小尾巴："我来帮忙！"

林木摇了摇头，他要收拾的并不是自己的房间，而是妈妈的房间。

妈妈的房间他并不想让别人进去，但爸爸回来，还是睡那边比较好。

帝屋可以睡客房，不过由于之前晏玄景偶尔留宿，所以客房只需要清扫一下就好了，任务并不重。

林木想了想，对小人参说道："你帮我把几个通风间收拾一下，搬一搬那些需要挪动的盆栽好不好？"

小人参点了点头："好！"

林木和小人参吃完了饭，仔仔细细地搞了个大扫除，把几个房间和通风间都收拾得干干净净、规规整整。

林木看了看趴在院子里的奶糖，眯了眯眼。

"是不是该给奶糖洗个澡？"林木低声问旁边的小人参。

小人参看着端庄地趴在院子里享受月华的奶糖，想了想，然后露出了震惊的表情："奶糖都一个月没洗澡了！"

林木也不太清楚狗到底多久洗一次澡比较合适，不过今天既然想起来了就洗一洗，这两天爸爸就该到了，到时候也好让奶糖给爸爸留个好印象。

奶糖不像别的狗，对洗澡这件事出乎意料地配合，一点儿闹腾的迹象都没有，十分温驯地任洗任搓，搓完了被林木拿着吹风机吹炸了毛，整只狗都显得蓬蓬松松的，比之前肥了至少两圈，像一个膨胀的毛球。

原本林木刚见面的时候给他剪的那几撮毛还能找见些微的痕迹，现在这团毛球整个儿炸起来，已经完全看不出了。

林木翻出了之前买来给狗狗梳毛的梳子。

夏天正是狗掉毛的时节，一梳下去就是一大团软软白白的绒毛。林木梳了半个小时，看看左边的狗，又看看右边跟狗几乎同样体积的毛，回头去找了个大袋子，装起来，准备回头去学个扎毛毡什么的。

"掉毛这么厉害，你们化形之后岂不是会脱发？"林木一边收拾狗毛一边嘀咕，然后动作一顿，想到狐狸好像也是犬科。

他看了看自己手腕上一直戴着没摘下来的白色腕绳，琢磨着什么时候去问问大黑这个美妙的秘密。

林木弯下腰，又捡起了一团毛毛。

窗外"噌"的一声响动，掀起了漫天的绿色火焰，将这一片院落照得宛如白昼一般通亮。

原本趴在旁边的奶糖神情一肃，骤然站起身来，昂首盯着那片绿色的火墙，嗅到了一股冲天的血煞与凶气。

林木也猛然直起身，皱起眉偏头看向窗外，隐隐约约地听到了一声咒骂。

这声音有点熟悉，但隔着一段距离听不太真切。

林木满脸严肃地看着朝暮的火墙随着那声咒骂被压下了一大截，那股血煞扑面而来，带着浓重的孽障因果，像是一柄无坚不摧的利刃生生劈开了火墙，直冲而入。

一个身负重大血障杀孽的非人类。

这气息在晏玄景五百年的记忆里闻所未闻。

是不认识的非人类，来者不善。

晏玄景后腿一蹬，从大开的窗口一跃而出，身形迎风暴涨，嘴部拉长，身后尾巴一甩，生出了另外八条，在月光下生出利刃一般的寒光。

九尾狐一甩尾，将房子里的小帝休死死挡住，露出利爪来，满目凶戾地冲幽绿色火墙之外的暴躁非人类龇出了尖牙。

帝屋看着眼前这只浑身毛毛蓬得像个球的九尾狐，愣了两秒，一点儿面子都不给地笑出了声。

第十四章

马甲掉了

林木拎着塑料袋，满脸茫然地看着堵住了窗口的那一大团蓬松的毛毛，没明白发生了什么。奶糖蹿出去的动作太快，林木还没反应过来，一眨眼就被那一大团毛全然遮蔽了视线。

房间的窗户就那么一个，被一大团毛堵住之后就一点儿也看不到外边了。

林木的想法从“奶糖突然变大了”到“外边怎么回事”到“窗外和院子里的那些盆栽别碎了”，最后凌乱地凑成了一个现实——奶糖好像不是普通的狗。

不是普通意义上的开了灵智的狗。

林木拎着塑料袋，张了张嘴，又闭上。

怪不得奶糖那么聪明。学什么都快就不说了，还能够理解他说话的意思，更是会在他心情不好的时候去山里挖薄荷回来给他清火。薄荷还根须齐活，完完整整的，一点儿伤痕都没有。

再通人性好像也的确通不到这个程度。

林木觉得这不是他的错。他还以为开灵智的狗都这么聪明，毕竟刷刷网络视频，特别聪明的动物视频也不是没有。

既然世上聪明的狗那么多，凭什么他们家奶糖就不能是其中一个？林木觉得自己的逻辑是十分完美的，并没有什么毛病。

于是这会儿他看着堵住窗口的那一大团毛，深吸一口气，看了一眼被奶糖跳出去时带起的风吹得满屋子乱飘的毛毛，把塑料袋系紧，摸出了手机。

除了奶糖出现的那一次之外，朝暮还没有这样剧烈的燃烧过。

林木顿了顿，若有所思地看了一眼堵住窗口的毛团。

这么说来，如果他家狗不是普通的狗的话，上一次朝暮烧掉的那些邪魔恶鬼极有可能就是紧随着奶糖而来的。

那个时候奶糖还受着伤，看起来十分可怖的样子，只不过它的伤势恢复得很快，后面也没表现出什么不对来，林木自然也就没太在意。这么想的话，奶糖选择留在家里，可能也有点报恩的原因在。

至少这一次，奶糖在发觉朝暮的火墙被从外破开的瞬间就跳出去的行为，绝对是出于保护他的目的。

林木这么想着，内心十分感动，他也不知道奶糖的实力到底怎么样，于是摸出手机拨通了帝屋的电话，准备让他们先别过来。

林木对帝屋如今到底是个什么实力心里也没什么数，他又没正儿八经地跟非人类打过架，晏玄景之前教他的时候，摆明了也是没有认真的。

反正别让如今身为伤员的帝屋来涉险就对了。

林木按下了拨号键。

晏玄景站在院子里，将屋子里透出来的气息死死挡住，警惕地看着在朝暮火墙之外站得远远的那个人形。虽然是人形，但在晏玄景眼里，已经是足够让他用本体来应对的强大对手了。

能够轻易地堪破他布下的迷惑术，还能凭借自己的力量劈开朝暮的火墙，光是凭这两点，就足够让晏玄景浑身紧张起来。

他打量着那个陌生的大物，发觉对方浑身都透着一股不用细细探寻都能嗅见的浓重血气，凝神注目更是能窥见无数因果缠绕在他身上。

晏玄景活了五百年，对于这样庞大的因果简直前所未见。哪怕是他记忆里前些年被端掉的一个作恶极多的非人类，那一身因果也不及眼前这非人类十之一二。晏玄景甚至都不敢断定这个非人类到底是怎么回事。

他头一次见到这种情况——那个非人类的善缘与孽障各自占据了半壁江山，纠结在一起如山岳云雾一般将他笼罩于其中，明亮的功德与暗沉的凶煞糅合在一起，几乎要将天幕与日月都遮蔽起来。

为什么会有这样的情况，晏玄景看不明白，但这并不妨碍他展现出对这个非人类的戒备与重视。

身为一只九尾狐，自然是本体时的战斗力最为强悍，尖牙利齿甚至连尾巴与毛发都是极为有力的武器。

晏玄景警戒地看着眼前这个笑得直抖的非人类，眯了眯眼，爪子底下悄悄按碎了一块玉石。

这种时候当然要搬救兵过来。

老狐狸！就是你了！

晏玄景刚按碎了玉石，就听到院子外边的非人类身上传来了一阵响动。

对面的非人类笑声一顿，手放进了口袋。

九尾狐骤然拔高了警戒度，浑身紧绷着，眼看着对方从口袋里摸出了一台……手机。

帝屋接通了电话，听到那头传来林木的声音。

“帝屋，你先别来了。”林木的声音听起来十分严肃，“我这边好像出了点小问题。”

因为十分警戒而对一丁点儿风吹草动都分外关注的晏玄景一顿，听着自己后边和对面非人类手机里隔着一秒不到的时间接连传出的声音，整只狐狸都愣在了原地。

帝屋抬头看了看那只愣住的九尾狐，忍不住再一次哼笑了几声，对电话那头说道：“没有问题，我在你家门口了。”

林木一愣：“啊？”

“你家还有朝暮这种好东西。”帝屋看着因察觉到他身上的凶煞而不断烧燎起来的朝暮，想了想，说道，“挺好的，你出来吧。”

林木愣了两秒，应了一声，挂掉电话，爬到床上轻轻扯了扯窗口透进来的毛毛，喊了一声奶糖：“奶糖没事了，那是我认识的人……不是，是非人类！”

晏玄景感觉自己的尾巴毛被揪了一下，听到林木这么一说，迟疑地看了一会儿对面被林木称作“帝屋”的非人类，想了想，还是变回了林木熟悉的那副模样。

但在林木跑下来准备冲去开门的时候，它一甩尾巴圈住林木的脚踝，说什么都不让林木再往前走一步。

林木无奈地被自家奶糖圈着脚，隔着个火墙，外边是个什么情况也一点儿看不清楚。

“那是我认识的非人类——他没有恶意的。”

而且他还把我爸爸带过来了。

林木试图把自己的脚从奶糖尾巴的桎梏中抽出来，去暂时挖掉一些朝暮，先把帝屋放进来。

但晏玄景并没有松开他。

他这会儿当然认出了帝屋人形的这张脸。当年晏归给他看过几次帝屋的画像，晏玄景被林木这么一提醒，自然也就想了起来。但看看帝屋现在这一身因果，晏玄景是傻了才会把他放出去。

帝屋现在浑身血煞，林木这种根基不稳的混血，要是被影响了怎么办？

帝屋在外边听到林木好声好气地跟晏玄景说话的动静，他也认出了那只九尾狐是谁家的崽——他之前的猜测没错，正是他那位老朋友的儿子。

倒是个诚实懂事的性格，帝屋点了根烟，觉得晏玄景的性格没随他爹妈其中任何一个真是好事，至少帝屋对于晏玄景毫不犹豫地冲出来护着林木这个行为非常满意。

他看得出来，这只小九尾狐身上还残留着不少未愈的暗伤，这个时候能冲出来，的确是非常难能可贵的。

帝屋在外边静静地抽完了一根烟，听到里边始终没有什么进展，咋了咋舌："别拦着了，不然你仔细看看林木身上，早沾上我的因果了。"

晏玄景一顿，这才偏过头仔仔细细地打量了一番林木，过了半晌，才从扎眼的月华光流之中发现了他身上沾着的些许功德和微末的血气。

晏玄景一哽，顿时气不打一处来，松开束缚着林木脚踝的尾巴，在他小腿上狠狠地抽了一下。林木被抽得轻嘶一声，低头看了一眼他家狗，发现一直都十分甜十分安静的奶糖难得的展露出了生气的神情。

虽然从一张狗脸上看出生气的确挺难得的，但林木就是看出来了。

大概能够知道奶糖是在担心他，林木蹲下身，摸了摸奶糖的头："对不起呀。"

晏玄景生气地抖掉了落在他头上的手，抬脚先于林木走了出去。

林木摸了摸鼻子，觉得自己还没有追究自己被骗的事情呢，奶糖竟然先于他生起气来了。不过这事好像的确是他理亏，奶糖是担心他才生气的。

林木跟在奶糖背后走出了屋子。

帝屋站的地方距离林木家的小院子有点远，大概是因为朝暮对他来说到底还是有些威胁的。

林木小步跑过去，跟帝屋打了声招呼，目光却跑到他背后去了。

帝屋看着他这副样子，有点好笑："找什么呢？"

"找我爸爸。"林木说道。

"哦。"帝屋干脆地把听到林木的脚步声就躲进了自己口袋里的帝休揪出来，随手扔给了林木，"喏，你爸爸。"

林木手忙脚乱地接过那个小木人，捧着他愣了好一会儿，有些无措地看向帝屋。

帝屋轻啧一声，拎起帝休的脚使劲晃了晃："别装死了。"

帝休抱住了帝屋的手指，慌里慌张地转头看向了儿子。

林木看着这个粗制滥造的人形小木偶，小心地接过他，摸了摸他身上坑坑洼洼的地方，小声问道："疼吗？"

小木人坐在林木手心里，听到他这么问，呆怔了两秒，摇了摇头。

林木闻言，放下心来："那太好啦！"

他对这种情况多少有点准备，不就是不是人形嘛，问题不大。活着就好，还能见面就好。能有个开头就行，以后肯定会好起来的。

"帝屋你不能进屋？"林木回头看了一眼渐渐熄灭的朝暮，说道，"我把朝暮挖掉一些？"

“不用，有朝暮护着挺好的。”帝屋摆了摆手，从兜里掏出了几袋灵药种子，“给我些灵药就行，你爸爸是可以进去的，不过因为一些关系，有事的时候他还是得跟我一起走。”

这个有事的时候，指的自然是查到消息了，要去把因果连根拔起的时候。

帝休是不能少的，少了他的话，帝屋也找不着他的残灵和残骸在哪里。

“他怨气很淡了，最近也没什么事，我自己找个地方消化一下灵药就行了，你们父子两个先聚一会儿。”帝屋说完，看着一眼坐在林木手心里的帝休，轻笑了一声，然后把目光转向了一直冷冷淡淡地看着他的九尾狐。

林木顺着他的目光看过去，弯腰蹲下，撸了一把狗的头，介绍道：“这是奶糖。”

“是个好孩子。”帝屋说道。

帝休坐在林木的手心里，想到晏玄景刚刚的行为，觉得非常不错，十分赞同地点头，两只手臂抬起来在胸前，啪嗒啪嗒地像小海豹一样鼓掌。

“‘奶糖’这名字你给他取的？”帝屋问。

林木露出个不大好意思的笑容来，撸着狗毛：“对呀，因为很适合它嘛。”

“大名呢？”帝屋也蹲下身来，跟晏玄景对上视线，说道，“这气息是晏归的崽子吧？大名是什么？”

还在生气的晏玄景后知后觉，浑身一僵。

林木一愣，还有点没明白帝屋这话是什么意思：“什么？”

“大名啊。”帝屋说道，“九尾狐跟那些野生的非人类不一样，都有姓名的。”

林木手上一重，揪下狗身上一撮毛来。他低头看看奶糖，又看了看帝屋，小声说道：“奶糖……不是狗吗？”

帝屋沉默了。

帝休的小海豹式鼓掌停了下来，扭头看向自家崽。

“什么狗？”帝屋不可思议，觉得大侄子是不是哪里有点问题，或者是晏归他的崽哪里有点问题，“你把九尾狐当狗养？！晏归的崽就算不是青丘国少国主，也会是青丘国未来一员大将，你当狗养？他没咬你？”

林木脸上的笑容逐渐消失。

晏玄景被林木揪着后颈，木着一张脸看着帝屋。

这仇本少国主记下了，你等着。

场面一度十分尴尬。

帝屋看看面无表情地垂眼看着九尾狐的林木，又看了看木着一张脸看着他的九尾狐，咂摸了一下，从中察觉出了一点儿不对。

“怎么回事？”他问。

林木看着本来应该是他家狗，但不知为何变成了青丘国少国主的奶糖，沉默了好一会儿，摸出了手机，搜索了一下萨摩耶。

林木对狗的品种其实不是特别了解，一些犬种的判定标准，他自己也看不出来，也懒得去琢磨那些。反正白白的软软的一大摊，随着奔跑疯狂掉毛，一咧嘴吐舌头就像个微笑天使的大白狗，盖章是萨摩耶就完事了。更何况如今还有那么多乱七八糟的串种狗，林木也没指望一只流浪狗能有多纯的血统，但大体看起来差不多就是了。

林木看了看手机上的图片，又看了看他家奶糖，发现正儿八经的萨摩耶的眼睛形状比他家奶糖的要圆润许多，但乍一看去真的没有多大的区别。尤其是奶糖现在的体型相当于萨摩耶还没成年的时候，就更加看不出太多区别来了。毕竟处在尴尬期的萨摩耶丑得奇形怪状的，他家奶糖已经很好看了。

今天洗完澡，浑身毛毛一蓬起来，圆润得跟萨摩耶一模一样，甚至还有点像放大版的博美。硬要说奶糖有什么不太像狗的地方，大概就是尾巴。尾巴并不像绝大部分狗一样翘起来。

林木以前就注意到了，但他觉得没什么毛病。

很多狗的尾巴也不是往上翘的啊，你看人家德牧、苏牧，尾巴不都是垂着的吗！凭什么他们家奶糖就不能是垂着尾巴的萨摩耶了，万一是什么串种呢对不对？

林木早就给奶糖想好了一整套圆融顺滑的逻辑链，甚至想过别的养过奶糖的人找上门来怎么办。如果是个毫不客气地上门来找麻烦的，那林木觉得自己修身养性这么多年，又得重操旧业撒泼打架了，他连台词都已经想好了。

如果是个客客气气的，那林木也跟他客客气气地慢慢协商，哪怕多出点钱也无所谓。反正放手是不可能放手的，他是真的想要好好养奶糖，养一只能陪他过很久很久的狗，不至于让他天天回来就看着空荡荡的房子。

林木已经做好了充分的等奶糖化形的准备，甚至是十分期待的。但他万万没想到，根本没有什么开灵智的狗，根本没有什么甜甜的奶糖……不对，根本就没有狗。

林木面无表情地看着奶糖，松开了揪着奶糖后颈的手：“晏玄景？”

晏玄景沉默了好一会儿，做足了心理建设之后，转头看向了林木，跟他对上了视线。

林木有点生气，捧着手心里的爸爸往后退了两步，说：“你变回来吧。”

晏玄景一顿，想了想，尾巴一甩，甩出了九条。

九条毛茸茸的大尾巴在他身后展开，像是开屏的孔雀一样排成了扇形，有些不安地轻晃着。

林木差点没绷住表情，一肚子气就跟被戳了个洞的气球一样“嗤”地漏了出去。

他瞪着月光底下白得像是在发光的九尾狐，再开口的时候语气里带着几丝无奈：“我是说，人形。”

晏玄景无比听话地变回了人形。

他依旧是那副背脊笔挺、浑身清凌凌的冷然模样，微微偏头看向林木，然后垂下眼来，不吭声，也不知道吭什么声。

帝屋瞅瞅这个，又瞅瞅那个，咂咂嘴，好像明白了一点儿。

敢情不是他大侄子把人家九尾狐当狗养，而是人家九尾狐装狗骗他大侄子。但要这样的话，帝屋就很好奇了。到底是怎样一种精神，才让堂堂九尾狐愿意被当成一条宠物狗？被取了个“奶糖”这么嗲的名字，看看这小狐狸的表情，好像又一点儿都不介意的样子。

帝屋左右看了看，寻思着反正自己也进不去屋，他也不挑，直接往路边上倒着的枯树干上一坐，拍了拍旁边，兴致勃勃：“来，咱们坐下慢慢说！”

那架势，给他递一盘瓜，他必然能哼哧哼哧吃得津津有味。

晏玄景偏头看向林木，见林木抬脚走过去，也跟着过去，在林木和帝屋之间横插一脚，坐在了他俩中间，还一声不吭地把林木推得远了些。

林木太弱了，不能跟因果这么重的帝屋太亲近。

要晏玄景说，就应该隔着十万八千里，有什么话都在电话里说——最好是不要扯上什么关系，免得林木沾上因果和煞气。

林木被跟帝屋隔开还被推远，愣了两秒，有些生气：“干吗啊？”

晏玄景沉着冷静地道：“你弱，离他远点。”

林木一哽，跟晏玄景对视半晌，气鼓鼓地站起身来，坐到了树干的另一头。

帝休仰头看着自家崽崽，爱抚地拍了拍林木的掌心。

林木低头看看爸爸，嘟哝了几句，把爸爸也放到了树干上。

三道人影和一个小木偶在乌漆嘛黑的深夜里坐成一排，头顶上是一弯漂亮的弦月。

有月华的光流从被九尾狐的幻术遮蔽起来的院子里飘出来，似乎是想靠近，却因为帝屋身上的气息而绕着他们兜起了圈子。

担心林木出事的人参娃娃从院子里探出头来，看到那边的景象之后，揉了揉因为恐惧而红彤彤的眼睛，忍着满腔畏惧，揪了几根参须和几颗人参子下来，泡了参茶，切了水果，端着盘子迈着小短腿小心翼翼地走过来。

林木揉了揉他的脑袋，从还在哆嗦的人参娃娃手里接过了两个托盘：“先回去吧。”

小人参被帝屋带着点食欲的眼神一看，呜呜地哭着跑了。

帝屋端着茶和瓜，看看跟他排排坐吃果果的另外三个，觉得这场景真的好有意思。

他喝了口茶，问道：“你们怎么回事啊？”

“你问晏玄景怎么回事。”林木生气地说道，“他骗我！”

“没有。”晏玄景十分严谨，“我没说过自己是狗。”

林木瞪圆了眼：“你也没反驳！”

少国主说：“我没承认。”

林木不敢置信地看向晏玄景：“明明是你装狗骗我！”

晏玄景沉默了两秒，对上林木的视线，下意识地没有反驳，十分有求生欲地点了点头：“我的错。”

“你这人……你这狐狸怎么回事啊！”林木说道，“你一开始干吗要装啊？！”

“本体打架比较方便，但我当时受了伤，伪装成普通狐狸的样子。我看到了朝暮，知道能种下朝暮的都非凡人，就想过来结个善缘。”晏玄景简言意赅，沉默了两秒，“没想到你把我当成狗了。”

林木：那是我的错啦？

帝屋吧唧吧唧地吃瓜。

帝休仰头看看这个，又看看那个，然后把他的那一份茶水里的参须捞出来，抱在怀里一点点慢慢消化。

林木继续问：“那你什么时候发现我是帝休的？还有我爸爸的事。”

九尾狐出奇的乖巧：“第一次月华下来的时候，帝休的事是上一次去追查帝屋的时候知道的。”

林木抿抿唇：“那你为什么什么都不说？都不告诉我。”

晏玄景犹豫了一下，还是说道：“因为你太弱了，知道得多了不好，想变强很好，但现在还是太弱了。”

晏玄景说完，看了看有气发不出来仿佛要气坏的林木，又看了看吃瓜看戏的两个长辈，想了想，开口试图拉帝屋下水：“帝屋肯定比我知道得早。”

嘿！这小狐狸坏得很。

帝屋啃着瓜，一点儿不上当：“我知道得早也不是你骗我大侄子的理由啊。”

晏玄景无言以对了。

林木自然知道晏玄景说的是事实。他很聪明，也知道帝屋这言下之意其实是赞同晏玄景的说法的。

因为他弱，所以都觉得不应该告诉他。告诉他的话，只不过是徒增烦恼，还可能因为他冲动地胡乱行动而对他们的计划产生什么影响。换了林木自己，遇到这种情况，肯定也是会闭口不言的。

道理林木都懂，但该难过还是很难过。

林木捧着杯子，情绪低落："那你后来为什么不直说奶糖就是你？"

"一开始你太弱，不会抵挡九尾狐的天赋，连声音里夹杂的力量都挡不住，后来我准备说的时候，你又说我长得好看。"晏玄景说道。

帝屋吃瓜的动作一滞，帝休一下抱断了怀里的参须。

晏玄景毫无所觉，接着说道："你还要奶糖化形的时候化形成……"

林木"啊啊啊"地打断了晏玄景的话。

狐狸一顿，露出了几分不易察觉的茫然。

林木觉得这简直就是个行刑现场，他以前抱着奶糖满嘴跑火车的时候说了些啥他自己都不记得。

林木努力解释："我只是单纯觉得你的这张脸长得好看。"

晏玄景点了点头："九尾狐的脸都长得好看。"

林木张了张嘴："不是……我就只是想看你的脸，想看脸和想看你不一样。"

"嗯。"晏玄景一脸"我理解"地点了点头。

林木觉得晏玄景一点儿都不理解。

林木决定跳过这个话题，话到嘴边想到今天跟奶糖叨叨的话，又满脸木然地闭上了嘴。

林木觉得好累。

"不对。"林木突然发现了盲点，"那之前跟你同时出现的奶糖是谁？"

晏玄景的目光轻飘飘地扫过院子，想到他之前踩碎的那颗玉石，内心一下子变得无比"阴险"起来。

第十五章
过往

晏归收到儿子的信号，火速放下了正追着帝屋的气息探查的琐事，急急冲过来救场。

他隔着极远的距离，一眼就看到了冲天的血煞凶气。晏归细细一想，发觉这是小帝休的居所，顿时惊得脑壳都要飞了。

小帝休要是能在他眼皮子底下出事，他之后还有什么脸去见老朋友！

晏归后腿一蹬，宛如一颗炮弹一般冲向了血煞最为强烈的地方，爪子一挥招来了一道惊雷，带着呼呼的风声与惊天的杀气直劈而下。

察觉到异常的帝屋面色一变，骤然起身，拎起林木和帝休从旁一掠而过，转瞬蹿出去老远。

晏归冲到一半，只觉得血煞之下的气息异常熟悉，心中一惊，急急地收回了惊雷，把自己劈了个囫囵，一扭身刹车不及，屁股着地，哧溜一下在地上滑出老长一段距离，然后稳稳地停在了他儿子的脚边。

晏归抬眼看看俯视着他的晏玄景，又扭头看了看那边用十分微妙的神情注视着自己的“豪华神木套餐”，半晌，一头雾水。

怎么回事啊？！

晏玄景看着他这个丢脸的爹，目光停顿了两秒，视若无物地挪开了视线。

帝屋一眼就认出了这狐狸，他看着跟晏玄景的伪装外表一模一样的晏归，表情十分复杂。这伪装一看就是亲父子，法术技巧一脉相承。

帝屋对于晏归会是现在这个样子一点儿也不意外，因为他非常清楚晏归是个什么德行。

以前晏归这狐狸就喜欢变成别人的样子到处浪，九尾狐迷惑人心的天赋在晏归这里发挥了个十成十。他们这一帮朋友经常被“天外飞锅”精准命中，基本上只要有什么事情自己没印象但又被人找上门来的，转头去找晏归的麻烦肯定没错。

但问题是找麻烦也打不起来，因为晏归不仅仅是迷惑人心的天赋修炼得淋漓尽致，他的实力还很强。锅又甩不掉，打又打不过，就很气。

但晏归这狐狸吧，看着不靠谱又浪，本性其实非常体贴细致，还很讲义气，给朋友招来的都是些无伤大雅的小麻烦，给他们这一群生活在大荒里，很少能放开手脚打架，每天除了摸鱼吓唬小非人类之外，几乎没什么事情能干的非人类带来了一点点活跃的气氛。

他会给帝休带小零食和外边的书画册子，还会给喜欢满大荒溜达、到处凑热闹的帝屋通风报信。

除了这些，他还会做许许多多别的非人类想都想不到的事。

跟晏归这只狐狸当朋友，平静无波的生活里总能多出不少斑斓的颜色。至少帝屋觉得狐狸挺好的，他以前还经常跟晏归勾肩搭背地去喝酒吹牛——这么算来，距离他们上一次喝酒，时间都已经过去五千多年了。

帝屋打量着这只被雷劈得浑身毛都炸起来的狐狸，把被他拎着脑袋一直在挣扎的帝休往衬衣胸前的口袋里一放，一咋舌："你们这父子俩，怎么回事啊？"

晏归眉头一皱，发觉这话并不简单。

什么叫我们父子俩怎么回事？父子俩还能是怎么回事，就是爹和儿子这回事啊！

晏归转头看了一眼林木，发现林木微垂着眼，正面无表情地看着他，看表情隐隐有点生气。晏归又看了看帝屋，觉得要糟。

他沉默了两秒，决定转头骂崽："我给你的玉石你就这么用的？！你这哪里是有危险的样子，没听过狼来了的故事吗？我下次不来帮你了！"

晏玄景八风不动，甚至冷哼了一声。

晏归这一手反手扣锅的技巧真是千万年不变。

"你不是在找我吗？"帝屋掏出烟盒来，刚叼上一根，就被上衣口袋里的帝休打掉，他轻啧一声，又把烟盒塞回去，对晏归说道，"不用这种法子你能来得这么快吗？"

晏归闻言，觉得也是。

他正视了一下帝屋这一身功德和因果，含糊地问道："你这是怎么回事啊？"

"这个等会儿再说。"帝屋走回那截枯木边上，重新坐下，拍了拍边上，说，"来坐下，先解释一下你们父子俩骗我大侄子的事。"

"那是晏玄景的错，我只是一只路过的无辜小动物。"晏归跳上了那截枯木，嘴里说得头头是道，"再说了，哄贤侄的事，怎么能叫骗呢？"

"他哄你什么了？"帝屋转头问林木。

帝休也跟着转过头去。

林木这会儿也明白了，那两个星期他察觉到的奶糖的异常并不是错觉。

他仔细回忆了一下那两个星期，发现那段时间里奶糖坐没坐相站没站相，天天懒洋洋地趴在狗窝里，不是在睡觉就是在睡觉的路上。如果不是人参娃娃间歇性带他去山里溜达，林木都觉得他能睡到地老天荒。

林木沉思半晌，死活想不出自己被哄什么了。甚至因为晏归太没有威严而一点儿敬畏之心都升不起来。

晏归懒洋洋地挂在枯木上，数道：“陪他玩玩具、叼飞盘、扔球球、啃狗咬胶、抓山鸡野猪、挖灵药什么的。”

帝屋“嚯”了一声。

那真的是挺能哄的了，帝屋想，毕竟晏归这狐狸，不遇到大事根本就没有什么责任感和耐心。上一个能让晏归认㞞甜言蜜语哄着细致小心陪着的，还是晏归他老婆，晏玄景他娘亲。

“我骗你们干吗，我一腔好心行不行？我当时寻思你俩要是没了，我就把小帝休拎回去养。”晏归懒洋洋地说道，“正好我看着贤侄跟我崽关系挺好的，去了大荒力，量稳固一段时间，就可以结伴四处玩耍了，嗯，很不错！”

“我俩还活着呢。”帝屋伸出一根手指戳了戳帝休的小脑袋，纠正他，“而且你儿子跟我大侄子关系不好，我大侄子生气呢。”

“你这话什么意思？”晏归不乐意了，反手就给帝屋扣了口锅，“我儿子就不是你大侄子了？”

帝屋毫不犹豫：“你儿子又不是我本家。”

晏归转头看向他儿子：“晏玄景你反省一下。”

晏玄景很无辜。

帝休扒着帝屋的口袋边沿，对无辜的小狐狸做了个叹气的姿势。

“他俩关系可好了。”晏归哼笑一声，声音里美滋滋的得意都快要透出来了，“贤侄挺喜欢我儿子的，还让奶……”

“我没有！”林木火速打断了这两位的对话。

晏归看了他一眼：“不，你有。”

晏玄景难得地赞同了他爹的话，给自己正名：“你有。”

林木捂住发烫的耳朵，再一次强调：“我只是想看晏玄景的脸。”

晏归点了点头，十分得意：“九尾狐的脸都长得好看。”

林木算是看出来了，这俩是真父子，一点儿假都掺不了，解释都解释不通的。

帝屋和帝休在人类社会里正儿八经地生活过，自然明白林木到底是什么意思。

帝休举起双臂来，啪嗒啪嗒地敲着，试图给自家儿子声援。帝屋只觉得这画面真的好有意思，一抬手把啪嗒啪嗒的帝休给按了下去。

林木觉得他没有办法跟他们待在一起了，他真的好累，甚至还有点委屈。

晏玄景看着林木面无表情的模样，思考了一会儿，变回了奶糖的样子。

委屈的林木看到他又变了回去，感觉自己的怒气又被唤醒了。

“干什么？”他粗声粗气地说道。

晏玄景十分端庄地坐在他面前，仰头看着他，摇了摇尾巴，面无表情地“汪”了一声。

林木连带着另外三个长辈都被晏玄景这一声“汪”震撼得失去了言语。

晏玄景看着表情逐渐空白的林木，说道：“是我的错，别生气。”

林木好崩溃，这狐狸的脑回路到底是怎么长的？

晏玄景是真觉得自己做错了。稍微换位思考一下，他要是林木，只会觉得自己被愚弄了。哪怕他后来的确是在保护林木，但这事就是做得不地道。毕竟他在知道林木的血脉之前，没太看得起他，就觉得反正自己也待不了多久，这么分饰两角也无所谓。

晏玄景反思了一下，觉得这在林木的角度来说真的挺不地道的，尤其是林木还特别重视和喜爱奶糖。

当然了，按照非人类的逻辑来讲，正因为林木拥有帝休的血脉，并且有收留他的恩情在，晏玄景才会去换位思考这件事。

如果林木是人类或者普通非人类，那晏玄景是不会思考这么多的，大概只会在离开的时候留下一两点庇佑，虽然少，但也绝对足够他受益一生了。

晏玄景看着林木，十分认真地说道：“我以后陪你玩飞盘。”

晏归回过神，看向他儿子。这崽子认尿的态度跟他当年简直一模一样。

他稍微认真了一些，目光在林木和晏玄景之间转了好几转，最后目光落在两棵正在暗中观察的神木身上，刚想说什么，又闭上了嘴。

算了，儿孙自有儿孙福。

晏归把刚冒了个头的责任感压回去，喜滋滋地看着自家儿子哄人。

“玩球也可以。”晏玄景仰头看着林木，“还陪你捏小鸡、玩小恐龙、捏鸭子和猫咪。”

林木沐浴着几个长辈越发慈爱的眼神，抬手捂住了脸：“你可闭嘴吧！”

晏玄景麻溜地闭上了嘴。

“那些玩偶有什么意思！”林木揉了两把脸，问道，“狐狸怎么叫的？我想听狐狸叫。”

晏归闻言，迅速挪开了视线。

孤立无援的晏玄景不想张口。

林木执着地看着他。

晏玄景沉默了好一会儿，张嘴："嘤。"

帝屋瞬间笑出了声。

林木"哎"了一声，露出个笑容来，嘴角两个小梨涡甜丝丝的，说道："我觉得比狗叫好听，以后就这么叫吧。"

晏玄景微微睁大了眼。

林木弯下腰来，笑眯眯地拍了拍晏玄景的头："真可爱。"

"好啦！我去挖灵药，您几个应该有很多旧要叙。"林木恢复了那副活力四射的模样，只觉得腰不酸了，腿不疼了，记仇也有劲儿了，转身美滋滋地蹦跶着回了自家院子。

剩下的三位老人家目送着林木回了院子，晏归对自家儿子示意："你也去，大人说话小鬼别偷听。"

晏玄景面无表情地看了他亲爹一眼，又看了看脸上笑意未消的帝屋，目光扫过从帝屋上衣口袋里探出个头来的帝休，也不多说，转头进了院子。

晏归随手扔了个防窥探的法术，说道："说说吧，你这一身功德和孽障是怎么回事？"

"怎么，我本体和灵体镇守一方几千年，还不准我拿点功德？"帝屋哼了一声，"那帮崽种肯定没想过我还能得到这么多功德，要不是功德加身，我早八百年前就灰飞烟灭了，哪还能换来一线生机。"

"那你这身孽障也不安全。"晏归眉头皱着，"跟你本体相冲，早晚要出事。"

"小问题。"帝屋手又摸进了裤口袋，这次点烟之前先把帝休拎出来扔给了晏归，顺利点烟之后猛吸了一口，"我灵体还没捞完呢，五千年了，每一伤攒下来的功德加起来够我血洗中原大荒好几轮了。"

晏归听他这么一说，也放下了心："你心里有数就行。"

帝屋吞云吐雾好一会儿，问晏归："大荒最近是不是有什么事？"

"是，你之前分离出去的力量被一个本体不明的非人类驭使了，在大荒里兴风作浪，能力还行，给崽子们练手刚刚好，防着他来中原就行。"晏归说完嘀咕道，"不过他胆子真的挺大的，都闹到昆仑虚去了。"

"青要山里有通道是吧，我就说我一到 A 市怎么就躁动不安的。"帝屋看了一眼不当回事的晏归，提醒道，"你们最好还是当心点那玩意儿，天克你们不说，能驭使我分出去的力量的不会是什么良善角色，至少嗜杀成性怨气冲天是肯定的。"

毕竟当年他翻车的时候还是有一手准备的，帝屋很清楚怨气不能往神魂里带，所以当时把怒火和怨气全塞进没有意识的力量之中了。

俗话说得好，留得青山在，不愁没柴烧。灵体凑齐了，不带怨气神魂清明，再捞点本体回来往灵气充足的土里一扎根，过个万八千年的又是一条好汉，力量那东西重新修炼就完事了，问题不大。

所以现在力量被别人利用了，帝屋也没什么所谓，反正他短时间里又不会去大荒，怎么着都折腾不到他头上来，他自己中原里的事还没完呢。但帝屋还是很清楚自己的力量对非人类来说有多毒的，于是又十分严正地告诫晏归："尽快解决。"

"行，我这次来本来就只是来看看林木的，你们算是意外收获，这两天就走了。"

晏归应下了帝屋的话，感受到爬到他脑袋上的帝休，抖了抖耳朵，又看了看帝屋，犹豫了一下，还是问道："你到底被封在哪儿了？我们上寻九重天下找幽冥地都没摸到你一根毛。"

"你们当然摸不到，那群崽种胆子巨大。"帝屋说着踩了踩地面，"我的神魂和几个大块的本体被分别封在了好几条游走的龙脉里。"

风水龙脉向来都是少数人类和非人类才会去研究的东西。

晏归眉头皱起来："什么意思？"

"意思就是，那群崽种的本意是把整个中原和大荒都拖下水，想着游走的龙脉能带着我踏遍中原和大荒，使得万千生灵共同平摊罪孽，消弭因果，然后以术法困锁龙脉来私用。"帝屋说着，嘿嘿笑了两声，"谁能想到龙脉早就生出灵智来了呢？"

他攒够功德出来之前，已经跟几条化形的龙脉搓了好几年的麻将了。

中原乃从龙之地，除了一条巨大的祖龙之脉以外，还有不少依凭得天独厚的山水而生的小龙脉。

这些龙脉一开始的时候没有诞生出灵智来，往往会固定在一个地方，用当年人类修行者的话来说，那里就是一片洞天福地。而这些龙脉也是相对脆弱的，可能会随着山势的变化与渐渐枯竭的水流消弭无踪。

有些运气好又没有被人寻到用来修行建府的，时日久了，就会生出一些浅淡的思维与本能，开始能够脱离自己诞生的地方，在各个山水间肆意游走。这种被称作"走脉"的小龙脉往往极难被寻见，但其价值也远超普通的小龙脉。

只不过没有任何人类或者非人类想过走脉其实是龙脉生出了些许的灵智，因为没有人知道这种先例。

横跨整个中原大地的祖龙之脉从上古开天辟地时就存在，这么多年了可是一丁点动静都没有。

连帝屋都没想到，当年设局的人类更加想不到。

帝屋毕竟是天生地养尤受天地喜爱的神木，设局将他剥离成这样，那就是在对天地宠儿动刀子，这份因果实在可怖。所以当年为了能够消弭帝屋这么大一个坑，让自己的子孙后代在此基础上能得以福寿绵延羽化登仙，中原和大荒两方主使都下足了血本。

可惜，被捉过一次的走脉愈加机灵了，跟那些拥有智慧的生灵近距离待久了，懵懵懂懂的灵智突飞猛进，没过多久就开了窍。

“我这些年可没你们想象中那么惨。”帝屋说道。

要不是与那些龙脉相伴，他哪能得到这么多功德？前几千年他都因为灵体不全而昏昏沉沉的，直到数百年前，有一次两条走脉不小心面对面撞上了，才让他拥有了一魂一魄，否则他到现在大约还是昏昏沉沉的，醒不过来呢。

晏归听完帝屋的话，打量了一下老朋友如今的状态，看着虽然有些虚弱的样子，但也还算不错，只是这一身血煞凶气实在是让人看了就不舒服。

以前的帝屋可是清清白白，浑身上下没有一点儿这类气息的，现在有了，隔着数千年的记忆翻涌而来，晏归只觉得哪哪都不得劲儿。

“那帝休呢？”晏归问，“帝休是怎么回事？”

帝屋看着坐在晏归头顶上的帝休，说道：“这个蠢蛋的问题比较好处理，现在中原灵气尽消，人类许多传承都丢失了，能寻窥龙脉的少之又少，他没到我这个程度，基本上跟着他的因果走就行了。”

大概是因为如今的人类实在太弱了，帝休的灵体相对于他来说可是完整得多了，看他刚被捞回来的时候就拥有清醒的意识这一点就知道了。

当然，也可能是帝休的出现实在有些突然，让心生贪念的人类压根儿没有什么准备的时间。不像当年的他，在中原里溜达了十数年，随着自己的性子交了一堆朋友，也结了一大堆的仇，给足了别人了解他并给他设下圈套的时间。

那个时候，大荒和中原之间还不像现在这样把守严格。因为那时候的人类也是修行者居多，彼此都知道对方的存在，自然也没有严格区分开来的必要。

现在的情况就不一样了。也幸好是现在人类里修行者的数量极其稀少，稀少到了需要隐瞒自己的存在和传承的地步，帝休才不至于跟他一样落得被隐藏掩埋数千年的下场。

“也是运气好。”帝屋说，“我来就行了，你回大荒去处理那边的事情。”

晏归看着帝屋那一身功德，问：“你大约得什么时候才能把剩下的残灵捞回来？”

“那得看我什么时候能找到那几条躲起来的龙脉了。”帝屋一咋舌，“烦得很，一个比一个能躲，扑空好几次了。”

晏归看帝屋的确只是普通苦恼的程度，干脆也不再多说，伸爪子划开了眼前的虚空，抖掉了坐在他脑袋上的帝休，半边身子都探进了虚空中出现的缝隙里。

那缝隙之中并不黑暗，反而闪烁着宝器的光华。老狐狸尾巴尖一翘一翘的，源源不断地从里边扔出了各种各样的灵药。帝屋也不跟他客气，摸出了一个小口袋，一个一个地捞进口袋里。

被抖下地的帝休被哗啦啦落下来的灵药埋在了下边，艰难地挣扎出来之后，看着一个扔一个捞的两个朋友，气呼呼地随手捡了棵灵药，拖着走向自家宝宝的小院子。

帝屋扭头看了一眼拖着灵药跨过了朝暮的帝休，收回了视线。

林木在院子里挖灵药。

这些灵药很精贵，不具备清净灵力的人类、普通的工具或者属性相克的东西都不能跟它们接触。一接触就坏了，所以他只能带着几个被灵药亲近的小非人类用手挖。

晏玄景也在帮忙，还友情提供了能长期保存灵药的储存工具。只不过帝休从栅栏底下的洞洞钻进院子里的时候，发现小狐狸好像被孤立了。

几个小非人类躲在林木后边，和晏玄景隔着老大一段距离挖着灵药，还时不时抬头看看那边的九尾狐，暗中观察，窃窃私语。

帝休隐约从风中听到了一些。

小人参奶声奶气地嘀嘀咕咕：“那个非人类怎么就是奶糖呀，怪不得那么喜欢吃鸡。”

旁边的小土豆一顿：“林人参……你是不是揪着奶糖去抓过野猪和山鸡？”

小人参浑身一僵。

他不只揪着奶糖去抓过野猪和山鸡，他还支使过奶糖在他们挖地基时候帮忙翻土运土呢！

小人参打了个哆嗦，期期艾艾地看向那边沉默地挖灵药的晏玄景，犹豫了一下，对林木说道：“奶糖他那边一个人，看着好可怜啊。”

“那你可以去陪他呀。”林木笑眯眯地说道。

小人参看着林木脸上甜滋滋的笑容，缩了缩脖子。

林木偏头看了一眼晏玄景。

这只九尾狐跟他爹完全不一样，像是把一些礼仪和姿态刻进了骨子里，哪怕是绑起大袖在干这种粗活，也自带一种优雅矜贵的滋味。

林木觉得晏玄景只要不开口，真是怎么看怎么养眼。可惜一开口就是灾难。

晏玄景察觉到林木的视线，偏过头来。林木无情地转回了头。

晏玄景也没觉得有什么，把新挖出来的灵药拿合适的容器装好，察觉到边上窸窸窣窣的动静，落在院子里氤氲成一片光亮雾气的月华若有所觉，星星点点地涌向了那里。

九尾狐看过去，发现承载着帝休残灵的小木人从藤蔓密密麻麻的叶子里钻了出来，怀里还抱着一棵上佳的灵药。

月华落下来，零零星星地落入了小木人的身体里，过了一会儿就停下了，数朵有小木人半个脑袋大的光团在他周围绕来绕去。

帝休抬起手来，摸了摸那几颗月华，然后把它们推远了。

凡事讲究慢慢来。

他如今的神魂受不住太多的日月精华。

林木也察觉到了月华的异动，他抬头看过去，就看到他可怜的爸爸正抱着一棵灵药，仰头跟晏玄景对视。

晏玄景实在是看不懂帝休的沉默是什么意思，但是对于这位救过他性命的长辈，晏玄景自然不会怠慢。

他想了想，略施法术把手上的泥土剥离干净，捧起了小木人，开口道："我记得您，感谢您当年救我。"

帝休一怔，一手抱着灵药，一手抬起来。

晏玄景茫然地看着帝休，然后带着点求助的眼神看向了林木。

林木那边倒是看明白了，他一抬手，拍了拍旁边小人参的脑袋。

晏玄景恍然，向着还抬着手臂的帝休低下了头。帝休轻轻拍了拍晏玄景的脑袋。

小人参的修行还不到家，也看不出什么名堂来。

他头上顶着林木的手，转头问："那是谁呀？"

"是我爸爸。"林木说道。

小人参微微睁大了眼，然后迅速接受了这个事实："那林木的爸爸和……奶糖关系很好吗？"

林木不知道，只说道："大概吧。"

小人参迷迷糊糊地点了点头："怪不得林木你跟奶糖这么亲近。"

林木打开了旁边的水龙头洗手，听到小人参这么一说，有些奇怪："嗯？"

"就是很亲近嘛，林木你会跟奶糖说悄悄话，都不跟我们说，偏心。"小人参嘟着嘴，"奶糖变人形的时候打你你也不生气，还请他吃饭。"

那边的帝休听到了这话，微微一顿，看着一点儿没觉得那边那棵小人参说得有什么不对的晏玄景，又扭头看了看林木。

林木摇了摇头："那是我拜托奶……拜托晏玄景教我变强的，不一样的呀。"

"可是我们这种非人类哪里需要靠打架变强嘛！很痛的，你都流血了，伤得那么重。"小人参的嘴噘得更高了。

帝休仰头看向了晏玄景。

晏玄景眨了眨眼，抄着一口冷冷清清的声音说道："晏归教的。"

帝休转过头，看了一眼还在院子外边的晏归，抄起怀里的灵药就扔了过去。

正埋头挖自己小金库里灵药的晏归感觉屁股遭到了一记重击，连忙从小金库里拔出了头，扭头看了一圈，最终一头雾水地锁定了距离他最近的帝屋："你打我干吗？！"

把院子里的对话听得十分清楚的帝屋吸了口烟，吐出来："夸你教儿子教得好。"

晏归：你什么毛病？！

晏玄景看也不看他爹一眼，看向洗干净手的林木，也站起了身。

小人参抱着一大堆灵药跟在林木屁股后边当小尾巴，小尾巴一张小嘴叭叭的："奶糖打你，还弄哭你，你都不把他扔掉，就是偏心嘛！"

林木张了张嘴，又闭上了。

晏玄景感觉到了两道死亡视线，一道来自帝屋，一道来自帝休。

帝休"啪"地打了晏玄景的额头一下，留下一个小红印子，从他手心里跳下来，在地上滚了几圈，然后怒气冲冲地跑向了林木。

帝屋碾灭了手里的烟，一咋舌，再一次对晏归说道："你这儿子教得真好。"

晏归觉得这锅不能背，火速澄清："我没有。"

晏玄景抬手揉了揉被帝休打了一下的额头，有些不解地看向了林木。

小人参跟在林木屁股后面，还气哼哼地细数着林木偏心事件一二三四："奶糖都睡你屋里啦，我们还天天在外边呢。"

林木想：哦，放心，今天开始他也在外边了。

林木面无表情地看着晏玄景，决定今晚就把所有狗窝和狗玩具连带着奶糖一起扔出去跟几个小非人类做伴。

平时真没看出来，林人参这软绵绵、奶唧唧的样子，心竟然还挺黑。

晏玄景目光冰冰凉地扫过跟在林木屁股后面的人参娃娃，两边视线对上之后，小人参火速闭上了嘴，缩在林木后边不探头了。

林木艰难地抱着一大堆灵药，把跑到他脚边上来的小木人捡起来，纠结了半响，试着往自己的肩上放。

林木的肩膀并不是平宽的类型，一眼看去单薄极了。不过小木人本身也不大，被林木放到肩上之后竟然也贴着儿子的脖颈坐稳了。

他抬起手来，戳了戳林木的脸，怒气冲冲地打了几下林木的面颊。力气不大，跟刚刚反手把灵药扔出去砸晏归屁股的力道比起来简直有天壤之别。

林木抿着唇笑了笑，偏头轻轻蹭了一下帝休，双手抱着灵药，说道："别听小人参瞎说啊，这些灵药是都要给帝屋吗？"

帝休点了点头。他在这里待着很安全，还有日月精华可以慢慢吸收，更别说以后还能收不知道多少茬灵药，所以他是一点儿都不急的。

帝屋就不行，帝屋的情况比较特殊，他浑身上下都是会被纯粹的日月精华排斥的血煞之气，也没法从这方面来入手，只能先把灵药都给他了。

林木抱着灵药走出了院子，把灵药都交给了帝屋。

帝屋抬手薅了一把林木的脑袋，突然想到了什么，问帝休："你刚到中原来的时候是在哪儿落的脚？"

帝休一愣，有些心虚地躲在了林木的耳朵后边，不去看帝屋。

晏归抬起头看了他俩一眼，说道："他怎么会知道？"

帝屋没明白这话的意思："啊？"

"你指望一个在山谷里待了这么多年，出来十几年就被逮住的非人类记得些什么啊？"晏归翻了个白眼，"帝休到中原前几年给我们的来信说得最多的就是又迷路了，根本不知道怎么走出去，那个地方的小非人类也舍不得他走，就瞎指路，后来说遇到了个好心的人类把他带出去了，才……"

晏归说到这里一顿，抬眼看了看在林木肩上坐着的帝休："那是你媳妇儿啊？"

帝休从林木的碎发中探出头来，点了点头。

晏归问帝屋："你要找到那里去做什么？"

帝屋答道："去把当年他本体生长过的地方的土给挖过来啊，不然多浪费，而且被别的人找到了也不好，容易被捉住踪迹。"

"爸爸以前待的地方？"林木想到自己之前问谭老师要的材料记录，"我大概有一些资料，是我妈妈以前出野外的时候的材料记录。"

帝屋摸出手机来，觉得大侄子真是靠谱极了。

晏归看了看低头给帝屋发资料的林木，略一思考林木为什么会有这些资料，眉头就是一皱："贤侄你跟你爹在家里待着，别出去瞎逛。"

林木毫不犹豫地点了点头："好。"

本身他拿了这些资料也并没有什么别的打算，就是想要去找一找能不能有爸爸的线索。现在别说线索了，连爸爸本人都已经回家了，他拿着这些资料自然也没有用。帝屋能用到算是意外之喜了。

帝休大约也猜到了一些这些资料得来的缘由，伸出手臂轻轻抚了抚林木的脸。

“那行，我就先撤了。”帝屋收到资料扫了一圈，对林木说道，“追查我的那群非人类和人类那边就放着吧，不用管。”

林木点了点头，搁他这里，只要自己认识的两边都不出事就什么都好说。

帝屋收好手机，刚走出几步，又退回来揪着老狐狸的毛毛，说道：“去给里边那几个小非人类下个咒，别走漏了风声。”

晏归晃了晃尾巴，迈着四条腿跑进院子里给几个小非人类下了个保密的咒法。他蹲在院子里思来想去好一会儿，还是决定先跟着帝屋走一趟，毕竟帝屋现在的情况多少还是让他有些担心的。

大荒那边问题应该不大的——反正他们青丘国损失不大。至于别人受了什么苦，那又关他这只可怜弱小无助的九尾狐什么事呢？

晏归跟着帝屋走了，说是去捞帝休以前扎根过的泥。这种被帝休完整的本体蕴养过的泥土能让帝休再一次扎根时生长得舒服一些。大荒的山谷里倒是也有，不过距离实在是有点远，一路上指不定还不安全，晏归也懒得麻烦。回头等大荒平静下来了，把帝休重新栽回山谷里就好了。

问题不大。

林木站在院落门口，目送着两位长辈离开，然后深吸一口气：“终于就只剩我们两个了，爸爸。”

帝休摸了摸林木的鬓角。

站在院落里的晏玄景安静地把自己当“透明狐”。

懂了，九尾狐不配有姓名。

晏玄景看着那父子俩，变回了奶糖的模样，回屋里找了个狗窝安静地躺下。

这种时候当然是要让那两位单独相处了。

林木把院门锁上，看着被挖得颇有些狼藉的院子，一时间有些不知道从哪里说起。

他并没有跟他的父亲相处过，甚至自己的父亲是个什么样的性格，他也一无所知。

林木目光扫过自家的小院子，然后指了指正在搭建的玻璃房：“那是妈妈以前一直都想建的玻璃房，不过我们以前条件不好，没钱买建材，所以到现在我才建起来。

“那边是我留给盆景的地方，屋子里一楼有几个通风间，都是照顾盆栽的——以前是妈妈做的，我大学里的生活费和学费，除了奖学金，就是靠卖这些花花草草得来的。

“妈妈生了我之后身体就一直不太好，小时候老有人欺负我们，不过后来都被我打跑了，好多好多年都没有人敢再来打搅我们了。”

林木说着走进了屋，直奔上楼，带着爸爸走进了妈妈的工作间。

帝休被林木放在了书桌上。书桌的透明玻璃下面压着一张张照片，有的已经泛黄褪色了。

那是林木跟妈妈的合照，还有林木给妈妈拍的一些照片。

帝休坐在书桌上，看了一眼正打开书柜的儿子，爬起来，在书桌上挪动着，一张一张地看着那些照片。

这些都是他未能参与的时光。

人类到底不如非人类强大，五年时光过去，哪怕林木努力保持了房间的原样，属于他妈妈林雪霁的气息也已经消失得一干二净，四处都是日月精华与帝休木释放的让人平和而安宁的气息。

房间里的摆设稍显拥挤杂乱，但正因此而富有生活感，就好像这间房间的主人只是匆匆忙忙地出了个门，随时都要回来一样。

帝休偏过头，看到了压在资料夹上的相册。他伸出手，把相册拖了下来。

林木把书柜里装着帝休果的红漆木盒子拿出来，偏头就看到他的爸爸正翻开了相册，站在比他如今这个小木人还大了好几圈的相册边上，沉默地看着那些历经时光的照片。

小木人没有脸，也没有声音，但林木莫名觉得他爸爸这一刻的神情应当是格外温柔的。

“这是你留给妈妈的果子。”林木把盒子放到爸爸身边，开了锁。

黑漆漆的帝休果躺在红漆木盒子里，平平无奇，却被小心地垫了好几层天鹅绒，连盒子四面也都是防磕碰的丝绒面，小心地保护着其中的珍宝。

林木把帝休果拿出来交给帝休，犹豫了一下，还是说道：“这颗果实如果对你现在的情况有帮助的话……”

帝休摇了摇头，抱着这颗果实轻轻蹭了蹭，然后像是在寻找什么一样，在这个巴掌大的果实外边敲敲打打。

林木坐在了凳子上，看着他爸爸。

帝休果在帝休的轻轻敲打中浮出了一点点浅黄色的光亮。

帝休抱起果实，把它举到了林木面前。

林木愣了愣，伸手轻轻触碰了一下那点点光亮。

他听到有谁的声音随风而来，温柔而喑哑，轻声道："来讲讲这个故事吧。"

林木看到了在梦中见过的那一株苍青色的巨树。身着墨绿色长袍的非人类坐在虬结的树根上，百无聊赖地把玩着一颗果实。

正是春末夏初的烂漫时候，怒放的繁花铺就了一片绚烂的海洋，簇拥着一株苍郁的巨树。有一双手拨开了重重荆棘与藤蔓的遮挡，狼狈地跌进了这一方璀璨的世界。

有天光从枝杈间落下来，笼罩着树与花与朦朦胧胧的人形，撞进了浑身狼狈邋遢的姑娘眼中。

她愣怔了许久，露出一个灿烂的笑容来，带着厚厚的尘土和疲累也遮不住的明艳与活力。

"树先生，您可真好看！"她这么说道，有光落在她身上，落进眼睛里，像夜幕中落入了碎金。

时隔五年，帝休终于走出了让他迷路了五年的那片森林。

她带着他翻过了无数山水，踏入了人群，走进了城市，吃遍了以前从未尝过的味道。

她总喜欢摆弄相机。

她喜欢在人流里，在群山中，在任何一个地方牵着他的手，紧紧地，怕他走丢。

她还喜欢亲吻、拥抱，喜欢笑。

她总因为帝休不愿意被别人看到而窃喜，总说怕他被别人抢走，总说跟他在一起是她血赚。

她总说等她老了，帝休还依旧帅气年轻，到时候她得是个多幸福、多令人羡慕的老太太啊！

帝休眼中的林雪霁总是快活而恣意的，就像一株迎风而长的花朵，坚韧又娇嫩，肆意地怒放着，向所有人展露着自己的美丽。

帝休总是注视着她。

人类是一种很神奇的生灵，天生拥有智慧，寿命却极其短暂，但他们总是能在有限的生命中做出一些不可思议的事情，就像擦过天际的流星，绚烂又短暂。

帝休觉得，她大约是最亮眼的那一个。

帝休果里的记忆只有最为甜蜜和快乐的部分。

帝休看着林木失神的模样，转头将手中的相册翻到了最后一页。

最后那张照片是林木给躺在病床上的妈妈拍的。她的情况非常糟糕，脸色苍白如纸，皮肤有点皱皱巴巴，头发全没了，口鼻和手上都插着管子，眼睛不再像是帝休记忆之中的那样乌黑明亮，而是蒙上了一层浅浅的阴影。

她大约是被人扶着坐起来的。瘦弱的躯体薄脆如纸，但依旧努力地挺直了背脊，对着镜头露出了个小小的笑容。

照片中的林雪霁并不美丽，带着伤痛与虚弱的病症，脆弱又坚强的模样，透着些许细小的温柔，一如他们初见时那道从帝休苍郁的枝杈间透下来的明亮天光。

她披着那道光，走过来。

第十六章
去者不可追

林木过了许久，才恍恍惚惚地从那一段漫长又短暂的回忆之中醒过神来。

他看了一圈房间，发现帝休已经把相册合上放回了原处，环抱着那颗果实，脑袋贴在上边，沉浸在那点点浅黄色的光亮里。

看来爸爸是完全没有使用这颗果实来填补自身的打算。

林木没有去打扰爸爸，他并不清楚那段平和又甜蜜的回忆之后又发生了什么，不过比较一下刚刚那段记忆里那个活力四射的明艳美人，和自己记忆中总是带着些病痛、说话总是温柔平和的妈妈，林木觉得后来的事情恐怕十分糟糕。

林木起身，轻手轻脚地离开了房间。

他带上门，趴在黑色果实上的帝休轻蹭了一下怀里的果实，有夜风从窗户里灌进来，有如呜咽。

给爸爸准备的房间大概是用不到了。

林木是真没想到爸爸会以这么个形象过来，如果放他一个人在妈妈的卧室里，好像显得房间太大，有点寂寞了。毕竟光是一张床的大小，就足够小木人在上边跑圈锻炼身体了。

林木一边想着，一边走下楼，琢磨着应该给爸爸准备点什么。结果一下楼，就看到奶糖趴在窝里，爪子底下按着一棵白嫩饱满的人参。人参躺在他爪子底下装死，连那一串红彤彤的人参子都蔫了吧唧地耷拉下来，显得可怜兮兮的。

奶糖趴在那里，低着头，时不时拨弄两下那棵蔫嗒嗒的人参。

林木定睛一看，发现那可不就是林人参那个告状精。

大约是察觉到林木来了，装死的人参突然挣扎了起来，呜呜地喊林木："林木林木！奶糖坏！奶糖欺负我！"

奶糖抬起头来，看向了林木，爪子却并没有松的意思。

林木看着小人参，又看了看乖巧奶糖晏玄景，在对方的注视下抬脚走过去，然后无情地跨过了挣扎中的小人参，转头进了杂物间翻找东西去了。

让告状精跟奶糖互相伤害去吧。他俩打架，跟我这棵可怜无辜又总是躺枪的小树苗有什么关系呢？

林木一边想着，一边翻找着工具，拎着一大堆工具和石墨笔出来，走到院子里，打开了大灯。

整个小小的院落亮如白昼。

林木从院子里堆着的建材堆里捡了几块边角料出来，准备给他爸爸做张小床。

木工他是会的，教他的人是妈妈。

他们合作的第一个作品就是院子里那一架秋千，这么多年了，除了漆料斑驳，绳子还断过两次以外，依旧十分坚挺。

用普通人的眼光看，妈妈当年的确是个非常厉害的人。她好像什么事都会做，不会做的就上网学一学，学着学着也就会了。只不过林木从小早慧，看妈妈做过一次有些辛苦之后，就主动去学，接着家里那些事情就全都被妈妈交给他了。

这么想想，妈妈好像从来没有对他区别于其他小朋友的头脑和力量表现出过什么异常的情绪，似乎这一切都理所当然，甚至于妈妈还总是夸赞他。

在林木的印象里，妈妈总是喜欢叫他“妈妈的小福星”之类的昵称。

林木以前一点儿都不觉得自己是妈妈的福星，如果他是福星的话，妈妈怎么也不应该因为生他而落下病根，身体虚弱不说，最后还年纪不大便油尽灯枯，撒手人寰。

看过了那一段记忆之后，他大概领会了一些。

只是林木也依旧不能完全理解妈妈这样的情感——明明可以不把他生出来的。

林木垂着眼在木料上画出了一道道痕迹，深吸一口气，拿起锯子顺着痕迹分割起来。

晏玄景叼着挣扎个不停的小人参走到院子里，看了一眼埋头苦干的林木，发觉自己对这件事帮不上什么忙，只好趴在台阶上，扒拉着人参，沉默地陪伴着在夜幕灯光下边忙碌的林木。

对于他们这种非人类来说，几天不睡觉并不是什么问题。

林木照着妈妈房间里的大床捣鼓好了一张袖珍版的小床，糊上了涂料，放在阴凉通风的地方晾着。他放下手里的工具，摘掉手套，又进屋去拿了一套新的东西出来，往门口台阶上一放，自己在奶糖身边坐下来。

晏玄景还以为林木进屋就不会出来了，发觉他在自己旁边坐下之后，颇有些惊讶地偏过头来。

林木拿出针，察觉到晏玄景的视线，偏头跟他目光相对，问：“怎么了？”

晏玄景把小人参推开，看着他一溜烟地跑开，钻进地里，转头看向林木拎出来的一大袋子毛毛。

都是之前从他身上梳下来的。

九尾狐想了想，问道：“还需要毛吗？”

“不用了。”林木摇了摇头，从袋子里拿出几团毛毛，梳理好，像是想到了什么，问道，“你们这样掉毛，人形的时候脱发吗？”

晏玄景回答得十分干脆：“不脱。”

“哦，真好。”林木说道。

人类男性到了中年好像大多会展露出自己光亮的头顶，不过无所谓，他现在知道自己不是人类了，应该也不会有秃顶的忧愁。

林木抬手摸了摸自己的发顶，发现小树苗不知道什么时候又冒出头来了。

“你在做什么？不陪帝休前辈了？”晏玄景问。

“他现在一个人待着比较好，我先给我爸爸做一套小被子。”林木回答道，把毛毛梳理整齐，折起，放在工作垫上，开始拿针一下一下地戳。

晏玄景听着边上细细碎碎的声音，对这种小手工没什么兴趣。他懒洋洋地打了个哈欠，沐浴着小帝休身边的月华合上眼，正准备打个盹时，再一次听到了林木的声音。

林木问：“你说，我妈妈还能找回来吗？”

晏玄景闻言，睁开眼看向了林木。

林木说完，自顾自地叹了口气，自问自答地嘀咕：“我妈妈……是回不来的吧。”

晏玄景没说话，默认了。

林木看着沉默的晏玄景，抿抿唇，知道自己心里那点小小的期望是没戏了，长出了一口气，沉默下来。

去者不可追。

晏玄景看看他，坐起身来变成人形，撩起了袖子，也拿了几团自己的毛毛，说道：“教我？”

林木抬眼看看晏玄景，夜晚的灯光底下，晏玄景好像更加好看了。

林木轻哼了一声，也抽出了新的毛毛，开始教晏玄景扎毛毡。

狐狸虽然一条脑回路从头通到脚，仿佛一点儿也不懂什么叫拐弯，但他无疑是十分聪明的。

晏玄景对这种简单的手工上手很快，两个人隔着个小桌板面对面坐着，窸窸窣窣地扎着毛毡。

林木沉默了好一会儿，手里的针停顿了两秒，问道：“你知道我爸爸为什么来中原吗？”

这事晏玄景听晏归说过，于是简短地答复道：“他自己想出来看看的，中原灵气衰退，人类弱小，而且跟朋友们约好了三十年回去一次，他不回去，朋友们就出来找，所以我父亲他们并没有阻拦他。”

林木嘀咕：“可是非人类好像都不喜欢亲近人类吧，为什么我爸爸他……”

“因为帝休前辈几千年来都没有离开过那个山谷。”晏玄景说道。

而且一直以来跟帝休做伴的那些非人类在他身边的时候都没什么脾气，因为帝休的力量异常的平和，就连晏归都会收敛不少，更别说帝休到了中原之后碰到的那些根本抵挡不了帝休木的力量的小非人类了。

林木的妈妈对于帝休来说，应当就相当于平静如水的湖泊中骤然落入的石子，打破了平静，搅动出了第一圈涟漪。那种骤然被打破了樊笼豁然开朗的感觉，已经足够一个生活平静了数千年时光的非人类心甘情愿地付出一些东西了。

只是帝休被养得心思异常单纯，直接将自己的一腔真心交付了出去。

所幸他没有交付错人，只是可惜结局并没有那么美丽。

林木这一辈子还很短，对于这种情感不太能理解，只是从资料室中的那本记录里知道了晏归他们封锁山谷和帝休的消息的原因之后，心中最后一点儿疑惑也解开了。

他放下了心，并为自己的父亲拥有这样的友人而感到高兴。

林木想到晏玄景说自己没钱的事，转头从盒子里摸出了一张卡。

那是帝屋给他的卡，之前帝屋吓唬他的时候还说不花就半夜爬过来找他，他当时压根儿没往心里去。他又不怕被吓，何况还有朝暮呢。所以到现在，那张卡里的钱还一毛都没动。

不过晏归之前给了帝屋那么多灵药，林木觉得帝屋的钱给晏归的儿子花也是应当的，毕竟从晏玄景变成奶糖蹲在他家里的频率来看，可怜的九尾狐八成是没有别的地方能住的。

林木把卡交给了晏玄景：“这是帝屋的卡，不用密码，具体有多少钱我不清楚，你要是有什么想买的，直接刷就好了。”

至于林木，他自己有钱。

晏玄景也不推辞，干脆地收好了卡。

他们这种有权有地位的非人类对于金钱这个东西实在是没什么概念，对于推辞客气这种事更加没有概念。

晏玄景垂着眼，看着被自己扎得歪七扭八的毛毡，又看了看林木那个扎得工工整整漂漂亮亮、已经铺上了第二层毛毛的毛毡，想了想，放下了手里的针，揣着卡出门了。

林木看着他走出了院落，半晌，收回视线，低头继续戳毛毡。

楼上房间里，抱着果子跳下了书桌，准备去找自家儿子的帝休仰头看着那个圆形的门把手，又看了看自己两条没有手掌的光滑木手臂，不禁陷入了沉思。

林木花了一晚上给自家爸爸做了一张小床和一整套的床上用品。

这类细致的活他虽然会，但到底做得不多，做成小垫被的毛毡还好，小被子就歪歪扭扭的，用以前留下来的碎花布做的被套，丑得厉害。

林木看了一眼已经泛起了些许微光的天际，把小桌子上的东西都收好了，准备去叫爸爸一起来看日出。

林木家就有这么个好处，是妈妈特意挑的。

坐北朝南通风透气，天气好的时候爬上屋顶，既能看日出也能观日落，视野一片平坦，毫无遮挡。

林木搬着小桌子回了屋，把小桌子放好，上了楼。

帝休蹲在门口思考了一晚上也没能思考出开门的办法来，最后干脆抱着果子，转头去了大开的窗户下边晒月亮。

窗户倒是开着，但周围没有一个能让他攀爬落脚的地方。

林木进房间找了一圈，在地毯上找到了环抱着果实团成了个球的小木人。

果实依旧在溢出星星点点的浅黄色光芒，落在环抱着它的帝休身上，温柔而无声。

那些像是碎金光尘一样的光亮是果实的力量，只是这些力量只能留下一些美丽的回忆，而吃下果实，则是在睡梦中再经历一次美妙的回忆，再醒过来的时候，心中最为挂念愁苦的事情和不论是好的还是不好的记忆，都会消失得一干二净。

非人类吃帝休果和人类吃帝休果是不一样的。

非人类吃了能够凭借自己的力量留下不该忘记的事情，落到强大的非人类手里，甚至于一颗果实的力量都不足够抚平他们躁乱的精神。

但于人类而言，一颗果实就足够他们变成快乐的小傻子了。至少，如果妈妈当初吃掉了这颗果实，她余下的那些年，哪怕身体不好，大约也会像是之前看到的回忆那样，明艳而活泼，像个小孩儿。

林木在小木人旁边蹲下，摸出手机来拍了个照，小心地捧着还呼呼大睡的帝休爬上了房顶。

太阳刚出了个边的时候，帝休就抱着果实打了个滚，迷迷瞪瞪地爬起来，仰头看向林木。

小木人现在的模样并不好看，像是被小孩子玩过家家的时候随手捏出的形状，除了能看出来是个人形以外，一点儿也不精巧，四处都坑坑洼洼的，连腿都是一长一短一胖一瘦，走起路来都踉踉跄跄的。

林木看着帝休，在晨光中露出个笑容来："早上好啊爸爸，来看日出。"

林木这么说着，在屋顶上盘腿坐下来，把帝休连带着果实一起捧起来：“妈妈跟我说，她选房子的时候特意选的能够看到日出日落的地方。”

东边是一片平坦的田野，西边是向远处绵延的群山。

帝休仰头看着林木，抱着果子，也露出个笑容来——虽然在那张坑坑洼洼的脸上并不能看出什么来。

他做了个美梦，梦里他和妻子都好好的，林木在身边，彼此陪伴依偎着过完了人类短暂的一生。后来。他带着林木回到了大荒的山谷里，每天晒晒太阳，跟朋友们聊聊天，吃点好吃的，兴起时又一起走出去看看。

朝阳的光线从天际铺开来，非常平静，也非常美丽。

帝休坐在林木的肩上，看着霞光万道的朝阳升起，然后扯了扯林木的鬓角。

林木偏过头，他就从林木的肩膀上跳了下来，迈着长短不一的两条腿，走下了房顶。

林木跟在帝休身后，看着他走到卧室门前，敲了敲门。

林木一怔，伸手把门打开：“怎么了？”

帝休手扶在门上，比了比自己的高度，指了指门把手，然后在门下边画了个圆，蹦跶地比画着。

林木看他蹦跶了老半晌，才明白了他爸爸的意思。

“要开门？”林木问道。

帝休连连点头。

林木呆了呆，问道：“可是非人类不都应该会飞吗？”

帝休摇头摆手。

谁说非人类都会飞的？帝休就不会。种族问题，他们并不能上天，想要赶路的话，基本上都是缩地成寸的术法。讲白了，哪个植物系的非人类会喜欢上天啊！脚离开了土地很没有安全感的好不好？某一些在种子的时候是会随着风飘出去的植物除外，像那种类型的植物系非人类，上天入地都可以。

帝休是从一开始就扎根地上的，学飞也学过，反正是没学会就对了。

“是力量不够吗？”林木问。

帝休摇了摇头。

那就是不会了。

林木觉得这可真是太好了，回头他可以跟爸爸一起学飞。

“那装几个小门吧。”林木说道，一晚上没睡也依旧活力四射的，他把小木人往自己口袋里一放，“我还给你做了张小床，你想住妈妈的房间还是哪个？”

帝休指了指林木的房间。

林木点点头，走进杂物间里翻捡起来。

商场刚开门不久。

晏玄景站在一家装修得粉粉嫩嫩的店面门口，迎着路过的人与店员的视线，抬脚走了进去。

柜员迎上来，看着穿着一身正儿八经的长袍古服的晏玄景，看着他那张脸愣了好一会儿，才在晏玄景的注视下回过了神。

柜员恍惚着说道："先生您好，请问需要什么呢？"

"毛毡玩具。"晏玄景说完，顿了顿，想到林木给帝休做的床，抬起手比画了一下，补充道，"还有大约这么大的床。"

柜员瞅着他比画的大小，询问："是给孩子玩的芭比娃娃配套玩具吗？"

晏玄景不知道芭比娃娃是什么，他沉默了两秒，有些迟疑地点了点头。

但他的迟疑并没有被柜员注意到。柜员一边心中感慨着果然好看的男人都已经成家了，一边引导着晏玄景进入店面深处。

晏玄景对这些东西丝毫没有概念，基本上柜员说是配套需要的东西，都被他毫不犹豫地买了下来。

晏玄景在四处溜达的时候见过人类是怎么付款的，他拿出卡交给了对方，刚巧接到了林木打来的电话。

林木在电话那头哐哐钉木板，手机放在一边，问道："奶糖你在哪儿？"

"商场。"晏玄景答道。

林木钉木板的动作一顿，说道："那正好，你回来的时候帮我买点螺丝螺帽什么的行吗？规格我发给你。"

"好。"晏玄景没意见，挂断了电话，就听到旁边的人类对他说道，"您太太的电话吗？"

晏玄景一愣，满头问号。

柜员一边手脚利落地打包一边说道："您太太真有福气，像您这样会亲自过来帮女儿买这种玩具还大方的丈夫太少了。"

虽然穿得有点奇怪，柜员这么想到。

晏玄景听完这话，一时间不知道应该接哪句话。

他思来想去，最后说道："不是我太太。"

其实，晏玄景自己也没能想明白自己跟林木到底算什么关系。

说朋友，好像也谈不上，说师生吧，林木打从知道了植物系非人类应该怎么成长之后，就不再那么热衷于找他打架了，倒是会跟他学一些小小的法术，只不过天赋所限，至今为止都没一个学会的。

回到家里，看到正在折腾门板、叽叽喳喳地跟坐在旁边的软垫上抱着棵灵药缓慢吸收的帝休说话的林木时，那点小小的问题又一下子被他扔到了角落里去。

具体是什么关系他没法给一个定位，但无疑的是，跟小帝休待在一起是相当舒服的。

那是一种非常明确地知道有人在记挂着自己、关心着自己，十分赤裸而直白的温热感触。难以描述，但晏玄景几乎没有在别人那里收获过这样明确而强烈的感觉。

非人类的寿命实在很长，而林木的这一生还太短，跟他们这种活久了，心态平静到难以产生太多波动的非人类不一样。

他还像是一个普通的人类一样，情绪直观而热烈，每天活力四射的，于非人类而言，感染力实在强悍。

林木偏头看向站在外边的晏玄景，看到他身上还穿着那一身古服之后愣了愣："你不是去买衣服了？"

"嗯？"

晏玄景收回神思，闻言，低头看了看自己身上的长袍，不明白自己为什么要买衣服。这可是品质极佳的法袍，防御能力极其厉害，整个大荒里也找不出几件来，样式也很好看。

林木把手里的工具放下，问道："你去商场，不是买衣服，那是去买什么了啊？"

"这个。"晏玄景拉开了虚空，从里边搬出了好几个大箱子。

林木疑惑地看着他把箱子打开，被压得非常紧实的毛毡玩具一下子就膨胀了出来。

林木看着那些不是充满了少女心就是充满了童趣的毛毡玩具，浑身一震。

"你买这些做什么？"

晏玄景十分严谨地说："我做得不好，这个好。"

他一边说着，一边打开了另外几个箱子。一整套芭比娃娃和相关的配套玩具被完完整整地摊开在林木和帝休眼前。上至城堡模型，下至芭比娃娃要换的衣裙鞋饰，一应俱全，还有好几个不同样式的公主床。

晏玄景郑重其事地拿了出来，然后说道："不用自己做，可以买。"

林木看了看那些花里胡哨的公主床，把自己做的床翻出来，偏头看向了爸爸。

帝休瞅瞅自家儿子做的丑了吧唧的床，又看了看大侄子买来的、舒适度和美观度明显都上升了好几个档次的床，想了想，觉得自己应该照顾小孩子脆弱的内心。

于是他把自己怀里抱着的果实放到了粉红色的公主床上，自己爬上了林木那张丑了吧唧的床，坐在床上，对于自己处理手段异常满意。

雨露均沾，非常完美。

林木看着剩下的那些花里胡哨的床，不知道应该怎么处理。

小人参和他的三个小伙伴趴在门口，眼巴巴地看着屋子里那些可爱的小玩具。

“真好看。”小含羞草小声说道。

“是啊，真好看。”小人参揪着自己的小肚兜，眼巴巴地看着那边。

小土豆看着那边小木人怀里抱的一个竹蜻蜓，羡慕地说道：“我也想玩。”

林大羞跟着点了点头。

四个小非人类相互看看，你推推我，我推推你，最后小人参被他们拱到了最前边。

林人参背负着三个小伙伴的期待，噘着嘴小声说道：“可林木没说要给我们呀。”

三个小非人类失落地低下了头。

四个小非人类里，虽然外表上看起来只有林土豆是刚开始发育的少年模样，但实际年龄最大的是小人参。

他努力摆出了兄长的架子，奶声奶气地说道：“林木收留我们，还给我们买了滑滑梯，还天天给我们喝果汁吃小零食，已经够好啦，不能太贪心了。”

话是这么说着，可他眼巴巴地看着那几箱子玩具的眼神一点儿说服力都没有。

晏玄景回头看了他们一眼。四个小非人类脑袋一缩，躲起来了。

林木也听到了那边的动静，他偏头看了一眼努力搓竹蜻蜓的小木人，小声向晏玄景询问道：“可以给他们玩吗？”

到底是晏玄景买来的东西，林木自然要征询他的意见。

晏玄景完全无所谓，他点了点头，看着林木抱着箱子去给小不点们发了玩具，又转头去折腾放在地上的几块门板。

林木好像总是能找到事情做，过起日子来热热闹闹，一点儿也不寂寞的模样。他总是忙忙碌碌的，像个小陀螺。

晏玄景听到“咚咚”的响动，收回视线，看到坐在那张小丑床上的帝休放下了竹蜻蜓，正抱着一个小拨浪鼓叮叮咚咚地转来转去。

帝休见晏玄景看过来，对他招了招手。

晏玄景坐下，凑过去。

帝休指了指林木，又指了指自己的脸，然后手抬起来放在了自己的脸侧。

晏玄景微微一顿，问道：“讲讲林木？”

帝休赶忙点了点头，抱着拨浪鼓坐下，有点不太好意思地搓了搓手。

从别人那里才能了解到自家孩子这事怎么看都好像有点奇怪，不过帝休也不知道应该怎么做才好了。很明显，林木也不知道应该怎么跟他相处。

儿子在他面前有些拘谨，帝休看得出来。父子两个都不知道应该怎么面对彼此，因为没有太多的了解，也没有感情基础。哪怕林木已经在很努力地找话题了，但他似乎还是觉得能跟爸爸说的只有妈妈的事，对于自己的事情总是寥寥几句就带过了。

林木本身又不是那种能一个人讲单口相声的类型，帝休现在没法回应他，他把话题说完之后，就不知道应该讲些什么了，于是只好转而去为他做一些事情，比如做点小玩具、小床，带他看看日出，帮着种些灵药之类的。

帝休多少有些着急，但他也明白这种事情着急也没有用。只有等到他收集了足够的灵体和本体，至少能说话了才行。

不过这也不是什么大问题，帝休抱着拨浪鼓晃了晃，听着叮叮咚咚的声音，看向在屋子外边的林木。他们还有很长很长的时间可以慢慢相处。

“林木……”晏玄景斟酌了一下措辞，半晌，只干瘪地憋出了一句，“是个挺好的孩子。”

帝休：“……”

晏玄景也觉得自己这话说得有点过于傻了。他沉默了好一会儿，干脆不斟酌了。

“他过得很热闹，跟我父亲那种喜欢故意去制造热闹不大一样。”晏玄景说话的语调始终冷冷清清的，却十分平和，平和得好像听不出来他在给他亲爹扣锅，“他的生活方式还是人类那样。”

像他们这种非人类，弄门板的事情基本上掐个法诀就搞定了。琐碎杂事不是下属去做，就是有着非常方便的法诀，需要自己亲自动手的事情实在是少得可怜。所以他们很闲，无事可做，于是生活也就像是一潭死水一样毫无波动。

哪怕是晏玄景也不得不承认，这样的生活的确十分无聊，所以很多大物会选择一觉睡个几十上百年的，以消磨时间，但也有不这么干的，比如晏归。

晏归虽然总是一副懒洋洋的样子，日常就是躺在宫殿房顶上晒太阳，但他从来没选择过睡觉，他喜欢满大荒浪，哪里有热闹就往哪里蹿，四处都有他交的朋友。

不过从小作为人类长大的林木跟他们都不一样。他什么都习惯自己动手，而不是顺手掐诀，所以总是叮叮哐哐的热闹非常。

晏玄景说完顿了顿，又补充道："不过一开始好像也不是这样的。"

一开始的确不是这样的。

晏玄景看着站在院子里哼哧哼哧的林木，想起一开始他俩见上面的时候，整个房子安静空荡，连林木自己也不太爱讲话，大约是一个人也没什么好讲的。

"我刚遇到他的时候，他正想养一条狗来陪他。"晏玄景回忆着大黑给他讲的事情，说道，"他的同事说他没有父母，一个人这么多年了，怪寂寞的，就想养条狗。他一开始以为我是开了灵智的流浪狗，始终很期待我能够化形。"

化形了寿命就会很长，就能够长长久久地陪着他。

晏玄景是非常明白这种滋味的，漫长的时光里如果总是孤身一人的话，实在太过难挨了。朋友、伴侣或者家人，总该有那么几个可以陪伴彼此的存在。

这也是为什么非人类大都不喜欢接近人类。

因为人类跟他们拥有近乎同等的智慧和情感，寿命相对他们而言却异常短暂。他们并不适合做朋友，也不适合成为伴侣或者家人。

晏玄景断断续续地说了一些林木的事情，这才发觉他不知不觉竟然也算是挺了解林木的了。不过也是，林木这才多大的年纪，经历得少，年龄也小，短暂的人生给他带来的就是一眼就能看透的性格。

一个普通的人，足够善良，也有自己的小脾气，有不能原谅的事情，同时也愿意去跟认了错的人和解。

这种性格相对他们这种大荒里长大的非人类来说多少有些软和，毕竟很多事情发生在他们身上，几乎还没有到和解的地步就已经不是你死就是我亡了。

非人类嘛，攻击性和斗争性是刻在骨子里的。换了他是林木，被一个非人类这么忽悠愚弄，多半是会一直记恨着的。

但林木原谅了他。

晏玄景想，是不是他们植物化形的非人类性格都这么好？

九尾狐这样感慨着，在当天天黑的时候叼着狗窝走进了林木的房间，然后被林木连窝带狐狸扔出了房间。

小树苗站在门口冲他笑了笑，露出两个甜滋滋的小梨涡，然后无情地关上了门。

晏玄景很不理解，怎么会这样呢？

明明有了两个帝休，日华和月华都应该是双倍的，快乐也应该是双倍的。为什么有了双倍的帝休之后，他却被赶出了房间？！

被扔在走廊里的九尾狐躺在狗窝里沉思了一会儿，然后叼着窝去了院子里。

算了。晏玄景把窝放到了林木那间房的窗户底下，看着满院子氤氲成薄雾的月华，觉得自己能喝口汤也挺好。

第二天林木起床的时候，帝休早已经起了。

小人参今天做了烧卖，热在锅里，人却没在厨房里待着。

林木叼着个烧卖打开大门，就看到他爸爸、奶糖和四个小非人类在院子里蹦蹦跶跶地跳橡皮筋。准确来讲，蹦蹦跶跶的只有林人参和帝休。

林人参在教，而帝休在学，奶糖爪子粗细正合适，用来牵绳刚刚好，大约是被抓壮丁了，它前腿上绊着橡皮筋，另一头跟一个凳子腿牵着，它揣着爪子趴在地上，打着哈欠昏昏欲睡。

帝休跟着林人参蹦跶，但因为自己身体比例极其不协调，进度并不怎么顺利，看到林人参跳完了一整套，还会啪嗒啪嗒地鼓掌。发觉林木起床了，他爸转头冲他挥了挥手臂，看起来十分活泼开心的样子。

林木端着烧卖出来看着他们玩，吃完洗完了碗，进院子里把一片灵药田检查了一遍，扭头看了一眼搓着肥皂用自己的手吹肥皂泡泡的另外几个小非人类，忍不住笑了笑。

林木洗干净手，把电动车推出来:“我去上班啦！”

小人参奶声奶气地应了声好，抱着帝休哒哒哒地跑到林木边上。

帝休抬起手来，林木笑着蹲下身，垂下头。

帝休拍了拍林木的脑袋。

如果他能说话的话，大约是会讲一句“一路顺风”或者“早点回来”之类的话吧。

林木想起之前在帝休果的那段回忆里听到过的声音，伸出手指在小木人肩上轻蹭了两下，站起身来:“我走啦！”

“好。”

“林木路上小心！”

晏玄景抖了抖耳朵，抬头看了林木一眼，扫过他手腕上的白色腕绳，确认他戴好了就收回视线，打了个哈欠，继续昏昏欲睡。

林木总是习惯提前到办公室的，虽然最近办公室里都只有他一个人。

他把空置了一个周末的办公室打扫了一番，开窗通风，想了想，又上资料室里去搬了一些关于龙脉的资料下来，想看看有没有什么能够找到走脉的方法，如果能够帮到帝屋就好了。

他抱着一沓资料从二楼下来，一打开楼梯间的门，就看到一个戴着鸭舌帽和墨镜，穿着一身肥大运动装的人推门走了进来。

林木把资料放下，这段时间以来，他对于打扮得奇形怪状的人和非人类的接受能力都大大提高了。

“你好？请问您是来办……”

那人摘下墨镜来，问道：“你好，请问你看到我的帝屋了吗？”

林木一愣：“啊？”

“我察觉到他的气息了，你……”那人说完，目光落在林木身上，然后两眼一亮，大步走了过来，两只手伸出来握住林木的手，使劲儿晃了晃，兴奋地说道，“你好你好，小树苗你好，请问你有没有跟我回家的打算？或者我跟你回家也行！当然，你帮我找到帝屋，你俩跟我一起回家是最好不过了！”

林木抽出手来，戒备地看着他。

来人两眼亮晶晶的，林木莫名觉得，如果他有尾巴的话大概已经摇成了电风扇。

大约是意识到了自己的唐突，他凑过来自我介绍道：“我是一条龙脉，你叫我秦川就好。”

第十七章
龙脉出没

林木看了看桌上的资料，又看了看自称是龙脉的男人。

他对非人类世界的了解实在是太少了，到现在连非人类和人类都分不清，更别说分清楚非人类的种类了。

晏玄景说等时间久了见得多了，基本上就能自然而然地分清了，但林木到现在为止也就只能分清男女老少以及长得好不好。

林木拒绝了对方的靠近，说道："抱歉，我们办公室没有这项业务的。"

秦川看着警觉的林木，从旁边拉了条凳子坐下，也不贴过去了，只是撑着脸隔着张桌子看着他，眼神炽热，就像是狗看到了肉骨头。

林木倒也一点儿都不担心自己在办公室的安全问题，毕竟再凶恶的非人类也不会对资料室动手，何况资料室本身就是个相当厉害的大型法阵，在资料室下边的办公室甚至于这一整个街道都是非常安全的。

这也是为什么吴归他们敢直接把林木独自一人扔在办公室里。

所以秦川不走，林木也并不心慌。大不了住办公室就是了，实在不行，就拜托晏玄景来接他一下，应该问题不大。

林木坐到自己的工位前，也并不避讳自称是龙脉的秦川，把面前的资料打开来。

秦川扫了一眼他翻开的资料，说道："你想了解龙脉？问我就好了啊。"

林木抬眼看看他，并没有搭理他。

秦川轻轻地叹了口气，双手撑脸看着林木，并不介意他冷淡的态度。

他在林木身上察觉到了帝屋的气息。

帝屋的气息他可是太熟悉了，毕竟他们在一起待了几千年呢！

这么多年彼此陪伴的可就他俩，他当年被人类逮着了，困锁在一块固定的地方，对帝屋的遭遇看了个十成十，所以等到那些人真的把他放走的时候，他揣着帝屋一溜烟蹿出去躲着，后来的遭遇也不大顺，但好歹熬了过来。

他跟被分离了三魂七魄的帝屋一起相依为命了几千年，后来他化形了，刚准备四处溜达溜达就跟一个同类撞了头，帝屋的一魂一魄和两大块本体跟磁铁似的，这一撞就再没能分开。

然后呢？

然后他们又找到了一个同族，帝屋有了足够的本体变成人形，有了相对稳定的二魂一魄，有大怨和功德加身，帝屋自己琢磨了一会儿，把牌一推，拍拍屁股，跑了。

他们三条龙脉对于帝屋的重视程度自然是不用说的，帝屋跑了他们当然要去找，只不过帝屋比他们精明多了，每一次循着气机的牵引找过去，都扑空了。而且他们好几次都摸到了被灭门的地方，但帝屋早已经离开了。

他们非常慌，生怕帝屋这么一造作把，自己给造翻车，心急火燎地四处找。秦川顺着摸到这里来，运气极好地撞见了一个身上带着帝屋的气息的混血。

这混血是他们这段时日以来找到的第一个遇到了帝屋还活着的对象。

他身上残留的帝屋的气息还很鲜活，再仔细一看，这小混血的血脉竟然同样是某种植物——具体是什么植物，秦川认不出来，不过从气息来看，肯定不是普普通通的家伙。

普普通通的家伙也不可能让帝屋这么亲近，还大意地留下了些气息。

这点气息别人可能察觉不到，但与他共同生活了这么多年的龙脉是一下就能感觉到的。

身为龙脉，他对这种植物的精怪天生就有着极强的好感，主要是因为植物系非人类跟龙脉之间是可以相互反哺的，龙脉滋养土地，而植物系非人类则扎根充满灵气的土地，反哺灵土并蕴养本身就象征着土地的龙脉。

不像人类或者那些野兽系的非人类，总是在山川河流里搞破坏。

别说秦川了，换了任何一条龙脉过来，肯定都恨不得把目之所及的植物系非人类都搂进自己怀里圈好带回家去。

秦川两手捧花似的捧着自己的一张帅脸，扫了一眼林木翻过去的资料页，说道:“这里错了。”

林木一顿，把刚翻过去的资料翻了回来。

秦川说道:“现在大大小小的龙脉数量已经到了九九极数了。”

林木闻言，看了看刚刚自己随意略过的资料。

资料上说，如今已知且有姓名的龙脉统共八十八条，以昆仑山的祖龙之脉为首，祖龙之脉周围伴有天山、祁连山与长白山等山脉所蕴含的龙脉，除此以外，还有另外几条巨大的龙脉，其中以黄河、秦岭、五岳等比较大的龙脉为主。

这些龙脉都是固定了不会跑的，除非哪天这些山脉之中所有的树木都枯死，或者水流全部断绝，这些地方的龙脉才会彻底消亡。

而除却这些，还有数十条小的龙脉，这些龙脉与纵横中原大地撑起整片大地气运的那些大龙脉不同，它们细小且极其柔弱，但有了些微的灵智之后，就可以肆意走动了。

这种龙脉的形成需要上万年的时间，而获得灵智，又需要天时地利人和。

这漫长的时光中，若有地动改变了山水的走势，又或者有什么动物的活动截断了一条水流，搬动了重要的山石，一条走脉就会夭折于此。

解释过这些之后，资料的后边就是如今已记载在册的那些龙脉的资料。

中原大地上的那些主要的龙脉按下不提，林木要找的就是后边那些声名不显的走脉。因为帝屋的本体和灵体是被分别封在了十条走脉之中的。

林木又翻过了一页，在第一行就看到了秦川的名字。

秦川是秦岭以北一片肥沃平原之中所诞生的龙脉，是有记录以来的第一条走脉，命途多舛。他刚生出灵智的时候就被人类逮住了，困在了自己的诞生地，走也走不了。那群人类在他头顶上盖了洞府，过了许久，又往他身体里扔了块木头，然后把他放跑了。

秦川揣着帝屋跑路的时候是相当美滋滋的，一甩尾巴就开溜了。结果这一溜，没了龙脉的秦川黄河泛滥，风动雷鸣，他在外边浪了许多年，又被一个治水的人类给揪住了龙尾巴。

秦川委委屈屈地被拎回老家继续蹲着，熬死了一堆有能力逮他的人类，好不容易再一次跑出来，在中原大地上肆意放飞，结果浪过头，又被抓住了。

这次抓住他的是一个人类的帝王，那位帝王一下子盖了一片绵延的宫殿，截断了数条支流，人类开始在它头上挖坑种地，繁衍生息。好在人类帝王那个时候已经懂得了什么叫可持续发展，为了福禄绵延自己的子孙，好赖没直接截断龙脉的主流。

秦川坚强地挺住了一波又一波的帝王，头顶上不知道盖了多少任帝王的陵墓，正儿八经化了形之后终于忍无可忍，揣着帝屋跑了。

中原大地实在是太大了，都遇不到几个能跟他有点交流的存在，几条主龙脉更是根本就没有诞生灵智，他无聊得很。过了几千年才揣着帝屋撞见了另外两个同族，他们还经常组团摸到人类的城镇里去看看热闹，比以前孤独地熬日子过得快活多了。

秦川这一辈子最重视的就帝屋和他另外两个同族了，也许以后还会有几个，但现在这三个，走一个他都受不了。

林木看着资料记录上那个囚困住秦川的家族，记了个笔记，准备回头上资料室里查查看。

帝屋是进不来资料室的，他那一身的血煞，一进去估计就出不来了，所以这事得由别人来查。

有了秦川的例子，林木又在资料上找到了几条被人类的世家或者是门派囚困过但又成功逃出生天的走脉。仔细数数，六个。

还差四个。

林木翻阅着资料，回头得去找帝屋问问他认识的那三条龙脉分别是哪三条。至于眼前这个不知真假的秦川，林木暂时没准备信他。

毕竟他现在底气很足，跟当初被帝屋关在车里强买强卖的情况完全不一样，如果帝屋是跑来办公室让他放血，他是绝对不会轻易屈服的。

不对，帝屋根本就跑不到这边来，他跑来这边是要被资料室里的灵智追着撵的。

林木一边办公一边翻完了手上这一本资料，翻完了也没发现如何寻找龙脉的方法。

这么说来，这些记载好像都是完全以旁观的角度记录一些东西的，秘辛倒是有不少，但功法术法一样都没有。

林木合上资料，偏头看了一眼秦川。对方坐在旁边，压根儿没有要走的意思。

林木说："我准备下班了。"

秦川嘿嘿一笑："我跟你一起啊！"

林木眉头一皱，拒绝了他，并要求对方离开。

"我不走，我还没找到帝屋呢！"秦川说道，眼巴巴地看着林木，发觉林木一点儿不为所动之后，期期艾艾地跟在他后边走出了办公室，问道，"那你明天还来上班吗？"

林木看着他，不说话。

秦川小小地呜咽了一声，像条被主人抛弃的大金毛，他唉声叹气地往路边上一坐："那我在这里等你，或者你联系一下帝屋好不好？"

林木没理他，转头走向了地铁口，下楼梯的时候抬头看了一眼，发现秦川还坐在破房子门口，垂头丧气地盯着地面，好像连耳朵和尾巴都耷拉了下来。

林木收回视线，走进地铁站里，给帝屋打了个电话。

帝屋叼着棵灵药，伸了个懒腰："喂？"

"帝屋？"林木站在地铁站角落里，看着稀疏的人流，问他，"你认识的龙脉是哪几条啊？"

帝屋一愣："嗯？怎么了？"

"有个自称是龙脉的人找过来了，说找你。"林木说完顿了顿，又补充道，"他还说你是他的。"

“哦。”帝屋一咋舌，对于林木最后加的那一句没有任何表态，仿佛习以为常，只是问道，“哪一条啊？”

嗯？哪一条？都这么说了你竟然还不知道是哪一条？你到底还有几条？！

林木一下子警觉了起来。

他觉得自己好像有了什么不得了的发现，林木沉默了两秒，说道：“他说他叫秦川。”

“哦。”帝屋在那边应了一声，让林木拍张照给他看看。

林木从地铁站里走出去，探头往那边拍了张照。

这条自称是龙脉、在资料记载里相当倒霉的秦川仿佛对于周围的情况毫无所觉，蔫了吧唧地团成团坐在管理处门口，活像个离家出走无处可去又不愿意服软回家的叛逆少年。

这么一联想，林木才发现秦川这面相看着还挺年轻的，准确来讲是年轻过头了，完全是青少年的模样，看着一点儿也不稳重。

林木把照片发给了帝屋。

帝屋看了一眼，感觉自己透过照片都能看到秦川那股遮都遮不住的傻气，声音一沉，说道：“林小木，你可别出卖我。”

林木一愣：“什么啊？”

“不许告诉他我在哪里。”帝屋说道，“我现在要进山了，可能信号不大好，你先把他带回去，这小子比较傻，别放他单独在外边。”

林木应了一声，想起帝屋之前挑挑拣拣跟他说的事情里，这些龙脉也是相当无辜的，而且真要算起来，他们也是间接救下了帝屋的恩人。

“我会带他回去的，不过为什么不能告诉他你在哪里啊？”林木问。

“因为烦。”帝屋翻了个白眼，“这傻小子太烦人了，还喜欢仗着自己年纪小耍赖，他至今还欠着我几百棵灵药呢。”

林木非常不解：“龙脉怎么会欠你这么多灵药啊？”

“他手气臭，打牌老输呗。”帝屋没好气地答道。

不过帝屋说完沉默了两秒，想到秦川一直以来都十分不好的运气，又提醒林木：“他太缠人了，你别让他知道我在哪里，不过你记得带他回去。”

“哦。”林木觉得帝屋这话前后矛盾、别别扭扭的。

帝屋却知道秦川这条龙脉的运气有多糟糕。

这么多年下来，中原大地上的龙脉已经有了九十九条，到了极数，只会减少不会增多，由于大荒为中原投影，这些诞生于中原大地的走脉是可以自由自在地穿行在中原与大荒之间的。要抓住他们这些走脉，天时地利和几分运气缺一不可。

就这些龙脉里，据帝屋所知，有且仅有秦川这么倒霉。

但要说他是真的倒霉吧，他运气其实又极好。毕竟被人类反复抓到多次却没有死翘翘的龙脉，古往今来就秦川这么一条。

别的龙脉几乎都是被抓住之后没过多久就因为各种各样的原因而消亡了，唯有秦川，被反复抓到多次，还依旧活蹦乱跳不说，甚至化了形。这放任何一条龙脉身上都是件非常不可思议的事。

但偏偏秦川真就做到了，倒霉得很，也幸运得很。

只不过还是倒霉的时候要多一些。至少从牌桌上来看，秦川的运气真没好过几次。

帝屋总觉得以秦川这个小傻瓜的倒霉程度来看，放他一个人在外边溜达久了，怕是很快就不知道要去哪里找他了，毕竟是出门遛个弯都能被人揪住踪迹拎回老家去镇住泛滥黄河的倒霉鬼。

帝屋还是不太放心，叮嘱林木："秦川的情况比较邪门，你看好他，看紧他，自己也注意安全，告诉一下晏玄景，你自身的安全是第一的，跑路记得带上你爹，知道吗？"

"好。"林木挂掉了电话，走出了地铁站，重新回到了办公室门口。

秦川蹲在门口，正看着地上的蚂蚁搬家。

林木走近的时候，看到他伸出手挡住了一只脱队的蚂蚁，小心翼翼地拈起来，放回队伍里，嘀嘀咕咕："走错了走错了。"

林木低下头看了一眼，抬脚绕过了蚂蚁搬家的路线，蹲在了对方面前。

秦川一愣，抬起头来。

林木问他："你就准备一直在这里蹲着等我？"

"对啊，"秦川傻愣愣地点了点头，"反正我也没别的地方能去。"

林木张了张嘴："怎么能没地方去呢？"

秦川撑着脸，看着那一队蚂蚁，说："我老家那边已经不适合龙脉生存了，这么多年山水走势有变，别的合适久待的地方又都是荒山野岭的，很冷清，我不喜欢，也不能待太久。"

听着怪可怜的。

不过也是。龙脉想要找到适合久居的地方的确不太容易，而且在一个地方待久了，留下痕迹就容易被人逮住，尤其是想逮他们的不只有人类，还有非人类。

看看帝屋这么一段时日下来也没摸到另外几条走脉的线索，就知道绝大部分走脉都不会选择某块地方定居下来，让别人发觉端倪。

“走吧。”林木站起身来，“帝屋让我带你回去。”

秦川两眼一亮，一蹦就跳了起来：“帝屋在你家吗？”

“没有。”林木摇了摇头。

秦川一点儿都不介意的样子，他美滋滋地跟在林木身后，走路都张牙舞爪活力四射。

“我还不知道你的名字呢！”

“林木，三个木头的那个林木。”

“好名字。”秦川搓搓手，嘀嘀咕咕，“一听就跟我很有缘，特别适合变成我家的！”

林木偏头看他一眼：“哪里有缘了？”

“我秦川你林木，我水你木，水生木，可不是有缘吗！”秦川言之凿凿理直气壮地说。

“可龙脉属土啊！”林木严谨地说道。

他记得木是克土的来着。

秦川一哽，垂下脑袋呜咽了一声，可怜巴巴地说：“这是封建迷信！不可取！”

“这不是你先说的？”林木说着，给秦川买了张地铁票。

“万物轮回相生，属性相克这个东西其实是人类编出来的。”秦川凑在他边上小声嘀咕。

“那你还说什么水生木。”林木说道。

“我跟人类学的啊！”秦川得意地说道，“左眼跳财，右眼迷信，按需挑选！”

林木你们非人类怎么好的不学，尽学些花里胡哨的怪东西……

秦川比林木矮一些，跟在他后边，在下了地铁去取电动车的时候留在车棚外边兜圈圈，像只追尾巴的大金毛。

林木骑着电动车在他边上停下，问：“你转悠什么？”

“就……”秦川坐到后座上，小声问，“帝屋还跟你说了什么吗？”

林木你和晏玄景记得看好这个小傻瓜，尤其是带他去人流多的地方的时候，这龙脉活像只哈士奇，千万别撒手，否则他一眨眼就没了。

——原话是这样的。

林木启动了电动车，斟酌了一下词汇，说道：“他让我好好照顾你。”

“是我照顾你才对。”秦川纠正他，“我可是龙脉呢！”

林木无所谓地点了点头，反正等帝屋回来了，估计就会把这条龙脉领走。

他骑着电动车回了家，小人参听到动静哒哒哒地跑来开门，脑袋上顶着个丑丑的小木人，小木人抱着他头上那一串红彤彤的人参子。

大概是入了秋的缘故，那串人参子在夕阳下愈加娇艳欲滴，全然一副“我成熟了快来摘”的架势。而帝休也一点儿不客气，摘了颗人参子揣着，那颗人参子已经被他吸收瘪了大半，看到林木回来了，高兴地冲自家儿子挥了挥手。

林木俯身把爸爸接过来亲了一口，重新放回小人参脑袋上，推着电动车进了院子，一边走一边说道：“今天有客人来，他大概会在家里待一段时间。”

小人参从院门里边探出个小脑袋，看了看跟在林木后边、还站在院门外头的秦川。

秦川瞅着小小一只的人参娃娃以及他头顶上那个拥有跟林木同出一源的气息的小木人，眼神炽烈。

小人参吓了个哆嗦，瞬间缩了回去。

秦川两眼亮晶晶的，整个人容光焕发。

小人参扯了扯林木的衣角，问：“林木林木，那是谁啊？又是哪个非人类吗？”

“嗯……”林木犹豫了一下，刚想暂时保密，后边的秦川就宛如一道风一样刮了进来，蹲在了人参娃娃面前，十分热情，“小人参你好呀，你叫什么名字？请问你愿意跟我回家吗？或者我跟你回家也行。”

小人参噔噔噔后退了好几步，抱着林木的大腿，戒备地躲在了林木身后，鼓着脸质问：“你是谁啊？！”

“我叫秦川，是条龙脉。”秦川如实地答道。

林木叹了口气：“你不是没家可回吗？”

“跟家人在一起的话，哪里都是家嘛！”秦川倒是挺乐观，他的目光在这个小院子里扫了一圈，又发现了两棵含羞草和一颗小土豆。

这里就是天堂吧！

秦川感觉自己被天上掉下来的馅饼砸中了，这辈子运气就没这么好过。

天知道他到底是走了什么霉运，这么多年来，他诞生的地方就没出过几个植物系的非人类，人间帝王倒是不少。

但人间帝王有什么用！人间帝王把他周围所有可能化形的植物都掐死在了萌芽阶段。

一个个糟老头子坏得很。

别的龙脉都有小朋友一起玩，就他没有，显得特别不合群。好不容易揣了个帝屋，还因为帝屋被分离了三魂七魄，几千年相伴也只能隐隐约约地感应到对方些许的想法。秦川想想自己的经历，就觉得十分辛酸。

林木拍了拍小人参的脑袋，告诉他这不是个坏人，然后就推着电动车进屋充电去了。

秦川蹲在院子里，眼巴巴地看着跟他对峙的小人参，想靠近又不知如何是好，思来想去，他直接幻化出龙形，严肃地问道：“你喜欢龙吗？”

小人参见状，犹豫一下，点了点头。

林木给电动车充上电，就看到奶糖叼了个塑料袋从楼上走了下来，然后把塑料袋放到了林木面前。

林木一愣，打开塑料袋，看了看里边的东西，是他之前买给奶糖的那些小玩具。在知道奶糖是晏玄景之后，他就把这些小玩具封存起来了。

不管怎么说，知道人家是堂堂九尾狐之后还给人家塞这种玩具逗人家玩，在林木看来多少有那么点侮辱人的意思。

又不是一开始气头上的时候，再说当时都收获晏玄景嘤嘤叫的画面了，林木觉得已经值回票价了。

他蹲下身，看着奶糖，问：“拿这个袋子下来做什么？”

晏玄景端庄地蹲坐在林木面前，声音冷冷清清的：“陪你玩。”说完他顿了顿，又补充道，“之前说好的。”

林木有些好笑：“之前还说好你以后都狐狸叫呢。”

晏玄景沉默了好一会儿，微微仰头看着林木，半晌，“嘤”了一声。

林木心道：你认真的样子好像天桥底下贴膜的。

林木忍不住露出几分笑意，双颊梨涡刚显出一点点，又被他使劲儿憋住了，他努力摆正了脸色，说道：“不用啦，不过你如果想玩的话我可以陪你玩。”

毕竟之前也陪晏归玩过，虽然把懒洋洋的老狐狸捞起来一起玩，他还挺不乐意的，不过犬科动物到底还是犬科动物，追逐猎物是本能。

林木想想晏归，他那时候叼飞盘叼得好像还挺开心的。

晏玄景想了想，从塑料袋里把那个浅绿色的飞盘给叼了出来。

林木接过那个飞盘，随手往屋外一扔，奶糖刚站起身来，就听到院子里响起了一声悠长而清透的龙吟，伴随着几个小非人类“哇”的惊叹声，紧接着，一个巨大的龙脑袋就探进了大门。

它嘴里还叼着那个浅绿色的飞盘，铜铃大的龙眼闪着光，把那个浅绿色的飞盘扔在了地上，然后缩小了身形，守在屋子外边，龙尾巴“啪啪”地拍打着地面，看着林木的眼神带着十二万分的期待。

我怀疑这根本不是龙脉，林木想，这可比奶糖像狗多了！

晏玄景觉得自己可以退下了，毕竟这位客人怎么看都比他更像只狗。

他偏头看向呆滞的林木，问道：“那是谁？”

林木回过神来，想到刚刚介绍秦川的时候晏玄景不在，便答道：“秦川……一条龙脉。”

晏玄景觉得这个名字有点耳熟，他略一沉思，而后恍然：“哦，听说过。”

“哎？”林木一愣，“你怎么听过的？不是说都没有过龙脉化形的记录。”

“嗯，化形的我也是第一次见。”晏玄景看着林木捡起那个浅绿色的飞盘扔出去，又看了看一甩尾瞬间蹿出去叼住飞盘的龙脉，觉得自己真的可以退下了，这龙脉当宠物的自觉可比他强烈多了。

“走脉可以不通过通道，自由穿行在大荒和中原之间，只不过他们很少去大荒。”晏玄景说完，猜测道，“大概是因为大荒里强大的非人类太多了。”

晏玄景稍微观察了一下秦川的情况，觉得自己完全能够在他反应过来之前逮住他。如果凶残一点儿的话，逮住的瞬间直接扯碎吃掉问题也不大。

再一想自己的实力在大荒里也就是个上游而已，比不上晏归那种顶尖高手，毕竟年纪摆在那，实力这种事情也急不来。

就他这样的要逮住这条龙脉也十分轻松，那大荒对于龙脉而言几乎处处都是险地了。

虽然大多数龙脉不会像秦川这样冒头，而是隐藏在山川之中，他们几乎很难察觉到有龙脉的存在，不过大荒里也有一些会寻窥龙脉的非人类。

只是龙脉通常都不会到大荒里去，所以这一部分非人类的存在感始终都不高。

反正在晏玄景的印象里几乎没有这种非人类，因为大荒里寻找灵气浓重的地方根本用不着什么寻窥龙脉的手段，非人类对于灵气天生就有着非常敏锐的感觉，寻找龙脉这种事对于他们来说并没有什么必要。

不过龙脉也可以化形这一点，晏玄景倒是感到颇为意外，但细细一想，也不意外。

上古时起就流传下来万物有灵，这个万物所包括的东西自然不拘泥于任何形式任何类型的存在。有灵，自然就可以诞生出智慧。

只不过那些横跨整个中原大地的主脉一丁点儿动静都没有，反而是不太有姓名的小走脉率先化形这一点，着实是超出了预料。

不过这样也正常。

如果那几条主脉跟走脉似的化形跑了，那中原大地的根本都要被动摇。

“他这个性格有点……”晏玄景看着被几个小非人类爬到脑袋上去了也一点儿都不介意的秦川，沉默了两秒，说道，“出人意料。”

“我也觉得。”林木把那些狗玩具放回袋子里，却并没有收起来，而是干脆放到了客厅里。

“帝屋说让我们小心一些。”林木说道。

晏玄景在这方面倒是极其敏锐的，他几乎立刻就意识到了帝屋说的这个“小心”是让他们小心什么，必然是走脉会吸引来的那些存在。

当年那些有能力抓住走脉还有能力让帝屋翻船的人类既然敢把走脉放走，那必然是有着能够追踪他们的方法的。

虽然晏玄景并不认为这么多年了那些作恶的人类还没绝后，但这种事也说不准。不是当年那些，还有别的人类呢，毕竟寻窥龙脉这种技巧，并不需要什么道行，在这一方面，天赋远比道行要重要得多。尤其他听说过秦川的这一道龙脉运气相当糟糕的事迹。

“虽然我也不知道要小心点什么……”林木看着外边种的那一圈朝暮，觉得应该没什么关系。

毕竟朝暮连帝屋都能拦在外边，比他自己这个半吊子可厉害多了。

林木把东西都收拾好，见小人参在外边玩得正开心，便走进了厨房。

“今天就委屈委屈你了奶糖。”林木从冰箱里拿出菜，“好久没做饭了，感觉有点手生。”

不手生的时候，他做饭也没有小人参好吃。

林木撩起了袖子。

秦川最近一段时间里爽得飞起，觉得自己从来没有这么快乐过。

白天小人参他们忙着装修玻璃房的时候，秦川要么休息，要么就跑出去跟青要山的山神打打牌，跟山里的小非人类们玩一玩。

他还是头一次这么毫无顾忌没有后顾之忧地放肆。因为每次他跑出来，林木家里那只九尾狐都会跟着他。

九尾狐这种强大的非人类，对于山野里刚化形的弱小非人类的威慑力是绝对的单方面压制。

这么多天下来，秦川自己不说，那些小非人类也压根儿不敢主动问一句秦川的本体是什么。在他们看来，能跟九尾狐扯上关系的家伙，肯定弱不到哪里去，只是一起玩玩捉迷藏这种小游戏而已，他们自己也相当的开心。

不过，今天秦川后面跟了一群非人类。

玻璃房终于建好了，小人参在林木下班回来之后揪着他的衣摆，小心翼翼地问他能不能接收一些刚化形的弱小非人类来越冬。他们这种并不具备四肢九窍的生灵，要化形简直每一步都是生死大关。至少狗啊狐狸啊这种动物化形之后，只要不是被别的非人类吃了，绝不会遇到那种天冷被冻死之类的事。

但植物系的非人类会。他们拥有了灵性、开启了灵智之后，不仅仅会引来别的非人类，还会因为气候的异常而死去。就像是刚出生并不具备尖牙和利爪，却没有母兽庇佑的动物幼崽。

小人参在山里认识几个这样的小非人类，他们藏在土石之间，还没能修炼到化形，也并不具备逃跑的能力。偶尔有野兽随便踩他们一脚都会让他们送命。不同于帝休、帝屋这种受到天地喜爱的神木，普通的植物想要化形实在是太难了。

林木觉得这方面的经验大概帝休和晏玄景比较丰富。

而帝休一直以来对自己生活的那个山谷里的植物们都是照顾有加的，虽然在山谷里化形的小非人类最后都会被那些强大的非人类拎走，不过这并不影响帝休对自己的同族有天然的好感。

晏玄景则是随他们造作，真有什么事了，动起手来他必不会输。

即便是在大荒里，只需要绕开一部分大前辈，其他的地方他都可以随意走动，在中原他必不可能翻车！

于是林木就带着一家老小集体进山了。

小人参走在前边带路，紧张地揪着自己的小肚兜："前些天有几个人类进山，挖走了一株海棠，也不知道她活不活得下去。"

这个话题有点沉重，几个非人类都没有说话。

倒是林木在这一方面比较有发言权。

"被挖走了的话，问题应该不大。"林木说道，"海棠被整株挖走基本上是会被移植到别的地方去的，有了灵智的植物比普通植物的生存能力还是要强一点儿的吧。"

如果是长势很好的，可能是被带去花鸟市场了。有不少园艺花卉爱好者天天逛市场，运气好的话说不定比在山里要安逸很多。

当然了，倒霉的情况就不说了，林木觉得没这个必要。

第十八章
睡前故事

人参娃娃相当顺利地找到了自己认识的几个娇弱的朋友，都是跟他一样小小的花草。他给朋友们解释了一下来意，然后小心翼翼地把他们挪到了林木带来的盆里。

晏玄景跟在队伍的最后边，脚步微微停顿了一瞬，回头看向他们的来路。

有风吹过灌木丛，发出窸窸窣窣的声响。

九尾狐藏在大袖下的指尖微微动了动，闪过一道光华，山林间便倏然氤氲起一阵雾气来。

走在他前方小声说着话宛如在春游一样轻松的大大小小的非人类丝毫没有发觉这雾气，只有坐在林木肩上的帝休回头看了他一眼。

晏玄景透过层层雾气，看到在雾气里“鬼打墙”的两个人，慢吞吞地收回了落在后边的目光，跟在林木后边回了家。

他们回来得很巧，院门外边的水泥路上远远地站着一个西装男人。

林木脚步一顿，他肩上的帝休“噌”的一下站了起来。

“林木先生？”那个男人也不走近，只是远远地问道。

林木点了点头。

“老大……帝屋老大交代我送东西过来。”那个男人说着，拿出了两个小纱袋，“我无法靠近您的院落，所以只能等在这里了。”

拦住他的应该是朝暮。林木看着他站的距离，下了这个判断。

那两个小纱袋他见过，晏玄景也有这样的纱袋，上边还绣着青丘国的狐纹。

“帝屋？！”秦川从后边蹿出来，被林木抬手按住了，“帝屋在哪里？”

那人摇了摇头：“抱歉，我不知道。”

秦川垂下头，闷闷地应了一声。

林木偏头看向晏玄景。

晏玄景扫了一眼那两个纱袋：“是晏……是我父亲的乾坤袋。”

林木想了想，抬脚要向那人走过去。

晏玄景拦住他，自己过去了。

帝休从林木肩上蹦到了晏玄景肩上，在晏玄景接过两个纱袋后，一伸手就抱住了其中一个，死死地不撒手。

晏玄景看了他一眼，回了院子。

那边秦川和几个小非人类上玻璃房里去把新来的小伙伴安置好，这边林木和晏玄景停下脚步，低头看向了那两个纱袋。

“帝屋怎么都没给我发过消息。”林木摸出手机，嘀咕，“送来的是什么？”

帝休左右看了看他们站的地方，然后从晏玄景肩上跳了下来，迈着小短腿踉踉跄跄地走到院子里架着秋千的那块空地上，这才拉开了纱袋。

纱袋里滚出来一块木板，迎风而涨，迅速占据了这院子空余的角落。

木块巨大且厚实，光厚度就比晏玄景的人形高出许多，几乎快要够上二楼卧室的窗户了，面积也不小，整个院子被木板占据之后就几乎没有什么剩余空间了，连门都挡住了。

这木块上边散发的气息林木实在熟悉，他几乎瞬间就明白了那是什么。

“是帝休的本体。”晏玄景确认了他的想法，他仰头看了一眼坐在那块巨大木块上冲下边的他们探头的小木人，扫了一眼这木块上沾着的一些红色污渍。

是血，还很新鲜。看来帝屋最近这几天一点儿没闲着。

“这些本体前辈准备怎么用？”晏玄景问。

帝休比画了一下。林木和晏玄景仰着头，始终没看明白。

帝休把自己的本体重新收了起来，晏玄景掂了掂手里的另外一个纱袋，说道：“这应该是您待过的泥土？”

帝休点了点头。

那帝屋是什么意思已经表达得很明显了。晏玄景想，他是想让帝休直接把自己种回去，休养生息，不要跟他一样利用这些本体强行变成人形到处牵扯因果。毕竟他们两个的情况还是不大一样的。

就是不知道帝休自己是什么打算了。

实际上，帝休并没有拒绝帝屋好意的打算。他上楼之后直奔林妈妈的房间，把自己的宝贝果实捧了出来。然后揣着两个纱袋，在院子里转悠了好几圈，最后还是选定了那架秋千旁边的空地。

帝休打开了那两个纱袋。

泥土和木块从纱袋里滚落出来，却并没有像刚刚那样迅速占据整个院落，而是化作极为清浅的绿色光亮，将小木人包裹了起来。

被光亮包裹的小木人环抱着果实，用一层一层的木头包裹住身躯，脚下生出了根系伸入了土层，身躯充盈着力量，以肉眼可见的速度拔高，生出了五根枝杈。一层一层的树衣将他藏进树干深处，渐渐地看不见木偶的形状了。

“果实呢？”林木偏头问道。

晏玄景指了指他的心脏位置：“被前辈种做木心了。”

林木茫然：“什么是木心？”

晏玄景想了想，答道：“一般来讲，就是植物化形的非人类唯一的弱点。好比九尾狐的弱点其实就是尾巴一样，砍掉一条尾巴，实力就会锐减。木心就是类似于这种概念的存在。”

林木对于这种东西并不清楚，他看着帝休的枝条舒展开来，有翠绿的颜色在枝杈间冒出头来，整个树一点一点地变得繁茂。

苍青色的树木不及他梦中所看到的那般遮天蔽日的庞大，但依旧繁盛，苍翠欲滴。夕阳下逐渐消逝的日华骤然大盛起来，欢欣而快活地涌向了那一株重新生长起来的帝休。

蒙蒙的金色光晕之中，有一道人形从树木的枝杈间落下来。他穿着一身墨绿色绣着金色树叶的长袍，长发随风垂落而下。他睁开眼，看向了院落之中愣怔的林木。

林木沐浴着繁盛的日华，呆怔良久，深吸一口气，道：“爸爸，你长得真好看。”

比晏玄景还好看。

站在他身边的九尾狐打了个小小的喷嚏。

帝休有些愣怔。

他看着被日华笼罩的林木，目光一点一点地变得明亮而温柔。

这孩子跟他妈妈真像，帝休想。

这发言跟当初他们第一次见面的时候，林雪霁看着他的脸说出来的话一模一样。

帝休抬起手，把林木虚抱入怀，轻轻蹭了蹭他的珍宝。

晏玄景看了看这父子两个，转头看了一眼发觉气氛不对纷纷躲在玻璃房里不出来，还死死地拉着两眼发亮、疯狂摇着尾巴的龙脉不让他出去的几个小非人类，然后同样选择不打扰第一次正儿八经会面的父子两个，转头进了屋。

如今的帝休只是一道相对凝实的虚影，跟人形还差着挺长一段距离。不过这已经足够了。

林木恍恍惚惚的，过了许久，直到日华渐渐散去，夜幕垂落下来，才回过神来。他抬眼看着帝休的虚影，终于有了自己的爸爸回来了的实感。

虽然之前的小木人也很可爱，但林木很难发自内心地认同这是一个正儿八经的人，还是他父亲。

这要怎么认同呢？

虽然这话说起来显得有点傲慢，但在林木心里，哪怕是狗说话了，在不变成人形的前提下，他也没办法把狗真正当作一个平等的生物来看待。

林木往后退了两步，前前后后仔仔细细地绕着帝休转了两圈。他两手背在背后，有些紧张地抠紧了藏起来的双手，跟一开始捧上小木人时的亲昵截然不同。

帝休有些苦恼，他察觉到了自家孩子在面对他的时候那种异常的态度，换位思考一下，他大约也明白这是因为他没有人形。毕竟谁也没法对着一个丑了吧唧的小木人真情实感起来，这能理解。

帝休每每想到这里，就忍不住对帝屋心生抱怨。所以他才不想用那副样子来见林木啊，丑是一方面，完全不成人形也很难跟人相处的。毕竟他的孩子之前二十多年，全都是作为人类生活的。

而他的妻子保密得很好。如果不是因为林木误打误撞地考入了青要管理处，大约连帝屋都没法一眼看出来林木的血脉，撑死了也就火眼金睛看得出来是个混血。

大约是面试的时候，面试官里有非人类吧，帝休想。

他当年也想过到人类社会里落个户，跟林雪霁扯张结婚证，然后自己去考个公职什么的。当年非人类这方面的户籍制度落实得已经不错了，而且帝休觉得以他的天赋来讲，人缘必然是不会差的。结果还没来得及去落户，就惨遭了毒手。

帝休看着紧张的林木，脸上有些不知道应该摆出什么样的神情来才好。只是他即便是面无表情的样子，也透着一股令人安心的宁和。

林木跟他长得有七分相似，连笑起来的时候，嘴角那两个浅浅的梨涡也是一模一样的。

林木从不觉得自己难看，只是自己的脸看了这么多年，他早就已经腻味了，也没觉得多好看就是。但爸爸就是好看，比他好看，比晏玄景也好看。

不带滤镜的话，大概是一个半晏玄景那么好看。带上滤镜的话，大约有两个晏玄景那么好看。

林木紧张地抿着唇，对上帝休注视着他的目光，忍不住眯起了眼，嘴角翘了翘。

帝休看着林木嘴角的两个小梨涡，心情骤然软和下来。他禁不住弯起了眉眼，院落里的草木也欢欣鼓舞地跃动起来，努力地展露出了自己最为美丽的姿态。

帝休站在花与翠绿铺就的绒毯上，轻声说道：“我回来啦。”

他的声音温柔得就像是春日融冰时第一滴水落下来的声音。

林木微怔，背在背后的手猛地握紧，浅浅的指甲也几乎要将自己刮伤。他抿了抿唇，感觉有什么东西在他胸腔深处的疮疤上轻轻刮了一下，难忍的酸痛和新生的畅快喷涌而出，奔腾着蔓延过四肢百骸，一股脑涌上了头。

“你回来啦。”林木吸了吸鼻子，瞪大眼努力把翻涌上来的酸涩湿润压下去，最终却发现毫无作用，于是他干脆低下头来，嘟哝着抱怨，“你回来得好晚啊爸爸。”

帝休微微俯身，对上林木低垂下来的头，轻声说道：“对不起。”

林木看着他，抿着唇，再一次说道：“好晚啊。”

“对不起，是我的错。”

“算了。”林木收回视线，又垂下眼来，“我原谅你。”

帝休抬起手来，迟疑地落在了林木的头顶上。

他们暂时并不能触碰到彼此，但林木察觉到帝休的动作，还是回应般的轻轻蹭了蹭他手掌的虚影。

帝休温柔地看着林木，过了许久，等到林木的呼吸平稳下来了，才轻声问道：“要不要听睡前故事？”

林木抬起头来：“什么睡前故事？”

“你妈妈喜欢听。”帝休说道，“她说我声音很好听，所以总喜欢让我给她念睡前故事。”

月上中天。

晏玄景发觉林木还没回屋睡觉，于是微微皱着眉从屋里走了出来。

院落里醒着的，只剩下了帝休那一道虚影。

跟之前连吸收两朵月华都可能会虚不受补的小木人的状态截然不同，如今的帝休对于这些天地的馈赠照单全收，枝条与叶片以肉眼可见的速度在一点一点变得粗壮繁茂。

帝休坐在自己本体的庇荫下，察觉到晏玄景出来的动静，微微偏过头来，冲他竖起了一根手指，做了个噤声的手势。

晏玄景的目光转向了他先前注视着的地方，林木已经睡着了，但并不算太安稳，死死地抱着秦川，秦川把脑袋藏在了他怀里，要不是被林木揪着龙尾巴，他大约能直接缩成个球，旁边的小人参紧紧地抱着林木的手臂，手里还揪着秦川的龙须。两棵含羞草和小土豆变成原形躲在小人参和林木中间，也一点儿动静都没有。

晏玄景走过去，看着林木眉头紧皱睡着了的模样，顿了顿，询问地看向了帝休。

“讲了几个睡前故事。”帝休小声说道。

晏玄景看了看那几个睡着的小鬼，声音极低：“什么故事？”

帝休无辜地说道：“普普通通的鬼故事。”

晏玄景沉默了两秒，看看林木他们的脸色，有点不明白鬼故事有什么好怕的。

“你也要听吗？”帝休温和地问道。

晏玄景转头看了一眼西边。

帝休也跟着他往那边看了一眼：“那两个人类不急着处理。”

晏玄景倒也不意外帝休会知道这事。他本来是想趁着林木睡着或者不在的时候去把今天摸过来的那两个人类处理掉的。

秦川这条龙脉运气极差的传言果然靠谱，这才刚留下没多久，就有人类摸过来了，而且晏玄景百分之百地肯定，纯粹是秦川自己运气差才撞上这么个意外的。

青要山山神对于山里发生的事情了若指掌，最近这段时间，山里的非人类跟外界可没有任何往来，这些小非人类更加跟人类世界没有瓜葛，别说使用什么手机之类的科技产品了，他们简直对人类的任何东西都避之不及。

秦川运气差，第二次跑进山里玩的时候就撞上了发现青要山最近力量波动频繁而过来探一探情况的人类。晏玄景解决掉了第一批摸过来的人类，听到山神告诉他这些情况的时候，只觉得怪不得这龙脉身为中原文明的发源地这一点没那么出名，反而是因为运气差而被许多人知道。

这已经是这几周以来第四批人类了。

晏玄景早在秦川来的时候就重新捣鼓了一下林木这个小院子的遮蔽术法，找过来的人类再怎么查也就只能看到一个普普通通的农家小院。

所以秦川每次出去玩的时候，晏玄景都是随他去的。毕竟要把那些人类的注意力引走，可不就得让他们有个目的吗？秦川这傻不愣登的龙脉当诱饵简直不能再合适了。

反正有晏玄景跟在他背后扫尾，倒也一点儿事情都没有。

不过晏玄景跟帝休不一样，他还是觉得做事要趁早，不仅要趁早，还要斩草除根，不留痕迹。当然了，这些人类短时间里是没法斩草除根的。

晏玄景摇了摇头，刚准备起身，就听帝休无奈地轻声说道：“再等一等吧。”

“嗯？”晏玄景偏头看他。

“这几个人类能够找到秦川，他们肯定有能够寻找走脉的方法，帝屋……”

“帝屋！”梦中的秦川听到了关键词，跟条弹簧一样蹦了起来。

林木和几个刚睡着不久的小非人类被他这一声齐齐吓醒，茫然不知所措地睁开眼，木愣愣地看着晏玄景和帝休。

秦川从林木和小人参手里挣脱出来，整条龙挂在帝休身上，满脸幸福地挨挨蹭蹭，嘴上却呜呜地嘟囔：“呜呜呜帝屋呢？！我的帝屋呢！”

“没有帝屋。”帝休习以为常地轻抚着挂在他身上的龙脉。

他对此倒是真的挺习惯的。

毕竟当年那些照拂他的非人类，也有几个有把自己挂在他枝条上或者蹲在枝杈间的癖好。

“我听到你们说帝屋了！”

秦川嘴上对帝屋忠心耿耿，身体却十分诚实地被帝休撸直了，整条龙软成了一摊水，龙尾闲适地甩着，连逆鳞都爽得舒张开来。

“是说到帝屋了。”帝休好脾气地解释，“不过是想从今天来的人类身上帮帝屋找到寻找走脉的方法。”

秦川一顿，他也知道帝屋跑出来其实是为了什么，蔫蔫地垂下了尾巴，唉声叹气。

林木看了看秦川，又看向晏玄景：“人类？什么人类？”

晏玄景点了点头：“跟着秦川来的，今天下午被我困在山里了，这是第四批。”

林木闻言一愣，张了张嘴，讷讷地道：“你一直在……保护我们啊？”

晏玄景觉得这实在称不上保护，举手之劳罢了。

林木垂下眼：“你怎么什么都不说啊？”

晏玄景张嘴就要讲话。

“如果你要说是因为我弱的话就别说了。”林木截断了他的话。

于是晏玄景乖乖地闭上了嘴。

林木看着闭嘴的狐狸，瞪圆了眼。

你还真是这么想的吗？！虽然是事实……但是你能不能稍微转那么一点儿弯啊？！

晏玄景对上林木的视线，沉默良久，突然福至心灵，感觉自己开辟了一条新思路。

他正了正脸色，十分严肃地对林木说道：“你还小。”

“哦。”

林木觉得大概这辈子都不能指望晏玄景明白什么叫委婉的安慰以及弱者也有知情权这么个道理了。

林木第二天去上班的时候整个人都恍恍惚惚的，脸色十分难看。大致是因为他昨天晚上伴随着他爸爸爱的睡前故事睡着，结果做了一整晚的噩梦。

毕竟帝休的鬼故事不是一般的鬼故事。

帝休的性格再怎么平和，也是个强大的非人类，还是针对人精神层面的非人类——简单地说，就是听帝休讲故事，是会真的看到故事里的人、事、物的。

林木宛如置身实地一般的经历了一晚上全息鬼故事，秦川的龙须都差点被他揪断了。

秦川自己也没出息，大概是本身也没见过这种场面，被吓得浑身龙鳞都炸起来了，一个劲儿地往他们怀里钻。

人参娃娃和另外三个小非人类直接冲进了玻璃房里，听不见也就看不见了。

唯有想着要陪陪亲爹的林木和试图把两棵帝休都搂回家的龙脉坚强地留了下来。

哦，还有一直表现得十分平静无波的晏玄景，所以最后他们都挂到显得无所畏惧、一身正气的晏玄景身上去了。

据帝休所言，林雪霁以前最喜欢的就是鬼故事，所以他只会讲鬼故事。

林木恍恍惚惚地到了办公室，决定回头买几套平和温馨的童话故事或者儿童文学去给他爸爸念一念。说什么都别再讲鬼故事了，搞得他现在大白天的看到一个昏暗的角落都觉得下一秒就要探出点什么东西来。

林木深吸一口气，打开办公室的门。

一道黑影从办公室里蹿了出来。林木吓得一哆嗦，脑子里闪过昨天晚上一连串的惊悚画面，条件反射地抬起脚就要踹过去。

冲过来的黑影见势不对，刹住了车。

林木定睛一看，松了口气，整个人的憔悴和疲惫更上一层楼："是大黑啊……你怎么回来了？"

"老乌龟让我回来的，我待在那边也没什么用。"大黑看着林木的脸色和他这副恍恍惚惚的样子，"你怎么回事啊？这么虚弱的样子。"

"睡前看了几个鬼片，做了一晚上的梦。"林木坐到自己的位置上，把头上的帽子摘掉，整个人瘫在椅子上，奄奄一息。

太阳照进来，落在他头顶上的小树苗上，树苗都蔫嗒嗒的。

"你们的事很不顺利啊？"

"其实还行。"大黑看着林木这副受惊过度的样子，跳上自己的工位，拉开抽屉翻找着，一边翻一边说道，"最近帝屋又犯事儿了，他们一直没能拦住，每次找到的线索都是陷阱，抓不到什么规律，不过看着帝屋压根儿没有伤害他们的意思，就散了，只留下老乌龟跟另外一个人继续追踪。"

林木一愣："什么啊？帝屋犯的都是大事吧，你们就这么散了？"

"不是的，对我们来说，他只要不是丧心病狂地想对所有沾了因果的人动手就行了啊，至于私仇，我们是不管的。”大黑找了半天，终于摸出个小盒子来，“吃这个，消梦魇和压惊用的。”

林木接过那个小盒子，问道：“那死了人，也没人管的吗？”

“有人管啊，这不是留下了老乌龟和一个人吗？”大黑答道，“我们这种存在是不在人类法律管辖范围内的，人类那边特殊的存在，也有额外的规则，跟普通人的不一样。”

那敢情好。

林木觉得自己有点“双标”，不过无所谓。

打从知道帝屋这是单纯的报仇，而且身负功德压根儿不用担心灰飞烟灭这事之后，他就懒得再跟帝屋说这不该那不该的了。帝屋爱咋地咋地去，不把自己赔上就什么都好说，都是小问题。

有仇报仇有怨报怨，再简单不过的道理。要没有第三方类似执法者这种存在干涉，那简直是再好不过。虽然就算有干涉，帝屋也不会很在乎的样子。

林木打开了手里的盒子。

盒子里随意地放着几个豆荚，豆荚里是几颗棕色的果实，散发着浅淡的香气。

“这是什么？”林木问道。

“植楮草的果实，平时被惊到了或者梦魇了就吃这个，毕竟咱们这儿什么都管的嘛，偶尔也帮着治疗一下疑难杂症。”大黑在那边穿衣服，一边穿一边问，“话又说回来了，咱们办公室里是不是来过什么不得了的角色？”

林木一顿：“嗯？”

“总觉得有股……嗯……不知道怎么形容的，闻了就觉得贼厉害的气味。”大黑咂摸了一下，始终咂摸不出合适的形容，“大概就是这种感觉吧。”

林木仰头嗅了嗅，嗅了半天也没嗅出什么名堂。

大黑瞅瞅他：“你又不是狗。”

林木低头拿了颗果实吃掉，只觉得心尖缠绕的那股凉意和疲惫一点一点散去，往昏暗的角落里看，也不再会窥见想象中吓人的虚影了。

林木松了口气，回答了大黑的话：“也没有什么特别厉害的角色吧。”

说完，他合上盒盖的动作微微一顿。

要说厉害的角色好像也不是没有啊……秦川好像算一个。

不过他的言行举止实在是太像狗了，以至于相处的时候根本想不起他本身是个多厉害的存在。

龙脉这个存在的确很厉害，不过这大概得向大黑保密。

“你身上也有一股很好闻的气味。”大黑嘀咕。

林木抬头看他，意识到大黑说的那股好闻的气味很可能是帝休的气味。

跟他这个半吊子不同，身为纯粹的、完全的帝休，爸爸的气息跟他是截然不同的，温柔而又不可忽视的强烈。

林木决定赶紧跳过这个话题，他说道："刚好你回来了，我明天要请个假。"

"嗯？"

"我妈忌日。"林木说完顿了顿，"我跟她说的话，她是不是也不会知道？"

大黑托腮想了想："我听人说，在忌日传递思念的话，哪怕换生了对方也是可以收到的，不过一般都是通过做梦或者别的什么方式，忘得很快。"

"那太好了。"林木把手里的盒子放到桌上，嘴角微微弯出个笑容来，"有些事情我必须告诉她。"

比如爸爸回来了，又比如舅舅们并不是他一直以来以为的那样。还比如他现在也不是一个人了，家里每天都很热闹。

"那一般，如果给人类送礼的话，送点什么比较合适？"林木想起了两个舅舅，问道。

"啊？"大黑一愣，"什么人类啊，活的死的？"

"长辈，活的。"林木答道。

林木对于给长辈送礼这事其实并不算很陌生。他对一直以来对他多有照拂的谭老师，逢年过节都有送礼的。只不过如今他并不算是普通人了，也就想送点不普通的东西，毕竟非人类的很多东西对于人类而言都挺有用的。

"送棵足年份的人参呗，或者送他一盆花，花盆里塞几朵朝暮进去。"大黑觉得这个还真可行，他搓了搓手，"反正人类看不到朝暮的嘛，正好防妖魔鬼怪。"

林木觉得有理，横竖他作为人类也没有什么特别拿得出手的特长了。

林木下班去了一趟书城，买了一套童话书、一套儿童文学，还有一堆名著，拎着一袋子知识回了家。

帝休是很喜欢看书的，因为当年他打发时间的时候，几乎都是看那些非人类从各处给他搜刮来的书册杂记。不过等到林木回来的时候，发现他爸爸正坐在树杈上，拿树枝架着平板电脑在看电影。

林木凭借他远超普通人的听力站在院子外边听了一阵，发现他爸在看某部著名鬼片。

怪不得今天院子里压根儿找不到那四个小非人类的影子，毕竟是帝休在看鬼片。他们哪怕不看，只是听到了，在帝休的影响下也是会身临其境的。

林木扫了一眼院子里不知道什么时候多出来的一口阴气森森的水井，浑身一个哆嗦："爸爸！"

帝休控制着本体的小树枝戳了一下电脑，按下了暂停，拨开繁茂的枝条，冲下班回来的儿子招了招手，那口水井也倏然消失了。

林木松了口气：“我买了好多书回来，你别看鬼片了。”

帝休微怔，露出些许遗憾的神情。

儿子怕鬼，这是帝休万万没想到的，毕竟儿子他妈是个鬼片爱好者。

树木舒展着枝条，关掉了电影的页面，把平板电脑放到了旁边的秋千上。

帝休跟在自家宝贝儿子后边，轻声问道：“工作顺利吗？”

“挺好的，今天刚发了工资和奖金。”林木应道，看到几个躲在屋里跟龙脉捏玩具扔飞盘玩的小非人类，忍不住笑了笑，“你把他们吓坏了。”

帝休眨了眨眼：“我也没想到非人类会怕鬼。”

“林木！”小人参扔掉手里的小鸭子，啪嗒啪嗒地跑过来，小心翼翼地探头看了一眼院子，发现院子里没有一点异常之后，松了口气，软绵绵地撒着娇，“你回来啦。”

林木揉了他的脑袋一把：“嗯，我回来了。”

“我今天做了榴梿大福、杧果大福还有大福冰激凌！”小人参美滋滋地挺了挺胸，然后鼓起脸来，转头看了一眼趴在一边的奶糖，告状，“不过奶糖把冰激凌偷吃掉了。”

晏玄景抖了抖耳朵。

胡说八道，晏玄景眉头皱着，他分明就是光明正大地吃的。光明正大的事情，哪能叫偷呢！

“奶糖还让我不要告诉你。”小人参继续告状，“但是你都下班回来了，他买的冰激凌还没送到！”

林木疑惑地看向晏玄景：“你喜欢吃这个？”

奶糖端庄地趴在那里，微微颔首。

“那就多买点好了，我没关系的。”林木拍了拍小人参的脑袋，看着小家伙跑进厨房去，又偏头看向了帝休，“明天我去看妈妈，爸爸你可以一起去吗？”

帝休微怔，低头看看自己半透明的双手，点了点头。

他回到院落里，折了一根细嫩的枝条交给了林木。

他不能脱离本体太远，但林木带上枝条，他也能勉强跟上。

林木吃过晚饭，跟着帝休一起在外边晒月亮。

他本以为有了新书之后，今晚的睡前故事会温和一些，但他万万没想到，帝休竟然能在一堆寓言故事、儿童文学和世界名著里精准狙击到《歌剧魅影》。

林木木然地看着浮现在眼前的宏伟壮丽的歌剧院，把怀里的龙脉往旁边的小人参手里一塞，趁着稍显惊悚的情节还没开始，拍拍屁股脱离了战场。

晏玄景站在屋顶上，遥遥地注视着虚空，仿佛在出神。察觉到林木爬上屋顶，他微微偏过头：“不听睡前故事吗？”

“睡前听鬼故事不利于身体健康。”林木拎着两条小矮凳上了天台，给了晏玄景一条，“而且，也不能放你一个每天不睡觉蹲守吧。”

晏玄景纠正他：“非人类并不需要跟人类一样作息。”

“那不休息也会累的呀。”林木看着坐在小矮凳上也依旧背脊笔挺的晏玄景，收回视线，伸手去拨弄眼前落下来的月华。

他看着楼下的树，恍惚了一会儿，问道：“大荒是什么样子的？”

晏玄景略一思索，答道：“风景比中原要美一些，但四处都是血腥气。”

“听起来不太适合我。”林木嘀咕。

晏玄景摇了摇头：“帝休的山谷不一样。”

帝休生活的山谷就像世外桃源一样，平和、安逸，没有杀戮与仇敌。

在晏玄景的父亲他们开始接触那座山谷之前，因为帝休这棵神木的特性，就几乎没有非人类会对帝休起什么歹念。

会靠近的非人类几乎都会被帝休的力量安抚下来，很多强大的非人类也不会因为贪图帝休的力量而对天地所孕育宠爱的神木下手。单独几个非人类是根本承受不住杀死神木的因果的。

在帝屋的事情出现之前，绝大部分神木与花草都是非常安全的。

至于之后发生了什么事情，全世界都知道了。但帝休的山谷因为还没被波及，所以一直都被保护得很好。

在晏玄景五百来年的记忆中，大荒里几乎没有比帝休的山谷更为特殊的地方了，也没有跟帝休一样天真到有点傻乎乎的非人类。

不对，也不能说傻。帝休该利用的还是会利用，更何况还有个更傻的林木垫底。

“你大概会喜欢那个山谷。”晏玄景顿了顿，“如果你愿意去大荒的话。”

林木有点想象不到大荒是什么样的，不过他觉得自己大概无法跟他爸爸一样，一个地方待几千年也不嫌腻。

“只在一个山谷待着也太腻了，还不如在中原里，至少相对安全一些。”

“也可以出去。”他偏头看向林木，“我跟我父亲他们不一样，我还没有继任国主，没有背负那么多责任和事务，我可以陪你出去，保护你。虽然我的实力并没有到达顶层，但要带你走遍大荒的话，问题并不大。”

晏玄景这么说道，他脸上没有什么表情，声音也冷冷清清的，听不出什么波动，仿佛只是想到了就这么说了，透着一股莫名的理所当然。

“你想去哪里都可以，我陪你。”

第十九章
扫墓

林木愣怔地看了他好一会儿，慢吞吞地收回了视线。他深吸一口气，揉了揉自己温度渐渐退下去的脸，站起身来。

他的情绪一向来去如风，收敛得很快，他偏头对上晏玄景的视线，说道：“我挖几朵朝暮去。”

晏玄景微怔：“做什么？”

“准备送人。”林木答道，转头往楼下走。他这一走，就发现晏玄景也跟上来了。

“你跟着我做什么？”林木疑惑地道。

晏玄景十分理所当然：“你好像生病了。”

所以你是来照顾病号的吗？你可以的，狐狸。

林木简直想跳起来捶爆晏玄景的脑壳：“我没生病，你继续站岗放哨吧。”

晏玄景隐约察觉到了林木有些异常的情绪，他看着林木噔噔噔杀气蓬勃地下楼的背影，想了想，还是跟了上去。

林木好像有点生气，但晏玄景怎么都参不透他生气的原因。不过看起来好像是被他惹生气的。

狐狸跟在林木身后，看着他拿了个小铁锹，又拿了个手动小拖车，拖了几个空花盆出了屋子。

帝休给龙脉和几个小非人类念睡前故事念得正兴起，连本体都无风自动，枝叶碰撞着发出“哗啦啦”的声响，大半夜怪吓人的。

晏玄景看着走在前边的林木，扫了一眼因为帝休的力量而显现出来的诸多机关和潮湿逼仄的暗室，一抬手，在林木踏入帝休编织的幻境之前，隔断了林木跟帝休力量之间的接触。

帝休念故事的声音停顿了一瞬，抬头看了过来。

他看到九尾狐向他微微颔首致意，然后跟在林木拉着的小车车后边，不紧不慢地迈着步子。

林木手里都是东西，还拖着小拖车，哪怕力气大也有点迈不开步子。

晏玄景也没意识到这一点，就是觉得林木走得有点慢，走两步他才跟着丁零当啷乱响的小车迈一步。

帝休看了看晏玄景，又看了看自家儿子，对他们现在这个模样感到十分费解。

林木毫无所觉，把小拖车留在了院门口卡着门，从上边抱了个空花盆出去，埋头挖朝暮。

晏玄景绕过小拖车，看着他一铲子下去，刚要说什么，就看到被铲子触碰到的朝暮迅速地枯萎了。

“朝暮要用手挖才行。”晏玄景说道。

工具松土倒是可以，但挖出来基本得靠双手，就跟灵药一个道理。

狐狸将自己的袖子卷起来绑好，蹲到了林木身边：“要挖几株？”

林木拿铁锹撬松了土，想了想：“六株吧，凑个六六大顺。”

晏玄景点了点头，纤长白皙的漂亮手指骤然变得尖利如刀，跟戳破了一张纸一样轻易地将一整块土包裹着两朵朝暮挖了出来。他连花带土放到了旁边的空盆里，问道：“送谁的？”

林木迟疑了一下，还是说道：“我……有两个舅舅。”

晏玄景手上一顿。

舅舅，那就是林木母亲那边的人类亲戚了。

“没听你说过。”晏玄景说道。

“没有什么说的必要吧，我还有外公呢。”林木看着晏玄景动作迅速地挖好了六朵朝暮放到空盆里，然后慢腾腾地盘腿坐在地上，一副洗耳恭听的样子。

“我也不知道他们是怎么想的。”林木小声说道，“排除在新闻和电视上单方面看到他们之外，我这辈子就见过我外公一次、我小舅舅一次，大舅舅我都没见过。”

与外公唯一的那次见面给他的印象极其差劲。对方那副居高临下、颐指气使的样子，过了五年林木还记忆犹新。

“其实如果他不是那样的态度，我也觉得无所谓的。”林木想起当时就有些生气，“这么多年来也没见他过问我跟妈妈一句，妈妈走了，我本身也没有想要去找他的意思，更加没有去攀亲的意思，我就想安安静静地把妈妈送走，可他来了，看也不看妈妈一眼。”

林木是真的想不明白。

虽然过去他的双亲缺失了其中一个，但他的童年并不缺少爱意。妈妈非常爱他，也非常疼爱他，哪怕他的童年里没有父亲这么个角色，也依旧不觉得自己这一生里特别缺少了什么。

所以林木是真的想不明白，为什么能有亲人是这样相处的。哪怕是晏玄景和晏归之间相互使绊子的相处方式，也看得出他们之间的默契和亲近。

可是从他外公身上，林木是一丁点儿都看不出来的。亲人之间的温情和默契，是一点儿都没有的。

“两个舅舅更是来都没有来。”林木看着那几盆朝暮，抿着唇，“不过他们好像一直有偷偷帮我。”

这份恩惠他既然是实际妥帖地收到了，那进行偿还和报答是肯定的。但要说亲近，还真说不上什么亲近。

这怎么亲近得起来呢？林木连他们的联系方式都没有，从熟悉程度上来说，他们甚至还不如刚跟他认识三个来月的帝屋。

“以前我跟妈妈两个人刚来这边的时候，我还不懂事，妈妈吃了不少亏，也没见谁出来帮帮忙。”林木托着腮。

那会儿这个村连 A 市郊区都算不上，交通也不算很方便，穷乡僻壤的。这里的人受教育程度都不怎么高，跟他们讲道理是讲不通的。

林木打小被妈妈教育，能讲道理就尽量讲道理，暴力是最后的手段，但在他小时候刚记事的那几年里，这话并不管用。在这里拳头最硬，敢骂敢撵敢跟人打得头破血流的暴力就是道理。

后来他横扫方圆三百里地，把疯狗都打得绕着他走了，母子两个的日子就瞬间变得舒坦起来。再后来他考去城里念了初中，林木才懂妈妈说能讲道理就讲道理原来是对的。

林木成了重点高中的学生后，在没有人读书读出头来的村里，地位一下子就不一样了，只不过林木和他妈妈都懒得跟这些人多有往来，也就维持着不咸不淡的态度，倒也过得安心舒适。

小时候最需要帮助的时候，给妈妈准备后事那会儿最需要帮助的时候，还不都是他自己咬牙硬挺过来的。

“你的两个舅舅大约是想补偿你。”晏玄景说道。

只不过林木是那种不需要帮助也可以坚强地站起来的类型。

非人类的孩子天生就耐摔耐打一些，因为非人类骨子里就充满了攻击性和暴力欲望，天生好斗，哪怕是帝休，真打起来了也不会是什么特别简单就能搞定的角色。从精神和神魂这方面入手的天赋力量，能做的文章可大了去了。

就连天天只想着晒太阳结果的那些植物系非人类，也会因为争抢一片有灵气的土地而大打出手，毕竟在大荒，有灵气的土地相当抢手，有些真不是有钱就能买下来的。有人竞争拿不下来怎么办？要么直接抢夺，要么把竞争对手都弄死就完事了。

这么一想的话，林木的妈妈真的把林木教得很好，他几乎长成一个完全正常的人类了。

“我当然知道他们是想补偿我。”林木嘀咕，“我之前还想过，是不是因为爸爸和我的关系，妈妈把自己的消息护得很紧来着，但他们一直都在 A 市发展啊，真要找，随随便便就找到了。”

当然了，林木最大的怨言还是这几个亲人本来可以完全不踏入他的人生，不在他的脑子里留下一丁点儿印象，却非要蹦出来跳一跳。

既然都跟妈妈断绝关系了，就干干脆脆地断绝到底啊。在妈妈走的时候还非要跑出来刷一刷存在感，恶心一下人，到底是怎么想的？

跟他外公的操作这么一对比，林木甚至觉得两个闷声不吭只敢偷偷帮他的舅舅都变得可爱了起来。

林木愤愤地想着。

“算了，不说他们了，都是些小问题，反正也不会跟他们有什么交集。”

就连准备送出去的两盆盆景，林木也是打算交给赵叔，拜托他转交给两个舅舅。毕竟他没有联系方式，也并不太想跟这两位见面。

根据赵叔之前告诉他的事情，他们仨要是碰面了，两个舅舅回家去指不定要被退休了天天盯着他俩的外公狠狠打上几棍子，想想也够憋屈的了。

林木站起身，原地蹦了三蹦，活动了一下手脚，拎起小铁锹，说道：“我去捣鼓捣鼓盆景，把朝暮塞进去，明天顺手就带去一起送了。”

晏玄景目送着林木把盆子搬到车上，拉着小拖车着准备回屋，一抬头就看到了轻飘飘地落在栅栏边上的帝休。

他俩的对话帝休听了个七七八八，想到因为自己的缺席而让林木有了这样的经历，他薄唇微抿，目光温柔又显出几许压抑的内疚。

林木也没想到这些有感而发的抱怨会被他爸爸听到，有些茫然无措。他左右看看，无处可躲，只好握紧了手里小拖车的把手，干巴巴地跟帝休打了声招呼。

帝休试探着往前飘了飘，见林木没有别的反应，便微微弯下腰来，轻声说道：“我……从一开始就很期待你的出生。

“林木的名字是我取的，是用你妈妈的姓和帝休的休字各取了一部分，你妈妈当初笑我是文盲，但最终还是给你取了这个名字。你在妈妈肚子里的时候很调皮，就像其他的混血一样凶狠又好斗。

“……很抱歉没能给你一个最好的开头，也很抱歉我没能给我的妻子一个最好的结尾。”帝休蹲下身来，仰头看着垂下眼的林木，“但我和你的妈妈都很爱你，这是毋庸置疑的。我想要作为一个失职的父亲来弥补我的孩子。”

林木抿着唇，小声地说：“那你可得努力了。”

帝休弯出一道细微的笑意：“嗯？”

“起码得有人形能摸摸抱抱蹭蹭才行。”林木说道。

帝休脸上的笑意变得明显了些：“好。”

“好孩子早点睡，要听睡前……”

“不了。”林木断然拒绝了帝休，拉着他的小拖车一溜烟冲进了屋里。

旁边安静站着的晏玄景看着院子里的帝休本体，发现被儿子鼓劲之后，原本慢腾腾自然伸展的帝休吸收月华的速度骤然加快了数倍，直接把整个院落里的月华抢掠一空。

意识到在院子里恐怕蹭不到月华了的狐狸愣了两秒，变回原形进了屋，叼着狗窝到了林木房门口，抬爪子挠了挠门。林木趿拉着拖鞋把门打开，跟蹲在门口的奶糖对上了视线。

晏玄景看着林木有些泛红的眼眶，微怔，迟疑着问道：“要抱抱吗？”

林木一愣，反应了好一会儿才明白过来晏玄景这脑回路是连接到哪里去了。大概就是跟上一次一样，出于安慰的心态想抱抱他吧。

林木面无表情地看着眼前带着窝来的狗，吸了吸鼻子，说道：“不要。”

晏玄景沉默了两秒，想到院子外边被一扫而空的月华，沉吟片刻，又问道：“那要我陪你一起睡吗？”

晏玄景把话绕回了原点，看着林木的神情，恍然地补充解释：“帝休那边蹭不到月华了，我来你……”

狐狸话音未落，眼前的房门就被无情地关上，并“咔嗒”一声落了锁。

晏玄景蹲在门外，感觉十分费解。

从上次林木把他扔出来起他就有些不明白了，虽然后来他了解到人类的羞耻心和隐私性之类的观念，但一开始的时候，他是满心茫然的。

非人类并没有这样的观念，就比如帝休，他一点儿也不介意有多少非人类躺在他周围或者是往他本体上挂。

在晏玄景的概念里，他跑去跟林木一起睡，蹭蹭林木的月华，这是再正常不过的事情。

不过引来月华的是林木本人，本人拒绝了他，那晏玄景就顺理成章地接受了，反正去院子里影响也不大，哪怕林木把他赶出小院子，那也是他的权力。帝休也有把自己不喜欢的非人类赶出山谷的权力不是吗？

毕竟林木一直都是作为人类生存的，理念不同就要相互理解，所以晏玄景之前就很干脆地叼着窝去外边睡了。

今天情况比较特殊，所以晏玄景就叼着窝来问问林木能不能睡回去——虽然始终不明白之前林木为什么把他扔出去，但过去这么一段时间了，万一林木改主意了呢？

这多正常。

林木爱看他的脸，喜欢抱着他的本体揉揉蹭蹭，也喜欢有人陪伴着入睡的感觉。这些晏玄景心里都十分清楚，所以他才提出陪林木睡觉的。

而且他也没说错什么啊。林木问他要干吗，他当然得说实话，难不成还要骗林木吗？

之前忽悠林木时林木那么生气的样子，晏玄景觉得他肯定是十分介意这一点的。毕竟他也就看林木生过那一次气，虽然很快就消气了，但晏玄景还是记得十分清楚。再说了，这么点小事也完全没有说假话的必要。

他没骗林木，实话实说了，那林木到底在生什么气？

晏玄景拖着狗窝堵在林木房门口，趴进软绵绵的窝里，十分苦恼地思考着，眉头皱得死紧。

林木坐在床上，感觉十分费解，晏玄景这个脑回路到底是怎么长成这样的？

倒不是说他不喜欢晏玄景有什么说什么、诚诚恳恳一点儿都不忽悠人的这个态度，虽然有的时候会很气还很噎人，但林木其实还挺喜欢晏玄景这种过于耿直的脑回路的。

至少不跟之前一样忽悠人了，对吧？

林木深吸一口气，抬手揉了揉自己的脸，把枕头往旁边一扔，气势汹汹地下了床，一把打开了房门。

晏玄景趴在狗窝里，仰头看向突然打开门的林木。

“不是陪睡吗？”林木说道，“我要九条尾巴。”

晏玄景仰头看看林木，身后毛茸茸的大尾巴轻轻一甩，甩出了九条。九条大尾巴在身后跟开屏的孔雀似的，他翻身起来，叼着窝进了房间。

林木看着晏玄景把之前被他扔出去的窝又放回了原来的地方，然后一跃跳上了床。

林木坐在床上，看着在床上毛茸茸的一大片，忍不住伸手摸了摸那九条大尾巴。入手的触感比想象中的还要细软柔滑，沾上了些许秋夜的微凉，稍一停留又能晕出些许的温暖来。

爱不释手。

林木抱着不摸白不摸的心思，干脆抱起两条尾巴搂在怀里，把脑袋埋进细软的毛毛里蹭了个爽。

晏玄景微微僵硬了一瞬。尾巴到底还是九尾狐的弱点，哪怕是亲爹亲妈都不太会这么毫无顾忌地去触碰孩子的尾巴。

没太被人触碰过的地方总是触觉灵敏刺激一些的，尤其还是被九尾狐时时刻刻挂在心上的尾巴。

晏玄景扭头看了林木一眼，爪子无意识地按了按柔软的床垫。

林木大约是不明白非人类的这种顾忌的。

晏玄景看着林木实在喜欢的样子，忍住把尾巴抽回来的欲望，慢腾腾地趴了下来，两只前爪交叠着，脑袋趴在两只爪子上，微微眯着眼看着揉他尾巴的林木。

林木揉了个爽。

他看向晏玄景，说道："我想……"

床上的九尾狐抖了抖耳朵。

想看人形保留有耳朵和尾巴的九尾狐……林木对上晏玄景的视线，张嘴想说，又闭上了。

算了，这个时候要面对晏玄景的脸还是让他感觉很有压力。

"没事，晚安。"林木摇了摇头，转头关上了灯，室内只留下点点月华的荧光。

这还是入秋之后晏玄景头一次进林木房间里睡觉。

摆在床不远处的小风扇消失不见了，也不知道是因为秋夜渐渐凉了，还是林木渐渐地不再受到天气寒暑的影响，所以把它撤了。凉席也撤下去换成了床单，跳上床爪子底下踩的就是柔软的垫被。

晏玄景看着林木抖开被子躺好，又从被窝里伸出手来摸了两条他的尾巴进被窝里。

晏玄景感觉自己两条尾巴被轻轻地抱着，目不转睛地盯着缩进被子里合上眼的林木，有点担心会发生林木一脚把他踹下床却拽着他尾巴的惨案，想想就觉得屁股有点疼。

不过大概是因为夜晚没有那么热了，林木在熟睡之后再没踢被子，也没有不安分地挣动，只是在有夜风从窗口吹进来的时候，林木迷迷糊糊地摸了一圈，又摸了几条尾巴搂过去，一副整个人都想埋进去的架势。

晏玄景看了一眼躲进被窝里只剩下一小撮发顶留在外边的林木，将没有被拖进被子里的几条尾巴一甩，把林木圈住，自己也跟着合上了眼。

第二天，林木揣着帝休的枝条骑着电动车准备出门的时候，晏玄景也从屋里溜达出来，一跃跳上了后座。

林木微怔，回过头看向后座上那一大团毛球："你不看家呀？"

晏玄景摇了摇头，转头看了一眼被帝休加持了一层又一层防护的小院子。

是帝休要求他跟着的。帝休现在的情况比较特殊，并不具备能够凝成实体人形的能力，但有他的本体在的地方，并不太需要太过于担心。

当初要不是要保护怀孕的妻子和未出世的孩子，帝休也不至于来不及给大荒里的朋友们递信就翻车了。根据帝休的意思，如果没有林雪霁和林木，他甚至能够反杀。

众所周知，保护他人的难度跟自我保护的难度比起来，根本就是炼狱级的，尤其是自己所庇佑的人从力量上来说还十分弱小的时候。

以帝休现在的情况，护着自己还是轻轻松松的，再加上小院子本身还有另外一些隐藏和保护的手段。

晏归和帝屋往这里溜达的那几趟可没少往院子里塞宝贝，如今林木这小院子，说是罩着铜墙铁壁也不为过，反倒是经常要外出的林木更加让人担心。

帝休能跟着林木走的只有一根枝条，虚弱又无助，连凝聚一个虚幻的人形都十分吃力，更别说保护林木了。

晏玄景规规矩矩地端坐在后座上，催促地拱了拱林木的背脊。

“行吧，你去也行。”林木嘀咕着，把放在前边踏脚上的两盆小型盆景往中间稍微挪了挪，招呼小人参帮忙打开院门，骑着电动车一路开出了村子。

妈妈走的时候家里没什么积蓄，他没钱给丧葬队去看地、修一个单独的墓出来，妈妈走前也说走后想要待在热闹一点儿的地方，所以林木踩着市里福利的尾巴，把妈妈葬在了南郊一个半福利性质的公墓里。

那儿距离村子有些距离，骑电动车大约五十多分钟的路程。

林木在墓园外边的花店里买了一束花，是一大捧白色的小雏菊。

喜欢捣鼓那些七七八八植株的妈妈，最喜欢的反而是这种随处可见、通常都用作花束点缀的小雏菊。白花黄蕊，小小的一朵，成活率极高，也不怕狂风暴雨的摧残，有点太阳就欣欣向荣的，盛开得十分灿烂。

林木在墓园外边锁好了车，又把盆景搬到了墓园的管理室里去。

“刘爷爷。”林木探头进去跟看门的老大爷打了声招呼，“我把东西放您这儿，您帮我看着点儿行吗？”

看门的老爷子抬起头来，鼻梁上架着个老花镜，见到是林木，把手里的书夹上书签，拿出登记本来交给他：“你放着吧。”

林木抱着盆景走进来，刚准备把盆景放角落里，看见角落蹿出来的黑影，又默默搬起来放到了书桌上：“我这个放您这里，出来的时候拿，您别让花花挠坏了。”

从角落里蹿出来的黑影是一只狸花猫，老爷子收留的，长得十分标致，还会撒娇，以前是只流浪猫，但凭借一手堪称完美的碰瓷发嗲技巧被爱心泛滥的人类喂得油光水滑的，最后自动自发地留在了老爷子身边。

林木话音刚落，猫咪就一跃跳上了书桌，直奔着林木蹿了过来。

林木赶紧把盆景推到一边，刚挪好，猫咪的两只前爪就搭上了他的手臂，整只猫拉成了长长的一条，使劲探头凑到他脸边上嗅来嗅去，黏糊糊甜腻腻地“喵呜”了一声，爪爪抱住林木的手臂不撒手了。

林木对于这只“嗲精”猫也早就习惯了，他一手把花花抱起来，一手拿起老爷子放在登记册旁边的笔，刚准备登记，就看到登记页上前面一排写着“林宏阔”和“林宏盛”两个名字。

林木一怔，偏头看向老爷子，问：“刘爷爷，这两个人走了吗？”

老爷子撑着眼镜探头看了一眼，然后摇了摇头，指了指公墓外边停着的一辆车：“没走呢。”

“哦。”林木点了点头，没签字，放下了手里的笔，抱着猫坐到了管理室门口。

他其实并不太想跟两个舅舅打照面。

虽然不知道为什么今年他们突然就过来了，但林木还是觉得能少交流就少交流的好，毕竟从他有限的了解来看，就两个舅舅的观念和生活，要聊起来，十有八九要把他气死，林木自己也不愿意在他们面前跟妈妈说心里话。

他准备在管理室里等着，等到他们出来的时候把盆景交给他们就好。

林木坐在管理室门口的台阶上逗猫，随手揪了根狗尾巴草，撑着脸，在花花面前晃来晃去。

照规定，宠物是不能带进公墓的，就连花花它的活动范围也仅限于管理室和公墓外边。

在公墓外边等林木的奶糖看着林木进了管理室又马上出来，还以为出了什么事，刚准备走过去，就看到林木怀里抱了只猫。

那只猫躺在林木怀里眯着眼骨碌骨碌的，从喉咙里溢出来的哼唧声软绵绵甜腻腻，发到网上能收割一大堆人类心肝的那种。就连林木把它放下，拿狗尾巴草逗它的时候，那叫声也活像个发嗲怪。

而林木显然很愉快。他撑着脸，哪怕脸被遮了小半，那一点梨涡也将他的笑意暴露无遗。

晏玄景面无表情地蹲坐在那里，看看林木，又看看那只啪叽一下往地上一倒、露出肚皮滚来滚去撒娇的猫。

他看到林木伸出手，轻柔地挠起了猫下巴，温和地小声嘀咕着一些话。

以前林木也是这么陪奶糖玩的。

以前林木也是这么跟奶糖谈心的。

虽然奶糖并不会撒娇。

可不管他会不会撒娇，但这待遇明明就应该是他的。

晏玄景想着，眯着眼盯着那只嗲猫，越看越不痛快。

九尾狐终于坐不住了。

他站起身，迈开步子走到了林木边上，神情平静地伸爪子把如临大敌的猫推到了一边。

然后慢腾腾地在林木面前蹲坐下来，抬头把自己的下巴放到了林木还没收回去的手掌心里。

林木下意识地挠了挠奶糖的下巴，满脸茫然。

这狐狸怎么回事啊？

林木茫然地搓着奶糖的“狗头”，听到花花在旁边炸着毛“喵呜”了一声。

他回过神，目光落在一甩尾巴把猫咪推得更远了一些的晏玄景身上，半晌，问道：“你干吗欺负人家小猫猫？”

晏玄景闻言，掀掀眼皮看了林木一眼，然后慢腾腾地转过头去，看向了在一边委屈唧唧“喵喵喵”的狸花猫。花花被他这一看，瞬间蹿没了影。

好了，现在没有被欺负的小猫猫了。

晏玄景十分满意地收回了视线，重新看向了林木。

不是，干吗啊？你怎么回事啊？！

林木十分震惊，他略一沉思，小心翼翼地试探道：“你不高兴？”

晏玄景倒是一点儿遮掩的意思都没有，干脆地点了点头。

“你为什么不高兴啊……”

林木有些无奈，其实他大概是能明白奶糖为什么不高兴的，大概就是不高兴他撸猫。

林木小声叹气：“你又不是真的宠物狗。”

晏玄景眉头皱了皱，碍于还有别的人类在，没有说话。

他觉得这跟是不是宠物没有关系，他就是觉得不高兴——他难道还不如一只猫吗？

这猫除了撒娇还有什么用？能帮林木看家吗？能陪林木睡觉吗？有九条尾巴吗？能让林木整个人都埋进毛毛里吗？

不能，没有。

哪哪都比不上他，那凭什么享受跟他晏玄景同样的待遇？！这必然是不可以的！

晏玄景这么想着。

林木不知道晏玄景脑子里又想了些什么，他又抬手揉了一把奶糖的脑袋，伸手把被他一路拖着的牵引绳拽了过来，拍掉了上边的灰。

带狗出门都得牵绳，虽然林木走的这条路线不过是从一个人烟稀少的郊区到了另外一个人烟稀少的郊区，但他还是照着规矩给奶糖套上了牵引绳。

晏玄景也没意见，因为这种绳子对于他来说毫无用处。

林木拿着绳子左右看看，刚准备系在管理室的门把手上，一起身就看到了从里边出来的两个舅舅。

双方齐齐一愣。

从镜头里看跟看真人还是有些差别的，尤其是这两个人现在看起来特别的憔悴。

两个舅舅都算是保养得很好的，到了这个年纪也依旧发量充足，没有秃头，穿着一身看起来大约是特意准备过的西装，打理得妥妥帖帖的，连头发都是特意收拾过的模样，隐隐约约还能看到一些跟林雪霁相似的轮廓。

林木张了张嘴，也不知道应该喊什么。

虽然背地里“舅舅”两个字说得十分顺口，但真当面见到了，反而发不出那两个简单的音节来。于是他干脆跳过了称呼这个问题，向他们点了点头，把牵引绳跟旁边的门把手勾上，然后把放到桌上的两盆盆景端起来一盆，说道：“给你们的谢礼。”

两个男人愣怔了一瞬，一时间竟有些怯场。

林木倒是十分大方：“谢谢你们这几年一直有照顾我，我也没有别的什么特长，就只会捣鼓一点花草，也拿不出什么厉害的东西……”

“没有。”年长一些的林宏阔开口说道，他抿了抿唇，补充道，“你很好。”

林木闻言，微微笑了笑：“谢谢，你们是要走了吗？”

林宏阔点了点头。

“那我帮你们把这个搬到车上去吧。”林木说着，轻松地抱起了两个小盆景。

林宏盛和林宏阔都不知道应该说些什么。

他们知道今天林木是必然会过来看林雪霁的，但林木见了他们也绝口不提自己妈妈的事情，这让他们无从开口。于是他们走在前边，领着林木到了自己的车边上，打开了后备厢。看着这个陌生的小外甥把两盆盆景放到后备厢里后就要跟他们道别，林宏盛站在一边，开口说道：“我们……跟你外公分家了。”

林木一愣，有些惊讶于他俩的操作，又有些遗憾和好笑。

早该分了，林木想。

不过家家有本难念的经，每个人的想法和顾虑都不大一样，他无意去当面戳穿些什么，万一这两位有什么不得已的苦衷在呢？毕竟世界大不同，什么奇奇怪怪的事情都会有。

林木看了一眼小舅舅，觉得对方大概是想要跟他聊聊天之类的。

他想了想，应道："怎么突然就分了？"

两个舅舅见林木并没有转头就走，心中稍微一松，说："因为老爷子还想插手孙辈的事。"

到了他们这个年纪，想要弥补一些事情仿佛为时已晚，努力奋斗大半辈子，到了现在多少也是有些地位的，地位一高，要拉下脸面来就总是有些架子扔不掉。

林木显然是个懂事的。林雪霁把他教得很好，又或者是生活把他教得很好。

林宏阔想到这里，对比了一下自己家里的小祖宗，忍不住低头摸出了烟盒，叼了根出来，刚准备点烟，又抬头看了林木一眼。

林木对他笑笑："我不介意。"

于是林宏阔点了烟，猛吸了一口。

话一旦起了个头，很多事情要说出来就变得顺理成章了许多。

"老爷子是从泥地里乘着当年的东风爬起来的，这辈子就想着光宗耀祖。"林宏阔作为年纪最大的一个，大约是最有发言权的。

林宏阔出生的时候，林老爷子处于上升期，春风得意，事事都如他所愿。自然而然的，作为第一个孩子，他的长子，林老爷子理所当然地觉得儿子也是如他所愿的。

要听话，要跟他拥有一样的目标，比如光宗耀祖。

前脚还是面朝黄土背朝天的农民，时运不错娶到了念过书的媳妇儿，自己也跟着认了字学了些东西，脑子活泛了些，乘着改革的东风一跃而起，摇身一变成了 A 市新锐的企业家。

都说人想要改变阶级至少要努力三代，思想本质上始终没有什么变化的林老爷子心底最大的想法就是光宗耀祖，死后有脸面对列祖列宗，所以他不允许自己的孩子摆脱自己的掌控。

林家三个孩子，跑了一个女儿，对于林老爷子来说实在不算什么。林雪霁的妈走了之后，他也并不太将林雪霁放在心上。

家里的第二个孩子本来就最容易遭到忽视，更不用说第二个孩子还是个女孩儿，上有兄长下有弟的，林雪霁在林家就是个透明人一样的角色。

妈妈没走的时候她还有点存在感，妈妈走了之后，除了哥哥和弟弟之外，就没谁把她放心里去了。

林雪霁存不存在对于林老爷子来说没什么意义，而她未婚怀孕孩子还生父不详这一点，直接上升成了一个耻辱。

林老爷子并不接受这份耻辱，所以他也不允许家里人接纳这份耻辱。他干脆地屏蔽了林雪霁所有的消息，而在林雪霁死的时候，要不是事情被道听途说的人闹上了媒体，发觉了自己还有个外孙在外，他也压根儿就不想去。

林宏阔和林宏盛这两个儿子一辈子都对他少有忤逆，到了如今孙辈都已长大成人，他又开始强行插手孙辈的前程了。

林宏阔和林宏盛都承认自己是有些窝囊，但再窝囊，也是有底线摆在那里的。

童年的一些事故给他们的印象和阴影太过于深刻，以至于他们一点儿都不想要自己的儿女步自己和林雪霁的后尘。

一个人作为一个单独的个体，未来应当是由自己来选择的。

假如说家里的孩子自己也迷迷糊糊的没有什么主见，那么给他们安排一条路让他们顺着走无可厚非，但林家几个孙辈都是自己有主意的，自然用不着。

林宏阔和林宏盛都不愿意老爷子插手自己的小家。

以前老爷子还忙事业，一天到晚见不到人的时候还好，现在他退休了，闲得很，天天给他们找事，再加上林宏盛前些日子见到了林木，又被老爷子摔了自己收藏的画，晚上还频频梦见一个人在外边孤独死去的姐姐，登时就忍无可忍地爆发了。

林老爷子顺风顺水一辈子，就没受过这种气，当场放话说要把林宏盛赶出家门。

林宏阔本来在劝架，但他在商场上纵横这么多年，该有的嗅觉一点儿没少，该有的气性也被养出不少，他听老爷子这么一说，干脆就跟着弟弟一起连着反了。

林老爷子本来没把这事儿太往心里去，直到他们兄弟两个找来了律师，说是要公证一下财产，大家分分家一拍两散，才急了眼，直骂他们是白眼狼。

但林宏阔和林宏盛这一次是铁了心要结束这一切，哪怕自己吃足了亏，也一定要把这一套流程走完。

如果林木多关注一下最近的本地新闻，就会发现林家的事情已经闹得满城风雨了。

只不过林木并不关注这些，哪怕是知道了，也并不觉得这些跟他有什么关系。

林木安静地听完了两个舅舅的话，想了半天也没想出应该说点什么，他甚至对于林家到底有些什么产业都不清楚。

过了半晌，他才迟疑着说道:“那……恭喜？”

两个男人微微一怔，林宏阔叼着烟咂巴咂巴嘴，说道：“就是说……你以后要是有什么事，可以直接来找我们帮忙的。”

林木这才领会了意思，他刚想摇头，就想起之前听德叔说过的拆迁的事情。

不过这个事情他自己大约也是能处理的，毕竟想要人类绕开他的小院子，非人类有一堆一堆的手段。但这种城市规划开发都是一片一片规划的，村里有不少人都等着拆迁，好搬进城里去。

别人不说，反正德叔一家都是这么盼着的。

林木总不能因为自己的事就把整个村都给拖下水。

而且他眼前的这两位长辈，跟亲女儿死了也能无动于衷的那位显然并不一样。虽然因为最近的事情而疲惫憔悴，但看得出来，他们心情颇好，像是抛下了什么重担，整个人都开阔起来。而现在，他们想要补偿林木，只是图一点儿心安。

要放之前，林木真的一点儿都不想跟这两个被外公掐着脖颈命脉、一点儿都不敢挣扎的长辈有什么交流和牵扯，但他们如今的所作所为实在让林木有些惊讶。

林木犹豫了一下，终于还是点了点头。

“也不是没有。”他说道，“青要村拆迁的事，如果可以的话，我希望能够绕开我家。”

哪怕是以后去了大荒，林木也要掘地三尺，把整个院子一根草一片瓦不落地全都带走。

那是林木仅有的、能够留存的跟妈妈的回忆，也是他唯一能够留下来的，可以跟爸爸细细诉说当年的地方，谁都不许动。

安静地躺在林木衣兜里的细小枝条若有所觉地微微颤动了一下，随着风轻轻叹息了一声。

送走了两个男人，林木捧着那一束雏菊，把奶糖也拜托给守墓的刘爷爷，又向他借了水桶和抹布，走进了墓园。

林雪霁的墓碑前已经有了一束花，跟林木手里的一样，是一束开得饱满热闹的白色雏菊。

林木把自己手里的花放到那一束旁边，又将衣兜里的枝条拿了出来。

帝休极浅淡的虚影从枝条里飘了出来，静静地停在他身边，注视着墓碑。

林木打湿了手里的抹布，擦了擦落了灰还长了些青苔的墓碑，蹲下身来，看着墓碑上嵌着的照片。

“我听大黑说忌日的时候诉说思念，也许会变成梦交托给你，那就不好意思打扰一下啦，妈妈。”

林木说完，把手里的抹布拧干，看着照片发起了愣。

过了许久，他才回过神来，慢吞吞地张口，轻声说道：“妈妈，爸爸回来了，虽然有点晚。但今天，我们一家三口也终于算是团聚啦。”

林木来公墓的频率并不算高，也就是一个季度来上一趟。

平时负责守墓的刘爷爷也会稍微帮忙打理一下这些墓碑，但到底还是不会特别细致。

林木每一次来，都是要仔仔细细清理一遍的，一边清理一边絮絮叨叨地说一些心里堆积起来的话。

打从去年毕业之后，林木在家里的时候都是孤身一人，也没有什么太多的话好讲，稍微回想一下，之前的一年里除了偶尔出去跟新的客户签单子和上花鸟市场之外，跟别人几乎没有多少口头上的交流。待在自己家里也没发生过什么重大的事情，来见妈妈的时候也沉默寡言的不知道说些什么。

这么想想，也难怪他当初看到妈妈留下的照片时会想要养一只狗陪陪自己了。

“我本来想养条狗的，但现在用不着了。”

林木擦着底座上爬着的青苔，想到家里那一群非人类，微微叹气，语气变得轻快起来：“家里现在有九尾狐，有龙，有人参、含羞草和土豆，还有一棵爸爸，养他们可比养条狗热闹多了。就是你看不到了，可惜。”

林木嘀嘀咕咕地说着，帝休的虚影站在他身后，微微垂着头，目光专注而柔和地看着墓碑上的照片。

这张照片他没有在相册上看到，这并不是严肃正经证件照一样的遗照，而是一张角度看起来像是自拍的照片。

照片上的女性笑容明艳灿烂，笑起来眉眼弯弯的，她的睫毛长而密，有光落在上边像是金子揉碎了的粉末，亮闪闪的，让人看了就忍不住也跟着愉快起来。

这模样，是帝休所熟悉的那个姑娘。

他静静地看着那张照片，听着林木絮絮叨叨地从入职的事情开始说起，一半抱怨一半高兴地细数着最近的事情，一件一件的巨细无遗。

林木嘴皮子不停地从上午九点说到下午一点，到最后慢慢地停了下来。

林木说累了，偏头看向帝休，问道：“当年是怎么回事啊？”

帝休轻轻应声：“嗯？”

“我出生之前发生的事。”林木解释道，“如果不愿意说的话也没关系。”

帝休倒是没觉得有什么不能说的。

“就是很普通的，遇到了贪心的人，我一时不察……”

当年距离现在也并不算多久，帝休记得倒还挺清楚的。

因为某个众所周知的原因，他并不擅长认路，所以每次跟着林雪霁进到城市里来的时候，都是不离开她一步的。而帝休也并不喜欢被许多人关注，于是他总是小心地把自己的身影隐藏起来，只给林雪霁看到。结果林雪霁转身去了个洗手间的工夫，帝休就被混迹在人群中的一个修行者看见了。

他人形的外表实在出色，穿着形象也跟当时的中原格格不入。再加上跟着林雪霁出来这两年并没有遇到什么拥有特殊天赋和能力的人，帝休自己也掉以轻心，于是就被人揪住了小尾巴，找上了门来。

不巧，林雪霁那时有孕在身，帝休当机立断，在他们还没来得及察觉到自己妻儿的存在时，花大力气把林雪霁和她腹中的林木的存在给遮住，转头就引着人远离了母子两个所在的城市。

遮掩天机让他元气大伤，弄死了几个穷追不舍的人之后，他撞在了几个早有准备的人手里，大打出手的结果就是两败俱伤。这种事情在大荒几乎是每天都在上演的，哪怕帝休并没有亲身体验过，晏归他们跑去山谷里跟他唠嗑的时候，也没少拿这些事情来举例，让他多加小心，这也是为什么帝休在察觉到不对时抽身得那么干脆利落。

“当时我状况不大好，心里多少有点预感知道大概是要出问题了。”帝休抬手摸了摸自己的心口，“我很早就把这颗果实送给了你妈妈……她只要吃掉，就能忘记我。”

可是林雪霁没吃。

她不仅没吃，还咬紧牙关守住了秘密，一守就是十八年，谁也没告诉，甚至对当事人之一的林木也一点儿口风都没有透。很显然，她是决定让自己的孩子就作为人类过完这一生的。

只不过事不从人愿。

“后来我就被捉到了，事情发展得实在太快。”帝休略一回想，说道，“我的本体被分成了五份，灵体倒好一点，还差一分就归位了。”

林木愣愣地看着帝休，过了好一会儿，才讷讷地说：“很疼吧。”

帝休一怔，抬手想要盖住林木的眼睛，却又发觉自己如今的状态根本遮不住什么。

他轻轻叹了口气，放下手摇了摇头：“不疼的。”

林木微微仰头看看他，想想也知道这肯定是假话，他收回视线垂下眼，问道：“那你没有想跟妈妈说的话吗？”

“没有的。”帝休偏头看向墓碑上那一张灿烂笑靥，轻轻摇了摇头。

“不要害羞。”

林木觉得帝休大概是不好意思在他面前说肉麻的话，他把东西都收拾好，说道："我同事说今天好好寄托思念的话是可以传达到的，你慢慢跟妈妈聊，我就先回去啦。"

帝休偏头看着林木拎着水桶走远，轻轻叹了口气，目光落在墓碑上。从他的视角看来，这里空荡荡的，一丁点属于林雪霁的气息也没有了。

她已经不在了，说什么能传达到也是骗人的话。

属于帝休的那个姑娘，如今气息消散得干干净净，寻也寻不着了。

帝休蹲下身来，垂眼看着放在墓碑前边的两束雏菊，看着风掠过花瓣带起的颤动，缓缓回过了神。

也好，儿子倒是有个心善温柔的好同事。

帝休在墓碑前安静地发了许久的呆，直到有别的人来了，那一道浅薄的虚影便随风消散，放在墓碑前的那一根细弱的枝条也在瞬间不堪重负，化作齑粉。

第二十章
诱饵

林木走到管理室，把手里的水桶和抹布还给了刘爷爷，又去洗干净了手，一出来就看到花花正在跟奶糖对峙。准确来讲，是单方面的挑衅。

狸花猫胆大包天，炸着毛紧盯着那一团巨大的白色毛球，尾巴翘得笔直笔直的，冲陌生的狗哈气。

而晏玄景端庄慵懒地趴在那里，连个眼神都不给花花，直到听到林木出来的脚步声了，才抖抖耳朵睁开眼，坐起身来仰头看着林木。

林木有些无奈，把拴在门上的牵引绳取了下来，跟依旧在看报纸的刘爷爷打了声招呼，告辞离开。

奶糖跟在林木后边，在电动车开了锁之后跳上了车后座，仰着脑袋配合着林木把他脖子上的牵引绳去掉。

林木探头看了一眼跟在他们屁股后边摸上来的狸花猫，说道："花花胆子倒是真的挺大的。"

"这猫开灵智了。"晏玄景淡淡地瞥了摸过来的猫一眼。大概是跟着人类混久了或者有别的什么机缘。

"哎？"林木微微睁大了眼，"那它会化形吗？"

晏玄景又瞅了一眼胆大包天的猫，摇了摇头："多半不会。"

中原就是这点好，跟人类相处久了，普普通通的小动物不需要修行或者经历一些什么，也能够开灵智。虽然开了灵智之后也会因为过于安逸和平而浪费掉，但机会比大荒要多很多。

不像大荒，大家都是非人类，多一个化形的就多一个竞争对手，通常来讲，有幸开灵智的动植物基本上第一要务就是躲到一个谁都找不到他们的地方去，不然他们就会变成一顿大补的食物。

这猫放大荒里，早就死无全尸了。在中原傻成这样，大约也不会有什么好结果——都敢挑衅他了，不是傻是什么？

晏玄景蹲在车后座上，居高临下、神情冷漠地注视着那只躲在柱子后边悄悄观察的猫，眼一眯，刚想搬出身为青丘国少国主的威仪，就被林木拍了拍脑袋。

"别欺负人家小猫咪了。"林木坐上车座，说道，"我又不会把花花捡回去养。"

家里那么一堆热热闹闹的小家伙，还有个天天都能来好几场沉浸式全息电影的爸爸，林木觉得普普通通的猫就算是开了灵智，捡回去了也是要被吓死的。

晏玄景听林木这么一说，也干脆地收回视线，端端正正地坐在林木后边，威风凛凛地驾着风乘着电动车回了家。

林木隔着老远看到了自家院子，加快了速度，哧溜一下到了院子外边，隔着栅栏跟爸爸的本体打了声招呼："我回来……"

话说到一半，戛然而止。

他看到之前被帝休的主干遮挡的一根枝条上悬空吊着两个涕泗横流、脸色惨白、满脸惊悸的男人，仿佛被吓得不轻。

他们正下方是一口阴森森的井，而院落也不再是院落，场景是一间昏暗的盥洗室，有一个水龙头正滴答滴答地渗出水来。

小人参和另外几个小非人类大概已经被"摧残"得麻木了，对院落里的画面毫无波动，一个个撅着屁股自顾自地捣鼓院子里新种下的灵药。

但在林木的视角看来，他们在刨盥洗室的地面，显得十分诡异。

林木猛地往后大退几步，反手揪住晏玄景的尾巴，十分紧张地喊了一声："爸爸！"

正在看鬼片的帝休听到儿子的声音，探出头来，院子里昏暗阴森的场景瞬间消散，露出原本的天光来。

小人参抬起头，看到林木，两眼一亮："林木你回来啦！"

他拿着小塑料铲哒哒哒地跑到那两个人类下边，举起铲子踮着脚戳了戳那两个男人的脚底板，特别自豪地说："我抓哒！"

帝休带着夸赞的神色点了点头，对林木补充解释道："跟着秦川来的。"

林木抬眼看向那两个男人，意识到这俩人应当就是他们所想要找到的、拥有着寻找走脉技巧的人。

帝休也知道自家儿子肯定对逼问审讯这件事没有任何经验，这种事当然还是由晏玄景或者他来比较快。

他这么想着，偏头看了一眼晏玄景，却发现这只小狐狸的注意力完全没有在那两个摸过来的人类身上，而是看着自己被林木抓住的尾巴，打了个哈欠。

帝休多少有些惊讶。

九尾狐极少会让其他人碰他们的尾巴，哪怕是夫妻之间，也会顾及彼此的感受而不去触碰。

帝休跟晏归相处这么些年，也很少有主动亲手去摸摸那九条大尾巴的机会。

绝大部分都是晏归蹲在他的本体上甩着尾巴晒太阳当咸鱼，偶尔扫到他本体了，他才能够感受到那点点狐尾的柔软。

“木木。”帝休喊了自家宝贝儿子一声，指了指他手里的尾巴，“太失礼了。”

林木顺着帝休指的地方低头看了看，不明就里地松开了手，疑惑地问道：“怎么了啊？”

“九尾狐的尾巴是他们力量凝聚的象征和弱点，不……”

帝休说到一半卡住了，他后知后觉地意识到晏玄景好像完全不介意这一点。

帝休目光一转，看向了晏玄景。他完全是一副无所谓的样子，并没有露出以前晏归被摸到尾巴时那种爆炸的情绪，仿佛已经习以为常。

过了老半天，他才回过神来。

说起来，青丘国的国主并不是世袭制。

帝休以前十分疑惑地询问过晏归，晏归当时很干脆地给了帝休解释。

按照青丘国的规矩，国主的位置是九尾狐这一族内部决定的，而这个决定，一般来讲就是自主意愿加上一些武力手段，至于一些治国手段和观念，有的是时间慢慢学习。

但以前不是这样的。

到晏归的上上一代国主时期，青丘国的国主位置还是世袭制，直到上上一代国主，上位的是个主修魅惑这一派系的九尾狐。这只九尾狐又是个不安定的性子，仗着自己强悍的魅惑天赋和修行，脚踏十几条船，数百年稳稳不翻车，十几个情人之间的修罗场搅得整个大荒腥风血雨不得安宁。后来一时不察，招惹了不该招惹的对象，那一代国主收拾收拾细软，拍拍屁股干脆跑路了。

国主又没有后代，没有什么亲属，也没留下什么传位的旨意。但国不可一日无君，锅不可以没有人背，一群九尾狐凑在一起一合计，谁都不想接这个烫手山芋，干脆就集体打了一架，最后输了的就被扔去当国主了。

于是就有了晏归的上一任国主。

上一代气得要死，上任之后第一件事，就是公报私仇，把以前的世袭制给撤了，然后指名让当时打架第二的晏归当自己的继任者。

为什么不指名第一呢?

因为第一是九尾狐这一族里出了名的火辣美人，美艳、凶狠、实力强、毛色正，眼波一转便透出万般浓情蜜意，危险又撩人。这位大美人是整个九尾狐年轻一代雄狐狸的梦中情狐。

不敢指名她，怕被妹子暴打是一方面，另一方面是因为这位梦中情狐被晏归追到手了。

他把前代留下的烂摊子收拾好之后，就干脆卸任，把锅甩给了被他强行推上少国主的位置，被族里揪着上课上了几百年的晏归。

晏归上位之后觉得自己不能一个人倒霉，于是干脆大手一挥，说以后青丘国国主的武力值都要是九尾狐这一族的巅峰。

当然，他媳妇儿不算。

这一点没人反对，毕竟在大荒里，说来说去还是拳头硬最为重要，身为国主要能够护得一方平安是最基本的。而很不巧，晏归的亲儿子晏玄景就是这一代九尾狐里打架最牛的。尤其是晏玄景历练完回到族里之后，他好像天生就少了修行魅惑之术的那根筋，就连魅惑之术最基本的化形，练习来练习去也没练出什么名堂，上这堂课的时候还喜欢走神，反倒是一接触打架之类的就进步飞速，堪称一日千里。

大概是因为小时候没少被族里长辈和自己父亲的朋友们摔打，再加上很小的年纪就被爹妈扔到大荒最混乱的底层去翻滚，以至于将全身心都投入了这一方面。毕竟在那种地方，魅术什么用都没有。

帝休当时听晏归说完，只觉得十分神奇。

毕竟晏归给他带来的书册里，也记录了不少国家和城池钩心斗角只为上位的秘辛，但放在青丘国，好像没这么多名堂。

晏归说其实也有，但斗争都不是九尾狐这一族的内部斗争，而是别的非人类想搞事情，晏玄景刚出生不久才记事的时候就遭过这个罪。

这主要是因为九尾狐大都比较喜欢自由自在的生活，他儿子那种富有责任感的才是基因突变。但青丘国国都的那片土地是他们这一族的发源地，是他们的根，所以他们是断然不会放弃国主的位置的。

帝休看着林木推着电动车进屋，屁股后边跟着一棵人参、两株含羞草，躲在屋里的秦川探头探脑地露出一小截龙须。然后他转头看向跳下电动车蹲在地上仰头看着被吊起来的那两个人的晏玄景。

好一会儿，帝休收回视线，抬眼看向那两个人，说道："我问过了，他们是跟着前两天被你困在山里的人来的。"

晏玄景闻言轻哼了一声，并不多意外。

因为天生力量比较弱小，人类总是习惯性抱团，虽然彼此之间也并没有什么信任，但哪怕临时合作也能做出很不得了的事情来。

看看翻车的帝屋吧，他可是如今大荒非人类教育子辈的典型反面案例。只要是教导自家孩子不要轻敌不要掉以轻心的时候，帝屋基本上就要被拉出来遛一遛。

"目的呢？"晏玄景问道。

帝休答道：“是秦川，他们说已经不少人知道有走脉在这附近的消息了。”

起因还是最近从大荒过来的非人类太多了，有不少一直以来都隐藏在中原里的非人类和修行者都来了这附近。

要放在千年前灵气还充足的时候，是不会有这么多人过来的，因为就算他们个人的实力足够，也要掂量一下自己是不是会被别人阻拦或者直接灭杀，实力不够的人根本不会前来。

但现在不同。现在大家都半斤八两的，抱个团再正常不过了。

如今能够找到的非人类都很少了，非人类抓到非人类，可以吃了增长实力，而人类抓到非人类就更不用说了，多的是使用方法。再加上还听闻这附近有走脉出没，来的人就更多了。

修行者和非人类都是普通的人类法律所管不到的范围，他们有另外的一套规矩，也有管理者，林木所处的管理处就是协调非人类和这些特殊人类之间关系的公务系统之一。

不过这也架不住人家压根儿不管规矩、我行我素的态度。

至少林木单独上班这段时间，压根儿就没有收到过有人类过来这边打探的报告。甚至于要不是晏玄景和帝休之前聊天时谈起了这件事，他连青要山这边有不少人来探查了这事都一无所知。

晏玄景说道：“这段时间秦川不能出去了。”

帝休点了点头：“已经不准他出去了。”

“我再问问。”晏玄景说着，化作人形，偏头看了一眼帝休。

帝休会意，转头飘进了屋子，力量一转关上了房子的门窗，进屋哄儿子。

别看晏玄景一身正气威严的样子，但归根究底他还是非人类。林木肯定没见过非人类真正使出强硬手段的时候是什么模样。

帝休拿着平板电脑，点开了之前小人参学习的一个制作甜点的视频，走到自家儿子身边，说晏玄景想吃冰激凌泡芙。

小人参相当配合，他勾着林木的衣摆，奶声奶气撒着娇，要跟林木一起做。

“林木你最近都不陪我玩了，陪陪我嘛。”

林木想说做甜点也不算玩，但看着小人参眼巴巴的样子，还是点了点头。

晏玄景把痕迹都处理好回屋的时候，林木正巧灌好了泡芙，见晏玄景回来了，干脆端了一碟子给他。

狐狸一愣，有些茫然地接过，并十分顺理成章地吃了一个。

“好吃吗？”林木问。

晏玄景想到林木刚刚放下的工具，点了点头。

“那就好。”林木松了口气，自己也吃了一个，含糊着问道，“那问出什么东西来了吗？”

蹲在房间里的几个非人类齐齐一顿。

林木叹气：“你们真当我是傻的呀，这都看不出来？”

帝休不大好意思地垂下眼来，小人参傻兮兮地嘿嘿笑了两声。

“他们说他们是散户，绕开了几个大家族来的。”晏玄景说着，拿出了一个龙头勺的司南，看着那个司南在手上滴溜溜地使劲转圈圈，说道，“这个是探查走脉的东西。”

不过因为帝休和晏归扔了不少隐蔽和误导的护符法阵在这里，所以这个司南用处实在不大。而走脉不说一天之内能横跨全球，但至少日行千里是没有问题的，所以被抓到的可能性还真挺小。

当然，秦川这种傻了吧唧运气又不大好的小傻瓜除外。

要不是他去山里玩的时候被看到了，也不至于引来这么多人，而且要不是大荒里最近破事很多，大荒里的非人类也不会大规模地迁徙过来，吸引来最初发现秦川的人类。

总的来说，就是秦川倒霉，非常倒霉。

等帝屋来了，把这个司南交给他就可以了。帝屋虽然现在实力大减，但还是追得上走脉的。

林木叼着个泡芙，听着自己爸爸和晏玄景一搭接一搭地说着话，稍微听了几耳朵也知道事情相当顺利，干脆也就不听了。

至于那几个人类的结果，林木也懒得问，免得给自己找不自在。他拿了几个泡芙上了楼，顺便给帝屋打了个电话，结果帝屋手机关机了。

秦川一条龙躺在二楼阳台上当咸鱼，发觉林木来了，甩了甩尾巴，期待地问道：“拿到能找走脉的东西了，帝屋是不是会过来啦？”

林木给他喂了个泡芙，点了点头：“我给帝屋发消息了。”

秦川闻言，咬着泡芙嘿嘿傻笑了两声，然后又失落地低下头：“但他肯定还是不会带我走，因为我比他还活靶子呢。”

林木想了想，发觉好像的确如此。

帝屋的行踪好歹还得靠老乌龟占星卜卦才能勉强察觉呢，秦川身为走脉却被研究得很透，稍微有点能力的人类都能发现他。

“等他收集齐本体和灵体应该就好了吧。”林木不确定地说道。

“那最好啦。”秦川听林木这么一说，又高兴地甩起了尾巴。

林木第二天去上班的时候，一推门就发现有好几个人在办公室里跟大黑对峙。

他听了一会儿，从大黑的话里听出，那几个人是在中原这边针对非人类和修行者的管理人。他们今天是为了最近青要山这附近非人类越来越多的事情来的，主要诉求是希望非人类这边控制一下入户中原的数量。毕竟非人类多了变数也多，容易出事。

大黑翻着白眼跟他们扯皮："大荒那边出问题了我们也没办法好不好，通道就开在那里，你还能挡住那边的非人类过来不成？而且大荒那边的事情不简单，都已经派了只九尾狐过来看着了，哪能有胆大包天闹事的非人类啊？"

那边的人也很无奈："九尾狐危险度明显要更大一些吧。"

大黑有点气："不是九尾狐谁管得住那群非人类啊？你们吗？我告诉你们，最近跑来青要山的人类除了几个大家族打了申请，没有一个走正规程序的，我还没找你们麻烦呢！万一他们冲撞了九尾狐，咱们全都玩完，一个都别想跑！"

林木拉开凳子坐在大黑边上，翻开了大黑手边上的资料，上边记录的是一些打申请的大家族。

林木翻完了资料，感觉手机振动了两下，他扫了一眼，发现是帝屋发来的消息。

消息上记录了一大串名字，全都是林木刚才在资料上看到过的。

他疑惑地往下拉了拉这条长长的消息，看到了最后一句。

帝屋说那些人去青要山了，把他们留下，帝休的残灵和一部分本体在他们手里。

林木手上一紧，不小心抠破了这一叠文件。

他听着大黑和那几个人类打着太极，咬死了不能封闭通道，大荒和中原本来就是两边都可以当彼此的避难所一样的存在，现在大荒里有难，总不能把大荒里的非人类都往死里逼。

林木抚平了那叠文件，扯出个干巴巴的笑脸来，发现真要笑起来挺难的，于是笑意一点一点地变得寡淡，最终十分平静地插嘴说道："不封闭通道，那就封山呗。青要山这一片占地面积那么大，十六个山头，足够容纳很多非人类了，封山的手段总有不少吧，封山只准进不准出，出来要找我们两方都打报告盖章通过就好了。"

那边的几个人类顿了顿，看向刚刚一直沉默不语的林木，问道："你是……"

"我同事，林木。"大黑介绍道，他琢磨了一下林木的话，觉得可行性很高，"我觉得封山可以，我这里存着不少老乌龟给我留下的阵盘，到时候法阵一放，稳稳妥妥的。"

几个人类讨论了一下，觉得也是个办法。

他们担忧地道：“但你也说了，如今青要山里有九尾狐管着的，封山会不会……”

大黑一听，扭头看向林木。

“九尾狐那边的话，我去说就好了。”林木垂下眼，声音异常平和，“我跟他的关系……姑且还算不错。”

林木的这个发言让知情的大黑和不知情的几个人的表情都有点微妙。

大黑寻思着林木把晏玄景这么个非人类当宠物养都没被打死，这还真不是一个“不错”就能轻轻松松说明白的。再加上老乌龟有向他暗示过林木的血脉应当不简单，大黑还没有什么实感，现在把林木跟九尾狐画上等号之后，就觉得有点不得了了。

能这么折腾九尾狐，还是青丘国的少国主，却没有一点儿事，怎么想都必然是因为有什么不得了的血脉或者是背景。再联系一下林木父母那一栏的空白和一开始的茫然，也只能得出血脉很不得了的答案了。

而人类那边想的就比较多了。

他们跟管理处这边是合作关系，毕竟是公用同一个系统，工资也是上头发下来的，手里自然是有林木的资料的。

不过他们一直没太把林木的存在放在心上，因为林木的履历看起来实在平平无奇，他还是个混血，上一次去追捕帝屋的任务也并没有参与进去，约莫就是个普普通通的打工仔。结果这个打工仔竟然能说出自己跟九尾狐关系还不错的话！

几个人类你看看我，我看看你，还是有点不大信。

这个混血看起来实在年轻又水嫩，跟个普通人类似的，看着战斗力和攻击性就不怎么强，怎么跟九尾狐当朋友。但人不可貌相这件事，他们还是明白的。

能够做主的人轻轻叹了口气，询问道：“你去问的话，大约什么时候能够得到答复呢？”

林木闻言，抿着唇笑了笑，拿出手机来：“现在就可以。”

几个人类齐齐愣住。

大黑摆了摆手：“那你赶紧去问吧林小木。”

“好。”林木去外边给晏玄景打了个电话。

晏玄景接到电话的时候，正在青要山主峰的山体里拿信。

中原和大荒的通道就在山体内部，对于非人类而言，进入山体内部并不是什么难事。

大荒里又给晏玄景传来了信件，但这次递来信件的并不是晏归，晏归因为事件调查得还挺顺利，干脆先留在了中原给帝屋保驾护航。

这次递来信件的是晏玄景的母亲。

手里的信件带着一阵感人的香气，晏玄景正准备拆信，手机就振动起来。

这号码也就林木一个人会拨过来，晏玄景将信拿在手上，接通了电话。

林木站在街道边上，看着零星往来的车辆和行人，小声说道：“能不能麻烦你帮个忙呀？”

他的声音很低，稍显喑哑，低落的情绪非常明显。

晏玄景眉心微微拢了起来。

几个拖家带口刚出通道的兔子精一抬头就看到了这么一个低气压的强大非人类，吓得缩回了通道里藏了起来。

晏玄景目光扫过那边，一抬脚走出了山体，问道：“发生了什么事？”

林木张了张嘴，刚想把事情说出来，左右看看地方，又改了口。

“具体回家再跟你讲，就是有人找到了我们办公室，说最近从大荒那边来的非人类太多了，怕出事，我提出封山，他们觉得可以，就是怕你有意见。”

“封山？你……”晏玄景顿了顿，隐隐意识到林木话里有话，听林木说回家再讲，就咽下了话头，纠正林木道，“青要山并不是我的领地。”

林木一愣：“可是大家都说青要山现在的头头是只九尾狐。”

“谣言。”晏玄景说完，抬头远远地看了一眼趴在山腰岩石上晒太阳的青要山山神，开口道，“我替你问一问山神。”

林木也不是很懂这中间的路数，听晏玄景这么一说，就点了点头：“哦，好。”

晏玄景跟山神关系还算不错，听到说要封山的事情，山神也没什么意见。封山而已，又不是要把这片山林给铲平，山神对于这种事情一点所谓都没有。倒是封了山，山里会热闹不少，山神觉得自己说不定又能抓住几个非人类陪他玩了。

他最近搞了一堆棋牌游戏，正愁没人陪他玩。

晏玄景把他的意思转达给了林木，听到林木那边闷声应了，却没有放松下来的意思，说道：“回来把事说清楚，我会帮你的。”

林木微怔，听着电话那边隐约传来的风声与鸟雀的轻啼，长长地出了口气，揉了揉脸，语气变得轻松了些许：“那太谢谢你啦。”

晏玄景听林木这么一说，皱起来的眉头放松了几分，却又觉得心里不大对味。

他也不去细想，就只是跟着自己的想法，顺其自然地说道：“不用说谢谢。”

电话那头的林木靠着墙，张了张嘴，手背在背后抠着墙面，嘀咕道：“不说谢谢说什么啊？”

晏玄景被问住了。他眉心拧得更深了几分，感觉茫然地抓不住答案，有些无力又有点莫名的紧张。

晏玄景低头看了看自己拿着信件的手，觉得自己怎么也不该在跟林木这个弱唧唧的小混血打电话的时候感到紧张。

林木又不是敌人，更加不是什么强悍的非人类，根本用不着他紧张对待才是。

电话两头都陷入了沉默。

最终晏玄景选择跳过这个话题，说道：“早点回来。”

“哦。”林木撇撇嘴，挂断了电话，转头回了办公室。

大黑还在跟那几个人类叽里呱啦地扯皮。

“我现在就怕进山的几个普通人看到了什么不该看的，最近不知道为什么，跑进山的人那么多。就算是我们这区里的非人类数量超标了，也不至于跑过来这么多人吧？我很怀疑啊，我真的很不放心那些人类……”

林木听到大黑这么说，又扫了一眼那几个苦笑的人类。

正在商讨封山事宜的一个人也在抱怨：“我们也怕普通人误入啊，也想知道到底怎么回事啊，但都几百年没有这种非人类潮了，又觉得他们这么激动无可厚非。”

另一个人也跟着说：“那几个大家族还知道打报告让我们好调控，那些散人根本就不管这些的啊，我们又不可能每个都抓起来。”

“就是啊，封山肯定还要加班，还要加派人手，还要搞登记和做后勤安抚，还要被出了事的家人朋友找碴，很麻烦的。”

大黑“啧”了一声，对于这种事情一点儿不意外。

中原里针对他们非人类和特殊人群的现行规则比较畸形残酷，弱肉强食这种赤裸裸的丛林法则他们是完全放任的。

作为管理者，他们只对登记过并主动上门求助的非人类和特殊人群负责。私仇他们是不管的，小范围的杀人夺宝，只要不涉及普通人，他们也是不管的。

平日里都是自家各扫门前雪，除非主动找上门来，或者出了什么丧心病狂的角色，又或者有了什么不得了的大事，才是他们主动参与的时候。就比如帝屋的事情，他们发现帝屋并不是毫无目的地报仇之后，就干脆撒手撤了。

而这一次也是因为可能会牵扯到普通人类，所以他们才决定想办法疏通这件事。不然青要山里哪怕杀翻了天，他们也是不会去管的，最多在有在这里登记过的非人类跑过来寻求庇护的时候帮上一把。

大黑抬眼看向林木，问道：“说好了吗？”

“说好了，封山就是。”林木坐回了大黑身边，听着那边的人抱出电脑来一边准备开视频会议，一边嘀嘀咕咕地抱怨麻烦。

林木沉默了好一会儿，才开口说道：“你们不知道吗？”

几双眼睛齐刷刷地看向了林木：“知道什么？”

林木眨了眨眼：“青要山里来了一条走脉，那些大家族都是来找走脉的吧。”

办公室里寂静了两秒，然后齐齐倒吸了一口凉气。

林木补充道：“晏玄景说的。”

大黑听林木这么一说，感觉有点牙疼：“那些大家族的消息一向比我们灵通，但今时不同往日了啊，龙脉是不可能给他们几个家族分掉的。”

跟古时候找到了龙脉就可以立地造府的年代不一样了，如今龙脉除了能够蕴养日渐稀薄的灵气之外，还有个巨大的用处，就是使国运昌隆。

中原大地上存留的龙脉越多，国运便能蒸蒸日上，繁荣昌盛。

这些家族到了如今，受时代限制没几个修出了名堂的，他们抓龙脉，就是在国运头上动刀。这换谁都不能忍。

以前上头一直不管，是因为他们搞不出什么名堂，且的确有靠他们的存在压制那些入世的非人类的意思，但他们要真敢在国运头上动刀，怕是连怎么死的都不知道。

上头藏着的东西可不算少，真要出手了，说是降维打击都不为过。

“怎么这么麻烦啊……”几个人的表情更愁苦了几分，唏嘘道，“怪不得他们把消息藏得这么紧，这山不封不行了，等我给上面打个报告先加派点人手啊，他们本家也得看着点。”

林木平静地给自己倒了杯水，看着办公室里忙忙碌碌的几个人和噼里啪啦敲起了键盘的大黑，慢腾腾地喝了一口。

“林小木，你别摸鱼了！”大黑指了指楼上，“去楼上把打了报告的几个家族的资料拿下来录入打印几份。”

“哦。”林木嘟哝着应了一声，一起忙碌了起来。

林木头一次认识到管理处里要正儿八经地执行一件事的程序到底有多凡琐。他昏天黑地地忙了一天，加班加到晚上九点，该整理出来的资料才堪堪整理完了三分之一。

人类那边要打报告的就更麻烦了，事件利弊风险性损失可能和效率性全都要整理出来，到林木下班的时候，几个人还蹲在他们办公室里昏天黑地，整个办公室里人手一杯大浓茶，还掺杂着咖啡的香气。

林木带着满脑子的公务用词浑浑噩噩地回了家，回家之前还记得把整理出来的资料率先发给了帝屋一份。

上边接到报告要审核报告核实情况，然后开会讨论再派遣人手，这一套流程走下来需要不少时间，这么些时间足够帝屋暗地里动点手脚了。就算帝屋不动手脚或者来不及动手脚，之后也会有人来制裁，用不着帝屋亲自动手沾上杀业岂不是美滋滋？

林木跟家里人打了声招呼，疲惫地倒进了沙发里。

晏玄景走到他旁边，被林木塞了个手机。

林木趴在沙发里困倦地说道："具体事情就这样……"

晏玄景拿过手机，手机屏幕上是林木跟帝屋的聊天窗口，林木在此之前连着给帝屋发了好几个文件。

晏玄景刚准备往上划一划看看聊天记录，就看到帝屋新回了一条消息过来。

一个亲亲的表情，还有一个 love 的表情包。

啧，为老不尊！

第二十一章
封山

晏玄景往上划了划聊天界面，扫了一眼那一串长长的名单，知道是怎么一回事之后，他轻轻挑了挑眉，偏头看了一眼趴在沙发上微微合着眼显得很累的林木。

怪不得当时情绪会那么低沉，原来是仇人送上门来了。

晏玄景在这方面的嗅觉还是相当敏锐的，他几乎马上就意识到林木说要封山的本意并非出于处理公务的态度。他的私心占据了上风，封山是想要瓮中捉鳖。

把那些人先关起来，跟外界隔绝了，山里不论发生什么血案都不会惊动外边，毕竟针对他们这种存在的规则本身就很不讲道理，也没有什么人道主义精神。

从规矩上来讲，没有上户口进行登记并且主动找到他们求助的，视同放弃他们这种第三方的帮助。他们不会主动插手，而哪怕求助了，这些人能不能走、从哪里走都得在林木这里过一遍才行。

因为封山事宜是非人类跟人类两边一起合作的，不过林木的手也要过一遍大黑的手，这中间可操作空间很大。

倒是个不错的解决方法。

狐狸托着腮，指尖轻轻敲击着手机屏幕，发出细微的“哒哒”声，只不过人类那边会不会很重视这件事，会不会对同类睁一只眼闭一只眼把人放走这事比较不好说。

林木眼睛睁开一条缝，瞅着晏玄景：“怎么了？”

“你要怎么保证人类那边对这件事的重视？”晏玄景干脆地问道。

林木抿了抿唇，有些迟疑。

他抬眼看看晏玄景，发觉晏玄景的目光还落在手机上，沉默了好一会儿，才小声说道：“我告诉他们有条走脉在山里，那些人是奔着走脉来的。”

晏玄景闻言，颇为意外地看向了林木。

林木提出封山这件事在他看来还在正常范畴之内，毕竟人类那边都找上门来寻求解决方法了，他顺水推舟想出这么个法子并不困难。但把秦川的存在说出去，这就着实让晏玄景感到惊讶了。

秦川怎么着也算是林木比较熟悉的，说是朋友也八九不离十的人了。以林木惯有的态度来讲，他怎么都是不会把朋友置于危险之地才对。

林木被晏玄景打量着，感觉十分不自在。

他在办公室里把走脉的事情说出来的时候就已经很不安了，被晏玄景这带着点诧异和打量的目光一盯，顿时从沙发上爬了起来，如坐针毡。

“我就是觉得……家里很安全，而且你在，爸爸也在，再不然还有帝屋和你父亲。”林木垂着眼，颇有些紧张地揪着沙发的软垫，小心翼翼地说道，“秦川的安全应该没有问题。”

晏玄景察觉到自己的目光让林木不自在了，他收回视线，听到林木这么说，点了点头，说道：“有我就够了。”

林木抬眼瞅瞅晏玄景，觉得他的重点是不是有点歪。

“虽然有些意外……不过干得很漂亮。”晏玄景评价道。

身为非人类，在有后台有靠山的时候，面对能力远不及自己的人类要是还缩手缩脚的，那像什么样子。别说非人类了，就是人类都知道合理利用自己的现有资源来为自己获取利益。

至于很多人介意的把朋友当成诱饵这种问题，放在非人类的思维里是没什么所谓的。

非人类才没有那种辜负他人信任时的负罪感呢，轻信他人、无法保护自己，被卖了那也只能自己认倒霉。

如果一个非人类本身足够强大，那么他身边的朋友极少会选择背叛和出卖他。因为这么做的成本实在是太高了，加之时间渐久，不合适的朋友都会被过滤出去，最终留下来的大多也就是肝胆相照英雄相惜的同类了。

而那些弱小到不值一提的非人类则很少需要践行这一点认知，因为他们并没有什么被背叛和出卖的价值。

总而言之一句话，作为非人类，之所以被他人出卖，有且仅有一个原因：不够强。

这在绝大部分非人类里是完全行得通的逻辑。

所以晏玄景虽然多少有点惊讶，但这份惊讶是出于以林木的逻辑去推断事物所带来的惊讶，而并非这件事本身。对于这件事，他觉得林木的做法没毛病，甚至做得还挺好。

林木解释说因为有他在，所以才敢把走脉的事情说出去这些话，更是让晏玄景心里舒坦得不行。至于林木后边加的那几个名字，都不重要，反正晏玄景自己是舒坦了。

林木仔细看了看晏玄景，发觉他好像真的没有什么特殊的表示，不由有些呆怔。他还以为至少要被教训一番。

“秦川不会有事对吧？”林木问道。

晏玄景掀了掀眼皮：“不会。”

林木松了口气：“那我上楼去找秦川，这事还是要跟他说一说的。”

晏玄景看着林木匆匆忙忙地套上拖鞋，啪嗒啪嗒上了楼，直到林木的身影消失在楼道口，才慢吞吞地收回视线。

还是天真了点，他想。这大约是帝休家祖传的天真……不过也挺好。

林木倒也不用急着去适应非人类的规则。

晏玄景想，有他在呢。

九尾狐低下头来，开始慢吞吞地翻手机里存着的资料。

林木发给帝屋的那一堆资料相当的细致，从姓名照片到八字和修行派系一应俱全。这全都是从二楼资料室里搬下来并进行过整理的，非常详尽。尤其是跟帝屋发过来的人名重合的那些个人，连生平履历都巨细无遗。

小细作。

晏玄景将手机上那些人的长相都记了下来，略一思考，抓着手机转头去院子里找帝休。

林木在二楼找到了自挂晾衣绳的秦川。

最近零零星星地开始下起雨来了，今天晚上也没有月亮，更没有月华，只有几颗星星稀稀落落地点缀在天幕上。

林木仰头看着挂在晾衣绳上的那条细小的龙，说道：“秦川，我有事跟你讲。”

“啊？”秦川应了一声，倒挂着看向林木，说话间带着一阵细微的龙吟声，“如果是你刚刚跟晏玄景说的事情，我都听到啦。”

林木“哎”了一声，正想说什么，就被秦川打断了。

秦川一甩尾，从晾衣绳上下来，精准地落在了林木肩上，轻快地说道：“我是没什么所谓，在你家玩得这么高兴，就当报答一下你啦！”

林木还是有点不好意思。他以前因为没有爸爸被欺负的时候，其实没少借着人小长得可爱的外表利用一些人的善心来告黑状，但这种主意打到能够称之为朋友的人头上，还是头一遭。哪怕人家不介意，林木自己心里也过不去。

他想了想，干脆带着秦川进了屋，打开电脑页面，让秦川自己去挑点喜欢的东西作为礼物来补偿他。

秦川两眼发亮，一点也没准备跟林木客气，拿着鼠标就“哒哒哒”地选起了东西。

林木坐在旁边的床上，听着秦川颇有节奏的鼠标声，眼皮子打起了架，没多久就睡了过去。

林木这一觉睡到了第二天天亮，在秦川眼巴巴地注视下洗漱完回到房间里，扫了一眼秦川放进购物车里的东西，发现是百来个毛绒玩具。

大的很大，小的就是钥匙扣挂件，林林总总数百件，价格相当美丽。

林木转过头，刚想说太多了家里没地方放，结果一对上秦川可怜兮兮的目光，就干脆一咬牙给他付了款，然后眼不见心不烦地下楼吃早餐去了。

林木叼着烧卖跑出屋子，绕着整个院子转了一圈，回到院子里仰头看着院子里那棵苍青色的大树，含混着问道："爸爸，晏玄景呢？"

帝休从枝杈间现出身形来，答道："他去山里了。"

林木哽了一下："我手机还在他手上呢。"

"他马上就回来了。"帝休话音刚落，晏玄景的身影就出现在了院外小道的尽头。

晏玄景一抬眼，看到站在院子里的林木，藏在袖子里的手微微动了动，将一截长长的帝休树枝藏了起来。帝休坐在自己的本体上，悄悄遮住了被折断的截口。

晏玄景身上没有湿润的痕迹，但还是沾了一身朝露的气息回来。微凉，还有些许黏腻。

晏玄景把林木的手机拿了出来："你的手机。"

林木接过手机，顺口问道："你去做什么了？"

"去山里转了一圈。"晏玄景答道。

顺便揣了一大截帝休的树枝，让他也能够到山里去给那些人讲一讲温馨美满的睡前故事。

因为晏玄景经常去山里，林木听他这么说了，也没有多问，只是接回手机，回屋里继续去吃没吃完的早饭。

晏玄景目送着他进了屋，转头把那根长长的枝条还给了帝休。

这一大截枝条跟林木之前带出去的巴掌大小的一段可不一样，晏玄景带走的是帝休的一部分力量，所以能够给那群人讲一讲睡前故事，林木带出去的那一截实在是太小了，小到只能当一次性用品来使用。

反正那么点枝条帝休很快就能长出来，但晏玄景带走的这一截可不行。

帝休把枝条重新按回自己的本体上，想起一惊一乍地被吓了一晚上的人们，带着十分餍足的神情躺在了枝杈间，整棵树都美滋滋的。

晏玄景把资料上有名字的人的气息都记住了，准备等封了山再动手，免得打草惊蛇。毕竟帝屋那边还盯着人本家呢，他这边惊扰到了就不好了。

林木吃完饭推着电动车出来，准备去上班，晏玄景几步跟了上去。

林木一愣："怎么了？"

"我也去。"晏玄景说着，拿出了一封信笺，"大荒那边有消息。"

他说完，刚准备变回本体跳到林木电动车后座上，就被林木阻止了。

"地铁不能带宠物的！"林木低头看了一眼时间，"骑车过去会迟到，你自己去。"

"哦……"

晏玄景面无表情地看着林木骑着电动车笃笃笃地走了，在帝休带着些笑意的目光之下停顿了两秒，直接一飞冲天，奔着管理处的位置去了。

林木打开办公室门的时候被吓了一跳。

办公室里六个人、一个非人类，大黑正精力十足地噼里啪啦敲键盘，还有一个人在抱着文件写写画画地修改，另外五个人全都挺尸般趴在办公桌上，睡得昏天黑地。

林木凑过去，小声问道："忙了一晚上呀？"

"嗯，还成吧。"大黑喝了口白开水，看着办公室里倒得横七竖八的五个人，嘚瑟地说道，"人类就是弱。"

无辜中枪的人从文件里抬起头来，一拍桌子："你牛你来写报告啊！"

大黑顿时不说话了。

唯一还醒着的人重重地哼了一声，继续埋头写写画画。

林木轻手轻脚地把凳子搬出来，又小声地说道："等会儿晏玄景应该来了。"

办公室里还醒着的两位员工齐齐一顿："他来做什么？"

"说是大荒里有消息传过来。"林木话音刚落，那边办公室的门就被推开，晏玄景缓步走了进来。

大黑顿时一拍桌子，大喊一声："起床了！"

林木看着那几个睡过去的人一弹就蹦了起来，跟打地鼠似的。

晏玄景并没有去管那群兵荒马乱的人，直说道："大荒里传来了消息，青丘国回收了帝屋的力量。"

"啊？"

"什么？"

"回收了什么？"

几个人类和非人类都没反应过来。

"大荒里被攫取的帝屋的力量被我母亲回收了。"晏玄景再一次说道。

"哦，那是好事啊。"大黑搓搓手，颇为高兴地说道。

旁边的人迅速发现了盲点："帝屋的力量被回收了，那那个作乱的非人类呢？"

晏玄景淡淡地瞥了他一眼，平静地说道："不知道。"

那个人怀疑自己听错了："什么？"

"死了，跑了，失踪了，反正是没有追踪到。"晏玄景语气十分平淡，"也不知道到底是个什么东西。"

"所以……"大黑张了张嘴，"你们在哪儿都没发现他？"

晏玄景点了点头。

"那通道呢？！"这次来负责接洽的人带着一点点微不可察的期待，"您不是来负责镇守通道的吗？他应该没有通过通道吧？"

晏玄景面无表情地看了那个人一眼，说道："至少青要山的通道是安全的。"

那个人一张嘴，磕磕绊绊地问："什、什么意思？"

大黑主动开口解释："意思就是，那个非人类消失得很诡异，说不定是钻进了什么野生的小通道，不然以大荒里那帮非人类的能力，怎么可能在他失去力量之后还一丁点痕迹都摸不到？除非他死了。"

刚爬起来的几个人瞬间露出了崩溃的神情。

"这么一说，我今天天亮的时候接到了青要山里打来的一通求助电话。"大黑搓了搓下巴，"说是昨天半夜山里闹鬼，但一晚上过去，却没有任何人受伤。"

负责人火速跟上了大黑的思路："杀戮怨气重的生灵的确是会给周边的人带来一些恐怖的幻觉，没有什么实质伤害，但会因为剧烈的压迫而致人疯狂甚至死亡。"

大黑和负责人对视一眼，齐齐倒吸一口凉气。难不成那个造了一堆杀孽一看就很反社会的非人类真跑到中原来了？！

他们齐齐看向晏玄景。

晏玄景差点没能跟上他们的思路，露出了一瞬间的深思。大黑和负责人看着九尾狐都这个态度，心里一紧，慌慌张张地各自拨打起电话来。

"封山！马上封！现在就封！还走什么程序！"

林木茫然地看看这个，又看看那个，最后看向了之前去山里转了一圈的晏玄景。

晏玄景这时才反应过来那两个到底脑补了什么，饶是他堂堂九尾狐也不禁呆怔了好半晌才回过神来，对上了林木茫然的视线。

不管了，反正消息也传到了，虽然不知道为什么会变成这样，但他来这一趟的目的达到了。至于大黑跟负责人这个"蛇皮走位"般的脑回路，晏玄景抬眼瞅瞅脚不点地叽里呱啦的几个人和一个非人类，沉思许久，还是决定保持沉默。

九尾狐面对着试图向他求解的林木，露出了一个高深莫测的神情，深藏功与名。

林木觉得怎么眨眼之间他就看不懂眼前这一切的发展了呢？

他沉思了一会儿，拉着凳子蹭到了晏玄景身边，小声问：“怎么回事啊？”

晏玄景抬眼看了看乱成一团的办公室，抬手扔了个隔绝窥探的术法，十分难得地叹了口气：“意外。”

林木问：“什么意外啊？”

“我就是来送个消息。”

晏玄景手里拿着信笺，上边的字并不多，林木扫了一眼，发现信头起名就是“奶糖”。

林木心虚地收回了视线。

晏玄景看着手里的信笺，对于自家娘亲已经知道自己拥有了“奶糖”这么个昵称这件事一点儿都不意外。比起这个，他还是更加惊叹于大黑他们过于活泼的思路。

“虽然的确是有那个不知名的非人类逃到了中原来的猜测，不过……”

不过他是真的没有往那个非人类其实就在青要山这个方向暗示。谁能想到大黑这一顿操作猛如虎，连堂堂九尾狐都没能反应过来。

林木小声嘀咕：“那大黑他们说的到底是什么意思啊？”

“就是……如果一个人杀过很多人，哪怕是普通人也是能够在见到他的瞬间察觉到危险的，虽然可能会很微弱，但的确会有本能的防备。”晏玄景解释道。

就连普通人都能察觉出危险来了，那更不用说感官相对敏锐许多的修行者和非人类了。

他们能够察觉到一个手沾鲜血的人身上牵扯的因果和怨气，这种因果和怨气重了，就会影响到身处在这个人周围的人。轻微一点儿的会让人做噩梦，严重一点儿的会直接让人产生可怖的幻觉。

这世间没有人没干过任何一件亏心事，但凡心里有一点点空隙，就会一发不可收拾。这种幻觉又没有办法打散，更加没有办法消除，最后逼疯人甚至逼死人实在是再正常不过了。

那个不知名的非人类在大荒里大肆屠城，手中沾染的血腥和怨气不在少数，他又不像帝屋那样身负功德可以缓和压制。如果真的是他待在了青要山里，那昨晚集体闹鬼的反馈是完全贴合实际的。

林木听完了也还有点似懂非懂的，但重点他还是迅速地抓住了：“不是那个非人类在作怪吗？”

晏玄景沉默了好一会儿，摇了摇头：“不是。”

“那是怎么一回事？”林木十分茫然，“真的闹鬼？”

“也不是。”

晏玄景本来没准备跟林木说这事的，毕竟大半夜没事干带着帝休溜到山里去吓人这种事，说出来多幼稚。哪怕他的本意其实是去踩点的，但仍旧掩盖不了幼稚的本质。

晏玄景面无表情，十分严肃地说道：“昨天夜里我跟帝休前辈去了一趟山里，给山里那些人讲了几个睡前故事。”

帝休其实不是不能收敛的，只不过这棵树有点恶趣味，所以一直捧着一些惊悚恐怖故事在那里毫不收敛地阅读，他不仅阅读，还要带上力量，美其名曰分享快乐。

虽然事实是根本没有人想要跟他分享这份快乐，除了林木那个胆大包天、见到非人类第一反应是大哥你真好看、热爱鬼故事、胆敢一个人勇闯荒郊野外的妈妈。

可帝休是不在乎的。

有没有人从中得到快乐无所谓，他快乐就可以了。撑死了在自家亲儿子面前收敛一点儿，至于别人，那跟他有什么关系？是结了仇的人那就更加没关系了。

林木张了张嘴：“我记得你今天一早才回来。”

晏玄景点了点头。

帝休的鬼故事讲得还挺有仪式感的，比如晚上什么时辰就讲什么时辰的事，熹微的时候，一些故事就不合适了，毕竟绝大多数鬼故事发生在夜晚。

这也是为什么天亮的时候大黑才接到电话。那当然是因为在帝休讲鬼故事的时候，电话根本打不出来呀！

你见过哪个鬼故事发生的时候能拨出电话的——哦，也不是没有，只不过接电话的并不是该接电话的那个人就是了。

如果不是林木起床到处找晏玄景，帝休压根儿没准备回来。

“幼稚。”林木小声说道。

晏玄景偏头看了他一眼，十分赞同地点了点头：“帝休前辈幼稚。”

林木看向晏玄景，眼神微妙：“你也幼稚。”

“我没有。”晏玄景给自己正名，“我是去踩点的。”

林木问：“踩什么点？”

“去看看谁身上带着帝休前辈的本体。”晏玄景答道。

说来那些过来打过申请的大家族的人也运气极差，刚好撞上林木请假的那一天。

不然他们当场就能发现林木这棵长得跟帝休有七分相像的小树苗，从而意识到不对了。

林木追问晏玄景："你找到我爸爸的本体了？"

狐狸点了点头，看了看办公室里的大黑他们，说道："他们藏起来了，不过问题不大。"

晏玄景本来还以为要等到封山程序走完才可以动手，万万没想到还能有这样的操作。

一直以来，是他小看大黑这种小非人类和人类了。

林木对全局的掌控力不如晏玄景那么厉害，在知道了前因后果之后，只问道："那这算好事吗？不会打乱你们的安排吧？"

"是好事。"晏玄景点了点头，从林木那里要来了帝屋的联系方式，抬眼看向抱着一大堆阵盘火急火燎地走过来的大黑。

林木因为长得跟他爸爸十分相像，被晏玄景安排留守在了办公室里。

放起阵盘来需要不少时间，好在如今人类的交通通信手段相当发达，到大黑他们把阵盘都放好之后，上头紧急加派的人手也刚好到了位。他们也没有通知里边的人，非常干脆利落地启动了布置好的阵盘。

在这一切搞定了之后，晏玄景揣了一根帝休的枝条，满山溜达，闹得鸡飞狗跳，在日落之前终于闹到这些人都准备先出山静观其变了。

晏玄景把帝休的枝条还回去，好整以暇地等在了法阵的出口。

像这种大型法阵的好处，就是不怕里边有人搞破坏。

要真有人搞破坏，破坏了一片还有另一片能继续运作，一环套一环，哪怕把整个法阵内部都夷为平地，也还有最外圈的几个能维持运作，很难一口气全部解决掉。

九尾狐带着大黑他们几个等在门口，那边几个做文职的人已经摆开了桌子，抱着笔记本电脑打开了软件，随时准备进行记录工作。

另外几个新来的人则训练有素地在边上搭起了帐篷，揣着一堆一看就十分专业的工具进了山。

晏玄景目送着这群人进山，正要收回目光时，进山的第一批人就从法阵里踏了出来。这是一批零碎的散人，总共六个，面色苍白，神情憔悴，眼底泛着睡眠不足的青黑。

晏玄景目光轻轻擦过他们，没有察觉到什么异常，便挪开了视线。

大黑带着几个人上前去，把这群没报备的人挨个记录下来，然后进行盘问和处罚。

面对这些人，就连大黑也算得上是很厉害的非人类了，根本用不着晏玄景出面。

他们所处的地方在还在法阵内，没过多久，就接二连三地有人从别的地方被传送到这个出口。最先选择放弃的大多是些零散户，那些大家族的人倒是暂时还都没出来。

一直到月亮挂上了夜幕，才终于有个大家伙从里边走了出来。

他们这种家族倒也没有跟这些人交恶的意思，一个个机灵得很，上来就给大黑他们递了几棵灵药，小声问道："你们这怎么回事啊？怎么还封山了？"

大黑看他一眼，嬉皮笑脸地说："哦，因为听说里边有龙脉。"

那几棵灵药被摆在桌子上，没人去碰。

来人微微僵硬了一瞬，但马上反应了过来，露出惊讶的神情，说道："有这事？！"

大黑收了笑，说道："是啊，还不仅是龙脉呢，最近大荒里那个作恶多端的非人类知道吗？他现在说不定就在青要山里，这两天不是闹鬼吗，你猜为什么闹鬼？"

来人闻言大惊失色，连连道谢之后扭头回了山里，看那个急吼吼的样子，大约是去通知同族的人了。

晏玄景站在一旁的角落里，沐浴着月光。

不知道是不是最近跟两棵帝休颇为亲近的关系，月华也开始照顾到他了。现在他没有待在林木和帝休身边，也有零星的几点月华落下来，在他身边飞来飞去。虽然很少，但也聊胜于无。

那边没过多久就喧喧嚷嚷来了一大堆人，把那些零零散散的散户都挤开，占据了最前边的位置。这群人的关系似乎并不融洽，一边走过来还一边在对彼此冷嘲热讽。

晏玄景衣兜里的手机振了振，他摸出手机，垂下眼来看了一眼，发现是帝屋发给他的消息。说是摸到了帝休的两块本体和剩下的残灵，正在赶来的路上。

晏玄景冷酷地回了个句号，表示已阅。

帝屋捧着手机，看着晏玄景这个十分冷淡的句号，转头看向晏归，说道："你儿子怎么一点儿都没学会你这股骚劲儿？"

晏归蹲在帝屋旁边，叼着根油炸火腿肠哼着歌打着游戏，掐着嗓子对着手机一口一个"小哥哥带带我"，被帝屋这么一说愣了好一会儿，抬脚就踹了过去："你说谁骚呢？你也不照照镜子看看就凭你现在这狗样子，是谁还在帮你，你说谁呢你！"

“反正不是说我自己。”帝屋说道，催促晏归，“你赶紧的，我们快点回去了。”

“我呸！”晏归吧唧吧唧把火腿肠吃完，变回原形，一脚踢开了准备跳到他背上去的帝屋，反口叼住了帝屋的衣领，转动一飞冲天。

帝屋被凛冽的风吹成了一个滴溜溜转动的陀螺，险些没被衣领勒死。

“晏归你个王八蛋！”帝屋骂骂咧咧地跳到了晏归的一只前爪上。

晏归甩了甩爪子，发现没把帝屋甩出去之后重重地哼了一声：“污言秽语！”

帝屋冷笑一声：“你再吵吵我就把你打游戏装妹子找了八个老公的事情告诉你媳妇儿。”

晏归浑身一震：“你怎么这么恶毒！”

帝屋坐在晏归的前爪上看着下边倒退得飞快的景色，不疾不徐地道：“看来你还希望我告诉你儿子。”

晏归哽了两秒：“……这几千年，你变了不少。”

帝屋扔了个挡风的术法，摸出手机来，一边给晏玄景发消息，一边说道：“那是，我现在可是有着许多惨痛经历的成熟非人类。”

晏玄景感觉到手里的手机嗡嗡地振了好几下，他低下头来，看到帝屋噼里啪啦地发了一串消息过来。主要内容是让他学习一下他爹的风范，找十个八个媳妇儿回来，并附赠了晏归打游戏装妹子跟人语音还幻化出了女性形象跟人视频聊天的小视频一二三四五六七八。

晏玄景挨个打开看了，发现八个小视频里他爹有八个不同的人设、不同的长相和不同的声音，堪称戏精本精。

虽然晏玄景早已经习惯晏归挂着不同的男男女女的脸出去造作的行径了，但有的时候……真的不是很想承认这是他爹。

晏玄景正准备回复，正巧听到那边有一个人得意扬扬地说：“被幻象吓成这样不是你们自个儿没用吗？我们可没有受到丁点儿影响。”

晏玄景听完这话，眯了眯眼，将手机放回了衣兜里，披着一身落在他身上的月华迈步走了过去。

能够抵挡帝休力量的，只有帝休本身。

他一边走着，一边缓缓地放开了一直收敛得天衣无缝的气息。一群人瞬间警觉地转过头来，看向一步一步走过来的非人类。

他那一身气势极其惊人，宛如山岳，又像是黑沉沉铺过来的天幕，这些有着些许道行的人隐隐约约得以窥见滚滚的气息凝成了一只巨大的狐狸，九条尾巴交叠着，慵懒地趴在虚空之中。它转头看过来，露出橙红色的兽瞳，俯视着地上的人类，眼中尽是注视着蝼蚁一般的平静和无声无息的杀意，让人乍一对上视线就几乎要晕死过去。

晏玄景走到刚出过声的那个人面前，抬眼扫视了一圈他和站在他身后、明显处于同一阵营的人类。

“把二十三年前你们拿走的东西，还回来。”晏玄景平静地说道。

大黑一掐大腿，哆哆嗦嗦地说道：“怎、怎么回事啊？！”

“严格来讲，他们伤害了我家的长辈。”晏玄景微微偏过头看了一眼大黑，说道，“这是私仇。”

第二十二章
黑历史

晏归远远地看到了青要山外新布下的大阵，还有大阵边上属于他儿子的狂野气息。

他不明所以："怎么回事儿啊？"

帝屋拿着手机沉默了两秒，小声嘀咕："总不能是因为我把你的骚视频发给了你儿子的吧？"

晏归面无表情，然后一脚把帝屋踢了出去。

晏归看着飞出去的帝屋，开始认真思考杀树灭口的可能性。

老子当初怎么就不干脆跟着那群小蹄子一起反了水算了呢？帝屋这瘪犊子到底有哪里值得他千辛万苦来救的？死了算了！

帝屋对晏归的反应早有预料，被扔出去的瞬间就将浑身气息收敛得干干净净，一翻身轻飘飘地浮在虚空中，垂眼探看下边的情况。

晏玄景这边的气氛十分紧张。

一群人警觉地看着这个突然发难的九尾狐，一面戒备一面将被晏玄景找麻烦的那个家族给孤立了起来。那群到现在还没能接受调查的零散户更是避之不及地溜到了一边。

晏玄景的目光从这些被独立出人群的人身上一一扫过。

每一个被他看到的人都像是被抽走了浑身的力气，宛如蜉蝣面对着怒浪狂咆的海啸，连呼吸都变得痛苦吃力，连反抗的心思都难以升起丝毫。

"把东西给我。"晏玄景重申道。

他说得十分认真，语气也平静无波的，只是那对上挑的凤眼中不再是以往熟悉的安宁黑色，而是与翻滚的气息之中那对兽瞳一般无二的橙红。

有什么沁凉沁凉的气息笼罩了这一小方天地，风中带来一股浓重的血腥气，还带着隐隐约约的怨愤哭嚎。

有几个人目光一转，大惊失色地看着脚底下。不知何时，他们脚下蔓延出了黏腻的红色液体，隐隐约约还带出了一些碎裂的白骨。绝大多数是动物的尸骸，偶尔也能看到零星几个属于人类的。

如果现在是在林木家附近，那晏玄景必然是瞒不住朝暮的防护的。

这就体现出九尾狐拥有又凶又吉的两副面孔的好处了，那些触发型的法阵和防护，基本上拦不住有两面甚至千面的九尾狐。

没有人敢率先开口，他们纷纷避开了地上流淌蔓延的红色，而后将责备的目光投向了被晏玄景重点关照的那个家族。

大黑也不敢碰那些不知道是不是血迹和尸骸的东西，他蹦起来一屁股坐在桌子上，看看一个个面色苍白的人类，叹了口气："私仇我们是不管的啊。"

为首的人打着寒战，牙齿磕着发出明显的声响，但还是硬着头皮对晏玄景说道："您……这是在说什么呢？"

"是什么你们心里应该有数才是。"晏玄景想起在从林木那里拿来的资料。

这个家族是这二十年里突然冒出来的新锐家族，其实比起家族，也许用比较古早的门派来形容比较合适。他们利用帝休木解忧忘忧的特性敛了不少财，更是帮助不少不知情的修行者治疗过修行时造成的神魂损伤，这在修行者眼中是很稀缺的资源。

晏玄景对这些人可不像对林木和小人参那样有耐心。

"帝休木和你们本家的安危，选一个。"他干脆这样说道。

那个家族为首的人的脸瞬间绿了。

本家的安危自然很重要，但他也很清楚这二十多年来本家到底是依赖什么东西发展起来的。他自然是不想交出去的，可不交出去，按照非人类强盛的报复心来讲，他和本家估计都得玩完。他们家底薄，对上大物丁点儿反抗之力都没有。

那人绿着一张脸，拿出了一个布袋子，交给了晏玄景。

他低着头，不敢去看周围那些人看过来的目光。他们家族当初拿下帝休的手段并不算光彩，这么些年依赖帝休木得来的财富和人脉其实也都是瞒着那些人的，让他们沾上了帝休的因果这在修行人士中可是大忌。

他不敢抬头，晏玄景没什么所谓地接过了他手里的布袋，打开确认了一下里边的东西。

"还有几个干过同样的事情。"晏玄景确认好了，收好布袋，目光轻飘飘地扫过其中几个被林木记上了小本本的人，顿了顿，好心地告诉了他们，"不过你们已经没有选择的机会了。"

毕竟上他们本家那边去的，是帝屋。

帝屋到底干了什么晏玄景不知道，但以帝屋对帝休这个同族的重视和这么多年的遭遇来看，他恐怕不会留手。

晏玄景言罢，也不管那几个人剧变的脸色，慢吞吞地收回了外放出去的气息和法术，随着气息的消失，九尾狐的虚影、安静蔓延的鲜红色也紧随着褪了下去，除却那几个被晏玄景点了名的家族之外，所有人都露出了恍惚的神情。

等到那些红色全都褪了个干净，大黑恍恍惚惚地甩了甩脑袋，抬眼看了看那边离得老远的几个散户，说道："你们站那么远做什么？我告诉你们，处罚是逃不过的！"

那些零散户嘀嘀咕咕地走过来，蔫头耷脑地上前登记。

他们与收敛了气息几乎要与黑夜融为一体的晏玄景擦肩而过，仿佛对于这个非人类的身份一无所知。

晏玄景目的达到，看了一眼没有被他混淆记忆的那几个家族，欣赏了一下他们惧怕又铁青的脸色，揣着布袋准备回去找林木。

大黑看晏玄景一副准备收工回家的样子，微微一愣，小心地问道："您……这是去哪儿？"

晏玄景脚步一顿，好脾气地答道："回家。"

大黑苦着一张脸："那……那个非人类……"

狐狸把自己想做的事情做完，心情颇佳，于是干脆地准备跟大黑讲明白。

"哦，那个非人类是……"

他话音未落，就倏然停下了话头，仰头看向北边的天幕。

那里骤然炸开了一股浓烈的血煞与因果的怨气，像是在试探什么一样，铺天盖地地压了过来，又在触及他们的瞬间收缩了回去，然后非常明显地向着北方遁去了。

晏玄景和大黑的对话戛然而止。

大黑哆嗦了两下，脸色煞白："那……那个非人类还真在啊！"

晏玄景微微一愣，偏头看了一眼大黑。

那些怨气是属于帝屋的，晏玄景看出来了，只不过帝屋把属于他自己的气息和功德都藏了起来，看起来就很可疑。

狐狸看着惊慌失措的大黑，觉得帝屋既然这么做，肯定有他的理由。晏玄景把到嘴边的真相咽了回去，看着大黑把电话拨给了最擅长找人的老乌龟，觉得自己这会儿大约也没有什么留下来的必要，于是揣着装着帝休木的布袋子，慢腾腾地离开了这里。

帝屋在那边吓死了一片人之后，转头收敛了气息就奔着林木家里来了。

晏归给了他不少好东西，其中就有很多隐匿身形和气息的法宝。

帝屋现在全身上下堪称武装到了牙齿，哪怕是站着不动任人蹂躏，累死好几个人也不见得能伤到他一根毫毛。

晏玄景揣着帝休木回来，转手把他交给了眼巴巴看着他的林木。

林木手里拿着两个小纱袋和一个玉雕，玉雕里散发着非常明显的属于帝休的气息。

晏玄景转头看向帝屋，问他：“你刚刚是做什么？”

“林小木把事都跟我说了一下，我觉得正好，可以把那个跟在我屁股后边的老乌龟弄回去，给他找点别的事做。”帝屋看了一眼林木院子里，站在门口隐藏着自己的身形，十分小声地说道，“那乌龟算卦准，老跟在我后边烦得很。”

晏玄景点了点头，把放在自己这里的小司南交给了帝屋。

帝屋接过东西，转头火烧屁股似的就准备走人。结果他刚一迈出步子，院子里就蹿出来一道影子。

那道影子刮风一样地刮出来，声音清脆活力四射，充满了兴奋：“林木林木！我听到帝屋的声音了！是帝屋来了吗？！帝屋呢！”

帝屋脚步如风，压根儿不搭理他。

秦川一甩尾缠住了帝屋的手腕：“帝屋你别走啊！你别不要我呜呜呜！”

“你起开。”帝屋一甩手，揪着这条龙脉，“这么大一条龙了哭哭啼啼的害不害臊！”

秦川吸了吸鼻子，憋住了一大泡眼泪，哼哼唧唧：“你怎么都不见我一面就要走啊？”

帝屋摸摸衣兜，拿出盒烟来，抽出一根，叼着，十分愁苦，心说，这不是看着你这哭包样子就脑壳疼吗！

他帝屋多牛一非人类啊，纵横天地间几千年，神挡杀神佛挡杀佛，就是翻车得如此惨烈也能东山再起，简直呼风唤雨无所不能——除了哄人。

帝屋思来想去，一直想到秦川憋不住眼泪了，才终于想到了个比较妥帖的答案：“这不是怕你遇到危险吗？你什么运气你自己又不是不知道。”

秦川“哇”的一下哭了：“那、那你也不用见都不见我一面啊！我找你好久了！我看你就是不想要我了！”

帝屋面无表情：“没有不要你。”

秦川吸着鼻子：“那……那你凑齐了三魂七魄和本体之后，还会回来找我吗？”

讲实话，帝屋不太想。毕竟秦川这么个活靶子，一点儿都不适合他这种潇潇洒洒的生活习性。

秦川打了个嗝，眼泪汹涌而出，他憋了憋，没憋住，哇哇大哭。

他一边哭一边钻进了帝屋衣服里，缠着他的腰，从帝屋穿着的衬衫纽扣缝隙里探出个龙脑袋，继续哭。

帝屋看着从他衬衫里冒出脑袋哇哇大哭的秦川，忧愁地点燃了烟，安静地抽完了，才十分沧桑地说道：“行了行了，我回来找你，你在林木这里好好待着。”

秦川的哭声戛然而止。他抖了抖落在他脑袋上的烟灰，从帝屋衣服里钻出来，化作人形一拍手，虚空中就噼里啪啦掉下来一大堆毛绒玩具。他拉着满脸愁苦的帝屋，挨个给他介绍这些娃娃的名字。

林木和帝休回了院子。

林木手里拿着三个袋子，仰头看了看三米高的树，又看了看这个树的占地面积，脸上忧愁的表情跟帝屋有得一比。

“我觉得你该减肥了，爸爸。”他说道。

这三块本体要是都融回去，怕是要把院子栅栏和玻璃房都挤垮。

帝休也跟着叹了口气：“先收着吧，等咱们回了大荒再放回来。”

林木说好，他揣着那三个袋子，也不会什么袖里乾坤之类的法术，放在外边又不放心，左看右看，最后还是去求助晏玄景了。

晏玄景帮他收好了那三块帝休本体，看了一眼乖巧地端着茶水点心和水果跑出院子来的小人参，转头坐到了那截断木上，拿着茶水和点心，准备跟林木帝休一起欣赏那边难得一见的愁苦帝屋，一点儿上去掺和帮忙的意思都没有。

晏归就在这个时候姗姗来迟，看到拿着茶水点心的自家儿子，一抬手钩住儿子的脖子就走到了一边。

“帝屋给你发的那些东西呢？”晏归说道。

晏玄景闻言，慢腾腾地喝了口茶。

晏归扫视了一遍自家儿子，眯了眯眼，警告道：“我告诉你，你要是给你娘亲看，我就……”

他说到一半卡了壳。仔细想想，他竟然没有能够拿来威胁自家儿子的东西。

晏玄景好整以暇地看着他爹：“你就什么？”

“我就退位给你去逃难好了。”晏归说道。

这种话向来是威胁不到晏玄景的，晏归很清楚，他儿子这个基因突变的九尾狐对青丘国的责任感极强，晏玄景多半会说正合他意。

晏归满心唏嘘，开始琢磨着自己应该往哪里逃难比较合适。跟老婆正面对决是不可能的，打又打不过，只能搞搞“游击战”。等到老婆消气了，再摸上去亲热几次，一次解决不了，那就两次！

晏玄景看了一眼他爹，眉头皱了皱，说道：“不行。”

“嗯？什么？”晏归没反应过来。

晏玄景说道：“你不能退位。”

晏归一脸稀奇：“你以前可不是这么说的。”

晏玄景摇了摇头："我答应了林木带他走遍大荒的。"

晏归一愣，心里"嚯"了一声："我也可以带贤侄走遍大荒啊！"

晏玄景眉头皱得更紧了，斩钉截铁："不行！"

老狐狸上上下下仔仔细细地打量了自家儿子一番，又看了看那边的"豪华神木套餐"，满脸慈爱地引导道："为什么我就不行？"

晏玄景偏头看向那边正一边戳着月华一边小声跟帝休嘀嘀咕咕的林木，回道："不行就是不行，没有为什么。"

晏归看着自家儿子，转身冲着那边的"豪华神木套餐"美滋滋地跑了过去，一边跑还一边高兴地喊道："贤侄贤侄，你想不想看晏玄景小时候的画像啊？还有他穿女装的画像！还有他翻肚皮的画像！还有他狗吃屎摔进泥地里的画像！还有他小时候舔爪爪……"

晏玄景霍然起身，一抬手把手里的茶杯砸向了他亲爹。

林木转过头去，叼着个小番茄，有些惊讶地看向了晏归。

"什么……画像？"林木有些好奇，但看看沉着一张脸目光之中满是凶光的晏玄景，又默默地收回了视线。

讲实话，他挺想看的。不过看看晏玄景的表情，他觉得还是不要应这个声比较好。

晏玄景看着晏归轻巧地接住了他扔过去的茶杯，觉得这不妥。

晏归端着茶杯回头看向他儿子，一张俊脸上满是得意，背对着那边三棵神木对着儿子挤眉弄眼疯狂暗示。

晏玄景沉着脸，收到了暗示。

晏归端着茶杯走回儿子身边，盯着自家儿子把他那些黑历史都删干净，并且反复检查了一通没有证据遗留之后，志得意满地拍了拍自家崽的肩膀："识时务者为俊杰。"

晏玄景神情冷酷，打掉了晏归落在他肩膀上的手，说道："画像给我。"

晏归倒是大方得很，随手扔出了一大堆绘卷来，稀里哗啦地落了一地。眼看着他还要往外掏，晏玄景的表情越发莫测起来。

"你什么时候弄了这么多我的画像？"晏玄景冷声问道。

"什么叫弄啊，我自己画的。"晏归一撇嘴，"你娘亲喜欢啊，要不是她喜欢我画你干吗呢？"

要不是老婆喜欢，他哪有这空画这个傻儿子，画老婆不好吗？

哦，怪不得。

晏玄景看了一眼那些画卷，从中抽出一卷来摊开。

画面中是一只小小的幼年九尾狐，毛茸茸的，正抱着自己的三条尾巴，脑袋埋在尾巴里，连耳朵都垂下来，剩下的尾巴被当成了被子盖在身上，睡成了一个完美的球。有几朵飞花从窗外飘进来，落在了这一团毛茸茸的球上，静悄悄的，没有一点儿声息。

晏玄景看着这画，几乎想不起来自己还曾经有这样的时候了。

晏归探头看了一眼那幅画卷，咂咂嘴："你小时候多可爱，傻了吧唧的，说啥信啥、喊啥做啥、指哪儿打哪儿，一口一个父亲喊得甜滋滋的，哪像现在，又臭又硬。"

晏玄景面无表情地把晏归掏出来的那一大堆画卷都收起来，瞥一眼晏归，视若无物地收回了视线，看向了林木。

林木带着点渴求和好奇的意味瞅着他，就连旁边叼着烟被秦川套上了手套布偶的帝屋都无法吸引他的视线。

晏玄景沉默地跟林木对视了好一会儿，然后败退一般垂下眼，走过去，把之前看的那幅交给了林木。

林木盘腿坐在那截断木上，嘴里还咬着半个小番茄，仰头看着晏玄景，因为递到面前来的画卷而呆怔了老半晌，赶紧把小番茄吃掉，说道："你要是不想给别人看的话就算啦。"

"没关系。"晏玄景话音刚落，手里的画卷就被林木毫不犹豫地取走了。

林木小心地展开了画卷，"哇"了一声。

讲实话，不管什么动物，好像都是幼年的时候比较可爱，尤其是胎毛未褪的时期，九尾狐这种本身毛毛就十分蓬松顺滑的生灵就更加可爱了。

哎，奶糖为什么不是这种小奶狐的样子呢？

小小的一只，两只手就可以捧起来，圆滚滚毛茸茸的，打哈欠的时候张开嘴就能看到粉嫩嫩的舌头和几颗白玉似的乳牙，跑动的时候小小的身体拖着九条大尾巴摇来晃去的。

真可爱啊！

林木看着手里的画卷，带着几分遗憾看向了晏玄景。

晏玄景接收到这个目光，心中升起了几分警觉。

"奶糖小时候真可爱。"林木夸道。

晏玄景闻言，那点警觉悄然散去，他挺直着背脊，矜持地点了点头。

那是当然的，晏玄景想道，九尾狐不可能不好看。

"还有别的吗？"林木小声问道，"我想看女……"

“没有。”晏玄景断然道。

“哦。”林木乖乖闭上了嘴，女装的画像有肯定是有的，只不过晏玄景八成不会给他看。这一点林木还是心知肚明的。

他垂着眼把手里的画卷小心地卷好，还给了晏玄景。

帝屋在一边一手一个手套布偶，叼着烟听着秦川像是机关枪一样“突突突”不停地说着寻找他的这半年来所遇到的事情。他绝大部分时间里是疲于奔命的，因为运气不好，所以总是撞上各种各样的意外。

“我几乎到一个地方就要去一个地方的派出所，然后被发现是黑户。”秦川十分沧桑地唏嘘着。

他这一趟出来，无师自通了一堆乱七八糟的术法和没有什么用的技能，比如说起谎来脸不红心不跳，比如迅速分辨哪里有监控探头之类的反侦察技能。

“现在人类的科技手段真的好可怕啊，我从你那里学来的隐身术都瞒不过机器。”秦川抱着一个半人高的泰迪熊，说起话来闷声闷气的。

这一点帝屋倒是很有感触，他刚跑出来的时候也被这翻天覆地的变化惊到了。但他跟秦川不一样，秦川这个小傻瓜只会一个人循着那点气息的痕迹四处寻找，帝屋却是出来之后就直接端了几个山头，以最快的速度融入了如今的环境。

帝屋叼着烟低头看着手里的两个手套布偶，再抬头看看少年人模样的秦川，轻哼了一声。

还是个小鬼呢。

他把手套布偶摘下来塞给了秦川，碾灭了烟头，说道：“行了，我先去找龙脉了。”他说完，转头看向晏归，高声道，“你回大荒还是怎么说？”

晏归拿了几个小番茄和一盒菠萝，揣着跑过来，一边吃小番茄一边说道：“我送佛送到西吧。”

“谢了啊。”帝屋点了点头，瞅了一眼在一边眼巴巴看着他的秦川，想了想，摸了摸衣兜，从烟盒下边摸到了一个糖盒，拿了出来。帝屋随手把糖盒扔给了秦川，然后拍拍屁股带着九尾狐走了。

林木顺着扫了一眼那个糖盒，发现上边写着“戒烟糖”三个字之后一哽。

真敷衍，林木想。

他看着秦川宝贝兮兮地收好了那盒糖，叹了口气，忍不住有点同情。但这份同情刚升起没多久，林木想起榆木似的晏玄景，又觉得该被同情的是他自己才对。

这狐狸一点儿都不像狐狸，除了那张脸之外。

林木发着呆，一个接一个地吃着小番茄，把一整盘都吃完，站起了身。

“我去洗澡休息啦！爸爸你也早点休息，不是要融合残灵吗？”

帝休点了点头，看着自家儿子跑回了院子里，而后偏头看向了晏玄景，露出疑惑的神情来。

晏玄景跟帝休对上视线，沉默良久，才开口说道：“前辈。”

帝休温和地应了一声：“怎么了？”

晏玄景道：“等去了大荒，我想让林木跟我去青丘。”

晏玄景倒是一点儿都没准备藏着掖着。

帝休闻言微怔。

非人类的家庭观念相对来说没有那么强烈。年轻一辈，除非生死攸关，否则选择去哪里，没几个会特意去告知长辈。这种行为在非人类里是没断奶的时候才会有的操作。

但在林木心里，这个步骤必然是很重要的。而选择先来告知帝休，已经是晏玄景在照顾林木是作为一个人类长大的心思了。

晏玄景面对帝休，平静而郑重地说道：“我很强，以后还会变得更强。”

所以护住一个林木是没有问题的。若是林木真出事了，一定是他晏玄景翻车了或者死了，不会有别的意外情况。

帝休明白晏玄景这是什么意思，就是告诉他，他会用生命去保护林木。

帝休倒是不怀疑这一点。何况，他的孩子以后早晚也会变得很强。血脉摆在那里，这是不可更改的事实。

而晏玄景是绝不会成为林木的软肋的。因为晏玄景很强。

帝休温声道：“这是你跟木木之间的事情。”

狐狸矜持地点了点头，转头走进了院子，进屋上楼，打开了林木的房门。

林木还没睡，但已经熄了灯，裹着被子躺在床上，头发吹得很蓬松，软软蓬蓬的，脸埋在了怀中抱着的被角里。

晏玄景走到床边上看着他，只觉得越看越像那幅他幼时的画像。

林木躲在被窝里玩手机，闷了一会儿探出脑袋去透气，这一伸出去就看到晏玄景站在他床边上，眉头皱着，脸上的神情带着九分烦恼、一分忧愁和十分的纠结。

林木一时间不知道是跳起来把这个半夜摸到他床边上的狐狸撵出去，还是探究一下晏玄景这会儿的心理活动。

最后林木坐起身来，仰头看着晏玄景，问道：“你脸色不好，是发生什么了吗？”

林木说着，看了看外边院落里被他爸爸搜刮得干干净净的月华，又看了看落入自己房间里来的小光团，然后露出了一脸恍然的神情，往床里边挪了挪，然后拍了拍旁边空出来的床。

“上来吧！”

晏玄景看着他的动作，微微一怔。

“蹭月华对吧。”

林木满脸理解，他抱着被子，微微歪了歪脑袋，看着人形的晏玄景，说道：“我还是喜欢原形，要九条尾巴，如果你能变成画卷里小小的那样就更好了。”

晏玄景对于幻化一道并没有什么心得，但只是变化一下本体大小，问题不大。

他看了看林木，听话地变成了小小的一团，跳上了床。

林木看着这小小的白色毛团，倒吸一口凉气。

这世上怎么会有这么可爱的小毛球！

林木伸出手，伸手把小小一只的奶糖举起来。

绵软的一小只抱起来极轻，浑身绒毛蓬松柔软，比之前的体型摸起来要更加松软细腻，耳朵软塌塌地耷拉着，身后九条尾巴自然地垂落着，加起来比这个身体还要大上两圈。

被手掌捧着的小狐狸身上暖呼呼的，林木举着奶糖的两只手没忍住，伸出拇指来揉了揉奶糖的脸。

晏玄景面无表情地看着林木揉完了他的脸又开始揉脑袋，揉完了脑袋又开始薅肚皮，薅完了肚皮又摸起了他的尾巴，四只小爪爪也没有被放过，以极快极熟练的动作把他浑身上下摸了个遍。

然后他听到林木轻“咦”了一声。

晏玄景回头看向林木。

林木摸着床单，十分惊讶：“奶糖，你这个样子竟然不掉毛。”

以前天天都能收拾出一大堆毛来，毕竟晏玄景变成人形的时候其实并不算多，按照晏归的解释，就是保持本体对于他们来讲还是最舒心、最自在的一种状态，人形虽然灵活好用，但对九尾狐来说到底还是第二选择。所以林木一直以来也没特意跟奶糖说过每天都要扫出不少毛毛来的烦恼。

“幼年时当然不掉。”晏玄景说道。

众所周知，绝大部分动物幼年的时候只会换一次毛，就是身上胎毛褪去长出一身成年所该拥有的丰密毛发的那段时间。

林木听到晏玄景的声音，抬眼看向他，半晌，张口说道：“你别讲话。”

晏玄景：“嗯？”

“这么可爱的样子跟你的声音一点儿都不搭。”林木说道。

晏玄景的声音的确很好听，对林木来说，单纯跟他对话都称得上是享受，但那高山冷雪一般的声音跟如今他这个外表实在是太不搭了。

“你现在这个样子特别适合……嗯，九尾狐本来的叫声。”林木重新把小小一只的奶糖举起来，美滋滋地说，“好可爱啊，又不掉毛，你以后原形就保持这样好不好？”

晏玄景顿了顿，对上林木亮晶晶的双眼，犹疑一瞬，刚想开口说话，又想起刚刚林木让他别讲话，于是闭上嘴，点了点头。

反正对他来说是没什么影响的，林木高兴就好。

林木见晏玄景答应了，高兴地把手里的小狐狸放到一边，翻身下床，趿拉着拖鞋跑去柜子边上，把之前收好的给他爸爸做的小丑床拿了出来，放到了床头柜上。

接着，他把小只的奶糖放到那张丑了吧唧的小床上，只觉得有了奶糖趴在上边，连这张小丑床都变得好看了不少。

晏玄景趴在小床上，小小地打了个哈欠，趴在两只前爪上，看着林木摸出了一堆毛毡的小玩意儿。

那些毛毡散发着属于晏玄景本狐的气息，是用他之前掉下来的毛做的，气息很浅淡，已经接近于无了。这种自然掉下去的毛过不了多久就会变成普普通通的毛，跟林木手腕上那条晏玄景特意做的手绳不一样。

林木挑来挑去，挑了个小狐狸的毛毡出来，放到了小床边上。

晏玄景看了一眼，发觉做得还挺不错的，也不知道林木哪来那么多空闲折腾这些乱七八糟的东西。

晏玄景想着，看着林木举着手机噼里啪啦地对着他拍了一堆照片，干脆尾巴一甩圈住了自己的身体，脑袋埋进尾巴里去，团成了一个圆滚滚的毛球。

林木收回手机，从刚刚拍的照片里挑出了一张他最满意的，设置成了屏保。

他又看了看睡成一个球的小狐狸，抱着被子小小地呜咽了一声。

太可爱了，甚至比晏玄景的人形还要令人心动。

林木倒在床上，侧躺着，看着小狐狸的耳朵轻轻抖了两抖。

过了许久，林木逐渐熟睡了，晏玄景才慢腾腾地从那张小床上爬起来，走到林木枕头边上，重新趴下，打了个哈欠，抬头看向窗外。

帝休藏在自己本体的枝杈间，细心地关注着林木房间里的动静。结果什么都没听到，还被晏玄景发现了。

帝休叹了口气，偏头看了一眼熟睡的儿子，毫不犹豫地把被他放在枝杈间的玉雕压碎，而他自己则倏然消失了身形。

晏玄景看着窗外的苍青色大树抖擞着枝条，叶片在月华映照之下翠绿得一片通透，过了没多久，枝条间冒出了星星点点嫩黄的颜色。

那是帝休的花。

以前帝休开花的时候，他所处的山谷外边就会聚集许许多多的非人类，他们盼着风能带出来些许神木花期时的力量——用科学的词汇来讲，就是花粉。

帝休的花粉有宁神静气、使人神魂安定的效用。

大约是在给将要找回三魂七魄的帝屋做准备，毕竟帝休自己没有办法使用自己的这种力量，帝屋可以灵药和帝休双管齐下，但帝休自己还是得靠吸收灵药，或者找一块重灵地去扎根，林木的这个小院子根本不行，哪怕是天天都有日月精华的冲洗也不行。

晏玄景这么想着，不由看了一眼挂在帝休枝条上睡过去的秦川。

这个家伙大概也会跟着回大荒。

毕竟帝休和帝屋是肯定会回大荒去的，林木也大概率会去，秦川这个粘人精十有八九会变成帝屋的挂件，也跟着去。

拥有龙脉的地方过不了百年就会被蕴养成一片重灵地，再加上帝休和帝屋两棵神木，按理来说用不了多长的时间就能养出一片极其肥沃且适宜生存的土地。

他们挪个地方，待个几十年，又能养出一块地方。如果他们待在青丘国境内的话，过不了多久，整个青丘国都会变成一片桃源。

晏玄景抖了抖耳朵，觉得这件事大为可行。

他一跃跳下床，到书桌边上给自己的母亲写起了信。

挂在帝休树枝上的秦川打了个小小的喷嚏，迷迷糊糊地睁开眼，抬头看了看周围，没发现有什么危险之后，蠕动了两下，又睡了过去。

林木一早醒来，洗漱完第一件事就是把脑袋埋在小狐狸的肚皮上使劲儿蹭了蹭。

奶糖伸出爪子把林木的脑袋推开，跳下床，叼着信件从窗户跳了出去，一路蹿出了院子，向着山里去了。

林木趴在窗口，看了一眼一夜之间冒出了不少花骨朵的大树，愣了两秒："爸爸，你要开花啦？"

伸到他窗边的枝条轻轻晃了晃，然后探过来拍了拍他的头。

林木闻到一股清甜的香气，只觉得脑子倏然一空，仿佛丢掉了什么沉重的包袱一样，由身到心都变得无比轻松起来，什么苦恼都消失得一干二净，满心都只剩下了轻松和愉快的念头，就仿佛懒洋洋地躺在一片温水之中，无忧无虑，享受着音乐，沐浴着阳光，还能嗅到自然的清新味道。

林木恍惚地看到了小时候的自己跑到田渠边上捞蝌蚪，捞了满满一大盆，上学的时候就起个大早，带到校门口去卖。

那是他自己挣来的第一笔钱，他至今都记得妈妈抱着他使劲儿亲使劲儿夸的样子，眼里全是亮闪闪的光芒和骄傲。

后来林木会的花样就越来越多了。蝌蚪、河蟹、野果一个不落，自己兜售，后来还学会了钓小龙虾，一钓一大桶，仗着自己力气大体力好，送到镇上餐馆里去。

餐馆老板是个很好的阿姨，见林木一个小孩子，也不欺负他什么都不懂，哪怕林木一周也就送一两次，也都会一分不少地给他钱，有的时候还会给林木打包一些饭食和小点心，让他带回去吃。还有学校门口传达室的老大爷，从来不驱赶他摆小摊子。

小摊子旁边同样是小摊贩的一些叔叔阿姨也是，一点儿不介意他抢生意，偶尔还会出钱把他的东西全买下来，让他早点回家。

现在想起当年的那些记忆，从成年人的视角去看，林木才恍然意识到自己遇到过多少好人，收获过多少善意。而跟这些善意比起来，他所遭受到的恶意似乎就变得无足轻重了。

慢慢地，他就有点想不起那些应当被称之为恶意和针对的经历了。

林木看着走马灯一样的场景，心里充斥着甜滋滋的味道，他懒洋洋地趴在窗台上，忍不住就要笑出来。

帝休的枝条又轻轻拍了拍林木的脑袋，林木一惊，回过神来，这才后知后觉地意识到了帝休的力量到底是个什么样的概念。

“好厉害。”林木惊叹，“我刚刚就觉得……世界真美好啊。”

帝休的枝条收了回去，他的声音从风中传来，轻柔温和：“世界本来就很美好。”

林木现在心情极佳，想了想，觉得爸爸说得没错。

虽然坏事也不少，但好事远比坏事多得多了。

林木揉了揉脸，抖擞起精神来，低头看了一眼时间：“我收拾收拾去上班啦！”

林木一步三蹦地到了办公室，他推开办公室的大门，看了一圈蹲在办公室里的人员。大黑和那五个人，再加一个精神不济显然非常疲惫的吴归。

他们看起来忙碌很久了，只不过因为林木入职时间很短，而且并不强，所以他们并没有让林木参与进去的意思。

而知道这一切到底是怎么一回事的林木相当心虚，他在这办公室里的所作所为说是个卧底也不为过了。所以他安安静静地不敢吭声，万分乖巧地指哪儿打哪儿，让干啥干啥。

林木的工作态度一直不错，所以也没有谁看出异常来。

倒是吴归抬头看了看他，端详了一阵，而后带上了几分笑容，摸了摸自己的胡子，带着些笑意："小家伙，你精神不错啊。"

吴归看了好久丑陋又糟心的卦象和面相，一抬头看到个浑身喜气洋洋气息干净的林木，只觉得自己终于洗了洗眼，就好像做了五十遍眼保健操。

这"五十遍眼保健操"抱着一叠资料坐下来，吴归又低头重新投入了卜算之中。

林木看着他们把之前被扣留的零散户挨个领到办公室来试验一二，转头问大黑："那几个大家族的人呢？"

大黑担心耽误到那边卜卦，小声说道："他们说是本家出了事，当时急匆匆地走了，也不知道他们到底做了什么，其中几家被帝屋端了，但因为他们可能跟大荒那边那个非人类有关系，所以现在把他们都暂时软禁关押起来了。"

"这样啊……"林木点了点头，回头去敲了几下键盘，就察觉到吴归那边骤然传来一股森凉阴暗的怨气。

他猛地抬起头来，看到办公室里的非人类和人类都是面色苍白的模样，其中尤以负责卜卦的吴归为最。

过了半晌，吴归才逐渐平和下来，将桌面上的龟甲收起，说道："最近出行多加小心。"

林木愣了愣："什么？"

"那个从大荒逃过来的非人类，"吴归想到刚刚的卦象和气息，抿了抿唇，"帝屋的气息都比他干净。"

林木浑身一震。

那个非人类还真跑过来了？那不是帝屋演的吗？！

"那个非人类正在东北的方向，我会带上人手尝试去追捕。"吴归说完，偏头看向林木这个傻乎乎还十分鲜嫩可口的混血，说道，"小家伙，你比较弱……"

他说到这里，在林木的面相上端详了好一会儿，才干脆地叮嘱道："记得随身携带晏玄景。"

第二十三章
被跟踪了

林木当天睡前，把今天上班时遇到的事跟晏玄景说了。

吴归好像默认晏玄景一直在他身边了。

林木一边说着一边觉得有点窃喜，他低头看了看手腕上的手绳，看了一会儿，又收回了视线。

“吴归的意思是叮嘱我多加小心吧。”林木揉着小奶狐圆滚滚的身体，握着他的两个小爪子捏来捏去。

晏玄景点了点头，表示自己知道了。

林木把奶糖翻过来，揉肚皮，小声说道：“就是不知道那个非人类的本体到底是什么，虽然他已经把帝屋的力量给抛下了，但能够搅出这么大一场腥风血雨的非人类，哪怕没有帝屋的力量应该也不是很好搞定吧。”

晏玄景又点了点头，几条尾巴收在腹部，拿爪子抱着，仰着被林木轻挠的下巴，舒服地眯起了眼。

讲实话，晏玄景是真的懒得去追查那个非人类是怎么一回事。因为青丘国并没有遭受到这个非人类的袭击，虽然他摸过去找这个非人类打架的时候打输了，还受了不轻的伤，但那是因为帝屋力量的特性加上他本身技不如人。输了就是输了，没什么好说的，自己认命。

反正青丘国没事，那个非人类也没有追着他杀，比起一些扑上去之后就被干脆利落地宰了的非人类，晏玄景甚至觉得那个非人类已经对他手下留情了。

这其中大约是有着帝屋力量的影响在的，毕竟帝屋对九尾狐这一族向来印象极好且亲近，而攫取了帝屋力量的那个非人类应该有受到一些影响。只不过现在帝屋的力量被对方丢掉了，再遇到就不知道是个什么场面了。

晏玄景眯着眼，摊在屁股后边的三条尾巴舒适地翘了翘。

林木捏了捏奶糖翘起来的尾巴尖，手底下的尾巴停顿了一瞬之后，迅速地从他手里抽了出去。

奶糖翻了个身，重新趴下，身后的尾巴跟着卷了个圈，像是轻飘飘的羽毛，缓慢而优雅地落了下来。

真是可爱又端庄。这么可爱的毛球竟然是真实存在的，简直令人难以置信。

林木忍不住把脸埋进细细软软的毛里蹭了蹭。

晏玄景趴在那里，无所谓地甩了甩尾巴，圈住了林木的脖子。

林木蹭了好一会儿毛，然后抬起头来："热。"

晏玄景收回尾巴，团在了林木枕头边上。

狐狸也发现了如今这个幼小体型的好处——不用担心林木因为热而把他踹下床了。他这么小一只，可以睡在林木枕头边上，林木总不能半夜把他扔出去或者那头把他顶出去。

奶糖趴在枕头上，懒洋洋地打了个哈欠。

正如吴归嘱咐的那样，林木的确把晏玄景随身携带了。

他可不是那种会托大的人，被吴归这种前辈特意叮嘱了，他为了自己的小命，自然不会放下戒心。

他这几天上班都特意背了个包，也不知道晏玄景到底是怎么瞒过机器的，过安检的时候从来没被发现过。也多亏了地铁终点站和倒数第三站之间的这段路途上乘客并不多，反正都是有座位的，不会把晏玄景这位尊贵的九尾狐挤成一个"狐狸饼"。

林木出了地铁，把奶糖从包里拎出来揣着，出门在外的时候，奶糖都是一副圆滚滚毛茸茸的萨摩耶狗崽的样子，看起来就像一团软乎乎的奶油冰激凌，十分好揉，林木揉了好几天了也没腻。

他一边撸狗一边看了看日子，把奶糖举到面前来，说道："明天有个小型花卉展，你能跟我一起去吗？"

晏玄景被他举着，先是点了点头，被林木高兴地亲了一口脑门之后，抬爪子摸了摸自己被亲到的地方，眉头渐渐地皱了起来。

他总觉得林木这个态度有点奇怪，有点似曾相识，但晏玄景又想不起来到底哪里似曾相识了。

这个问题让晏玄景感到了几分困扰，一直到林木带着他到了花卉展的地方，他也没能从自己五百多年的回忆之中找到那点似曾相识。

这个花卉展并不是什么官方组织的大展，就类似于集市，是 A 市一些花草培植爱好者自发凑在一起捣鼓的一个小型展览，每年三月、七月和十月的最后一个周末举行，地点通常就在 A 市最大的花鸟市场旁边，花鸟大广场的东北角。

到了这个小型展览开办的时候，会有不少人抱着自己培育种植的花过来摆着，有的是为了炫耀，有的是为了出售，还有的是奔着交流去的。因为这个小展览不让大型商户进入，所以一直都是爱好者交流的好场所。而这个展览的主办人，正是林木所认识的那位赵大老板。

林木是经由他介绍才拥有了入场券，也在这个小展览上认识了不少老板，也从这个展览上挣了不少钱。

林木这次例行拜托了德叔载着他和他准备卖的盆景和花卉过来。

有了玻璃房之后，他本来也想尝试弄一下控制温度的设备，但最后小人参说根本用不着。

说完这话，小人参就屁颠屁颠地上山里去兜了一圈，揪了几个小精怪回来，玻璃房里就春夏秋冬温度齐活儿了，还能自由调节，就连吹风飘雪都不成问题。再加上林木自己觉醒了力量，捣鼓起花花草草来越发简单，所以他这一次带来的货品种相当丰富，品相也十分好看。

林木觉得这一次他必然可以大赚一笔。

货车不给进场地，所以林木早早地到了，拉着小推车一车一车地往里运盆栽。

因为赵叔的关系，他在这个展览上有一个例行预留的摊位，以前都是他运货，然后拜托相熟的人守摊子，但今天他把小小的奶糖留在了那里看着，自己一趟一趟地慢慢搬货。

等到前两批花搬完，林木推着小推车送到第三车的时候，发现他的小摊子被团团围住了。

林木站在人群外边一愣，刚想出声，就听到人群里传来赵叔的声音。

"这盆大桂盆景多少钱？"赵叔问道。

林木一顿，抬脚想挤进人群，又听到一声清晰的奶狗咆哮："嗷呜！"

"五百是吗？"

"嗷。"

"八百？"

"嗷。"

"一千往上？"

"嗷呜！"

林木站在人群外边愣了好一会儿，终于意识到他的摊位前为什么会有这么多人了。

他也不急着进去了，站在一波又一波起哄的人群外边，听着赵叔跟奶糖讨价还价地敲定了一盆大桂盆景的价格，那个价格比他之前顺口告诉奶糖的价格还高出了几百。

等到赵叔喊人来搬走这个大型盆景的时候，人群让开了一条道，晏玄景一抬头就看到了站在人群外边的林木。

林木一脸叹为观止地看着端坐在那里的那团毛茸茸圆滚滚的球，而晏玄景一点儿都没有觉得有什么不对，看到林木回来了之后，就慢吞吞地趴下了。

赵叔也看到了站在人群外边的林木，他咧嘴一乐："嗨呀林木，这是你家的狗吗？"

林木抬手推起小推车，往人群里走，点了点头。

提早来的都是一些往年的常客，都有固定摊位的，跟林木也算得上熟悉。

他们一边趁着能提早入场的便利开始端详林木这一次带来的货，好趁早下手，一边叽里呱啦地说着林木这次放在这里守摊子的狗崽。

"你这狗也太聪明了，不是都说萨摩耶傻吗？"赵叔搓了搓手，"你从哪儿找来的狗崽子？"

林木卸着货，十分诚实地答道："我捡来的。"

赵叔大约是知道了林木跟他两个舅舅的事，顺势就提了一两句。说是两个舅舅那边都还挺顺利的，大舅自己重新起家去弄了个公司，这么多年积累下来的人脉用处不小，还有小舅在疏通关系，搭配干活也稳稳当当的。

林木一边听着一边点头，赵叔说完停顿了一会儿，看着搬空了小推车的林木，说道："你要不要去你大舅那里工作啊？我记得你不是念的会计专业吗？"

林木知道这应该就是他大舅的意思，可能是大舅那边还没想好怎么开口，赵叔这边干脆就替他说了。

林木这么想着，表示十分感激并摇了摇头："谢谢赵叔，但我已经有工作了，现在在单位挺好的。"

赵叔听他这么说也并不意外。毕竟林木当初就连妈妈的葬礼最终也是自己一个人操办的，压根儿没想过求助亲人。他大舅就是觉得哪怕说了也会被拒绝，但又想着外甥可能过得有些拮据想要帮帮忙，所以一直纠结不定。

"行吧。"赵叔点了点头，帮友人问过之后也不再多说，拍了拍林木的肩膀，揣着袖子溜溜达达地去别的摊位转悠了。

林木蹲在奶糖身边，把他举起来，问道："我之前哄你叫的时候你怎么就不叫呢？"

晏玄景闻言，毫不犹豫地甩了甩尾巴，然后奶声奶气地"嘤"了一声。

林木卡壳了两秒，忍不住捏了捏奶糖软乎乎的脸。

晏玄景觉得这手法有点熟悉，当初林木捏那些会汪汪叫的玩偶时就是这么捏的。

晏玄景沉默了好一会儿，最终面无表情地配合着林木，捏一下"嘤"一声。

林木觉得自己要死了，死因是奶糖过于可爱。

他耗尽了自制力才放下了手里那团毛球，终于在展览正式开启之前搬完了货，坐在了摊位边上。

晏玄景趴在林木腿上，打了个哈欠，任由林木有一下没一下地摸着他，想着刚刚林木和赵叔的对话。

他觉得林木那两个人类亲人倒也还算不错，毕竟跟随心所欲的非人类不一样，人类要做个决定总是容易瞻前顾后，犹豫不决，拥有家庭和事业的人就更是如此了。能够从这两者之间腾出空隙来尝试着关心他人的人，在晏玄景眼里都算是不错的类型。

不过可惜，林木十有八九是会抛弃中原这边的。

等到时光推移，林木却始终没有老去的时候，他总得找个地方藏起这份异常来。除了大荒之外，没有更适合的地方了，何况林木正儿八经的亲爹也会回大荒。

晏玄景趴在林木腿上，看着眼前络绎不绝的人类，开始思考地域广阔的大荒里有哪些值得一去的地方。

旅行之前要做攻略，乱跑的下场可能就会跟帝屋似的，翻车翻得毫无预兆。

晏玄景合着眼琢磨着大荒旅行攻略，过了不知多久，突然被林木揪了揪耳朵。他抬起头来，看向林木。

林木正微微皱着眉，左右环顾，发觉腿上闭目养神的狐狸睁开眼之后，小声说道："奶糖，我觉得有人在看我。"

晏玄景闻言，眯着眼仔仔细细地排查了一遍周围往来的人群，更远些地扫到了三公里之外的范围，却并没有察觉出什么异常。狐狸转头看向林木，发觉他的的确确感到了不安之后，也皱起了眉。

林木看了一眼晏玄景，声音压得很低："真的有人在看我，一直盯着。"

晏玄景摇了摇头，表示自己并没有发现。

林木抿了抿唇，皱着眉卖完了东西，问道："那我们还回家吗？"

晏玄景略一思考，让林木今天晚上在外边开个房，家里如今的情况并不允许他们带什么莫名其妙的东西回去。

毕竟家里有个刚融合好灵魄的脆弱神木，还有一窝小非人类，虽然待在院子里就称得上是铜墙铁壁一样的防备，但晏玄景都揪不出来的角色，没准儿还真能威胁到小院子，更别说真打起来的话，林木的小院子根本保不住。

林木在这种事上自然是听晏玄景的意见，他给家里打了个电话，接电话的是小人参。

小人参一听林木说今晚不回家了，先是应了一声，电话刚挂断就抱着手机跑到了院子里，找帝休告状。

小人参噘着嘴奶声奶气地告状：“林木说他今天不回来了，今天是周末，他是不是偷偷跟奶糖出去玩不带我们？”

帝休缓缓浮出身形来，轻轻眨了眨眼，说道：“大概不是吧。”

小人参瘪瘪嘴：“那为什么不带我们啊？秦川就算了，我很乖而且不倒霉。”

“嗯，这个嘛……”帝休抬手虚虚地摸了摸小人参的脑袋，笑眯眯地说道：“大概是因为他们有事要做吧。”

林木挂掉电话，一溜烟跑出了花卉展场地，脱离了人流之后揣着奶糖问道：“我们应该去人多的地方还是人少的地方？”

晏玄景从林木的领口钻出来，小脑袋四下看了看，说道：“人多的。”

林木脚步一顿：“不会牵扯到别人吧？”

“不会。”晏玄景笃定。

这种习惯于隐藏的非人类是不会在人流量大的地方现身的。这是身为一个非人类很难控制的本能，也是为什么每次一有非人类搞出事情来了，第一反应就是要查一下本体是什么。

江山易改，本性难移。

查清了本体基本上就相当于胜利了一半，剩下的一半就看非人类的单兵作战能力了。

晏玄景在大荒里生存了这么些年，对非人类这个种群本身还是相当了解的。

还在学习中的半吊子林木毫不犹豫地相信了他，跑去市中心的商场里吃了顿饭。

那道视线如影随形，林木磨磨蹭蹭地吃完了饭，又给奶糖打包了一整只烤鸡和一份孜然炒鸡丁，才拎着盒子离开了商场。

林木低头搜索着附近的宾馆，找了个平平无奇的酒店订好了房。

习惯了那道视线之后，不安的感觉倒是没有那么严重了。林木一边走一边琢磨着，小声说道：“我没有感觉到什么恶意。”

觉醒了力量之后的感官跟以前截然不同，他多多少少地学会了怎么分辨危险和潜在的威胁。从他发觉自己被注视起，时间已经过去了五个小时，这五个小时里对方的目光一直没有离开，却也没有流露出什么能让他感觉到警惕的恶意。

“他好像就是……看着我。”林木不太确定，“像是在观察。”

就是普普通通地打量的感觉，没有别的意味，除了被这么盯着总让林木心理上感觉怪怪的之外，好像并没有什么妨碍。

晏玄景仔细地观察着周围，始终没能发觉什么异常。这种无法掌控的感觉并不常有，但晏玄景一向很有耐心。

林木找到了他订的宾馆，办好入住，进了房间，刚一关上门，晏玄景就跳出来，变成了人形。

同一时间，林木感觉落在他身上的视线消失了。他顿了顿，转头看向晏玄景，却发觉房间的窗户被打开，而晏玄景本人不知所踪，只在床上留下了一个半个巴掌大小的灰白色圆盘。圆盘上刻着一些纹路，林木看不懂，但他认识这是什么东西。

一个阵盘，启动了就能够变成一个法阵。

林木把那个阵盘拿起来，盘弄了一下，把它启动了，放在了床头柜上。

晏玄景大概是发觉了什么，所以去追踪了，林木现在一个人也不敢随便做什么决定，只好坐在床上盯着窗户外边，等着晏玄景回来。他拿着手机低下头来，给帝屋发了个地址过去，以防万一。

晏玄景的确是察觉到了。

他陪着林木一起出门的时候都会把自己身上的气息收敛得一干二净，毕竟人来人往的地方各种各样的宠物也多，他不收敛好，那些动物察觉到了都会表露出反常的动静。所以在别的人看来，晏玄景就是只普普通通的小奶狗而已。

但他变成人形的时候，发现有一道视线落在了他身上，他瞬间意识到就是林木所说的那个盯着他的家伙。

大约是没有意识到林木抱着的奶狗竟然是个非人类，所以转头看了他一眼。

狐狸向来擅长抓住漏洞顺杆而上，晏玄景当场就循着那一点点感觉冲了出去。

说实在话，晏玄景对这个非人类感觉十分不爽。

他气势汹汹，伴随着一连串巨大的音爆声，一路火花带闪电，顺着那一点点气息寻找过去，然后撞进了一片绿意盎然的森林里。

林木待在宾馆，跟帝屋报备了一下情况，并表示不要告诉帝休之后，又跟大黑打了通电话，稍微说明了自己遇到的情况。

“晏玄景之前都没能发现。”林木盘腿坐在床上，说道，“因为他应该也算得上是顶尖的非人类了，所以我就想，之前那个观察我的非人类会不会是大荒里来的那个……”

大黑在电话那头轻嘶一声：“可你不是说没有感觉到什么恶意吗？”

“对，所以很奇怪。”林木嘟哝道。

要说他有什么值得觊觎的地方，那大约就是帝休的血脉了。但真要盯上了帝休，以这位连晏玄景都没办法马上揪出来的非人类的手段，找到他爸爸应该也不是什么特别难的事情。

当初几个非人类极其放心地把帝休留在林木这个小院子里，就是觉得敢顶着被天地责难的巨大因果去袭击帝休的，多半都是些抱团来袭的家伙。

想想当年帝屋那回事吧，哪怕是大荒里最顶尖的那些非人类，也要跟诸多人类分摊因果才敢去触碰这个天地的禁忌。人家真抱团过来，谁都难挡住，而零零散散过来的，绝大部分连小人参都打不过。

而林木的小院子，在小人参之前，还有一层又一层数都数不清的防护和法阵。能够看到林木那个小院子的都是普通且天赋不佳的人类。他们就算看到了，想要进去也比登天还难。

而不普通的非人类和天赋极佳的人类，却是会被层层幻术迷惑的。能够看破那些幻术的非人类，数遍整个中原都不见得有几个，更别说几个非人类联手跑到林木家去搞帝休的可能性了。

绝大部分的顶级非人类其实是会相对克制自己，且十分礼貌的。虽然他们总嫌弃人类办事磨磨叽叽，但也会学着人类的一些办事规矩来做事，比如拜访之前先投个拜帖什么的。只要往日无冤近日无仇，没谁会直接打上门来。

林木觉得那个非人类本身的确没有什么恶意，所以他的行为就越发令人难以理解了。

要真对他有兴趣，那应该直接上来面对面地交流才对，藏在一边暗中观察算什么？

他进这个房间的时候几乎就没有什么人了，就算是晏玄景都小声跟他说也许在他们单独相处的时候，那个非人类会出来。毕竟能够瞒过九尾狐的眼睛，这个非人类怎么着都算是有名堂的类型了。

“从大荒里来的那个非人类的气息那么吓人，的确也可能不是。”林木跟大黑说道，“那你知道有什么特别能躲藏的非人类吗？如果是在中原的非人类，应该有登记记录的吧？我现在在宾馆里等着晏玄景不敢走开，你帮我查查？”

“那你等会儿，我上楼去给你查查。”大黑刚巧在办公室里加班，听到林木这么问，就上了楼，站在资料室的平台上，向资料室里的精怪问道，“能够瞒过九尾狐的眼睛的非人类有哪些？”

他脚底下的平台震颤了一瞬，然后蹦出了一张纸，上边龙飞凤舞地写着一句话——比他更牛的九尾狐。

大黑念完，表示无言以对。

听到大黑念完的林木同样无言以对。

“别闹啊。”大黑无奈。

他周围的书柜退开，平台载着大黑走了老长一段，然后停住了，从中间蹦出了好几份材料来。

大黑挨个拿了，对林木说道："我去找你吧，你那么弱，没晏玄景在身边别出事了。"

林木十分有自知之明，乖乖点头："好。"

管理处距离林木所处的宾馆并不远，大黑揣着文件袋，没多久就到了，来了之后毫不犹豫地往床上一坐，大大咧咧地学着林木的样子盘起了腿。

林木从他手里拿过那几个文件袋，随便拆了一个。

能够跟九尾狐，尤其是晏玄景这种九尾狐比肩的非人类很少，每一个种族都可能出现相当厉害的非人类，而其中一些种族的天赋相当的特殊。

举个例子，影魅。

这种非人类本身是最低等的存在之一，诞生于各种各样的影子之中，朝生暮死，堪比蜉蝣。但记载上，影魅一族的确是有着力量强大的非人类的，而且在隐匿行迹这一方面几乎没有非人类比得上他。因为他可以把自己藏在任何一个事物的影子里，转瞬就可以通过影子横穿过整个大荒。

想要困住他有且仅有一个办法，就是让一块地方完完全全明亮，毫无阴影。而因为这一点实在是太难办到，也始终没有非人类去尝试一下。

影魅又一直独来独往的，从事情报贩卖工作，最多就是跑去相熟的非人类那里蹭点好吃的，过得相当的滋润。

除了影魅之外，还有一些特殊的例子。

大黑一边翻阅着一边给林木念着一些关键的东西，这几份资料都有点厚度，因为记录了那些非人类的生平。

力量强大的非人类的寿命极其漫长，而这些生平，其他地方的记录加起来都不如他们手里的来得详尽。

其中几个已经在某个事件之中死去了，有些还活跃在大荒和中原各地，还有一些隐居了，隔上几百年才慢吞吞地报个到，表示自己还活着。

林木拿着手机做着笔记，大黑在一边跟他一起提取重点。

等到大黑又看完了一个，林木停下手，看着自己的备忘录，说道："可是这些跟我都没有关系啊，他们完全不是会对我感兴趣的类型吧。"

而且这些非人类这么厉害，真要对他的血脉感兴趣，完全可以安全无痛地去找他爸爸。

大黑也觉得十分苦恼。

他又新打开了一份资料，说道："这个，名字叫蜃，极为擅长幻术，据说本体无形无影，可以完全融入虚空之中。"

林木问："海市蜃楼的蜃？"

"对。"

大黑应道，略过了一堆不重要的信息，然后目光停在了其中一条上，念道："与人类孕育一子，产子后死于与非人类的激斗，其子流落于外不知所踪……"

林木敲备忘录的手一顿："混血？"

"混血。"

大黑应道，看了一眼时间，说道："距今已经有八百多年了，如果她那个孩子还活着的话，能力应该不会太低。"

他话音刚落，晏玄景就从窗户外边跳了进来，一抬眼就看到坐在床上凑得很近的大黑和林木。

大黑只觉得一股凉意从脚底板蹿到了天灵盖，又从天灵盖蹿到了脚底板，让他浑身每一根汗毛都跳起了芭蕾。

他猛地抬头看了一眼晏玄景，在对方面无表情地注视下露出了几分惊恐，火速蹦下了床。

晏玄景神情平静地收回视线，转头看向林木。

林木正坐在床上上下打量着晏玄景，发觉晏玄景身上没有什么伤痕之后悄悄地松了口气。

晏玄景察觉了他的小动作，问道："怎么了？"

"担心你受伤啊。"林木回答道，"虽然我觉得那个非人类是没什么恶意的，不过万一是我比较蠢呢？"

晏玄景闻言，说道："你不蠢。"

林木重点是我蠢不蠢吗？

林木微微瞪大了眼，看着表情严肃仿佛一点儿也不会说假话的晏玄景，觉得自己跟他可能是真的没有办法正常交流。

大黑面无表情地看着若有所思的晏玄景，又看了看旁若无人的林木，感觉自己眼白有点不够翻。

明明是三个人的电影，为什么我不配有姓名？！

大黑手里拿着文件，清了清嗓子，试图提醒这两个人说正事。

林木果然被唤回了神，挫败地收回视线，拖长了声音问道："那你追查到什么了吗？"

"嗯。"晏玄景点了点头，"很大概率是大荒里出来的那个。"

林木和大黑都显出了几分惊愕。

"可是他……对我并没有恶意啊。"林木强调道，"当初吴归卜卦的时候，那股气息我也感受到了，跟那个视线的感觉完全不一样的。”

“他大概是对你真的没有恶意。”晏玄景耐心地说道，“但伪装是非人类的基本功，必要的时候我也可以表露出恶意和杀气。”

林木没有见过晏玄景恐吓他人的时候是什么模样，但大黑听了晏玄景这话，迷迷糊糊地总觉得自己是知道的，光是听到晏玄景这么说，就条件反射地打了个哆嗦。但仔细一想，又想不起什么来。

不过他赞同了晏玄景的话，对林木解释道：“绝大部分非人类没有恶意又刻意收敛的时候，是能够掩盖许多人的耳目的，尤其是那个非人类可能非常擅长隐藏这方面的技巧。”

晏玄景抬眼轻轻扫过大黑，微微颔首。

大黑感觉被鼓励了，顿时精神一振，继续说道：“当初在山里的时候，那个非人类肯定是没太藏着的，后来他发觉不对跑路了，老乌龟又利用卜卦来窥探他，他必然会以恶意相待。”

没有谁会对这种窥视报以宽容和善意的，哪怕是林木都火速做出了应对。

搁林木这里，要不是因为他本身比较弱还找不到那个非人类在哪里，他早就冲过去对那个偷看他的非人类拳打脚踢了。

谁还会任他看五个小时，有病吗？

虽然大黑话里前半部分晏玄景和林木都知道是假的，但后半部分的推测是相当有理有据的。

林木撇撇嘴，转头问晏玄景：“你为什么会觉得这个非人类就是之前在大荒里的那个啊？”

“因为我跟他交过手。”晏玄景略一回忆，说道，“他的手段非常非常特殊，极好辨认。”

晏玄景当初跟那个非人类交手的时候，翻车翻得相当迅速。因为这个非人类的手段，严格来讲，并不算是亲身上阵的那种。

他所以依赖的，应当是幻术或者法阵一类的手段，再加上他当时融合了帝屋的力量，本身对于非人类就有着非常强劲的克制，在大荒里基本上是神挡杀神、佛挡杀佛的类型。虽然其中也有那些真正强大的非人类懒得自己动的因素在……

至少晏玄景知道，包括他亲爹在内的一些大物，都在等着这个本体不明的非人类直奔昆仑虚，然后被天帝出手制裁。他们就等着在战后的残骸里捡点便宜，顺便让自己的后辈去锻炼一下身手。

晏玄景就是这么被自家爹妈扔出去的。

当时，他追踪着这个非人类，追上之后一爪子拍上去，眼前就出现了他的亲妈。

这个非人类最擅长的手段，就是把他的敌人心中最为敬重、最为高不可攀的存在反映出来。落入他领域中的非人类心中所敬重的存在有多强大，那么那个幻影就能有多强大。

大家都猜测这个非人类本身的战斗力并不怎么样，幻术系和精神控制系的非人类的战斗力都不高，这是公认的事实。

但因为他带着帝屋的力量，再加上大家对于如何防备这种幻境一点儿眉目都没有，所以才会让那么多非人类翻了车。

晏玄景在被亲妈的幻影暴打了一顿之后，痛定思痛，反复推敲，好不容易找到了一个自己觉得可以一雪前耻的方法，信心满满地准备再去找那个非人类的麻烦的时候，就被他亲爹以伤还没好为由，扔到中原去镇守通道了。

通道倒是好好地守了，可惜依旧没能防住那个非人类跑到中原来。但好消息是，那个非人类没有把帝屋的力量一起带出来，不然中原这会儿应该已经是尸山血海一片了。

这一次，晏玄景正儿八经地尝试了一下控制思维的方法——自己置身幻境里的时候，面对自己的亲妈，满脑子就想着小时候他妈给他舔毛的画面，果然那道幻影就柔弱得不堪一击。

不过晏玄景对自己这个方法讳莫如深，干脆地一句话带过，最终下了结论，说道:“我赢了。”

林木也相信晏玄景赢了，甚至赢得很漂亮，连一点儿伤都没受。于是他点了点头，问道:“那为什么没有抓住那个非人类啊？”

晏玄景沉默了两秒，说道：“他并不需要亲自与我交手，困住我，有足够的时间用来逃跑就足够了。”

林木一想也是。

会阴着来的非人类，怎么可能会轻易就被抓住？横竖他现在也没有那种被人注视的感觉了，林木放松了不少。

他起身去把大黑手里拿的资料拿过来，又把自己做了笔记的手机一起交给了晏玄景，说道:“这是我跟大黑整理的资料，就是能够瞒过九尾狐眼睛的非人类。”

大黑点点头，补充道：“目前来讲的话，唯一能有共通之处的，只有蜃的那个混血孩子了，就是不知道能不能查到相关的信息。”

晏玄景闻言，拿过那些文件，慢慢浏览起来。

大黑见晏玄景回来了，也不再多待，转头告辞，说是他还得回去把晏玄景带来的消息告诉人类和吴归。

林木看着坐在一边的凳子上垂眼翻阅资料的晏玄景，转头去洗了个澡。

今天忙了一天，虽然体质上来讲他已经渐渐脱离了纯粹的人类范畴，但林木还是觉得怎么着都得洗个澡。

晏玄景抬眼看看水流声淅淅沥沥的浴室，半晌，又慢吞吞地收回视线，继续翻阅起大黑带来的资料，顺便打开了之前林木给他打包带回来的烤鸡和炒鸡丁。

林木洗完澡出来，看到晏玄景还在专心致志地看资料，也不打扰他，自己洗好了衣服挂好，裹着浴袍滚进了被窝。

林木已经好久没有感觉到疲惫的滋味了，今天先是忙忙碌碌，接着又紧绷了一整天，这会儿骤然放松下来，几乎是瞬间就昏睡了过去。

晏玄景慢吞吞地吃完了两份食物，眼见着要天黑了，打开了桌面上的小夜灯，就着那点光翻完了所有大黑带过来的资料，最后只留下了其中一份。

那份蜃的资料。

晏玄景对这个非人类是有印象的，虽然她死的时候，晏玄景还没出生，但他在父母的闲谈中听他们提过一两句这个非人类。

那是个力量非常强大却并不擅长正面争斗的非人类。她栖息在一片终年雾气蒸腾的大泽里，因为蜃本身的特性，她也常年将自己化作雾气，接受一些非人类的求助。

这些非人类通常是在大泽的边缘匍匐跪地，乞求大泽的主人让他们见上已逝的挂念的人一面。得到应允之后，他们就会进入大泽，与已经逝去、最为魂牵梦萦的那个存在见上一面，说上几句话。

据进入过大泽的非人类所述，那是一片极温柔、极美丽的地方。白雾缭绕在山水之间，有鹭与鹤自由自在地翱翔，偶尔可以窥见鸾凤自氤氲着雾气的山林之中腾空而起，霞光千丈，万鸟相随，连吹拂过大泽的风都带着歌谣的轻吟，如梦如幻。

所以那片大泽也被称作梦泽，而梦泽的主人，就是蜃。

谁都不知道蜃是如何让那些已逝的人类和非人类重新出现的，大荒中许多非人类始终认为梦泽是大荒的魂归之地，对这片美丽而温柔的水泽格外尊敬。

力量强大的非人类们却多有猜测，幻术、法阵、梦境，或者别的什么，都是极有可能的，只是蜃一直独来独往，没有什么朋友，自然也谈不上去询问。

再后来，有两个大物在梦泽边上产生了矛盾，大打出手，把蜃卷入其中，结果三败俱伤，一个都没活下来。

现在想来，蜃的手段应当就是窥探神魂与心灵的间隙，而后施加幻术用以迷惑他人并自保了。

如果真的是蜃的孩子的话……

晏玄景沉默下来，觉得自己隐隐约约可以猜测到为什么那个混血会疯得那么厉害了。

因为他是混血，还是没有长辈庇佑的混血。

混血在大荒里格外难以独自生存，即便是力量强大的非人类的孩子也一样。

因为绝大部分混血天生就要比非人类弱小一些，虽然身为力量强大的非人类的后代，论力量也绝对会比普通的非人类强大上不少，但力量强大决定不了一切。

何况还在成长期的混血，并不可能达到横行大荒的程度。

晏玄景见过一些混血。

在大荒里，有长辈庇佑的混血都经常被针对，更别说是没有长辈的那些了。

蜃本身没有什么朋友，虽然听说过梦泽的主人有了爱侣，但在蜃死后，没有人发现她的爱侣，更没有人发现她还有个孩子。

而手里这份资料，据说是一个以前生活在梦泽之中的鸾凤在修炼成了人形之后写的。

她从幼鸟时起承蒙蜃照顾多年，将蜃的这点信息写下来，大约是想着有个念想——蜃没了，把她写入会永久留存起来的资料之中也是好的。

晏玄景当初被爹妈扔进大荒深处的混乱之地也没有发疯，一是他知道自己终究是有归所的，二是他自己的能力也不差，更何况在被扔出去之前就已经有了一定的实力。

但蜃的孩子不一定如此。

无依无靠，还是个混血，还是蜃之子，会遭遇什么事情，晏玄景简直再明白不过了。

他这种血脉纯粹的九尾狐被丢到大荒底层去的时候都被一大群非人类追杀，他们都想将他吃肉啖骨分而食之，本身实力不如纯粹的非人类又身负大物血脉的蜃的孩子就更不用说了。

帝休当初之所以花费大力气遮蔽自己妻儿的痕迹，也是非常清楚一个身负大族血脉却没有庇护的混血崽子会遭遇什么，才会干脆地做出这么个选择。

晏玄景沉默地收好了资料，变回幼小的原形，跳到床上窝在林木身边，抬爪子轻轻蹭了蹭林木的脸。

多亏帝休那么做了，不然林木可能早就被吃得一干二净了。

林木迷迷糊糊地握住了奶糖的小爪子，把自己往被子里缩了缩，刚一缩，放在床头柜上的手机就响了起来。

林木努力地睁开眼，摸到手机接通了，“喂”了一声之后就迅速蹦了起来。

奶糖看着瞬间清醒过来的林木，问道：“怎么了？”

林木匆匆忙忙地下了床，说道：“谭老师路上突发脑梗，被好心人送去医院了，他有个学生在医院工作，但他太忙了，又不知道谭老师家人的联系方式，就让我先去照顾打点一下。”

那个谭老师，晏玄景是知道的。不但知道，他对这个老人的印象还相当地深刻。

那是林雪霁的导师，在林雪霁走后给了林木不少帮助和照拂；也是奶糖这个名字正儿八经的取名者，是取给他自己家的萨摩耶的，然后被林木拿来套在了晏玄景身上。

晏玄景看到林木把刚挂上去没多久的衣服取下来就要往身上套，一抬手把衣服给蒸干了。林木道了一声谢，然后把他捧着揣进衣兜，匆忙出了门。

林木紧赶慢赶到了医院，匆忙把那位好心人欠缴的费用交上，赶到病房外边的时候，老人还在急救，一个穿着简单的T恤和牛仔裤的人安静地坐在急诊外边，靠着墙仰着头，看着医院走廊天花板上的灯管发呆。

那人脸色苍白，眼底带着浓重的青黑，手腕和脚腕都露在外边，很细，隐约可以窥见其下青紫色的脉络。他极其消瘦，嘴唇有些干枯，头发乱糟糟的，整个人显得十分萎靡。

他安静地坐在那里，看着有些阴沉，与周边的环境格格不入。

“那是把病人送过来的那个好心人。”带着林木上来的护士说道，“他身体情况看着也十分糟糕，不过他始终拒绝做个体检什么的。”

“谢谢。”林木点了点头，抬脚迅速地走过去。

似乎是察觉到有人来了，他偏头看向林木，面上的神情一阵扭曲，肌肉剧烈地抽搐着，显得有些可怖。

林木脚步一顿。

晏玄景从他口袋里探出头来，说道：“没事，过去吧，他需要帝休的力量来安抚。”

林木于是重新迈出了步子，眼看着随着他的靠近，那个好心人逐渐地平静下来，显得无神的双眼微微动了动，将目光落在了林木身上，又看向了林木口袋里的晏玄景。

林木一愣，下意识地挡住了口袋里的小狐狸，随即又意识到不对，普通人是看不到晏玄景的。

那人被挡住了视线，眼珠艰涩而缓慢地挪动了两下，仿佛这么一点儿动作都要将他压垮一样，过了三秒才慢腾腾地与林木对上了视线。

半晌，他露出了一点儿疑惑的神情，对林木说道：“你是混血。”

他的声音跟外表截然不同，虽然稍显干涩，但十分柔和，是像水乡一样柔软的声音。

林木下意识地点了点头。

那个非人类问：“那你为什么没有死？”

他脸上是极为纯粹的疑问神色。

“这个九尾狐要杀我，两次。”

他抬手，慢吞吞地指了指晏玄景，神情更为迷惑了。

“像你这么弱的混血，为什么没有死？”

第二十四章
蜃之子

你为什么没死？

这是什么问题？

林木愣了好一会儿，试图去理解一下对方这个脑回路——基于他对这个非人类几乎毫无认知的事实，即便是经历过晏玄景的洗礼了，林木也觉得很难。

“为什么我要死？”他问。

那个非人类眼睛一眨不眨地盯着林木，理所当然地答道：“因为你是混血，而且弱。”

林木一呆：这是什么逻辑？这个非人类的思维竟比晏玄景的还难懂。

林木跟那个非人类大眼瞪小眼半晌，始终没能明白对方到底是个什么思路。

如果可以的话，林木是不太想花费精力去跟陌生非人类讨论这个问题的，但对方帮助了谭老师，救了他一命，这就应该另算了。

林木揣着不知为何一直没有讲话的奶糖，想了想，干脆坐在了那个非人类旁边的休息椅上。

他们隔得很近，林木看着那个非人类并没有因为他的靠近而变得紧绷，反而渐渐放松了。

他想起奶糖刚才说这个好心的非人类需要帝休力量的安抚的话。

林木偏头看了一眼急诊室，心说反正闲着也是闲着，于是摆出了促膝长谈的架势，问道：“我是林木，你叫什么名字？”

这本应该是个很简单的问题，但林木发觉对方被这个问题问住了。

他脸上显出几分呆怔，双眼明明还看着林木，却像是已经出了神，思维向着极远的地方飘走了。

过了约莫两分钟，大约是想起了什么，他缓缓回过神来，张了张干涩的嘴唇，哑着声音，带着些疑惑，不确定地说道：“聂深？”

林木对他这个不确定感到有些惊讶。

“记不清。”他这样说道，眼球有些不受控制地微微颤动着，似乎连思维都不大连贯，磕磕绊绊地发出了几声短促的音节，又在林木的注视下一点一点平缓下来，最终说道，“太久了。”

林木看着他这副混乱茫然的模样，决定不去细究这个问题。

“好，聂深，你说晏……你说九尾狐要杀你，两次？”

聂深垂下眼，看向了扒在林木口袋边缘的那只九尾狐，对方正打量着他，似乎在评估着什么。

奶糖跟聂深对视了两秒，终于开了口，对林木说道：“他是那个从大荒里出来的非人类。”

林木一顿，浑身紧绷起来。

“正如你先前猜测的那样，他是蜃的孩子，是那个混血。”

晏玄景说完，像是失去了兴趣一般，收回了视线。

他比林木知道的东西要多很多，看着聂深这个状态，几乎马上就明白这混血的经历跟他猜测的基本八九不离十。

他并非没有同情怜悯之心，只不过拥有着和聂深相似经历的非人类和混血多到数不胜数，聂深不过是其中一个罢了。

聂深惨，被他杀掉的那些非人类就不惨了吗？万物众生于红尘之中皆是苦海求渡，聂深这还没淹死在苦海中呢，那些已经死去的非人类可是已经翻了船了。

林木低头看了看口袋里的小奶糖，又抬眼看了看聂深。

聂深也听到了九尾狐说的话，微微点了点头。

林木倒吸一口凉气，他脑子里瞬间冒出了千千万万个乱七八糟的想法。

林木深呼吸着，把奶糖从口袋里掏出来，捧着，感觉掌心里毛茸茸的一团源源不断地传来了暖洋洋的温度。

过了许久，他才终于在满脑子的问题里挑出了一个不那么尖锐的，问道：“你今天为什么一直看我？”

聂深干脆地答道：“混血，没有被九尾狐杀，好奇。”

林木听他这么说，半天都没转过弯来：“为什么混血就要被九尾狐杀？”

聂深被林木这么一问，露出了迷茫的神情，他似乎不明白林木为什么会这么问：“他杀我。”

林木终于明白了，他轻轻叹了口气，说道：“他杀……他找你麻烦，不是因为你是混血，而是因为你在大荒里杀过太多生灵了。”

聂深闻言更加迷惑了，他摇了摇头，理所当然地说道：“我比他们强。”

林木一咋舌，他觉得他大概能明白聂深的想法了。

聂深将一切的起因都归结于“混血”和“弱小”这两个点上。

因为是混血，而且弱小，所以就应该在强悍的存在面前死去。因为那些死去的非人类比他弱小，所以他可以肆意地决定他们的生死。

按照丛林规则来讲，这的确没什么错。但对于拥有灵智、情感和羁绊的生灵来讲，这就太过于赤裸和随意了。很多事情并不是有一个“我比你强”这么简单的理由就可以随意涉足插手的。

林木对于聂深的经历没什么概念，出于基本的人道主义关怀，他略一斟酌，说道：“弱者也好，混血也好，都是有生存的权利的。”

聂深没说话，也完全没有听林木这话的意思，他甚至开始走神了。

林木的声音微微提高了一些：“你不赞同这个的话，为什么会救下里面那个人呢？”

聂深收回神思，有些奇怪地看了林木一眼：“他身上有你的气息。”

林木一愣：“什么？”

“你能让我……”聂深慢腾腾地抬起手来，指了指自己的脑袋，“这里，不吵，舒服，你有用。”

“而且，你是混血。”聂深又补充道。

林木知道他说的是帝休的力量，但聂深十分执着于混血这一点让他觉得不能理解。

“人类其实也很不错的。”林木说道，“刚刚那个护士小姐很关心你的身体。”

“不需要。”聂深说道，“她帮不了我，没有用。”

关心和能不能帮上忙是两回事。

林木看着聂深这副模样，这话到嘴边又咽了回去。

寿命短暂的人与人之间都会有着截然不同的想法和隔阂，更别说是活了千八百年、生存环境和生活条件都截然不同的他们两个了。都说三年一个代沟，他跟聂深之间至少有两百六十多条沟，全画下来都能跟花里胡哨的波纹岩似的了。

林木放弃了掰正他这个思维的想法，毕竟他也不知道自己的思维在大荒绝大部分非人类眼里是不是傻子行为。

奶糖不能算绝大部分。

林木干脆抛弃了之前的话题，直接道：“那我问你，你在大荒里闹那么大是为了什么？”

聂深闻言，微微歪了歪脑袋，说道：“我去找天帝，他不理我，有非人类要杀我，我先杀他们。”

跟聂深说话实在有些费劲，但林木还是懂了聂深的意思。

他去找天帝，但天帝没搭理他，他又撞上了盯上他的别的非人类，聂深就率先反杀了。

林木觉得这么做没什么不对，但事情的确异常。

林木说道：“如果是这样的话，并没有波及这么大范围的必要。”

聂深听他这么说，竟然也赞同地点了点头，然后说道：“但帝屋说，我这么干，可以把天帝闹出来。”

林木警觉：“你说谁？”

“帝屋。”

“谁？”

“帝屋。”

林木瞪圆了眼。被他捧在手心里的奶糖抖了抖耳朵，却并没有那么惊讶。

“是帝屋留在他力量之中的怨气。”晏玄景说道。

帝屋当时遭遇那么惨烈的情况，他本身又是个一点就炸嚣张狂妄的家伙，怨气根本不会轻到哪里去。

当初帝屋把怨气都塞进了取不取回来都无所谓的力量里，那怨气会有多重多可怖，几乎都不用想。再加上帝屋被分而镇压这么多年，怨气不会随着时间推移而消失，只会越来越重。

帝屋自己当时估计也是打着“老子不好过你们这帮崽种也休想安然无恙”的主意，他要是真的没法把自己全部的东西捞回来，那力量之中滋生的怨气也足够让那些分走了他的力量的非人类如坐针毡寝食难安。

晏玄景一直都是知道帝屋的怨气这么个东西的，因为他爹隔三岔五就要拿着那些背叛朋友的非人类如今有多焦头烂额的情报来一波疯狂的嘲笑。

只不过聂深太能隐藏了，以至于他们一直都没有察觉到那股力量是属于帝屋的，直到晏玄景来中原找老乌龟帮忙，加上中原里帝屋本尊也出来搅风弄雨了，他们才发觉出蛛丝马迹。

晏玄景沉吟了一阵，问道：“那你为什么扔下了帝屋的力量？”

聂深不理他，只是注视着林木，仿佛之前那几个小时还没看够一样。

晏玄景脸色一沉。林木揉了揉他的脑袋，抬眼看向聂深。

聂深这才慢吞吞地开了口：“闹了这么久天帝也不出来，他没用，不要了。”

林木觉得这非常合乎聂深的逻辑，十分完美，甚至有点想采访一下帝屋的心情。

“那你来中原做什么？”林木问。

“找天帝。”聂深说道，“听说天帝比较重视中原。”

林木感觉心里一哆嗦：“那你找天帝做什么？”

聂深茫然了好一会儿，一时间竟然也想不起来自己到底是为什么找天帝了。

相传天帝是混沌之初就已经诞生的存在，说天帝就是法，就是规矩，就是这世间万物运行的规则也不为过。

天帝是这天地间最为尊贵也最为古老的存在，几乎没有人知道天帝是什么模样。

聂深回忆了许久，终于露出几分恍然来。

“我想问问他，是不是身为混血就应该遭受这些。为什么我现在杀死那些弱小的东西会被不相干的非人类讨伐，而当初我遭遇这种事情的时候，却从来没有谁出头讨伐那些非人类。”

这个想法在他很小很小的时候就萌芽了。

聂深隐约记得自己的记忆里似乎有过很温柔的颜色，但再仔细一些去追寻，数百年的血腥气便汹涌而上，将那点颜色洗刷得一干二净。

幼年每次伤痛濒死的时候，他就总会想为什么。他没有能够质问的对象，于是就质问天，质问地。

可天地从来没有回答过他。

后来他成功杀死了一个袭击他的非人类，满身是血的时候，他觉得天地回答他了。

天地说，力量强大的非人类才有资格生存。

于是聂深努力强大起来，熟悉了血脉的力量，花费了数百年从疲于奔命的状态中抽身而出的时候，他却发现不对。

弱小的非人类也可以活下来，而混血不论是强是弱，永远都是被针对、被蹂躏的那一方。

大荒里的混血数量并不多，聂深遇到了一些，看着他们最后无一例外地全都惨死了。

强大并不是答案，混血存在的本身似乎就是个错误。

于是聂深将埋藏在记忆深处的问题挖了出来。

他知道了定下这世界规则的天帝。

聂深在大荒的昆仑虚里寻不见天帝，带着帝屋的力量血洗诸多城池，那个立于诸天之上的存在也没有丝毫动容。来到中原之后，聂深又发现了林木这个特例。

“就像你，你没有死，这不应该。”聂深说道。

话题绕回了原点。

林木有满肚子话想说。

他想说聂深以偏概全，想法太偏激，手段太过头，弱小者有弱小者的存活方式，被牵连的无辜者何错之有……

但他没有说。

因为他没有频繁重伤濒死的经历，没有在长达几百年的时间里每天都生活在朝不保夕的恐慌里，更不知道大荒到底是什么模样的。

他无法对聂深感同身受，聂深也无法理解他。

人不可以以己度人。站着说话毕竟不会腰疼，但会刺伤听者的心。

林木沉思许久，摸出手机，点开通讯录，决定通知管理处。

林木把奶糖放到椅子上看着聂深，起身到一边去拨通了吴归的电话。

聂深的目光紧随着他，一眨不眨的。

晏玄景不痛快地皱了皱眉，一甩尾巴遮蔽了聂深的视线。

聂深顿了顿，垂下眼看着那只九尾狐，目光凝滞，沉默了好一会儿，露出满脸恍然，问道："你不杀我？"

晏玄景打了个哈欠："我干吗要杀你？"

聂深茫然了一会儿，"哦"了一声，又看了看被晏玄景的术法遮蔽的前方，想起刚刚林木皱起眉来的样子，又问："我做错什么了吗？"

"嗯？"晏玄景没明白他这个问题是什么意思。

聂深认真地问道："我杀死那些弱小的非人类，是错的吗？"

晏玄景本不像林木那样还有耐心跟他认真分析认真谈心，不过思及急诊室里边那位，他还是回答了这个问题。

九尾狐打了个哈欠，非常干脆地说道："没有错，你本身就比他们强。"

聂深抬手指了指刚刚林木消失的地方，说道："可是他说你要杀我是因为我杀得太多了。"

"一半一半吧，主要是因为你下手的地方不对。"晏玄景说道，"你杀气冲天，隔三岔五血洗屠城，一点儿都不能交流的样子，还都是往别家的领地走，我们当然要动手。"

聂深一愣，有些不能理解。

晏玄景觉得跟聂深这种毫无常识的非人类实在难以交流。

大荒地域相当广阔，广阔到即便有零零星星数百个国度和城池，也依旧还有一大片无主之地。这些无主之地的情况是相当混乱的，生活在这里边的非人类跟普通的动物没有什么区别。

晏玄景当初被扔进去，两百多年之后才爬出来。那里的非人类为了生存相互厮杀，四处都是血腥的痕迹。在那种地方，走一步三个坑都是比较谦虚的说法。

无主之地中，有一部分非人类从厮杀中爬起来了，要么进入某个已经成形的大物领地寻求庇佑或者踢馆自己当老大，要么就在广阔无垠的无主之地中划出一片属于自己的领地，谁来挑战就宰了谁，杀到最后拥有一定的势力了，就可以自立城池慢慢发展。

像聂深这种非人类或者混血实在不少，但像他这种没有选择自己占领某个城池或者是投入某个大物麾下，反而选择去质问天帝的，古往今来，就这一个。

某种意义上来说也算是开创先河了。

晏玄景琢磨了一下，觉得聂深之所以会是这个心态，可能是因为他曾经也是被蜃捧在手心里牢牢守护着的幼崽，蜃甚至都没有让外界知道她有个混血孩子。

结果蜃没了，聂深自己尚没有自保之力，一朝从天堂掉下来，脑子转不过弯来实在太正常了。

晏玄景觉得自己要不是打从记事起就一直被爹妈在耳边洗脑般说着“以后你要去无主之地闯出一片天”，所以早就有了心理准备，估计心态也好不到哪里去。

不过运气这种东西真的说不好。

人比人气死人，所以真的不能比。

“你如果一直在无主之地转悠，杀得再多我们也是不会管你的，或者你横扫一大片，但是能够交流，而不是那副杀戮机器的样子，我们也是不会追杀你的。”

晏玄景告诉他：“但你跟外界没有任何交流，摸到别人的领地里去闹事，那就会被视作挑战，自然会有非人类来讨伐你。”

讲白了，他们能够接受一个偏好杀戮的强者在自己家里挑战，但不能接受一个只会杀戮的疯子在自己家里胡搞。

强者能招揽，招揽不了就打，赢了输了各凭本事。但疯子不一样，疯子除了直接弄死没有别的选择。

只不过不在自己家里胡搞，他们也不会去管。

就比如当时聂深在青丘国边境转悠了一圈，晏玄景跑过去跟他打了一架，虽然落败了，但聂深的确是因为他的阻拦而转道了。

所以青丘国并没有非人类去追杀他，反而是在发觉了他的目的地之后，从国主到臣下全都看起了热闹。

可那些直接被聂深打穿了的城池就不一定了。

毕竟能形成城池或者国家这种规模的非人类聚居地多少是有着一些规则存在的，同样，也有着一些感情和羁绊存在。

如果聂深直接干翻了城池的领导，自己把最高的位置捞到手里了，那也没什么。但他干的是屠城的事。屠城就屠城吧，如果直接掘地三尺斩草除根，那也不会有什么。问题是城池里生活的非人类也有外出的情况，一回来发现亲朋好友伴侣全死光了，这种情况就不是简单的“我强我牛”能够解决的问题了。

这不是公平不公平的问题，这是聂深遮蔽了自己的耳目，一点儿外界的信息都不接触的问题。

哦，估计其中还有帝屋的怨气的原因。

帝屋的怨气一直都被镇压着，聂深这个看着就很傻的混血能把它摸出来，估计自己当时的怨气也不轻。

聂深偏了偏头，感觉有些混乱。他脑子里嗡嗡嗡的，想法似乎很多，但一个线头都揪不出来。

晏玄景也不指望他能理得多清楚。因为在他看来，聂深的这种行为其实并不能算是错误的。

强者就是能决定弱者的生死，只不过他们选择让弱者存活在自己的眼皮子底下，而聂深选择了杀死他们。就好像餍足的老虎可以选择让羊羔在自己的眼皮底下吃草，也可以选择咬断它的脖子一样。只不过聂深这只选择咬断羊羔脖子的老虎被跟羊羔关系好的别的掠食动物给盯上了而已。这一切都是合乎逻辑的。只不过立场不同，所以思考的方式和看法也不会相同罢了。

聂深茫然了一会儿，确定地道："所以我并没有错。"

晏玄景点了点头，无所谓地说道："你自己承担结果就是了。"

林木那边打完电话回来，刚一走近就听到晏玄景这么一句话，微微一怔："聂深要承担什么后果？"

奶糖抖了抖耳朵，却没有回答这个问题。

按照本来的规矩，遇到聂深应该就地格杀，但现在情况又不大一样了。

于是他转头看向聂深，问："你来中原是为了找天帝？你准备怎么找？"

刚刚跟九尾狐确认了自己的做法并没有错处的聂深十分轻松地说道："先屠个城，我听说天帝很重视中……"

林木脸上的神情越来越僵硬。

晏玄景直接打断了聂深的话："他会被送回大荒。"

"中原的规则跟大荒不一样。"晏玄景面无表情地一爪子拍碎了一个召唤他爹的玉石。

他对聂深的幻术还是感到有些棘手，但让晏归来的话就没有问题了。总不能他们找到了聂深，结果聂深反手一个幻术，跑了，那多尴尬。

"你不能留在中原。"晏玄景说道。

聂深眉头微微一拧："为什么？"

因为中原出了什么问题，别说大荒了，所有依赖于中原存在的地域都会大地震。

不过晏玄景没有告诉聂深。

用中原这边的话来讲，就是不能让一个反社会分子知道如何才能毁灭世界。

在等晏归过来的这段时间里，晏玄景跳过了之前的话题，反问聂深："你之前拿着帝屋力量的时候是怎么回事？从来没有听说你跟别的非人类有过什么交流。"

聂深闹出事情这么长的时间里，没有跟任何一个非人类有过交流。他看起来宛如一个沉默的杀戮机器，行踪不定，但一出现就是一场腥风血雨。

本来他刚冒出来的时候还有不少大物想要招揽这个天赋稀缺的非人类，结果聂深从来没以什么正儿八经的形象出现过。不说话，不露脸，就只会搅风弄雨，以至于那些想要招揽他的非人类都收回了试探的目光，默认他是个疯子了。

聂深迷惑道："交流什么？他们没用。"

行吧，他的确是个疯子。

晏玄景不说话了。

林木把奶糖抱起来："那你现在为什么跟我们交流？"

"你有用。"聂深说道，"我现在感觉很好，从来没这么好过。"

也是。

林木想起聂深说他救谭老师，是因为谭老师身上有他的气息。

林木深吸一口气，只觉得幸好聂深在搞出事情之前发现了他的存在，也幸亏他是半个帝休，不然好好的和平盛世，转头就要绽开一朵朵可怖的血色之花了。

林木低头捏了捏奶糖的爪子，问道："那他回大荒的话，结果会是什么？"

聂深皱起眉："我不回大荒。"

林木和晏玄景转头看了他一眼。

晏玄景说道："如果保持现在这个状态的话，应该是会被某方收押观察，然后被招揽。"

毕竟这样一个天赋特殊又强大的非人类实在难得，到了他们这个层次，基本上没有谁会去在意是不是混血。

要知道例如影魅这样连普通非人类都能一脚踩死好几个的弱小非人类，都能修炼成横行大荒的强大存在，混血又如何？

至于聂深的思想问题，就更无所谓了，非人类的寿命那么长，多的是时间慢慢折腾，何况从本质上来讲，聂深的思想非常符合大荒——虽然他总是纠结于"混血即原罪"这个问题，在晏玄景看来的确有点傻。

混血的死亡率远高于普通非人类，这是再正常不过的事情了，这就跟人类的畸形儿存活的可能性远远低于正常婴儿是同一个道理。

林木揉着奶糖的耳朵，问道："他不会死是吗？"

“以前的状态会。”晏玄景说完，就看到林木微微松了一口气，不由一顿，看了看目不转睛地盯着林木的聂深，又看了看林木，不大愉快地问道，“你不想他死？”

林木点了点头：“一码归一码，他在中原还没来得及做什么，而且他救了谭老师。”

晏玄景瞥了一眼林木，只觉得林木真是“双标”得十分坦诚。如果聂深已经在中原搞过屠杀或者没救下里边那位老人，林木肯定不是这个态度。

不过无所谓，晏玄景觉得这很好。

林木也发觉了自己“双标”，不好意思地摸了摸鼻子。

聂深坐在他们旁边，突然对晏玄景问道：“你为什么会保护一个混血？”

晏玄景甩了甩尾巴，对这个问题回答得相当大方：“因为他人不错，我挺喜欢他的。”

“哦。”聂深点了点头，神情平静，慢腾腾地抬手摸了摸自己头一次跳动得如此平和舒缓的心口，缓声说道：“我好像也挺喜欢他的。”

第二十五章
做个好人

晏归扔下帝屋跑到他儿子所在的地方的时候，看到的就是他小小一只的儿子蹲在医院走廊上跟一个坐在休息椅子上的混血对峙的场面。

林木紧张地站在一边，想要讲话又顾及这里人来人往的，满脸欲言又止不敢说啥，仿佛只要一没有人他就能呐喊出声。

晏归把他们三个挨个看了一圈，觉得这个画面实在是令人费解。

先不说他那个把面子看得极重的儿子现在为什么一点儿“偶像包袱”都没了，竟然变成了小时候那副毛茸茸特别可爱的样子，也不说他儿子为什么会沉着脸对着一个混血。

晏归觉得最让他在意的，还是那个跟他儿子对峙的混血。

说对峙也不是很合适。因为那个混血一点儿都没有把晏玄景的杀气放在眼里的样子，只是自顾自地盯着林木。

不知道之前发生了什么，但林木的神情看起来有些木然有些紧张，还有那么一点点呆滞，看起来像是傻了。

晏归虽然不知道发生了什么，但他觉得多半是自家儿子又搞了什么事情，自己的儿子他还是非常了解的。

晏归唏嘘地藏在旁边，也不冒头，就看着晏玄景的气息越来越危险，终于到了压迫线上，让那个混血转过了头。

“你要杀我？”

聂深觉得自己这一辈子除了幼时问天问地的时候之外，从来没像今天这么疑惑过。

这些非人类真是磨叽麻烦又没用，他想，还是同为混血又很有用的林木好。

晏玄景一张毛茸茸的狐狸脸上面无表情：“来打一架。”

聂深奇怪地看了他一眼，拒绝道：“我打不过你。”

这个理由太过于实诚直白，以至于晏玄景、林木和旁观的晏归满脑子都是省略号。

见晏玄景不说话了，于是聂深收回视线，重新看向林木，开始斟酌把林木带走的可能性。

斟酌。

意识到自己在思考什么之后，聂深又有点走神，他好像很久很久都没有过“思考”这种行为了。

这几百年里，除了依赖本能求生存以外，他几乎没有空闲去想别的东西，到后来习惯了那样的日子，就更加不会去思索什么事情，一腔热血都在于变强与厮杀。

再后来，等到他侥幸从无主之地中碰运气走出去的时候，看到的一切又有悖于他的一些认知，他开始启动艰涩的思维重新思考的时候，脑子里却只剩下了一些乱七八糟纷乱不堪的声音和画面。

他并不记得那些死在他手下的非人类是什么模样的，但闭上眼的时候总能看到一些零碎的画面和尖酸刻薄的诅咒。

这是每一个非人类都要承受消化的东西，只不过聂深当时并不知道，他只知道每次一想要静下心来想一想事情，就会被血淋淋的画面和声音包围，这于他而言并没有多可怖，但实在是很吵。他索性就不去思考了，只谨记自己的疑惑和目的，便直直地向着目标出发。

对他有用的东西就捡起来用，没用的东西就扔掉，拦路的都宰了，不给旁的非人类留下哪怕一个眼神。

这么多年下来，真正能让他静下心来开始思考并表达出自己的疑惑的，林木是头一个。

大概是什么特殊的血脉，聂深想。

可越是特殊他就越是想要。谁知道过了这个村还有没有这个店，这种安宁平缓甚至带着些愉快的感觉实在是太过于美妙了，让聂深欲罢不能。

他看得出来，林木是被九尾狐划进保护圈里的，想要带走林木并不是什么简单的事情。

在失去了帝屋力量的如今，聂深很清楚自己打不过晏玄景。但打不过归打不过，他逃跑还是没问题的。

聂深从自己对林木的注意力中抽出一丝来，看了看林木的保护者，指尖微微抽动了一下，化作几丝缥缈的雾气缠上了林木的手腕，刚准备割断他手腕上戴着的腕绳，就感觉周围的空间骤然一沉。

那点雾气像是老鼠见到猫一样迅速缩了回来。

聂深察觉到危险，瞬间雾化了身体，转瞬消散在虚空之中。

林木一惊，心里什么想法都没了，猛地转头看向了奶糖。奶糖蹲在地板上，慢条斯理地站起来，抖了抖毛，甚至伸了个懒腰。

林木看着小只的狐狸撅屁股眯着眼伸懒腰的样子，感觉自己分分钟就要被“萌力”迷惑了。

都什么时候了你还有心情卖萌！这可是开口就说要屠城的主！跑了是要出大事的！

林木十分着急：“聂深跑了！”

小狐狸点了点头，迈着小短腿慢腾腾地跑出了走廊，下了楼。

林木等在急诊室外边，急得团团转。

他不明白本来还聊得好好的聂深，怎么突然间就跑了。老乌龟他们还没来，这次跑了，在聂深搞出事情来之前也不知道能不能找到他。

在林木着急的时候，急诊室的门开了，谭老师被推了出来。

林木抬眼看向医生。

“家属吗？”医生问道。

林木摇摇头：“学生，谭老师的家属在外地，正在往回赶。”

医生点了点头，见林木这么着急又是头一个赶来帮着打点的学生，对林木的态度相当和缓。但他十分忙碌，粗略交代了一些注意事项之后，就把事情都交给了护士，由护士带着林木和老人去病房了。

林木犹豫了一下，思及谭老师人脉广阔，桃李遍及天下，他住院了肯定很多人要来探望，如果住普通病房的话肯定会打扰到别的病人，于是选择了单人套房。

老人脱离了危险，现在躺在床上，看起来脸色有点不太好。

护士耐心地说了一堆事项，哪些是能够自行处理的，哪些是需要按紧急铃的，实在不行可以请医院培训的专业护工什么的。林木一一记下，收拾东西的动作倒是相当麻利。

护士微微愣了愣，夸道：“小伙子不错啊。”

林木笑了笑：“以前在医院待过一段时间，所以比较熟悉。”

护士点了点头，也不多问，把病人现在的数据记录好之后就夹好板子出去了。

林木把病房里稍微收拾了一下，坐在了病床边。他看了看躺在病床上的老教授，闻着医院里的消毒水味，抿了抿唇。

林木并不喜欢医院，这个地方给他的尽是糟糕的回忆。他记得妈妈也是躺在这白色的床上慢慢停止呼吸的。

林木坐在病床边上发了会儿呆，想起护士小姐说可以跟病人讲讲话，于是思来想去，决定把自己之前埋头整理资料时看到的那些奇异的故事讲给老教授听。林木一连讲了好几个，看了看老教授的脸色，摸出手机来给他的家人报了平安，又开始跟老教授讲起了青丘国上上任国主的桃色历史。

人类的本质就是八卦。

说不定听到八卦，谭老师马上就能兴起地睁开眼，跟以前一样跟他叽里呱啦。

林木这边正一个人讲故事讲得起劲，那边晏归左手拎着自家小崽子，右手拿着个小圆球，小圆球里装着一片翻腾的雾霭。

他逮住了那个混血，又揪着自家儿子，听闻林木现在抽不开身之后，思来想去，转头通知了老乌龟，带着这俩去了管理处。

吴归回来的速度跟他本体的行动速度一点儿都不相符，在晏归到的时候，吴归已经等在办公室里严阵以待了。有晏归在侧，吴归准备的囚禁道具也没用上。

晏归把儿子放到桌上，干脆地捏碎了手里的球，在那翻腾的雾霭试图逃离的瞬间，抬手一压，直接把聂深压了出来，把他扣在了凳子上。

“晏玄景说你现在是可以交流的，乖一点儿。”晏归说道，“不然我们就只能把你就地击毙了。”

聂深闻言，安静了下来。

晏玄景转头看了他一眼，眉头微微皱了皱。

远离了林木之后，这个混血又变回了他们一开始见面的模样。

阴沉沉的，双目无光，眉头紧紧地皱着，混乱而扭曲的模样，与世界格格不入。

但也的确是可以交流的，只是聂深本人并不怎么乐意。

晏归对这种刺头型非人类见得挺多，凑在边上跟自家儿子嘀嘀咕咕地交流过之后，就毫无形象地瘫在椅子里等着，等到人类和吴归那边都走完程序做好了笔录的时候，天都已经亮了。

按照规矩，这种从大荒里跑出来作乱的非人类，是人类这方抓到了，就交给人类处置，是非人类这方抓住了，就交给非人类处置。

聂深在中原还没来得及作乱，抓住他的人又是大荒那边颇有地位的晏归，在得到九尾狐的保证之后，他们就相当干脆地放人了。

只不过聂深被他们打上了标记还下了些禁制，只要他还在中原，行踪是完全暴露在监控之下的，并且在被判断可能对中原造成威胁的时候，禁制会对他直接产生伤害。

大荒那边退一步接受了这种做法，中原这边也让步不会要求一定要把作恶的非人类处死。

这算是大荒和中原的默契。

晏归揣着一只儿子，带着一个混血，溜达着跑到了林木家院门外边。

想要藏着小院的晏玄景瞬间气炸了，反手给了他爹一爪子。

晏归伸手拍了拍自家儿子的脑袋，把他按住，说道：“学着点。”

他话音刚落，转头看向聂深，一挥手撤去了几层遮蔽的幻术，看着两眼瞬间亮起来，目不转睛地盯着院子里那棵苍青色大树的聂深，说道：“看到那棵帝休没？”

聂深不理他，眼睛一眨不眨地看着那棵树。

晏归问：“你很喜欢林小木，那帝休你也喜欢吧？”

聂深转头看了他一眼，迟疑了一瞬，点了点头。

“嘿嘿。”晏归一咧嘴，高兴地说道，“可惜你碰不到！”

晏归指着院子周围那一圈星星点点的白色小花，大约是最近又烧了几个不长眼的东西，花开得越来越多了。

“你根本进不去，气不气？”

聂深一言不发。

“想进去吗？”晏归问。

聂深十分耿直，点了点头。

“那行，你先去做善事。”

晏归说着，从自己的小金库里摸出来一个帝休果，在聂深面前晃了晃：“你能坚持十年，我就找帝休分一根枝条给你，之后每十年一枝，你能坚持两百年，我就把这个果子给你，让你有个新的开始。

“你做不做？”晏归笑眯眯地问道。

聂深毫不犹豫地答应了。

晏归拍了拍他的肩，然后把自己兜里的儿子拎出来，得意地疯狂搓揉了一番：“看到没？你还有得学呢。”

晏玄景从他手里挣扎出来，跳到地上，不服气又不得不服气地看着晏归，半晌也说不出点什么来。

晏归倒也知道他儿子是个气性高的，但更清楚晏玄景并不是高傲，该学的他还是会学，只不过这么多年来一直靠拳头说话，一时很难转得过弯来。

晏归倒也不急，他正当壮年，距离正经退位还早得很，儿子才五百岁，刚迈入成年，慢慢教就好。

聂深在一边小心地试探着能不能往前走，搞得院子里的朝暮熊熊燃烧起来，绿色的火光一丛一丛地往外冒。

晏归神情平静地爬起来，撇下拒绝跟他交流经验的儿子，转头略过聂深，往院子里去了。

有晏归在，晏玄景也并不担心聂深会跑，在晏归走进院子之后，也转头跑回了医院。

林木陪了一晚上的床。

单人病房的待遇还算不错，病房里甚至有个小书柜，上边放着一些书籍和当日的报纸。书籍大多是医疗类的和幽默的图画书，林木略过了那些，把报纸抽了出来。

林木已经很久没关注这些了，但陪床实在是件无聊的事，尤其是老人刚脱离危险、还处在需要观察的时候，保险起见最好是不要睡觉。

林木看了一眼当地的报纸，看完社会版往后一翻，财经版第一面就是绿林地产集团内部大地震，股价暴跌的新闻。

绿林地产是林木外公的产业。

他多少能猜到这中间是什么事，两个舅舅和外公闹掰的事他是知道的，他们哪怕是吃亏退让也要分家，但董事会里依旧有两个舅舅的位置。林老爷子被两个儿子气成这样，肯定是要打起来的。

几个大股东都打起来了，集团经营很难一点儿错漏都没有。

林木扫了一眼头版的照片，发现印象里年纪一大把却依旧意气风发的林老爷子变得苍老了许多。也不知道是时隔好几年的原因，还是因为最近的事情让他变成这样了。

不过这跟他有什么关系呢？

林木慢腾腾地翻过了这一页，兴致勃勃地看起了娱乐八卦。

凌晨三点钟的时候，老人终于醒了过来。

病房里开着一盏暖黄色的小夜灯，林木如今并不需要多明亮的光线也能够清楚地看见东西。

“谭老师您醒啦！先躺好别起来，我叫一下值班护士。”林木赶紧收好了报纸，凑过去，按着护士之前的指导让老人保持平躺，然后按下了铃。

老人似乎还有些没回过神来，林木给他按摩着腿脚，一边嘀嘀咕咕地说着当天的情况。

“以后要好好注意身体啦，还要记得吃药，保持好心情。”林木絮絮叨叨地说着，等到护士来了，才又坐回了一边。

他看着躺在病床上的老人，发了好一会儿愣，然后慢腾腾地收回视线。

这就是普通人类，在日渐枯槁的生命之前，一切挣扎都徒劳无功。

林木想起了妈妈，她走前，在病床上像是一朵燃尽了生命后孤独凋零的花一样。但即便是这样，妈妈每次让他拍照的时候都是笑着的。

林木缩在椅子里，看着小声跟老人交流以确认意识的护士，觉得人类跟非人类在一起，恐怕人类本身也是要下极大的决心的。

谁受得了自己年纪大了的时候，跟爱人相携出门，被人充满善意地夸赞说“您的孩子 / 孙子真孝顺”这种话。

林木记得妈妈在生命中最后那段时间里，也经常说一些他无法理解的话，比如“现在就结束好像也不错，不用变成老太太了”这种话。

林木当时觉得妈妈是不想变老，现在想来，似乎还有另外的一些意思在。

人类跟非人类，大约只有相遇的时候是最美的，就像是花期正盛、肆意绽放迎风而立的娇妍鲜花，那之后，两方就都在逐渐迈向枯萎的深渊。

这样的故事听起来充满了遗憾和悲伤的浪漫，说不上哪里好，但也说不上哪里不好。

护士小姐抬起头来，对林木说道：“意识已经恢复了，目前各项指标也正常，不过还要住院观察几天……”

林木回过神，眨了眨眼，缓缓地点了点头，把这些话都记了下来。

护士小姐看林木这么年轻的样子，忍不住多叮嘱道：“老人上了年纪都是这样的，家里人以后要好好注意，有什么病痛及时送医。”

林木乖乖点了点头：“好。”

凌晨五点的时候，谭老师的家人急匆匆地赶了过来，对林木连连道谢。林木把自己记着注意事项的纸笔交给了他们。

谭老师年纪大，哪怕是他的女儿也已经是林木的长辈了。

林木轻声说道：“这里是注意事项，我一直都在本地，工作很轻松，如果您忙不过来的话，我可以帮忙陪护。”

谭老师的家人几乎都认识林木，因为逢年过节就跑去探望顺便送礼而且一送就是好几年的人，有且只有林木一个。这大约也是谭老师总是愿意帮着照顾林木的原因，知恩图报的好孩子，谁不愿意多照顾一下呢？

他们揉了几把林木的脑袋，直说好，把之前林木垫付的钱都还了之后，又多给了几百块当红包。

林木把钱退了回去，脚底抹油跑出了病房。

林木往医院外边走，低头瞅着自己的双手。这双手原来其实并不怎么好看，因为需要做很多事，所以从小就有了老茧。但现在再看，老茧在不知不觉间已经褪去了很多，就连稍显粗大的指节也一点一点变得好看起来。

他的身体在悄然改变，据晏玄景所说的，只要不是被特殊的力量伤到，以非人类的恢复能力来讲，很难有伤口留在身上，哪怕混血也是如此。

林木翻看了一下自己的手掌，发觉向来皮糙肉厚的自己如今手腕上竟然也白到看得清皮肤底下的青紫色脉络了。平时不注意，现在才发觉变化竟然这么明显。

林木在医院门口看到了晏玄景。

凌晨五点多，天微微亮，医院门口亮着灯，在雾蒙蒙的清晨中像是给空气蒙上了一层光的柔纱。他站在人群里，穿着一身与周围格格不入的玄色古服，极为显眼。但他周围人来人往，并没有谁注意到那里有一个人。

林木欣赏了两秒，晏玄景便抬眼看过来。

四目相对，林木揉了揉脸，快步走过去，发觉晏玄景身上有些凉意。

林木一怔："你等很久了？"

"没有。"晏玄景摇了摇头，随意带过了这个话题，反问道，"回家？"

"等一下。"林木转头去早点店买了一些清淡的粥食，"我去给谭老师那边送个早餐。"

晏玄景无所谓地点了点头，林木去送完早餐回来，发现晏玄景还站在人群中，依旧是那个姿势，一动不动。

凌晨的风带着些凉意，林木双手插进卫衣兜里，突然觉得自己无比幸运。

比聂深幸运，比妈妈幸运，比疲于奔命的人幸运，比时过经年孑然一身的非人类幸运。

他不是普通人类，他有一对爱他的父母，他健康地长大，他拥有了关心他的长辈和友人。

林木小步蹦跶着跳到了晏玄景面前，微微仰头跟这只九尾狐对上了视线。他两眼亮晶晶的，带着跃动的快活和欣喜。

晏玄景没明白林木去送个早餐怎么就突然这么开心了。

他微微偏过身，往前走，顺口问道："情况很好？"

林木几步跟上他，与他并肩而行，答道："还行吧，老人家嘛，也没办法。"

晏玄景点了点头，问："想怎么回去？"

"滴滴打狐。"林木答道。

九尾狐仗着自己能瞒过普通人类的耳目，在人来人往的街道上变回了原形。

林木仰头看着大狐狸晏玄景，刚准备伸手摸摸毛，就被晏玄景叼着衣领甩到了背上，转瞬腾空而起。

林木趴在狐狸毛茸茸的背上打了个滚，爬起来往前挪了挪，小心地挪到了晏玄景头顶的两只耳朵中间，趴着，看着前方迅速后退的景象。

小院子渐渐近了，晏玄景开始降落。

林木回到房间，关上了窗户，窗帘一拉，正要往被子里一滚，一抬眼就跟秦川那对金黄色圆溜溜的龙眼对上了视线。

林木吓得一蹦，掀开被子打开了床头灯。

林木快要气死了，他把秦川从床铺上揪起来，甩了甩这条咸鱼似的龙："你怎么在我被窝里啊？！"

秦川被他揪着尾巴，倒着看林木，半晌，幽幽地说道："我好孤单啊。"

秦川委屈地说道："都没有人陪我。"

林木不为所动。

秦川唉声叹气。

林木揪着这条龙脉，左右看看，把床头柜上的毛毡小狐狸扔给了秦川。

秦川满脸震惊。

林木面无表情："满意了吗？"

秦川一甩尾从林木手上挣扎出来，把毛毡小狐狸扔到了床上，说道："这种时候你不是应该打电话给帝屋吗？"

林木把小狐狸捡回来，放到床头柜的小床上："要打你自己打。"

"我没他号码！"

"那就是他不想给你。"林木冷酷无情。

帝屋千叮咛万嘱咐让他一定别让秦川知道他的电话号码，原因是秦川知道的话他就永无宁日，一天二十四小时恐怕要有二十五个小时应付秦川的电话。

"玩飞盘吗？"

"不玩！"

"那跳棋？"

"不玩！"

"飞行棋？"

"不玩！"

"那……"

"我要帝屋！"

秦川在床上打滚耍赖。

林木面无表情地看着秦川缩成细细的一条从床这边滚到那边，又从那边滚到这边，他十分冷静地从抽屉里拿出一副扑克牌，往床上一坐。

他的内心毫无波动，甚至想把秦川吊起来打一顿。

"来抽鬼牌。"林木说道，"如果你赢了，我就帮你打电话给帝屋。"

秦川垂死病中惊坐起，一个鲤鱼打挺蹦了起来，火速变回了人形，盘腿往床上一坐，撩起了袖子：“来来来！”

林木看着秦川，一边洗牌一边感慨着这小傻瓜真是名不虚传，真的是对自己的运气没有一点儿数。

抽鬼牌是你这种倒霉鬼有资格玩的游戏吗？！

林木洗好了牌，往床中间一放，冷哼一声：“来吧！”

晏玄景被林木扔在院子里，愣了好一会儿，才偏过头去看向站在院子外边的几个非人类。

帝休前边飘着本书，四个小萝卜头排排坐在他的面前，最边上的是在一条小矮凳上坐得笔直笔直的聂深。除了聂深之外，帝休和四个小非人类都伸着脑袋，眼睛一眨不眨地看着他。

只不过林人参他们是满脸震惊，帝休则是微微皱着眉打量着他，带着些微疑惑。

聂深被晏归扔在这边，晏玄景没觉得多意外，他甚至还能猜到晏归把聂深留在这里是准备把他安排到哪里去。

十有八九是林木现在所在的那个管理处，而且还得跟着林木一起办事。晏玄景又不蠢，晏归把聂深留在帝休身边，摆明了就是因为只有待在帝休身边的时候，聂深才能保持清醒。

晏玄景看了一眼帝休手里拿着的书，小学一年级课本《思想品德》。

帝休顺着他的目光把书举到他面前来，说道：“我在木木的书柜里找到的，正好用来教一教聂深。”

这书看起来有些年头了，不过被保存得很好，连边角都没有折痕。

晏玄景扫了一眼被举到他面前的封面，一眼就看到了上边写得歪歪扭扭的“林木”两个字。看起来应该是刚学会写字的时候写上去的，透着一股生涩和拘谨，看着相当的可爱。

“很可爱吧？”帝休虚虚地轻抚着手里的书，神情十分柔和，“这里边还有他妈妈写的一些小故事。”

帝休这几天在家里没事就翻翻书柜，竟然真的被他翻出了一些东西，这些林木小学时用的旧书就是其中之一。

帝休在上边捕捉到了零星娟秀的字体，是跟年纪还小的林木那一手歪歪扭扭的狗爬字截然不同的成熟。

帝休知道，那是林雪霁的字。

林雪霁念旧，爱拍照，总是说这些物什和照片都是时光的遗留，什么东西都舍不得扔，最后全都堆在家里，搞得这么大的房子依旧显得有些拥挤。

林木以前还会叨叨着要扔掉一些东西腾点空出来，但林雪霁走后，他什么都没扔，反而像他妈妈一样，把东西都留了下来，还不断地在囤积新的东西。也正因此，帝休才有机会找到这些被时光遗落下来的惊喜。

在他出事之前，林雪霁是有写日记的习惯的，不过帝休翻遍了家里也没有找到日记，想来应当是林雪霁怕不小心泄露秘密，导致林木出事，所以干脆销毁掉了。但即便如此，能够找到这些细小的东西，也足以让帝休感到高兴了。

从这些小玩意儿里，他可以看到那些他未曾参与的时光。帝休很满足。

晏玄景看了看帝休的神情，不知道这种时候他应该说些什么才能活跃气氛。

在他还在思考的时候，帝休却率先开口赶人："你去找木木吧，我们在外边上会儿课。"

"上课？"晏玄景微怔，看了看排排坐的四个小非人类，又看了看坐在四个小非人类边上的聂深，提醒道，"中原的规则并不适合大荒。"

"可他现在身在中原。"帝休说着，做了个驱赶的手势，"我心里有数。"

晏玄景听他这么说了，也不再多言，转头走进了院子。

正门被林木反锁了，虽然这种锁根本拦不住晏玄景，但他还是没有强行开锁，而是绕到了后边的侧门。这个侧门以前也是锁的，但自从他作为奶糖到来了之后，就一直都留着没锁。

晏玄景推开侧门进了屋，屋子里静悄悄的，也没有开灯，只有外边的晨光从窗户落进来，打出一道道光柱，染着微亮的光尘与浅淡细碎的初升日华，显得幽静而安宁。

晏玄景抬脚走上二楼，轻轻敲了敲林木的房门。房间里传来一声应答，接着就是噔噔噔的脚步声。

晏玄景一顿，这脚步声不是林木的。

他正这么想着，房门就打开了，来开门的是小矮个子的秦川，他看起来生无可恋，好像被欺负惨了。

晏玄景抬眼看向房间里，发现林木已经把床上的小桌板撑了起来，桌板上摆着一副大富翁，看起来正进行到一半，桌板下边还散落着一大沓扑克牌，扑克牌上放着一盘飞行棋。

林木转过头来，直直地跟晏玄景对上了视线，愣了两秒，看了看被折腾得乱七八糟的床，把大富翁往盒子里一塞，一伸腿挡住桌板下边的扑克牌和飞行棋，试图当作无事发生。

林木有点心虚。

虽然他一时之间也搞不太清楚自己为什么心虚，但就是有点心虚。

他跟晏玄景对视了好一会儿，终于觉得自己这种掩耳盗铃的行为挺傻的。

他收回了脚，把被他胡乱塞进去的大富翁重新取了出来。

他捧着大富翁和扑克牌，想了想，偏头看向门口面无表情的晏玄景，问道："奶糖，你要不要也一起玩？"

晏玄景："什么？"

林木说道："两个人玩没什么意思啊，三个人可以玩的就多了。"

狐狸万万没想到，林木大早上的把门窗紧闭连窗帘都拉上，竟然只是为了玩棋牌游戏。

林木把扑克牌都捡回来，说道："还可以把爸爸他们都叫来，我记得书房里还有一副狼人杀和 UNO……"

秦川一听，两眼一亮，转头就要往外走："我觉得狼人杀比啥都适合我！我去叫帝……"

晏玄景一抬手，按住了试图往外跑的秦川，干脆迈步走进房间，说道："他们在早读。"

林木闻言，茫然地问："什么？"

晏玄景面无表情："在念《思想品德》第一课。"

林木拉开了窗帘，看了一眼离院子有一段距离的地方，聂深跟四个小非人类排排坐，似乎说了点什么，竟然被帝休用书敲了一下头，然后又虚虚地摸了摸被他敲到的地方，神情柔和地说着什么。

帝休还没有将本体都拿回来，拿回来了的也并没有融合，这会儿依旧只是一道相对凝实的虚影，没办法离开自己的本体很远。他平时最大的乐趣就是看鬼片读鬼故事祸害一下家里几个小非人类，但现在似乎找到了新的乐趣——教书育人。

林木盯着那边看了好一会儿，觉得不对。他爸爸这不像是教书育人，更像是在尝试着养儿子。

那是我爸爸！我的！

林木微微睁大了眼，转头看向晏玄景："聂深为什么在这里？"

"他被留下来，做两百年善事赎罪。"晏玄景解释道，他看了看爬上床坐着的秦川，也干脆坐上了床，并告诉林木，"不出意外的话，晏归应该已经跟你的办公室打好招呼了，以后你们会是同事。"

对于这一点，晏玄景还是很清楚的。

晏归平时看着不靠谱的样子，但真办起事情来，还是相当妥帖圆滑的，是正儿八经的老狐狸。

林木看着坐在了他对面的晏玄景，有些疑惑，问道："做善事就可以抹消他之前干的那些事了吗？那些被聂深杀死的非人类呢，他们的仇怨又怎么算？白死了吗？”

晏玄景摇了摇头：“做善事只是为了让他不因为杀孽失去理智而已，该有的因果还是会有的。”

只是不疯且实力强的话，恶报降临时完全翻车的可能性会比较小，具体可以参考帝屋的例子，他那一身杀孽血煞跟功德分庭抗礼，保持着微妙的平衡。至于死后结算的事情，那就更不在非人类们的考虑范围之内了，因为他们根本不能确定自己的时候还能不能完完整整的。

绝大多数非人类死的时候都是灰飞烟灭的，因为别的非人类一点儿都不会浪费，连灵体都有不少以此为食的非人类争抢。更别提还有许多非人类会选择在快死的时候自己碾灭自己的神魂，免得灵体被仇家拘走折磨，万劫不复。

他们基本没有换生的机会，不过非人类本身也并不在意自身的轮回，因为他们的寿命顶得上别的生灵轮回数百数千甚至上万次，与其死后被清算罪孽受千万年刑罚，不如在自己真要死的时候直接选择灰飞烟灭一走了之。

从尘埃中来，便回到尘埃中去，走也要走得潇洒一些。

大约是天性与整体环境就是如此，大荒里的非人类对别人狠，对自己也没有温和到哪里去。

林木转头看向外边的帝休，帝休正神情温和地一遍一遍说着什么，大概是从毫无正经常识的聂深身上找到了当新手父亲的感觉。谁让他自己的儿子已经是个相当懂事成熟的青年了呢！

林木感觉自己大概明白了刚刚秦川的感受，他酸溜溜地说道：“那是我爸爸。”

晏玄景听林木这么说，完全没明白林木酸的点在哪儿，毕竟他对晏归从来没有过这种感觉。

他只是点了点头，带着些不解。

林木瞥了他一眼，又重新看向外边的时候，正巧跟看过来的帝休对上了视线。

朝阳跃出了地平线，在被风吹过的麦浪尖端洒下细碎的蜜金。帝休站在朝阳里偏头看过来，被勾勒出一圈亮金色的轮廓，他神情温柔，带着浅淡细微的笑意，像是覆盖着一层浅薄的流光，使得周围的树木都变得绚烂起来。

林木愣愣地看了好一会儿，刚转过头，又看到了晏玄景。

用晏归的话来说，就是晏玄景这小狐狸偶像包袱重得很。

哪怕在柔软的床铺上也坐得十分端正，脸上保持着他那副平静无波的样子，发觉林木的动作，他偏头看了过来。

“怎么了？”他问道。

晏玄景生得极好，大约九尾狐降生于世之前都是被天地精心雕琢打磨过的，每一部分都异常精致，糅进同一具身体里，却又圆融完美，丝毫不显突兀。

房间里只亮着一盏橙黄色的床头灯，稍显昏暗，有朝阳小心翼翼地从窗帘的缝隙间跑进来，带着快活的丁点日华，在床角欣悦地滚动着。

他愣了愣："秦川呢？"

"刚刚出去了。"晏玄景转移了话题，"你一晚上没休息，要不要睡一觉？"

林木看着晏玄景一边说着，一边一挥手把床上的小桌板和棋牌全都收到了一边，然后变回了本体。只是这回不再是幼年的模样了，而是占据了小半张床的大小。

他趴在床上，九条长长的尾巴一甩，便像是绒毯一样盖在了林木身上，绵软顺滑，触感极佳。

"睡吧。"他说道。

林木应了一声，一伸手抱着三条大尾巴，头还枕着一条，从一堆毛毛里探出个头来。晏玄景抽出一条尾巴来，轻轻拍打着林木。

第二十六章
收集功德

大约是因为心里记挂的事情终于放下了，林木一觉睡了个昏天黑地，一直睡到了第二天一大早。

被开除人类籍之后最大的好处，大概就是不按时作息也不会感觉到什么异常，即便一整天不吃饭就睡着，身体也没有发出抗议。

林木早上爬起来，拉开窗帘看了一眼，发现帝休他们还在外边。也许是不放心聂深一个人待在院子外边，所以一直陪着。

林木看了一眼沐浴着日华并没有准备爬起来的奶糖，翻身下床跑去洗漱。

小人参扒着洗漱间的门，小脸红扑扑的，圆溜溜的大眼睛在林木身上转了好一会儿，直把林木盯得头皮发麻。

林木把手里的毛巾洗了挂好，转头看向他，无奈地问道："怎么了？"

林木被小人参拉着手进了厨房，发现今天的早饭相当丰盛。他拿碗装了粉丝包和两个烧卖，又端了杯豆浆："今天怎么这么多？"

"因为有客人嘛。"小人参也新拿了个碗出来，各装了一个，又拿了杯豆浆，跟在林木后边走出了屋子，嘴上奶声奶气地叨叨，"就是那个聂深呀，虽然他看我们的眼神有点怪怪的，但是他好听帝休的话。"

林木闻言，提醒道："还是不要跟他走得太近——暂时来说。"

小人参仰着头看着林木："为什么呀？"

"你不是说他看你们的眼神有点怪吗？"林木说道，"他大概是不明白为什么你们没有弄死我，或者是我没有杀掉你们。"

小人参一呆："没……没有呀，他很乖很听话的。"

林木打开了院子门，听到小人参这么一说，偏头看了看他："他是在大荒里闹出事情来的那个非人类，当初你从山里跑出来不就是因为好多大荒的非人类跑到中原来住进了山里吗？他就是那个罪魁祸首。"

小人参愣住了，他傻乎乎地跟在林木后边出了院子，又傻乎乎地把手里的早餐交给了聂深，又看到林木跟帝休打了个招呼，大大方方地往聂深旁边的小矮凳上一坐。

林木问聂深："你准备住哪里？"

聂深拿起一个软乎滚烫的包子，正观察着这玩意儿，听林木这么一问，目光便看向了林木的小院子。

他对于住所这个东西其实是没什么所谓的，横竖他也没有能够称之为家的地方，住哪里都一样。既然哪里都一样，那当然是距离帝休越近越好。

林木顺着他的目光看过去，顿了顿："你进不去。"

于是聂深收回了视线。

他也明白林木他们不可能因为他把那一圈朝暮撤掉。朝暮那么好用，只要是身上孽障稍微深一些的非人类凑近一点儿，一不小心就会被烧成灰烬，从安全方面而论，那可是极有安全感的防护，就连九尾狐的幻术和层层叠加的阵盘也是比不上的。

"我在外面就好。"聂深说道，"你们也不放心我随便出去的。"

林木听他这么说，沉默了一会儿，觉得也是。

虽然让聂深留在院子外边也很让人不安，不过总比他消失在自己眼皮子底下要好。

聂深见林木没有反对，便看了看他，学着林木的样子掰开了包子，慢吞吞地咬了一口，顿了顿，又吃了一口。

小人参坐在旁边看着他，见他几口吃完了包子，又去掰烧卖，忍不住出了声："直接吃就可以了。"

聂深闻言，向他点了点头，咬了一口烧卖。

小人参问："好吃吗？"

聂深低低地应了一声，认认真真地吃完了碗里的早餐。

说来可能没人相信，他活了八百余年，极少吃到这种正儿八经的食物。细细想来，以往他感到饥饿的时候，总是选择直接吃掉撞上来的非人类。

大荒里绝大部分非人类就是如此的，而聂深本人也没有在正规非人类的城池之中生活过。

原来普通的人类和非人类平时吃的东西是这些。好吃，比那些非人类好吃多了。

小人参撑着脸看了聂深好一会儿，伸手把他和林木两个人的空碗和杯子接过来，哒哒哒地回了屋子。

帝休看了一眼小人参的背影，轻飘飘地坐在了林木身边，说道："那是个好孩子。"

林木点了点头，递了张纸给聂深擦手。

他明白帝休指的是什么，他刚刚提醒小人参小心聂深的时候可没特意藏着掖着，在院子外边的帝休和聂深应该听得清清楚楚，可是小人参也并没有因此就选择疏远聂深。

不轻信他人之言，选择用自己的双眼去看。虽然是个比较笨比较容易吃亏的法子，但笨也有笨的可爱之处。

聂深并不那么通人情世故，对于小人参的举动没有丝毫感触。

他学着林木的样子擦干净了手之后，发了好一会儿呆，微微偏过头，问林木："善事怎么做？"问完他顿了顿，又问，"什么是善事？"

林木被他问得一愣，转头看了一眼帝休。

帝休跟他对上视线，微微叹了口气。

要教会已经拥有一套完整逻辑链的非人类什么才是正常的思维，可比教一个什么都不懂的宝宝要困难得多。

林木想了想，答道："善事的话，很多吧，小的比如扶老奶奶过马路、在公交地铁上让座、随手帮助路人什么的。就比如你之前送谭老师去医院这件事，虽然你的出发点是歪的，但也的确是善事。"

聂深微微拧起眉头，看起来没太懂。

林木又说道："大一点儿的善事呢，就比如大额的捐款、抗震救灾、救人一命、阻止伤亡拯救世界什么的，总的来说就是救的人越多越好吧。"

说完这些，林木自己也有点不大确定，毕竟他如今所见的世界跟他还是个普通人类时所看到的世界不一样了。

他现在所了解的世界里，牵扯着各种各样的因果和他怎么都搞不明白的定数，还有一些乱七八糟的东西。

本身用善和恶来定义一件事情就是很偏颇的，更何况好心办坏事的情况实在不少见，旁的一些就更不用说了。

林木思来想去，干脆地说道："反正阻止大规模伤亡的事情，肯定是大善事。"

聂深听他这么一说，点了点头："我明白了。"

林木转头看看他，有点不大确定聂深明白什么了，但想了想自己刚刚的说法，又觉得找不出什么错处来。于是他干脆懒得想了，想着聂深反正都已经处在监控之中了，也不至于在中原搞出什么事情来。

林木低头看了看时间，说道："我准备去上班了，我听晏玄景说你应该是被安排进管理处了？"

聂深乖乖点头，正如小人参所言，他对林木和帝休说的话是相当顺从的。

跟帝休一起待了一天两夜，聂深只觉得自己的头脑从来没有这么清明过，心中一直翻涌着的愤恨和迫不及待的诘问消失得无影无踪，通体舒泰。

林木干脆带着聂深上班去了。

林木离开之后，晏玄景翻了个身变回人形，摸出手机来搜索了一圈，然后同样起身，离开了小院子。

聂深看着林木路过村口的时候被德叔家媳妇儿喊住，说是今早家里的老母鸡下了不少蛋，让他晚上回家的时候顺便捎点回去吃。林木高兴地应了声好，哼着歌带着聂深上了地铁。

聂深头一次坐这种交通工具，在林木身边正襟危坐，观察着车厢里的人类。

他来中原的时日不长，刚来不久就发现了林木，然后被晏归逮住了，以至于根本没有多少时间来观察中原是什么模样的。聂深甚至看到有个人直接在座位上睡着了，对于周围的人没有丝毫的防备。

他对于这样过于平和的环境感到了些许不适。

林木偏头看看他："怎么了？"

"很奇怪。"聂深答道。

林木看着这平平无奇的车厢和平平无奇的清晨："很正常啊，有什么奇怪的？"

聂深茫然地看了林木一眼，顿了顿，摇了摇头，不说话了。

他从未经历过这样平和的环境，但林木一点儿没觉得这样有什么异常。在他眼中过于奇怪甚至于畸形的景象，在林木和这些人眼里却是相当平常的事情。

聂深沉默地跟在林木背后，看着林木走出地铁站买了几袋小零食，每一个都分了他一份。

"你好像没怎么吃过这些。"林木对他笑了笑，"都可以试一试，也许你会喜欢上中原。"

聂深闻言，接过了林木递给他的小零食，看了一眼又转头去买蒸饺的林木，学着林木刚刚的样子把包装拆开，刚一拆开就听到旁边蒸饺摊子的老板说道："小伙子要注意身体咧！"

聂深偏头看过去，发现那个胖胖的老板娘笑容灿烂真挚地看着他。

他没说话。

林木接过了老板娘的话头，说："加班加的嘛。"

老板娘动作麻溜地给他们包好了一份蒸饺，说道："年轻人不要这么拼，身体不好了，拼来的钱以后都得用在医院里。"

"没办法嘛。"林木接过蒸饺，跟老板娘道了谢，带着聂深往办公室的方向走，一边走一边说道，"中原虽然也不是完全和平，不过普遍来讲都挺好的。"

聂深慢吞吞地吃着辣条，说道："因为他们不知道你是混血。"

"他们知不知道又有什么关系？"林木有些奇怪，"别人给你传递出善意的时候，你安心接受就好了，也不用非去想为什么会得到这份善意，这么活着多累。”

聂深从没听过这样的说法，一时间竟呆住了。

林木继续说：“而且啊，我听晏玄景说，大荒里本来有不少非人类势力想要招揽你的，但你从来没表露过想要交流的样子，就是一个劲儿地杀，所以他们就没有这个想法了。”

聂深满脸茫然，嘴唇翕动了两下，发出几声气音来：“真的？”

“我骗你做什么？”林木打开了办公室的门，跟已经在里边的大黑和吴归打了声招呼，说道，“晏归肯定也是想招揽你才会让你做善事的，不然他好好一个青丘国国主，干吗要跟你做两百年的约定？”

这当然是为了让聂深能够保持清醒的理智，回头好办事啊。

虽然大荒的非人类势力硬要说的话是千不管万不管的，不管恃强凌弱不管私仇，但他们管贸易流通和领土完整啊，偶尔还会做一做领地拓展的事情，简称打仗。

总的来讲，身在非人类势力之中，只要参与进贸易生产链里，哪怕是个只会晒太阳努力开花结果的弱小树精，在没有仇人报复的情况下，也是会被庇护的。但如果只是单纯地进入非人类的城池，在其中无所事事，不论是找不到事情做，还是懒惰，那么庇护与和平也不会降临到他们的头上。

干活的非人类才会被保护，不干活的，要么足够强，要么就等着被别的非人类撵出去。

一个城池就那么大，分工就那么多，工作机会被无数人争抢，抢不过就会被赶出去。除非因为种族天赋而有一技之长或者本身就十分强大，不然想要在城池中立足是相当困难的。

可惜聂深之前进入那些非人类城池中的时候并没有深入了解过这些东西，只看到了弱小的非人类也能安然地活着这一点，从而理解成了诸多的不公。

不过的确也没毛病，种族歧视的确是存在的，毕竟绝大部分非人类没有特殊的生产天赋，混血就更别说了，能力上来说就天生瘸腿。有新的非人类进入城池，第一个寻找的目标就是这种说强不强，说天赋也没多特殊的非人类和混血。

林木给聂深把他旁边的那个工位收拾好，让他就坐在这里，又从抽屉里拿出个 iPad 出来，搜了一下善人善事，然后递给了聂深。因为自己一时间举不出什么例子，所以还是求助包罗万象的网络比较靠谱，也许能给聂深一点儿灵感。

大黑和吴归看着聂深捧着个 iPad 乖乖地坐在那里看书吃蒸饺，倒也没有多惊讶。

晏归昨天找他们说明情况的时候他们就已经有心理准备了，九尾狐手段通天，驯化一个非人类是多简单的事。让他们暂时接收一个非人类而已，简简单单，以前这种事情又不是没有过。

倒是大黑看着林木，说道：“你一身狐狸气味那么重，是不是天天跟那只九尾狐凑在一起啊？除了你，我还真没见过有谁敢把九尾狐当狗养还没被咬死的。”

大黑这么一说，林木先是低头闻了闻自己身上的气味，闻了半天也没闻出除了沐浴露以外的味道。

倒是大黑一说把九尾狐当狗养这件事，林木就突然想起大黑之前干的好事了。

他翻旧账：“你不说我都忘了，我之前带你去我家，你不是说奶糖就是狗吗？”

大黑脖子一缩，然后又一伸，理直气壮：“晏玄景让我保密的！他说没必要告诉你，还说他反正很快就会走！”

“哦？”

林木把大黑跟奶糖都记上了小本本。

正在花鸟市场里寻找相思子种子，准备买回去种一盆出来的晏玄景感觉背后吹来了一阵沁凉沁凉的风。

办公室里三个非人类难得凑这么齐全，林木跟大黑有一搭没一搭地拌嘴，旁边的吴归端着茶杯，笑眯眯地听着两个年轻非人类磨嘴皮子。

“对了老乌龟。”大黑转头看向吴归，从抽屉里摸出个玉盒放到了吴归面前，满脸嘚瑟，得意扬扬地等着夸奖。

吴归看了他一眼，打开了盒子，一股清透微凉的气息霎时弥漫开来。

这种令人精神一振、浑身清明的气息林木也感受过，但那是晏归从自己的小金库里翻出一大堆灵药来交给帝屋的时候。

那个时候隐隐约约嗅到的就是这样的气息。

这是足年份的灵药，而且是经历漫长的时间和风霜冲刷之后，即将要生出灵智的灵药。跟林木自己家种的那种被日月精华和帝休的力量催生到成熟的灵药是完全不一样的两个档次。

林木家种的灵药是绝对不可能拥有这样的气息的，因为它们从种子到成熟的时间太短了，有点拔苗助长的意思，药用效果虽然也很强悍，但真要说效果，是根本及不上自然生长的灵药的。

不过单纯用作疗伤和灵气储存的话，林木自家种的灵药完全足够了，反正这些灵药也只供给帝休一个人。

这会儿大黑竟然能拿出这样的灵药，实在让林木有些惊奇。

当然，惊奇的除了林木还有吴归。

他“啪”的一下合上玉盒，愣了好一会儿，抬眼看向大黑：“你从哪儿弄来的？”

大黑美滋滋地说道：“我前些天帮林小木翻资料的时候偶然发现的，前两天不是周末嘛，我摸到记载的地方，发现还真的有。”

吴归闻言，看了看大黑今天的穿着。

打从老奶奶走后就放飞自我，天天穿肥大宽松的短袖T恤加沙滩裤的大黑，今天非常难得的穿着长衣长裤。

因为同样是休闲风格，办公室里另外两个也都没觉得有什么不对。

吴归一抬手，直接把大黑身上这件卫衣给掀了起来。

大黑一惊，赶紧打掉了老乌龟的手，一脸被侵犯了的表情：“你干吗啊！”

虽然他动作够快，但在座的都不是普通人，依旧在他动作间清楚地看到了他身上非常新鲜的伤疤。

吴归深吸一口气，刚想说什么，办公室的电话就响了起来。

林木刚伸手准备接，大黑就蹿过来抢先拿起了话筒，几声应答之后就挂了电话，拽起坐在一边的林木就冲了出去。

一直在旁边观察的聂深愣了两秒，也迅速起身追了过去。整个办公室里，让他在意的人有且仅有一个林木而已。

大黑拽着林木跑出去老远，一直到林木反手扣住他，才停下脚步来。

林木看着他，问：“什么事啊？”

大黑重新迈出步子，答道：“社区里有对非人类夫妻要打起来了，他们的孩子打电话过来求助了。”

林木点了点头，对于这种事倒也不怎么意外。

他们管理处的职能范围比普通管理处广多了，杂七杂八什么都干，就连非人类要在人类世界里买房，办手续走的都不是房产局而是他们这里。

因为种族的天赋，林木自带消火效果，基本上有什么纠纷，只要他往那里那么一站，再说上几句，过不了几分钟，要打起来的人类和非人类就都安安静静地坦白和解了。所以每次有什么纠纷事宜，都是让带林木去的。

两个非人类要打架这事儿说大不大，说小不小，但在人类聚集的地方打起来，危险性还是很高的。

大黑跟林木火速赶到了现场，无比熟练地解决了这场纠纷。而聂深因为比他们速度快多了，一下子就追了上来，站在旁边看完了全程。

事情无非就是男方出轨女方气炸，但是非人类爆炸的点跟人类不大一样。女方气的不是男方出轨这件事，而是男方的出轨对象竟然是个弱了吧唧的人类。她哪里不如弱到不行的人类了？！

大黑和林木跟普通人类也不一样，他们一向是劝分不劝和的，听到是这么个事，几乎毫不犹豫齐刷刷地说道：“建议离婚，孩子归你。”

反正孩子是不可能归出轨的男方的，不然闹出什么事儿来都没个准。

聂深不解地看看大黑，又看看林木，说道：“建议杀了。”

几个非人类齐刷刷转头看向他，林木率先开口：“你闭嘴。”

聂深乖乖闭上了嘴，女非人类当场就抱着崽子直接拍拍屁股走了，而林木和大黑在做完那个男非人类的思想工作和记录之后，也离开了屋子。

聂深跟在他们边上，问道：“为什么不杀了？”

“因为没必要啊。”林木说道。

聂深想起他刚刚看到的那些乱七八糟的新闻，试图以自己刚了解的人类思维来推测：“他比那个女非人类强，丢了面子，可能会报复。”

林木转头看向他，点了点头：“你说得对。”

聂深不明白。

“可那跟我们就没关系了，因为要报复的话，不论走还是不走，都会被报复的。”林木说道，“实在不行的话，那个女孩子会选择求助。”

聂深不能理解，明明是直接弄死就能解决的事情，为什么要搞得这么麻烦。

“因为中原不适合打打杀杀。”林木指了指街边几个穿着校服凑在一起拍画片的小孩子，“你看这些幼崽，如果什么错误都干脆利落地用‘杀掉’来解决的话，他们就不会这么自由自在地玩耍了。”

聂深更不能理解了：“这跟他们有什么关系？”

大黑凑过来，帮林木说道：“因为这个点学校在上课，他们是逃课，对学生来说，这是大错。”

林木点了点头：“不管是人类还是非人类，都有叛逆期的嘛，不能什么都干脆地杀了，那是暴君行为。你看你，犯了那么大杀孽，现在不是还过得好好的？”

聂深闻言，纠正道：“我没错。”

林木闻言，转头看向聂深，沉默半晌，最后干脆地选择了放弃：“行，你没错。”

这种有自己逻辑链的非人类要掰正实在是太难了，林木选择把这份艰难完全交托给他无所事事的爸爸。

林木转头看向大黑，问他：“你那盒灵药怎么回事啊？”

“老乌龟那个儿子不是一直没恢复嘛，他就在找这个灵药。”大黑挠了挠头，“我当初刚化形的时候，是老乌龟把我捡回来的，不然我到现在还是个什么都不懂的流浪狗呢，总得报答他。”

“我记得他儿子也是个混血。”林木说道。

大黑点了点头：“是啊。”

聂深闻言偏过了头，打量着大黑。

“这次也是巧嘛，之前帮你查资料的时候看到有个中原出身的非人类曾经在太行山脉里立过洞府，还简单地提了进去的方法，我就趁着周末去试了试。”

大黑咧嘴笑了笑：“可能是因为我只拿了那一棵灵药吧，所以那位非人类留下的落雷只是让我受了点皮肉伤。”

林木瞅瞅他，低头摸出了晏玄景交给他的一个纱袋，从里边取出了一盒伤药来，交给了大黑。

大黑看了看这盒子：“这是什么？”

“伤药，晏玄景给我的。”林木答道。

这是晏玄景第一次暴打他过后给他涂过的伤药，效果也就比起死人肉白骨稍微差了一点点。

这么说来，晏玄景当初毫无常识地跟他说挨打可以变强，还忽悠他去跳过楼来着。

林木看着大黑美滋滋地接过伤药，回忆起之前晏玄景的种种操作，只觉得心如止水。

当初大概是被猪油蒙了心，狐狸说什么就是什么。可谁让晏玄景有那么一张漂亮的脸，还有一身让人爱不释手的毛呢！

一行三个非人类慢吞吞地往回走，路过一家小餐馆的时候，看时间差不多了，就干脆走进去，点了几份小炒打包。吃饭当然是带回去吃，不然老乌龟一个人吃饭多寂寞。

小餐馆的电视上正在放新闻，林木扫了一眼，又是例行的水深火热系列，忍不住嘀咕了一句：“又打起来了啊。”

大黑又要了几份凉菜，应道：“是吧，所以咱们这儿和平得好。”

来的时候风风火火，回去的时候林木跟大黑拎着打包盒，晒着太阳走得十分悠闲，有一搭没一搭地聊着，天南海北国内国外，在一边安安静静当挂件的聂深听着，若有所思。

林木推开办公室的门：“回来啦！顺便带了饭！”

很不巧，办公室里有四户来办落户和房产证的非人类，林木他们也没法马上吃饭，放下打包盒就开始了工作。

等到他们把这四户处理好，凑到吴归办公桌边上打开一个下饭视频，并把四个饭盒都摆开的时候，才后知后觉办公室里好像少了个东西。

三个非人类齐齐一愣，吴归率先反应过来，从抽屉里摸出一副地图，一拉开，就看到代表聂深的标记已经停留在了中东地区。

吴归满头问号：“他去那里做什么？”

他倒是并不怎么担心聂深会搞出什么丧心病狂的事情，他身上传承了这么多年的禁制可不是开玩笑的。

然而吴归话音刚落，他们面前的电脑屏幕右下角就弹出了一个突发新闻消息框。

上边赫然写着——

本报讯。当地时间上午八点整，中东地区交战双方武器库同时发生爆破事件，目前双方进入停战状态，至发稿时止，没有组织发表声明对此事负责。

林木沉默了好一会儿，恍惚想起了自己今天早上好像跟聂深说过“阻止大规模伤亡肯定是件大善事”这么一句话。

我怎么就没管住我这张嘴！

这种能同时爆破交战双方的大后方的手段，除了聂深之外也不做他想了。

林木沉默良久，仿若无事发生一般掰开了手里的筷子，说道：“先吃饭吧。”

大黑和吴归想想，觉得也是。总不能现在跑去把聂深揪回来，他们在场的三个非人类，没有一个脚程赶得上聂深的。

聂深虽然是混血，但是跟林木这种半路出家还年纪小的完全不同，从那种环境里成功存活下来的混血，别的不说，跑路的能力绝对是一流的。更何况聂深的血脉本身也相当适合跑路，毕竟是能够将自己完全融入空气之中的种族，就赶路这件事而言，能够跟聂深比肩的非人类真没几个。反正他们仨是没有一个能赶上的。

大黑和吴归这么想着，也放下了手里的地图，掰开了筷子，开始吃起了午饭。

担心倒是没有多担心，如果聂深真的搞出了什么丧心病狂的事情，在他做出事情之前，他肯定就已经在禁制的作用下失去行动能力了。

虽然说聂深现在搞出来的事情也没有小到哪里去……

可那跟他们又有什么关系呢？他们只是一群弱小可怜又无助的小菜鸟罢了。这种事情就应该交给晏归那个手眼通天的九尾狐去处理。

林木也心虚地没敢说聂深已经被晏归扔给他爸这回事，尤其是吴归和大黑现在都还不知道他爸是谁。

他夹了一筷子肉放到碗里，看了吴归和大黑一眼，扒了口饭，又看了吴归和大黑一眼，半晌，还是下定决心一般问道：“这算好事吗？”

大黑一抬头：“什么？”

“就是聂深干的这件事。”林木说道，“禁制没有触发，是说他没有杀人吧？”

吴归吃了一口生菜，听林木这么一说，琢磨了一下，说道：“也能算好事，毕竟停火了，要知道如今人类手里的那些武器，真打起仗来伤亡挺大的，这么说来，我记得晏归说留聂深在中原是让他做善事积攒功德的……”

大黑闻言，转头瞅了一眼林木。

林木也跟他对视了一会儿，纷纷想到刚刚打包午饭的时候闭眼瞎扯的话题，知道是自己嘴皮子上下一碰给了聂深灵感，顿时目光一收，仿佛无事发生一般低头猛吃。

吴归看看这个又看看那个，眯了眯眼：“你们是不是知道什么？”

“不知道啊。”大黑拿饭盒挡住脸，含混着说道，“聂深一上午坐在这里一声不吭的，谁知道他想什么呢！”

“就是就是。”林木积极点头应和。

聂深这脑回路谁跟得上啊！林木敢打包票，晏玄景都不一定跟得上聂深的思路，毕竟晏玄景怎么也算个正常非人类，虽然他脑回路也让林木时常无奈，但跟聂深这种绝对不一样！

“可话又讲回来，一直放他在外边也不好吧。”林木暗戳戳地问道，“没有什么把他喊回来的办法吗？”

“没有。”吴归慢腾腾地答道，“对于这种半劳改犯类型的非人类，我们一般是只监控但不限制自由的，因为想限制也限制不住。”

林木失望地“哦”了一声，低头扒饭。

他是真的挺担心聂深又搞出什么惊天动地的名堂的，毕竟严格来讲，他干的还真的是好事。

他们吃饭了午饭，林木出去扔垃圾的时候，在办公室外边给家里打了个电话。

小人参接起来电话，听到林木要找帝休，便拿着话筒哒哒哒地跑到了院子里，抬起胖乎乎的小手，敲了两下树身。

“帝休，出来接电话啦！林木打回来的！”

挂在帝休枝条上晒太阳的秦川失望地收回了视线，翻了个身，让自己均匀受热。

林木在电话那头把聂深的事情提了提，感觉有点焦虑。

“晏归有没有说过什么能把聂深叫回来的办法啊……”林木问道。

“木木，不要直呼晏归的名字，要叫前辈或者是伯伯。”帝休纠正道。

林木想了想晏归每次出现时的形象，憋了半晌也没能憋出一个应答来。

他跳过了这个话题，说道："聂深的事……"

"没有。"帝休答道，"但他总会回来的。"

林木听帝休这么说了，也算松了口气："那他干的这事怎么算？"

"呃……"帝休卡壳了。

说实在的，这种操作压根儿没有在帝休的想象中出现过。

按照正常的思维，聂深这个初入中原头一次尝试做善事的混血，撑死了也就扶老奶奶过马路帮邻里乡亲修修围墙这种事，再大也大不过从意外中救下几条人命这类善举。谁能想到聂深一上来就一步登天，跑去了人家打仗的地方，一手干脆利落的操作直接让人家从物理意义上失去了开战的手段。

这路走得也太宽了，人类真该给聂深颁个奖。

帝休有些苦恼。

从他的角度来看，聂深这事干得其实还挺好的。不管手段怎么样，得到的结果是完美的就完事儿了，何况这一次聂深还没有造成任何一点儿伤亡。

但他也清楚，从人类的角度看这件事，就显得没有那么美好了，毕竟人类对于这种异常的力量是抱着绝对的恐惧和质疑的。

聂深干的事，只要没有人站出来说对此事负责，人类就不会善罢甘休。

聂深做得没有错，却又不能完全夸赞他，也不能否定他，更加不能随便找个人类来顶缸，万一人类出卖他们就不好了。而且聂深本身也看不上比他弱的，要是他知道弱唧唧的人类把他做的事情安到了自己头上，肯定会不高兴。

"哎……"帝休苦恼地叹了口气，觉得带孩子实在是太艰难了。

他思来想去，一抬眼就跟拿着本花卉培育手册、揣着一兜种子回来的晏玄景对上了视线。

成了，就用这只小狐狸来顶缸吧。

晏玄景一回来就被帝休一挥手按成了本体，还没来得及问上一句，就被帝休指到一边蹲着去了。

九尾狐满头问号地蹲好。

帝休指挥道："尾巴，尾巴收一收。"

晏玄景听话地把九条尾巴收成一条，看着周围画面骤然一变，变成了一片白茫茫的世界，亮堂宽广，连打光都省了。

帝休架好了摄像机，指挥着他摆好姿势，摸出一份从网上直接搜索到的英文声明稿，自己做旁白慷慨激昂地朗诵了一番，最后在说到组织名字的时候卡了好一会儿，闭眼瞎说了一个名字，并给这个并不存在的组织安了个"英雄无处不在"

的主题思想，才心满意足地结束了拍摄。

晏玄景感觉问号已经从脑袋上蔓延到了全身，他迈步走过来，探头看看帝休前边的屏幕，问道："这是做什么？"

帝休轻柔地叹了口气，答道："养孩子。"

帝休稍微解释了一下聂深搞出来的事情，转头就跟小人参凑在一起捣鼓着剪辑起了视频。

晏玄景蹲在一边，听到小人参在那边小声说道："等聂深回来，可以给他看看那些超级英雄的电影。"

"嗯。"帝休点了点头，觉得可以。

"人类有句话怎么说来着？"帝休思考了好一会儿，敲了敲自己的脑袋，过了两秒，满脸恍然，"寓教于乐更有利于孩子的成长。"

见鬼的寓教于乐，新手爸爸带孩子真是太可怕了，尤其是旁边还有个同样什么都不懂还瞎掺和的人参精。

幸好林木是被妈妈养出来的晏玄景想。

但晏玄景思来想去，还是没开口。因为他也想不到聂深这操作怎样处理才会更好，尝到了这一次甜头，聂深必然还会去做第二次、第三次。

阻止他是没有用的，晏玄景很清楚。

因为做成了事情之后收获的功德是实打实的，以聂深的思路，只会认为他做的完全没有错，他没伤人又收获了功德，那就是连天地都表明他做的事情是对的，那别人怎么能说他错了呢？至于人类会不会因此而产生恐慌或者别的情绪，又或者这些事是不是断了一些人的生路，那跟他聂深一点儿关系都没有。

既然摆明了知道是会发生第二次、第三次的事情，那的确还不如直接捏造一个组织出来，专门负责给聂深背锅。跟晏归的约定也就是两百年而已，要是在聂深的动作之下中原能正儿八经地和平两百年，想想也挺不错。

至于这个组织在镜头前露脸的不是人而是只狗这种事，等聂深多来几次爆破，就不会再有人有什么疑问了。

帝休越想越觉得逻辑十分圆融顺滑，堪称完美。他甚至还觉得人类应该给聂深颁个奖，毕竟聂深做的这点微小的爆破，可以给整个中原带来两百年的和平发展！

晏玄景竟然也觉得这事儿可行性还挺高，就不再过问，转头上屋里去搬了个空盆出来，拿着花卉种植指导手册，精心选取了合适的土壤，把相思子的种子种了下去，又看了一眼"适宜温度"四个字，准备把花盆搬到玻璃房里去养着。

小人参难得看到晏玄景摆弄盆栽，忍不住凑过来看了一眼，满脸问号："奶糖，你种红豆干什么？”

晏玄景偏头看他一眼，说道：“这是相思子。”

小人参差点就信了，他仔细瞅了瞅晏玄景刚扔下去的种子，一脸信了你的邪。

“这是红豆。”他说道，“能做红豆沙的那种。相思子有剧毒的，人类市场上一般不卖。”小人参撑着一张小脸，老气横秋地叹了口气，“奶糖，你被骗啦！”

晏玄景看了满脸笃定的小人参好一会儿，面无表情地捏碎了手里剩下的种子。

“其实也不一定是骗。”小人参眨了眨眼，说道，“因为相思子是剧毒，所以城里人就会默认用红豆代替，无毒无公害，不喜欢了还能拿来煮个粥喝。”

晏玄景打量着林人参，觉得这小非人类怎么这么懂，竟然比他还懂。

虽然他跟他的确没啥可比性。

晏玄景相当有自知之明，把手里的红豆渣拍掉，起身摸出手机，准备找个小角落去搜一搜有没有什么别的能够作为惊喜的东西。

小人参仿佛看穿了一切，跟在他屁股后边当小尾巴，亦步亦趋地踩着晏玄景的脚印，在狐狸兜第二个圈子的时候，开口说道：“奶糖，你在查什么呀？是不是在查怎么让林木高兴呀？”

晏玄景脚步一顿，转过身垂眼看着林人参，两秒之后，抬手按住他的脑袋，把他掰了个面儿，拎起来放到了正在琢磨剪辑软件的帝休旁边。

帝休偏头，疑惑地看了一眼这俩后辈：“怎么了？”

“没……”小人参上下嘴皮子一碰，说得那叫一个利索，“奶糖想让林木高兴，不知道怎么做！”

帝休抬手按住小人参，说道：“礼物还是要自己挑选才行。”

虽然可能会很笨拙，但笨拙也是一种可爱。

晏玄景见林人参乖乖留在帝休身边了，心中松了口气，摩挲了一下手机表面，决定还是搞个最俗的。

林木喜欢种花草，那就先送花，送花肯定没错。

但晏玄景发现他竟然不知道林木喜欢什么花。

狐狸沉默了好一会儿，想起之前林木上花店里去的时候说他妈妈最喜欢小雏菊，于是信心满满地再一次走出了院子。

小人参坐在帝休旁边，跟帝休一起看着剪辑教程，有点不大确定地问道：“这么干可以吗？”

“可以啊。”帝休说道，“如果不是没有什么非人类认识我，我就自己上了，还是认识九尾狐的非人类比较多，把奶糖摆出来，对人类对非人类都有个交代就行，如今中原大地的管理者并不是主战派，回头把视频交给吴归他们再看看有没有需要修改的，人类高层可巴不得多个几百年来韬光养晦。”

而且九尾狐或者别的非人类跑到中原来搅风弄雨的事情，古往今来并不少，人类经验丰富，自有一套应对体系。

帝休早些年听晏归说过一些，基本上是在这几十年里，双方才达成了完美的合作共赢协议。

帝休和晏玄景都觉得没什么问题，该急的又不是他们。现在他们面临的最大的问题，是帝休发现自己根本无法掌握剪辑软件。

秦川挂在树梢上感觉自己受热足够均匀了，往下一蹦变成人形，撩起袖子，挤进了小人参和帝休中间。

“你们这两个菜鸟！”秦川得意地一扬下巴，“看我的！”

秦川这大半年为了找帝屋而掌握的那些对非人类来说没什么用的技巧在这个时候派上了大用场。

林木在下班之前看了一眼那张地图，发现聂深还在以十分迅猛的速度到处乱窜，一时半会儿是肯定不会回来的了。

林木叹了口气。算了，都是小事。

他不能因为这么一点儿小问题就惊慌失措，他以后可是要去大荒生活，可能还要在大荒里成为可以横行霸道的存在！虽然变得强大这个幻想可能需要一两千年之后才能实现，不过总归是有指望的，他必不可能被这么一点儿小问题打败！

林木一边这么想着，一边上二楼资料室搜刮了一大堆关于蜃和幻术如何破解的资料，挑选了其中几份，放进了小纱袋里，准备带回去看。

林木把今天工作时弄乱的材料收拾好，看了一眼时间，说道：“我下班先走了啊！”

办公室里另外两个懒洋洋地摆了摆手，大黑顺口说道：“晏玄景刚到外边。”

林木一愣，走到门口，一打开门，就看到晏玄景笔直笔直地站在门外，手里拿着一捧五颜六色的小雏菊。

晏玄景走到他面前，把花递上：“送你。”

“给我的？”林木微微睁大了眼。

“嗯。”晏玄景应了一声，“我想，你喜欢植物，应该也会喜欢这花。”

林木低头拨弄着手里扎好的各色小雏菊，心里想着没自己种的好看，脸上的表情却表明他心情不错。

“走了走了，回家！”林木抖擞起精神，单手抱着花，打了个响指，“滴滴！”

晏玄景也并不多说，干脆地变回原形叼起林木就走。

林木揪着奶糖的毛毛，让他在地铁站停了，执着地骑着电动车回了家。但这次开电动车的不是他，而是晏玄景。

林木坐在后座上捧着花，琢磨着自己能把这些花插在哪儿才能让它们开放得久一点。

家里好像还真没有什么正儿八经的空置花瓶，盆倒是有不少。平时需要花瓶的时候，都是到了出货的时候，在出货日期之前一个月去特意定做。

实在不行的话只能插老干妈瓶子里了……

林木眼看着到了家门口，干脆跳了车，抱着花一路小跑回去，想跟爸爸分享一下快乐。结果他刚一跑过去，就听到树后边传来一阵激昂的音乐，伴随着帝休抑扬顿挫的朗诵声，听一耳朵就是扑面而来的震撼和感染力。

林木愣了两秒，仔细听了听那段朗诵，满头问号。

下一秒，音乐声停了。林木推门走进院子，听到了帝休的声音。

“我觉得有点太激烈了，要不要温和一点？”帝休犹豫着说道，“咱们不是维护和平的组织吗？”

林木：什么组织？

帝休话音刚落，林木又听到了晏归的声音。

晏归说：“我也觉得有点音乐太激烈了，不够酷，我们的定位应该是冷酷无情的杀手。”

帝休发出了一串茫然的问号：“是这样吗？”

晏归十分笃定：“是这样！”

林木：是哪样啊？！什么玩意儿啊？？你们在做些什么啊！

“我觉得晏玄景的形象不行。”晏归看着视频里像极了萨摩耶的奶糖，然后抬手摸了摸自己的脸，“显然我比较好看，建议换个代言人。”

推着电动车进门的晏玄景掀了掀眼皮：“你的原形跟我有任何区别吗？”说完他顿了顿，然后露出一个略带嘲讽的表情，“哦，你比我胖。”

晏归转头看向他儿子，露出了跟他如出一辙的嘲讽表情：“你以为我跟你一样吗？”

他话音一落，摇身一变，变成了一只鸳鸯眼长毛布偶猫，软绵绵地“喵”了一声，还嗲里嗲气地对自家儿子抛了个媚眼。

晏玄景看着变成猫满地打滚撒娇求撸的他爸，以迅雷不及掩耳之势连拍了十数张照片。

晏归瞬间警觉起来，火速一翻身坐正了。但为时已晚，晏玄景已经收好了手机，宛如无事发生一般拉着一脸懵的林木，推着电动车回了屋，插好电，准备把这些照片回去带给他娘亲品一品。

以他娘亲热衷于收集各种各样毛茸茸的小非人类的爱好，晏归八成会被勒令保持娇小可爱毛茸茸的样子好长一段时间。

至于这段时间能不能干什么别的事情……

那跟他这只纯白如纸、一无所知的小狐狸又有什么关系呢？

第二十七章
出外勤

林木被小人参塞了一杯果汁，刚吸了一口，就看到坐在外边抱着电脑的秦川往地上一躺，开始打滚。

“我不干了！”秦川生气地蹬着腿，“挑来挑去！还不给我工资！我不干了！”

晏归无比端庄地蹲在地上，听秦川这么一说，转手就把帝屋给卖了：“你知道吗，帝屋已经找到五条龙脉了，还差两条。”

秦川一愣，“噌”的一下坐了起来，满脸惊喜地张嘴想问，过了两秒，脸上的笑容又一点点褪下去，小声问道：“那……他身边有别的龙脉吗？”

晏归瞥了秦川一眼，说道：“你以为谁都像你，跟个黏人精似的？”

秦川一下子笑起来，挠挠头，仿佛挺不好意思的。他重新抱起了电脑，斗志十足：“来吧，甲方爸爸！”

林木吸了一口果汁，问道：“你们到底在做什么啊？”

“给聂深弄个功德收集机。”晏归说道，“大荒里要攒功德太难了，在中原搞一个比较合适。”

林木满头问号：“什么功德收集机？”

晏归抖了抖耳朵，有点不知道怎么解释。

帝休比晏归对中原要了解得多，他想了想，举了个例子：“木木，你知道哪吒被供奉三年香火的故事吧？”

“知道。”林木点了点头，“那不是影视改编吗？”

“不全是。”帝休说道，“的确是有这种方法的。”

享受人间香火，利用人类的信仰和供奉来挽救自己这种行为的确是有的，早些年人类科技还没发展起来的时候，跑到中原来自封仙人建庙造宇的非人类数不胜数。

他们躲在庙里窥探人类的愿望，如果是好事的话就去帮一手，等到人类来还愿了，就算是功德一件。虽然微小，但至少可以保证绝对不会浪费。

现今一些比较有名的寺庙也被不少乱七八糟的非人类的偷过功德。只不过如今建寺庙收集供奉香火已经不贴合时代了，再加上聂深搞出来的多少也算个事件，所以给聂深捣鼓一个代名词让功德集中会好很多，这也算是另一种意义上的庙字了。

“要搞这么大啊。”林木有点呆怔，“有必要吗？”

他这一问，帝休和晏归就倏然安静了下来。

林木抬头看看两位长辈，迟疑了一瞬：“我说错话了？”

“没有。”帝休温柔地安抚着林木，抬手虚拍了一下儿子的头，有些犹豫要不要告诉林木。

“需不需要真的搞这么大，得看聂深的态度。”晏归舔着爪子，干脆利落地说道，“他心存死志。”

林木咬着吸管，闻言一愣：“我看他今天到处乱窜挺开心的。”

“因为他无事可做。”晏归说道，他顶着一张布偶猫的脸，却显出了几许威严来，“他唯一的目的就是在中原逼出天帝，但我们不允许。”

聂深本身就对生命这个东西态度平淡，支撑着他让他没有垮掉的唯一信念就是去找天帝。

杀孽那么深重还始终执着于这件事，甚至能够挣脱帝屋怨念的纠缠，已经是相当了不得的执念了。

但来到中原之后，他的这个目标被阻止了。身上带着监控和禁制，聂深无处可去无事可做，本身也没有什么一定要坚持下去的目的。要不是晏归觉得这小辈能力挺强又看出了聂深的心态，于是给他递了根绳索牵着他走，聂深估计哪天就孤注一掷试图搞事，然后死在无人的角落里了。

“而且他还有很多事情没说呢，也不知道是被杀孽蒙住了脑子一时没想起来还是怎么了。”晏归伸出了自己的小肉垫，刚准备举个例子，就见林木蹲下来，握住他的小爪子捏了捏。

晏玄景眉头一皱，变回小只的本体，把他爹撵到了另一边去。

晏归用圆滚滚的猫眼看了看他儿子，笑了一声，继续说道：“他从来没提过蜃还没死的时候的事，也不提梦泽的事，更加没提他是怎么跟帝屋的怨气凑到一起去的。”

蜃死去之后，梦泽的雾气又持续了十数年才消散，而那个时候，聂深肯定不是刚出生不久的宝宝。

他能够说出他自己的名字，还能在无主之地活下来，虽然也很惨，但同样证明他是有相对的自保能力的。就连晏玄景这种被操练过的被扔进去之后都无数次在死亡边缘疯狂试探，混血就更不用说有多惨了。

这中间聂深有不少事没说，晏归和帝休出于对帝屋那些怨气的忧心悄悄讨论过，最后还是决定把这混血稍微往好一点儿的方向去想，就当他是被业障遮蔽了心神，忘却了很多本不该忘却的东西。用人类的话来讲，就是抑郁的人感受不到快乐，忘掉了很多美好的事情，被情绪和记忆蒙蔽了。

别的事情先不说，至少要把他是怎么跟帝屋的力量搅在一块儿的这件事给套出来。

晏归看着大大咧咧的，但内里相当谨慎，尤其是如今帝屋的怨念跟着他庞大的力量一起被扣在青丘国，负责看管镇压的人可是他老婆！

晏归的确十分信任自己老婆的能力，但该担心的还是会担心。

怨气这种东西应对起来本身就非常难以处理，何况几千年了，谁知道又有了什么新的变化。没变化也不会跟聂深凑到一起去。

不搞清楚这几千年来帝屋的力量到底有了什么变化，他们宁愿直接把那份力量炸了祭天，也不要去多碰两下。反正帝屋是不会有意见的。

而如今送到他们面前来的聂深曾经跟帝屋的力量有非常亲密的接触，晏归多精明一狐狸，会放过才有鬼了，于是这才有了给聂深搞个功德收集机的想法。

林木听着晏归解释完，知道两个长辈心里有数，于是干脆地点了点头，随他们去。

他左手搂着小奶糖，右手抱着花准备去找个容器装上，结果一转头就看到了台阶边上的盆。

那个盆里装着的明显是新土，林木不记得自己今早出门之前有把这个搬出来过。

“这盆你们谁动的啊？是要用吗？”林木转头问道。

晏玄景看了那盆一眼，第一反应就是转头看向了那个小只的告状精。

“要用的！是……”小人参刚起了个头，被晏玄景眯着眼这么一盯，吓得打了个嗝。

林木转头看向他：“嗯？”

晏玄景看着林人参，眼神充满了威胁。

小人参把话咽回去，委委屈屈地说道：“我给自己弄的。”

林木看看小人参，又看看那个盆，点了点头，上楼在房间里翻了翻抽屉，把之前买花卉营养剂的赠品水宝宝拿出来泡上。

水宝宝是一种小颗粒，放进水里就会膨胀成颜色不一的软弹小圆球，剔透柔软。小孩子基本上都喜欢这个，林木小时候也喜欢。

在等待水宝宝泡开的空档，他又找了个还没来得及扔掉的空矿泉水瓶，剪掉瓶口，把这束小雏菊插了进去。

小小的奶糖被他塞在卫衣兜里，只探出个脑袋来，仿佛在思考狗生。

小人参坐在台阶上，听着晏归支使秦川把背景音换成二泉映月，抱着花盆撑着小脸，满脸都写着忧愁，觉得这个背景音乐当真是十分应景。

林木拿了几个水宝宝出来，放到了小人参面前的花盆里。

小人参一愣，低头看了看那几个剔透可爱的小圆球，又仰头看看林木。

“好看吗？”林木问。

小人参戳了戳花盆里的水宝宝，点了点头，又变得高兴起来：“可爱！”

林木看着林人参抱着花盆钻进了玻璃房里，跟在玻璃房里享受的小非人类炫耀，他把奶糖从口袋里捞出来，疯狂搓揉至棉花糖状，说道：“不要欺负小人参，幼不幼稚。”

被看穿的晏玄景面无表情地看着蹲在林木后边，并对他发出无声嘲笑的晏归，半晌，决定撕毁跟他爹之前签订的条约，再找帝屋要一份晏归搞出八个老公的小视频，回头打包带回大荒去。

晏玄景慢吞吞地收回视线，略一思忖，觉得还不够，应该再多收集一点儿中原最近新出现的可爱的毛茸茸的物种照片，直接把晏归送上绝路。

战场无父子，休怪我狠辣无情！

林木丝毫没有察觉到这对父子的争锋。

他翻了翻心里的小本本，说道：“我听大黑说，你一开始碰瓷我，还支使他跟着你一起骗我。”

晏玄景被林木举着，沉默地跟他对视着。

林木看着被他搓揉得全身毛毛都炸起来的奶糖，毫无感情地说：“你怎么这么坏啊！”

晏玄景面无表情，没敢说什么。

林木继续说道：“你还跟我说挨打可以变强，你打我。”

帝休在那边听了，抬起头来，不赞同地皱起了眉，但随即又松开了。

这不能算错，挨打的确可以变强。

晏玄景察觉到帝休的目光，心里拉起了警报，十分冷静地说道：“晏归教的。”

被横空扣锅的晏归一愣，想起自己当时看到晏玄景捶林木时并没有阻止，又想了想自己在晏玄景小时候毫不留情暴打他的行为，一时间竟想不出反驳的话来。

“那教我飞从跳楼开始呢？”林木问道。

晏玄景毫不犹豫：“晏归教的。”

帝休和林木的目光齐齐落在了蹲在秋千上的那只弱小可怜又无助的布偶猫身上。

晏归瞪圆了一对猫眼。

我不是啊！我没有啊！别瞎说啊！明明是晏玄景这小崽子自己画风不对，怎么会是我的错！

晏归满心脏话，紧接着后颈一紧，四爪腾空，被帝休的枝条挂了起来。

老狐狸对帝休的手段是相当熟悉的，他看了一眼凑过来要把他包住的枝条，赶紧蹬了蹬腿，一反身就要跑，结果还没落地，就被帝休的枝条层层叠叠地包了起来。

林木看着包成球的枝条，隐隐约约能听到里边喵喵叫的动静。

林木转头看向他爸爸："这是在做什么？"

"大概是在幻境中被夫人殴打吧。"帝休慢腾腾地答道，"没关系，他很喜欢这个的。"

林木瞅瞅他爸脸上温柔的神情，总觉得事实应当并非如此。

他捏了捏奶糖的脸，小声问道："真的？"

用脚想都不是真的好吗！谁会喜欢挨打啊！虽然晏归的癖好的确有点怪怪的，但闺房情趣也不是真的打好吗！

看不出帝休温温柔柔、体体贴贴的样子，心竟然也挺黑的。

晏玄景沉默了好一会儿，思来想去，还是昧着良心点了点头。

死晏归不死晏玄景！晏归怎么样又关他晏玄景什么事！

林木将信将疑地点了点头，跟爸爸打了声招呼之后，又仰头看了看发出喵喵声的球，揣着奶糖转头走进了玻璃房，把明天要出的货整理出来。

在观察着晏玄景使用力量托着花盆，试图观摩学习的时候，家里几个小非人类纷纷抱着几个空盆凑过来，眼巴巴地看着林木。

林木一愣，看了看空盆里的新土，问："怎么啦？"

"我……我们也想要那个！"小羞声如蚊呐，一句话说完脸涨得通红，捏着衣角，低着头不敢看林木。

这几个小非人类，除了林人参之外，几乎从来没有主动对林木提过什么要求，就连交流都十分胆怯，更别说尝试着要求得到什么了。平时有什么事的时候，几乎都是由小人参代他们来说的。

林木有的时候想想总是躲在玻璃花房里的这几个小非人类，有种自己十分凶神恶煞的错觉，不然这群小非人类怎么老躲着他走？准确来讲好像也不单独躲着他，奶糖和帝休也被躲着，但秦川就跟这几个小非人类玩得不错，可能是因为他们不够幼稚。

林木想着，看着几个小非人类手里的花盆，微微蹲下身来，揉了揉小害羞草的脑袋。

“是想要水宝宝吗？”林木说道。

小含羞草愣了愣，没明白水宝宝是什么。

“就是那个小球球。”

“哎……”小含羞草应了一声，微微点了点头，“对。”

林木把小含羞草手里的盆放下，牵着他的小手进了屋，把这么些日子以来攒的各种颜色的水宝宝全都交给了他。

林木说道：“把这些泡进水里就可以啦，一般泡半个小时就行了，如果泡久了，它们会变形生小宝宝出来。”

小含羞草愣了好一会儿：“小……小宝宝？”

林木点了点头：“嗯。”

小含羞草满脸惊叹，小心翼翼地捧着那几袋小颗粒，转头噔噔噔下了楼。

林木看着他跑下去的背影，恍惚了好一会儿，然后露出了个笑容来。

水宝宝泡久了会生小宝宝这个说法还是当初妈妈给说给他听的，当时他的反应跟小含羞草近乎一模一样。

林木站起身来，看了一眼床头柜上立着的照片，想了想，把相框打开，把里边自己跟妈妈的合照拿出来，夹进相册里，又从相册里取出了一张自己小时候的单人照，从抽屉里翻出剪刀来。

他把自己剪下来，又抱出了所有的相册，翻找了好一会儿，挑了一张爸爸和妈妈的合照出来，把自己那张粘了上去。

林木不爱拍照，每次妈妈要给他拍照的时候他都答应得十分勉强，以至于几乎每张照片上，他都是一脸不情不愿的表情。

背后的爸爸正温柔而专注地注视着妈妈，妈妈对着镜头笑得灿烂而明亮。

林木小心地把自己的照片粘上去，粘好之后看着自己，左看右看，怎么看都觉得自己一脸不高兴的样子相当不和谐，活像是个硬生生插足在爸爸和妈妈中间的第三者。

这就算了，这个第三者在这个画面里活像个喝足了醋而不高兴的大醋缸。

林木小声嘀咕了两句，把胶水晾干，把照片扣进了相框里，轻轻合上了相框。

“反正也没法退货，就接受我当个第三者吧。”林木把相框放到了床头，欣赏了好一会儿，心满意足地下了楼。

有一根帝休的枝条轻飘飘地落在了窗台上，正站在秋千旁边跟秦川小声说话的帝休微微一顿，垂下眼露出了一个浅淡又极尽温柔的笑容。他眼中像是透着一股璀璨的水光，在日光之下宛若揉碎的钻石。

风掠过院子，擦过树梢，沙沙的响动中隐约可以听见一声微小的叹息。

秦川仰头看着帝休，晃了晃秋千，说道："笑得这么好看，你脑子里有什么奇怪的想法？"

帝休闻言，轻飘飘地瞥了他一眼。

秦川听到几声虚弱的猫叫，看了一眼那边摇摇晃晃裹成球形的枝条，抬手捏住了自己的嘴。

金秋九月，秋老虎来势汹汹。

人类这一方面磨叽了近两个月，最终还是选择了接受晏归的提议，由他们将那个声明视频发布了出去。

林木挑挑拣拣，把家里几盆长势相当不错的秋菊搬送了一些给老客户。最后犹豫再三，跟爸爸商量了一下，也给两个舅舅送了两盆去，算是稍微进行一下人情往来。还有一些品种比较普通也卖不上几个钱的，林木干脆搬了几盆到办公室里。

他在征求了吴归和大黑的意见之后，给办公室里加了一个花艺架，几个窗户的窗台外边也被他摆上了几盆垂吊绿植，一个月下来全都爆了盆，呼啦啦地垂成了一片生机勃勃的流苏。

"我今天带了几盆秋菊过来！"林木一边打开办公室的门一边说着，刚把纱袋里的几盆秋菊放出来准备搬到窗台边上的花艺架上，就听到了敲门声。

最近吴归的心情颇为不错，因为他儿子拖了这么多年的伤势终于有了恢复的迹象，他天天哼哼着一些林木听不懂的音调，红光满面的，都不用什么玄学判断，整个人就是肉眼可见的有喜事发生。

吴归上前去开了门，看到门外站着的小姑娘之后顿了顿。

小姑娘看起来十分紧张，她拿着笔，带着点胆战心惊的意思，小心翼翼地看了吴归一眼，又迅速收回视线，说道："我我我……我是来例行调研的。"

"调研的啊。"大黑说完，探头看了一眼被他突然出声吓得一哆嗦的小姑娘，嘀咕，"今年怎么派了个这么胆小的过来。"

吴归检查了一下小姑娘的工作证，想着她既然这么胆小，那就让林木去好了。

"林木！"

刚把花盆放上花艺架的林木回过头："怎么了？"

吴归冲他招了招手："你过来，陪这小姑娘去做一趟调研。"

"调研？"林木有些茫然，"什么调研啊？"

"就每年一次，这附近十几座山头的调研，主要是落实一下没有进入人类社会生活，躲在山里的非人类有哪些。没入户的记下来让他们入户，已经入户却没找到的做失踪人口处理，统计一下有多少。”

林木点了点头，懂了。

这其实是去统计一下需要销户的非人类有多少的吧。毕竟入户要管理，但很多非人类死的时候是比较猝不及防的，而且基本是被吃了，自然不可能还会来做什么销户处理。

林木洗干净手，拿过大黑给他递过来的资料，转头出了办公室，跟人类那边派下来监察统计的小姑娘打了声招呼。

“你好，我姓林，是个混血。”

“哎？”小姑娘一愣，点点头，跟林木握了个手，依旧十分紧张，“你好你好，我姓陈。”

林木对她笑了笑，转头拦了辆车。

从办公室到山里开车也需要四十多分钟，林木看到这姑娘背了个大包，知道这种统计工作估计跟出野外一样困难又累人。

“你们怎么这个时候进山啊？”出租车司机奇怪地问道，“最近这两天山里一直有雾，不安全。”

林木一愣，摸出管理处人手一份的地图，展开看了一眼，发现代表聂深的标记停留在了 A 市。

他收好手里的地图，说道：“就是因为有雾才好看嘛。”

司机嘀嘀咕咕了几句，被林木喊了声停车，下车去买了个西瓜。

正如司机所说，他们刚结账下车，一抬头就是一片朦朦胧胧的雾气。

当初由大黑他们布下，笼罩着这十几座山头的法阵并没有撤回去，因为山里有不少非人类在听说大荒已经安全之后也并没有回去的打算，准备直接在中原定居了。

非人类数量严重超标，法阵既然布下了，就干脆没有再收回去。现在他们要正规出入，都要找守阵的人登记一下，从法阵的入口进去。

林木把手里的东西都放进小纱袋里，在前边带路，小姑娘跟在他后边，从背包里掏出一堆乱七八糟的仪器，刚一打开，仪器就乌拉乌拉地发出了尖锐的警报声。

林木被吓了一跳，转过身看向她，指了指那些仪器：“怎么回事？”

小姑娘慌乱地关掉仪器，欲哭无泪：“这是危险程度的警报，这雾气有问题。”

“嗯。”林木点了点头，问她，“你第一次出外勤啊？”

小姑娘看起来吓得不轻，点了点头：“对。”

“没关系的。”林木这么安慰了一句，转头看了看那些雾气，穿过一片稀疏的树林，看到了一个搭建得十分简单的林间小屋。

他们俩走进去登记。

守阵的人类说道："山里的雾气是前两天突然出现的，目前来说还没有什么异常，也没有山里的非人类跑出来求助，但还是未知的，你们小心一点儿。"

林木点了点头，转头看了一眼紧张兮兮的小姑娘，提议道："要不……我单独去？"

小姑娘一愣，犹豫了两秒，还是摇了摇头。

林木转头倒了杯温水给她："那你先冷静一下……你现在这么怕不好的，一些小非人类最喜欢吓唬你这种胆小的人了。"

小姑娘接过这杯水，愣了好一会儿，似乎真的平静了很多。她喝完了水，重新背起了包。

他们往山里走了一段，有几个认识林木的小非人类远远地看到了他，便高高兴兴地跑了过来。

林木拿出了需要统计的文件，询问他们最近山里发生了些什么事。等到问完了，又给这群小非人类一人发了颗糖。

小姑娘被他这一串操作搞得一愣一愣的，跟在他旁边小声地问道："非人类都是这样的吗？"

林木一边划掉名字写上备注，一边问道："你以为是什么样的？"

"以前来出外勤的前辈说，这里的非人类都很倨傲，而且对人类很不友好，但我觉得还行啊……"

"嗯。"林木点了点头，"这么说其实也没错。"

只不过有他在就不一样，这里的很多小非人类通过小人参受过他的恩惠——他们刚种灵药的那段时间里，小人参隔三岔五就拎着灵药到山里来，帮他的那些小伙伴和老树朋友。没受过恩惠的，也几乎都因为晏玄景而认识了他。

"因为人类对非人类也并不怎么好嘛。"林木说道。

小姑娘跟在林木后边，也拿出了自己要登记的档案，一边打钩一边好奇地问道："你刚刚说你是混血啊。"

林木点了点头："对啊。"

"我听前辈说混血会被人类和非人类两边都容不下。"

"这个嘛……看运气。"林木说道，"我运气很好，但我认识一个运气不好的。"

"你看到这片雾气了没有？"林木问。

小姑娘点了点头。

"这片雾气就是那个倒霉鬼。"林木话音刚落，就扬声喊道，"聂深！"

林间的雾气骤然翻涌起来，过了没几秒，就给他们清出了一条道来。

这条路上一些支棱着的枯枝和碎石都被清理得一干二净，更不用说是那些垂落的荆棘和有着细刺的植物了。

林木看着这条道，有些惊讶。

聂深打从上次跑了之后就一直没有回来，这段时间里搞出来的事倒不少，不仅干了一些阻止争端的事情，偶尔也能够在一些发生了自然灾害的地方捕捉到他的痕迹。

也许是发现了功德的好处，在那个为他打造的组织问世之后，他也有意识地留下了属于他的印迹，以此来证明这些事情是他做的。

林木对这些东西其实是没有什么实感的，也根本没有考虑过再一次见到聂深的时候他会有什么变化。因为当初晏归就说了，聂深这个混血就跟头倔驴一样，一根筋不会拐弯，如果功德的力量不能让他回想起什么来，那这混血八成就废了。

但现在情况似乎并不如此。

林木迈开步子往前走，小姑娘跟在他后边，近乎惊叹地看着这神奇的画面。

林木顺着雾气给他留出来的路，在一面峭壁边上找到了聂深。

聂深坐在峭壁边上，看着下边那一片被雾气笼罩着的平缓坡地发呆。察觉到林木来了，他转过头，先是看了一眼林木，然后目光轻轻擦过跟在林木背后的人类。

那目光空茫而冰冷，就像是在看一只不值一提的蝼蚁。

小姑娘倒退几步，不敢再往前了，只找了个看起来安全的地方坐了下来，跟聂深隔着老远。

林木没说什么，他倒是觉得聂深整个人都变好了不少。

这个好，大约体现在他身上那股令人感觉到有些不适的阴沉消散了很多这一点上。

他依旧显得跟世界有些格格不入，但比起那一身阴沉沉，让人看了就忍不住避开的样子，现在这种疏离感已经好了许多了。

林木几步走到聂深边上，把半道上买的西瓜从纱袋里取出来，徒手开瓜，又拿了两个勺，把瓜分了一半给聂深。

林木挖了一勺，看着聂深学着他的样子也挖了一勺，一边吃瓜一边问道：“看起来你好像有收获？”

聂深一顿，点了点头，目光从西瓜上挪开，看向了下方被雾气笼罩的山林。

白雾蒙蒙地连绵成一片，被风推着轻柔地飘荡，山林的绿色便从这些浅浅的雾气中透出来，间或可以窥见其中几个水泽的痕迹。

"我想起了一些东西。"他看着峭壁之下的画面，眼睛一眨不眨，"想起了一些本来不该忘记的东西。"

他终于记起来，偶尔试图回忆些什么的时候，被层层血色浸透遮挡的最底下是怎么样温柔而绚烂的色彩。

他想起梦泽的天与水是同样剔透的颜色；想起鸾凤擦过天际时，燃烧的尾羽会不小心擦破蒙蒙的雾气落进水里，化作水底之火，安静而瑰丽地跃动不息；想起他跟在母亲身后蹦蹦跳跳地走着，被调皮的藤蔓绊倒的瞬间，就会跌进一片绵软的白雾之中。

然后会有人轻轻拍拍他的头，温柔地轻声哼唱着歌谣，告诉他，不痛不痛。

记忆之中的那些颜色显得有些模糊，零碎的那几个画面却十分清晰而深刻。像是破开了雾气窥见了真实的一缕，被漫长的苦痛遮蔽的温柔便异常地明晰起来。

聂深隐约能够明白自己为什么会抱有对不公的疑惑和质问了。

大约正是因为曾经拥有那样的记忆，在温柔与安全被撕裂之后，发觉了这个世界的真实，才会产生那样的疑问。若是从一开始就诞生在最混乱的地方，顺理成章地就会接受那里的规则，又哪里会有这样的疑惑呢？

会有那样的想法，是因为他曾经拥有与之截然不同的温柔。

只是后来太痛了。太痛了，还不得解脱。所以他选择将曾经的温柔一点点忘记，藏在一层一层漫长而厚重的血色之下，就仿佛从未拥有过。

聂深注视着峭壁之下的山林。

山林之中蒸腾着雾气，真实的景象在浅白的蒙蒙水雾之中若隐若现，像极了记忆之中身披白雾的柔和背影。

林木吃着瓜，顺着聂深的目光看向了他视线所及之处，半晌，问道："很像梦泽？"

聂深一怔，看向林木，微微皱起眉来："你知道？"

林木有些疑惑："我们都知道的啊，查过你的资料的。"

聂深听他这么说，有些愣怔："我有什么资料？"

"关于你的话，其实也没有什么。"林木答道，"主要是查到了你妈妈，如果不是偶然查到了她，我们都不知道还有你的存在。"

"我妈妈？"聂深下意识地重复念道，下一秒又浮现出些许茫然和痛苦，过了许久才平静下来，问道，"我妈妈……是谁？"

林木挖瓜瓤的动作一顿，转头看向聂深，愣了。

两个混血对视半晌，林木终于意识到这么多年来，被聂深自己亲手埋藏的记忆恐怕远不止一丁点儿。

林木想了想，说道：“我也不知道你想起多少来了，不过据我所知，你母亲的名字是蜃，好像就是用自己的种族来命名的。就我了解的信息来看，她应当是个很好的非人类。”

准确地来说，林木觉得蜃应当是个非常温柔的非人类。因为鸾凤所记录下来的蜃，四处都是温暖的痕迹。

在那一份资料里，鸾凤自己画了一幅梦泽的画，云雾蒸腾的水泽林间，每一个角落都美得堪称仙境。

能够留在梦泽之中的非人类很少很少，全都是性情温和不喜争斗的类型，剩余的则是一些普通的动物。于大荒来说，梦泽就是一片毫无争斗也并无矛盾的世外桃源。

梦泽的主人愿意庇佑走投无路撞进来的弱小非人类，在他们表露出攻击性之前，都不会把他们赶出去。她还愿意接纳一些虔诚乞求，想要与已经死去的亲朋好友见上一面的非人类。将那些非人类放进梦泽，收下那些对她而言并没有什么用处的所谓的贡品，然后让他们心满意足安然地出去。

“她一定是个很好的非人类。”甚至于在大荒里，她绝对是顶顶仁慈善良的那一个了。

林木这样想到。

聂深安静地听着林木说完，沉默地看了许久峭壁之下的雾气，低头挖了一勺瓜瓤，放进嘴里，甜腻的水分在嘴里炸开。

他眯了眯眼，含混着说道：“我不记得了。”

他仔细回想了许久。他想起那道身披白雾，在水泽间款款而行的背影，恍惚了好一会儿，又开口说道：“我记得她。”

林木点点头：“总会慢慢想起来的嘛。”

聂深低头吃瓜。

两个混血沉默底把瓜吃完，往旁边一放，几缕雾气飘过来把瓜皮取走。

“问你个事。”林木看着消失的瓜皮，说道。

聂深偏头看他。

“关于帝屋的力量，因为帝屋将自己的怨气剥离到力量上了，你当初带着它的时候，有觉出什么不对来吗？”林木问，“你记得吗？”

聂深微怔，眉心微拢思考了好一会儿，不确定地说道：“他……想来中原，大概。”

林木一愣：“怎么说？”

“他在找什么东西，大荒里没有。”聂深说得有些跳脱和不确定，“是他告诉我天帝更重视中原的，也是他告诉我中原跟大荒的通道位置的。”

林木想起刚见到聂深的时候，他的说法是：听说天帝很重视中原。

在聂深之前的那种状态下，这个“听说”的源头本身就很值得怀疑。

林木还在琢磨是怎么回事，便又听聂深说道：“不过因为带着他的话过于明显，所以我把他扔下自己过来了。”

干得好！

林木得到了这个答案，自己也想不出什么名堂来，把这事记下之后，就决定扔给长辈们去琢磨。

他拍拍屁股起身，准备带着后边的小姑娘继续去做统计。

看着聂深现在这个状态还挺好的，不至于出什么事，他就放心了。

聂深却抬头看了他一眼，也跟着站了起来，问：“你要做什么去？”

“工作。”林木稍微解释了一下这个工作，看了一眼山林间密布的雾气，问，“你这样，是不是山里发生什么了你都知道啊？”

聂深摇了摇头：“不去注意就不知道。”

林木想了想，把自己带来的文件打开，准备让聂深帮个忙。他伸了伸手，招呼躲在一边的小姑娘过来。

聂深扫了那个小姑娘一眼，看得对方脖子一缩，藏在了林木后边。

聂深问：“为什么会带人类来？”

林木叹了口气：“要监管嘛，不能让非人类单方面弄，万一数据造假怎么办？”

聂深看不上弱小的人类这个事他也习惯了，只不过得委屈一下小姑娘。

“你应该找山神。”聂深说道。

林木摇了摇头：“山神胆子很小，他就只跟晏玄景见面。”

其实还有别人，但都是一些乖巧无害的小非人类，山神没事最喜欢找他们打牌。但是自从大荒里来的非人类越来越多，搞得山神焦头烂额之后，山神就不太在别人面前出现了，只偶尔跑出来找晏玄景进山里去，打打牌让九尾狐刷一波存在感，镇压一下那些试图作乱的非人类。

聂深刚回来两天，也不清楚是个什么情况，干脆帮林木核对起来。

小姑娘站在一边，看看这个又看看那个，忍了忍，没忍住，小声说道：“确认死亡是要收集死亡证据的。”

林木和聂深齐齐一愣，转头看向小姑娘：“死亡证据怎么收集？”

“残骸、灵魄或者目击者。”小姑娘严谨地说道。

聂深微微偏过头去：“大荒里的非人类不会留下残骸和灵魄，目击者也不会剩下。”

小姑娘一愣："为什么呀？"

"因为别的生灵的血肉和灵魄对于非人类来说其实都是食物。"林木解释道，"目击者同理。"

所谓的目击者，就是目睹事件发生之后自己却没有什么事情的亲历者。可是在大荒的非人类眼里，目击者是不可能存在的。

"基本上是不会有的，会藏在旁边看完全程的，不是准备捡便宜的黄雀，就是被相争的两方里强大的那一个盯上了，跑不了的。"

小姑娘闻言，脸色白了白，抿着唇不知道说什么了。

其实放在以前还好，以前是没有残酷到这种程度的。但如今青要山这一串山峰里，数量众多的非人类中，十个里有九个是从大荒里来的。

他们是因为弱小而被驱赶出家园，不得已选择了到中原来。在大荒里，他们算是很弱的那一批，但来到中原，他们就是落入羊群之中的豺狼虎豹了。

倒不是说他们的力量有多强大，而是他们远比在中原长大的非人类凶戾，作风血腥彪悍许多。虽然中原的非人类也不讲究什么人类的规矩，但到底还是不如厮杀着长大的大荒非人类的。要不山神也不会焦急得像个陀螺，生怕有强一点的非人类闹起来，炸个山头什么的就是动动手指的事。

"不过也不一定。"

林木看了看周围，说道："非人类的目击者没有，不是非人类的应该有不少。"

林木指的是那些生出了灵智却还没有化形的草木。

小人参带他认过，林木一边回想着，一边转身往前走。

小姑娘跟在他后边也迈开了步子，聂深看着他们俩的背影，目光最终落在了那个小姑娘身上。

这个人类出乎意料的警觉，仿佛背后长了眼睛似的，紧了紧背上的背包，几步蹿到了林木边上，简直就像一只跟在妈妈屁股后面试图寻找安全感的雏鸟。但她胆子实在太小了，连主动出声都不敢。

聂深面无表情地看了好一会儿，抬脚跟了上去。

林木转头看了一眼慢腾腾跟在他们后边迈步的聂深，说道："你别吓唬人家。"

聂深可有可无地应了一声，收回了视线，几步追上了林木，说道："再说一些我母亲的事。"

"我了解得也并不是很多啊。"林木有些无奈，"你不如去问晏玄景，不过我觉得晏玄景也了解得不多，你不如考虑去找一找那个把蜃记录下来的鸾凤。"

聂深觉得有道理："鸾凤的消息呢？"

"我回头帮你去查查。"林木觉这个很好解决，"这个记录在这里，她肯定来过中原，跟这边有过接触的。”

聂深刚要点头，就瞥见一直跟在他们身边的那个小姑娘紧张得眼睛都瞪得溜圆溜圆的，手里的手机屏幕刚刚熄灭，脸上还带着几分焦急。

聂深微微眯了眯眼，身形骤然消散，与周围的雾气融为了一体。

但在他消失之后，小姑娘的紧张也没有褪去多少。

聂深收回了视线，藏在雾气里，跟在他们身边。

察觉到自己身上的视线不见了，小姑娘心中松了口气，抬手捏了捏自己的耳垂努力放松，过了好一会儿才凑到林木边上，小声问道：“那个……你们刚刚说的鸾凤，是什么呀？”

林木答道：“是一种非人类。”

“你们调查她做什么呀？”她问。

“没什……”

林木的话刚起了个头，聂深便倏然出现在小姑娘身边，手搭在她肩上，按住了她，他把她手上的手机抽出来，低声问道：“你跟鸾凤是什么关系？”

林木一愣，发出了一声短促的疑惑：“什么？”

聂深把手机塞给了林木，林木看了一眼，发现正在通话中，上边显示的备注是“妈妈”。

第二十八章
梦泽画卷

小姑娘显然没料到还会有这样的情况，她懵了两秒，原本拿着手机的手缩了缩，仰头看着扣着她肩膀的聂深，半晌，吸了吸鼻子，呜呜地哭了出来。

面对一个哭泣的小姑娘，聂深不为所动。

他面上神情毫无波动，重复问道："你知道鸾凤，你跟她是什么关系？"

林木看了看小姑娘，又看了看聂深，开口说道："你手劲轻点。"

聂深闻言，微微偏过了视线。

"会痛。"林木提醒道。

聂深似乎有些不解，但还是微微收了些力道："她痛不痛跟你有什么关系？"

"万一她是鸾凤重视的人类呢？"林木说道，拿起手机在小姑娘面前晃了晃，干脆对电话那头问道，"你好？"

电话那头沉默了两秒，还是传来了应答声："你好。"

是一位女性，声音十分平和清越，听起来只让人觉得非常舒服。

小姑娘抽噎的动静一停。

林木看了一眼聂深，又问道："我们没有恶意，请问你是陈小姐的……"

"我就是鸾凤。"对面出乎意料地干脆，开门见山地说，"你们要找我？"

林木和聂深一顿。

林木看了看备注上的"妈妈"两个字，又看了看正吸着鼻子眼泪汪汪的小姑娘，迟疑了一瞬，说道："我看着……陈小姐应该是个人类？"

"这不关你们的事。"电话那头的鸾凤说道，"你们是谁？"

林木抬头看了一眼聂深，问："先确认一下，你……您是从梦泽里出来，将蜃写入记录里的那位鸾凤吗？"

电话那头沉默了许久，才轻声说道："是我。"

"那太好了。"林木微微松了口气，"您还记得蜃的孩子吗？如果他的记忆没出错的话，名字应该是叫聂深。"

林木话音刚落，电话那头就传来一阵丁零当啷的混乱声响，似乎是有什么东西被撞倒了。

鸾凤的声音带着几许轻颤，小心翼翼地问道："那孩子还在吗？"

“在的。”林木说道，干脆地将手机交给了聂深。

聂深拿到手机愣了好一会儿，才把手机举到耳朵边上，眉心微拧，半晌也没说出点什么来。

林木看着他这副如临大敌却又有点不知所措的样子，决定给聂深留下点空间，转身去轻推着小姑娘离开了这里。

小姑娘已经不哭了，但还在抽泣。她往前走着，带着未褪的哭腔说道：“那是我的手机。”

“聂深等下会还回来的。”林木说道，他又仔仔细细打量了一遍这个小姑娘，有些奇怪，“你怎么看也不像是非人类啊。”

胆子那么小，还是隶属于人类那边，见到个非人类就跟老鼠见到猫似的，往非人类聚集的山里走，还要依赖人类开发的机器来探查，怎么看都是普普通通的人类。

小姑娘低声嘟哝：“我爸爸是人类。”

“混血？”林木一愣，“混血怎么会没被发现？”

小姑娘紧了紧背上的背包：“我想陪爸爸一起变老，所以妈妈暂时把我非人类的血脉取走了，等爸爸走了再弄回来。”

林木闻言，点了点头。

他的确是听说过这种操作，只不过真要做起来十分困难，需要很长的时间和相当精细的控制。

“这样啊。”林木点了点头，有点羡慕，“真好。”

小姑娘被他这话说得有点奇怪，转头看向林木，眼睛还有点泛红，含混道：“什么真好？”

“能跟爸爸和妈妈在一起啊。”林木说道。

如果当初爸爸没有出事，他应该也会想要这样做，不然放妈妈一个人变老也太寂寞了。

林木一边想着，一边寻找着之前小人参带他去见过的那些已经开了灵智的树。

小姑娘跟在他身边，小心地看他两眼，低头看看路，又小心翼翼地看他两眼，嗫嚅着问道：“你爸爸妈妈不在吗？那个聂深也是吗？”

林木对她笑了笑，没有答话。

小姑娘低下头，专心致志地看着眼前的路，沉默了好一会儿，又开口说道：“其实我知道蜃，给妈妈打电话也是因为听到你们提起了蜃。”

林木一顿。

“妈妈说，蜃是个很好很好的非人类。她当初还是颗蛋的时候，被别的非人类从窝里偷了出来。后来那些非人类打起来了，她掉进梦泽里，蛋壳碎了，她一出生就先天不足，是蜃救了她，还给了她栖身之地，让她能够好好成长起来。”

林木安静地听着，又听小姑娘小声问道：“那个聂深……是蜃的孩子，他过得不好吗？”

“具体我也不太清楚，也许你可以自己去问问他，或者是问问你的母亲，当初发生了什么。”林木说道。

小姑娘应了一声，不再说话了。

鸾凤经常跟她讲当年梦泽里的事，但对于梦泽之外的大荒始终讳莫如深。她总是千叮咛万嘱咐女儿，遇到了非人类一定要小心小心再小心，如果是遇到了从大荒里来的非人类，就直接用法宝逃命。

在小姑娘眼里，她妈妈几乎是无所不能的。正因为无所不能的妈妈反复耳提面命，她在非人类面前才会这样胆战心惊。

但妈妈也总是会说起那个温柔而仁慈的非人类。

蜃在小姑娘的心里是一个极其完美的童话般的形象，温柔、瑰丽、强大，寄托了所有她关于美好的幻想。现在这个最美好的幻想的孩子出现在她眼前了，而且看起来情况有些不好。

蜃死了，她知道。蜃的孩子身为一个混血，不管是不是在大荒里，大概都不会多好过。

她低头看着地面，想着前辈偶尔提起的混血的处境，想起妈妈反复提及的要当心非人类，想起刚刚林木和聂深理所当然地说起非人类厮杀的事情，心里有些难受。

林木只觉得小姑娘有些沉默，也并没有太往心里去。

他好不容易找到了几棵树，询问过情况之后，解决了一大堆档案。

山间发生的事情除了瞒不过山神之外，还瞒不过这山间的草木。

林木听着一棵老桃树对他抱怨：“最近雾气太重了，虽然那个非人类来了之后山里平静了很多，但是雾气这么重真的不适合我们生长啊……”

林木摸了摸老桃树的树枝，大中午的，树枝上还一摸就是一层湿漉漉的水珠。

老桃树还在抱怨：“他又听不懂我们讲话，林木你能不能帮我们告诉他，至少中午到晚上这段时间别这么弄了，这样下去我感觉我明年都要结不出果子了。”

“好。”林木点了点头。

“不过也别就怪他，他来了之后，山里的一些非人类说晚上闹鬼，又摸不清虚实，就不太敢闹事了。”老桃树说着，抖了抖一树的水珠，老气横秋地道，“这点你要夸夸他。”

林木一边应着，一边给小姑娘遮住滚落下来的水珠。

小姑娘低声说了句谢谢。

老桃树停住了抖动，他庞大的根脉嗅到了几丝熟悉的气息，提醒道：“那只九尾狐来啦。”

林木轻咦一声，把手上的档案收好，转头四顾，在一片薄雾中找到了晏玄景的身影。他着一身玄色的长袍，划破了白蒙蒙的雾气，缓步而来。

小姑娘对于这种出场稍显诡异的角色产生了十二万分的警觉。

她转头问林木：“那是谁？”

“嗯……”林木想了一下词汇，答道，“朋友。”

林木看着晏玄景走过来，有些疑惑：“你怎么过来了？”

“大荒有信过来。”晏玄景答道，他的目光轻飘飘地略过那个小姑娘，扬了扬手里的信件，“听说你要找山神。”

林木先是点了点头，又问：“你听谁说的？”

“等着。”晏玄景没答林木的话，左右看看，转头循着气息去找山神去了。

实际上，他是从小人参那里知道这事的。

他正在屋顶上懒洋洋地晒太阳，小人参迈着小短腿冲进院子里，急吼吼地大声喊了一句：“林木在山里跟一个人类姑娘约会！”

据说这话是山里一朵小雏菊告诉他的，而小雏菊又是从杜鹃花那里听来的，杜鹃花又是听一株山茶提起的。

林木若有所思地看着晏玄景的背影，抬手拍了拍老桃树，问道：“你们是不是背地里悄悄说了什么？”

老桃树抖了抖枝条：“我听那些小家伙说你在跟小姑娘约会。”

林木：你们这些树怎么这么八卦，是太阳不好晒还是露水不好喝？

小姑娘眼看着晏玄景走远了，放松了一些，小声问道：“他是去做什么了？”

“找山神。”林木答道，“山神对山里的事情了解得比较多，只不过不爱出现在人前，我是找不到的。”

晏玄景带着山神回来的时候，林木看了看山神，发现他一副迷迷瞪瞪没有睡醒的样子，连走路都摇摇晃晃的。

林木扯了扯晏玄景的衣袖：“这是怎么了？”

“这几天没见阳光。”晏玄景答道。

不见阳光的天气里，山神就是会比较没有精神。

“我没事。”

林木看着山神这么说完，迷迷糊糊地接过了他手里的档案和笔，跟喝醉了似的，摆了摆手，十分豪迈地说道:“问题不大！稳住！”

话音刚落，整个神就扑倒在了地上，呼呼地睡了过去。

林木把落在地上的东西都捡起来拍掉泥，转头看看狐狸:“我觉得稳不住？”

晏玄景掀了掀眼皮，抬手往雾气里一揪。

周围的雾气骤然翻滚起来，就像是快放镜头下的退潮一般，笼罩着青要山十几座山头的雾气以肉眼可见的速度渐渐退却。阳光重新铺洒在山林间，林木几乎可以听见草木愉悦的欢呼声。

聂深揣着手机，被晏玄景直接从雾气里揪了出来。

狐狸慢条斯理地收回手，对从晏归那里新学来的小把戏相当满意。

聂深似乎还有些没反应过来，他愣了好一会儿，将手机交给了小姑娘，看了看坐成半个圈的这三个人，迟疑了一下，上前坐在了无人的那边。

山神挣扎着醒过来，看着眼前这几位，茫然了两秒，一拍手:“可以凑一桌麻将了。”

“我们不是来打牌的。”林木也听晏玄景说过山神的癖好，率先开口说道，“我们来做定时调研。”

山神恍恍惚惚地回过了神，拍了拍自己的脑袋，嘀嘀咕咕地接过对方手里的档案和笔，开始回忆起来。

林木看着那边正在跟山神核对情况的小姑娘，往晏玄景身边挪了挪，凑到他耳边小声地说明了一下聂深回想起了一些东西的事情。

林木说道:“刚刚我们联系上鸾凤了。”

聂深坐在一边发呆，听到他们对话里提及自己了，才缓缓回过神来，将目光投向了晏玄景和林木。

“鸾凤约了我过两天见面。”聂深说。

“在哪儿见？”

“就在这里。”聂深说完又闭上了嘴，目光落在小姑娘身上，微微皱着眉，试图从她身上想起点什么来。

等到山神跟小姑娘核对结束时，天色已经渐渐暗了下来。

有山神帮衬，效率非常高，哪怕是提起要去现场看一看，山神也能直接带着她瞬间到达地点，再用仪器一查，基本上就八九不离十了。这种调研本来是一两个星期才能完成的，现在一整天下来就结束了，让人有种不真实感。

小姑娘看着手上的档案，挠了挠头，感觉自己可以给自己偷偷放个假。

几个非人类把小姑娘送到了市区里，提醒道："鸾凤过两天会过来。"

"哎？好的。"

小姑娘点了点头，又看了看走在他们后边的聂深，犹豫了好一会儿，还是一咬牙，从包里翻出了一个小小的本子形状的挂坠，大步走到聂深面前。

聂深下意识地后退了两步，然后又觉得这种退缩行为相当丢脸，于是停住了脚步。

小姑娘把那个挂坠给了他，闷闷地说道："给你。"

聂深接过了挂坠，一抬眼就看到小姑娘转头快步跑着离开了。

林木看了一眼对于人家小姑娘的举动毫无波动，只是低头自顾自地翻看着手里那个挂坠的聂深，上前去告诉他把这个挂坠的扣子打开。

聂深点了点头，跟在林木他们背后回到了院子，他留在院子外边，看着手里的挂坠，犹豫了好一会儿，还是拉开扣子，把那个小小的本子打开了。

一幅庞大的画卷骤然在他眼前展开。

水泽与天幕都是碧青的颜色，阳光落在水雾之上，晕出数道巨大的彩色霞光，草木隐约可见，池底静静地燃烧着一些本该与水不容的鲜红火焰。鹤与鹭鸟站在沼泽边悠然昂首，诸多水鸟停在水边的芦苇地里，将头埋进羽翅之中安静地休憩。鸾凤展翅擦过水泽之上的天际，成为这一片通透如翡翠一般的梦泽之中最为艳丽的颜色。

更近处的大泽边上，芦苇与浅浅的灌木茂盛肆意地生长，那里有一个残破的渡口，渡口上站着一道身影。她长发如瀑，披着白雾，微微仰起头看着擦过天际的鸾凤，面目模糊，几乎与这一片如画般的梦泽糅成一体。

聂深愣怔地看着这幅画发起了呆，直到林木左手一只布偶猫右手一只小狐狸，头上还挂着一条龙跑出来，他才倏然合上了那个挂坠。

林木把聂深说的关于帝屋那点怨气的事情告诉了他爸爸和晏归，顺便也拨通了帝屋的电话，同时告诉了他。

晏归毫不顾忌形象地舔着爪子，问聂深："跟你确认一下，你记得你是怎么跟帝屋搅上的吗？"

秦川生气地翘起了尾巴："什么叫搅上！你有没有好好学过语文！"

"闭嘴。"晏归一爪子把他从林木脑袋上扇了下去，转头看向了聂深。

聂深回忆了好一会儿："是他找上我的。"

"他？主动找你？"晏归问。

聂深点了点头："我从昆仑虚回来的路上，听到有人问我想不想去见天帝，说他可以帮我，然后我顺着指引就找到了帝屋。"

准确来讲，是帝屋的力量和怨气。

晏归掐着自己的小爪爪，煞有其事地说：“哎，以我多年的经验来看，八成是怨气这么多年下来，生了灵智了。”

帝休若有所察，说道：“他在找东西，发现大荒没有，所以想来中原。”

“在找帝屋本尊呗，他肯定恨死帝屋了。”晏归懒洋洋地晃着毛茸茸的大尾巴，对林木手里的手机幸灾乐祸，“杀了你，他就是本尊。”

电话那头的帝屋十分冷静：“你帮我炸了他。”

晏归本身也是这么打算的，但如果怨气有灵智了，那几乎就相当于帝屋的半身。

这个概念就不一样了。

“炸掉也可以。”晏归说道，“但是他没了，因果会算到你头上的，你顶得住？”

电话那头的帝屋看着刚到手的最后一块本体，再感受一下自己比之巅峰时几乎只能称之为菜鸟的力量和摇摇欲坠的神魂，只感觉眼前一黑，从来没想过还会发生这种搬起石头砸自己的脚的破事。

顶又顶不住，打又打不过。

帝屋深吸一口气，神情肃穆地点开了自己的手机相册。

看来只能拿小视频威胁晏归当保镖来勉强维持一下生命安全了。

在电话还没挂断的时候，林木的手机叮叮当当地收到了几十条消息。

他看了一眼，发现全都是帝屋发来的。

“你发了什么啊？”林木一边问道，一边打开了聊天窗。

屏幕瞬间被一大堆小视频刷屏，手机自动播放了最后一条，是晏归趴在窗台上晃着九条尾巴，跟对面一户人家养的哈士奇隔空对吼。

晏归大惊失色：“关了！”

林木听话地关掉了视频，刚一关就听到电话那头传来帝屋的声音：“从科技方面来讲，人类值得赞美。”

晏玄景在一边端庄地坐着，面无表情地看着他爹，无声地在心里给帝屋点了个赞。

不愧是晏归多年的朋友，这种抓到了把柄就直接把人送上绝路的行为简直跟晏归如出一辙。果真是物以类聚人以群分，看到晏归被反杀的感觉实在是令人身心愉悦。

多年来深受晏归之害不愿透露姓名的小晏先生对此表示非常满意，甚至决定把自己小金库里攒着的上好灵药分给帝屋一点儿。

帝屋最好还是别死，不然他以后上哪儿去看晏归的热闹。

晏归以迅雷不及掩耳之势挂掉了电话，旁边甩着尾巴等着跟帝屋聊会儿天的秦川被他挂电话的行为震惊得两眼溜圆，紧接着整条龙的鳞片都炸了起来。

“你挂电话干吗啊！”

晏归不理他，无情地把手机屏幕按熄，看了一眼转头就去缠着林木哭唧唧的秦川，扭头看向了自家儿子。

“你娘亲来信了？”

晏归鼻子贼灵，晏玄景刚回来的时候他就嗅到了自家老婆的气味。

晏玄景点了点头，把信件拿了出来。

信件上除却开头两句随口提及了一些如今青丘国的现状之外，通篇都是在说最近大荒又出了什么八卦。实际上，作为青丘国的实际管理者，真正要干的事情并不算特别多。

青丘国算是大荒顶流中数得上号的国度了。正是因此，人才也是很多的，光是九尾狐一族里能做事的就不少，以至于会闹到国主这里来处理的事情反而比很多需要事事躬亲的小城小国要少。

文职这方面多的是靠头脑吃饭的非人类，把整个国度梳理得井井有条，武力这方面就更不用说了。

国主的位置更多是一个象征和一个保护罩，也是一份责任。简单来讲，就是全国唯一指定背锅位。下属做错事了，背锅的是国主；国家出事驰援不及，背锅的是国主；与别国交涉和平友好关系失利，背锅的是国主。

普通非人类是不懂那些弯弯绕绕的职位的，反正有什么不对，让国主背锅就完事儿了。而相对应的，专业背锅的国主所享受的待遇也是相当不错的。

不过即便如此，九尾狐一族里也没几个想坐这个背锅位的就是了。

晏归这个国主这么多年下来当得还挺不错，除了喜欢往外跑还喜欢浪之外都挺好的。

反正在青丘国的非人类们看来，只要别像上上一代国主那样惹一屁股风流债然后拍拍屁股开溜，搞得举国上下满城风雨摇摇欲坠的，随便怎么造作都是好国主，要求可以说是非常非常低了。

所以同样，青丘国的非人类们对于他们这个行事作风比国主还浪上好几倍的王后，也都是哄着宠着好好供着的。就比如信件上说，最近不少非人类都想来找青丘国的麻烦，因为青丘国里收着最近搅风弄雨的那个非人类。搞出这么大的事情，总要给出个交代来的。

而晏玄景的娘亲的处理方法极其风骚。

她说：想见那个非人类，可以，要么讨好我，要么谁拳头硬谁说话。

她的武力值在大荒也算是数一数二的了，跟她水平差不多的懒得管这件事，水平不如她的又打不过她。

但青丘国这话既然放出来了，如果那些非人类退缩了，那放哪儿都没脸，于是只好硬着头皮上。狐狸娘也相当干脆，她把族里最新一代的年轻狐狸全都撵出去跟那些非人类打车轮战了。

她每天白天看打架，晚上看美人跳舞，隔三岔五能收获一些非人类送过来的毛茸茸的小动物，甚至还拉上了她的小姐妹一起天天聊天吹牛，对别的国家跑过来的非人类和美人指指点点，过得不要太美滋滋。

晏玄景看着信上通篇在评价哪个国家的哪个非人类身材不错脸不错，哪个非人类非常适合给咱们族里的小狐狸当童养媳，哪个非人类又特别火辣热情令狐爱不释手，字里行间还关心了一下在中原的崽崽有没有吃好睡好，却没有提晏归一个字。

看完整封信，晏玄景再转头看向晏归，发现他爹已经团成一个毛球，似乎自闭了。

晏玄景沉默了好一会儿，难得良心归位，问道："要不……你回去？"

晏归没说话，一团毛茸茸的毛球动了动，过了半晌，抬起头来，整张猫脸都在发光："诶嘿！你娘亲必然是寂寞了想激我回去！"

晏玄景：我觉得不是。

晏归美滋滋地晃了晃尾巴："不行的啦，帝屋这小子虽然学坏了，但是这么多年情谊在，我还是得管管他。"

知心挚友可遇不可求，走一个少一个，这么多年下来，还能随意地跟他乱开玩笑肆意放飞的兄弟，一个巴掌都数不满了。

晏归唏嘘地叹了口气，变回人形，摸出手机来，看了一眼那边正在跟聂深聊天的一大一小两棵帝休，带着点满足的意味微微笑了笑，然后点开了手机游戏，火速沉迷了进去，掐着嗓子一口一个小哥哥喊了起来。

晏玄景看着他爹，觉得如果他娘亲来了中原，八成也会跟晏归一样沉迷游戏，到时候他们情绪上来了，说不定还会表演一下二女抢一男的激烈戏码。或者他娘亲可能会表演一个横空杀入的原配男朋友，跟他爹来一场轰轰烈烈的捉奸大戏。

这么多年来，这种操作他已经看腻了。这两个戏精根本就是半斤八两，全家只有他这只幼小可怜无助的小狐狸是靠谱的。

晏玄景收回了视线，扫了一眼信件上写的那些毛茸茸的小非人类，摸了摸自己的手机，转头回屋进了书房，开始研究打印机怎么使用。

这么多年下来，中原里多出了不少新的物种，有许多大荒里没有的，晏玄景觉得都可以给他娘亲打印一份传回去。还有一些并不毛茸茸但也很可爱的，同样可以发过去一份。反正他幻术不过关，回头不是娘亲跑过来看，就是晏归回去的时候被勒令变成这些小动物给她看看。横竖这锅落不到他头上，那这照片自然是多多益善。

林木那边跟聂深说了明天去给他买台手机方便联系，转头发现晏玄景不见了，被小人参告知晏玄景在书房之后，小步跑着也进了书房。

他还没有谢谢晏玄景今天来帮忙的事。

林木打开了书房的门，看到晏玄景一边搜索一边研究着打印机，蹭过去探头问道:“你要做什么？”

“打印照片。”晏玄景答道。

林木把电脑和打印机电源打开:“彩印吗？”

晏玄景点了点头。

林木把晏玄景的手机拿过来，连上电脑，一边挑照片一边好奇地问道:“大荒一般是怎么弄照片的呀？”

晏玄景一顿，摇了摇头:“没有照片，通常是画像。”

林木一愣:“那从生活便利和娱乐项目的程度上来说，是不是还不如中原？”

狐狸一时间被问住了，他不知道应该怎么说。

因为大荒的生态构成，那里的生灵始终都以提升个人力量为主，这些工具基本上是没有什么人会去研究的。就比如耕地劳作，在非人类眼中随便一个术法就可以解决的问题，自然不会去琢磨工具。这对非人类而言是外物，而外物除却法宝之外，在他们眼里都是毫无助益的东西，更别提什么丰富的娱乐活动了。

活着就很艰难了，还想什么娱乐呢？更何况人类眼中的娱乐，放在非人类眼里其实挺莫名其妙的。

比如那些极限运动，跳伞啦，翼装飞行啦，探险啦，退一步比如摩天轮、过山车、鬼屋之类的，在他们眼里是很日常的事情，一点儿意思都没有。

晏玄景想了想，答道:“强大的非人类不需要，弱小的非人类没有为之服务的必要。”

“那我以后去了大荒，不是要无聊死了？”林木感觉自己抓住了盲点，“连手机游戏都没有，那你们一天天的除了搞事，根本就没有别的事情干了吗？”

林木这么一说，晏玄景觉得竟然很有道理。

以前晏归没事干，天天不是蹲在宫殿屋顶上晒太阳就是出去浪，但现在……

他偏头看了一眼外边沉迷游戏的晏归，突然有点怀疑晏归是不是因为在中原太快乐了才不想回大荒。而且说实话，中原这些年来的变化着实是太惊人了。

不说远了，就在百年前，随随便便把一片山脉夷为平地这种力量还是非人类和修行者的专利呢。现在，那些在他们眼中弱小得不值一提的人类也只需要动动手指就可以做到了。

要不是聂深闹出这么大动静，让他们从大荒来到中原了，他们也不会对人类如今的情况有一个多清楚的认知。

“虽然你说弱小的非人类没有为之服务的必要……但是讲实话，非人类里占比最大的不就是那些弱小的非人类吗？强大的非人类才是凤毛麟角，按理来说最后也依旧是弱小的非人类服务于你们啊。”林木一边说着，一边按下了打印键。

晏玄景看看林木，若有所思。

的确，人类如今的社会模式的确有值得学习的地方。

他拉了条凳子过来，拿了纸笔，坐在林木身边，写下了一些想法，琢磨着他娘亲要是闲着没事干的话，也许真的可以试着计划个惊天动地的大改革。别的不说，至少和平安稳的日子是很少有生灵能够拒绝的，看看那些来了中原之后就不愿意回去的非人类就知道了。虽然他们来了中原之后也依旧作风彪悍，在山里闹出了不少事，但只要有比他们强大的人管着，他们就会安静下来。

大荒最大的问题就是，只要出一个野心勃勃喜欢搞事的大物，就能轻易搅乱一池浑水，飞快地推翻一两个国家是极为轻松的事情。推翻了之后人家又不会接锅，导致失去秩序重新变成无主之地的地方就会重新混乱起来。

聂深就是如此。

而人类能够这样大致平稳的维持规则，是因为人类个人能力的天花板有限，只要限制得住武器，哪怕出一大堆天才也不会动摇整体。

怎么处理这个问题，晏玄景暂时是想不到的。他还没有正儿八经地上过这类课程，于是就把想法粗暴地写下来，决定把这种事情干脆地扔给他爹妈去思考。

林木探头过来，看了看信件上的内容，微微一怔：“我就随口一说，你当真了啊？”

“你以后要去大荒。”晏玄景一边写着，一边平静地说道，“我希望你能高兴，不管在哪里。”

林木愣了半晌，含混着说道：“我很高兴。”

“嗯？”晏玄景应了一声。

“我现在有爸爸，有你，有帝屋还有小人参他们。”林木努力睁了睁眼，强调道，“我已经很高兴了，不要因为我去改变什么……”

可是我想让你更高兴一点儿。

晏玄景想。

院子里，晏归按熄了手机，撑着脸说道："林小木脸皮真薄，一点儿都不像你。"

帝休否认道："我脸皮不厚。"

晏归冷笑一声："你脸皮不厚，不厚你能一见面就缠着人小姑娘，跟在她后边当跟屁虫？"

帝休实事求是："我当时只是想出去。"

"是啊，就出个森林的时间你就把人小姑娘拐上了。"晏归对帝休指指点点，十分唏嘘，"我怎么就没跟你一样脸皮这么厚呢？"

帝休沉默了两秒，说道："你不能因为你追夫人追了四百年就对我进行人身攻击。"

晏归哼一声："你又不是人。"

帝休从善如流："树身攻击也不行。"

聂深坐在他们边上，将目光从那个挂坠上挪开，抬眼看向帝休和晏归，显得有些茫然。

晏归嘀嘀咕咕地凑在帝休边上继续玩手机，而帝休发觉了聂深的目光，问道："怎么了？是不是又想起什么来了？"

聂深迟疑了一下，还是摇了摇头："没有……只是没想到强大的非人类会是你们这样的。"

帝休见过的非人类其实也不多，他被以晏归为首的一堆大族非人类保护得很好，而晏归他们出现之前，找到他本体边上来的非人类，态度都被他的力量安抚得相当温和。

于是帝休问："你遇到的非人类是什么样的？"

"欺软怕硬，趾高气扬。"聂深想了半晌也没想到什么更合适的词汇，最终只能总结道，"很坏。"

晏归靠着断木毫无形象地坐在地上，懒洋洋地插嘴道："很多小非人类的确是这样，一些强大的非人类也是这样，我们俩不能代表整体。"

帝休点了点头："不能以偏概全，除了那些能够羽化登仙的圣人以外，有智慧的生灵都不可能只有一面性格，就说晏归，他在面对外人的时候并不是这个样子。"

晏归闻言，得意地轻哼了一声。

青丘国国主这么多年来虽然浪名在外，但也没有几个非人类有胆子因为他那个浪荡的名声就真的把他当成一个很随便的非人类。

聂深低头看了看手里的挂坠，问道："那你们见过我母亲吗？"

“你母亲太孤僻了，没见过面，只听过一些传闻，传闻做不得真。”晏归摆了摆手，“你有问题还是留着问鸾凤吧。”

聂深收回视线，打开了那个挂坠，看着静止的梦泽画卷发起了呆。

第二十九章
帝屋的怨气

第二天，在目送着林木去上班之后，晏玄景回到书房里，把信整理完，准备连带着厚厚的一沓照片去山里送信的时候，晏归悄咪咪摸进了书房。

晏玄景不动声色，手上动作飞快地拿了个文件袋盖住了那一沓彩印照片，抬眼看向走进来的晏归，问道："做什么？"

"给你娘亲带封信啊。"晏归说着摸出了自己已经写好信件，说道，"我觉得你娘亲会很喜欢现在的中原。"

晏玄景看了看晏归："她不喜欢人类。"

"不喜欢长得不好看的人类而已，可惜人类大多平平无奇。"晏归说着，大大咧咧地往椅子上一坐，一眼就看到了晏玄景还没来得及包起来的信件。

这信件有些厚度，内容也不少，晏归扫了一眼，有些惊讶："你平时话那么少，怎么写个信这么啰唆？"

因为不只是单纯的信。

晏玄景不想跟晏归说话，却见晏归拿起了他写好的东西，微微偏过头来："我能看看吗？"

晏玄景顿了顿，下意识地点了点头。

点完头晏玄景才发觉这是晏归少有的会征求他意见的行为了——他一贯是我行我素的，想到什么就直接做了，很少会去顾忌别人的感受，至少晏玄景就没觉得自己的感受有被晏归多放在心上过。

晏玄景看着认认真真翻阅起他书写的信件的晏归，沉默了好一会儿，终于重新去拉了条凳子过来，坐在了晏归对面，打量着难得露出认真神情的晏归。

晏玄景听他娘亲说过，当初晏归死缠烂打四百多年，她正眼都没给过一个，纯当晏归是个臭弟弟，天天在她面前跳来跳去，要不是那张脸实在是长得好，早就被她一巴掌糊墙上抠都抠不下来了。

最后她选择晏归的原因简单得不能再简单了，因为她有一次意外看到有非人类找到了晏归求他帮个忙。用晏玄景娘亲的话讲，就是晏归瞬间就跟脱胎换骨了似的，完成了从哈士奇到头狼的完美蜕变。

晏玄景没怎么见过晏归认真的样子，除了他还很小很小的时候，被别的非人类在自家宫殿里暗算，差点死掉那一次。但那个时候他还太小，都记不太清事，至今只能从一些书册的记录上窥见那段时间里晏归雷厉风行的手段，以及当时举国上下人人自危的氛围。

“你这个，是想试试改变大荒？”晏归放下了手里的信件，问道，“出发点呢？”

晏玄景倒是一点儿都没有掩藏的意思，十分直白地答道：“林木。”

晏归反应很快，马上就明白了晏玄景的意思。他肯定是担心林木不适应大荒，所以就干脆尝试着着手把那些林木会不适应的地方改掉。

年轻，晏归想。

但晏归一点儿都没觉得这个出发点有什么问题，甚至还觉得儿子果然是他儿子，心里美滋滋的。

要是晏玄景说他心怀天下，想要开创一片河清海晏的太平盛世，晏归才会觉得他脑子是不是哪里不对。

“难。”晏归很干脆地说道。

“我看过人类的近代史了，他们从第一次工业革命到现在也才三百年不到。”晏玄景说道。

非人类真要做起来，应当可以更快才对。

大荒的话语权，归根结底是掌握在少数一些大人物手里的，正儿八经想要做事情说难不难，说容易也不容易，就是需要联合而已。

晏玄景并没有接触过这方面，晏归看看自家儿子，觉得是时候跟他说一说这中间的利害关系了。

晏玄景头一次跟晏归针对这类事情有交流，也是头一次觉得晏归这只老狐狸有了“父亲”这一具体形象。要说以前晏归在晏玄景眼里是个什么样子，用两个字来形容，大概就是“傻子”了。毕竟打从他记事以来，晏归在他眼里就没干过什么靠谱的事，比如跑到别的非人类领地里喝得烂醉如泥赖在别人家里不走这种事，晏归隔三岔五就要来一次。

以前是没有人领他回来的，但后来晏玄景嫌丢人，每次都会定时定点地去找自家亲爹，把爹拎回来。

晏玄景觉得自己性格跟爹妈两个都南辕北辙，八成就是小时候经历得太多，被生活磋磨至此的。

他一边想着，一边顺着晏归的说法，给之前写的大纲做出改动，到最后收手的时候，已经是下午了。

晏玄景把手里的东西收好，顺便把他爹的信件也放进袋子里，目光扫过手边那一沓厚厚的彩印照片，迟疑了一瞬，有点犹豫要不要寄回去。

晏归推了推小人参送上来的水果和点心，吃了块西瓜，得意地对着晏玄景摇头晃脑：“臭小子还是太嫩了，你怎么就没继承你爹我这一身几乎要透体而出的聪明才智呢？”

晏玄景面无表情地看着瞬间变回原样的晏归。

“有的时候我真怀疑你的技能点是不是都点在脸上了。”

晏归看着废掉好几版的大纲，唏嘘叹气，然后摸出手机来点点点。

晏玄景扫了一眼，发现晏归点开的是某款著名女性向换装手游，而晏归眼都不眨一下，一挥手就下了好几单。

“你现在花的是我的钱。”晏玄景说道。

晏归抬眼看看自家儿子：“胡说八道！分明是林木的！”

“不是。”晏玄景纠正他，“准确来讲，是帝屋的。”

晏归手上的动作停都不停，特别理所当然地说：“我帮他这么多，花他点钱怎么了？！”

“你说得对。”晏玄景点了点头，然后神情如常地把那一叠彩印都拿上，转头离开了书房。

你搞我这么多年，我搞你几次怎么了？

晏玄景进了山，把手里十分厚实的资料交给了负责送信的非人类，想了想，又从自己的小纱袋里翻出了一堆当初买来的毛毡玩具，在送信的非人类略显惊悚的注视下，一股脑儿交给了他。

聂深跟在林木后边在管理处报了个到。

他就跟上次来的时候一样，安静无声地找了个角落坐下来，看着挂坠之中的画卷发呆。

大黑轻轻捅了捅林木：“他怎么回事啊？我看他情况比上次来的时候好多了，怎么反而更自闭了？”

林木也不知道怎么说，那毕竟是聂深的私事。他只好摇了摇头，表示自己什么都不知道。

他能做的事情也不多，上了二楼资料室把跟蜃和鸾凤相关的资料都拿了下来，跟聂深分着看。

这么一查，林木发现鸾凤是五百年前就在另外一个单位里登记入户了的，这么多年下来帮着做了不少事，还拿了许多人类那边给她颁发的特殊奖章。

“看起来是个不错的非人类。”林木小声说道。

聂深安静地翻着资料，没有应答也没有说别的话。

大黑竖着耳朵听着他们这边的动静，忍不住凑过来瞅了一眼：“你们在查鸾凤啊？”

林木转头看了聂深一眼，而聂深只是专注地看着跟蜃有关的资料。于是林木看向大黑，问道：“你见过鸾凤吗？”

“见过，长得挺好看的，性格也好，就是……”大黑挠挠头，“老是买醉。”

吴归在那边搭腔道：“她有了孩子，近几年已经好很多了，你是没见过她刚来中原的时候，才化形不久吧，成天泡在酒坛子里，问她怎么回事吧，也不说，就是哭。”

林木一怔，聂深在那边抬起头来，看向了吴归。

“那是怎么回事，她后来说了吗？”林木问。

“说是自己太无能，有恩有仇都无处去报，求遍了三界，连恩人的孩子也没找到。”说到这里，吴归抬眼看向了聂深，这才想起来聂深就是蜃的孩子，而鸾凤的恩人，正是蜃。

思及聂深的经历，他一咋舌，一时间有些不知该说什么才好。各人各有各自命，运气这种事，上哪儿去说理去呢？

聂深只是平静地听了，平静地点点头，仿佛已经接受了这一切一样，收回落在吴归身上的视线，继续看起了眼前的资料。

林木趁着午休去给聂深买了一部手机，教会他基础操作之后，聂深就无师自通地学会了如何使用其他功能。

林木再见到聂深是在两天之后，他站在林木家院门外边，找到了正探着几根枝条跟林木和几个小非人类玩橡皮筋的帝休。

帝休落在他面前，看着他，眉头微微皱了皱。

“我见过鸾凤了。”聂深说道，“她跟我说了一些事情，我也想起来了一些。”

鸾凤说蜃当年被卷入两个大物的争端之中是天降横祸，无妄之灾。

整个梦泽都是被城门失火殃及的池鱼，蜃死后，那两个在梦泽边上打起来的非人类也没有活多久就死去了。那个时候鸾凤先天不足，还没有修炼到家，蜃死后，她在偌大的梦泽里找了两年都没有找到聂深。

蜃把聂深藏起来了，谁都找不到。

仇人尸骨无存，亲人也早已经无影无踪。聂深孑然一身这么多年，却从来没觉得什么时候比此刻更加空荡孤寂。

他低头看了看自己的双手，说道：“我是被母亲藏在了梦泽之下，那里很安全，是母亲诞生的地方，处处都是幻象。”

蜃这种非人类自水泽幻象之中诞生，本身就虚无缥缈，甚至不能称之为生灵，但天地之中总能生出惊人的奇迹来。

蜃就是那个奇迹。

幻象所成的非人类，不同于任何有形之物。蜃本身也跟外边那些生灵所成的非人类没有什么共同语言，自己蹲在自己的一亩三分地里，过过日子也很开心。

可她太特殊了。这种能够将自己与虚空化作一体，不会被人发现却又无处不在的非人类，实在是太特殊了。

触手可及的奇迹总是容易招人觊觎。他的母亲很强，尚且年幼的他却极其弱小。

聂深想起来了，想起母亲把他藏在了哪里，想起是谁把他从安全的地方哄骗出来，将他骗进了无主之地，想起是谁在他浑身怨气冲天的时候，恰到好处地出现在他耳边，对他说我们是一样的。

那个声音对他说——我们是一样的，被丢弃在这里，人人都要杀我们，天地不管，不如干脆先下手为强。

聂深想起那个把懵懵懂懂不知所措的幼小的他勾出梦泽去，一路哄着他前往无主之地的声音，抬眼看向帝休，说道："我知道怎么处理帝屋的那个怨气。"

"我会杀了他的。"聂深说话的语气平静无波，宛如一潭死水。

帝休沉默许久，轻叹道："不要用你的命去换他的。"

"谢谢。"聂深干巴巴地扯了扯嘴角，看了帝休好一阵，说道，"你们都很好，要是我能早点遇到你们就好了。"

可惜他的运气向来糟糕。可是运气这种事，他上哪说理去呢？

"青丘国——从青丘国西城出来，往正南六百里，有个叫帝休谷的地方。"帝休看着聂深，温声说道，"你要是无处可去，就去那里。"

聂深张了张嘴，说了声好。

他话音未落，身形骤然一散，乘着风向着山中的通道去了。

帝休在原地发了一会儿呆，终于轻轻叹了口气。

林木刚从楼上跑下来，一下楼就发现聂深已经不见了。林木探头探脑地看了一圈，还没来得及说什么，就被帝休遮住了视线。

帝休伸手，将林木虚抱在怀里，嗅着林木身上与自己同源血脉的气息，恍惚地想着幸好幸好。

幸好他的孩子不曾经历那些，幸好林木没有数百年孑然一身遭受蹉磨。

林木下意识地觉得气氛有点不对，他小声问道："聂深呢？"

"他回家了。"帝休轻声说道。

林木听着帝休的话，还是觉得有些不对。

“他哪有……”

他哪有家可以回啊？

林木这话还没说完，就自己咽了回去，愣了老半晌，说道：“他回大荒去了？”

“嗯。”帝休点了点头。

林木从帝休怀里退出来，跟神情有些异样的帝休对视了好一会儿，最终还是不能装成不知道的样子。他问道：“他做什么去了？”

帝休看着林木坚定的模样，抿了抿唇，他下意识地想要将这类事情跟林木隔绝开来。

在帝休看来，他的孩子已经遭受了很多他这个年纪本不该遭受的事情，不需要再增添灰暗的颜色了。

不论是他或帝屋，还是晏归与晏玄景，都下意识地在林木面前把许多严重的事情淡化下来，用尽量轻松的语调讲给他听，仿如对万事胸有成竹。可实际上这世间哪有那么多轻轻松松就能做好的事情，帝屋那边时时刻刻都是一步踏错就会落入万丈深渊。

万事都有意外，谁也不知道什么时候意外就会落到自己头上，而作为长辈，他如今能够做的更是少之又少，仿佛只能做到将这些事情阻拦在林木的认知之外。他缺席得实在太久了，如今想要补偿林木缺失掉的那些东西，他也不知道来不来得及，但至少，他想要尽量给林木一段安然无忧的快乐日子。

他尽量不给林木添麻烦，能由他来解决的事情就不交给林木，时不时用自己的力量为他的孩子抚平忧愁。

有长辈的小家伙不需要烦恼太多，在这件事上，所有的长辈都是这样想的。包括聂深这件事上，他也是如此做的。

林木察觉到了什么，在帝休眼前晃了晃手，嘟哝：“别瞒着我啊，爸爸，我又不是小孩子了。”

帝休一怔，看了林木好一会儿，终于露出个小小的笑容来。

“就是小孩子。”他说道，却并没有再瞒着林木，说道，“他大约是去找帝屋那个怨气的麻烦了。”

几千年下来，被帝屋抛弃的力量和怨气到底是个什么模样，有了什么变化，他们都是眼前一抹黑的。他们所知道的，有且仅有晏归之前提及过的事，也就是帝屋的怨气让当初很多将他的力量瓜分掉的非人类坐立不安这件事。准确来讲，是偶尔会发生暴动，就像一个不定时炸弹一样。

帝屋的力量相当强横，而能够生活在帝屋的力量之中的非人类，都是些相对弱小平和的家伙，对帝屋辟邪的天赋的抵抗能力比较高一些。但正因此，在帝屋的怨气暴动的时候，这些非人类的抵抗能力就相对弱了，总会被怨气影响，死的死，疯的疯。

怨气对各种生灵的影响实在很大，就连之前封山时闹鬼，大家也都以为是聂深带来的怨气作祟。

但大荒广阔无垠，生灵众多，他们的死对于上层非人类来说就是毛毛雨一样的事情。这些损失跟帝屋的力量所能带来的清净灵气和环境比起来，不值一提。

“怨气生了灵智，那些暴动十之八九是他在寻找脱离镇压、重获自由的方法。”帝休说道。

他虽然并未真正地在混乱的大荒之中生活过，但晏归和别的朋友没少带各种书册和竹简来给他看，对于这类可能会被他们忽略掉的信息，帝休反而要敏锐得多。

聂深的运气实在糟糕，或者说，蜃的运气实在糟糕。

帝休垂下眼来，觉得蜃的死也有很大可能是那股怨气造的孽。不然怎么就能这么巧，在蜃死去之后，那股怨气还能摸到梦泽底下去。要知道，连在梦泽里生活了数百年的鸾凤都不知道梦泽底下还有一片天地，可见蜃将自己的退路瞒得有多好。

存在了几千年，甚至于都生出了灵智的怨气，想要挑唆两个强大的非人类打起来并不十分困难，更别说哄骗一个懵懵懂懂什么都不知道的小混血了。那怨气一开始指不定是想要宰了蜃取而代之的。

想想就知道了，梦泽的主人向来独来独往，能力特殊，存在感也并不是很高，尤其擅长伪装和隐藏。作为最需要伪装和隐藏起来，以免被发现别的非人类发现镇压或者灭杀的怨气，自然会对蜃这个非人类的天赋动心。

但是蜃活着时太强，罪孽极少，清清白白的一身，死去之后更是直接化作了笼罩整片梦泽的雾气，数十年未散。

没有实体，怨气自然不可能取代她，所以目标自然而然地就落在了当初小小一只、拥有蜃的血脉又不像蜃一样死去之后就烟消云散的小混血身上。

把聂深忽悠去无主之地扔着不管这么多年的原因也想得到，是想让这个什么都不知道的小混血惹上浑身怨气和杀孽，等到因果落下来，聂深死去，他就可以取而代之。

等他有了身躯，又拥有了蜃的能力，天上地下六合八荒，哪里去不得，又哪里有人拦得住他？管他在找什么东西，在找谁，只要自由了，总归是找得到的。

“更何况……”帝休长叹一声，“我们其实并不知道这怨气到底是只有一个，还是有许多个。”

怨气生灵智这种事情非常少见。

通常来说，的本身就身负怨气的生灵死后不得超度，从而才会变成怨灵，他们的目的性相当明显。

怨气生灵智则不然，一团毫无灵智的怨气，一般来讲要么是渐渐消散，要么是被别的怨灵吞噬掉化作他们的力量，不管怎么讲，都不可能自己化形。

先例倒也不是没有的，晏归就见过，只不过怨气这种东西相当好针对，所以怨气哪怕是化形了，也很难闹出什么名堂来。

闹得整个大荒都不得安宁的，这还是头一个。

当初那些非人类瓜分帝屋的时候，可是物尽其用，生怕自己吃一点亏。所以帝屋被扒得面目全非的，不只是本体和灵体，就连力量也被拆了。

失去本体驱使的力量就跟天地灵气没有什么差别，而怨气也相当好处理，镇压或者灭杀二者选其一，只不过帝屋的怨气跟力量紧紧纠缠在一起，所以当时的非人类们都干脆地选择了镇压。谁知道这一镇压，能镇出几千年后这么一档子事来。

这么一想，那些被聂深端掉的城池和国度的名单里，当年那些对帝屋动手的非人类的领土几乎全在上边。

帝屋本人对此是相当幸灾乐祸的，还没倒霉到自己头上的晏归也挺幸灾乐祸，也就帝休隐约猜测到了聂深这档子事之后，有点忧心忡忡。

毕竟之前因为太好处理了，谁都没特别去注意过怨气化形后到底有些什么手段，而这一次的怨气还带着帝屋的力量。

这本是不应该的。因为帝屋的力量本身就是御凶的，而说到凶，第一个想到的自然就是怨气。

他也不知道应该怎么处理。

林木听着，张了张嘴，问道:“那聂深要怎么处理他？”

“直接杀死……”

或者跟怨气融为一体，然后自戕。

跟怨气融为一体，因果就都属于他一个人了，跟帝屋再无瓜葛。

帝休没有把后边那个选择告诉林木，因为他觉得聂深恐怕会选择后者。

从见到这个混血的时候起，帝休就没从他身上看到过什么活气，在聂深见过鸾凤之后就更是如此了。

整个人都仿佛已经接受了一切不公与伤痕，平静得如同昏暗处已经死去多时、即将枯竭掉最后一点儿残迹的井泉，风吹不动，也映照不出别的什么景象。

林木直觉帝休有话没说。他迟疑许久，终于还是没有再继续深挖，只是问道:

“他会死吗？”

帝休不知道，他只是捋了捋林木脑袋上被他放出来晒太阳的小树苗。

小树苗在亲近血脉的爱抚下抖擞着精神，努力地晃下了一点点荧光，落在帝休手上，带来几许甜丝丝的暖意。小小的，微弱的，才刚刚萌芽的属于帝休的力量。

所以说，还是小孩子。

林木毫无所觉，歪头看了看帝休，说道：“我听到您之前跟他说帝休谷了，所以他是不是会去那里？”

帝休点点头：“也许。”

“那也挺好的。”林木说道，“我在梦里见过帝休谷，太阳好大，有聂深蹲在那里挡太阳刚刚好。”

帝休一怔，忍不住带出些笑容来，向他点了点头。

“对，的确挺晒的。”他赞同道。

林木看着帝休不再是那副心有戚戚的恍惚模样了，松了口气，扯开了话题：“那咱们给聂深弄的那个组织呢，怎么整？”

“会交给帝屋去做。”帝休说道。

万一聂深那边没弄好，也好让帝屋早点做好背锅的准备。

林木觉得这么着也挺好，两手准备以防万一。

“那我先去上班了。”林木说着，把冒出头来的小树苗按回去，想了想，又抬手虚虚地拍了拍他爸爸的脑袋，在帝休满脸的疑问中说道，“事情不要想太多，船到桥头自然直，各人各有各自命……总之，过去的事情就让它过去吧。”

帝休有些哭笑不得地看着自家儿子，欲言又止，最后只说了一声好。

林木满意了，推着电动车离开。

已经发生的事情总是反复去想，去后悔，是没有用的，身处现在，总是挂念着以前的事情，就容易自怨自艾。未来的事情也没必要经常去想，未来多长啊，谁能想得完，当下的事才是最正经的事。

林木推开了办公室的门，跟吴归报备了一声聂深回了大荒的事，去花艺架那边捣鼓了一下已经要开花的几株秋菊。

办公室的门被重重地推开，撞在墙上发出“哐”的一声，震天响。

林木被惊得一个哆嗦，偏头看过去，看到一个哭得梨花带雨的小孩子从外边冲了进来，扒着大黑的大腿，哭喊道：“帮帮我！我哥哥疯了！他要死了！”

大黑也被吓了一跳，他把小孩儿拎起来，抽了张纸给他擦眼泪，问道：“你先说说怎么回事？什么疯了，你哥哥是谁啊？”

“我是前段时间从大荒里来的非人类，听说大荒那边事情解决了，我和哥哥觉得中原好，就想去接爸爸妈妈他们过来。”

那个小孩子哭哭啼啼地说道：“但是他回来的时候不仅没接到爸爸妈妈，还把自己关在房间里，我今天闻到血腥气，里边好多血！哥哥把自己的手脚都弄断了！我还看到了一个好大的通道！”

“通道？”

小孩子吸了吸鼻子：“就是大荒跟中原那种！”

“中原和大荒那种？”林木下意识地重复了一句，反应过来之后骤然抬头看向了办公室里另外两个非人类。

大黑和吴归也反应了过来，豁然起身，动作熟练而迅速地收拾起东西，桌椅抽屉咚咚啪啪的一阵响动。

大黑一边收拾一边问道：“怎么回事？种族、名字、天赋还有身份证号都报上来，还有你所说的大致情况，说得详细一点儿。”

小孩儿对大黑这种公事公办的态度也没有什么意见，见他们没有不管之后，就坐在一边，忍着哭腔绷着一张脸，认认真真地报出了大黑要的资料。

林木在大黑的示意下拿电脑查阅了一番这小孩儿报出来的资料。

这小孩儿他爸是个血魔，妈妈是只灵猫。血魔跟灵猫都挺邪性的，前者的血脉是从很早的时候传下来的，是富含力量的血液中生出的非人类，浑身的力量也都在一身血液之中。

至于灵猫，也是大荒里非常常见的一种非人类。但灵猫的天赋向来千奇百怪，还曾经有二尾猫和九尾猫的传说。

林木点开查到的资料，顺着点进了小孩儿母亲的资料里。她登记的天赋是传送。

这种天赋几乎不能称之为天赋了，稍微有点门道的非人类都能学会缩地成寸或者飞翔的术法。

他们的资料看着平平无奇，因为本身并没有来到中原，只是当时两个孩子需要落户，所以只做了粗略的登记。

林木转头问道：“你和你哥哥也会传送？”

小孩儿转过头，看着林木愣了两秒，目光扫过林木手腕上白色的腕绳，点了点头：“对，我跟哥哥是从青丘国边境搬出来的，来了这边之后偶尔会帮少国主做一做传信的差事。”

林木沉默好一会儿，问道：“你们说的传送是什么样子的？”

“就是……一般来讲，速度很快的非人类通过通道需要一星期或者更久一点儿，而我们可以在通道里穿梭，来回大概三天就足够了。”

林木张了张嘴，觉得这个天赋说是传送也太屈才了，明明就是能穿透空间的能力。这么强悍的能力被用来送信，也不知道晏玄景他们是没发现，还是根本就不知道这么一回事，只是单纯地觉得这非人类脚程快。

毕竟就连这个小家伙自己也对自己的能力完全没概念的样子。

“你是青丘国来的？”林木问道，“你最近这两个月帮晏玄景送过信吗？送去青丘国呃……王后手上的。”

小孩儿点了点头：“哥哥送过。”

糟了。

林木转头看向皱着眉的大黑和吴归。

吴归想起这小孩儿跟他哥哥的血脉，眉头皱得死紧：“你哥哥是用血开了个传送通道。”

小孩儿一愣，打了个哭嗝：“他……他是真疯了吗？”

“没有。”林木看着已经收拾好了的大黑跟吴归，紧抿着唇，焦虑地搓着指尖，说道，“我大概知道是怎么回事，带上镇压和消除怨气的东西以防万一吧。”

吴归一顿，有些疑惑地看了一眼林木，大黑倒是毫不犹豫地一伸手就拉开了另外一个抽屉，动作麻利地翻找起来。

林木也拉开了纱袋，摸出几块阵盘和一些长辈们塞给他的宝贝，往大黑那边推。

大黑目瞪口呆地看着林木跟个哆啦 A 梦似的一个接一个地往外掏各种各样的法器，突然就觉得自己仿佛根本就没有认识过林木一样。

他这些东西都是哪儿来的？！林小木不是一个孤苦伶仃弱小可怜的孤儿吗？！晏玄景对林木再好也不至于大方成这样吧！

大黑感觉自己头上柠檬罩顶，整只狗都酸得直打站。

吴归一边整理着东西，一边思考着林木的话，而后开口说道：“是聂深？他不是回大荒了吗？”

“不是他。”林木说完，犹豫了一下，偏头说道，“应该是帝屋的怨气。”

吴归和大黑齐齐一愣，掏了掏耳朵：“什么？谁？”

“不是帝屋，是帝屋的怨气。”林木把该掏的东西都掏出来，给两位被他瞒得死紧的同事鞠了个深深的躬，“非常抱歉，瞒了你们这么久。”

吴归扫了林木一眼，把东西全带上，一把捞起坐在凳子上的小非人类，示意他指路，而后偏头对林木说道：“边走边说。”

林木点了点头，快步跟在他们背后，摸出手机来：“我先打个电话。”

吴归问："给帝屋？"

林木顶着大黑不敢置信的目光，充满歉疚地点了点头："是的。"

吴归摆了摆手，示意他打就是。

大黑作为全场最耿直最无辜的那个，整只狗都木了："怎么回事啊？林木打电话给帝屋？他跟帝屋认识？他……"他说到一半话语戛然而止，然后一拍脑门，"怪不得帝屋每次都跑得那么及时，我们追不上！林木他……"

吴归倒是见多识广平静得多："换个方面想，如果不是林木，帝屋可能在我们第一次追上去的时候就把我们给宰了。"

也是。

大黑闭上了嘴。

"而且你不知道，林木的血脉很厉害，虽然我看不出来是什么，但是能够遮蔽星星的非人类，绝不是什么简单角色。"吴归抱着怀里的小非人类，一边顺着他的指路飞快地前进，一边询问具体状况。

林木跟在他们身边刚拨通电话，听了吴归的话，摸了摸鼻子，神情有些讪讪的。还没能学会什么法术的他只能加快脚步，速度快到刮出一阵残影。

小非人类轻声说着自己家里的情况："我出门的时候家里的电话打不出来，我也进不去房间，哥哥躺在那里，好多血……"小非人类说着又是一副要哭起来的神情，"他是不是死了？"

吴归十分冷静："血魔的后代，除非血液里的力量都被榨干了，不然只是流血是不会死的。"

小非人类抽抽噎噎的，其实也知道这么回事。他们并不算特别强，小时候没少遭受别的非人类的欺负。后来多亏了母亲和父亲的天赋和种族特殊，能维护青丘国的边境城池一片区域的安稳，一家才被那座城池的管理者纳入麾下，终于从疲于奔命之中安定下来。

他自然也知道自身的特殊性，不然也不会选择扔下哥哥跑去求助。

真正让他惊慌的，还是那个排斥他进入的房间和那个像极了中原跟大荒之间通道的大洞。

小非人类说道："我还看到好多黑黑的东西从洞里冒出来，雾蒙蒙的……"

林木听了这话，心里咯噔一下，正巧打给帝屋的电话接通了。

帝屋那边听着很热闹，林木隐约听见了几声笑声，很是耳熟。

帝屋一接通电话，张口有气无力地喊了一句："大侄子，什么事啊？"

"你现在在哪儿？"林木问。

帝屋摸了摸自己兜里的烟，十分忧愁地说道："我本体什么的收拾完了，现在在你家。”

“告诉你一个坏消息。”林木说道，“你的怨气可能跑过来了，应该是他挑动了青丘国那边的信使，直接利用他在两边开了个通道。”

帝屋闻言神情一肃，脸上愁眉苦脸的神情霎时一收，抬手按住了秦川正要凑过来的脸，把他推到了一边，对着院子里喊了晏归他们一声。

帝屋飞速地把林木的话转述了一遍，按开了免提，问道：“你确定了吗？”

林木答道：“还不能确定，我正在往那边赶。”

帝屋抬眼，正准备看向另一个贤侄，就发现晏玄景不知道什么时候已经不见了，一抬头就看到远处一道玄色的背影瞬间消失在视野之中。与他同时消失的，还有小院门前一大块种着朝暮的地皮。

晏玄景掀了一大块地皮，带着朝暮去找林木去了。

帝屋收回视线，说道：“你小心一点儿，晏玄景去找你了。”

“好。”林木在那边点点头，远远地看到了一栋居民楼，楼底下围了一圈人，警笛乌拉乌拉地响着，看着相当的热闹。

顺着这群人的目光往上看，约莫十三层楼的居民楼顶上站着一道人影，似乎是要跳楼。

几个非人类仰头看着居民楼顶那道身影，眯了眯眼。

这栋居民楼周边环绕着一层极浅的混沌灰色，散发着森冷的气息和让人透心凉的杀意。

他们走到人群边上，便听到有人百无聊赖地说道：“怎么还不跳啊，都等这么久了。”

“对啊，太阳晒得很。”

“磨磨叽叽的，跳不跳嘛。”

“就是……”

林木看了一眼他们，发觉那点灰色已经不知不觉地将人群给笼罩了，但在即将触及他的时候，又像是撞见了什么天敌一样倏然褪去。

林木一怔，正要跟旁边的两个同事讲这件事，结果一张口，居民楼里就传来了一声剧烈的响动。

有玻璃被人从房子里撞碎了，一位女性伸出大半个身体，被压在碎玻璃支棱的窗户上，但她似乎丝毫感觉不到疼痛一样，目眦欲裂地死死拽着把她压在窗户上的男人。

有血滴下来。

人群骚动了一瞬，出乎林木预料，竟然欢呼了起来。

他们像极了在看什么美妙剧目的观众，并为这意料之外的戏码而感到惊喜和高兴。

林木愕然地看着他们，浑身发冷。

吴归把小非人类往他怀里一塞，说道：“你都知道是怨气了，怎么还摆出这副样子？”

林木接过小非人类，哆嗦了一下，转头看向吴归：“是怨气做的？”

吴归点了点头，动作麻利地隐藏起身形来，火速放下了几个阵盘，顺便对林木说道：“问问帝屋应该怎么处理。”

林木这边电话还没挂，听到吴归这么说之后，慌忙喊了帝屋一声。

帝屋在电话那头听着林木这边热闹的动静，问道：“情况很糟？”

“不太好。”

林木话音刚落，一股常人无法窥见的绿色火焰便“呼”地蹿了出来，燎过了人群头顶，烧尽了笼罩在人群之中的灰色雾气，火舌吞吐着，洋洋洒洒地往居民楼里烧了进去。

林木还没回头，便被晏玄景伸手拉到身后护住。

九尾狐微微仰着头，看着朝暮的火焰所笼罩的范围，微微皱了皱眉。

他带来的还是太少了，跟这些怨气比起来，朝暮的火焰虽然不会熄灭，但并不能动摇什么。

“他还没有完全过来，当时跟聂深动手的时候的力量远不及此。”晏玄景说道，但也没有进去的意思。

他在等长辈们那边做决定。

帝休抿着唇，说道：“先封住，让人类先都撤出来，那个通道是什么情况你们有数吗？”

“没有。”林木从晏玄景身后探出头去看了一眼。

“不确定是否稳定的通道很危险，随时都会断裂或者爆炸。”帝休的眉头皱了起来。

在这种通道爆炸的时候，哪怕是晏归过去了都是不死也要脱层皮的下场，没有谁应当为此付出生命的危险。

“那这样，以防万一人类先撤，我们就让他完全过来。”晏归干脆地说道，丝毫不拖泥带水，“他多半是来找帝屋的，就算不是，遇到了帝屋也肯定会追过来。帝屋你去当诱饵，把他勾到山里去，进了山就算闹起来损失也不会很大。”

电话两边有那么一瞬间的寂静。

帝屋转头看向晏归，深吸一口气，威胁道：“我要是出事了我绝对不死绝，为了你后半生的幸福，我劝你再思考一下。”

“思考个屁！还不都是你搞出来的。”

晏归抬脚就踹了过去，拿过帝屋的手机，挂断，而后撩起了袖子，把朝暮都刨出来扔到一边，支使帝屋：“你带着帝休先去山里恢复一下本体，等我先把林小木这个宝贝院子给挖掉藏起来。”

不然回头怨气闻着味儿过来，狂性大发把林小木的院子给毁了……

到那时，不止林木会发疯，估计帝休也离疯不远了。

这毕竟是帝休的妻子唯一留下来的东西，晏归设身处地地换位思考一下，觉得这换了他，他肯定是要发疯的。

那多不好。

这世上帝休就这么俩，要好好爱护才行。

至于帝屋这种，只要不死就完事了，谁要照顾帝屋这个事儿精的心理健康！我照顾了他，谁来照顾我啊！

晏归想起帝屋那一相册的黑历史就来气。

他嘀嘀咕咕地掀起了地皮，一丝不漏地把整个院子连带着地底八米的土全挖起来，举着比他人形大了几百倍的庞大土块，直奔着中原大地大西北空旷的大草原而去。

第三十章
打架还是打麻将

林木对自己家被物理意义上的端掉了这件事一无所知。

他站在最前边，看着吴归一连打了好几个电话，紧接着停留在这里的警备力量就开始疏散起人群来。

过了没两分钟，又开来了两队警察。

晏玄景偏头看了一眼那边的人类，示意大黑把林木抱着的小非人类领走，然后拉着林木直接跨过了警戒线，站在人群最前边。几个警察见状要过来，吴归和大黑抬步走上前去，摸了半天摸出一个证件，交给了那几个警察。

林木被晏玄景拽着，抬头看了一眼那边，对晏玄景把他拉到最前面来这件事有些疑惑："怎么了？"

晏玄景微微低下头来，手里摸出好几个阵盘扔出去，偏头看向林木，说道："怨气遇到你会退避。"

林木看了一圈周围灰色的混沌，发觉这些怨气的确都绕着他走，恨不得离他远远的。

"我能做什么？"林木问。

"慢慢来。"晏玄景说着，将手掌贴上了林木的背。

林木还没有学会怎么主动运用力量，现在真要他帮忙了，就稍微有些麻烦。

晏玄景垂眼看着林木，林木也看着他，完全没有一点儿防备的意思。这样的信任，在大荒之中是极少有的。

晏玄景的目光微妙地挪开了一瞬，又重新看回来，忍不住提醒道："别太相信别人。"提醒完他顿了顿，又补充，"我除外。"

林木听他这么说，没忍住，露出了个笑脸来。

晏玄景偏开视线，将目光落在被法阵限制却蠢蠢欲动地想要突破的怨气上。

林木感觉有什么沁凉沁凉的东西从贴在他后背的手上传递而来，在四肢百骸中流淌着，让他忍不住打了个寒噤。

九尾狐的力量并不算温和，哪怕晏玄景已经尽力压抑收敛了，但还是让林木在青天白日大太阳底下冻得脸色发白。但好在很快，晏玄景就引着林木的力量融入了法阵之中，眼看着那些怨气骤然缩进了居民楼的某一层中，九尾狐迅速收回了手，翻出好几棵灵药来给林木补充体力和温度。

晏玄景身上暖烘烘的，太阳也不遗余力地散发着自己的热度。他一下一下地拍着林木的背，抬眼看了看怨气缩回去的地方，又偏头看向了吴归。

吴归环视周围一圈，发现刚刚相当混乱的情况变得好了许多，于是在自己的工具箱里摸出了一件东西。

林木打着哆嗦探出头来，问："接下来要怎么做？"

"把楼里剩下的人也弄出来。"吴归对这种事情处理得倒是相当熟练。

今天是工作日，留在这个居民区里的人本来就不算特别多。再加上刚刚有人闹着要跳楼，这个并不算多大的小区里剩下的那些人几乎都跑出来看热闹了，里边剩下的人数两个巴掌就数得过来，随便下个暗示就出来了。

旁边的小非人类安静地看着他们忙碌，紧抿着唇，忍着泪意，被大黑抱在怀里，小声地说道："我……我哥哥怎么办啊……"

林木听到他的小声询问，看向了晏玄景："我们要进去吗？"

之前打电话的时候还听爸爸说很危险。

"不用。"吴归看了林木一眼，然后从工具箱里取出了一架无人机。

林木表示自己跟非人类相处久了，已经忘记人类科技的便利程度了。

林木安静地闭上了嘴。

无人机飞进了小区，畅通无阻地进入了他们的目标楼层。

楼道和屋子里四处都是灰黑色的雾气，浓郁到几乎要变成流淌的液体，几乎占据了整个屏幕，隔着屏幕都让人感到心中有一股难以言明的焦虑和烦躁油然而生。

紧随着这股烦躁的，还有一点儿莫名的危机感和压力，让林木浑身鸡皮疙瘩都立了起来，背后沁出一阵冷汗。

镜头里除了灰黑的颜色之外没有别的东西，吴归换成了热感摄像，那一片灰黑倏然褪去，终于零零星星地看到了一点别的颜色。

晏玄景扫了一眼显示屏，迅速抬手遮住了林木的眼睛。

旁边的小非人类看到了画面，呜咽了一声。

热感画面中的一个角落里，在几点代表热度的红色边上趴着一个已经冷成了蓝黑混杂的人形。

凉透了。

而那几点红色也在以肉眼可见的速度变淡，最终消失在画面之中。

道行很浅的大黑背过了身，叹着气把小非人类的目光也遮住了，皱着眉头说道："这也太厉害了一点。"

吴归赞同地应了一声，但转念想想，帝屋这个怨气比他这个三千多岁的老乌龟的年纪还大了将近一倍。积攒了五千余年的怨气，能不厉害才有鬼了，尤其是它还能带着帝屋的力量。

帝屋的力量是会让非人类感到相当难受的，林木如今也算是半个非人类了，也能够察觉到这种被克制感。

林木小声嘀咕："帝屋当初把怨气分离出去的时候，就没想过会有这种结果吗？"

"不会想到的。"晏玄景说道，"因为按理来说，他的力量跟怨气是冲突的，用不了多久就能够将怨气消弭殆尽才对。"

这也是当初觉得分离起来太棘手就干脆选择了镇压，并且没有把怨气往心里去的那些非人类的想法。谁都没想过会发生这种事，就连帝屋自己都没想到。

林木感觉自己身体回暖了不少，又不敢去看屏幕，便左右四顾起周围的情况来。

普通人类已经被疏散开了，吴归在估算过如果发生意外可能会波及的范围之后，人类那边干脆利落地把这一整个区的人类都紧急撤离得一干二净了。

作为隔三岔五就要遭受自然侵害的国家，对这种灾害类的预警反应和动作极其迅速，效率高到令以前从未经历过这种撤离的林木叹为观止。

晏玄景随着林木的目光也若有所思地观察着，最近这些日子他一直都在很认真地琢磨人类的一些手段和社会制度，想着如果可以的话，还是希望能够将大荒改变一些——大荒不行，至少青丘国他可以做点文章。

反正以后青丘国是他的。

如果青丘国推行的一些手段效果不错，自然就不愁别的地方学走。以后的日子还很长，而林木也可以偶尔来中原玩一趟，但总是无法停留很久的。他这张不会变化的脸是一方面，另一方面是他自己恐怕也不能频繁地承受友人老去、死亡的现实。

晏玄景扫了一眼无人机上的画面，再看向那栋居民楼，发觉已经不需要无人机了。

有一团浓郁的黑色从那层楼的窗户里爬出来，像一摊淤泥，黑得仿佛要将周围的光线都吞噬进去。黑泥伸出了几根触角试探着，它似乎并没有视觉，全靠感知。

突然，那一摊四处试探的黑泥顿了顿，转瞬消失在他们的视线之中，下一秒，只听"嘭"的一声巨响，那团泥狠狠地撞在了法阵形成的护壁上。它一下接一下地撞击着，被法阵和残留的朝暮火焰烧灼着发出"滋滋"的声响。隐隐约约能从它那边听到一些尖锐而驳杂的动静，不是声音，是即便捂住了耳朵也会直达脑海中，像是针刺一样难受的响动。

林木晃着脑袋，感觉耳边嗡嗡响。

晏玄景带着林木火速远离了那团泥，顺着他撞击护壁的方向看过去，果不其然地看到了飘在半空中满脸嫌弃的帝屋。

帝屋刚从青要山里出来。

几个强大的非人类一直觉得应该把战场放在山里，最好是能放在通道不远处，毕竟真打起来了动静那么大，还是把战场渐渐往大荒转移比较合适。

帝休的力量对于怨气这种东西属于相当克制的类型，所以帝屋火急火燎地找了块地，把帝休给埋了下去，连着剩下的几块本体也交给了帝休，让他变回了那棵苍郁庞大的苍青色大树。虽然他重伤初愈，力量大打折扣是肯定的，但是总比没有要好。

帝屋有点紧张，毕竟他现在是相当弱的。硬要说的话，就是他现在的战斗力约等于半个晏玄景。正面对决他是绝对打不过晏玄景的，但他这么数千年活下来，会的手段和内心的肮脏程度却是晏玄景的立方倍。

站在天上紧张兮兮的帝屋察觉到了晏玄景的目光，过了两秒，说道："我没想过它长这么丑。"

晏玄景面无表情地看着他，摸出了怀里已经启动的阵盘。

帝屋看着小狐狸这干脆利落的动作，嘴上骂了一声什么，在晏玄景关闭阵盘的瞬间以迅雷不及掩耳之势，跑了。那架势堪称行云流水，毫无滞涩，极其熟练，信手拈来，看起来以前也没少干这种开溜的事。

晏玄景目送着那团怨气张牙舞爪地追了上去，一点儿注意力都没分给下边刚刚压制他的那几个非人类。

接下来是几个长辈的战场，跟他们这些小辈就没有什么关系了。

吴归看着怨气褪去之后的屏幕，说道："通道消失了，看来是一次性的。"

说完他沉默下来，看了一眼那个小非人类，叹了口气。

他哥哥没救了，已经死了。

大黑挠了挠头，拍拍小非人类的背，说道："你暂时跟我们一起行动，之后我们会送你回大荒，或者你想在中原生活也可以。"

小非人类应了一声，趴在大黑肩头哭了起来。他倒是一点儿也没有质问他们为什么没能救下他哥哥的意思，对他哥哥的死亡接受得十分顺畅，并没有什么不敢置信和吵闹的反应，只是单纯为此而感到难过。

林木看看那边，看了一眼公事公办的几个非人类，又看了看无动于衷的晏玄景，再一次有了非人类眼中的“常态”到底有多扭曲的认知。

他沉默地抿了抿唇。

“我要跟到山里去。”吴归把东西都收好，一边说着一边打了好几个电话，把事情进度说明了一下，然后拎着工具箱消失在他们面前。

“回家？”晏玄景问道。

林木点了点头，被变回原形的晏玄景叼着扔到背上去的时候，爬到他头顶上，问道：“奶糖，爸爸他们没事吧？”

晏玄景不敢说没事，他想了想，只说道：“不会死的。”

这几个非人类一个比一个精明，绝对做不出这种舍生取义的事。

林木应了一声，过了许久，低头看了看手机时间，愣了愣，都十分钟过去了，怎么还没到家？

林木坐起身来，发现奶糖停在了原地，重新爬上他的脑袋，问道：“怎么啦？”

晏玄景沉默地低着头，看着本来应该是个漂亮小院子的巨大土坑，内心充满了极少出现的茫然。

林木一时没得到答复，有些奇怪，他小心地揪着奶糖的毛毛，爬到他后背边上探头看了一眼，然后也愣住了，内心同样充满了茫然。

“我房子呢？”林木喃喃地问道。

我家呢？我房子呢？

放这儿那么大一个院子，四百多平方米，可漂亮了！

我上班之前还在的！我房子呢？！

林木抱着奶糖，坐在原本应该是他家的土坑边上发呆。饶是晏玄景自问自己见多识广，也一时间没有反应过来。

“怎么回事啊……”林木嘀嘀咕咕地站起身来。

一开始的傻眼之后，冷静下来想想也知道这大概不是什么大问题。

刚刚从高空俯视的时候，周围乡亲的房子都没有出毛病，就他这里只留下了一个巨大的坑，想来也不是什么东西入侵捣乱，不然这一片都会变成废墟才是。

毕竟他的院子里还蹲着几个放出去之后，一跺脚就能让整个中原抖三抖的大人物呢，怎么想都不至于让一个小院子出事。

不过林木总有点担心自己种在院子里的那棵爸爸。爸爸这还在疗养期间呢，突然出事会不会影响恢复。

林木叹了口气，绕着自家院子的遗址转了一大圈，平时也没觉得自家院子有多大，可变成个坑之后，就显得格外大了。

晏玄景察觉到林木的动静，渐渐回过神来，说道：“应该是帝屋他们做的。”

毕竟他们都非常清楚林木对于这个小院子有多重视，更何况有帝休在，怎么着也不至于让这个小院子被毁掉。

“约莫是搬到别的地方去了。”晏玄景说着，给这个巨大的土坑套上了一个迷惑普通人视线的幻术。

林木也觉得八成是这样的。他绕着土坑转悠了一圈，这坑还很新鲜，泥土松软湿润，一股扑面而来的泥土气味，还能清楚地看到一些细碎的根系戳在泥土外边。

他走着走着，在这块坑地上发现了一些熟悉的灰烬。是朝暮燃烧之后的灰烬，痕迹看起来还挺多的。

这灰烬洋洋洒洒地铺了一路，看着像是追着什么东西一直烧，一路烧到了别处去。

其中一些灰烬已经落入土中迅速生了芽，长了些许翠绿翠绿的颜色，渐渐藏进路边的野草之中，再难分辨出来了。

“是追着那一团怨气去了吧。”林木说着，低头看着地面上的灰烬，突然“哎”了一声。

晏玄景正思考着要不要顺着气味，带林木一路追过去看看，毕竟不论是在中原还是大荒，都已经很久没有能让晏归放开手脚打一打的对手了，旁观一下强大的非人类打架还是相当有用的。

他听到林木出声，抬眼看过去：“怎么了？”

“普通人是看不到朝暮的吧？”林木问。

晏玄景点了点头。

“我和爸爸都能让朝暮在中原生长起来。”林木想起自己的血脉所带来的便利，说道，“那如果能从奈河那里多讨些灰烬上来，我觉得让中原长满朝暮也完全没问题啊，就连大荒都可以。”林木说道。

如果真的能够把朝暮种满中原和大荒的话，那不是相当厉害的事吗？到时候压根儿不需要帝屋的力量，只要种上一片朝暮，那些身负大业障的非人类一个不落，全都得化成灰。

虽然脱离了帝休的力量或者栖息范围，朝暮就是一次性用品，但是努力多种点儿也足够了。

“不行。”晏玄景说道。

中原毕竟是以人类为主，在大多倚靠自身修行来说话的非人类里搞防业障这一套是行不通的。哪怕是晏玄景这只狐狸，只要撤去祥瑞征兆这层皮，暴露出本性来，第一个被朝暮烧屁股的就是他。

晏玄景说道：“在大荒种的话，没几个非人类能活下来。”

“那为什么中原也不行啊？”林木问道。

“怨气有存在的必要，让作恶的人一生难以顺遂。”晏玄景回答。

朝暮存在于奈河，烧的就是那些作恶多端的非人类，至于在人间作恶的人类，那是它们管不到的范围。恶人造的孽是逃不掉的，但怨气的存在能让他们在造孽之后过得不那么舒服，严重的时候，直接死掉也是很有可能的。

“不过可以拿去做交易。”晏玄景说道。

这种东西在大荒绝对是刑讯复仇、报复社会的好家伙，还是除了林木和帝休之外没谁能继续搞出来的一次性用品，带过去了绝对发大财。而且林木去了大荒，肯定会被划到青丘国一方，手里握着这么个东西，既能让人忌惮又能提升地位，简直血赚。

晏玄景内心小算盘打得噼啪响，而林木对这事压根儿没什么概念，他盘腿坐在地上，撑着脸，看着地上那一撮撮灰黑色的余烬叹了口气：“感觉咱们家这点花花，对帝屋他们来说作用不大啊。”

晏玄景倒是从来没指望过这么一小片朝暮能有什么作用，但林木这么说了，他略一思考，便安慰道：“有一点是一点。”

林木看看他，感觉并没有被安慰到。

他伸手把奶糖抱住，脸埋进毛里，蹭了蹭，舒服地长出了一口气。

晏玄景抬起爪子来，轻轻拍了拍林木的面颊，看着林木脸上沾上的泥，愣了两秒，沉默地收回爪子，试图当成无事发生。

林木抬手碰了碰脸，看看手上沾着的泥，一埋头蹭了晏玄景一身，然后花着一张脸站起身来，决定带晏玄景去后山里的溪流里弄点水洗一洗。

他刚站起来，隔着几座山的距离传来了一声惊天动地的巨响，紧随而来的就是脚下地面的震颤。并不严重，但相当明显。

林木扶着树还没站稳，就被晏玄景叼着甩到了背上，转瞬冲天而起。

停留在半空的两个小辈终于知道刚刚的巨响源自哪里了——远离普通人活动区域的深山里，有两个山头瞬间被削平了。尘埃四散，巨石滚落，土层像是水浪一样翻涌着，苍翠的巨树与厚重的岩石就像杂草砂石一样被轻飘飘地吞没，无数山中的生灵四散奔逃，鸟雀从林间蹿出，头也不回地飞远了。

林木倒吸了一口凉气。

他觉得他对非人类力量的理解有问题。

虽然林木知道一些可以用来形容非人类的强大的词汇，比如移山填海，比如缩地成寸，比如翻云覆雨，但在真正面对的时候，他只觉得连言语的能力都消失得一干二净。

见识限制了我的想象力。

林木眼尖地瞥见了一只野猪，像是小蚂蚁一样被宛如海啸一样掀起来的土层淹没了，毫无反抗之力。

“人类也可以做到。”晏玄景说道，“人类的武器也很不得了。”

“可我没亲眼见过。”林木拍了拍自己被吓木了的脸，“这也太……”

这样的力量，在人类的眼里已经是灾难了。

怪不得总说不能让大荒的非人类过多进入中原，就这样的力量，都不需要多了，只随随便便来一两个强悍一些的，就足够推翻人类如今平稳的环境。而他们一旦开始在中原兴风作浪，给其他几个世界带来的影响就是毁灭性的。

以林木的理解来说，在中原削平了两个山头，大荒之中所对应的地方，就会发生巨大的异变。是山崩地裂也好，是凭空消失也好，都会给大荒带来一些不得了的变化。

林木正面见过了这样可怕的力量，终于明白为什么之前来管理处合作的人类，一听说大荒那边兴风作浪的非人类过来了，就一副想要原地爆炸的表情。

这比几个人类原地爆炸要可怕多了，林木想。

晏玄景辨认了一下，说道:“是晏归的力量。”

实际上，林木在自己家种的那些朝暮远比他想象的要有用得多。

朝暮的特性是黏上了就甩不掉，它只要没有烧尽，就能够一直不停地烧。就好比被火焰点燃的豆萁，只要不烧完，火是不会灭的。

晏归看着对面那一团被绿色的火焰所包裹的怨气，感觉他的对手脑门上正在不停地冒出[HP−1]（血量−1）的提示。虽然微乎其微，但的确存在着一定的削弱。

晏归在炸了两座山头试探过之后，感觉自己是丝毫不慌的。

他以前跟帝屋打起来的时候基本上是五五开的胜率，虽然彼此没有认真，不过大体也是差不离的水平。这怨气可比帝屋本身要弱多了，甚至连人形都没有，尤其是它一直都没有跟晏归正面打的意思，而是总想要绕开晏归去找被晏归藏在后边的帝屋。

帝屋倒是相当信任晏归，在自己直面过那个怨气之后，他也发觉了对方正面对抗的实力远不及自己当年。虽然已经足够暴打十个现在的他了，但无所谓啊，需要直面怨气的又不是他。

他好整以暇地蹲在帝休身边，除了他之外，被帝休庇护的还有自家的以及一些从外边跑过来请求庇佑的小非人类，再加一个愁眉苦脸陷入了自闭的山神。

帝休本体在主峰山顶疯狂吸取日华填充自己，而人形则跑到了山腹的通道处。

不少非人类都在这边出事的时候从通道里溜了，留下来的都是一些弱小可怜、去了大荒铁定死无全尸的小非人类。

而帝休把青要山的主峰牢牢地护住了，只要主峰不出问题，山神就不会有什么问题。

只不过把人家的领地当成战场这件事，帝屋脸皮厚不觉得有什么，帝休还是觉得很不好意思。

“没事的嘛。”秦川左掏掏右摸摸，摸出一副扑克牌和一箱子麻将，说道，“大不了我在你这里待个几年帮你把山养回来呗，都是小问题。”

山神闻言，掀了掀眼皮，哀哀地叹了口气。

帝休想了想，说道：“帝屋留下来帮你修整山势。”

正打开麻将箱子的帝屋动作一顿，不服：“为什么啊？！”

“因为这是你的麻烦。”帝休说道，“反正你现在这个样子肯定不可能跟我们一起回大荒去。”

帝屋一咋舌，刚想说点什么，就被秦川缠上了。

秦川整条龙脉喜气洋洋：“那我跟帝屋一起待着嘛！”

帝屋面无表情地把他从身上扒下来，放到了对面去，数了数人数，发现麻将缺条腿——他非常干脆利落地把输了喜欢耍赖的秦川排除出去了。

帝屋左思右想，一拍脑门，摸出手机来给林木打了个电话。

林木接到帝屋电话的时候，正趴在奶糖脑门上看晏归跟怨气大战的第五十个回合。

晏玄景负责解说。

林木发现怨气好打归好打，但要完全弄死好像还真没什么直接干脆的手段。用奶糖的话来讲，就是原本帝屋的力量是完克怨气这种东西的，按照正常流程来讲，把帝屋跟怨气关在同一个小黑屋里，用不了几天怨气就消散得一干二净了。但这个怨气是从帝屋的力量之中诞生的，对于跟帝屋的力量相似的克制手段完全没有反应。

打散了翻滚几秒又可以重新聚起来，滑不留手的，抓也抓不住，除了一直在它身上燃烧着的朝暮切实地让它有所损伤之外，晏归的攻击只起到了阻拦和拖延的作用。

晏玄景说照着这个架势下去，只有晏归无限度地一直拖到它被燃烧殆尽这一个结果。

林木接通了帝屋的电话，刚准备询问帝屋的安全，就听帝屋说道：“大侄子，麻将缺条腿，你要不要过来啊？我们在青要山主峰山腹里，就那个通道那里。”

林木一愣，他看了看在那边打天打地的晏归，迟疑着问道：“打麻将？”

帝屋那边传来了哗啦啦洗牌的声响，懒洋洋地说道：“对啊，顺便带点吃的喝的来，等你啊。”

说完就挂断电话，无情地把秦川撵去跟小非人类们打斗地主了。

林木看着被挂断电话的手机屏幕，愣了半晌，表情逐渐变得不敢置信。

打麻将？！

晏归在这边拼死拼活地拯救世界，你们在大后方打麻将？！

林木想着刚刚挂电话之前听到的麻将声，又看了一眼那边的晏归，觉得这样是不是有点过分。

他轻轻揪了揪晏玄景的毛毛，还没来得及说什么，晏玄景就干脆地扭过头，奔着市中心去了。

林木满头问号：“你去哪儿啊？”

晏玄景十分冷静地答道：“去买吃的喝的。”

林木：不是很能理解你们非人类。

“可以放着晏归不管吗？”林木问。

“反正也帮不上忙，不拖后腿就行了。”晏玄景落地变成人形，拉着林木进了商场。

山里的动静并没有传递到市里来，市中心依旧热闹非凡。从商场透明的天窗望出去，还能看到就隔着一条大马路的金融中心。

林木对这里的印象相当深刻，他原本看中的想要开花店的位置就在这附近。

他认认真真地考察过这一片，租金相当高昂，当然了，人流量也相当的惊人。

林木还记得自己在没有进入管理处工作之前的计划——先找份规规矩矩的工作，有点存款之后想办法做点小投资或者别的什么，慢慢攒起钱来，然后辞掉工作，在金融中心对面开个店面。

林木知道，有不少白领在上班路上会买上一束花带过去装点一下冷冰冰的办公室，人流量那么多，只要他存款足够，坚持到盈利并不困难。

开个花店天天跟花花草草做伴，是妈妈向往的生活。

那个时候，他总想多存留一些关于妈妈的记忆，那毕竟是他存在于这个世界的起始，是他的根。只是以前的算盘打得噼啪响，这些想法全都死在了入职的第一天。

林木并不经常来市中心，现在来了之后反而感慨万千。

晏玄景一点儿没有躲避他人向他们两个投来的视线，和林木大摇大摆地进了超市。

晏玄景在货架前停下脚步，林木还在出神，迎头撞了上去。

狐狸偏过头来："在想什么？"

"在想以前的自己。"林木跟在晏玄景背后，絮絮叨叨地说了一堆自己以前幼稚又天真的想法。

"现在想想，是真的很幼稚。"林木说完自己都笑了笑，转头推了两辆购物车过来。

"你说的那个集团最近的情况不是一直都不太好吗？"晏玄景一边说着，一边直接横扫了一整个货架，每个都拿了两三样。

"哎？"林木愣了愣，"你竟然关注了这个？"

林木自己并不太关心财经类的东西，所以压根儿就不太关注这方面的新闻，自然对于他外公那边的情况并不怎么清楚。

总是会关注外公那边的情况是前几年还不懂事的时候做的事，一直看着新闻就指望着人家出点什么事，这种行为实在有点像阴沟里的老鼠，自己什么都做不到，只会无能狂怒。反而有了自己要做的事情之后，林木就不再看这些了，毕竟什么都没有自己过得好来得重要。

晏玄景摇了摇头："只是顺便看了看。"

林木知道晏玄景最近在做人类社会研究这种课题，所以对于他搜集报纸并阅读这种事也没有觉得奇怪。

"诶……现在来说的话，我其实没什么所谓了。"林木看着分分钟被塞满了的一个购物车，把另一个推了上来，"反倒是希望两个舅舅能有个好点的结果吧。"

"我现在已经不能算是单纯的人类了……这么一想就感觉好像跟他们隔了一整个世界似的。"林木嘀咕道，"感觉以前很在意的一些事情就好像隔了一层纱，慢慢地有点记不清了。"

晏玄景闻言，拿着一袋子薯片，转头看了林木一眼，然后点了点头："嗯。"

这一点，九尾狐倒是没有多意外。

脱离了普通人类的范畴之后，严格来讲，跟人类就不能算是同一个种族了。让林木现在去跟以前认识的同学和朋友一起吃饭交流，他肯定会有种格格不入的感觉。

倒不是说异种的高傲态度之类的，而是的的确确的，他们身处在普通人类里，就是有一种突兀的异质感。等去了大荒过上一段时间，林木属于人类这边的牵连会越来越少，最后能被他记挂在心里的，也只会有曾经给了他最美妙的记忆的妈妈了。

“我再去推几个购物车来。”林木说道。

晏玄景点了点头，又去扫了一堆饮料。

大概是缘分使然，林木在取购物车的地方遇到了他的小舅舅一家。

他和小舅舅齐齐一愣。

林木呆怔了好一会儿，而后点了点头，喊道：“小舅舅。”

林宏阔被他喊得一愣，嘴唇哆嗦了两下，然后露出个笑容来，应声说好。

他给自己的家人介绍道：“这是林木，我一直跟你们提的。”

“我记得。”神情温和的妇人对林木露出个笑容来，“家里的秋菊开得很好。”

“舅妈好。”林木冲他们笑了笑，扒拉了三辆购物车出来。

这还是林木头一次正式跟小舅舅这一家人见面。他们看起来过得挺不错，林木记得应该算是他表弟的男孩子已经大三了，而表妹今年也刚念大一。

林木跟他们打了招呼，推着车就准备走：“你们慢慢逛，我先……”

“一起逛吧。”小舅舅说道。

林木犹豫了一下，说道：“我跟我朋友一起来的。”

小舅舅一家齐齐一愣。

林木想了想，还是说道：“我最近计划跟他出国去了，之后大概不会再回来了。”

小舅舅霎时瞪圆了眼，想要说什么，倒是小舅妈点了点头，说道：“也好。”

“也麻烦您告诉一下大舅舅了。”林木说道。

他的牵绊不多，老同学不会特意寻找他，朋友也没有十分亲密的，乡亲倒是有，但搬走就再无关系了，亲人更是只有这两个。仔细一数，要去大荒的话，需要告别的人一个巴掌就数得过来。

“那青要村拆迁的事呢？”小舅舅瓮声瓮气地问道。

“需要的。”林木答道，“我可以尝试把那块地买下来吗？”

小舅舅问：“你不是都要出国了？”

“但这块地我想要。”林木看着货架边上已经放满了两个购物车，正抱着一大堆零食无处可放的晏玄景，笑弯了眉眼，轻声说道，“万一哪天妈妈回来了，我怕她找不着回家的路。”

晏玄景偏头看过来，林木推着三辆购物车小步跑过去，让他把怀里的东西都放进车里。

几个人类怔怔地看着晏玄景，直到狐狸冷淡的目光扫过他们，才打了个哆嗦，恍然回神，收回了视线。

他们站在货架那头，犹豫着止步不前。

晏玄景低声问道："那是你舅舅？"

"嗯。"林木点了点头，转头看了一眼那边，发觉他们最终还是走了过来之后，对晏玄景说道，"我准备把那块地买下来。"

严格来讲，换生过的灵魄是根本不会跟上一世有什么瓜葛的。

晏玄景本想这么说，但看着垂着眼挑选着零食的林木，到嘴边的话转了个圈又跑了回去，他点了点头，说道："暂且让秦川他们帮着看一下就好。"

再不然，在那里增建一个入户管理处也是可以的，正好距离通道很近。

林木向他伸出了手："我可能差点钱。"

晏玄景干脆地把卡给了他，反正是帝屋的那些下属上供的钱，不花白不花。

林木把卡收好，整个人都变得愉快了不少。

把林木跟晏玄景的对话听了个囫囵的几个人神情有些复杂，他们的目光在林木和晏玄景之间转来转去，一直转到他俩扫完了所有的零食货架，也没能说出点什么来。

每一次想说些什么的时候，林木的那个朋友就总是用冷冰冰的目光看过来，神情相当冷漠，让人根本不敢出声。

林木自觉跟唯一需要打招呼的亲戚打好了招呼，推着一大串购物车高高兴兴地结账离开了超市，找了个没有监控的小角落把零食都塞进了纱袋里，被奶糖背着一路风驰电掣，刚进山，就被蒙蒙的雾气盖了满脸。

林木轻咦了一声："这个是……聂深吧？"

"嗯，应该是察觉到气息所以转回来了。"奶糖倒是视野一点儿都没有受阻，转头熟门熟路地摸进了主峰的山腹里。

他们一进去，就听到了稀里哗啦地搓牌声。一个麻将局，一个斗地主局，还有一群小非人类在旁边玩跳格子和橡皮筋。

而斗地主和麻将局背对背地坐着两个重点受害者。一个聂深，一个秦川，他们身上都被贴满了纸条，隐隐约约还可以看到纸条下边的脸上、手臂上，被画上了丑了吧唧的大花臂文身，脸上看着好像是只横跨整张脸的大王八。

帝屋一搓手："聂深点炮，清一色碰碰和杠上开花！贴条！"

林木看到聂深在层层纸条之下的神情，看起来比他们第一次见面时还要茫然。

第三十一章
完美解决

林木看着几乎已经被贴得不成人形的秦川和聂深，重重地叹了口气。

“你们不要欺负聂深啊。”他说着走上前去，打开了纱袋，把里边的小零食都拿了出来。

几个小非人类探头探脑地看到一大堆零食，在林木对他们招了招手之后，欢呼着跑了过来。

帝屋也放下准备往聂深身上糊的纸条，随便摸了一包烧烤味的薯片和一瓶“肥宅快乐水”，拆开包装，说道：“我这是在让他体会人间险恶。”

林木：我觉得聂深已经体会得够多了。

林木翻着零食堆，也不知道聂深喜欢吃什么，于是拿了包玉米条出来，刚准备给聂深，就发现聂深手里已经被帝屋塞了一瓶某品牌的饮料。

帝屋满脸严肃地对聂深说道：“这是专供给人类之中的勇士的水。”

秦川在一边扒掉了自己身上的纸条，顺手也给这个难得的运气都跟他有得一比的混血也扒掉了，脸上画着只大王八的龙脉看了看聂深手里的水，又看了看脸上画着朵向日葵的聂深。

他想了想，然后掺和道：“对对对，这是专供给人类勇士的！”

林木：觉得这俩老家伙当真坏得很。

他正准备阻止这种行为，刚一开口就被帝屋塞了一只小人参过来。

小人参正吃着一包辣条，突然被放进林木怀里，满脸茫然地仰起了头。而那边聂深已经被哄着拧开了瓶盖，喝了一口。

几道目光齐刷刷地落在他身上。

聂深面无表情地喝了一口，面无表情地盖上，面无表情地拧上了盖子，面无表情地对上了几个非人类看向他的视线，脑门上冒出个问号来。

尝过这个饮料的几个非人类问号比他多多了。

帝屋迟疑地看了一眼聂深手里的瓶子，转头看了一眼晏玄景和林木，问道：“你们是不是偷偷把这个调包了？”

晏玄景保持着一种微妙的神情看着帝屋，然后摇了摇头。

帝屋有些失望地嘀咕了一句，把聂深手里的水拿过来，开盖闻了闻，然后露出了并不是很想回忆的神情，盖上了瓶盖，无情地扔到了一边。

聂深有些茫然地接过林木递过来的玉米条，说道：“那个勇士喝的水，没有什么特别的。”

“他们骗你的。”林木叹气，摸了几张湿纸巾出来给聂深和秦川擦脸，“那个饮料很难喝。”

聂深吃玉米条的动作一顿，抬头看了一眼转头去找别的零食吃的帝屋，伸手把他那一罐可乐拿过来，拧开那瓶水的瓶盖，十分冷静地把“生化炸弹”灌进了可乐里，然后原封不动地放回了刚刚的地方。

旁观了一切的几个非人类对这俩的幼稚程度叹为观止。

聂深对于好吃还是难吃这个事情并没有什么概念，因为他本身就没怎么吃过正常的食物，对于这些美食的定义跟正常人隔着十万八千里的认知偏差。

林木看着安静地做完了一切之后仿佛无事发生的聂深，决定当作自己什么都没看到。

他转头拿了一副大富翁出来，刚跟聂深解释完规则，那边帝屋就喷出了一口饮料，一蹦三尺高。

“谁干的？！”帝屋问道。

一群非人类转头看看他，神情一个赛一个的无辜。

帝屋骂了一声什么，被帝休用辣条无情地堵住了嘴。

“不要在小孩子面前骂脏话。”帝休温声说道。

帝屋哼了一声，拉上晏玄景替了聂深的位置，稀里哗啦地搓起了牌。

聂深看着他们，眼中似乎带上了些许柔和与愉快的意味，刹那间浮现出来，又飞速逝去了。

他认真地听着林木给他解释大富翁怎么玩。

跟帝屋这种一上来就说“输几把你就明白规则了”的不负责任的家伙不同，林木说得相当的详细。

山腹距离晏归跟怨气发生冲突的地方并不多远，但山腹里的动静还没山外的动静大，大约是被什么法术加持过。

林木摇着骰子，顺口问道：“晏归那边真的不用管吗？”

“没法管。”帝屋答道。

帝休补充：“暂时没法管。”

林木抬起头来，微微一愣：“嗯？怎么暂时？”

“我没法啊，那是我半身，我还能杀我自己不成？”帝屋忧愁地叹了口气，“再等十天半个月的呗，晏归要是处理不好，就看看帝休能不能行。”

日月精华的作用比什么灵药都大，十天半个月虽然不能让帝休恢复十之一二，但以帝休天生可以消磨怨气的力量来讲，也足够积攒出一点儿处理怨气的力量了。毕竟怨气就是因仇怨心魔而生的，帝休却有着能让人忘却仇怨烦忧的天赋。

“这样啊……”

林木恍然点头，怪不得之前奶糖要借助他的力量来压制怨气，原来是因为这个。

帝休和帝屋绝口不提牺牲聂深这个可能性。

聂深毕竟曾经跟怨气融为一体过，跟怨气的联系也就只比帝屋本身差一点点，要不是他行动力相当强悍地甩脱了怨气，现在也许已经被怨气侵蚀得再也没有自我了。

那种情况如果发生了，聂深跟怨气就完全是一体的了。聂深就是怨气，怨气就是聂深。杀死聂深，怨气和他们俩的因果都会随之烟消云散。

要放以前跟聂深没什么交流的时候，他们牺牲起这个非人类来肯定是不会有什么犹豫的，但现在有所交流了，就总是不愿失去任何一个。毕竟能够完全没包袱地跟他们玩在一起的也没几个非人类。更何况聂深是个混血，往远了说，把他留下来，在教导林木如何激发天赋让力量变得更得心应手这一方面，远比他们这帮从化形起就可以顺顺利利地运用自身力量的非人类强多了。

毕竟力量的运用于他们而言就是呼吸，你会知道如何教授一个人怎么呼吸吗？

正常人都不会。

晏玄景之前的直男行为真的已经是他非常努力地思考的结果了。

最终思来想去，聂深竟然是最合适教导林木的那个。所以不论从哪方面来想，帝屋和帝休都不是很愿意让聂深去送人头。

“不是说怨气解决掉的话，帝屋要背起因果吗？”林木看着两个长辈仿佛胸有成竹的样子，嘀咕，“我看帝屋一点儿都不慌啊。”

“我慌啊！谁说我不慌？我都慌死了！但是慌有什么用，我慌也帮不上忙啊，还不如琢磨一下之后我怎么消化掉那些因果。”帝屋懒洋洋地说着，拿了张牌，“靠，天胡！”

帝休抬眼看他：“不要说脏话。”

“哎，我今天牌运这么好，搞得我好不安啊。”

帝屋摊开了牌，撕了纸条往晏玄景他们脸上糊，倒是一点儿看不出不安的样子。

“根据守恒定律，我之后必倒霉！”

秦川在旁边打斗地主，听到帝屋这么说就不服了：“我倒霉这么久，也没见我运气好啊！”

帝屋卡壳半晌，沉思两秒，差点就被说服了：“我觉得你还活着运气就很好，一般非人类这么倒霉早就死了，偏偏你还能化形还能蹦跶。”

秦川一想，觉得也是。

帝屋震惊地看着秦川，小声跟旁边的帝休说道：“我以前怎么没发现他这么好骗？”

帝休转头对他露出个笑容来，然后优雅地翻了个白眼。

旁边的聂深仿佛一点儿也没注意到他们的话题，专注地看着自己眼前的大富翁，玩得很认真。

林木看他挺感兴趣的样子，干脆也跟着认认真真地玩起来，把秦川从家里带来的所有棋牌类游戏玩了个遍。玩完了之后又教聂深玩了一些他自己小时候的游戏，比如拍画片、翻花绳、跳橡皮筋、跳房子之类的，他隐隐约约可以从聂深身上察觉到一些微妙的情绪。

晏玄景看着聂深和林木两个在一边，一个认认真真地教，一个认认真真地学，可惜聂深一个生手，一直在输。

“除了这些，人类还发明了好多好玩的东西，不过我工作比较忙，之后可以让奶糖或者帝屋他们带你去。”林木正跟聂深下着飞行棋，说到这里时微微一顿，后知后觉地意识到，之前聂深是准备去彻底杀死怨气才往大荒走的，那他察觉到气息，回来了，恐怕也是奔着杀死怨气才回来的。

林木愣了好一会儿，直到聂深轻轻一击掌，他才回过神来。

“我赢了。”聂深说道。

他脸上的神情显得异常的轻松，并不是之前那种总是带着几分阴沉的格格不入，也不是总在试图回忆什么的呆怔和木楞，而是完全轻松的、仿佛已经完全没有任何烦忧了。

这里有两棵帝休，近距离待了这么久，能有这样的情绪似乎也很正常。

林木低头看了看棋盘。这一把聂深的运气相当好，一路畅通无阻地横扫棋盘，畅通到林木都觉得他作弊了，但他没有证据。

晏玄景的目光从林木身上挪开，轻飘飘地放在聂深身上。

秦川凑过来，手里拿着几张卡，说道：“来玩狼人杀吧，聂深不会玩，他当上帝看一看学一学。”

几个百无聊赖的非人类没有一点儿意见，聂深偏头听了林木的解释之后，也点了点头。

非人类们围成一圈坐好，第一次有了这么多玩伴的山神兴致勃勃地从外边搬了个被削断的大树墩进来当桌面。

聂深站在他们旁边。

山腹里的光并不是特别亮，光源来源于挂在顶上的将熄未熄的几盏烛火。

搬了个大树墩进来之后，晏玄景上去取了一盏下来，放到了桌子中间。

“天黑请闭眼。”聂深轻声说道。

除了林木和秦川以外，并没有人闭上眼，只是微微皱着眉，看着他。

聂深微怔，张了张嘴，又不知道能说些什么，最终留下一声“谢谢”，带着些被看透的狼狈，化作了雾气，转头奔着外边轰隆作响的地方而去。

有谁无声地叹了口气。

烛火轻轻晃动了一瞬。那光是橙黄色的，温暖而稳定。

林木等了很久都没有等到下一句。

他茫然地抬起头来，看了一圈，发现大家都没有闭上眼，而聂深不见了踪影。他微微一顿，心里隐隐有些不大好的预感，轻声问道：“聂深呢？”

晏玄景坐在他旁边，抬手轻轻揉了两把林木的脑袋，没有说话。

林木倒是十分冷静。

没有人回答他，他就十分干脆地问道：“他去外边了？”

帝屋抬眼看看他，轻哼了一声。

“我就说怎么觉得他情绪怪怪的。”林木说完叹了口气。

这会儿即便帝屋他们不告诉他聂深去面对怨气会有什么结果，林木自己也能猜到了。

他大约是已经做好了去赴死的准备，会找他们闭上眼的时候走，大概是不想让他们看着他离开吧。

出乎意料地体贴和温柔。

林木低头看看自己手里的身份牌，是张预言家。

“也不一定会死的吧。”他说道。

去面对死亡是聂深自己的决定，他造了那么多孽，本来也该以命相偿才是。这一点林木还是十分清楚的，只不过站在他的立场上来说，聂深自己也是个受害人，加上他还救过谭老师，所以能帮一把，他就帮了。

但现在知道聂深自己决定结束这一切了，林木也没有什么太大的反应。

总归是要赎罪的。是用命来赎罪还是苟活着用功德来赎罪都一样，只不过聂深选择了前者。

不过，如果可以的话，林木还是希望聂深能够活下来。

从大义来说，这些因果业障是扯不清的，但从私心而言，林木并不希望聂深死。毕竟对于他来说，聂深真的是个惨得让人没眼看的小倒霉蛋，甚至比秦川还要倒霉一点儿。不过这是聂深自己的决定，林木觉得他也没什么好说的。

晏玄景偏头看了一眼林木，拿了包泡椒凤爪塞给了他，点了点桌面上的身份牌，问道："还玩不玩？"

"玩啊。"帝屋点了点头，闭着眼晃了一圈，点到了林大羞，"林大羞去当上帝。"

林大羞在那边抽鬼牌，被点到之后缩了缩脖子，站了起来。

林木拿着自己的预言家牌，突然想起了自己的房子，问道："我家被你们放哪儿去了？"

"放秦川老家去了。"帝屋说道，"很安全的地方。"

林木叹气："不能把房子放进纱袋里带着走吗？"

帝休摇了摇头："家里细细碎碎的东西太多了，缩小了要是掉出点什么来，找都找不到。"

也是。

扔纱袋里晃一晃，别说那些细碎的东西会掉了，估计整个房子都要垮。

山腹里一群人一边玩着，一边听着外边丁零当啷一阵响，比起之前还要热闹。

帝屋仰头看着头顶那几盏晃晃荡荡的烛火，说道："外边还挺激烈。"

外边那是相当的激烈。

聂深并不擅长正面对敌，他的雾气将整片山脉都覆盖了，敌我不分地将所有的生灵都拉入了幻境。

晏归察觉到他来的瞬间就停下了手，但看着眼前出现的面孔，一咧嘴，手上"噌"地就冒出了一大团艳烈的火焰。

出现在他眼前的幻象并不是他心中最敬重的那个人，而是被他自己列为第一讨嫌的狐狸——把青丘国国主这口锅扔到他身上的上一任国主。

实不相瞒，晏归想暴打他很久了，可惜这只狐狸滑不留手，抓都抓不到。抓不到本体，打幻影也可以很爽！

晏归一手托着火焰，兴致勃勃热火朝天地投入了战斗。

而怨气这边浮现在幻境之中的，却是它一心想要找到的帝屋。灰黑色的雾气骤然大涨，带着始终未曾熄灭的绿色火焰，猛扑向了那道虚幻的身影。

聂深站在高处，看着幻境之中托着火焰对怨气疯狂输出的晏归，又看了看对着帝休扑过去，却被帝休的力量烧灼得翻滚不休的怨气，小心地调整着幻境之中幻影的动作，试图再多削弱一些怨气。

在山腹里的帝休微微一顿，下意识地抬起眼来。

林木顺着他的目光看过去：“爸爸，怎么了？”

“没什么。”帝休摇了摇头，运起力量将不小心烧到他本体上的晏归的火焰扑灭了，说道，“晏归好像打得很开心。”

帝屋倒是不怎么意外：“打沙包当然开心。”

怨气这种东西，平时找不到自己怨恨的目标的时候，就会对周围进行无差别攻击，可一旦锁定目标了，对于周围的其他人，它是根本不会管的。这是一个相当明显的短板，就跟被发觉了本体弱点的非人类一样。

林木看看这个，又看看那个，问道：“你们以前是怎么处理怨气的？”

“以前大荒里专业处理怨气的，是我。”帝屋指了指自己，“只要我一靠近，怨气就会消失。”

但显然，这个怨气并不适合这么做。

帝休也可以，不过以前帝休都被晏归他们死死护着，并不会去做这类事情。而现在他元气大伤，要处理好并不容易。

毕竟怨气没有实体，本来就很难抓到，再加上这个怨气生灵智这么些年了也算有些道行，它只要还存在，就可以挑动任何一个非人类——任何一个。

没有谁的心灵是天衣无缝的，而只要有一丁点儿缝隙，就足够让怨气有文章可做。就连晏玄景的母亲都没能完全防住这团怨气，让他有了逃脱的办法，那别的非人类就更不用说了。

“我当初就是觉得我的力量对怨气天生克制，才会把怨气塞过去的啊。”帝屋叹气，“本来只是想给那些搞我的非人类一点儿教训。”

谁能想到最后石头会砸到自己这里来呢！

“唉……”林木撑着脸，“那不是没办法了吗？”

“等你爸爸啊。”帝屋说道，“而且晏归也可能会有别的手段，谁知道外边瞬息万变的现场会不会有什么惊喜大礼包等着他。”

这狐狸最会顺杆子爬了，他们以前还年轻的时候，在外边狼狈为奸搞事情，每次眼看着要翻车了，都是晏归突然抓住个点，然后两个人翻盘开溜，拍拍屁股下次再来。必要的时候，这只狐狸还会把几个朋友先送入敌营，过上一年半载的再姗姗来迟地捞他们。

跟个哆啦 A 梦似的，小小的脑袋里全是乌七八糟的想法。只不过手段骚归骚，但在这种大事上，晏归是相当靠得住的。

“你永远可以相信晏归。”帝屋说道，“毕竟我从来没有摸清楚过晏归这只狐狸的下限。”

他话音刚落，外边丁零当啷的响动骤然一静，紧接着就是一声让整个山腹都摇晃震动起来的巨大爆炸声。

晏玄景捞起林木护住，挥开了几盏顶上落下来的火烛，刚一抬头，便有一丝光明骤然划破了山腹的昏暗。

天光一闪，破开的洞口滚进来一团灰扑扑的毛球。

晏归灰头土脸地爬起来，抖了抖毛，变回人形，满脸惊魂未定。

“吓死我了！”晏归抖着身上的土块，心跳得咚咚的，“哇，这小混血是从哪里得到了自爆敢死队的灵感吗？先莽着冲上去，跟怨气融一块儿了就直接自爆，一点准备都不给，吓死我了！”

山腹里几个非人类都齐齐一愣。

晏归毫无所觉，还在抱怨：“哇，他对帝屋几千年的力量炸起来是个什么结果真的没有一点儿数的，就是放在大荒都要千挑万选找一个偏僻一点儿的地方炸，这小年轻怎么这么暴躁啊，你们都不告诫他一下的吗？”

林木愣了好一会儿，问道：“他……自爆了？”

晏归抬眼看看林木，说道：“要不是我眼疾手快，我跟你说，大半个中原都要被夷为平地，到时候三界六道全都得大地震。”

他说着，从自己的纱袋里摸出一个有人脑袋大小的透明方块来。方块里一层套一层，像套娃似的裹着一团混沌的颜色，可以隐隐约约听见里边传来清脆的碎裂声。

“喏。”晏归随手把东西塞给林木，继续抖身上的土，“不过也多亏了聂深傻了吧唧地跟怨气融合了，这玩意儿是我跟我媳妇儿当年针对蜃琢磨出来的东西，关不住怨气，但关得住聂深。”

林木抱着那个透明方块，认真地看了看里边。

最中心的那一团混沌是灰黑与白色交缠的雾气，还有星点朝暮火焰的明绿。仔细观察，那团雾气还在不停地翻滚撕扯。

最里边那一层一层的透明隔膜被反复撞裂又不停地重新恢复，爆炸带来的震动让一层层的隔膜不停相互撞击着，发出清脆的响动。

“这里边是……聂深和怨气？”林木愣愣地问道，“他们好像还在打架。”

“是啊。”晏归点了点头，“总比自爆好多了，不管他们谁赢谁输，反正只要是聂深的身体，他俩就都出不来。”

林木张了张嘴，却没说出什么来。

行吧，总比干脆死了好。

帝屋倒是对晏归总是摸出一些乱七八糟的东西一点儿也不惊讶，他从林木手里拿过那个大方块，举起来看了看，问道：“那这个放哪里？”

晏归闻言眉头一皱，思来想去，半晌，说道：“挂帝休身上当风铃吧。”

林木：你管这玩意儿叫风铃？

晏归自吹自擂：“能削弱怨气还能当风铃，我觉得很不错！”

晏玄景偏过头，看到通道里探头探脑地走出来一个非人类，是青丘国来的信使。

晏归在那边吹牛，完全没有注意到那个非人类。

晏玄景拿到信，扫了一眼上边的内容，又看了看山腹里那个巨大的通道入口，偏头对林木说道：“是母亲来的信。”

晏归那边耳朵一动，马上不吹牛了，“噌”的一下蹭了过来。

晏玄景想到信里写的那些动物名单，冷酷地把信塞回了怀里，对晏归说道：“母亲让你解决完事情尽快回去。”

晏归立马说好，拍拍屁股转头就进了通道。

晏玄景目送着他离开了，迟疑了一瞬，手上微微摩挲着刚刚送达的信笺，对林木说道：“母亲还想见你。”

他看向林木，声音和缓地问道：“你要跟我一起回青丘国去吗？”

林木一怔，看了看晏玄景，又偏头看了一眼帝休。

他的爸爸正微笑地看着他。

“好啊。”

他说道。

番外一

回家吧

林木把秦川搬回来的房子里的细细碎碎的东西收拾装好，准备直接搬到大荒去。

林木清理着阁楼上的杂物，帝屋他们在旁边时不时扯一下后腿，然后被也要跟着去大荒的小人参撵到了一边。

“你们不要给林木添麻烦！”小人参叉着腰说道。

“没关系。”林木揉了一把小人参的脑袋，手脚麻利动作熟练地整理着东西。

帝屋拎起一个刚被放进箱子里去的小册子，嘀咕道：“这个本子看着好久远了啊。”

林木偏头看了一眼：“都是我小时候的东西。”

妈妈一个都没舍得扔，甚至他随手扔掉一些之后，妈妈还会把本子从垃圾桶里拣出来，清理干净之后再妥帖地收好。

林木看着那个本子，回忆了一下，说道：“我小时候喜欢胡乱画一些东西，妈妈就干脆收集起来订成册收好了。用她的话来讲，就是成长的痕迹要留着，给以后的自己和亲人看。”

林木说到这里顿了顿，沉默地看着那一盒小时候没有用完的蜡笔，过了半晌，突然说道：“其实应该是想留给爸爸看的。”

帝休安静地坐在阁楼的角落里，也在帮忙整理东西。他的动作也很生疏，但到底不像帝屋一样总是捣乱，只是速度稍微慢一些。

他听到林木的话，抬起头来，微微弯起了眉眼，没有说话。这些东西的确是给他看的，帝休早就察觉到了——林雪霁始终坚信着他并没有死去。

帝休记得林雪霁曾经跟他说，照片是能够留住时间的法宝，文字也是。所以她喜欢拍照，喜欢写日记，偷偷地将自己的时间留下来，等到以后去翻看。

她也喜欢将自己的心思大大方方地表露出来。喜欢就是喜欢，讨厌就是讨厌，爱就是爱，她向来是直白而艳烈的，就像夏日的骄阳，炽烈而无可阻挡。只是在有了林木之后，林雪霁就因为担心暴露林木的存在而不再写日记了。

于是她更频繁地拍起了照片。整个阁楼大大小小的全是纸箱，而这些纸箱都是林木和林雪霁两个人的时光匣子。

林雪霁自己不写日记，就哄着林木写。就算林木不爱拍照，也依旧不高兴地嘟着嘴被妈妈拍了几大本相册。随便打开一个纸箱，就全都是相册、写满了各种各样文字内容的本子以及林木小时候的玩具。

有些很好看，是买来的，而有些丑了吧唧的，是林木和林雪霁一起做的。后来，那些小玩具越做越好看了。

这个干燥昏暗而拥挤的小阁楼里的东西，拼拼凑凑整理一下，就能够看到林雪霁去世之前完整的十八年时光。可帝休始终没能鼓起勇气完完全全将阁楼里的东西翻出来。

他知道这些东西并不完全是为林木以后能够翻阅回顾而准备的，有一半，甚至于一大半的原因，恐怕都是林雪霁为他而准备的。

她相信他没有死去。没有死去，就总有一天会回来。

也许几年，也许十几年，也许等到林木老去了，他也并不会出现，但她还是将这些都记录下来了。

她想要告诉他她的思念、她的生活、她的经历和她的一切。哪怕己身已经消亡了，她也依旧满含着希望，想要从时光的洪流中抓住一缕细微的水流，悄悄收藏起来，等着不知何时会归来的虚影，然后捧给他看。

每想起林雪霁是以怎样的心思将这些东西留存下来的，帝休就感到异常胆怯，胆怯到回来这么久，都始终不敢将这些落了灰的时光打开。

帝屋倒是并不明白这一点。

他看着那本装订得有点粗糙的画册，干脆地打开来，而后有些惊讶地轻咦一声：“帝休，这不是你吗？”

林木和帝休闻言齐齐一怔，起身过去看了一眼帝屋翻开的画册那一页。

那一页上画着一棵树。

一棵苍青的大树，翠绿的枝条向五个方向伸展着，树上边画着火红的太阳和蓝色的云，树下一大一小两个火柴人手拉着手。

用蜡笔画的，笔触相当稚嫩，旁边还认认真真地写着画的名字：大树爸爸。

帝休呆怔地看着那张画，林木也是愣了好一会儿，然后挠了挠头，说道：“我不记得是什么时候画的了。”

小时候发生的事情实在太多，而让林木印象深刻的大多不是什么愉快的经历。

“不过我小时候挺喜欢画画的，因为画画比写字有趣多了。”林木说着，转头继续去收拾箱子。

帝屋翻着画册，托着腮，推测道：“是什么通灵梦吧？应该是林木梦到你了。”

帝休缓缓回过神来，点了点头。

通灵梦并不算特别稀奇，还在幼年期的小非人类偶尔会梦到一些模糊的碎片画面，这些画面通常是来自血脉的传承。

帝屋看了帝休一眼，干脆把画册塞给了他："你自己看吧，我去山里帮忙了。"

帝屋和秦川答应了山神要留在这里帮他复原养山，所以暂时来说是要留在中原的，帝屋浑身因果，留在中原的风险比在大荒风险要小得多。

帝休目送着帝屋走了，低头看看手里的画册，轻轻摩挲着，听到林木拉开胶布的刺啦声响，抬起头来，说道："把妈妈也一起带走吧。"

林木剪断了胶带，封好纸箱，头也不抬地说："当然呀。"

父子两个把家里零零碎碎的东西都收拾好固定好，然后把房子交给了在山里帮忙的晏玄景。

"我们去一趟墓园。"林木说道。

晏玄景看了一眼梦游一样出神的帝休，干脆跟着林木一起去了。

帝休坐在副驾驶座上发呆，手里还拿着刚刚翻出来的画册。

到了墓园，帝休率先下了车。林木付了钱，拉了拉晏玄景，两个人留在了门口的管理室。

管理室的猫还是那么嗲，见到林木就蹭上来，软绵绵地倒在了他脚边上，尾巴圈着林木的脚踝，嗲声嗲气地喵喵叫。

林木干脆坐在台阶上，一边撸着猫，一边告知他的那些客户他不再做绿植的消息。

管理处那边已经知道了他要离开的事情，也没有多说什么，只是毫不客气地扣掉了他这个月的工资。

晏玄景站在一边，垂着眼看着林木撸着猫，又抬眼看向墓园里的帝休。

跟上一次来墓园时不一样，这一次帝休不仅仅是一道虚影了，而是真切凝实的人形。

他站在那里，在秋日的阳光底下显得异常单薄无助。

林木敲手机的动作停下来，抬眼看向了墓园里。

帝休已经蹲了下来，正看着墓碑上的照片，讷讷无言。

"还是连话都不敢说啊。"林木视力极佳，看着墓园里那个盯着墓碑发呆的爸爸，叹了口气，"胆小鬼。"

晏玄景的视线收回来，抬手拎起了在林木怀里打滚的狸花猫，扔到了一边。

"上一次就什么都没说。"林木微微偏过头，"我估计我走了之后，他依旧什么都没说。"

"说什么？"晏玄景对林木这话有几分不解，"那个坟墓里没有灵魄，说什么都无法传达了。”

“不是传不传达的问题。”林木伸手拉了拉晏玄景的衣袖，把他也拖着坐下来，又说道，“墓碑这个东西只是给生者一个思念的寄托而已。”

很多人有很多话是无法对活人倾诉的，但在死去的人的墓前，他们却可以说许多。

抱怨、思念、仇恨、恶意、欢喜……死去的人总是能够沉默地接纳一切倾诉。

“爸爸应该有很多话想跟妈妈说的。”林木双手握成拳，交叠着撑着下巴，在秋日的夕阳中微微眯着眼，“不说，大概是因为对妈妈的死并没有真正释怀吧。”

晏玄景闻言，抬头看了一眼站在墓园里的帝休，并不太能理解这份感情。

林木看着晏玄景，微微叹了口气。

他是能够理解的。

爸爸当然没办法释怀妈妈的死，因为妈妈是始终怀着希望，在不知道有没有尽头的等待之中离开的。如果是意外，如果是寿终正寝，如果是完全可预见的死亡，那么作为经常面对死亡的非人类，当然能够坦然接受，就像是之前坦然接受了自己兄长死亡的小非人类一样。

但妈妈的死并非如此。

她在等待，在期待着希望。她将帝休未曾参与的时光小心翼翼地留下来，等着他回家，想要给他一份惊喜。可她还没有等到，她的一生就已经凋零了。

就像是林木知道帝休还活着时所说的那样——

“你来得好晚啊。”林木当时是这么说的，他说，“太晚了。”

帝休翻遍了书房，摸索过阁楼里的东西，满足地窥见了时光中一丝半点的痕迹，却始终没有勇气将之完全铺展开来，欣然接受。一旦将这些完全接收，林雪霁在漫长的等待中死去的现实就会铺天盖地地压下来，让他避无可避。

“胆小鬼。”林木再一次这样说道，他老气横秋地叹了口气，“还是经历得太少！”

晏玄景微微侧目，提醒道：“按照化形的年岁来看，帝休少说三四千岁了。”

“可他真正出来接触外界也没比我多几年啊。”林木算了算数，然后点了点头，“甚至还比我短，毕竟爸爸被关了这么多年，这些年不算数。”

在外界活了三四千年的非人类是怎么也不会被这种情感牵绊住的，林木想。

对将要背负的罪责与歉疚感到恐惧甚至一直逃避，并不是一个成熟的男人会做的事。

蹲在墓碑前发呆的帝休轻轻叹了口气。林木可没有压低声音，而恢复本体之后力量大涨的帝休把两个小辈的话听得完完整整的。

“被儿子看不起了啊。”帝休看着墓碑，小声叹息，而后又轻声说道，“不过他说得对。”

帝休说完这句，又发了好一会儿呆，过了半晌，才轻声道：“那个时候很疼，不过我扛过来了，没有死。可我也没能逃出来。”帝休小声地说着，“不过我运气比帝屋好多了，他到现在还得留在中原来躲避因果。”

我的运气也比秦川好，比蜃好，比聂深好。

帝休一边想着，一边说道：“比晏归都好。”

晏归追媳妇儿追了四百年，哪有他来得幸运。

“我很幸运。”他说着露出了个笑容来，浅浅淡淡地，“要是你活着就再好不过了。”

可惜，人生不如意事十之八九。

“还想谢谢你相信我。”

可林雪霁终究还是没能等到他。

帝休又沉默了下来。他看了墓碑上的照片许久，终于拿出了林木给他的钥匙，打开了墓碑底下的小基座，将里边的骨灰盒取了出来。

“我记得你说过很想看看大荒到底是什么样的。”

帝休将盒子细心地擦拭干净，指尖轻轻点了点盒面。

“我带你回家。”

番外二
聂深

聂深没想到自己还能有活下来的机会。

他从漫长而浑噩的混沌之中睁开眼，环顾一下自己，发现己身本该轻如薄纱的白雾变得灰扑扑的，透着一股不祥的气息。

是怨气，但已经变得极为稀薄了。

他抬起头来，看到近在咫尺的几片翠绿翠绿的树叶，在一片漆黑的夜晚散发着薄弱的光亮。有些像杨树，但叶片要大许多，零星地还能窥见星点嫩黄色的花。

聂深有些恍惚地看了周围一圈，情绪意外平静。

他隐约记得这些年一直在跟怨气相互消磨的日子，磨到后来混混沌沌的，也不知道自己还是不是自己，于是最终缓缓睡去了。

他接收了怨气所有的因果，初初醒来，一时间有些无法分辨自己到底是谁。他睁着眼发着呆，过了许久，才后知后觉地意识到自己跟外界中间隔着好几层厚重的隔膜。那些隔膜上尽是裂痕，又以肉眼可见的速度一点一点变得浑然一体，毫无痕迹。

聂深抬起手来，轻轻推了推眼前的隔膜。然后他的整片天地都轻轻晃了晃，发出清脆的“叮铃”一声，像极了风铃的声响。

啊，是被关起来了。

聂深恍惚间有了这样的认知。

他慢吞吞地收回手，在这片小小的天地里转悠着探看了一圈，半晌，想起了曾经有谁对他说——“从青丘国西城出来，往正南六百里，有个叫帝休谷的地方。你要是无处可去，就去那里”。

聂深迷茫许久，愣怔地看着悬挂着自己的那根枝条，平静的心湖里像是被蜻蜓轻点了一下，一圈一圈地荡开了安宁，掀起少许波动。

这里是帝休谷，他没有死，他竟然真的来到这里了。

聂深记不太清最后那些时间里发生了什么，但他清楚如今怨气稀薄成这样，必然是经年累月地被安置在帝休本体身边的缘故，但如今帝休谷里除了他之外没有别人。

帝休的本体在这里，安安静静地盘桓在这个生机勃勃的山谷中，耳边有流水叮咚，有草木的窃窃私语，还有风轻轻掠过时摇晃着他的温柔。

但帝休的神魂并不在此。

聂深躺在这一方小小的天地里，隔着层层叠叠的隔膜与枝杈绿叶，在风来的时候得以看到漏下来的几许星光。

大荒之中的日月是虚假的，日月的光亮先落到中原，而后才从中原进入大荒。

白昼时的大荒也并不如中原的白昼明亮，天空总是蒙着一层浅红色的雾气，雾气之后有一团火球剧烈地燃烧着，那是从中原之中投射进来的日华。

日华落入大荒各地，将大荒蕴养成中原所不会有的丰饶——花开馥郁，灵气丰沛，四处都是能够造就生灵奇迹的机缘。

等到浅红色的雾气被燃尽，才能在夜幕来临之前的少许时刻里窥见蔚蓝如洗的天色。

蔚蓝褪去，天幕的绸布被黑色浸透了，又有无数月华的流光从中原落进来，一遍又一遍地滋养着大荒这一片世界，给予这其中的诸多生灵生存的条件。

聂深看着漫天的流光，无数月华落入山谷中，与发着莹莹光亮的帝休树一同，像极了萤火虫聚集的浪漫夏夜。

他安静地等待着，发着呆，看过了不知多少个昼夜循环，总归是想起了许多。

也有并非遍布浅红色天幕的地方。

他记得鸾凤说，梦泽里的天就永远都是漂亮的蓝色与浅淡的青绿色，像是被山水浸透了的颜色。不过那是在他的父亲误入了大荒，又慌不择路地闯入了梦泽之后的事。在那之前，蜃也从未去管过梦泽的天是什么颜色。

鸾凤并没有见过聂深的父亲，只听蜃零星说过两句。

聂深的父亲在他出生之前就死去了，因为本身身体就不好，再加上无法适应大荒浓厚的灵气，虚不受补，没过多久就走了。

在他死去之前，给蜃编织了一个相当美妙的世界。他说天该是蓝色的，这水泽中该有渡口，该有鹤与鹭。他说这水泽太过寂静，该有万鸟与百兽才热闹。于是蜃将梦泽的天铺上了蓝色，在水泽中弄上了渡口与船，将许多并不必要的生灵也庇佑了下来。

她是大荒之中唯一称得上“仁慈”的非人类了，她并不外出，但也愿意接纳闯入梦泽之中的家伙。

她将梦泽变成了那个人类男人口中的“桃源”，想着若是缘分未尽，在往后漫长的时光里，总会有一个会编织美妙梦境和故事的人类，慌不择路地闯进梦泽里来。

可惜她并没有等到，连她一心护佑着的孩子也没能如她所愿那般平平安安地长大。

聂深又想起了一些小时候的事。

他的母亲陪伴他的时间并不能说是短的，只是他们这个堪称奇迹的种族的生长速度实在是太慢了，慢到几乎能够跟那些神木媲美。过了百年，他也依旧是那副跟在母亲身后蹦蹦跳跳的小不点模样。

记忆里母亲曾经温柔而无奈地说他不愿意长大，而那时从未见过梦泽外的世界，总是跟母亲紧紧相偎的他丝毫不明白为什么要长大。

有母亲在，为什么要长大？

记忆里他总是这样说。

而母亲也总是将他抱进怀里，说，没有错，有她在，不长大也可以。

后来呢？

后来的事情聂深就总是下意识地跳过，不愿再回忆了。那并不是什么令人愉快的记忆，即便到了现在，他也并没有重新将之挖出来的意思。

白昼又被擦上了黑色的痕迹，风带来了些许喧哗的动静，落入耳中显得格外吵闹。

聂深从回忆之中清醒过来，转身看向声音传来的方向。

风铃轻撞着发出几声脆响。

从外边踏进山谷的两个非人类齐齐一怔，其中一个将手中大包小包的东西往旁边那道身影怀里一塞，飞速地跑了过来。

他站在树下仰起头来，问道："你醒啦？"

聂深看着树下的身影，想了许久，才回忆起对方的名字来："林木。"

"是我。"

树下的小帝休露出个笑脸，跟记忆中一样带着甜滋滋的梨涡，紧随着他的声音而翻涌起来的回忆接踵而至，尽是些使他轻松愉快的内容。

他听到林木说："你都睡了七百多年了。"

聂深一怔。

他看着林木偏过头去，问那个几百年来一点儿变化都没有的帝休，能不能放聂深出来了。

帝休仍旧是那副和气的样子，一边控制着本体将挂在枝条上几百年的小风铃取下来，一边说道："怨气已经消弭得差不多了，以后要多做善事积攒功德。"

他轻易地将手中的方块打开，看着里边灰扑扑的雾气跑出来，然后缓慢而生涩地变成人形。

"这事要跟晏玄景他们说一声吧？"林木问。

帝休点了点头，拿出一个聂深并不认识的东西，似乎是去通知九尾狐了。

林木跟他记忆中的模样比起来，变化实在不大，真要说最为明显的地方，大约就是他身上的气息已经强盛得不像个混血了。像他这种得天独厚受天地所爱的神木，即便是混血，也依旧比许多普通非人类的运道要好得多。

林木伸手在他眼前晃了晃，问他："要不要出去看看？大荒的变化很大。"

聂深顿了顿："变化？"

"对，你可能会吓一大跳。"林木说着，手一伸，下一瞬就带着聂深到了旁边山头的顶上。

往外放眼望去，尽是奇形怪状的建筑和连绵成一片的花海。远处的天上有黑色的小点飞来飞去，而花海里可以看到零零星星的身影。

聂深愣了许久，指了指花海中的那几道身影："人类？"

"对。"林木点点头，"现在非人类的存在已经不是禁忌了，混血也不是。"

聂深呆怔地看着下边一群非人类跟人类和谐共处的样子，张了张嘴，又闭上，整个人透着一股茫然的意味。

"为什么？"他问道。

"因为在你沉睡的这七百多年里，人类已经闯入宇宙之中去了。"林木干脆在山顶上坐下来。

一开始只是想要让大荒的基建跟上人类的而已，至少享受的条件要跟得上。

结果大荒里的非人类们没几个看得上人类的文明，搞来搞去也就只搞了青丘国和几个关系不错的非人类势力。

这些势力前两百年发展得极快，无数弱小但试图求存的非人类涌进来，使得这几个势力不得不疯狂拓展版图，以求容纳这么些非人类。

一开始确实是被疯狂嘲讽的，因为在大荒，小非人类要多少有多少，没有谁会考虑去庇佑这些没有用的家伙，更别说是给这些小非人类福利以刺激他们成长。这在大荒的非人类眼里，跟养蛊杀自己没有任何区别。

但以青丘国为首的几个势力并不在乎，在尝到了普及教育和福利反馈的甜头之后，更是只想闷声发大财。许多无主之地被他们分割收编，领地里的小非人类里也出了几个拥有了资源之后就脱颖而出的潜力者。

等到别的势力反应过来的时候，以青丘国为首的几个势力在两百多年间已经多出了数个忠心耿耿的强大部下，而别的势力已经失去了跟他们竞争的能力。

而紧接着让别的势力感到头皮发麻的是，人类也突破了。

他们打破了星球的樊笼，彻彻底底地踏入了宇宙时代，大荒里的非人类才恍惚着回过神来，意识到人类并不比他们弱小多少了。

虽然就单体来说，人类还是弱得像一只随手都能捏死的蝼蚁，但他们有武器，有护具，有能够瞬间跨越星辰的载具，更有使非人类们自愧不如的脑子。

人类进入宇宙的初期相当混乱，但在平稳过之后，遭遇了许许多多另外的智慧生命。那些生命生得奇形怪状，能力和天赋也奇形怪状，什么模样都有。于是非人类也不稀奇了，混血也不稀奇了。

“后来我跟晏玄景去人类那边去商量了一下，准备把大荒对外开放……”林木嘟哝了一句，“结果就打起来了。”

聂深沉睡了七百年，前两百年他们在悄悄地发展，中间两百年他们在光明正大地扩张，后面三百年里，有两百年进入了全面战争时期。

对于绝大部分非人类来说，大荒是他们唯一还能够光明正大地存活的地方。他们一生都不会离开大荒，不会接触更多的外界，更别说人类发展成了什么模样，整个大荒里会去关心人类发展的非人类，一万个里能有一个就不错了。

但一直跟外界有联系的一些大物是十分清楚的，人类步入了宇宙时代，拥有了许多非人类一生——几百上千年都无法拥有的东西。

但许多非人类并不明白。

他们眼里的人类依旧是随随便便就能捏死的对象，哪怕踏入了星辰大海，人类本身就是很弱，于是就打起来了。而从结果来看，是开放的那一边赢了。

从那时到现在，百年过去，大荒大大方方地敞开了大门。

许许多多的星际产物流入大荒，各种各样可以将中层非人类一击毙命的武器把反对派的脸扇得比馒头还肿。

足够强大的非人类毕竟还是少数。七百年里冒出来的有姓名的满打满算才十四个，这都已经算得上是非常高的概率了。平庸普通的非人类才是真正的绝大多数。

而给人类婴儿一把武器，只需要一个按钮，绝大部分非人类都会瞬间灰飞烟灭，于是那些非人类再也不敢反对了。

他们当然不会觉得关上大门就能万事大吉，宇宙广阔无垠，谁知道会不会有什么能够撕开空间的武器呢？

“除了人类还有不少外星人呢。”林木指着那些飞来飞去的小黑点，“很多东西你都得重新学了。”

聂深看着远处的建筑群，抿了抿唇。

林木偏头看他：“怎么了？”

“梦泽呢？”聂深问道，“我的……我母亲的梦泽，还在吗？”

“在，我们把梦泽圈进领地里给你留着了。”林木说完问道，“你想去看看？”

聂深点了点头。

于是林木站在山顶喊了一声，告诉了帝休他要去哪里之后，拉着聂深直接跳下了山。

聂深被林木领着，跨过了花海，走进了他原本以为是城镇的地方。但林木告诉他，这并不是城镇。

“这是我爸爸开的鬼屋。”林木说道，“你要是胆子大，甚至可以在里边玩足一个月再出来，保证刺激。”

林木又指了指远处另外一堆华丽的建筑群：“那边是晏归开的自由交易所。”

“那边是毛茸茸乐园，打工的全都是毛茸茸的非人类和外星人，很受欢迎。那边是大荒灵植博览馆。那个是……”

林木絮絮叨叨地介绍着一路上看到的建筑，等到了如今已经荒芜一片的梦泽，说道：“梦泽是我们留给你的，你想用来做什么都行。”

聂深不是第一次去面对这样陌生的世界了。

他刚去中原的时候，也像现在这样充满了疑惑，但那个时候他身边并没有人陪着。

他瞥了一眼林木，目光落在了原本的梦泽上。

距离他离开到如今回来，时间已经过去上千年了，梦泽的雾气散去，水泽也消失得一干二净。

这里荒草丛生，已经看不出一丁点儿记忆之中的瑰丽，也没有一丁点儿蜃残留下来的气息。聂深站在这一片茂盛的荒草地里，满脸都是茫然又不知所措的模样。

“也不用很快决定好做什么。”林木干脆找了块石头坐下来，从随身带着的纱袋里拿出两包小零食来，说道，“你可以慢慢想，不急的，先吃点零食。”

聂深满脸怔然地偏头看看他，看了一眼那包包装花里胡哨的零食，想了想，也学着林木的样子，席地而坐，扯开了零食袋子。

他慢吞吞地从零食袋子里拿了块肉脯出来，吃了一口，并不能分辨是什么肉类。但他也没有去询问的意思，只是看着荒草萋萋的这一片平原，说道：“我已经不认识这里了。”

林木倒是觉得很平常：“都过了这么久啦，而且这里是你家，我们也不好收拾，所以变成这样很正常。”

聂深想了想，觉得也是，然后更加茫然地看着眼前已经连“泽”都不是的土地，也不知道自己在执着些什么。

这世间的一切都是如此。被时光推搡着，即便不想改变，但总是会不如人所愿地发生变化。

河流会干涸，植株会枯萎，生命会逝去。风霜雨露，最终都会变成被蒙上了一层层厚重滤镜的记忆。

将他坑害至此的怨念已经临近消散了，他也得到了足够的发泄。

然后呢？然后他应该赎罪。

可赎罪之后呢？

他始终都不知道自己活下来应该做些什么才好。母亲没有了，梦泽没有了，仇怨着的对象也没有了。

聂深慢腾腾地吃完了手里的小零食，然后有一下没一下地捏着袋子，滋啦滋啦响。

过了半晌，聂深偏头看着林木，说道："我不知道应该做什么。"

"啊。"林木叼着肉脯，愣了两秒，"不知道做什么的话，就先做你妈妈曾经做的事呗。"

这种迷茫林木明白，他自己也经历过。

妈妈刚走的时候，留下他一个人，也不知道能做什么，也不知道应该做什么。之前的努力都是为了让妈妈过得更好更开心，妈妈没了，他就整个人都变得慌张无措起来。

聂深大概比他还要茫然一点儿。

"你应该想起了不少东西才对吧，回忆一下妈妈曾经做的事，或者想做的事，坚持活下去。人只要活着，就早晚会有幸福和快乐降临的。"林木在这些年里倒是变得异常豁达了，"总是对曾经念念不忘的人是无法拥有未来的。"

记仇也好，怜悯自己也罢，大都是会绊住现在的自己的东西。

林木懒洋洋地躺在石板上晒着太阳，看着头顶上蒙着浅红色薄雾的天空，说道："最近好忙，好久没看到蓝色的天空了。"

聂深闻言一顿，手指轻扣，天际的浅红色薄雾便迅速褪去，留下了其后一碧如洗的蓝天。

林木转头看看聂深，翻身爬起来，拍掉身上的草屑，说："我去找个施工队来先帮你把这里的草除掉，回头你想怎么弄再自己折腾。"

聂深目送着林木走远，将手中的零食袋子小心地收好，转头踏入了那片生着荒草的家园。

时隔千余年，大荒之中干涸了漫长时光的梦泽之上，再一次浮起了湿润柔软的雾气。

番外三

帝屋 & 秦川

很早很早的时候，帝屋就反思过自己到底为什么会落到这步田地。

三魂七魄全都被分开，本体也被拆碎，那些向来习惯对他人敲骨吸髓的非人类果然没有让他失望，连他的力量都没有放过。

他被埋在龙脉里的那些年，神魂破碎，整个人都浑浑噩噩的，但极偶尔的时候，也能够聚起一点儿零碎的想法。后来功德渐渐堆积得多了，那些零碎的想法好不容易被他给串了起来。

为什么会变成这样？

原因是有很多的。

他以前没少跟着晏归到处蹦跶，结了仇，晏归有青丘国的背景，而他没有。他以前还很膨胀，没少仗着天地宠爱干一些不怎么好的破事。

惹事结仇，大意轻敌，或者是别的一些原因。

要找理由总是能找到很多的，但帝屋不觉得自己做的那些事情会让自己落得这样的下场。

他躺在龙脉里，混混沌沌地想着，怎么想都觉得不应当。更偶尔的时候，他又会觉得，说不定这个遭遇会给予他什么新的缘分。

这样的想法总是一闪即逝的，转头就被埋藏到心底最深处。

谁要为了个缘分遭这种罪！谁有这样的资格让他遭这种罪！

帝屋总是这样想着，心中的不公和愤愤从未遮掩过。

随着功德渐多，他的愤怒变得越来越明显，最终被背负着他的龙脉发现了。

在帝屋的印象里，在他三魂归位成功之前，唯一会兴致勃勃地一直不停叨叨的，有且仅有秦川一个。另外几条龙脉都如同他们诞生的山川河流一样安静沉稳，甚至于不像一个已经生了灵智的非人类。

但秦川不一样。

帝屋一直都觉得秦川之所以那么多话，八成是因为他总是被人类的帝王逮住。有几百年他带着帝屋，一起被逮住了。那段时间是功德积攒得最快的时候，也是帝屋终于从混沌之中挣脱的时候。

那个时候他从混沌之中醒过来，说的第一句话就是：“吵死了。”

彼时秦川刚被揪着关起来不久，还会生气地给人类的帝王托梦大发脾气，发完脾气就哭，发觉不顶用之后，就成天半夜在人家宫殿里跑，哒哒哒地，全皇宫上下的人都当是闹鬼，鸡飞狗跳不得安静，连带着帝屋也被吵得头大如斗。

然后他就被秦川发现了。

秦川对于这块承载着一缕残灵的大木头印象还算不错，因为他知道要不是这块大木头，他到现在应该还被关在小黑屋里。虽然现在也没好到哪里去，但至少有一点，他还可以分出几分神识出去发泄不满。

人类的帝王不懂那么多，被托梦几次，基本上不是惊惶不定地找人做法，就是干脆利落地好吃好喝供着这个闹腾的祖宗。

但很少有人能跟秦川聊天。

他的领地基本等同于人类帝王的领地，这种地方，别说非人类了，除了人类之外，开了灵智的生灵都少之又少。

他又不可能天天都跑去人家帝王的梦里，人家天天上朝忙碌还加班到很晚，要是还睡不好，猝死了怎么办？猝死一个皇帝带来的麻烦可多了，万一乱起来，这锅可都是要他背的。

所以秦川闹腾归闹腾，但当真是实打实地寂寞。

很少有人能够看到他，更没有人会跟他聊天。

皇家供奉的东西虽然十分丰富，但对他而言又有什么用呢？吃的不够塞牙缝，用的更不用提了。

帝屋的出现就跟一道划破黑暗的光一样，一下子就打破了秦川一个人热热闹闹的寂寞。

帝屋第一次见秦川的时候，秦川还是个小不点，穿着一身并不合身的玄色皇袍，手里拿着自己胡乱画的竹简，活像外边那个皇帝的缩小版。

帝屋睡一觉起来，一睁开眼，这个小不点就撑着脸蹲在他旁边瞅着他，张口就喊："大木头！"

你才是大木头。

已经见识过秦川有多闹腾的帝屋当场就想装死，结果秦川蹦到他身上，左跳跳又跳跳，一边跳一边喊大木头。

帝屋装死，一边装一边反思自己以前做的破事是不是真的值得自己遭受这样的痛苦。不仅是被敲骨吸髓压榨得干干净净，甚至在如今握到一线生机的时候，还遇到了个熊孩子。

哦，不，从这个熊孩子的本体看来，他应该年纪挺大的。至于到底是天生地养的神木年纪大，还是天生地养的龙脉年纪大，这一点早已经不可考了。

帝屋就不明白了，别的非人类化形都是奔着英明神武的成年体型去的，除非的确是本身就处在幼年，体型受限。毕竟成年体型的模样力量能够达到最大化，哪个非人类会嫌自己太强呢？

没有的，不存在的。

但眼前这儿就有个小傻瓜，被人类逮了这么多次，还傻子一样的化形成了小孩子。

可能是嫌自己被逮的次数还不够多吧，帝屋刚这么想着，就被这个小傻瓜一脚踩到了脸上。

小傻瓜根本分不清一块大木头的脑袋能在哪里，对方不理他，他就一屁股在自己背着的这块大木墩上坐下来，唉声叹气："大木头，你为什么不理我呀？我背着你走了这么远，没有功劳也有苦劳。"

"我刚刚听到你讲话了，你说我吵……"小傻瓜说到这里戛然而止，整个人如遭雷击，仿佛不敢相信自己竟然被嫌吵了。

他吸了吸鼻子，"哇"的一声就哭了出来："你这个木头好坏啊，这么多年你一声不吭，一吭声就说我吵！"

被骑脸输出的帝屋面无表情。

被吵得一个头两个大的帝屋脑子嗡嗡响。

听着哭声的帝屋内心毫无波动，甚至感觉自己可以一拳一个龙脉怪。

"你怎么这么坏！"秦川躺在大木墩上打起了滚，两条小短腿一蹬一蹬的，"你说说话呜呜呜，你跟我讲话呜呜呜……"

魔音穿脑。

帝屋忍了忍。

帝屋忍无可忍。

"你从我身上滚下去！"他高声骂道，"吵死了！"

秦川被吼得打了个嗝，爬起来一边抽噎一边卷起了过长的衣袖，叉着腰踩在大木墩上："你怎么这么凶啊！外面的皇帝都不敢凶我！"

"哦。"帝屋冷漠应声，"我比外的面皇帝厉害多了。"

哭哭啼啼的小鬼闻言一愣，好像忘记了哭泣这件事一样，擦掉脸上的眼泪鼻涕，带着哭腔弱唧唧地问道："真的吗？"

帝屋松了口气："真的。"

秦川扭扭捏捏地扯了扯身上的皇袍，说道："那你起来去打他一顿，然后带我走嘛。"

帝屋霎时陷入了高质量的沉默。

秦川等了又等，等了又等，等了半天没等来回应，过了半晌终于意识到自己被骗了。

他瞪圆了眼，嘴一瘪，又哭了出来：“你这木头怎么这样啊！呜呜呜！”

帝屋深吸一口气。

好烦啊！

他决定当成无事发生，随这小傻瓜哭去。

秦川呜哇呜哇地哭了好一会儿，没等来这块大木墩的动静也没等来皇帝那边的供奉，哭着哭着打着嗝，不哭了。

他坐在大木墩上，一边打着哭嗝一边小声说道：“我、我叫秦川，人类说的那个八百里秦川的秦川就是我，你叫什么啊？”

帝屋并不知道什么是八百里秦川，他就觉得这龙脉是个真实的傻瓜。但小傻瓜愿意好好说话，帝屋多少还是松了口气：“我叫帝屋。”

“我好像听过你的名字。”秦川带着哭腔仔细想了想，然后“啊”了一声，“你是那棵传闻里很厉害的树吧？”

帝屋带着些得意，轻哼了一声。

“你怎么变成这样了啊？”秦川看着屁股底下的大木墩子，伸手摸了摸，“好疼的吧……”

帝屋不说话了。

他觉得被这么个小傻瓜怜悯有点怪怪的，不，他本身也并不需要他人的怜悯。

自己轻敌搞成这样的，有什么好说的？真男人打落牙齿和血吞，被一个小鬼头怜悯也太不像话了。

秦川戳了戳屁股底下的大木墩，问：“你怎么又不说话了？”

“困。”帝屋随口说道。

“哦，那你睡吧。”秦川从大木墩上爬下来，看着是又准备上皇宫里闹腾去了，但往外走了两步，他又哒哒哒地跑回来，问道，“你喜欢吃什么呀？糖糕喜欢吗？肉喜欢吗？还是别的东西？”

你看我现在像是能吃东西的样子吗？

“你睡啦？”秦川问了一声，没有得到回答，转头嘀嘀咕咕地走了。

帝屋看着这个小傻瓜走远，看着龙脉本体所处的昏暗地底发了许久的呆，渐渐地真的睡了过去。

功德并不足以让帝屋保持长时间的清醒，甚至有的时候醒过来也依旧是意识模糊而混沌的。

他能够听见一些动静。有人说话，有人争吵，有人在哭，还有人尖叫咆哮着什么。

然后，是血的味道。

帝屋再一次醒过来。

那个小傻瓜趴在他身上，好像长大了那么一点点。

他兴奋地在大木墩上打着滚，就好像有人在跟他讲话一样，兴致勃勃地自言自语：“上边的人类又打起来啦！我听说他们准备烧了我头顶的宫殿！啊！烧了我就可以跑了！帝屋你说我们先去哪里？！我这里有舆图！咱们哪里都可以去！”

“哎虽然你还没醒，不过没关系，等你醒过来的时候我们就已经跑到外面去啦！”秦川美滋滋地展开了手里的舆图，兴高采烈地说道，“这么多年了也不知道外边变成什么样了，这几年糖糕也吃不到了，一块都没能给你存下来，外边应该会有！”

帝屋听着秦川嘀嘀咕咕，带着几分初醒的茫然和懵懂，过了好一会儿才反应过来发生了什么。

这血腥气，大约是人类又要改朝换代了。

镇压秦川的一直都是他们头顶的宫殿形成的法阵，天天人来人往的，取这其中走动的人的一些精力气血来锁住龙脉，以防龙脉游走。上边的宫殿只要有半数缺憾，那么秦川就自由了。

有焦煳的气味从四面传来，秦川搓着手，满心满眼都是期待。

帝屋扫了一圈这昏暗的地底，一如他睡前时的模样，分毫未变。

能出去也挺好的，帝屋想，一直待在这里就一直没有希望，若是能外出四处走一走，也许能撞个机缘出来。

但他到底是高看了秦川，不，应该说，他根本就没有意识到秦川的运气有多差。

差到刚从烧掉了一半的宫殿底下跑出来，还没走出三里地就又被人类的修行者逮到了。

秦川被关进了小黑屋，靠着大木墩，两眼满是泪光，呜呜地哭得好不可怜。饶是帝屋也愣了好一会儿才反应过来，端详了一番这因为匆忙而显得粗陋的法阵，凭自己多年的经验，找到了法阵的生门。

帝屋清了清自己并不存在的嗓子，说道：“坎位踏三步。”

正在呜呜哭的秦川一愣，扭头看了看被他靠着的大木墩，木愣愣地喊道：“帝屋？”

“对，你听我的，带你出去。”帝屋应了一声，重复道，“坎位踏三步。”

秦川吸着鼻子：“什么意思啊？”

帝屋深吸一口气，从头开始给秦川讲法阵基础。

过了几个时辰，龙脉扛着帝屋逃出生天，就好像满腔委屈有了依仗一样，秦川从之前的小声呜咽变成了毫无顾忌地号啕大哭。

“呜哇啊啊啊帝屋，你怎么才醒呜呜呜……”秦川一边跑一边哭，“我给你带的糖糕全都坏了！糖糕很好吃的！呜呜我……嗝……我带你找个地方吃。”

帝屋在龙背上感受着秦川顺着山势水路游走的线路，慢腾腾地问道：“你有钱？”

秦川一边哭一边问：“钱是什么？”

帝屋再次深深地叹了一口气。

他们这一次在外边一起待了好长一段时间，秦川也终于发现了帝屋这个样子是根本没办法吃东西的。于是他总是带着帝屋上没有人的山里去，做贼一样左顾右盼，确定什么东西都没有，才敢把帝屋从土里搬出来晒晒太阳。

帝屋时醒时睡，偶尔兴致来了会主动跟秦川说上一两句话。

“你为什么化形成幼崽的样子？”帝屋问。

秦川晒着太阳晃着脑袋，说道：“我看非人类和人类普遍对幼崽很好啊，特殊时期除外。”

所以也想有谁能对他好。

但显然，身为龙脉的秦川是没有这个福分的。不被抓走镇压就不错了，还要什么自行车！

有的时候秦川也会问帝屋：“你是怎么变成这样的？”

帝屋一直都没有回答他，直到他有一次睡醒了，发现秦川又被人类抓住了，才恶狠狠地答道：“你为什么被抓，我就是为什么变成这样的！”

秦川已经被抓了几年了，好不容易等到帝屋醒过来，听他这么一说，就叹气道：“人类好坏啊。”

“非人类也一样。”帝屋一边说着，一边开始试图找出路。

秦川这个小傻瓜，法阵百教不会，蠢到帝屋都觉得秦川是不是在骗他。直到秦川跑多少次被逮多少次，帝屋才终于意识到不是秦川蠢，而是他天命如此。

没见过倒霉成这样的非人类，帝屋想。

倒霉成这样，除了天命这个解释之外，哪还能找到别的理由。

帝屋再一次醒过来，丝毫不意外地看到秦川又被抓了。

这个已经变成少年模样的小傻瓜撑着脸，老气横秋地叹气：“人类……真的好坏啊！”

帝屋面无表情试图寻求解决方法，想来想去说道：“那我们去非人类那边。”

龙脉穿行三界是不需要通过通道的。

秦川高兴地甩甩尾巴，觉得可以。结果刚到大荒，他就差点暴毙当场，还险些步了帝屋的后尘，被剥皮拆骨分而食之。

秦川吓得大哭着跑了，准备躲进祖龙龙脉里规规矩矩地待个几百年再也不出去，结果刚接近祖龙龙脉，就跟另外两条走脉迎面撞上了头，直接把帝屋的三魂给撞一块儿了。

终于有了帝屋之外的同伴，秦川兴奋得不得了，天天黏着他们，死缠着另外两条走脉不放。

从别的残灵里传递而来的记忆远不如跟秦川相处来得丰富，另外两道龙脉稳如山岳沉默寡言，更不像秦川一样走一步倒霉三步，这么几千年下来竟然也没多少印象深刻的事情。倒是跟秦川待在一起，天天都跟生存挑战似的，相当刺激。

另外两道龙脉大约是没见过秦川这种黏人精，被缠着走不了，干脆也就不走了，蹲在祖龙龙脉附近，开了个洞府，守着帝屋休养恢复，天天聊天吹牛，偶尔上人类镇子里走一圈，搜罗些吃食和别的什么玩意儿。

再后来……

再后来帝屋觉得自己可以搞事情了，就干脆掀掉了牌桌，拍拍屁股报仇去了。

之后的事情并不为许多人所知。

帝屋在中原花了五百多年修复神魂和力量，好不容易在中原利用帝休留下来的那个组织攒够了功德，觉得自己稳稳妥妥地可以回大荒的时候，刚巧老朋友要他回去打架的信就递了过来。

帝屋回到大荒这件事，在本身就很混乱的局势之中掀起了轩然大波。

因为他揣了一堆星际武器回来，堪称一个移动武器库，甚至用不着动用自己的力量就能追着别的非人类一顿爆捶。而青丘国一方的非人类们更是拿着帝屋带回来的武器装备武装到了牙齿，之后的战局堪称砍瓜切菜，一路摧枯拉朽地推平了所有敌人，高高兴兴地跟中原和宇宙开始了流通。

如今非人类也不是什么稀奇物种了，跟人类之间的相处也相当和谐，而帝屋作为大荒第一的武器商天天忙得脚不点地，觉得生活简直太充实了。

当然了，也不是没有美中不足的地方。

帝屋叼着烟，面无表情地看着从远处大哭着朝他冲过来的秦川，对方很没有出息地被几个长得吓人的小非人类追着撵。

帝屋扫了一眼那几个小非人类，发现全都是在帝休鬼屋里工作的非人类。

“帝屋呜呜呜啊啊啊！”秦川大哭着冲过来，动作十分熟练地钻进了帝屋的衣领里，缠着他从领口探出头来，告状，“这几个小非人类！无法无天！帮我打他们呜呜呜！”

帝屋十分冷酷地说道：“出去。”

“我不！”秦川缠得更紧了几分，抖掉脑袋上的烟灰，理直气壮地说道，“你帮我打他们！”

帝屋看着那几个看到他之后扭头就跑的小非人类，吐出口烟圈：“不打。”

“……”

“你别缠着我。”

“我冷血动物，天这么热我帮你凉快凉快啊！”

“……”

“你要不想我缠着你，你以后就别穿衬衫了嘛，都什么年代了还穿衬衫，土。”

“……”

“我觉得你这个人应该学一学人家晏玄景的，心里想什么就说什么。”

帝屋眉头一跳：“我想什么了？”

秦川甩了甩尾巴，得意扬扬：“想我啊。”

帝屋冷漠地“哦”了一声，把身上缠着的这条龙撕下来，单手把他的龙脑袋扣进土里种成了一条倒插着的花园鳗，然后叼着烟慢腾腾地走远了。

番外四
青丘国国主的灾难

晏归在解决掉聂深和怨气的破事之后，从儿子那里得知了老婆让他尽快回去的消息，他一点儿也没怀疑，拍拍屁股毫不犹豫地就走了。

晏归想过一万种自家媳妇儿迎接他回归的方式，不论是哪一种都让他感觉十分兴奋。

温婉可人的模样也好，贤淑规正的模样也好，热辣多情的模样也好，晏归都觉得可以。

青丘国的国主从通道里走出来，屁颠屁颠地奔向了自家国都，一路畅通无阻地奔向了宫中大殿。

青丘国的王后懒洋洋地斜倚在属于她丈夫的王位上，没有任何一个非人类有勇气说上一句不妥，他们全都规规矩矩地汇报完事情就火速撤离。

晏归去中原照料大侄子和帝屋那个拖油瓶这么些天才回来，一个眼神都没给自家的左膀右臂，撒着欢直奔着王座就去了。

王后一抬眼，媚眼如丝地朝她的丈夫招了招手。

晏归被这一眼看得浑身骨头都酥了，蹭过去刚喊了一句媳妇儿，他媳妇儿就一手挑起了他的下巴，另一只手一挥，便在桌子上整整齐齐地码放了一整个桌面的照片，全都是各式各样的毛茸茸生灵。

晏归看着根本不该出现在大荒里的照片，愣了两秒，脑子里飞速闪过一系列可能的罪魁祸首，最终十分明确地把锅扣给了自家儿子。

帝屋没这么无聊，除了晏玄景谁还能干出这种缺德事！

王后托着晏归下巴的纤纤玉手晃了晃，从桌上拿起了一张照片，在晏归眼前晃了晃，轻声说道："乖一点儿？亲爱的。"

晏归委委屈屈地变成了一只美国短毛猫，跳到自家媳妇儿腿上，缩成个球，不动了。

大殿里的非人类看着他们的国主这么一副没出息的样子，长长地叹了口气之后，继续该干什么干什么，都是习以为常的模样。

大荒的昼夜第二次开始循环的时候，晏玄景跟林木紧随而来。

林木紧张地拎着纱袋，跟在晏玄景身边踏入了青丘国的国都。这里的等级远比他想象中的森严许多，晏玄景一出现，几乎所有非人类都让开了道，没有一个敢留在少国主要走过的路的前方，他们甚至不敢抬起头来，对少国主身边那个混血更是一点儿好奇也不敢有。

林木有些不太适应地抿了抿唇，晏玄景偏头看了他一眼，而后加快了步伐。

“很不习惯？”晏玄景问。

林木点了点头：“嗯。”

晏玄景想了想，说道：“那以后就不在他们面前走。”

少国主带着小帝休在国都大街上溜达了一圈，除了宣示主权之外，本身也没有别的目的。

林木不喜欢，那以后就直接从天上飞，直到林木慢慢习惯这样的境况为止。

总要习惯的，这种不平等的关系。也许以后会改变，但在这几百年内要有变化，很难。

时间过去，林木总是会习惯的。这种阶级差异也好，实力差异也好，大荒的生存观念也好，早晚都得适应。

“下次我们从天上飞。”晏玄景说道。

林木闻言，瞅了晏玄景一眼，忍不住抿着唇笑起来，露出了嘴角两个小梨涡。他点点头，应道：“好。”

眼看着宫殿近在眼前，林木低头看了看纱袋，想到里边的东西，犹疑不定地问道：“你母亲……真的会喜欢这个吗？”

晏玄景一点迟疑都没有地点了点头：“会。”

林木还是觉得有点没底，不过想到后来自己多添置的一些东西，又觉得应该还行。

晏玄景表示过并不需要在意人类那些俗礼，但林木觉得总不能因为人家不讲究这些，他就不做周全礼数，这不应该。

所以他跟晏玄景最终琢磨来琢磨去，买了一纱袋的礼品，虽然林木很怀疑人家会不会喜欢这个，但晏玄景这么斩钉截铁地确定了，林木还是听话地买了不少。

当然，为了以防万一，他也按照自己的想法挑选了不少东西，免得晏玄景的看法不太对，搞得不愉快。

作为给晏玄景母亲的见面礼来说，他已经尽力了。

林木被晏玄景领着进入了宫殿里。

进入宫殿之后，这里边的非人类的胆子就比外边的大了不少，虽然并不敢议论，但至少敢表露出好奇了。

越往里走，便越感受不到那些畏畏缩缩、躲躲闪闪的态度，里边和外边就仿佛是两个完全不同的世界。

帝休没有跟着林木一起来，他倒是相当清楚在青丘国里不会有谁会为难林木，所以径自抱着林雪霁的骨灰盒回了帝休谷。久未回来，山谷总是需要先打理一番的。

林木跟晏玄景走进大殿里，一抬眼就看到撸得一只小猫猫肚皮直翻的女性。

林木呼吸一滞。

该怎么形容她呢？也许将他脑海中所知道的赞美的辞藻全部堆砌在一起也不足以形容其姿容瑰丽之一二。甚至于，晏玄景长成那样，林木都觉得是晏归拉低了女方的外貌水准。

可晏归和晏玄景已经是顶好看的了。

怪不得当初这父子两个能说得出“九尾狐的脸都长得好看”这种话。

林木愣愣地看着撸着猫抬眼看过来的女性，在对方撑着脸轻笑出声的时候才骤然回过神来，顿时有些拘谨，却又异常诚恳地夸赞道：“您真好看。”

晏归趴在自家老婆的手底下任撸，听到小帝休这么说，得意地翘起了尾巴尖，“喵”了一声以彰显存在感。

“您好，初次见面，我是林木。”林木渐渐适应了对方外貌的冲击，面颊有些微红。

晏玄景面无表情地看着他这个一点儿也不收敛魅惑天赋的娘亲，一抬手直接盖住了林木的眼睛。

晏玄景开口，带着些许的凉意，从鼻腔中发出一声轻哼，说道：“狐狸。”

王座上的女性黛眉一挑，抱着猫慢吞吞地走下来：“说得你不是一样。”

晏玄景垂眼看着林木，一抬手给他套了好几个凝神静气的术法，果然林木的神情清明了不少。

林木也意识到自己刚刚大概是着了道，有些不好意思地低下头来，但还是说道：“我带了些见面礼来……”

他说着，把纱袋交给了不知何时走到他们边上来的长辈。

青丘国的王后也并不跟他客气，大大方方地打开了纱袋。

晏归伸长了脖子往纱袋里看，第一个蹦出来的就是一件小恐龙宠物装。

晏归浑身一震，不敢置信地看向林木。

“想要什么尺寸的宠物衣装都有。”晏玄景面无表情地扫过他愣住的亲爹，毫不留情地说，“玩具也有。”

“哎呀……”

青丘国的王后发出一声愉悦的应和，给晏・美短・归系上了一个口水兜，举起猫猫“啾”了一口，显然是相当愉快的。

“我很喜欢。”她一边笑着，一边给晏归的尾巴上系了个粉蓝色的蝴蝶结。

林木看了看宛如一只废猫的晏归，又看了看高高兴兴地挑拣着宠物衣装和饰品的王后，最终还是选择了随女士喜欢。

“您喜欢的话就太好了。”他说道，“除此之外，我还给您买了一些中原的毛绒玩具和衣物。”

当然，尺寸是从晏玄景那里要过来的。

被老婆美滋滋地打扮着的晏归一张猫脸上全是冷漠，他看着晏玄景，看着他大侄子，满心满眼都是磨刀霍霍的模样。

林木缩了缩脖子，晏玄景扫了一眼威胁后辈的晏归，十分冷酷地从口袋里掏出手机来，打开了相册，慢腾腾地说道：“我想您会想看看这个，母亲。”

晏归看到手机就觉得不好，异常凄厉地“喵”了一声之后就要扑过去一爪子销毁那台手机。但他再快也快不过武力值向来碾轧他的媳妇，刚蹦出去就感觉后颈皮一麻，四只爪爪挥舞着，被他媳妇儿拎在了手里，只能眼睁睁看着媳妇儿好整以暇地点开了视频。

晏归面无表情地听着手机里传来他掐着嗓子一口一个老公小哥哥的声音，心里琢磨着怎么才能拉上晏玄景一起死。

晏玄景似乎察觉到了危险，拉着林木火速告了辞。

在他们踏出大殿后没两秒，后边就传来了晏归一浪高过一浪的嚎叫，听着听着，那其中似乎又有了点别的让人面红耳赤的意味。

晏玄景抬手挡住林木的耳朵，表情木然。

从他们回来那天起，长达两年的时间里，林木都没能看到晏归正儿八经的人形。

要说为什么是正儿八经的人形，是因为林木在这两年里见识到了晏归各种各样的化形。比如女体，比如人鱼，比如天使恶魔，又比如吸血鬼，等等。同时，各种各样的毛茸茸的生灵也没少见。

晏玄景总是非常热衷于从中原那边搬来一些奇奇怪怪的书册资料和图片，一边不紧不慢地说服青丘国的臣民接受来自人类的新东西，一边毫不留情地延长着晏归苦哈哈的日子。

晏归也没少给儿子使绊子，父子两个掐得满头包，而林木则完完全全被九尾狐淹没了。

对于成年的帝休，晏归向来是不给族里别的狐狸吸的。

吸不到成年的帝休，一群狐狸见到了小帝休就两眼冒光，成天拖着小帝休一起玩，作为回报，他们给林木说了一大堆晏玄景以前的黑历史，还教了林木不少法术。

跟晏玄景那种直男式教导截然不同，这里有不少擅长教育的九尾狐，林木进步飞快，整棵树都乐不思蜀。

直到某天早上醒来，晏玄景发现自己缩成了幼年时的人形，而林木拿着一套他印象极其深刻的小裙子试图让他穿上时，少国主终于忍无可忍，转头迈着小短腿杀进了他爹娘的寝殿里，哗啦啦地又扔出了一大堆照片。

当天，穿着小裙子的幼年少国主站在王宫的池塘边上，跟一只仰躺在池塘里假装自己是条咸鱼的海豚状的晏归四目相对。

“裙子你给林木的。”

“照片你给你娘亲的。”

“昨天饭里的幻化药是你下的。”

“小视频是你给你娘亲的。”

“嗲是你自己发的。”

“那也不是你给你娘亲看的理由。”

“……”

“……”

打又打不过，互坑还要吃亏。

晏玄景一咬牙，转头发奋图强，花了百余年把自己之前写的计划书里的条目一项项地完成，而后“心狠手辣”地在大荒里也构筑了网络，捞了一堆游戏版权回来，哄着他娘亲去沉迷游戏。

安逸了百余年，儿子渐渐担得起重任，随时准备卸任青丘国国主一职、正琢磨着拉老婆去游山玩水逍遥自在的晏归，看着电脑前边一口一个“小哥哥带带我”的老婆，木着脸看向了自家儿子。

晏玄景在旁边喝了口茶，慢腾腾地站起身来，掸了掸身上并不存在的灰尘，轻飘飘地说道：“我早先就答应了带林木去大荒四处走走，先前一直没时间，近来国务就劳烦父亲了。”

他说完话，对他的老父亲露出了一个一分温和两分高兴三分舒爽四分嘲讽的神情，施施然走了。

晏归转头看向他老婆，刚刚还沉迷游戏的王后这会儿笑眯眯地看着他，轻声感慨：“儿子成长得很不错啊，你居功至伟。”

晏归指了指晏玄景的背影，又指了指自己，瞪圆了眼看着相当配合儿子的老婆，满心郁闷无处宣泄，非常委屈。

我只是一只弱小可怜又无助的小狐狸，这不应当！

图书在版编目（CIP）数据

青要管理处 / 醉饮长歌著 . -- 南京 : 江苏凤凰文艺出版社 , 2021.2
ISBN 978-7-5594-5468-3

Ⅰ . ①青… Ⅱ . ①醉… Ⅲ . ①长篇小说 – 中国 – 当代 Ⅳ . ① I247.5

中国版本图书馆 CIP 数据核字 (2020) 第 241668 号

青要管理处

醉饮长歌 著

责任编辑	刘洲原
特约编辑	马春雪　夏君仪
装帧设计	苏　涛
责任印制	刘　巍
出版发行	江苏凤凰文艺出版社
	南京市中央路 165 号，邮编：210009
网　　址	http://www.jswenyi.com
印　　刷	天津旭丰源印刷有限公司
开　　本	680 毫米 ×970 毫米 1/16
印　　张	26.5
字　　数	490 千字
版　　次	2021 年 2 月第 1 版
印　　次	2021 年 2 月第 1 次印刷
书　　号	ISBN 978-7-5594-5468-3
定　　价	49.80 元

江苏凤凰文艺版图书凡印刷、装订错误，可向出版社调换，联系电话 025-83280257